Einaudi. Stile Libero Big

GW00771230

www.einaudi.it

ISBN 978-88-06-23667-0

Cristina Cassar Scalia
Sabbia nera

Einaudi

Sabbia nera

a nonna Livia

Il delitto non conta... Conta quello che accade,
o è accaduto, nella testa di chi lo ha commesso.

GEORGES SIMENON

La Muntagna s'era risvegliata quella mattina. Una nube nera densa di cenere incombeva sulla città, avvolgendola. Nei momenti di silenzio, i boati si udivano persino dal mare, a metà tra il rombo di un tuono e il botto di un fuoco d'artificio attutito dalla distanza.

La sabbia veniva giú senza requie, formando per terra un tappeto scricchiolante e scivolando sugli ombrelli aperti, rimediati qua e là da venditori ambulanti prontamente apparsi per le strade, come in un giorno di pioggia improvvisa.

Alfio Burrano bagnò il parabrezza piú volte prima di rassegnarsi ad azionare il tergicristallo. Il cofano della Range Rover bianca fresca di concessionaria, dopo una breve variazione sul grigio antracite, virava ormai verso il nero opaco. Alfio bestemmiò tra sé e sé al pensiero dei danni inenarrabili che quella sabbia abrasiva, capace di raschiare qualunque superficie con cui venisse a contatto, occhi compresi, avrebbe provocato alla carrozzeria.

Sfilò un mezzo sigaro dalla tasca anteriore dello zaino e se lo accese.

Tra il cartello «Benvenuti a Sciara, paese dell'Etna» e l'ingresso principale di villa Burrano c'erano sí e no cinquecento metri, occupati da una miriade di costruzioni dall'aspetto polimorfo, che accerchiavano il maniero e che sorgevano laddove un tempo si estendeva il suo parco privato.

Mentre si lasciava la piazza del paese alle spalle, dirigendosi verso il cancello laterale, il telefono agganciato al computer di bordo dell'auto iniziò a squillare. Alfio sbirciò il display e si accertò che non mostrasse ancora una volta quegli occhi azzurri che avrebbe preferito non avere in memoria, e che l'avevano tormentato per tutto il pomeriggio con messaggi e chiamate, cui lui si era imposto di non rispondere.

La voce di Valentina – la sua enologa, ma non solo – lo rinfrancò.

– Ehi, boss, com'è finita?

– E come volevi che finisse? Spazio aereo di Catania chiuso fino a domani mattina, se tutto va bene. Voli dirottati a Palermo e a Comiso, oppure cancellati, come il mio. Il solito casino, insomma. Speriamo che almeno domani mi facciano partire, altrimenti mi saltano tutti i programmi.

Quando, ore prima, aveva visto il banco del check-in nella sala Bellini preso d'assalto da una ventina di accumulatori di miglia, come lui contrariati dall'impossibilità di risolvere la situazione a colpi di Carta Freccia Alata e varchi prioritari, Alfio s'era attaccato al telefono. Invano aveva smosso tutto lo stato maggiore dello scalo catanese, tra i vertici del quale annoverava piú di un amico, per tentare di farsi spostare sull'unico volo per Linate che sarebbe partito quel pomeriggio.

– Sono sicura che un modo per partire te lo trovano. Stasera ci facciamo una cenetta da qualche parte, cosí ti risollevi il morale? – propose lei.

In un altro momento non ci avrebbe pensato su, ma dopo quel pomeriggio disastroso un'intera serata di schermaglie amorose a lume di candela per guadagnarsi una scopata gli pareva un progetto troppo impegnativo.

– No, Vale, non ti seccare ma stasera preferisco ritirarmi a Sciara.

Silenzio. C'era rimasta male.

– Ma sí, mi pare proprio la serata adatta per inerpicarsi in un paesino alle pendici del vulcano. Perché non ti vai a coricare proprio in bocca al cratere?

Molto male. Ora il minimo sindacale era rilanciare l'invito. Tanto non avrebbe accettato.

Sbagliò.

– Sei uno stronzo, Burrano. Lo sai che quel relitto di villa mi fa impressione! – Sospiro di rassegnazione, poi: – Va bene. La cena la porto io.

Alfio aprí il cancello e guidò lungo un vialetto in salita. Infilò la Range Rover sotto un albero con rami abbastanza fitti da proteggerla e sufficientemente solidi da non rischiare di cedere sotto il peso della sabbia. Si diresse verso l'unica zona illuminata della villa: quattro stanze e pochi metri quadri di giardino, nei quali lui era riuscito a infilare persino una piscina di dimensioni dignitose. Le stanze avevano un ingresso autonomo, e non comunicavano né con l'ala principale né con la torre.

Questo gli aveva elargito «la vecchia», e questo si era fatto bastare. Né si sarebbe potuto aspettare di piú.

La vecchia, al secolo sua zia Teresa Burrano, ricca sfondata ma avara come Arpagone, era l'unica parente nonché sola fonte di reddito di Alfio, che lei trattava alla stregua di un suddito mostrandogli senza veli il suo disappunto nel saperlo unico erede del patrimonio di famiglia.

Chadi, il tunisino factotum, gli andò incontro sbucando da una casupola indipendente, meravigliato di vederlo lí. Lo seguí attraverso la casa fino al giardino sul retro.

– Bravo, Chadi, che pensasti a coprire la piscina. Con tutta la polvere che sta piovendo, a quest'ora si sarebbe ridotta una porcheria, – lo encomiò. Il telone che proteggeva la vasca, pieno di sabbia nera come il bordo e il prato

circostante, era talmente appesantito da formare un av-
vallamento sull'acqua. Chadi si piazzò sotto la tettoia, in
posizione di attesa.

Alfio capí che doveva dirgli qualcosa.

– Dottore, in casa di là è crollato un muro. C'è acqua
dentro, – notificò Chadi, indicando il lato buio della casa.

– Che significa acqua? C'è umido, forse?

– No, no. Acqua.

Burrano lo guardò perplesso. – Come mai sei andato di là?

Senza farne parola con la zia, che altrimenti avrebbe
protestato, aveva messo l'uomo a guardia della villa, la-
sciandogli per ogni eventualità anche le chiavi del vecchio
accesso di servizio della torre. Anzi, aveva fatto di piú.
Oltre alle due telecamere che sorvegliavano la sua proprietà, ne aveva fatta installare una terza, che dall'angolo di
casa sua riprendeva fino all'inizio del giardino grande. Di
furti ne avevano già subiti abbastanza, non era il caso di
rischiarne altri. Ne andava del valore stesso della casa.
E se quella vecchia isterica non voleva capirlo, pazienza.

– Io sentito un rumore forte. Allora io acceso la luce di
là e andato a vedere. In tutte le stanze. Poi entrato in camera sotto torre, quella con armadi, e visto muro caduto.
Quando io toccato, mia mano tutta bagnata.

– Minchia, questa sola ci mancava! – sbottò Alfio.

– Vuole vedere?

– Ho scelta? Certo che voglio vedere.

Certo, sí, ma poi? Pure se ci fosse stata un'infiltrazione, che avrebbe potuto fare? La vecchia di spendere soldi
in quella casa manco voleva sentirne parlare.

Bestemmiando tra sé e sé, Alfio andò ad attivare il conta-
tore che forniva la corrente elettrica alla torre. Recuperò le
chiavi e una torcia e precedette il tunisino lungo il corridoio
esterno di passaggio che conduceva all'entrata principale.

Era la via piú corta per accedere alla stanza in questione senza fare il giro di tutta la casa.

Il portone aprendosi emise un rumore sinistro, da pelle d'oca. Alfio sollevò la levetta di un interruttore nero antidiluviano e trasse un sospiro di sollievo per essere scampato ancora una volta al pericolo di rimanerci attaccato. Le poche lampadine in vita illuminarono la scala di marmo attraverso cui lui e Chadi raggiunsero la zona incriminata. L'ambiente colpito dall'infiltrazione era al primo piano: una sorta di soggiorno arredato in modo stravagante, come tutta la casa, del resto, che comunicava con le stanze da letto.

Faceva un caldo disumano, l'odore della polvere nell'aria solleticava il naso. Alfio ordinò a Chadi di spalancare una finestra, che si aprí con difficoltà a causa delle persiane malmesse.

– Sposta quella tenda, che è impolverata. Già non si respira, se poi ci aggiungiamo cinquant'anni di polvere possiamo pure morire. Maledizione a lei e alle sue ossessioni. Ma si può tenere una casa in questo stato? – inveí.

Il crollo era avvenuto vicino al camino, e aveva investito una libreria vuota. La parete trasudava acqua al punto che si erano formate delle specie di licheni. A terra, nell'angolo, c'erano persino dei funghi.

– Chissà da quanto tempo è cosí, – mugugnò. Appoggiò la mano sul muro e la ritrasse schifato. – Si sarà rotta una tubatura. Ma vai a capire quale. Qua è tutto fatiscente.

Puntò la luce sulle decorazioni della parete opposta rispetto a quella zuppa. I colori, il soggetto, tutto rifletteva il gusto con cui era stata arredata l'intera villa: un misto tra architettura araba e liberty. Su un lato, una statua a mezzo busto simile a quelle disseminate lungo i vialetti della Villa Bellini, il giardino pubblico dei catanesi. Era

Ignazio Maria Burrano, suo nonno. Che diavolo c'entrasse una scultura cosí in una stanza privata, solo ai suoi avi
era dato saperlo.

Indugiando con lo sguardo piú del solito, e sostenuto dai
3000 lumen della torcia a led di cui aveva dotato Chadi,
Alfio notò che dietro la scultura i colori si erano mantenuti
piú vivi che sul resto della parete. Anzi, parevano proprio
dipinti su un materiale diverso.

Si appoggiò alla statua con il gomito e la sentí vacillare.

– Non deve essere pesante, se ondeggia cosí, – constatò.

Incuriosito provò a muoverla e si accorse che si spostava
con facilità: doveva essere di gesso, o quantomeno cava.
La trascinò di lato scoprendo il muro.

La discromia era evidente.

Chadi s'inginocchiò incurante della sporcizia, che comprendeva escrementi di probabile provenienza murina, e
allungò la mano all'angolo tra il muro e il pavimento.

– Qua c'è filazza, – comunicò, col suo dialetto siculo-
tunisino, indicando una fessura che correva per circa un
metro e mezzo. Batté sulla parete producendo un rumore
di vuoto. Legno, indovinò Alfio avvicinandosi. Puntò la
torcia sul lato sinistro, e seguí l'angolo facendo scorrere il
dito lungo una sottilissima apertura, che pareva una cre-
pa, fino a urtare contro qualcosa di rotondo e metallico:
un pomolo, quasi ad altezza uomo. Provò a muoverlo verso destra, ma senza risultato.

– Chadi, aiutami a tirare 'sto coso.

Tirarono in due. Il pomello iniziò a spostarsi di qualche
millimetro, finché all'improvviso cedette, rivelandosi un
paletto di ferro posto a chiusura di qualcosa. La parete si
mosse come una porta.

Alfio la tirò con forza fino ad aprirla del tutto.

– Talè talè talè... – mormorò, meravigliato.

Davanti a lui si apriva una voragine, attraversata da due corde di grosse dimensioni. Se solo avesse fatto un passo in avanti sarebbe finito in fondo... a cosa? Cosí, a prima vista, pareva la tromba di un ascensore. Un montacarichi, piú probabilmente.

Infilò la testa dentro, reggendosi bene sulla parete. Puntò la luce in alto, poi in basso.

– Ma tutti i buttanismi lui ce li aveva! – bofonchiò, pensando alle assurdità che suo nonno aveva fatto installare in quella villa e che lui di tanto in tanto andava scoprendo.

Questa però era la piú sorprendente di tutte.

Fece due calcoli. Nella posizione di quella stanza, al piano terra doveva esserci la cucina, o forse la dispensa. Posti in cui era entrato sí e no un paio di volte in vita sua.

– Scendiamo di sotto, – disse.

Prese le scale, con Chadi al seguito, e si addentrò in un corridoio di servizio. Tentò di accendere la luce, ma stavolta la lampadina mancava del tutto. Anche la cucina era al buio. La logica suggeriva di rimandare il sopralluogo, tanto piú che da un momento all'altro sarebbe piombata Valentina e da lí non l'avrebbe sentita, ma la curiosità era troppa per restare inappagata fino al ritorno da Milano.

Puntò la famosa super torcia sulle pareti piastrellate di quel residuato di cucina, ancora equipaggiata di frigorifero stile Flintstones e pentole di rame ossidate appese. Il muro su cui doveva aprirsi il montacarichi era quello occupato da una credenza, a suo tempo verniciata di verde pallido.

– Chadi, vieni qua, spostiamo questa cosa.

– Ora?

– No, dopodomani.

Un punto interrogativo si disegnò sulla fronte del ragazzo, tra gli occhi neri sgranati.

– Ora, – chiarí Alfio.

Come previsto, la porta era lí dietro. Soddisfatto, Burrano recuperò la torcia e si lanciò dritto dritto sul pomolo. Senza doverla forzare granché, aprí la porta e puntò la luce sul montacarichi.

Indietreggiò con un sobbalzo.

– Cazzo! – urlò, scaraventando a terra la torcia.

Inciampando e aiutandosi con le mani, corse in direzione dell'uscita e riuscí a raggiungere il corridoio. Fuggí per qualche metro, finché il buio non si fece ancora piú buio e le gambe non gli ressero piú. I conati di vomito ebbero la meglio.

2.

Stravaccata su un'amaca, sotto una tenda tesa a ripararla dalla pioggia di sabbia vulcanica, il vicequestore aggiunto Giovanna Guarrasi si godeva lo spettacolo pirotecnico naturale che andava avanti ormai da ore. Ogni tanto allungava il braccio all'indietro, sul tronco di una delle due Canariensis che reggevano l'amaca e si dava una spinta lasciandosi *annacare* un po'.

Non aveva mai visto nulla di simile.

La sommità dell'Etna assomigliava a un braciere che vomitava fuoco, sovrastato da una colonna di cenere e lapilli. La colata pareva aver preso anche quella volta la via della Valle del Bove, una depressione non edificata sul versante orientale che, fungendo da bacino di raccolta, era la salvezza di tutti i paesi alle pendici del vulcano.

Si abbottonò il giubbotto e allungò la mano verso la sedia da giardino su cui aveva depositato i suoi generi di prima necessità: l'iPhone, un cartoccio di caldarroste, un pacchetto di Gauloises blu, un posacenere e lo spray antizanzare. Tirò fuori una sigaretta e l'accese, aspirando forte la prima boccata.

Trentanove anni, palermitana. Dodici anni di carriera in polizia, dei quali i primi sei consacrati all'antimafia, e un curriculum costellato di casi brillantemente risolti. Dopo tre anni passati a Milano da commissario capo alla Mobile di via Fatebenefratelli, da undici mesi il vicequestore aggiunto Giovanna Guarrasi, per gli amici Vanina, guidava la sezione Reati contro la persona della squadra Mobile di Catania.

Era rientrata da Palermo appena un'ora prima, stanca e abbattuta come ogni volta che ricorreva quella data. Il 18 settembre era il giorno del ricordo. Un ricordo doloroso, di quelli che non passano mai e che tediano l'anima con una tristezza ormai rassegnata.

Tre anni aveva resistito, lontano dalla Sicilia. Tre lunghi inverni meteoropatici in cui aveva persino imparato a sciare, e tre estati passate a sciropparsi ore e ore di code in autostrada in ogni – raro – momento libero, per raggiungere il tratto di costa piú vicino.

D'altra parte nessuno l'aveva costretta. La decisione era stata sua. Anzi, a voler essere onesti, tutti erano stati concordi nel ritenere che Milano non era cosa per lei. Ma per risultare davvero efficace, una rivoluzione doveva essere radicale, e in quel periodo cosí critico, dopo quanto era accaduto, era di questo che lei aveva sentito il bisogno.

Il nome Vanina era opera di sua madre, che gliel'aveva affibbiato dal primo momento, millantando di averlo tratto dal *Vanina Vanini* di Stendhal, di cui però non conosceva neppure la trama. Un diminutivo insolito, che la maggior parte della gente storpiava in un meno poetico ma assai piú siciliano «Vannina».

Il paese di Santo Stefano, Vanina l'aveva scoperto per caso un paio di settimane dopo il suo arrivo a Catania. Un'oasi felice alle pendici dell'Etna dove l'ordine sembrava regnare sovrano. Sbalordita da tanta virtuosità, e verificata l'esistenza di una strada diretta che portava al mare in meno di un quarto d'ora, aveva deciso di adottarlo come residenza, rinunciando senza rammarico alla vicinanza con l'ufficio in cambio di un po' di pace.

Era stata una scelta azzeccata.

Un ex rustico appena ristrutturato annesso a una casa padronale nel centro del paese, fornita di giardino interno con tanto di agrumeto. Una sistemazione simile al centro di Catania sarebbe stata introvabile, e comunque non alla sua portata.

Quelle poche ore di ozio sull'amaca erano bastate a scaraventare addosso al vicequestore Guarrasi la mole di stanchezza accumulata negli ultimi undici mesi. Nonostante l'incipiente umidità della sera, stentava a trovare la forza di rientrare in casa.

Anche il suo umore, già demolito da quella giornata dolorosa, non accennava a recuperare terreno, e la serata solitaria che le si prospettava davanti non avrebbe contribuito a risollevarlo. Forse avrebbe dovuto accettare l'invito che la sua amica Giuli – al secolo Maria Giulia De Rosa – le aveva scritto in uno dei vari messaggi che le aveva mandato quel giorno – dopo altrettante telefonate cui lei non aveva risposto – per cenare in un nuovo locale del centro, specializzato in cucina del territorio, pizze a lenta lievitazione e birre artigianali. Uno di quei posti che di solito a Vanina piaceva frequentare. Ma Giuli non usciva mai con meno di sei o sette persone al seguito, e quella sera lei non aveva voglia di vedere gente.

Rifletté che una bella maratona cinematografica in bianco e nero sul divano non ci sarebbe stata male in quella serata cosí storta. Se non altro l'avrebbe distratta dai pensieri malinconici.

Mise un piede a terra cercando di non sbilanciare l'amaca, che invece come al solito s'inclinò buttandola giú. Vanina si raddrizzò al volo *santiando*. Prima o poi sarebbe finita col sedere sul prato, questione di tempo. La schiena dolorante le ricordò che all'età sua non era normale anchilosarsi cosí

per un viaggetto in macchina e un paio d'ore di umidità
serale. Ma la colpa era sua, e del boicottaggio sistematico
che da anni riservava a palestre, piscine, centri sportivi e
qualunque altro luogo deputato all'attività fisica.

Attraversò il tratto di prato che divideva il suo rustico
dall'edificio principale, salí tre gradini di pietra lavica e
spinse la porta di casa, lasciata semichiusa. Depositò giacca e accessori vari nell'ingresso minuscolo, dov'era riuscita a infilare un vecchio cassettone proveniente dalla casa
di Castelbuono che sua madre aveva venduto molti anni
prima. Lei non l'avrebbe mai fatto. Ma aveva quattordici
anni, allora, e il suo parere non contava granché.

Entrò nel soggiorno, diviso dalla cucina da una porta
scorrevole. Un tavolo tondo – all'occorrenza allungabile,
ma era raro che avesse occasione di farlo –, una libreria in
cui due file di libri dividevano lo spazio con gli oggetti piú
svariati, e in cui regnava il caos, e una piú grande, piena
zeppa di vhs e dvd disposti in un ordine quasi maniacale,
che faceva da cornice a un televisore a schermo piatto da
42 pollici. Una parete era interamente occupata da locandine di vecchi film, tutti italiani e tutti ambientati in Sicilia. In un angolo, una poltrona di pelle con pouf poggiapiedi davanti e tavolino al lato.

Il vecchio cinema italiano, meglio se d'autore, era la
passione del vicequestore Guarrasi. Ma i film girati in Sicilia erano quasi una mania. Li collezionava da anni, possibilmente nelle loro versioni integrali, anche i piú rari e
difficili da trovare, anche quelli che di siciliano non avevano che una singola scena. Ne aveva già messi insieme
centoventisette, e non era stato semplice, specie in epoca
pre-digitale: dalle pellicole con Angelo Musco degli anni
Trenta a quelli di Germi, fino ai piú recenti.

Vanina tirò fuori da un cassetto il catalogo dei titoli,

che qualcuno aveva creato per lei tempo prima e che lei andava aggiornando volta per volta. Si buttò su un divano moderno, grigio chiaro, che in quella casa stonava come un baldacchino barocco in un loft newyorkese, ma da cui non si sarebbe separata neppure sotto tortura, per quanti momenti nodali ci aveva trascorso sopra. Nel bene come nel male.

Un film allegro, ci voleva, leggero, che non scatenasse cattivi pensieri. Aveva appena fermato lo sguardo su *Mimí metallurgico ferito nell'onore* quando la faccia sorridente dell'ispettore capo Carmelo Spanò comparve vibrando sul display del telefono. Ogni volta che le capitava davanti quella foto, il che accadeva in media dalle dieci alle venti volte al giorno, Vanina si ritrovava a considerare come quell'espressione ilare sul volto del valido collaboratore fosse del tutto inadeguata al tenore delle notizie che le sue telefonate veicolavano.

– Mi dica, Spanò.

– Capo, mi deve scusare per l'orario, ma non potevo evitare. Dovrebbe raggiungermi.

– Che fu?

– Un cadavere trovarono. In una villa, a Sciara.

– Ammazzato?

– Può essere.

– Che vuol dire «può essere», Spanò? – si spazientí.

– Che non è facile capirlo… Credo che debba vederlo pure lei.

Rimase in silenzio, in contemplazione della parete coperta di locandine, occhi negli occhi con Giancarlo Giannini che pareva guardarla rassegnato. Sarà per un'altra volta.

Si aggiustò l'auricolare e si alzò dal divano.

Entrò in camera da letto.

– Capo? – fece Spanò, rompendo il silenzio.

– Ma come mai non chiamarono l'Arma? – gli chiese, dando voce alla domanda che si era appena posta. Di solito tutto quello che accadeva alle pendici dell'Etna diveniva ipso facto appannaggio dei carabinieri, le cui stazioni erano dislocate qua e là nei vari paesini.

– Il proprietario della villa è un mio conoscente, perciò pensò di telefonare direttamente a me, che poi giusto giusto ero pure di reperibilità. Ma questa è cosa che deve...

– Che devo vedere io, ho capito, Spanò, – ripeté, mentre s'infilava i pantaloni e recuperava da sotto il letto un paio di stringate inglesi beige, estive, che ormai camminavano da sole per quante indagini si erano fatte.

– Chi c'è lí con lei?

– Bonazzoli e Lo Faro.

– Fragapane?

– Sta per arrivare: gli dico di passare a prenderla?

– No, grazie. Fragapane guida alla velocità di mia nonna con la Cinquecento sulla Palermo-Mondello.

L'ispettore soffocò una risata.

– Come preferisce.

Infilò la Beretta 92FS d'ordinanza nella fondina ascellare, che coprí con una giacca di pelle marrone. L'insegnamento che aveva tratto dalle peggiori esperienze della sua vita era di non uscire mai disarmata.

Mentre afferrava le chiavi della Mini da un portaoggetti ingombro di ciarpame, scorse sul ripiano della cucina una teglia da forno dall'aspetto familiare. Alzò il canovaccio di cotone che la copriva e scorse con rammarico due scacce preparate alla ragusana, ancora calde.

Spanò non la chiamava mai a fesseria, soprattutto di domenica. Se l'aveva fatto, significava che la faccenda era grave, o quantomeno delicata. E la simultanea presenza dell'ispettore Bonazzoli ne era la conferma. Quindi, a occhio e croce, per almeno tre o quattro ore la possibilità di toccare cibo sarebbe stata remota, e di certo non in cima alle sue priorità. Senza pensarci troppo, tagliò un pezzo di ognuna e lo addentò. Se le sarebbe spazzolate volentieri entrambe, magari davanti al famoso film che stava scegliendo, se quel cadavere serale non l'avesse ricondotta al dovere. Per aiutarsi, tracannò un paio di sorsi di Coca da una bottiglietta che aveva aperto quel pomeriggio.

Bussò sul vetro della portafinestra di Bettina, la proprietaria, che abitava al piano inferiore della casa padronale.

La donna comparve subito, tra gli effluvi della sua cucina in perenne attività, asciugandosi le mani sul grembiule. Vedova, un metro e sessanta di altezza per novanta chili di peso e una settantina d'anni portati con allegria. Un incrocio tra Tina Pica e la sora Lella.

– Vannina! Bentornata –. La doppia *n* era immodificabile, per lei come per una discreta quantità di corregionali.

– Ma che è? Macari di domenica sera ci debbono disturbare, ora? – constatò contrariata, adocchiando la fondina nel mezzo secondo in cui il vicequestore si aggiustò la giacca.

Vanina sorrise all'uso partecipe del plurale, che la donna adoperava spesso.

– E che ci possiamo fare, Bettina: ancora agli assassini non gliel'hanno spiegato che non è buona creanza ammazzare i cristiani di domenica.

– Le trovò le scaccitedde?

– Certo! Già assaggiato un pezzo di ognuna. Lei mi sta abituando male, però.

Bettina era originaria di Ragusa, e le sue scacce erano fatte a regola d'arte.

– Non è che una può lavorare morta di fame! 'Sa quando la faranno spicciare, stasera, – commentò annuendo, soddisfatta di aver fornito un contributo al suo sostentamento.

Vanina la salutò con un gesto, infilando le scale. Salendo in macchina si sbottonò i pantaloni sotto la maglia, abbastanza lunga da coprire quello che in teoria avrebbe dovuto impegnarsi per migliorare. Bettina, con le sue sorprese serali, non era certo d'aiuto. Prima o dopo doveva trovare il modo di dirglielo, seppur a malincuore. Già non era facile per lei, con il carico di stress che si portava addosso, con il suo umore sempre borderline, riuscire a imporsi un regime alimentare che escludesse proprio quei cibi che nei momenti critici la aiutavano a tenersi su. Se poi si aggiungevano pure i doni della vicina, la partita era persa in partenza.

Recuperò l'indirizzo che aveva segnato nelle note dell'iPhone e lo impostò su Google Maps. Benedisse per la milionesima volta il genio supremo che aveva inventato il navigatore satellitare. Approfittando del primo tratto, che contemplava ancora strade a lei note, richiamò Spanò.

– Senta, Spanò, mi faccia la cortesia: avverta lei la Scientifica e il pm. Chi è il magistrato di turno?

– Vassalli.

Vanina storse il naso. Magniloquente, controllato fino a rasentare la pignoleria. Però, quando era lui di turno, il medico legale incaricato era quasi sempre Adriano Calí: il migliore, oltre che un amico. Sapere che l'avrebbe incontrato la risollevò dallo stato catatonico in cui era crollata quella sera. Persino la telefonata di Spanò, contrariamente al solito, le stava parendo un fastidio. D'altronde, non era neppure giusto addossare la colpa al suo collaboratore. Certo, era pure vero che se Spanò non fosse stato cosí conosciuto e ben inserito nella società catanese, a quest'ora quella rogna sarebbe finita dritta dritta in mano alla benemerita, la cui stazione di Sciara era proprio a un passo della villa in questione. Com'era anche vero che, se poi il caso si fosse rivelato interessante, lei si sarebbe mangiata le mani per esserselo lasciato sfuggire. Perché al vicequestore Guarrasi, in realtà, le rogne piacevano. Assai. E piú la impegnavano, piú le toglievano il sonno, piú le divoravano giorni di ferie e domeniche, piú lei ci si buttava dentro. Anima e corpo.

3.

La facciata della villa, protetta da una cancellata sprangata con due lucchetti e da un giardino buio, non lasciava intravedere forme di vita all'interno dell'edificio.

In piazza nessuna traccia delle auto di servizio.

Il vicequestore Guarrasi afferrò l'iPhone spazientita proprio mentre il numero dell'ispettore Bonazzoli compariva sul display.

– Marta, ma che ca…ppero d'indirizzo m'avete dato? – sbraitò.

– Abbiamo sbagliato anche noi, prima. Devi girare attorno alla villa fino all'ingresso secondario. A quanto pare aprire il cancello principale è troppo complicato.

– Ah, è complicato! Con un cadavere in casa, questi dicono che è complicato, e voi li lasciate parlare? – replicò, sbattendo la portiera dell'auto e avviandosi su una stradina laterale. Cinquanta metri piú avanti, ritto in piedi di fianco alla volante, vide l'agente Lo Faro che la salutava con la solita aria da bulletto.

– Buonasera, dottoressa.

Vanina gli spense il sorriso con uno sguardo glaciale.

– Sei venuto fino a qui per startene al palo accanto alla macchina di servizio? Dov'è Spanò?

– Veramente io… la stavo aspettando.

– Dal lato sbagliato, visto che sono arrivata in piazza e non c'era nessuno.

L'ispettore Bonazzoli spuntò dal cancello con una torcia in mano.

– Eccomi, capo, – la salutò.

Vanina la raggiunse. Con la coda dell'occhio vide Lo Faro muoversi subito appresso a loro.

– Lo Faro, che fai? Resta qui e aspetta la Scientifica e il medico legale. E mandaci Fragapane, che potrebbe giovarci il suo aiuto –. Indifferente all'espressione delusa dell'agente, varcò il cancello al seguito di Marta. – Se arriva in tempo, – aggiunse sottovoce.

La Bonazzoli sorrise. Le performance di Fragapane alla guida erano note a tutta la squadra Mobile, con estensione alla questura centrale.

Percorsero il perimetro della villa, fino a raggiungere una terrazza buia da cui si accedeva all'interno. Superarono un ingresso con al centro una scala di marmo, piena zeppa di statue e altorilievi di cui la penombra rendeva oscuro il soggetto. Passando attraverso due stanze arredate in modo bizzarro, illuminate da lampadari avvolti nelle ragnatele e dotati di una lampadina funzionante su tre, raggiunsero un corridoio stretto e buio, maleodorante.

– Il cadavere deve essere vicino, – considerò il vicequestore, storcendo il naso.

– No, questo è solo il risultato del suo ritrovamento, – rispose Marta, illuminando un angolo in cui qualcuno aveva sfogato il proprio spavento.

La scena in cucina era quasi surreale. Due persone, un uomo e una donna, sedute attorno a un tavolo col ripiano di marmo, ricoperto da piú o meno un centimetro di grigiore polveroso. L'uomo si reggeva la testa tra le mani, mentre la donna stringeva spasmodicamente i manici di un sacchetto bianco che teneva sulle ginocchia.

Un faro di quelli da giardino, appoggiato su uno scaffale, emanava una luce bianca che rendeva il contesto ancora piú tetro.

L'ispettore Spanò era chino dentro una porticina seminascosta in un angolo, vicino a una credenza messa di traverso. Dietro di lui, un ragazzo dall'aspetto magrebino reggeva una torcia illuminando l'anfratto.

L'uomo che era seduto al tavolo si alzò e le venne incontro.

– Sono Alfio Burrano, – si presentò.

Sui quarantacinque, alta statura, capello biondo con qualche filo grigio, giacca stazzonata. Aria sconvolta che non toglieva punti a un viso interessante. La versione sicula di Simon Baker.

Gli strinse la mano. – Vicequestore aggiunto Giovanna Guarrasi.

Senza muoversi dalla sua postazione, Spanò le fece cenno di avvicinarsi.

– Capo, venga a vedere.

Vanina lo raggiunse.

– Deduco che il cadavere sia là dentro.

– Se cosí possiamo chiamarlo... – mugugnò l'ispettore facendosi di lato. – Stia attenta, che c'è un piccolo dislivello, – la avvertí.

Di scenari raccapriccianti, nella sua carriera, il vicequestore Giovanna Guarrasi ne aveva visti assai: uomini incaprettati e bruciati vivi, cadaveri cementati dentro un pilastro, gente sparata, accoltellata, strangolata e via dicendo. Ma l'immagine che le apparve quella sera si poteva descrivere solo con un termine, da lei vilipeso e definito «da romanzo gotico». Macabra. Abbandonato di sghimbescio sul pavimento di un montavivande di un metro e mezzo per un metro e mezzo, giaceva il corpo mummificato di una donna. Il capo, con ancora i resti di un foulard di seta, era piegato a novanta gradi su un cappotto di pelliccia che copriva un tailleur dal colore indistinguibile; appese al collo, tre collane di lunghezza diversa. Sparsi attorno al cadavere, una borsetta, un beauty case di quelli rigidi che si usavano una volta, una bottiglietta di colonia senza tappo e una scatola metallica che aveva tutte le sembianze di una cassetta di sicurezza.

– Chi l'ha trovata?

– Alfio Burrano, insieme al tunisino.

Vanina chiuse la porta e la fermò col paletto che fungeva da serratura. Dall'interno non si poteva aprire di certo.

La riaprì e infilò la testa nel cubicolo per analizzare gli oggetti piú da vicino. L'aria era irrespirabile, il tanfo pestilenziale. Vincendo l'istinto immediato di ritrarsi, e un vago senso di nausea che in tanti anni non era ancora riuscita a superare del tutto, si spinse un po' piú all'interno attenta a non pestare nulla.

– Ci vive qualcuno, in questa casa? – domandò, tirandosi fuori di nuovo.

– Solo Alfio, a quanto ho capito. Ma non in queste stanze.

– Perciò è probabile che qui non sia entrato nessuno da molto tempo.

– Alfio dice di non esserci stato mai per piú di qualche minuto.

Spanò si voltò a guardare Burrano, che era tornato a sedersi accanto alla sua amica. Poi riprese:

– Capo, che dice, apriamo le due borse prima che quelli della Scientifica ce le freghino? Cosí intanto ci facciamo un'idea.

Il vicequestore annuí.

Mentre l'ispettore tirava fuori dalle tasche un paio di guanti, la voce gracchiante di Cesare Manenti, il vice dirigente della Scientifica, risuonò nel corridoio.

– Troppo tardi, – commentò Vanina.

Ogni informazione sarebbe giunta nei tempi e con le procedure di Manenti, che purtroppo celeri non si potevano dire.

– Ciao Guarrasi, – la salutò il collega, guardandosi intorno con aria seccata. Un uomo di poche parole, il piú delle volte intrattabile.

– Ciao Manenti.

– Allora? Dov'è 'sto cadavere per cui ho dovuto abbandonare una piacevolissima cena a casa di amici?

Perché: uno cosí ha anche degli amici?, pensò Vanina.

– Eccolo là, – indicò. – Ma ti avverto: non avrai molto spazio per muoverti.

Manenti infilò la testa nel montacarichi e poi con un cenno cedette il posto a un agente in tuta bianca, equipaggiato di calzari, guanti e mascherina.

– Avete spostato qualche cosa? – chiese, con l'aria di chi si aspetta una risposta positiva.

Spanò si fece avanti, impermalito. – Per quello che serve, non abbiamo messo dentro manco un piede.

Per tutta risposta si beccò un'occhiata della serie «stai parlando con un tuo superiore».

Il vicequestore tagliò corto. – Manenti, vedi di non perdere tempo e dammi qualche informazione utile. Cerchiamo di capire dal contesto a che epoca risale 'sto cadavere, perché non credo che ricaveremo un granché dall'autopsia.

– Alla preistoria, risale, – commentò il videofotosegnalatore scafandrato.

Vanina mise di piantone la Bonazzoli, al cospetto della quale Cesare Manenti perdeva di colpo la sua spocchia per assumere un tono quasi mellifluo. Si allontanò, lasciandolo perso negli occhioni verdi dell'ispettore, che quanto a grazia non aveva nulla da invidiare a Heidi Klum, e andò a cercare Burrano in mezzo alla piccola folla che si era creata in pochi minuti. Lo vide in piedi davanti al tavolo su cui un altro scafandrato stava montando un faro da puntare nell'anfratto. Mano in tasca e sigaro acceso tra le dita dell'altra, ronzava preoccupato intorno a un agente che armeggiava con una presa antidiluviana.

Osservò con la coda dell'occhio la donna, ancora seduta con il sacchetto sulle ginocchia. Livida in viso, rispondeva distrattamente alle domande dell'ispettore Spanò. Era giovane, poco piú che una ragazza, e l'insistenza con cui fissava il Burrano non lasciava dubbi sulla natura della loro amicizia.

– Signor Burrano, dovrei rivolgerle qualche domanda, – disse Vanina, avvicinandosi a lui.

– Certamente. Solo, se fosse possibile, preferirei che ci spostassimo in un'altra stanza. Non mi va di vedere di nuovo quel... quel... sí, insomma, quel cadavere.

Si trasferirono in una sala da pranzo e si sedettero da un lato di un tavolo lungo in stile liberty-orientale, sotto uno di quei lampadari dalle lampadine decimate. La donna col sacchetto bianco spostò la sedia fino a toccare quella di Burrano, e si piazzò vicino a lui sistemandosi il fardello in grembo con attenzione. Vanina iniziava a chiedersi che diamine contenesse di tanto prezioso.

Burrano la presentò: Valentina Vozza, di mestiere enologa. Non piú di ventotto anni, fisico perfetto inguainato in un jeans che si possono permettere in poche, e un carré di capelli lisci e scuri che la faceva assomigliare alla sua omonima del fumetto di Crepax.

– Signor Burrano, da quanto tempo abita in questa casa? – attaccò Vanina, accomodandosi di fronte a loro dall'altro lato del tavolo e tirando fuori dalla borsa il pacchetto delle sigarette.

– Veramente non ci vengo quasi mai. Ogni tanto ci passo il fine settimana, certe volte senza neppure dormirci. Le mie stanze sono dall'altro lato, nell'unica zona ristrutturata.

– È sua la villa?

– No, è di mia zia.

– Anche lei non abita qui?

– Non ci ha mai abitato.

Vanina si guardò intorno. Decorazioni, bassorilievi che rappresentavano palmizi e vegetazione varia. Dulcis in fundo le zineffe, che reggevano tendaggi in stile berbero, erano delle vere e proprie lance di legno. Il tanfo di morte vecchia che l'aveva investita nel montacarichi, e la polvere che tutta quella gente stava smuovendo nell'aria, le avevano già irritato la gola facendole rifiutare l'accendino che Burrano le aveva offerto slanciandosi sul tavolo appena l'aveva vista aprire il pacchetto. All'occhio attento del vicequestore non era sfuggito il lampo che quel gesto aveva provocato negli occhi di Valentina Vozza. Se due più due faceva quattro, il loro rapporto doveva essere simile a quello del cacciatore con la lepre. Si accettavano scommesse su chi fosse il fuggiasco.

– Chi è stato l'ultimo inquilino di queste stanze? – chiese, rigirando tra le dita la sigaretta spenta.

– Fumi pure senza problemi, dottoressa, – disse Burrano.

– Grazie. Per il momento preferisco di no. Dunque?

– Per quanto ne so, fu mio zio Gaetano. Ma stiamo parlando di molti anni fa.

– E non c'è più?

– Chi?

– Suo zio.

Burrano rimase perplesso per un attimo. – No, – rispose, come se fosse un fatto ovvio.

Il vicequestore gli puntò addosso gli occhi grigio ferro, intimidendolo. C'era qualcosa d'inespresso in quella risposta telegrafica.

– Signor Burrano, lei sapeva dell'esistenza del montacarichi?

L'uomo riprese tono. – Assolutamente no, dottoressa! Ma non me ne stupisco. Questa casa ha un sacco di aspetti, diciamo cosí, particolari. Oddio, trovarci dentro un cadavere non è stata un'esperienza piacevole.

– Per aspetti particolari cosa intende?

– Come fu progettata, l'arredamento assurdo, la torre, e tutte le diavolerie che mio nonno aveva fatto installare.

– L'ispettore Spanò mi ha detto che la scoperta dell'apertura nel muro della cucina è stata conseguente a quella di una porta simile al piano di sopra. Vorrei che me la mostrasse.

Alfio Burrano si alzò. – Certo, – annuí.

Valentina si issò all'istante sul suo tacco dodici, pronta a seguirli. Il sacchetto bianco si capovolse e due scatole, marchiate col logo del ristorante giapponese piú frequentato di Catania, rovinarono sul pavimento. Una decina di pezzi di sushi rotolarono via in un impasto di polvere secolare e salsa di soia, circonfusi di fettine di zenzero e di alcuni baccelli verdi che Vanina, con la sua scarsa cultura in materia, non seppe identificare.

– Eccheccazzo, Vale! – sbottò Burrano, infastidito.

La ragazza lo incendiò con un'occhiata di cui lui, troppo impegnato a profondersi in scuse col vicequestore, non si accorse neppure.

Di nuovo garbatissimo, si rivolse a Vanina.

– Venga, dottoressa, le mostro la stanza di sopra.

Valentina si mosse per andargli dietro.

– Non c'è motivo che salga anche tu. Rimettiti pure comoda, – la bloccò lui, con un cenno perentorio. – Anzi, fai una cosa: vai a cercare Chadi e digli di ripulire 'sto casino.

Vanina pensò che se un uomo si fosse permesso quel tono con lei, si sarebbe beccato un «vaffanculo» entro dieci secondi. Invece la Vozza si risedette e abbozzò. Con il fuoco negli occhi, ma abbozzò.

Burrano fece strada lungo la scala di marmo ed entrò in una stanza che quanto a bizzarria non aveva nulla da invidiare né alla sala da pranzo né al resto del mobilio. Le mostrò l'apertura camuffata dalle decorazioni sulla parete, e le fece notare la statua che la nascondeva.

– Pare una stampa e una figura col mezzobusto di Giuseppe Verdi nel giardino del Teatro Massimo di Palermo, – disse Vanina.

Burrano sorrise. Il soggetto, spiegò, era il capostipite: il grande ideatore di quel maniero.

– Perciò anche quest'apertura era nascosta, – constatò il vicequestore.

– Esatto. Ed è stata questa stranezza ad attirarmi. Quando in cucina trovai la credenza proprio in quel punto mi venne la bella pensata di spostarla per vedere se ci avevo azzeccato con i calcoli. Mannaggia a me e alla mia curiosità.

– Pensa che ce ne sia un'altra? Al piano di sopra, per esempio?

– Può essere. Anche se ne dubito. Queste, a quanto ne so, erano stanze vissute, perciò aveva un senso che ci arrivasse un montavivande, ma là sopra siamo già nella torre.

Vanina richiuse la porta e la bloccò con il paletto. Anche quella si apriva solo dall'esterno. Ma che senso aveva una chiusura di sicurezza in un montavivande? Si piegò sulle ginocchia e puntò la luce dell'iPhone sulla fessura tra il pavimento e la porta. Era millimetrica, pressoché invisibile.

Si tirò su spolverandosi le mani. Girò gli occhi sul resto della stanza, vide il muro mezzo crollato, i mobili che denotavano un ambiente limitrofo alla zona notte, fino a ritornare su Burrano, che se ne stava a braccia conserte di fianco alla statua dell'avo e la osservava. Sembrava già molto piú a suo agio di prima. Di sicuro meno in soggezione.

– Mi pare che qui, per il momento, non ci sia piú niente da vedere. Possiamo tornare giú, – sentenziò, invitandolo a farle strada. – Devo avvertirla che in tutta questa zona della casa, compresa la torre, saranno apposti dei sigilli. Dunque né lei né chiunque altro potrete entrarci se non in presenza di qualcuno di noi, – gli comunicò, mentre scendevano le scale.

– Non si preoccupi, dottoressa. Io non entravo in quella cucina da un sacco di tempo, e non ci ho mai passato piú di tre minuti.

– Per quale motivo?

Burrano la fissò, incerto.

– Queste erano le stanze di mio zio Gaetano.

Vanina rimase in attesa di ulteriori spiegazioni.

– È morto piú di cinquant'anni fa. Io non l'ho mai conosciuto.

– E dato che non viene mai qui, come ha fatto ad accorgersi del crollo?

– Chadi è stato. Ha sentito un tonfo che proveniva da questo lato e si è addentrato nelle stanze disabitate per capire cos'era successo. Il resto credo che lei lo sappia già. Dottoressa, mi scusi se glielo dico ma... si potrebbe evitare che i giornalisti lo vengano a sapere? Non si sa mai quello che scrivono e a mia zia non piacerebbe finire in prima pagina sulla «Gazzetta Siciliana».

– Per quanto possibile cercheremo di evitarlo.

Erano sull'ultimo gradino quando Adriano Calí, il medico legale, comparve dalla porta d'ingresso scortato dal vicesovrintendente Fragapane.

Il vicequestore mollò Burrano alla sua ragazza, che lo aspettava al varco, e andò incontro ai due uomini. Spedí

Fragapane nella cucina degli orrori, in supporto a Spanò, e accolse il medico con un sorriso ironico.

– Chissà com'è che ero sicura di vederti spuntare da un momento all'altro.

Calí fece una smorfia, mentre si liberava di una giacca color carta da zucchero modello slim che portava su dei jeans stretti e risvoltati alla caviglia.

– Vassalli mi vuole bene assai. I casi piú particolari li appioppa sempre a me, – disse, guardandosi intorno mentre raggiungevano la cucina.

Estrasse un paio di guanti in lattice da una borsa di cuoio, che posò per terra.

– A quanto ho capito il mio paziente di stasera è un poco passato di cottura.

– Passata, casomai. Femmina è, – precisò Vanina.

– Una mummia, mi accennava Vassalli, – riepilogò il medico infilandosi i guanti, mentre Manenti e la sua squadra si facevano da parte per lasciargli spazio. – Ah, a proposito: ha ritenuto la sua presenza necessaria stasera stessa, perciò sarà qui a momenti.

A Catania il sistema di chiamata del medico legale funzionava in modo diverso dalla maggior parte delle altre città. Invece di passare attraverso l'Istituto di medicina legale, il magistrato reclutava direttamente il medico, scegliendolo da una lista. Pertanto il prescelto, che una volta ricevuta la chiamata non poteva rifiutarsi di intervenire se non per gravi e attestabili motivi di salute o personali, era sempre il piú informato sui tempi e sulle intenzioni del pm di turno.

Calí s'infilò nel montacarichi.

– Senti, Adriano... – attaccò Vanina.

– Scommetto che vuoi sapere a che ora è morta, – ghignò.

– Sfotti di meno e lavora, va'. Pensi sia possibile risalire quantomeno all'epoca del decesso?

– Vuoi dire se è avvenuto dieci, venti o magari quarant'anni fa?

– Ho capito. Non è possibile.

– A essere sincero, non credo che stavolta potrò esserti
molto d'aiuto. Dopo un certo numero di anni non è piú de-
terminabile l'epoca esatta. E qui posso dirti già da subito
che anni devono esserne passati parecchi, – dichiarò, esaminando con attenzione i resti umani che giacevano davanti
a lui. Prese in mano una delle collane. Osservò le scarpe:
delle décolleté con tacco alto. Sollevò un po' la gonna, fino a scoprire un indumento di pizzo, logoro e afflosciato
sul bacino avvizzito, che aveva tutta l'aria di una guêpière.

– Doveva essere una donna elegante, – constatò. – E
a una prima occhiata direi che non può essere vissuta in
tempi recenti.

– Ma vero dici? – ironizzò il vicequestore, calcando apposta l'inflessione palermitana che Calí, catanese fino alle
unghie dei piedi, non sopportava.

Manenti se ne stava in piedi di fianco al medico, sempre piú ingrugnito e con le mani ficcate nelle tasche di un
soprabito grigio topo dall'aspetto antidiluviano. Faceva
un curioso contrasto con Adriano, che piú modaiolo non
avrebbe potuto essere, nonostante l'occasione.

– È stata questa griglia di ferro che fa da base a permettere che si mummificasse. Ha drenato velocemente i
liquidi, e la temperatura non alta e qualche piccola presa
d'aria hanno fatto il resto. Altrimenti avremmo trovato
soltanto ossa, – spiegò il medico.

– Vedi che fortunati! – ironizzò il vicequestore.

Il pm Vassalli entrò con passo pesante, seguito dall'agente
Lo Faro, prono ai suoi piedi. Dalla faccia scura traspariva
il disturbo che quel sopralluogo serale gli aveva procurato.

– Buonasera, dottoressa. Carissimo Calí. Abbiamo idea

di chi possa essere la vittima? – chiese, con un'aria scettica che archiviava la domanda prima ancora di porla.

– Le uniche evidenze che abbiamo sono che si tratta di una donna e che deve trovarsi lí dentro da parecchio tempo.

– Parecchio quanto, Calí?

– È difficile dirlo cosí su due piedi, e temo sia impossibile determinarlo con esattezza. Di certo da almeno un decennio, anche se i dati ambientali suggeriscono un'epoca parecchio antecedente.

– Abbiamo qualche speranza di capire se si è trattato di omicidio?

Il medico esitò un momento. – Dall'esame autoptico? Solo se l'arma del delitto ha lasciato reliquati riconoscibili. Altrimenti dovremo affidarci all'intuito del vicequestore Guarrasi –. Scambiò uno sguardo con Vanina.

– Dottoressa, lei che dice? – l'interpellò il giudice.

– Mah! Ancora non abbiamo granché di elementi su cui lavorare. Però una cosa è certa, dottore: la porta del montacarichi era serrata dall'esterno. Chiunque fosse la donna, e in qualunque modo sia morta, da sola non può essercisi rinchiusa. Perciò...

Vassalli meditò su quelle parole, annuendo. Si avvicinò al cadavere che nel frattempo Calí aveva trascinato con cautela fuori dall'anfratto, con l'aiuto di Spanò e di Lo Faro, la cui cooperazione era durata i pochi minuti in cui aveva resistito prima di andare ad accasciarsi di lato semisvenuto.

Cosí, adagiato in mezzo alla stanza ed esposto alla luce, il cadavere faceva un effetto ancora piú ripugnante.

Burrano impallidí e seguí la Vozza che scappava fuori di corsa.

– Poveraccio. Un colpo gli sarà preso quando ha trovato questa specie di sepolcro, – commentò il giudice, seguendoli brevemente con lo sguardo.

Non fosse stato per il fatto che quel mausoleo di villa apparteneva alla signora Teresa Burrano, con cui sua moglie condivideva spesso il tavolo di burraco al circolo, Vassalli avrebbe volentieri rimandato il sopralluogo all'indomani mattina. Senza contare che il caso aveva tutte le carte in regola per diventare uno di quei rompicapo in cui la Guarrasi amava sguazzare, e del quale non si sarebbe liberato facilmente.

Il pm non nascondeva di disapprovare i metodi spicci e il ritmo serrato con cui il vicequestore conduceva le indagini, e cui lui faticava a stare dietro.

Giovanna Guarrasi era uno sbirro di quelli veri, di quelli che in questura sembrano esserci nati. Si circondava solo di gente fidata, che ricompensava con la sua fiducia. Uomini e donne di cui era stata capace di conquistare la devozione, e con la collaborazione dei quali andava avanti come un treno senza mai fermarsi se non dopo aver sbattuto il colpevole di turno dietro le sbarre, il piú a lungo possibile.

Vanina osservò il quadro d'insieme. Il primo esame della scena era il piú importante. Tra i dettagli che forniva ce n'erano sempre alcuni che lí per lí potevano sembrare insignificanti, ma che poi, nel rielaborarli o nel metterli in relazione con gli indizi che via via andava raccogliendo, si rivelavano fondamentali.

Stavolta, però, era quasi certa che non sarebbe andata cosí. Quel delitto si perdeva nell'abisso del tempo, ed era assai probabile che l'unico possibile testimone si fosse portato il segreto nella tomba.

Mentre Vassalli intratteneva Burrano, che nel frattempo era ricomparso pur tenendosi a debita distanza, il vicequestore si chinò sul cadavere, s'infilò un guanto e raccolse una scarpa che Calí aveva messo di lato. Emanava un odore nauseabondo, ma a quello era abituata. La forma del tacco però aiutava a circoscrivere un minimo l'epoca.

– Certo che 'sto posto mette un po' la pelle d'oca. L'aspetto tetro, questa torre che pare abitata dagli spiriti. Guarda le stanze: sembrano abbandonate da un giorno all'altro cosí com'erano. Ecco, fossimo in un film, direi che non poteva esserci location piú azzeccata per il ritrovamento di un cadavere, per di piú mummificato, – commentò Adriano.

Il medico era forse l'unica persona capace di batterla in campo di conoscenze cinematografiche. E amava anche lui i film d'epoca, il che aveva influito non poco sulla loro neonata amicizia.

– Una scena alla Dario Argento?

– Non proprio. Direi piú da *Giallo napoletano*. L'avrai visto. Mastroianni, la Muti giovanissima... Sono sicuro che ce l'hai nella tua collezione.

– Lo sai che invece non ce l'ho? E non sono neppure sicura di averlo visto.

Era la seconda volta che Adriano Calí la fregava su un film. La prima era stata cosí clamorosa che non l'avrebbe dimenticata mai. *La prima notte di quiete.* Un dramma anni Settanta in cui un Alain Delon ineguagliabile conquistava a colpi di versi danteschi una ragazza di nome Vanina. Era stato illuminante per capire la vera fonte d'ispirazione materna del suo diminutivo.

– Documenti non ce ne sono, manco a dirlo, – li interruppe Manenti, lo sguardo puntato sulla calzatura che il vicequestore teneva in mano.

– Perché, Manenti, pensavi di trovarne?

– Mah, cumminata cosí pare pronta per il check-in all'aeroporto?

– Per una partenza, Manenti. Qualcosa mi dice che

all'epoca in cui è morta viaggiare in aereo non era cosa di tutti i giorni.

L'ispettore Spanò, che si era avvicinato, si fece attento.

– Che vuole dire con questo, capo?

Vanina si chinò sul cadavere e scostò la gonna, scoprendo la sottogonna e la guêpière. Chiamò l'ispettore Bonazzoli, che da un'ora girava intorno alla mummia senza toccarla.

– Marta, tu hai mai incontrato in treno o in aereo una che viaggia vestita così?

L'ispettore si fece avanti ed esaminò il reperto che il capo le aveva messo sotto il naso.

– Che ha questa scarpa? – chiese.

– La forma: la punta corta, il tacco più largo alla base e inclinato verso l'interno. Non si usa più da decenni. E i vestiti: sono malmessi, ma s'intuisce che erano eleganti. Nessuna viaggia più vestita così da un sacco di tempo, – disse Vanina.

Rimise a posto la gonna, come a proteggere gli ultimi residui di dignità di quella sconosciuta.

– Massimo primi anni Sessanta, – sentenziò infine, senza fornire ulteriori chiarimenti a Calí, che la guardava perplesso.

Si allontanò facendo cenno all'ispettore Spanò di seguirla.

– Chi ha messo lí il cadavere della donna, o sapeva che dietro la credenza c'era un possibile nascondiglio oppure l'ha creato, spostandola e occultando il montacarichi. In entrambi i casi doveva essere qualcuno che frequentava la villa, e che la conosceva bene, – osservò Spanò.

– Io propenderei per la seconda, ispettore, visto e considerato che anche l'apertura al piano di sopra era nascosta. Da una statua, pensi un po'.

Spanò assunse l'espressione assorta di quando aveva qualcosa da raccontare.

– Dottoressa, questa villa è disabitata da anni. Che dico anni: decenni. Le uniche stanze che Alfio utilizza, da poco tempo oltretutto, sono isolate dall'altro lato. La vecchia Burrano non ci mette mai piede. Però c'è un particolare che probabilmente Alfio non le disse: Gaetano Burrano non morí di malattia. Lo ammazzarono –. Il vicequestore trasecolò.

– Voleva aspettare ancora un paio d'ore prima di dirmelo, Spanò?

Calí li interruppe. – Vanina, io per stasera ho finito. Domani ci lavoro e ti faccio sapere qualcosa. Ma, ripeto, non ti aspettare niente di eclatante perché non penso di poterci ricavare granché.

– Ci sentiamo domani, – gli rispose distratta.

– Tarda mattinata, non prima, – precisò il medico.

Gli fece segno di aver afferrato il messaggio. Vide che anche Manenti stava per levare le tende.

– Mi faccia capire meglio, ispettore. Gaetano Burrano fu ucciso. Da chi? – riprese.

L'ispettore oscillò il capo, dubbioso. – Picciriddo ero all'epoca, dottoressa. Qualche cosa me la ricordo, perché la famiglia mia fu sempre vicina ai Burrano. Ma per essere piú preciso debbo fare qualche ricerca. Per quanto...

Vanina lo bloccò con un cenno della mano. – Voglio saperne il piú possibile.

Si voltò a guardare Burrano, che parlava con Vassalli. Il giudice scuoteva la testa con aria di cordoglio. Vanina ormai lo conosceva. Era uno coscienzioso, ma non si poteva dire che avesse una vocazione per il suo lavoro, che svolgeva con una flemma irritante. Questo li aveva portati spesso a entrare in contrasto.

– Domani voglio interrogare la signora Burrano e sentire di nuovo il nipote. E voglio tornare qui, con calma, – concluse Vanina.

Spanò annuí, poco convinto. – Capo, mi deve scusare, ma pensa per davvero di scoprire qualche cosa? Piú di cinquant'anni passarono, dall'omicidio di Burrano. Capace che oramai l'assassino morí. E in tutto questo tempo, la casa è stata incustodita, tant'è vero che Alfio dice che si rubarono un sacco di cose. Chiunque potrebbe aver scoperto quel montacarichi e pensato di usarlo per occultare un cadavere.

– Spanò, voglio sapere chi ammazzò Burrano, quando successe il fatto, dove e perché. E cerchiamo di scoprire quante persone bazzicavano questa casa quando era in vita. Servitú, amministratori, persone di fiducia e soprattutto capiamo chi di loro poteva essere a conoscenza del montavivande.

– Domani recupero tutte le informazioni, – ubbidí l'ispettore.

Vanina lo lasciò per avvicinarsi a Vassalli.

– Cercheremo di disturbare la signora Teresa il meno possibile, – stava garantendo il giudice ad Alfio Burrano, che annuiva meccanicamente con la ragazza appesa al braccio.

Il vicequestore sogghignò tra sé e sé: meglio non comunicare al magistrato che la vecchia signora sarebbe stata la prima persona che lei aveva deciso di «disturbare» l'indomani mattina. E piú lo sentiva parlarne con deferenza, piú la sua decisione diventava irrevocabile.

Da qualche parte doveva cominciare, e non poteva essere che quella.

4.

L'ispettore capo Carmelo Spanò finí il caffè e mandò giú l'ultimo boccone di raviola. Si gustò fino in fondo il sapore della ricotta: dolce ma non troppo e profumata di cannella nella giusta misura. Afferrò il giornale e lo appoggiò su un tavolino d'alluminio segnato dalle strisce opache di un poco risolutivo colpo di spugna. Lo scorse da cima a fondo, spaginandolo tutto, per appurare che nemmeno una riga fosse uscita sul ritrovamento. Era troppo presto, in effetti, ma non si sa mai. Tra gli agenti della Scientifica presenti a villa Burrano la sera prima, aveva riconosciuto un noto dispensatore di notizie. E quel ritrovamento faceva troppa scena per non finire in mano a qualche cronista in cerca di disgrazie con cui poter sbarcare il lunario.

Si pulí la bocca con un tovagliolo di carta e lasciò sul tavolino un euro e settanta, la solita somma. Salutò con un cenno il padrone del bar, dove faceva colazione tutte le mattine da quando a casa sua non c'era piú nessuno a preparargliela.

Il tratto di strada a piedi verso l'ufficio era il momento che piú gli piaceva, in giornate come quella sarebbe stato anche l'unico tranquillo. Il vicequestore Guarrasi sembrava aver sposato la causa del cadavere antidiluviano, e ciò significava che non avrebbe mollato il caso prima di averlo risolto. Di base era il principio che aveva sempre sostenuto anche lui, lo stesso che l'aveva portato a dipanare matasse parecchio piú ingarbugliate di quella che intravedeva tra le mura di villa Burrano. Era il principio in difesa del quale ora si ritrovava a fare colazione ogni mattina solo come un cane, con un documento di separazione da firmare che lo aspettava nello studio di quello stronzo di avvocato con cui sua moglie conviveva ormai da piú di un anno.

Stavolta, però, qualche dubbio circa l'utilità delle indagini – peraltro fumose e complicate – che si accingeva a condurre gli era venuto. Anzi, a dirla tutta quei dubbi gli avevano tolto mezza nottata di sonno.

Il vicesovrintendente Fragapane gli venne incontro nel corridoio della questura agitando un bicchiere di plastica marroncina, nel quale turbinava una bevanda nera che emanava un vago odore di caffè. Un brodame inconfutabilmente erogato dal distributore automatico all'ingresso.

– Stamattina mi feci una scappata in archivio, e mi procurai un poco di carte sul caso Burrano.

Spanò guardò l'orologio: le otto spaccate.

– Stamattina quando, Fragapane? Le otto sono!

– Lo sai che non mi può sonno. Alle cinque e mezza mi suso e non ho che fare. Invece di furriare casa casa come uno scimunito e disturbare a Finuzza che deve pigliare servizio in ospedale, pensai che potevo impiegare meglio il tempo.

Salvatore Fragapane era l'altro «anziano» della Mobile. Insieme a Spanò, faceva parte di quella che i due chiamavano orgogliosamente «la vecchia guardia».

Carmelo aprí la porta dell'ufficio che divideva con il vicesovrintendente. Sulla scrivania di Fragapane, un faldone polveroso e dalle pagine ingiallite giaceva di fianco a una custodia di cartone usurata dal tempo e dalle tarme.

– E forza: vediamo che possiamo tirarci fuori, da 'ste carte.

Il passo del vicequestore Guarrasi risuonò nel corridoio alle 8.45.

Non c'era mattina che le riuscisse di arrivare in ufficio prima di quell'ora, a eccezione di quelle volte, in realtà non infrequenti, in cui vi trascorreva l'intera nottata.

Non era questione di pigrizia, ovviamente: dalle dieci del mattino in poi, Vanina avrebbe potuto tirare avanti senza mai stancarsi fino a notte inoltrata. Anzi, piú tardi si faceva e piú la sua attività cerebrale marciava alla perfezione. Insonnia, interpretava erroneamente chi non la conosceva bene, ma non era esatto: quando dormiva, Vanina riposava benissimo e senza interruzioni. Neppure quella della sveglia. Era proprio il suo ciclo sonno-veglia che non andava. Per assecondare la sua natura e recuperare almeno parte del gigantesco debito di sonno che andava accumulando durante la settimana, avrebbe dovuto dormire dalle due di notte alle dieci del mattino. Cosa che giusto la domenica, e in tempi di pace.

La sera prima era tornata a casa con la sensazione di trovarsi di fronte a un caso di quelli che non si dimenticano. Una di quelle vicende suggestive che la gente poi continua a raccontarsi per anni. Burrano si sarebbe dovuto rassegnare: difficilmente i giornali si lasciavano scappare storie del genere.

Dopo essersi spazzolata le scacce di Bettina, aveva tentato di impiegare le ultime ore di veglia cercando in rete qualche informazione sulla villa incriminata. Un modo come un altro di tirare tardi nella speranza di arrivare dritta al sonno senza passare per la fase che lo precedeva, quella in cui i pensieri piú molesti iniziano ad affiorare. Ma era stato inutile. La ricerca era durata cinque minuti – i fatti di villa Burrano risalivano a un'epoca in cui internet non era neppure nella mente di Dio – e lei si era ritrovata di nuovo a dibattersi nella mestizia di quel 18 settembre appena trascorso. La televisione accesa, lo sguardo puntato sull'unica fotografia che troneggiava incorniciata sulla mensola. Il suo umore era colato di nuovo a picco nei ricordi. E si era sentita orfana. Per la venticinquesima volta.

Spegnere la terza sveglia, strategicamente piazzata lontano dal letto, aveva comportato una fatica smisurata. Le gambe come due macigni, una lieve vertigine, la sensazione di non riuscire a tenere gli occhi aperti. Aveva iniziato a connettere solo dopo due caffè, una doccia e una sigaretta fumata all'aria fresca.

Era in netto ritardo.

La colazione del bar *Santo Stefano*, come già altre volte, se l'era dovuta portare appresso.

Prima di raggiungere il suo ufficio si diresse verso la stanza che l'ispettore Bonazzoli divideva con il sovrintendente Nunnari, l'unico che non era intervenuto la sera precedente, e con l'agente Lo Faro. Era lí che la squadra si riuniva all'inizio di ogni nuovo caso, per scambiarsi le prime impressioni in attesa del suo arrivo.

Marta era seduta alla scrivania, con una tazza fumante in una mano e un biscotto, rigorosamente integrale e privo di qualunque proteina animale, nell'altra. In silenzio, sorseggiando la tisana in modo da finirla prima che il vicequestore storcesse il naso sentendone l'odore, ascoltava le descrizioni che Spanò e Fragapane stavano fornendo a Nunnari, curioso di conoscere qualche dettaglio sul caso.

Il vicequestore irruppe nell'ufficio battendo un paio di volte le nocche sulla porta socchiusa.

– Buongiorno, squadra, – salutò, bloccando con un cenno della mano Spanò che per primo stava balzando in piedi, e dirigendosi verso la postazione dell'ispettore Bonazzoli.

– Ciao capo, – l'accolse Marta, liberando la porzione di scrivania su cui sapeva che lei si sarebbe accomodata. In quanto donna, per di piú forestiera, e avendo goduto del privilegio di condividere con lei parte del suo poco tempo libero, era l'unica di tutta la squadra a darle del tu.

Un caso fresco fresco e un'indagine tutta da ponderare, ancora priva di qualsiasi contaminazione esterna: una vera panacea sarebbe stata, per il vicequestore Guarrasi, il cui umore variava in misura direttamente proporzionale alla sua creatività investigativa.

– Perciò, picciotti, – esordí Vanina, sedendosi con una sola gamba sull'angolo della scrivania dell'ispettore, e poggiandovi sopra un vassoietto incartato odoroso di caffè. – Facciamo un po' il punto della situazione. Quello che ci troviamo per le mani da ieri sera non è un caso per cosí dire... ordinario. Sappiamo già che l'autopsia servirà a ben poco. E pure i rilievi della Scientifica, informazioni utili non ce ne daranno. Ci forniranno solo indizi vaghi, che ci permetteranno di farci giusto un'idea dell'epoca in cui ci stiamo muovendo.

L'ispettore capo Spanò sghignazzò, guadagnandosi la sua occhiata storta.

– Significa, – seguitò, marcando il timbro della voce per zittire il mormorio divertito, – che stavolta dovremo procedere a tentoni. Niente impronte digitali, niente indizi sull'arma del delitto, niente dati ambientali significativi. Qualunque pista scoveremo, ci porterà indietro come minimo di qualche decennio. E non è detto che conduca a qualcosa.

Nunnari alzò la mano.

– Scusi, capo, ma se le cose stanno cosí... che fretta abbiamo?

– Sempre il solito lavativo! – criticò Spanò.

Vanina fissò il sovrintendente, senza contrarietà.

– Probabilmente nessuna. Però vedi, Nunnari, perdere tempo non conviene a nessuno. Appena questa notizia trapela, e a occhio e croce sono sicura che succederà a breve, si solleverà un polverone di curtigghi. I Burrano sono una famiglia conosciuta, e per giunta con un morto ammazzato nel pedigree. E Catania è un paesone. Una storia cosí succosa scatenerà l'inferno. Perciò è meglio cercare di raccogliere quante piú informazioni possibile per non farci cogliere impreparati.

– Capo, – intervenne Fragapane, facendosi avanti con un fascicolo in mano, – le carte dell'omicidio Burrano già le abbiamo. Allora ce ne occupammo noi... cioè la Mobile. Me le procurai io stamattina, nell'archivio della questura. Per fortuna si trovavano in uno scaffale ordinato, se no ancora là ero.

Vanina allungò la mano soddisfatta, agguantando l'incartamento che il vicesovrintendente le porgeva. Esaminò la prima pagina, datata 1959.

– Bravo Fragapane. Ora lei e Spanò cercate di recuperare un poco d'informazioni sull'omicidio. Come avvenne, dove, se fu trovato il colpevole e chi era. E occhio soprattutto se tra i vari nomi che leggete – testimoni, indiziati e gente coinvolta – risulta qualche donna.

Vanina colse un certo scetticismo negli sguardi che accompagnavano i cenni d'assenso.

– Sentite, può anche essere che le notizie contenute dentro 'sto faldone vecchio di cinquant'anni non ci conducano a niente, ma da qualche parte dobbiamo cominciare. A villa Burrano era, il cadavere di questa tizia, e fresco non era di certo. L'omicidio di Gaetano Burrano finora pare l'unico fatto rilevante nella storia di quella famiglia, e guarda caso è avvenuto parecchio tempo fa. Perciò intanto vediamo un poco di capire come fu e come non fu. Va bene?

– Ci mettiamo al lavoro subito, – garantí Spanò.

Vanina scese dalla scrivania dell'ispettore Bonazzoli.

– Io e Bonazzoli, invece, appena possibile ce ne andiamo a casa della signora Burrano, prima che qualcuno si metta di traverso e pianti qualche paletto. Convocarla qui mi pare inutile, almeno per il momento. Anzi, Marta, procurami il numero di telefono, che la chiamo personalmente. Ora me ne vado nel mio ufficio a consumare questa colazione, prima che si raffreddi del tutto.

Riprese il pacchetto che aveva poggiato sul tavolo, facendo attenzione a tenerlo dritto, e si avviò verso la porta.

– Ah, dimenticavo: Nunnari, parla con quelli della Scientifica e chiedi quando potremo avere il contenuto delle borse che abbiamo trovato vicino alla mummia. Sicuramente ci aiuteranno a capire qualcosa, almeno per determinare l'epoca.

Il sovrintendente portò due dita alla fronte, sull'attenti.

– Riposo, riposo, – rispose Vanina sorridendo.

Nunnari era un divoratore di film americani, di quelli pieni di «sissignore» urlati a uno spietato sergente maggiore. Gliel'aveva confidato durante l'unico appostamento che avevano fatto insieme, guadagnandosi cosí le sue simpatie di cinefila. Peccato solo che piú che al guardiamarina Mayo di *Ufficiale e gentiluomo* il sovrintendente somigliava a «palla di lardo» di *Full Metal Jacket*.

Entrò nel suo ufficio e raggiunse la scrivania, che lei stessa aveva sistemato sotto una vetrata orientata a levante e già infuocata di luce manco fosse estate piena. Abbassò la serranda quanto bastava per potersi sedere sulla sua poltrona senza dover tirare fuori gli immutabili Persol dalla tasca laterale della borsa, ma avendo cura che una striscia di sole rimanesse proiettata sul pavimento. Le ricordava di essere tornata in Sicilia e solo lei sapeva quanto l'aveva desiderato.

Scartò il pacchetto e tirò fuori un bicchiere di plastica col caffellatte. Tolse il coperchio e versò mezza bustina di zucchero, di canna, cosí per ridere, mentre addentava un dolce di pastafrolla ripieno di crema che a Catania chiamavano panzerotto.

La colazione era ancora a metà, quando Marta comparve bussando due volte alla porta.

– Capo... oh, scusa. Credevo avessi già finito.

Le fece segno di accomodarsi.

– Che c'è? – chiese, intercettando lo sguardo dell'ispettore puntato sul suo bicchiere. – Ah, vero. Per voialtri il latte è veleno. Quasi quasi è meglio fumare una sigaretta.

Marta era abituata a quel «voialtri» sardonico, che il vicequestore riservava a chiunque avesse abitudini alimentari diverse da quelle canoniche. In particolar modo a loro: i vegani.

– Io non ti stavo dicendo nulla, – replicò. Tanto, ormai lo sapeva, tentare l'ennesima difesa delle colazioni a base di semi di lino e yogurt di soia sarebbe stato tempo perso.

– Hai recuperato il numero della Burrano?

Marta annuí. Tirò fuori il Samsung e le mostrò il display.

– Vedo che annotasti anche il cellulare del nipote. Hai fatto bene, sembra un tipo interessante, – la stuzzicò, afferrando la cornetta e componendo il numero.

– Sai invece cosa mi ha detto lui, nel darmelo? «Le sarei grato se potesse girarlo al vicequestore Guarrasi».

Vanina aggrottò la fronte, con un gesto che indicava l'assurdità di quell'allusione.

La signora Burrano arrivò all'apparecchio dopo cinque minuti buoni, che il vicequestore trascorse prima conversando con una ragazza straniera di nome Mioara, la badante con ogni probabilità, e poi in paziente attesa.

– Dottoressa Guarrasi, qualcosa mi diceva che l'avrei conosciuta molto presto, – esordí la signora.

– Buongiorno, signora Burrano. Chiedo scusa per il fastidio, purtroppo inevitabile date le circostanze. Avrei bisogno di chiederle alcune informazioni. Una chiacchierata del tutto informale. Di persona.

Fece cenno a Marta di aprire la porta a Spanò, che aveva già bussato due volte e che non si sarebbe mai permesso di entrare nel suo ufficio senza invito.

– Sí. Lo immaginavo, – rispose la signora Burrano.

– Se non le è di disturbo, passerei lí da lei oggi stesso in tarda mattinata.

– Lei è una che non perde tempo, lo so. Nessun disturbo, naturalmente. Purché non sia dalle due alle quattro, per piacere. Sa com'è, alla mia età si fa fatica a cambiare le proprie abitudini, specie se riguardano il riposo.

– Sarò da lei tra un paio d'ore.

Quando chiuse la comunicazione, Spanò e Marta continuarono a confabulare come stavano facendo.

– Perciò? Posso sapere anch'io, o si tratta di un segreto tra voi due?

– Mi scusi, dottoressa. Lei stava parlando al telefono...

– Vabbe'. Allora? Che avete trovato nelle carte che portò Fragapane?

Spanò si accomodò meglio sulla poltroncina.

– Per ora abbiamo dato una scorsa veloce. C'è solo il fascicolo M1, quello relativo all'omicidio. Fragapane se lo sta spulciando per bene, e sappiamo tutti che ha bisogno dei suoi tempi. A quanto pare Gaetano Burrano fu ammazzato il 5 febbraio del '59, con un colpo di pistola sparato in testa. Alla nuca, per essere precisi. L'arma era una Beretta calibro 7,65, che non è mai stata trovata. Il corpo fu rinvenuto alla scrivania del suo studio, – fece una piccola pausa durante la quale fissò il vicequestore, – nella villa di Sciara.

Vanina si protese in avanti poggiandosi sui gomiti, in attesa del prosieguo.

– Dell'omicidio fu accusato Masino Di Stefano, l'uomo che amministrava tutte le sue terre e le sue attività.

– Chi fu a seguire l'indagine?

– Il commissario Agatino Torrisi, che allora dirigeva la Mobile.

– Movente?

– Burrano si era rifiutato di permettere che nelle sue terre si costruisse un acquedotto. Un progetto grosso, che interessava assai la famiglia mafiosa degli Zinna, con cui Di Stefano aveva molti contatti, e macari qualche legame di parentela da parte della moglie –. Il solo udire il nome di certe famiglie, di cui in altri tempi aveva tenuto stampati in mente tutti gli alberi genealogici, riusciva a provocarle un senso di nausea.

– E tutte 'ste cose le ha desunte sfogliando le carte in dieci minuti?

– No. Sulle carte ho letto solo che per l'omicidio di Burrano fu condannato Masino Di Stefano e chi se ne occupò. Non mi pare che si faccia cenno alla mafia, anche perché nel '59 la parola mafia, cosí come la intendiamo noi, manco esisteva. Gaspare Zinna, il cognato di Di Stefano, fu indagato per complicità, ma prove a suo carico non se ne trovarono.

E ti pareva.

– E il fatto dell'acquedotto, dove l'ha letto?

– Da nessuna parte, dottoressa. Mi bastò fare una telefonata. Mio padre ha ottantotto anni, ma il cervello ancora gli cammina perfettamente. In cinque minuti mi cuntò piú cose di dieci fascicoli.

Vanina sorrise. Gli Spanò erano sempre una grande risorsa.

– E con l'acquedotto, come finí?

– A casa sua, a Santo Stefano, quando apre il rubinetto l'acqua arriva?

– Certo.

L'ispettore si strinse nelle spalle e allargò le mani. – E allora!

– Ah, ecco, – fece eco il vicequestore, mentre Marta spostava lo sguardo da lei a Spanò per cercare di afferrare il significato di quello scambio di battute.

L'ispettore Bonazzoli era di Brescia. In Sicilia era arrivata da poco piú di un anno. Si era abituata a molte cose: agli orari vaghi, ai servizi che non funzionavano; aveva imparato a uscire con gli occhiali da sole anche in pieno inverno, a mostrarsi socievole con i vicini di casa, e a non rifiutare mai quello che le veniva offerto – naturalmente a meno che non si trattasse di carne o derivati animali –, pena una mortale offesa. Quello che però ancora non le riusciva era decifrare certi messaggi subliminali fatti di poche parole, a volte addirittura cenni, che spesso i suoi colleghi si scambiavano. E tutti sembravano capire al volo. Tutti, tranne lei.

– Bonazzoli, lascia perdere. Poi te lo spiego, – la provocò Spanò, divertito.

La ragazza lo guardò storto. – Dunque Burrano è stato ucciso proprio nella stessa casa in cui il nipote ieri ha scoperto il cadavere, – sintetizzò, riportando la conversazione sui binari.

– Esatto, – confermò il vicequestore. – Spanò, quanto tempo è che non pranza con suo padre?

Spanò sorrise. – Assai, perché?

– Oggi si prenda tutto il tempo che vuole e se ne vada a pranzo dai suoi. Mi piacerebbe sapere qualcosa di piú

su Gaetano Burrano. Che personaggio era, e com'era considerato. Anche i pettegolezzi. Non credo che troveremo
molta gente in grado di ricordare.

L'ispettore annuí.

– Marta, tu invece contatta il dottor Burrano, e digli di
raggiungerci a Sciara oggi pomeriggio presto.

– Ok, capo.

Convocò il sovrintendente Nunnari, che entrò scuotendo la testa.

– Nessuna notizia dalla Scientifica? – indovinò Vanina.

– Ancora niente, capo. Forse è presto.

Oppure era quel grandissimo fituso di Manenti, che
non si sentiva abbastanza considerato se non riceveva la
telefonata diretta del vicequestore Guarrasi.

Vanina si protese verso il telefono e compose il numero.

– Guarrasi. Mi passi il dottor Manenti.

– Ciao Guarrasi, – udí, dopo pochi minuti.

– Buongiorno, Manenti. Come procede il lavoro?

– I miei uomini stanno catalogando tutto quello che
c'era nelle due borse, che tu di sicuro sarai ansiosa di avere per le mani. O sbaglio?

– Ti mando qualcuno tra... quanto? Un paio d'ore?

Dall'altro lato si sentí sbuffare rumorosamente.

– Se hai deciso che devono bastare due ore... Comunque si tratta solo di fissariate. Cose da fimmine. Pettini,
rossetti, specchietti, un fazzoletto di seta. E poi gioielli,
tanti gioielli. Un pacchetto di sigarette. Solo una cosa può
essere utile: un'agendina.

– Di che anno?

– Nessuno. È telefonica.

– E degli altri reperti che mi dici?

– Che reperti? – si fermò, poi: – Ah, giusto! La cassetta di sicurezza. Con tutta la fretta che mi fai, mi stavi facendo scordare l'unica cosa importante. Era piena piena di banconote, tutte da diecimila lire.

– L'anno di tiratura?

– Ma prima non lo vuoi sapere quante erano?

– Non mi sembra il dato piú rilevante. Mi interessa di piú sapere l'epoca.

L'uomo parve riflettere. – Guarrasi, ma lo sai che pari sperta veramente? – osservò poi, con una nota di scherno che la infastidí.

– Grazie, Manenti. Allora?

– Non lo so. Però ti posso dire che sono grandi come fazzoletti.

Se l'aspettava.

– Perciò sono vecchie assai. Quanto tempo perderai per sapere a quando risalgono?

– E che minchia, Guarrasi! Manco dodici ore passarono, e macari la notte ci fu nel mezzo. Ti pare che babbiai fino a ora? Ci vuole il tempo che ci vuole.

Vanina allontanò la cornetta con una smorfia. Allargò le braccia e scosse la testa, imponendosi il silenzio.

Spanò accennò un sorriso sardonico. Marta sospirò.

– Il vicesovrintendente Fragapane sarà lí da te verso l'una. Non gli dare solo fotografie, mi raccomando, dàgli direttamente le borse e il loro contenuto, che tanto non hai che cosa fartene, – comunicò, sottolineando la cafonaggine del suo interlocutore con un tono neutro.

– Gli darò piú materiale possibile. Va bene? Ma me la togli una curiosità? Io capisco quando mi vieni a levare l'aria per un omicidio avvenuto il giorno prima, ma tutta 'sta prescia per un cadavere che manco si sa in che epoca è morto, e che è stato ritrovato per caso?

Non seppe rispondergli. Anche perché una risposta logica da dargli non ce l'aveva. Tagliò il discorso.

– Ah, Manenti? – lo richiamò, prima di mettere giú. – Una dritta: sotto la figura stampata nelle banconote ci sono sempre scritte delle date. Non dovrebbe essere difficile.

Non udí risposta, solo il *clic* di chiusura.

Alzò lo sguardo sui due ispettori, sempre piú divertiti.

– Non sono ammessi commenti, – avvertí.

Si alzò in piedi recuperando la giacca di pelle che aveva appeso alla spalliera e uscí, seguita dai due ispettori.

Entrò nell'ufficio accanto insieme a Spanò.

– Fragapane, – chiamò.

Il vicesovrintendente scattò verso di lei.

– All'una vada da quelli della Scientifica e si faccia consegnare il piú possibile. Veda se riesce a portarmi una delle banconote che hanno trovato nella cassetta di sicurezza o quantomeno la foto ingrandita. Occhio, che Manenti non le mollerà facilmente.

– Lassassi fare a mmia, dottoressa. Alla Scientifica ci lavora un amico mio.

– E allora perché ci mando sempre lei?

Le amicizie di Fragapane erano tentacolari: una in ogni reparto. E Vanina sospettava che la rete si estendesse anche al di fuori degli uffici della Polizia di Stato.

Il vicesovrintendente si guardò i piedi imbarazzato, ma in fondo orgoglioso.

Mentre Marta entrava nell'edificio di fronte a recuperare un'auto di servizio dal parcheggio, Vanina compose il numero del cellulare di Adriano Calí, che squillò a vuoto. Alzò lo sguardo a controllare il cielo, ancora grigiastro, e stese la mano col palmo in su per accertarsi che la cenere non avesse ripreso a venire giú. Si accese una sigaretta, ma ne fumò solo un paio di boccate spegnendola poi in un vaso pieno di terra e di cicche, prima di montare in macchina dal lato del passeggero. Marta non avrebbe di certo osato protestare, se avesse tenuto la sigaretta accesa. L'avrebbe tollerata in silenzio, ma con una visibile affli- zione, che a Vanina smuoveva i nervi. D'altra parte, l'in- terno di quell'auto puzzava già di per sé, e per giunta di fumo freddo, quello stantio, il piú nauseabondo.

– Posso chiederti una cosa? Perché ti stai lanciando con tutto questo entusiasmo in un caso che probabilmen- te non avrà risoluzione? – domandò l'ispettore, spezzan- do il silenzio.

– Non lo so.

C'era qualcosa che rendeva quel ritrovamento piú in- teressante di qualunque omicidio comune di cui si fosse occupata negli ultimi tempi. Forse era lo scenario insoli- to, come aveva detto Adriano, da set cinematografico; o magari si trattava di pura e semplice curiosità per uno di quei casi singolari in cui era nota per sapersi barcamena- re, ma che difficilmente le capitavano sotto mano. O forse era il bisogno costante di riempire le giornate e la mente a renderla incapace di abbandonare il suo ritmo serrato anche quando le circostanze non lo rendevano necessario.

Soprattutto in quei giorni, che per lei erano i peggiori dell'anno.

– Non lo so, – ripeté. – Ma se me lo richiedi tra qualche ora... forse una risposta te la saprò dare.

5.

L'appartamento di Teresa Burrano occupava per intero il terzo piano di uno stabile di fine Ottocento che affacciava su via Etnea; una casa dalle dimensioni spropositate, piena di salotti e salottini, tutti aperti e in perfetto ordine.

La signora accolse il vicequestore Guarrasi e l'ispettore Bonazzoli sprofondata in una poltrona di pelle capitonné chiara, analoga a un divano su cui le invitò ad accomodarsi. La poltrona di fianco alla sua era occupata da una donna, poco piú che sessantenne, che presentò loro come «la cara amica Clelia Santadriano».

La prima impressione che Teresa Burrano ispirò a Vanina fu di sincera antipatia. Un viso squadrato, dai tratti duri, su cui campeggiava il piú altero dei sorrisi di circostanza.

– Signora Burrano, lei è a conoscenza di quanto è avvenuto ieri sera nella sua villa di Sciara, vero?

– Mio nipote me lo raccontò stamattina.

– Sapeva dell'esistenza di quel montacarichi?

– No. Ma non mi stupisco di apprenderla. Mio suocero aveva tutte le fisime di questo mondo, tra cui quella di pranzare e cenare in privato. Sicuramente era un montavivande.

Si allungò sul tavolino a prendere un pacchetto di sigarette, che faticò ad aprire. Vanina notò che aveva le mani nodose, deformate dall'artrosi. La Santadriano accorse in aiuto e lo aprí per lei. Le porse la sigaretta e un accendino d'oro poggiato lí vicino.

– Tutte le aperture erano fermate con un paletto di ferro e occultate. Il che suggerisce una funzione un po' diversa dal semplice trasporto di cibo, – puntualizzò il vicequestore.

– Può darsi che in seguito mio marito l'abbia trasformato in un nascondiglio. Aveva casseforti e nascondigli dappertutto: qui, nel suo ufficio...

– Come mai? – chiese Vanina.

– Era un uomo ricco, dottoressa, che amava tenere sotto controllo i suoi averi. Non si fidava di nessuno. E considerato come andò a finire non aveva tutti i torti –. Vanina pensò alla cassetta di sicurezza piena di soldi trovata accanto al cadavere.

– Mi risulta che suo marito, prima di morire, trascorresse molto tempo a Sciara. Lei non lo seguiva?

– No.

– Come mai, se posso essere indiscreta?

– Io amavo la vita di società, e preferivo restare in città. Poi, in tutta franchezza, non credo che la cosa gli interessasse granché. Lui concepiva la mondanità in un altro modo. Gli piaceva viaggiare, frequentare ogni sera gente diversa. E la compagnia non gli è mai mancata.

Lo sguardo sorpreso di Marta indusse la signora a chiarire meglio.

– Non mi fraintenda. Non vorrei mai infangare la memoria di mio marito. Ho sempre evitato persino di nominarlo, per non risvegliare ricordi dolorosi. Ma alla mia età non ha piú senso essere ipocriti, dottoressa. Mio marito è stato ucciso cinquantasette anni fa. A quei tempi essere vedova era una condizione pressoché irreversibile, a prescindere da qualunque fosse stato il comportamento del marito quand'era in vita. Ho indossato il lutto per piú

di vent'anni. Lo sa quanti anni avevo? Trenta. Ero piú
giovane di lei.

Vanina tacque un momento.

– Intorno a suo marito, perciò, donne ne giravano parecchie, – riprese.

Teresa Burrano sventagliò le mani all'indietro accompa-
gnando il gesto con uno sbuffo. – Uff! Un'infinità.

– Senta, signora: chi poteva essere a conoscenza che suo
marito aveva creato un nascondiglio nel vecchio montacarichi? Anche se è ancora un'ipotesi –. E chissà se avrebbe
mai trovato prove che la suffragassero.

– A parte il suo amministratore, nessuno.

– Vuole dire Masino Di Stefano?

La signora arricciò le labbra in un mezzo sorriso.

– Lei è veramente una che non perde tempo. Sí, mi ri-
ferisco proprio a lui. Il solo di cui mio marito si fidava…
proprio l'unico che non lo meritava.

Vanina rifletté su quello che stava per chiederle.

– Secondo lei, suo marito sarebbe stato capace di uccidere qualcuno?

Il sorriso storto della signora si aprí in una breve risata.

– Ma chi, Gaetano? Quello si scantava perfino a tirare
uno schiaffo! I fucili da caccia li teneva sotto chiave, per
paura che potesse succedere qualche incidente. La pistola,
quella che non fu mai trovata, lui non la maneggiava mai.
Non perdeva la testa neppure di fronte a cose gravi. Era
un uomo di carattere, in fin dei conti.

Vanina spostò per un momento lo sguardo su Clelia Santadriano. La donna ascoltava senza mostrare il minimo stupore, segno che conosceva la storia. Del resto, la Burrano non
si stava ponendo nessun problema a parlare in sua presenza.

– Ha mai conosciuto di persona qualcuna delle amanti
di suo marito? – osò.

– Qualcuna. Ma le anticipo che quelle poche sono ancora vive e vegete.

– Non ricorda di aver sentito di qualche sparizione nell'entourage di suo marito nel periodo della sua morte, o anche dopo?

– Non mi pare. E poi le ripeto, dottoressa, io conoscevo una minima parte di quello che lei chiama l'entourage di Gaetano. Ed era molto meglio cosí, mi creda. Mio marito era. Sempre da me sarebbe tornato. Era una certezza. Non m'interessava sapere altro.

Raccontava i propri fatti personali con un'imperturbabilità strabiliante. Era una donna glaciale, chissà se lo era stata anche da giovane o se la vita l'aveva indurita.

– Negli anni successivi alla morte di suo marito, la villa fu abitata da qualcuno?

– No. Diedi ordine personalmente di chiuderla non appena si conclusero le indagini.

– Perciò neppure la servitú vi mise piú piede?

– No.

– Qualcuno tra i domestici che lavoravano alla villa è ancora in vita?

– Non che io sappia. Ma non erano molti. A Sciara mio marito non voleva troppa gente tra i piedi. Lei capisce bene il perché. È sempre stato discreto nelle sue… scappatelle.

– Ricorda i nomi?

La signora chiuse gli occhi, sforzandosi di ricordare. Scosse il capo. – Difficile…

Vanina le consegnò il suo biglietto da visita e le indicò Marta come referente nel caso in cui le fosse tornato in mente qualcosa.

La ragazza rumena, Mioara, si materializzò per accompagnarle all'uscita, ma le seguí anche la Santadriano, che si fermò a metà strada.

– Spero che facciate luce su questa brutta storia, – disse, stringendo la mano al vicequestore.

Inconfondibile accento partenopeo, notò Vanina.

– Anche se non lo dà a vedere, Teresa è rimasta parecchio scossa, – proseguí la donna preoccupata. – Lei capisce bene: un delitto, nel passato di questa famiglia, già ci stava, ed era un argomento di cui lei non parlava mai con nessuno, nemmeno col nipote. Ora per colpa di questa novità sarà costretta a ricordare situazioni dolorose assai. Povera Teresa.

In fondo non le si poteva dare torto.

Con quella faccia di marmo e quell'atteggiamento borioso la signora Burrano non ispirava nessuna tenerezza. Però era una donna anziana, sola e senza figli, vedova dall'età di trent'anni e il cui marito era morto ammazzato con un colpo alla testa. Una discreta dose di sciagure se l'era sciroppata.

Il vicequestore assicurò alla donna che avrebbe fatto di tutto per risolvere la «brutta storia» al piú presto. Ma non sarebbe stato per niente facile.

Per uscire dall'edificio si doveva passare per un cortile interno. Il vento aveva cambiato di nuovo direzione, e la cenere aveva ricominciato a piovere sulla città. Il basolato di pietra lavica del patio e l'acciottolato grigio erano completamente ricoperti di cenere, come le due aiuole di piante grasse che stavano al centro.

Vanina si accese una sigaretta.

– Che dici, ci facciamo un'arancina da *Savia*? – propose, guardando l'orologio.

Marta rifletté sulla risposta. – Non è un posto per me. Però ti faccio compagnia volentieri.

Il vicequestore si diede un colpetto sulla fronte. Casca-

va sempre sullo stesso errore. Non poteva farci niente: il
concetto che non tutti i posti andassero bene per pranzare con Marta senza incontrare difficoltà non riusciva a
entrarle in testa.

– Le arancine esistono anche agli spinaci, alle melanzane... – cominciò a enumerare.

– Dubito che non ci sia dentro burro o formaggio. Ma
non crearti problemi, te lo ripeto: ti accompagno volentieri. Bevo un tè.

Vanina si fermò a guardarla incredula.

– Un tè? Come fai a sostituire un pasto con un tè?

– Ma non preoccuparti, qualcosa troverò. E poi non
sono affamata!

Si sedettero fuori, al riparo sotto un ombrellone. Faceva talmente caldo che dovettero togliere la giacca e rimanere in maglietta.

– Dunque al caro estinto piaceva correre la cavallina, –
sintetizzò Marta, sistemandosi sulla sedia.

– A quanto pare sí.

– Hai visto con quale tranquillità la signora Burrano ne
parlava? Come se fosse una cosa normale. Ti rendi conto?
Il marito se ne andava in villa con le sue amichette, e lei
rimaneva a casa a fare «vita di società».

– Non mi stupisce per niente. A quell'epoca il matrimonio era poco piú che un contratto, stipulato tra due famiglie e basato su motivazioni meramente economiche. E
piú la classe sociale era elevata, piú l'interesse prevaleva.
Aggiungi che i Burrano non avevano neppure figli. In questa situazione era normale che ognuno si facesse la propria
vita, in modo pacifico e senza troppi problemi, ma mante-
nendo sempre intatta la facciata. Non fare quell'espressione disgustata, era cosí pure a Brescia, stanne certa.

Marta si strinse nelle spalle. – Può darsi.

– Certo che, se nella villa di Sciara girava per davvero la quantità di donne a cui accennava la signora, sarà difficile capire di chi si tratta, – considerò Vanina.

– Ma esisterà una denuncia di scomparsa di questa tipa, no?

– È la prima cosa che dobbiamo controllare, iniziando dall'anno in cui hanno ammazzato Burrano. Se poi Adriano riuscisse a determinare che età aveva la vittima, almeno restringeremmo il campo.

Ordinò un'arancina al ragú e una Coca. Zero, tanto per prendersi in giro.

– Questo bar non solo fa le arancine piú buone, ma le chiama pure col nome corretto: *arancine*. Non *arancini*, come dicono qua.

La denominazione al femminile o al maschile di quel best seller della rosticceria siciliana era una delle centinaia di diatribe in atto da secoli tra palermitani e catanesi.

Dopo aver rifiutato anche la proposta di ordinare una pizzetta ed eliminarne del tutto il formaggio, Marta ordinò il suo tè.

– Sono a posto cosí, – assicurò.

Il vicequestore non insistette oltre sull'opportunità, per lei imprescindibile, di accompagnare la bevanda con qualcosa di solido. Quel garbato «a posto cosí» per l'ispettore significava che il discorso era chiuso.

– Sai cosa non mi convince per niente? – attaccò, concentrata su un pensiero che la inseguiva dalla telefonata con Manenti.

Marta si mise in ascolto.

– Tutti quei soldi lasciati lí insieme al cadavere. L'assassino apre il montavivande, presumibilmente adibito a nascondiglio, per metterci il corpo della donna. Vede la cassetta di sicurezza, che piccola non è ed è abbastanza

riconoscibile. Se non sa cosa contiene, nel novantanove
per cento dei casi se la porta via, anche solo per aprirla e
vedere di che si tratta. Se invece ne è a conoscenza, l'ipotesi piú probabile è che abbia previsto di tornare lí in un
secondo momento, ma che poi per qualche motivo sia stato impossibilitato a farlo.

Addentò l'arancina.

– E questo restringe il campo a due sole persone, le uniche che sapevano del nascondiglio.

– Gaetano Burrano e Masino Di Stefano, – indovinò
l'ispettore.

– Tutti e due impossibilitati a recuperare il denaro, uno
perché nel frattempo era morto, e l'altro perché era finito
in galera per averlo ucciso.

Marta rifletté, in silenzio.

Vanina si pulí le mani su un tovagliolo di carta e bevve
un sorso di Coca.

– Questa è l'ipotesi piú semplice. Ma non mi convince
per niente, – disse, adagiandosi all'indietro sullo schienale.

Girò lo sguardo su quell'angolo di via Etnea, affollato a
tutte le ore. Un tratto di marciapiede che ospitava due dei
bar piú frequentati della città, con i loro banconi gremiti
di consumatori veloci e i tavolini sempre occupati. L'ingresso principale di Villa Bellini si apriva proprio di fronte.

Si accese una sigaretta.

– Potremmo convocare Di Stefano, – propose Marta.

– In questo momento? E per dirgli cosa? Non abbiamo
idea di chi sia quella donna, né di quando sia stata uccisa.
Ammesso che, per ipotesi, Di Stefano sia coinvolto, secondo te direbbe mai qualche cosa? Quello si è fatto trentasei
anni di carcere: non credo che abbia un buon rapporto con
i poliziotti e con le questure.

– E allora? Che facciamo?

Vanina aspirò una boccata di fumo, il braccio sinistro piegato sotto il destro, con cui reggeva la sigaretta accarezzandosi il mento con il pollice. – Cerchiamo di capire.

– Capo, alla signora Spanò manco ci parse vero che Carmelo sta pranzando a casa sua, – annunciò Fragapane, divertito.

Vanina gli fece cenno di seguirla. Il vicesovrintendente raccolse i documenti trovati nella cartella che aveva recuperato quella mattina, e si diresse verso l'ufficio del capo. Si accomodò sulla sedia davanti alla scrivania.

– Notizie dell'amministratore omicida, ne abbiamo? – chiese Vanina, sprofondando nella poltrona e allungando le gambe in avanti, alla ricerca del poggiapiedi.

– Pare di sí. Trovai macari il fascicolo A2, quello suo personale.

– E che c'è scritto?

Fragapane aprí una cartella rosa.

– Tommaso Di Stefano, nato a Catania il 6 agosto del 1928. Condannato all'ergastolo per l'omicidio di Gaetano Burrano. Uscito dal carcere nel 1995, per buona condotta.

Vanina girò la poltrona da un lato e dall'altro puntandosi sul poggiapiedi, i gomiti sui braccioli e le mani intrecciate davanti al mento, in meditazione. Fece cenno al vicesovrintendente di proseguire.

– Il processo durò poco. Di Stefano si proclamò sempre innocente, ma gli indizi portavano a lui. Non aveva un alibi. La sera del delitto piú di un testimone l'aveva visto entrare e uscire da villa Burrano e sui suoi vestiti furono rinvenute tracce di sangue. In casa sua furono trovati documenti relativi a un terreno, su cui mancava solo la firma di Burrano. L'altra era di Calogero Zinna. Non so se mi spiego. Era un progetto...

– Per la costruzione dell'acquedotto, – l'interruppe
Vanina.

– Esatto. Di Stefano da quell'affare ci avrebbe guadagnato assai. Ma sia la signora Burrano che Vincenzo Burrano, il fratello della vittima, il padre di Alfio Burrano
cioè, dichiararono che il cavaliere si era sempre rifiutato
di cedere quel terreno. Poi ci fu la testimonianza di un uomo, un mezzadro, che disse di avere visto Burrano litigare
con l'amministratore. In casa di Di Stefano c'era macari un doppione delle chiavi di una macchina, una Lancia
Flaminia di cui la moglie di Burrano aveva fatto denuncia di smarrimento. Lui dichiarò di non saperne niente,
ma proprio in quei giorni sul suo conto in banca comparve una grossa somma, proporzionata alla vendita di una
macchina del genere.

– Perciò avrebbe rubato la macchina dell'uomo che aveva ammazzato per poi rivendersela. E avrebbe messo pure
i soldi in banca? Uno sprovveduto, questo Di Stefano, –
considerò il vicequestore.

– Economicamente non se la passava troppo bene, e
aveva il vizio del gioco. Due anni prima era stato pizzica-
to in una bisca.

– E gli Zinna?

– Fu indagato Gaspare Zinna, che stava gestendo l'affare dell'acquedotto per conto del padre, Calogero.

– Da qualche parte, nel fascicolo, compare un personaggio
femminile estraneo? Che so: una testimone, una complice…

– Niente. A parte la vedova, in queste carte femmine
non ce ne sono, capo.

Vanina meditò.

– Fragapane, e i reperti della Scientifica? – chiese all'improvviso, ricordandosi che l'aveva spedito a prenderli più
di due ore prima.

Il vicesovrintendente scattò in piedi.

– Mi scusi, dottoressa, sulla scrivania di Nunnari me li scordai! Mi accompagnò lui alla Scientifica e... ma vado subito a prenderli.

– Lasci stare, – lo fermò il vicequestore. Fece un numero interno e precettò Nunnari.

Il sovrintendente comparve due minuti dopo, sporgendo la testa attraverso la porta semiaperta.

– Posso, capo?

– Vieni, Nunnari.

L'uomo avanzò caracollando insieme a Marta, con uno scatolone in mano.

Una quantità di buste di plastica piene di oggetti dall'aspetto vissuto invasero la scrivania del vicequestore Guarrasi: guanti, pettini, specchietti, scatole di cipria, rossetti; e un mucchietto di gioielli, all'apparenza di medio valore. Un pacchetto di sigarette Mentola, un bocchino, la boccetta di colonia senza tappo. Infine, a parte, un'agenda telefonica minuscola.

– Che diavolo di sigarette sono, queste? – chiese Nunnari, incuriosito.

– Alla menta. Quando ero picciriddo io, le fumavano le femmine, – spiegò Fragapane. Poi afferrò una scatoletta verde, con scritto «Brillantina Linetti». Sul talloncino di vendita, quasi incomprensibile, si riusciva persino a indovinarne il prezzo: lire 250. – Vi', talè! La brillantina di mio papà!

– Della serie scovate l'intruso, – commentò Vanina. – Fragapane, lei quando è nato? – chiese.

– Nel 1958, dottoressa. Ho due anni piú di Spanò. Perché?

– La Linetti non era solo cosa da uomini?

– Di solito sí. L'odore stesso che faceva era... da barbiere, diciamo.

– Però questa è la borsa di una donna.

Il vicequestore aprí la scatola: il tubetto era intonso.

– Ma non è che era vietato, dottoressa. Magari alla signora, qua, l'odore della brillantina piaceva.

– Oppure non era sua, – suggerí la Bonazzoli.

– Ecco, questa ce l'annotiamo, – disse Vanina.

L'agendina telefonica era piena di nomi propri. Nessun cognome. I numeri, ovviamente, erano tutti a quattro cifre.

– Ah, capo: il dottore Manenti mi diede anche la cassetta di sicurezza, – aggiunse Fragapane, tirando fuori dalla scatola una mazzetta di banconote di un formato che Vanina non aveva mai visto se non in mano a Rossano Brazzi o ad Amedeo Nazzari.

Marta allungò la mano per afferrare una banconota.

– Guarda qui che roba! – esclamò, rigirandosi tra le mani quel fazzoletto di cartamoneta.

Vanina ne prese un'altra e la dispiegò. L'immagine raffigurava due donne, sedute in posizione speculare, ciascuna con il gomito appoggiato a uno scudo. Riportava due date: 24 gennaio 1959 e 7 maggio 1948.

– Nunnari, per cortesia, vada alla Banca d'Italia e si faccia specificare con esattezza la tiratura e il periodo in cui sono state in vigore queste banconote.

Il sovrintendente annuí.

Fragapane continuava a prendere in mano i sacchettini degli oggetti sparsi sulla scrivania e a fissarli.

– Carusi, vi debbo confessare che taliare tutte 'ste cose mi sta facendo un poco impressione. Mi pare di essere tornato picciriddu e di arriminare nella borsetta di mia mamma.

Il telefono del vicequestore squillò vibrando in cima al mucchio di fogli accatastati di lato alla scrivania. Un numero sconosciuto.

– Guarrasi, – rispose.

– Buonasera, dottoressa. Sono Alfio Burrano.

– Dottor Burrano, buonasera.

– Volevo solo avvertirla che io e Chadi siamo già a Sciara, ma che naturalmente non ci avviciniamo alla torre.

Vanina controllò l'orologio, stranita. E questo disturbava un vicequestore della Polizia di Stato solo per comunicargli che era arrivato in anticipo?

Gli confermò l'orario.

– La aspetto, dottoressa.

Dal tono pareva che la stesse invitando lui. Forse i ruoli non gli erano chiari. Senza pensarci troppo, salvò il numero in rubrica: cognome e nome. Premette il tasto di blocco dell'iPhone e lo riposizionò sulla pila di carte alla sua destra: camurríe inutili che prima o poi avrebbe dovuto quantomeno sfogliare.

– Fragapane, dobbiamo cercare tutte le denunce di scomparsa, riguardanti sole donne, sporte a Catania e provincia tra la fine degli anni Cinquanta e l'inizio degli anni Sessanta.

Il vicesovrintendente balzò in piedi tirando fuori un taccuino dalla tasca.

– Tipo dal '57 a... che so, al '62?

– Con particolare attenzione al '59. Si faccia aiutare da Lo Faro, che almeno cosí si rende utile. Anzi, me lo chiami, che stamattina stranamente non si è presentato.

Mentre la squadra usciva dalla sua stanza, compose il numero del cellulare di Adriano Calí. Nell'attesa, prese in mano un sacchetto trasparente che conteneva un frammento di foglio ingiallito con un numero scritto: quattro cifre che non significavano nulla. Si concentrò su un simbolo marrone impresso sulla carta, una sorta di tondo con una testa nel mezzo. Lo avvicinò per vederlo meglio, ma non capí cosa fosse.

– Mi ero tenuto il telefono vicino apposta. Lo sapevo che non avresti saputo aspettare, – le rispose il medico.

– A che punto sei? – gli chiese.

– Dipende da quello che t'interessa sapere. Ancora non ho finito.

– Per ora una cosa sola: hai modo di determinare l'età del cadavere?

– Con precisione no. Forse andando a vedere i nuclei di ossificazione potrei capirci di piú, ma non è cosa da poter fare nei tempi che sicuramente vorrai tu.

– Ma piú o meno?

– I capelli sembrano tutti pigmentati, scuri direi. Perciò doveva essere abbastanza giovane. Che dici, ci possiamo sentire piú tardi, che a tenere il telefono con la spalla mi si sta anchilosando il collo?

– Certo. Non ti divertire troppo con la ragazza. A giudicare dalla guêpière doveva sapere il fatto suo.

– Guarrasi, il tuo umorismo rasenta la blasfemia.

– Perché è morta o perché è femmina?

Adriano coprí una risata schiarendosi la voce.

– Se mi richiami tra meno di due ore giuro che ti chiudo il telefono in faccia.

Vanina concluse la telefonata ridendo.

Fragapane e Lo Faro entrarono in quell'istante.

– Oh, eccolo il nostro Lo Faro! Come mai stamattina non eri presente alla riunione?

Il ragazzo si guardò intorno con aria smarrita. La domanda traspariva dagli occhi: che riunione?

– Dottoressa… non lo so… forse… nessuno mi ha avvertito che…

– Avvertito di che? Nel tuo ufficio eravamo.

Finse di voler sorvolare sulla cosa, pur riconoscendo che sicuramente era andata cosí. L'agente Lo Faro stava sullo stomaco un po' a tutti. Giovane, inesperto, ma ambizioso e presuntuoso all'inverosimile, era approdato alla Mobile dopo aver brigato per due anni mettendo in mezzo tutte le conoscenze politiche di cui disponeva. Era riuscito infine a raggiungere la sezione Reati contro la persona, nelle cui acque profonde si era tuffato prima ancora di imparare a nuotare bene, e giusto giusto quando a dirigerla era arrivata lei: il peggiore dei capi che potesse capitare a un soggetto del genere. Lui, che non si poteva dire una cima, non solo non l'aveva capito, ma si ostinava a cercare di ingraziarsela con gesti che sfioravano il corteggiamento, e che raggiungevano il solo scopo di irritarla ulteriormente. Era l'unico della squadra che Vanina non aveva mai autorizzato a chiamarla «capo», come facevano tutti i suoi collaboratori piú stretti.

– Vabbe'. Stai dietro al vicesovrintendente e fai tutto quello che ti chiede –. Si rivolse a Fragapane. – Il dottore Calí mi ha confermato che doveva trattarsi di una donna giovane. Questo restringe un minimo il campo della ricerca.

Il vicesovrintendente annuí, pronto a mettersi all'opera.

Vanina si ricordò di un particolare che poteva essere importante e richiamò Lo Faro.

– Ti affido anche un altro compito: la vedi quest'agendina? Informati con la Telecom se è possibile risalire agli intestatari di numeri telefonici di oltre cinquant'anni fa. Se si può fare, glieli passi tutti uno per uno. Occhio, mi raccomando, che questi foglietti basta poco e niente per polverizzarli.

Il ragazzo non dissimulò la sua soddisfazione: finalmente era coinvolto sul serio.

Dopo essersi fatta lasciare il fascicolo relativo all'omicidio Burrano, Vanina congedò i due uomini.

Uscí dal suo ufficio e bussò alla porta di fronte. Entrò, incrociando il collega della divisione Criminalità organizzata che ne stava uscendo accompagnato da un paio dei suoi ispettori.

Tito Macchia, il primo dirigente della Mobile, altrimenti detto Grande Capo, se ne stava in piedi dietro la scrivania sovrastandola con la sua mole imponente. Un incrocio tra Bud Spencer e Kabir Bedi, l'aveva catalogato Vanina la prima volta che l'aveva visto.

– Ohè, Vanina. Che mi dici? – la accolse, con il suo accento napoletano per nulla scalfito da cinque anni di residenza catanese.

L'aveva chiamato la sera prima, da villa Burrano, per comunicargli del ritrovamento. Gli riferí le novità e la direzione in cui si stava muovendo. Macchia ascoltò con attenzione, lisciandosi la barba brizzolata e masticando con le labbra un sigaro spento. Un interesse mosso piú dalla curiosità che da un vero e proprio coinvolgimento, in quello che anche a lui pareva un caso di difficile risoluzione, non fosse altro che per la lontananza temporale con il presunto delitto. Un caso dalle radici cosí antiche non gli era mai capitato.

– Vedi quello che riesci a scoprire, ma a me non sembra cosa da perderci il sonno. Anche perché, difficoltà oggettive a parte, chiunque sia l'assassino o è morto o sta rinchiuso in qualche casa di riposo mezzo rincoglionito.

– Che ne sai? L'erba tinta non muore mai. Capace che invece è ancora vivo e lucido, e oramai è perfino convinto di averla fatta franca.

Al vicequestore Guarrasi andare a ficcanasare nel passato della gente piaceva assai, e questo Tito Macchia lo sapeva molto bene.

– Vabbuo'. Tanto lo so che se decidi di sbatterci la testa fino a quando non ci hai visto chiaro, lo farai.

La fama di quella brava a risolvere casi rimasti in sospeso per anni se l'era fatta a Milano, quando aveva scovato il colpevole di una serie di omicidi irrisolti e apparentemente slegati tra di loro. Per incastrarlo, aveva indagato nella vita familiare di sette vittime, la prima delle quali risaliva a vent'anni prima.

Nulla, in confronto al mezzo secolo che si accingeva a ripercorrere.

6.

Vanina entrò nel suo ufficio e trovò Spanò, reduce dal pranzo, che la aspettava seduto sulla poltroncina davanti alla scrivania.

– Non può immaginare quello che riuscí a preparare mia madre in un'ora. Il ben di Dio c'era in tavola, – comunicò l'ispettore, balzando in piedi appena la vide entrare.

Vanina sorrise all'idea. Lo fece riaccomodare subito, ansiosa di sapere quello che era riuscito a cavare dalla memoria di suo padre. Piú notizie avevano e piú Fragapane e Lo Faro avrebbero potuto restringere il campo della loro ricerca. E qualcosa le diceva che, stavolta piú che mai, sarebbe stato assai piú utile all'indagine qualche pettegolezzo che centinaia di carte ufficiali.

Spanò si mise comodo sulla poltroncina, le mani intrecciate sotto la pancia moderatamente prominente, pronto a iniziare il resoconto. Ma il sorriso divertito del vicequestore, che fissava la sua camicia, lo distrasse.

– Che fu? – chiese, controllando che non ci fosse qualche macchia di sugo. Si accorse che un bottone si era slacciato lasciando intravedere il ventre villoso.

– Mi scusi, dottoressa, non me n'ero accorto! – farfugliò, paonazzo.

Vanina ci rise su, offrendogli una sigaretta per rimetterlo a suo agio.

In quel momento entrò la Bonazzoli, pronta per il sopralluogo a villa Burrano.

– Venga con noi, cosí in macchina mi ragguaglia sul suo pranzo luculliano, – disse il vicequestore, porgendo la mano a Spanò come per aiutarlo ad alzarsi dalla poltroncina. L'ispettore scattò in piedi, respingendo la provocazione.

Marta si mise alla guida di una Giulietta nera, da poco arrivata nel parco auto in seguito a uno dei sequestri piú recenti. Spanò, pur non amando fare il passeggero, non protestò. Nella classifica dei piloti prediletti dal vicequestore Guarrasi, Marta occupava il primo posto, sia su quattro ruote che su due.

– Che abbiamo saputo? – chiese Vanina.

– Capo, le dico solo che appena ci cuntai il fatto della donna ritrovata ieri sera a villa Burrano, mio padre rimase pensieroso mezzo minuto e poi sghignazzando mi fece gli auguri.

– In che senso gli auguri? – ripeté Marta, perplessa.

Il vicequestore piegò le labbra in un sorriso sardonico.

– Nel senso che quella donna può essere chiunque, Bonazzoli, – seguitò Spanò. – Gaetano Burrano era quello che allora si usava definire un uomo di mondo. Viaggiava, giocava, spendeva. Era un bell'uomo, uno dei piú ricchi possidenti di Catania, e femmine attorno ne aveva assai. Femmine... di ogni genere, non so se rendo l'idea. La sua villa di Sciara era vista dalla gente come un luogo di perdizione, in cui una donna perbene non doveva azzardarsi a mettere piede, se non si voleva giocare la reputazione.

Vanina ripensò alla risolutezza con cui la signora Burrano affermava di non aver mai abitato nella villa.

– Ma nomi suo padre non gliene ha fatti, vero? – domandò.

– No, dottoressa. Ci provò a ricordarsi qualche cosa, qualche cuttigghio sentito in famiglia. La zia di mio padre faceva la sarta, e cuciva vestiti a mezza Catania. La signora Teresa Burrano era una delle sue clienti piú affezionate.

Lo sa come andavano queste cose, ai tempi: sarte, barbieri e pettinatrici erano sempre le persone meglio informate perché giravano di casa in casa. Mia zia aveva la fortuna di travagghiari per le signore della buona società. Diceva sempre che erano le piú esigenti, ma che erano macari le piú cuttigghiare. Ma chi fossero le donne che frequentava don Gaetano, quello non credo mio padre l'abbia saputo mai. O se l'ha saputo se lo scordò.

La pioggia di cenere si era interrotta di nuovo, lasciandosi dietro un paesaggio quasi lunare. I cumuli neri lungo i bordi sembravano restringere ulteriormente la strada che saliva su per le pendici della montagna, attraversando i paesi che si susseguivano uno dietro l'altro, senza soluzione di continuità. Casupole antiche, costruite con blocchi di pietra lavica, si alternavano a edifici in cemento di dubbio gusto e a qualche raro cancello monumentale che suggeriva l'ingresso di un parco. Sciara era uno degli ultimi centri abitati prima di arrivare alla strada che s'inerpicava in alto verso i crateri silvestri giungendo fino al rifugio Sapienza, il principale varco d'accesso dei catanesi alla loro Muntagna.

Alfio Burrano spostò la sedia di plastica bianca dal bordo della piscina. La posizionò in modo da trovarsi con il sole in faccia, e si sbottonò un po' la camicia. Si sentiva a pezzi.

La sera prima, appena varcata la soglia del suo appartamento cittadino, si era avventato su un blister di Xanax ed era crollato in un sonno profondo, dal quale si era risvegliato all'alba.

La mattinata se n'era andata in un susseguirsi di camurríe, una peggio dell'altra. La prima in ordine di tempo e di fastidio, era stata la visita alla vecchia, per comunicarle di persona quanto avvenuto. Poi c'era stata la conversazione con il suo avvocato, che gli aveva sciorinato tutte le rotture di coglioni che sarebbero derivate da quel ritrovamento. Tre chiamate di Valentina rifiutate, che si erano concluse con un insulto telefonico. Poi altre due, di qualcuno che invece di insultarlo lo aveva sfinito con dieci minuti di pianto, e tanto aveva fatto che alla fine l'aveva convinto a un incontro, che l'aveva fatto stare pure peggio.

All'immagine del cadavere mummificato, di cui la sua mente non riusciva a disfarsi, si stava già abituando. Passato lo shock iniziale e dopo averne parlato per una mattina intera, l'indagine sulla sconosciuta incartapecorita nel montavivande cominciava a intrigarlo. E il fatto di esserne parte in causa non gli pareva per niente la scocciatura che il suo avvocato gli aveva prospettato. Anzi, poteva perfino diventare un'esperienza nuova, che di sicuro gli avrebbe movimentato le giornate.

E poi c'era lei: il vicequestore Guarrasi. Lo sbirro piú interessante che avesse mai incontrato.

Però forse quella di chiamarla per farle comparire il numero sul telefono non era stata un'idea grandiosa…

Chadi se ne stava ritto in piedi accanto al cancello aperto. Appena vide arrivare la Giulietta con a bordo il vicequestore e i due ispettori, spalancò i battenti per farli entrare fin dentro il cortile.

Marta parcheggiò dietro una Range Rover bianca. Modello Vogue: il top di gamma, notò Vanina scendendo dall'auto. Non era difficile immaginare a chi appartenesse.

– Hai capito il Burrano, – commentò l'ispettore Bonazzoli, sottovoce.

Burrano coprí a lunghe falcate il breve tratto che divideva il suo giardino da quel cortile lastricato. Si diresse a mano tesa verso il vicequestore Guarrasi, salutando poi l'amico Carmelo con una breve stretta e Marta con un cenno.

Visto di giorno, il maniero dei Burrano perdeva la sua immagine spettrale per mostrare in modo piú evidente lo stato di degrado in cui versava. La facciata principale e la terrazza su cui si apriva la porta d'ingresso erano invase dai rampicanti, che ormai stavano perdendo le foglie. La torre, carica di simboli, pareva un minareto piazzato a guardia di un castello maledetto. La «torre Burrano», la chiamavano tutti.

Il giardino partiva dalla terrazza e scendeva con scale e scalette fino al cancello principale, sulla piazza del paese. Dire che era incolto sarebbe stato un eufemismo.

L'ispettore Bonazzoli staccò i sigilli del portone e cedette il passo al suo collega, che insieme a Burrano andò ad aprire tutte le persiane e le vetrate. Il marmo della scala che conduceva al piano superiore era piú chiaro; gli altorilievi alle pareti e sulle volte adesso erano distinguibili, e rappresentavano soggetti arabeggianti. Sulla parete sopra la porta, era riprodotta in dimensioni reali la testa di un uomo con un narghilè.

Vanina si diresse nella cucina del ritrovamento, dove entrò da sola fermandosi un passo dopo la porta. Cercò di esaminarla con altri occhi, sulla base delle poche informazioni che aveva acquisito fino a quel momento.

Accorgersi di quell'apertura quando c'era la credenza davanti era pressoché impossibile. Se poi la casa era stata chiusa subito dopo il fattaccio, a chi mai sarebbe venuto in mente di andare a spostare il mobile, aprire la porta e trovare lí un possibile nascondiglio? Vero era che nel corso del tempo la casa aveva subito vari furti, com'era pure vero, però, che nessun ladro avrebbe mai lasciato lí una cassetta di sicurezza e una borsetta piena di gioielli.

Chiese a Burrano di mostrarle le stanze private di suo zio. Una camera da letto che poteva sembrare vissuta fino al giorno prima, se non fosse stato per la polvere pluristratificata. Su uno dei due comodini c'era persino una tazza da tè, appoggiata sul suo piattino. Sull'altro, un posacenere. Vanina aprí le ante: entrambe contenevano un vaso da notte. Non sembrava un letto usato da una persona sola. Sulla toletta erano appoggiati, in modo disordinato, una spazzola e un pettine col manico d'osso. Il cassettino di sotto era mezzo vuoto, ma le due forcine e il rossetto consumato che albergavano lí dentro da mezzo secolo non potevano certo essere appartenuti a Gaetano Burrano.

Nel salottino accanto, un tavolo rotondo era apparecchiato per colazione. Due piatti, due tazzine da caffè, ma una sola tazza da tè. Vanina tornò indietro ed esaminò il decoro della tazza sul comodino, identico a quello del servizio sul tavolo.

Burrano la scosse dalla sua meditazione.

– Qualcosa non le quadra, dottoressa?

– Non lo so, – gli rispose. Si avviò verso la porta, passandogli davanti.

Piú si saliva in cima della torre, e piú gli ambienti diventavano spogli e malmessi.

Burrano raccontò minuziosamente la storia di un architetto che suo nonno, nel lontano 1916, aveva mandato in Africa in cerca d'ispirazione, per ristrutturare un vecchio rudere e trasformarlo in un castello. La torre doveva rappresentare davvero una sorta di minareto.

Quando raggiunsero la terrazza, indicò una struttura di tubi che si arrampicava lungo le pareti e terminava con degli ugelli, sparsi uno su ogni merlatura.

– Questo marchingegno dà un'idea della follia di mio nonno, – disse Burrano, compiaciuto. – Siccome aveva

proprietà da tutte le parti, qua intorno e anche piú lontano, aveva preteso che questa torre fosse illuminata in modo tale che lui potesse scorgerla da tutte le sue campagne.
Perciò aveva fatto costruire un impianto a ossiacetilene,
che saliva lungo quelle tubature incendiando gli ugelli, e
raggiungeva pure ogni singolo lampadario della casa. Se
guardate bene, sui lampadari ci sono ancora le valvole.
Mio zio deve averle conservate anche dopo aver convertito l'impianto con la luce elettrica.

La terrazza guardava l'orizzonte a 360 gradi: la città, il
golfo di Catania fino ad Augusta, l'Etna fumante. Vanina rifletté che la proprietà dei Burrano lí a Sciara doveva
estendersi per parecchi ettari, perché al capostipite venisse in mente un progetto cosí grandioso.

Alfio Burrano le si avvicinò, indicando il giardino pubblico del paese. – Vede il giardino comunale, dottoressa?
Quello, ancora ai tempi di mio zio, faceva parte del parco
della villa. E anche la piazzetta qui dietro. Qui intorno
era tutta campagna.

– E che successe? – chiese Vanina, indicando la distesa
di tetti che attorniava la villa.

– Successe che il verde diventò terreno edificabile, e mia
zia ci guadagnò un sacco di soldi –. Una risposta sprezzante, accompagnata da una smorfia contrariata.

Una volta ridiscesi al piano delle stanze private, Vanina rientrò nella camera da letto portandosi dietro Spanò
e Marta.

– Spanò, recuperi spazzola e pettine e contenuto del
cassetto. E li porti alla Scientifica. Se ci sono tracce, anche
minime, di materiale analizzabile, compariamo il Dna con
quello della mummia.

– Credi che la donna del montacarichi possa aver dormito in questa stanza? – chiese Marta, mentre l'ispettore

capo tirava fuori due sacchetti di cellophane che teneva sempre pronti in tasca e s'infilava un guanto.

– Non lo so. È un'ipotesi. E siccome è sempre piú evidente che in questo caso ipotesi verificabili non ne abbiamo molte, cerchiamo di sfruttare al massimo tutto quello che troviamo.

– Non sarebbe meglio mandare qui di nuovo quelli della Scientifica e far fare il lavoro direttamente a loro? – propose Marta, sempre fautrice delle procedure piú corrette.

– Sí, cosí ci freghiamo come minimo altri due giorni! Lascia stare, qualunque cosa sia successa qui dentro è passato talmente tanto tempo che prove inquinabili non ce ne sono piú. Quella spazzola è l'unico oggetto utile, dài retta a me. Anzi, appena usciamo di qui, accompagni me e Spanò in ufficio e la porti subito agli uomini di Manenti.

Prima di andare via, il vicequestore chiese espressamente a Burrano di condurla nella stanza in cui era stato ucciso suo zio. L'uomo fece strada fino alla sala da pranzo in cui si erano seduti la sera prima. Da lí, attraverso una porta chiusa a chiave, si accedeva alla stanza incriminata.

– Lo sa, dottoressa, di solito quando porto qualcuno a visitare questa parte della villa evito di entrare qui. Perché, devo essere sincero, mi fa un poco impressione, – disse Burrano, dopo aver spalancato la finestra.

– Non si preoccupi, non c'è motivo che lei resti qui. Volevo solo dare un'occhiata.

Era una sorta di studio-biblioteca, con un camino monumentale, boiserie in legno e qualche libreria non del tutto piena. Qua e là qualche poltroncina di stoffa operata, e alle pareti il solito stile tra il florale e il moresco, con colori piú decisi. Un solo angolo sembrava spoglio, come se mancasse qualcosa.

Vanina si avvicinò allo scrittoio al centro della stanza, ancora occupato da libri e scartoffie varie. Un posacenere vuoto, un calamaio con tanto di penna. Una tazzina da caffè sul bordo laterale.

Non sapeva neppure cosa cercare. Il cavaliere Burrano era stato ammazzato proprio lí. Poche stanze piú in là, a cinquantasette anni di distanza, il cadavere di una delle sue amanti saltava fuori da quella sepoltura orrenda. Non poteva non esserci un nesso.

Prima di uscire, scattò qualche fotografia, da varie prospettive. Probabilmente non le avrebbe mai guardate, ma non si sa mai, si disse.

Alfio Burrano se ne stava discretamente in disparte, in attesa che il vicequestore terminasse quell'ultimo sopralluogo aggiuntivo.

– Posso chiederle una curiosità, dottoressa?

– Certo.

– In casi come questi da dove si comincia?

Bella domanda!

– Dall'inizio, dottor Burrano, – gli rispose, criptica. Ancora una volta aveva la sensazione che l'atteggiamento dell'uomo tendesse a virare verso il confidenziale, cosa che non intendeva permettere. Non mentre era in servizio, perlomeno.

Burrano le fece strada verso l'uscita, dove i due ispettori la aspettavano.

Mentre Marta combatteva con il portone tentando di chiudere i battenti per rimettere a posto i sigilli, Vanina provò a immaginare il percorso ipotetico che qualcuno avrebbe dovuto compiere nell'atto di trasportare un cadavere all'interno di quella casa. L'entrata principale era posta proprio nella zona piú aperta del terrazzamento che correva tutto intorno alla villa, visibile persino dalla piazza. Tra scalette esterne, portone monumentale e scala interna, l'ipotetico assassino non avrebbe potuto scegliere luogo piú impervio in cui decidere di occultare un cadavere.

– A quella poveretta l'ammazzarono direttamente dentro casa, – decretò.

I due ispettori girarono simultaneamente lo sguardo in direzione del giardino scosceso, poi verso la facciata della villa.

– Certo che è incredibile, dottoressa, – osservò Spanò, rigirando tra le mani i reperti, – al giorno d'oggi, in presenza di un omicidio, questi oggetti sarebbero stati analizzati dentro e fuori. Invece i colleghi di allora li lasciarono là.

– Era il 1959, Spanò. E il caso Burrano, a quanto ho capito, grandi supplementi d'indagine non ne richiese. Fu risolto in pochi giorni. Però sarebbe utile recuperare gli oggetti che all'epoca furono repertati sulla scena del delitto.

– Nel fascicolo che ha trovato Fragapane dovrebbero esserci le foto, – suggerí Marta.

Era noto a tutti che il vicequestore non amava lavorare sulle fotografie. Il motivo ufficiale era che non riusciva a concentrarsi sui dettagli, ma la verità, e questo Marta e Spanò erano gli unici a saperlo, era che la Guarrasi si fidava solo di sé stessa. Era convinta che ci fosse sempre qualcosa, un particolare in piú, che lei avrebbe notato e che al videofotosegnalatore invece era sfuggito. E in genere ci azzeccava.

Burrano uscí dalla villa insieme a loro.

– Dottoressa Guarrasi, se dovesse aver bisogno di me, io sono a sua completa disposizione, – dichiarò, con un piede già a bordo del suv multiaccessoriato.

– Grazie, dottor Burrano, ma temo che la sua età non rientri nel range delle persone informate sui fatti –. Lui annuí e sorrise, salutandola con un cenno della mano prima di partire in accelerata col tunisino seduto accanto.

L'agente Lo Faro ci aveva messo un po' a focalizzare il tipo di ricerca di cui il vicequestore aveva bisogno, ma adesso che aveva ingranato andava come un treno. Aveva già tirato fuori dal database sette denunce di scomparsa i cui requisiti coincidevano con quello che serviva alla Guarrasi, e si accingeva a sottoporne altre due all'attenzione del collega piú anziano.

Fragapane era bravo a lavorare sulla carta stampata, ma coi computer non aveva un buon rapporto. Tutte le schede che Lo Faro trovava, lui se le faceva stampare e solo dopo iniziava ad analizzarne il contenuto. Questo naturalmente lo rallentava, ma era di vitale importanza per l'esattezza dell'indagine. Anche perché, di poliziotti dotati del suo acume nello scovare indizi nascosti tra le carte, a Catania ce n'erano pochi, e siccome valeva tanto oro quanto pesava, cosí era e cosí se lo tenevano.

Il vicequestore Guarrasi e l'ispettore Spanò ricomparvero quando di quelle prime sette segnalazioni Fragapane aveva già acquisito tutte le informazioni principali.

– Perciò, – cominciò il vicesovrintendente, leccandosi la punta dell'indice per sfogliare il quadernetto che si era fatto pinzettando i fogli che Lo Faro aveva stampato. – Per ora donne giovani scomparse a Catania in quegli anni ne trovammo solo sette, piú due che Lo Faro mi sta stampando.

Vanina e Spanò avrebbero accorciato volentieri i tempi scorrendo le informazioni sul monitor del computer, ma entrambi evitarono di farlo notare.

– Partiamo dalle denunce del '59: sono quattro. Due sono datate nei giorni intorno alla festa di Sant'Agata –. L'omicidio di Burrano era avvenuto proprio il 5 febbraio, il giorno della patrona.

– Due su quattro? – chiese il vicequestore, incredula, sedendosi sulla scrivania con una gamba, a braccia conserte.

– Sí, capo. D'altra parte, la festa di Sant'Agata è il giorno in cui tutti i catanesi escono di casa e rientrano all'alba. Nella confusione di quella nottata qualche minchiata
ci scappa sempre, e noi lo sappiamo bene.

Spanò prese i fogli dalle mani del vicesovrintendente, diede una rapida occhiata e glieli riconsegnò con un'espressione
rassegnata che ne preannunciava la scarsa utilità.

Fragapane proseguí, diligente. – Nunziata Cimmino,
ventitre anni, nubile. Scomparsa la sera del 4 febbraio e
mai ritrovata. La denuncia la fece il padre. Indagarono
macari i carabinieri. Faceva la panettiera in via Plebi-
scito –. Mostrò la fotografia. Una semplciotta, dal viso
paffuto. – Poi abbiamo Teresa Gugliotta, ventisette anni,
maritata con un professore di musica al conservatorio. Fu
lui a sporgere denuncia. Scomparsa il 5 febbraio. Qualcuno disse di averla vista salire su un treno, ma non si ebbe
mai nessun riscontro. A quanto pare era una fimmina un
poco chiacchierata.

– Troppo scialba, – decretò Spanò, esaminando la ca-
micetta accollata e chiusa da un cammeo. A tutto faceva
pensare tranne che all'eleganza vistosa della mummia.

Vanina ebbe la sensazione che la nebbia attorno a quel
caso aumentasse di parola in parola, come quella tempe-
sta di sabbia vulcanica che avvolgeva tutto e non accennava a smettere.

Dietro la porta socchiusa, intravide Macchia che salutava qualcuno con la mano già sulla maniglia, pronto a
entrare. Un attimo dopo il capo della Mobile invase con
la sua figura massiccia l'ufficio del vicequestore Guarrasi,
informandosi sulle novità.

– E la Bonazzoli, dove l'avete persa?

– Alla Scientifica, a consegnare a Manenti gli oggetti trovati a villa Burrano.

Assicuratosi che Vanina non intendeva scendere dalla scrivania, Macchia si accomodò sulla poltrona del vicequestore e fece cenno a Fragapane di proseguire col rapporto.

Lo Faro portò le altre due schede stampate. Risalivano al '60 e al '61. Appena vide il primo dirigente seduto al posto della Guarrasi non si schiodò piú dall'ufficio, pronto a mettersi in mostra alla prima occasione.

Tra tutte e nove le donne scomparse, solo una si avvicinava un minimo all'idea che l'abbigliamento e gli oggetti del ritrovamento avevano dato di quel cadavere mummificato. Vera Di Bella, nata Vinciguerra, trent'anni, sposata con un avvocato che Spanò ricordava molto in vista. Denuncia sporta dal marito nell'aprile del '59. Da una nota si evinceva che fosse una donna chiacchierata.

Vanina osservò il foglio e la fotografia con attenzione, come se quel documento vetusto e quella foto sbiadita potessero fornirle un dettaglio qualunque da associare alla donna mummificata.

– Ecco, questa secondo me potrebbe essere, – commentò Macchia, dondolandosi sulla poltrona che sotto il suo peso cigolava a ogni movimento.

Il vicequestore annuí, scendendo dal tavolo.

– Spanò, cerchiamo di capire qualcosa di questa Vinciguerra. Rintracciamo qualcuno della famiglia, possibilmente qualcuno che possa ricordare quel periodo. Il marito che denunciò la scomparsa, per esempio. Se è ancora vivo, domani mattina convocatelo.

– Io te l'ho detto, Guarra': ogni testimone che cercherai in questa storia, dovrai prima augurarti che sia ancora vivo, e in grado di fornirti qualche notizia, – chiosò il capo della Mobile, cedendole il posto. – Come ti muoverai?

– Questa Vinciguerra sembrerebbe la piú papabile, sebbene sia scomparsa piú di due mesi dopo la morte di Burrano. Le altre denunce ce le teniamo di lato. Nel frattempo rintracceremo Masino Di Stefano, l'amministratore assassino. Sempre che sia ancora in buona salute, pure lui. Se quelli della Scientifica riescono ad analizzare le tracce che gli abbiamo dato e a compararle con il cadavere, e se viene fuori che coincidono, lo convochiamo.

– Tu sei proprio convinta che 'sta storia c'entri con l'omicidio di Burrano.

– Mi pare come minimo una coincidenza. E siccome le coincidenze puzzano sempre...

– Ci hai pensato che potrebbe averla ammazzata lui?

– Certo che ci ho pensato.

– E che se fosse cosí sarebbe praticamente impossibile da provare?

– Sí.

– L'importante è che ne sei consapevole, – concluse, con un buffetto sulla mano, prima di rivolgere un saluto generico a tutti. Nell'uscire dall'ufficio, si ritrovò tra le braccia l'ispettore Bonazzoli che stava entrando a passo spedito, gli occhi su un foglio di carta.

Il colorito di Marta virò verso il paonazzo.

– Tutto bene, ispettore?

– Sí, grazie, dottore.

Macchia la guardò con un sorriso indulgente che raddoppiò il suo imbarazzo.

– Allora? Hai dato tutto a Manenti? – chiese Vanina, venendole in aiuto.

Il Grande Capo batté in ritirata, con Lo Faro sbavante alle calcagna.

– Sí, – rispose l'ispettore, accomodandosi sulla sedia che Spanò le cedette.

– Che ha detto?

– Ha detto che solo dei pazzi possono prendere tanto sul serio un caso simile.

– E?

– E che i pazzi vanno assecondati. Dunque ci lavorerà. Il tempo che ci vuole, ha precisato, perché le tracce sono vecchie e deteriorate. E poi dirà se ha trovato qualcosa da analizzare.

– Qualcosa da analizzare lo troverà, lo stronzo. Nella spazzola c'erano dei capelli. Fragapane, per cortesia, mi chiami Nunnari. E già che c'è vada a ripescare Lo Faro, prima che Macchia lo butti fuori a calci dal suo ufficio.

Il vicesovrintendente si fece una risata e uscí dalla stanza. Spanò sghignazzò sotto i baffi.

– Perché? Secondo te è nell'ufficio di Macchia? – chiese Marta.

– Sicuro come la morte, a leccare tutto il leccabile.

Fragapane ricomparve seguito dal sovrintendente e da Lo Faro, che pareva affannato. Vanina sorrise tra sé e sé immaginando la veemenza con cui il vicesovrintendente doveva averlo richiamato.

– Lo Faro, dovevi andare in bagno? – gli chiese.

– No, io credevo…

– Cosa di preciso?

– Che avessimo finito…

– Ma finito cosa? – alzò la voce. – Allora, meglio che ti chiarisca un paio di punti. Primo: quando c'è di mezzo un cadavere, che sia nuovo o vecchio, l'unico momento in cui puoi dire di aver finito è quando hai trovato l'assassino e l'hai sbattuto dentro, sempre che nel frattempo non succeda altro, perché in quel caso la parola fine te la puoi congelare per chissà quanto. Secondo: se sei nel mio ufficio, ad ascoltare i miei uomini che discutono con me di un'indagine in cui io ti ho coinvolto, fosse anche solo per riordinare le carte, tu non esci dalla porta finché io non ti dico che puoi farlo. Terzo: sappi che conosco una sola persona che odia i lecchini piú di me, ed è Tito Macchia. Perciò ti consiglio di tirare le somme, se non vuoi rischiare di rimanere in un ufficio a impilare fascicoli.

L'agente rimase imbambolato al centro della stanza, atterrito da quella minaccia. Cercò l'appoggio dei colleghi, ma incrociò solo lo sguardo pietoso dell'ispettore Bonazzoli.

Vanina abbassò il tono.

– E questo è quanto. Ora te ne puoi andare.

– Non... mi coinvolgerà piú? – chiese il ragazzo, con un'aria costernata che strappò un sorriso a Spanò e rabboní il vicequestore.

– Tu stai al posto tuo, fai il tuo lavoro e fallo bene. E vedrai che ti coinvolgerò.

Sulla porta Lo Faro si voltò impacciato.

– Scusi, dottoressa, per quanto riguarda l'agendina telefonica...

Vanina cadde dalle nuvole. Aveva completamente dimenticato il compito che aveva dato all'agente. Forse perché immaginava già di non poterci cavare granché.

– Ah, certo, l'agendina. E allora?

– Ecco, sto cercando di contattare qualcuno dell'archivio storico della Telecom, perché probabilmente i numeri che hanno loro archiviati partono da anni successivi. Nel '59 in Sicilia i telefoni erano gestiti dalla... – controllò un foglietto: – Set.

Aveva studiato. Ma era improbabile che si potesse recuperare qualche informazione.

– Bravo. Vedi se riesci a ottenere qualcosa.

Se ne andò rinfrancato.

– Nunnari, fai una cosa –. Il sovrintendente si mise in atteggiamento da «signorsí, signore». – Cerca di capire che fine ha fatto Tommaso Di Stefano, l'uomo che ammazzò Gaetano Burrano. Scopri se è ancora vivo, se è capace di intendere e di volere, dove abita e che fa. Se il cadavere risulta quello di qualcuno che viveva con Burrano, Di Stefano potrebbe avere parecchie cose da dirci.

– Agli ordini, capo.

Congedò tutti e si lasciò andare sulla poltrona cigolante.

– Un pomeriggio persi col tuo cadavere mummificato. Ora ora ho finito, – rispose Adriano Calí.

– E che aspettavi a chiamarmi?

– Di levarmi il camice lurdo e di uscire da quel frigorifero di sala settoria. Per evitare che il cadavere si liquefacesse abbiamo lavorato a temperature polari.

– Che mi dici?

– Senti, Luca è tornato oggi e mi sta aspettando in piazza Europa con qualche amico. C'è pure Giuli. Facciamo una cosa: tu mi vieni a prendere, mi accompagni lí, cosí lungo la strada io ti conto tutto. E poi resti a pigliarti un aperitivo con noi, e ti svaghi un poco i pensieri.

– Tu sei un paraculo. Chi te l'ha imbeccata quest'idea? Giuli?

– Ma quale imbeccata! Che sono tipo da farsi imbeccare io? Allora? Ti aspetto qua o mi faccio dare uno strappo dal tecnico di sala?

– E aspettami là. Ma scordati che mi fermo per l'aperitivo.

Adriano se ne stava già pronto di vedetta all'uscita posteriore dell'ospedale Garibaldi. Impermeabile blu attillato, borsa a tracolla, auricolare bluetooth all'orecchio destro. A

vederlo cosí, con quel sorriso a trentadue denti, tutto pareva
tranne che venisse da un pomeriggio di esami necroscopici.

– Eccomi qui, cara, alla tua mercé.

Si accesero una sigaretta e abbassarono i finestrini.

– Perciò, – sollecitò Vanina.

– E che ti devo dire. Questa secondo me è morta veramente da cinquant'anni. Quando l'ho spogliata ho guardato le etichette dei vestiti e della pelliccia, per quello che si
riusciva a leggere. Ho intravisto nomi di sartorie che non
esistono piú da... che ne so? Quarant'anni, o anche di piú.
Non ho trovato ferite né da taglio né d'arma da fuoco. E
non ho trovato proiettili. Se è morta strangolata o avve-
lenata purtroppo ormai non è piú possibile determinarlo,
ma alla fine non penso che ti interessi granché.

– Qualche segno particolare? Fratture, denti d'oro, cose del genere?

– Niente. Aveva una dentatura perfetta.

Vanina aspirò una boccata di fumo e lo buttò fuori dal
finestrino. Tamburellò con le dita sul volante, taciturna.

– Te l'avevo detto che stavolta non ti sarei stato d'aiuto.

– Senti, Adri, te li ricordi i nomi delle sartorie che hai
letto sulle etichette?

– Quella della pelliccia sí: Tramontana. Le altre non si leg-
gevano bene. Comunque ce le ha tutte la Scientifica. Capace che con qualche magheggio riescono a renderle leggibili.

– Che tu sappia era una pellicceria famosa? Elegante?

– La migliore di Catania, a quell'epoca. Ma ha chiuso
che ancora tu e io manco eravamo nati.

– E allora come fai a saperlo?

– Gioia, non ti scordare che sono cresciuto con una
squadra di donne da fare paura: mamma, nonna e tre zie.
Tutte impellicciate –. Sghignazzò, aspirando l'ultimo pezzetto di sigaretta. – Che dici, sarà per questo che sono gay?

Vanina gli rispose con una risata. Le persone capaci di rallegrarla si potevano contare sulla punta delle dita. Adriano Calí era una di quelle.

I negozi di corso Italia erano ancora aperti, e in piazza Europa non c'era un posto manco a pagarlo oro. Vanina afferrò al volo la scusa per non fermarsi. Anzi, con un po' di fortuna sarebbe persino riuscita a uscire dalla città prima delle otto, evitando la fila allo svincolo per i paesi etnei.

Giuli ci sarebbe rimasta male, ma a lei di passare mezza serata ad apprendere tutte le novità della società catanese e curtigghi connessi non andava proprio per niente.

Vanina oltrepassò il paese e proseguí fino a Viagrande. Con un po' di fortuna avrebbe trovato la sua gastronomia preferita ancora aperta. Parcheggiò davanti al giardino pubblico e scese in fretta dalla macchina, fiondandosi nella bottega. Ceste straripanti di confezioni, scansie piene di bottiglie di vino e generi alimentari accuratamente selezionati e presentati da cartelli con scritte folcloristiche. Al centro della stanza, enorme, il bancone circolare che conteneva salumeria, macelleria, chili di pane e una distesa di frutta secca di ogni genere.

Sebastiano l'accolse con un accenno di scappellamento che gli fece oscillare il berretto da cuoco in testa. La bottega apparteneva alla sua famiglia da quasi un secolo, nel corso del quale, anche grazie alla sua abilità, era diventata il punto di riferimento di ogni intenditore.

– Buonasera, Sebi –. Fece in tempo a salutare, prima che quello le allungasse da dietro il bancone un grissino al sesamo con avvolta una fetta di prosciutto crudo.

– Assaggiassi 'stu gambuccio di Parma, che si scioglie in bocca.

Con un vago senso di colpa, Vanina accettò in due minuti tre assaggi diversi, tutti da standing ovation. Il prosciutto, poi un salame di maialino nero dei Nebrodi e per
finire un pezzetto di caciocavallo ragusano stagionato nel
Nero d'Avola.

Era inutile prendersi in giro: la dieta non era cosa sua.

Si portò a casa un etto di crudo, una mozzarella di bufala proveniente dagli allevamenti ragusani, che arrivava
solo due volte alla settimana, e mezza forma di «cucciddato
di San Giovanni», un pane casereccio a forma di ciambel-
la cotto nel forno a pietra, arrivato con l'ultima sfornata
della sera e ancora tiepido.

Passando davanti alla portafinestra di Bettina vide la
luce accesa nel salotto buono, segno che era serata di burraco. Fece per tirare dritto ma la luce che si accese automaticamente al suo passaggio attirò l'attenzione della vicina che si affacciò da una finestra, a un metro da terra.

– Vannina! E che fa, non si bussa piú?

– Buonasera, Bettina. Ho visto che c'era gente e non
volevo disturbare.

– Ma quale disturbare! Trasisse, che finalmente le pre-
sento le amiche mie. Ora ora se ne stavano andando –.
Richiuse la vetrata ritirandosi prima ancora che Vanina
potesse declinare l'invito. Comparve alla portafinestra
seguita dalle tre vedove incipriate con cui si spartiva il
sonno, e di cui il vicequestore ormai conosceva vita, morte e miracoli per interposta persona. Una di loro, Luisa,
aveva vissuto a Palermo per molti anni, insieme al marito ormai defunto.

Mentre schivava l'assalto delle donne le venne in mente che, vista l'età, potevano esserle d'aiuto per acquisire
qualche notizia utile all'indagine.

– Posso chiedervi un'informazione, signore?

Le quattro smisero di parlare e si fecero attente. Vedi tu che con un colpo di fortuna stavano diventando nientedimeno che confidenti di un vicequestore?

– Qualcuna di voi ha mai comprato una pelliccia da Tramontana?

Bettina e un'altra, Ida, alzarono la mano simultaneamente, come a scuola.

– Mio marito, bonarma, una passione aveva per le pellicce! – spiegò la vicina, nostalgica.

– Ed era un posto caro?

Le donne si guardarono tra loro.

– Caro, certo, una pellicceria era. Una pellicceria buona. Ai tempi nostri o avevi i soldi oppure in certi negozi manco ti veniva per testa di entrarci.

La curiosità si leggeva in faccia alle quattro donne, che ora avrebbero voluto sapere il perché di quella domanda, ma Vanina non chiese altro.

Prima di infilare la porta, Luisa si soffermò un momento, allungando una mano per stringere la sua, senza più lasciarla.

– Un vero onore è stato conoscerla, dottoressa Guarrasi. Figlia di suo padre è, non c'è che dire. Mio marito lo conosceva bene. Sa... commercianti eravamo. Me lo ricordo come se fosse ieri quando... Un eroe era, l'ispettore. Fare quello che faceva, a Palermo, in quegli anni disgraziati... – Girò gli occhi sulle amiche, come per spiegare. Due sguardi perplessi e costernati, e uno preoccupato, quello di Bettina, si posarono sul vicequestore Guarrasi.

Vanina annuí lentamente, spiazzata. Avvertí un urto al petto, come ogni volta che qualcuno nominava suo padre. Ricomparve il dolore sordo del giorno prima. La data fatidica che ogni anno segnava il tempo trascorso da quella mattina infame.

Il monitor si accese, rimandando a Bettina l'immagine di due ragazzini sorridenti davanti ai faraglioni di Aci Trezza. Mandò un bacio immaginario a quei due diavoli, che non vedeva da piú di un mese. Meno male che avevano inventato i computer, e Skype, e Facebook, e tutte quelle diavolerie che una della sua età, a rigor di logica, non doveva essere in grado di utilizzare. Ma il sangue è sangue, e prevale su tutto, anche sulla naturale incompatibilità tra la testa di un'ultrasettantenne e la tecnologia moderna.

Cliccò sull'icona Mozilla Firefox, perché suo nipote Piero le aveva spiegato che era «la connessione piú sicura» e si prendevano meno virus. Che poi come poteva essere mai che una macchina si pigliasse un virus ancora Bettina non l'aveva capito. Quando comparve la scritta colorata con la striscia sotto, digitò lettera per lettera, con il dito indice e sbagliando un paio di volte: «ispettore Guarrasi Palermo». Aprí la prima voce correlata. Incollata allo schermo, gli occhiali premuti sul naso, lesse d'un fiato la pagina dedicata a quell'uomo di cui quella sera aveva sentito parlare per la prima volta. Si tirò indietro lentamente e si appoggiò allo schienale, maledicendo la curiosità che l'aveva spinta a scoprire quello che la sua inquilina prediletta non si era mai sentita di raccontarle. Ora aveva capito. Tutte cose.

Vanina si voltò verso il citofono, come se quel marchingegno dotato di videocamera, che si era fatta installare appena preso possesso dell'appartamento, potesse rispondere a distanza alla domanda che il suo sguardo perplesso gli stava ponendo. Fermò il film e si alzò faticosamente dal divano, quello grigio che si era portata appresso anche a Milano.

Maria Giulia De Rosa guardava il videocitofono con aria irrequieta.

– Mi apri o devo restare qui a fissare la luce della telecamera?

– Già finito l'aperitivo? – la accolse, sulla porta.

– Le dieci sono.

– In tua compagnia ho partecipato ad aperitivi eterni.
Altro che le dieci!

Giuli le consegnò una vaschetta di gelato incartata.
Nocciola e cioccolato, dichiarò. Aveva la faccia scura delle serate storte.

– Che fu? – s'informò Vanina.

– Niente, fu. A parte il fatto che mi hai lasciata da sola
con Adriano e Luca.

– Ma non c'erano anche altre persone?

– Ininfluenti. Le conoscevo appena.

Vanina tirò fuori bicchieri e cucchiaini.

– Non me la sentivo, scusami. È stata una giornata pesante.

– Se sei a casa significa che morti ammazzati freschi non
ce ne sono. Ti ho trascinata in giro in serate molto piú in-
casinate di questa, perciò non mi prendere per fessa.

Giuli si sedette sul divano, davanti allo schermo da 42
pollici bloccato su un fotogramma in bianco e nero.

– Vedo che ti stavi divertendo con una delle tue pellicole fossili. Chi è questo belloccio con la sigaretta in bocca?

– È Gabriele Ferzetti: uno degli attori piú affascinanti
del cinema italiano. La pellicola fossile è *L'avventura*, sai
Michelangelo Antonioni? – ironizzò Vanina.

Era una delle scene ambientate a Taormina, all'hotel
San Domenico, dove il film si conclude. Lei e Adriano non
passavano mai da lí senza farsi un giro dentro l'albergo e
fermarsi a bere qualcosa nell'antico refettorio, dove proprio quel fotogramma era stato girato.

Si sedette accanto a Giuli, porgendole il bicchiere col
gelato.

– Hai lasciato la movida catanese solo per venire a mangiare un poco di gelato con me e criticare i miei gusti cinematografici, o c'è cosa? – la spronò.

– E tu? Ti sei rintanata in casa solo per ripassare le battute dei tuoi film preferiti, o c'è cosa?

Vanina si spazientí.

– Giuli, finiscila. Sono contenta che tu sia venuta a trovarmi, però 'sta faccia lagnusa non è da te. Perciò, visto che sei qui, approfitta e parla.

Maria Giulia De Rosa era una pragmatica, che non si piangeva addosso. Un avvocato matrimonialista, rotale per giunta; in mezzo alle tragedie familiari e ai drammi di coppia ci pasceva, e pertanto se ne dichiarava immune. Talmente immune che finora nessun uomo, diceva lei, aveva mai soddisfatto i parametri essenziali per una pacifica convivenza. Vanina Guarrasi, vai a capire perché, era l'unica persona con cui l'avvocato, di tanto in tanto, abbassava la maschera.

– Stasera Luca era piú figo del solito.

Luca Zammataro, giornalista impegnato, inviato di guerra, corrispondente dall'estero per una testata nazionale. L'uomo piú attraente e imperscrutabile di Catania, nonché, per la disperazione di Giuli e di molte altre, dichiaratamente gay e accasato da piú di dieci anni con Adriano Calí. L'unico uomo per cui l'avvocato De Rosa avrebbe azzerato i parametri e commesso qualunque follia.

Quella della serata passata a soffrire al cospetto di quella coppia, che piú affiatata non poteva essere, era una solfa che Vanina si sentiva scodellare a fasi alterne da circa undici mesi.

Affondò il cucchiaino nel gelato, ignorando la voce ammonitrice della sua coscienza. Dopo quei due giorni, dopo Palermo, dopo le parole della signora Luisa, un carico di zuccheri era l'unica alternativa a un assai piú dannoso pacchetto di sigarette.

– Mangia, e non ci pensare, che è meglio, – suggerí.

– È arrivato con i capelli ancora bagnati, la barba che odorava di quel profumo...

– Giuli, cerca di finirla.

– Hai ragione. Comunque non sono venuta per questo. E non è neppure il motivo per cui stasera avevo cercato di stanarti. Sono tre giorni che non rispondi a nessuno. Ieri sei stata a Palermo senza dire niente. Non me la conti giusta.

Il fatto era che, vai a capire perché anche in questo caso, la confidenza che si era instaurata tra Maria Giulia De Rosa e Vanina Guarrasi era reciproca. L'avvocato era una dei pochissimi eletti cui il vicequestore aveva raccontato la ristretta porzione di fatti suoi di cui riusciva a tollerare il ricordo.

– C'era la commemorazione.

Maria Giulia si liberò del bicchiere e avvicinò la mano congelata al suo viso. Si girò verso la mensola sopra il televisore, guardando di sfuggita la fotografia incorniciata che troneggiava sola, nell'unico spazio non occupato da videocassette o dvd.

– Venticinque anni, vero?

Vanina annuí, alzandosi in piedi, lo sguardo fisso sulla foto. Si avvicinò lentamente, occhi negli occhi con l'ispettore Giovanni Guarrasi che pareva ammiccare da sotto il cappello d'ordinanza. Che fu, nica di papà? Dimmelo a me che ci penso io.

Sigaretta in bocca, sorriso storto. Gli occhi grigi che non si abbassavano mai davanti a niente e a nessuno. Che bello che sei, papà.

E lui avrebbe riso.

Gliel'aveva detto anche quel giorno, che era bello. E lui aveva riso.

Avrebbe dovuto essere quella risata, l'ultimo ricordo di suo padre. Il suo abbraccio stretto davanti all'entrata del liceo Garibaldi. Ora vai, prima che i tuoi compagni ci vedono e ti prendono in giro per i prossimi cinque anni.

Avrebbe dovuto obbedire e salutarlo lí. Oltrepassare la cancellata, salire i gradini, raggiungere la nuova classe e restarci. Se l'avesse fatto, l'ultimo ricordo che avrebbe conservato di suo padre sarebbe stato quello giusto.

Ma non era andata cosí. Forse perché sapeva che era stata un'occasione eccezionale, il suo primo giorno nella scuola che lui riteneva la piú importante della vita, e che difficilmente sarebbe ricapitato di vederlo lí davanti alla cancellata; forse perché di quello che pensavano gli altri a lei non importava nulla e ci teneva a dirglielo; o forse trascinata da un'inconscia premonizione, Vanina era tornata indietro. Aveva attraversato il portone controcorrente, schivando il bidello che l'avvertiva del suono della campanella, e s'era fermata sul gradino piú alto, girando gli occhi sulla strada. Suo padre era ancora lí che si accendeva una sigaretta sul marciapiede opposto alla scuola, la portiera della Uno già aperta.

Le bastavano due minuti. Sette gradini, un altro bacio, un altro abbraccio e poi via, a compiere il suo dovere, come lui le aveva insegnato.

Due minuti. Ma non li aveva avuti.

Erano arrivate contromano dal Giardino Inglese. Due moto, quattro caschi che puntavano dritti verso l'auto dell'ispettore Guarrasi. Poi gli spari. Tanti. Che parevano non finire mai. Un insulto urlato e una manciata di banconote buttate per terra, vicino al volto insanguinato, in segno di sfregio nei confronti di un uomo che da solo credeva di poter sfidare il loro mondo. «Te' cca, piezz'i mieirda, accussí 'a finisci».

Il rombo dei motori che fuggivano indisturbati. Impuniti.

Se solo non fosse stata cosí indifesa, se solo avesse potuto, se solo avesse avuto un'arma in mano... li avrebbe ammazzati lei. Tutti, senza pietà. L'aveva giurato a sé stessa, che mai piú si sarebbe fatta trovare impreparata, mai piú avrebbe assistito impotente. Sotto di lei dovevano passare, quei bastardi fitusi. Uno per uno.

L'aveva giurato, e l'aveva fatto.

7.

Il commissario in pensione Biagio Patanè aggrottò la fronte e avvicinò il giornale. Forse aveva letto male. A ottantatre anni, cataratte a parte, qualche scherzo gli occhi lo possono fare.

Ricontrollò il titolo che apriva la cronaca di Catania. Diceva proprio cosí: *Morti dal passato nella villa dei Burrano*. Incredulo, passò all'articolo.

È senza identità il cadavere mummificato rinvenuto per caso, domenica sera, nella villa dei noti imprenditori vinicoli. Pare che si tratti di una donna, e che il decesso risalga a parecchi anni fa, decenni probabilmente. Sul corpo, che giaceva all'interno di un montacarichi di cui i proprietari stessi della villa ignoravano l'esistenza, non sono stati rinvenuti documenti di riconoscimento. Su segnalazione dello stesso Burrano, autore del ritrovamento, sono accorsi sul luogo gli agenti della squadra Mobile di Catania, diretti dal vicequestore Giovanna Guarrasi, e il sostituto procuratore Vassalli. La polizia Scientifica e il medico legale sono all'opera per fornire qualche dettaglio in piú che potrebbe essere utile all'identificazione. Villa Burrano, disabitata da lungo tempo, era salita agli onori della cronaca piú di cinquant'anni fa per l'efferato delitto che si compí tra le sue mura, in cui fu ucciso il cavaliere Gaetano Burrano...

Alzò lo sguardo, pensieroso. Posò il giornale aperto sul tavolino davanti alla finestra, infilò gli occhiali nella tasca interna della giacca e l'indossò. Davanti allo specchio da terra dell'ingresso si aggiustò la cravatta. Allungò il collo verso la cucina.

– Angilina, staiu niscennu, – comunicò.

Infilò la porta prima che sua moglie lo inseguisse con il soprabito, che poi gli sarebbe toccato portarsi a braccio tutto il tempo.

– Gino, ma unni vai accussí presto? Te lo portasti il telefono cellulare, 'nsamai hai bisogno di qualche cosa?

Angelina era una santa donna, e per quante gliene aveva fatte vedere poteva dirlo forte, ma aveva sempre avuto la fissazione di valutare l'abbigliamento in base al calendario, senza aver messo fuori neppure un braccio. Il fatto che fosse parecchio piú giovane di lui, dettaglio che quando se l'era sposata l'aveva esaltato, da qualche anno a questa parte gli si stava ritorcendo contro, producendo in lei la convinzione di doverlo sorvegliare, per motivi e con metodi assai diversi da quelli che in giovinezza aveva messo in atto per sgamare le sue infedeltà.

Con il passo piú svelto che le sue anche gli consentivano, raggiunse la Panda bianca scassata che abbandonava ogni giorno nei posti piú svariati. Attraversò mezza città fino a raggiungere via di Sangiuliano. Parcheggiò in zona Teatro Bellini e raggiunse a piedi il portone chiuso dietro il quale si muoveva il mondo in cui aveva vissuto per quarant'anni.

Se l'idea che si era fatto su di lei corrispondeva alla realtà, il vicequestore Giovanna Guarrasi era la persona piú giusta cui potesse capitare in mano quel caso. E lui, forse, poteva aiutarla.

– Capo, c'è un signore che chiede di parlare con lei.

Vanina alzò gli occhi dalla «Gazzetta Siciliana» che Spanò le aveva portato un attimo prima, e li posò interrogativi sul sovrintendente Nunnari.

– Un signore chi, Nunnari?

– Patanè Biagio.

– E che vuole da me, questo Patanè Biagio?

– Non lo so, dottoressa. Con me e con Bonazzoli si rifiutò di parlare. Manco mi volle dire di che si trattava. Mi taliò come se dovessi ricordarmi il suo nome. Ottant'anni ce li ha sicuro. Ma lei lo conosce?

– Ma come lo devo conoscere, Nunnari, che a Catania ci vivo da undici mesi!

– Allora che faccio, lo faccio passare?

– E che vogliamo fare, lo lasciamo là fuori?

Ottant'anni era giusto l'età minima che poteva avere qualunque sopravvissuto capace di fornire elementi utili al caso di villa Burrano.

Nunnari fece per uscire dall'ufficio e andare a chiamare il vecchietto, quando lo vide avanzare tutto contento al braccio di Carmelo Spanò, che lo ossequiava rivolgendosi a lui come a una persona conosciuta.

– Non preoccuparti, Nunnari, ci penso io, – lo rassicurò l'ispettore, mentre accompagnava l'uomo nell'ufficio della Guarrasi. Bussò. – Capo?

Braccia conserte e sguardo grigio ferro, il vicequestore Giovanna Guarrasi se ne stava appoggiata allo schienale della sua poltrona, curiosa di scoprire chi fosse questo Patanè che, dopo aver rifiutato di parlare con i suoi collaboratori, stava varcando la sua porta con tutti gli onori dell'ispettore Spanò.

Figura longilinea, camicia immacolata, abito impeccabile, un'ottantina d'anni portati egregiamente: questa fu la prima impressione che Vanina ebbe dell'uomo che si stava introducendo nel suo ufficio. Lando Buzzanca in versione anziana.

– Vicequestore Giovanna Guarrasi, – si presentò, appoggiando un gomito sulla scrivania e porgendogli la mano.

– Commissario in pensione Biagio Patanè, squadra Mobile, – rispose quello, accennando un inchino.

Perplessa, lo fece accomodare.

Spanò gli indicò la sedia davanti, sorridendo amabilmente. – Il commissario ha diretto la squadra Omicidi per... quanto, dottore? Trent'anni?

– Ora non esageriamo. All'inizio non dirigevo niente. Il poliziotto facevo. Poi mi laureai, e diventai commissario. Ma prima di arrivare a dirigere qualche cosa, strada ne dovetti fare assai.

– Dottoressa, il commissario Patanè è stato il mio primo capo.

Vanina sorrise.

– Un vero piacere, commissario. Il sovrintendente Nunnari non mi aveva riferito il titolo.

– No, dottoressa, sono io che non gliel'ho detto. Quelli che entrano in un posto e subito si qualificano per avere un trattamento speciale non li ho mai potuti soffrire. Non è che stavo chiedendo l'America. Sono sicuro che lei mi avrebbe ricevuto macari senza Carmelo. Mi sbaglio?

– No, non si sbaglia. Mi dica tutto.

– Stamattina, quando mi trovai davanti la fotografia di villa Burrano sulla pagina di cronaca nera, arrimasi ammammaluccuto... Carmelo, picciotto mio, che fa' me lo porteresti un bicchiere d'acqua?

Spanò scattò subito.

L'uomo tirò fuori dalla tasca due cioccolatini e ne offrí uno a Vanina, che rispose mostrandogli la riserva personale che teneva sulla scrivania.

– Santa cioccolata. All'età mia, basta picca e nenti per sentirsi deboli.

Spanò rientrò con una bottiglietta d'acqua presa al distributore del piano terra, e tre bicchieri di plastica. Patanè bevve d'un fiato.

– Lo sa, dottoressa Guarrasi, io ho sempre avuto l'abitudine di archiviare nella mia mente i casi conclusi suddividendoli in tre categorie: quelli definitivamente risolti in prima battuta; quelli in cui la pista giusta è venuta dopo qualche tentennamento, pigliando qualche cantonata; e infine quelli che si chiudono lasciando un dubbio, anche minimo. I primi e i secondi, a meno che non siano casi leggendari, vanno a finire nel dimenticatoio; gli ultimi invece, che per fortuna mia sono pochi, macari se passa tempo, gira vota e furria ti tornano sempre in testa e ti disturbano il sonno. Di questi ultimi il più azziccuso, quello che se spunta non me lo levo più dalla mente, è l'omicidio di Gaetano Burrano.

Bevve un altro bicchiere d'acqua, mentre Vanina e Spanò lo guardavano col fiato sospeso.

– La risoluzione, per il commissario Torrisi, fu facile. Le prove e gli indizi di colpevolezza a carico di Di Stefano erano sparsi ovunque: nella villa, a casa sua, nello scanno di Burrano. Macari i vestiti lordi di sangue aveva. Il cadavere l'aveva trovato lui. Lui ci aveva chiamato, lui era l'unica persona presente alla villa. Tutti a Catania erano, a taliàrisi la festa di Sant'Agata. Nessuno metteva in dubbio che fosse lui, l'assassino. Nessuno tranne me, che a quei tempi alla Mobile contavo quanto il due di coppe quando la briscola è a mazze. Ora lei si chiederà perché sto tirando fuori l'omicidio Burrano, visto e considerato che il vostro caso riguarda una fimmina, che per giunta manco si sa di preciso quando morí.

Vanina resse il gioco. Il vecchietto era uno che la sapeva lunga.

– Lei dice che dovrei chiedermelo?

Patanè sorrise.

– Dottoressa Guarrasi, lei secondo me è ancora più sperta di quello che dicono.

– Grazie, dottor Patanè. Diceva, perciò?

– Quando lessi che nella villa di Burrano era stato trovato il cadavere di una donna, mi tornò alla mente all'improvviso un fatto a cui, devo essere sincero, all'epoca diedi poca importanza. Poco dopo la morte di Burrano venne
da me una ragazza, una ex prostituta. Mi cuntò che una
sua amica, un'altra ex prostituta assai piú famosa di lei,
era sparita da qualche tempo senza dare notizie. La donna
scomparsa era conosciuta come Madame Luna, ma il suo
vero nome era Maria Cutò. Fino a quando lo Stato non
l'aveva costretta a chiudere i battenti, aveva gestito una
delle case di tolleranza piú rinomate di Catania, una di
prima categoria, per intenderci. La casa... – chiuse gli occhi, concentrato. – Niente, appena mi viene il nome glielo
dico, – si voltò verso Spanò, che aveva preso a rimestare
tra le carte stampate da Fragapane in cerca di una Cutò.
– Lassa stari, Carmelo, – consigliò, abbassando gli occhi
come per dire «Tanto è inutile».

Spanò alzò uno sguardo interrogativo, che diventò quasi subito perplesso prima di giungere alla rassegnazione.

Vanina intuí, ma evitò di commentare. Per come la vedeva presa, se avesse cominciato a interrompere la narrazione avrebbero fatto notte.

– Denuncia non ce ne fu. La ragazza non volle sporger-
la, e siccome della scomparsa di Maria Cutò, oramai che
il bordello era chiuso, non gliene importava piú niente a
nessuno... – si drizzò di colpo sulla sedia schioccando le
dita. – Casa Valentino, ecco come si chiamava! La piú co-
stosa di Catania era.

– Perché non volle denunciare la scomparsa?

– Questo è il punto, dottoressa, il tarlo che stamattina
mi riapparve in mente dopo tanti anni. Luna, da quando
era diventata la maîtresse, il mestiere non lo esercitava piú

se non per pochi eletti, che la pagavano generosamente. Pare che uno di questi fosse proprio Gaetano Burrano, che poi aveva continuato a frequentarla macari dopo la chiusura della casa. La ragazza si scantava che, facendo regolare denuncia, Luna potesse venire accusata dell'omicidio, mentre secondo lei o le era capitata qualche cosa, oppure se n'era scappata per evitare di essere messa in mezzo.

– E come mai venne a cercare lei, se non voleva farlo sapere alla polizia?

– Ca come mai, dottoressa... – agitò la mano come a significare che erano cose ovvie. – Io ero io. Questioni ne avevo dipanate assai, tra le mura di quei lupanari. Azzuffatine, violenze, persino un paio di ragazze morte ammazzate. Certo, al Valentino cose del genere non ne succedevano, o se succedevano bisognava tenerle ammucciate meglio che in altri posti. Di me le ragazze si fidavano. Non mi poteva pace, però. Perché la sua amica poteva giurare e spergiurare quanto voleva che non era possibile, ma il pensiero che Luna c'entrasse con l'omicidio di Burrano non me lo levava dalla testa nessuno. Insistetti, indagai per conto mio. Poi contro Di Stefano furono trovate altre prove, e il caso fu chiuso. Ma che fine avesse fatto Maria Cutò me lo sono chiesto per molto tempo.

– Perciò lei pensa che il cadavere su cui stiamo indagando possa essere di questa Maria Cutò.

– Penso solo che sia un'ipotesi. Naturalmente tutta da verificare.

Vanina fece oscillare all'indietro la poltroncina, che da quando ci si era dondolato Macchia era diventata instabile e produceva movimenti esagerati. Afferrò il bordo della scrivania per recuperare l'equilibrio.

– Sí, da verificare come? 'Sta Cutò parenti prossimi non ne aveva, se ho capito bene. Lasciamo perdere eventuali prove del Dna, ma almeno qualcuno che possa risalire a lei dagli abiti, o da qualche particolare, è pressoché impossibile da trovare. Lei stesso ha detto che a nessuno importava che fine avesse fatto. Come si chiamava l'amica?

– Il nome d'arte me lo ricordo, era Jasmine, ma su quello vero... mi ci sto amminchiando da stamattina. Mi ricordo che abitava di fianco al Valentino. Si era affittata due stanze. Ma oramai...

– È morta?

– Non lo so. Ma, ammesso che sia viva, capace che non abita piú là.

Spanò se n'era stato tutto il tempo ad ascoltare e a prendere appunti.

– Capo.

Si voltarono entrambi.

Carmelo si rivolse al vicequestore Guarrasi. – Le case di San Berillo sono quasi tutte abbandonate. Alcune crollate, altre occupate abusivamente. È un quartiere degradato.

– E questa Casa Valentino era a San Berillo?

– Quello era, il quartiere, – spiegò Patanè. – Prima che lo sventrassero per costruirci sopra corso Sicilia era piú grande, popolato macari da famiglie e botteghe di artigiani. La Casa Valentino però non era in mezzo alle straduzze sgarrupate che ti stai immaginando tu, Carmelo, quelle dove i bassi oggi sono occupati da prostitute e travestiti. Era in via Carcaci. Se vuoi ti ci accompagno, – si offrí, speranzoso.

Vanina ebbe la netta sensazione che di quel vecchietto non si sarebbe liberata facilmente, tanto piú che Spanò pareva pendere dalle sue labbra. Ma la cosa non la infastidiva, anzi.

– E andiamo a farci 'sto giro in via Carcaci, – disse, alzandosi e raccogliendo dal tavolo il telefono e le sigarette.

Patanè si levò lentamente dalla sedia, incerto, e la seguí, precedendo Spanò fuori dall'ufficio. Non sapeva cosa ci fosse adesso al posto del Valentino, probabilmente un'abitazione privata, o magari una birreria, però l'idea di tornare nel postribolo della sua giovinezza in compagnia di una donna lo imbarazzava un poco. Era cosí e non ci poteva fare niente. Ma la voglia di infilarsi in quell'indagine, che sentiva sua, se lo stava mangiando vivo. Se c'era una sola speranza che la sua cooperazione fosse accettata, questa non poteva prescindere dalla volontà del vicequestore Guarrasi. E qualcosa gli diceva che esternare la sua perplessità non sarebbe stata una mossa azzeccata.

Lungo le scale incrociarono Fragapane, di ritorno dalla Banca d'Italia.

– Allora? – gli chiese Vanina.

– Le banconote sono della serie delle Repubbliche Marinare, emessa dal '48 al '63, che poi era quello che avevamo già visto con Lo Faro su internèt. L'emissione di quelle che trovammo noi è del gennaio 1959 –. Il vicesovrintendente si avvicinò abbassando la voce, mentre lanciava una breve occhiata diffidente al tipo anziano che lo ascoltava con un sorrisetto divertito. Si girò di scatto, stavolta a bocca aperta. – Commissario!

Si abbracciarono. Appurato di chi si trattava, Fragapane si sentí autorizzato a continuare il resoconto.

– L'impiegato fece una considerazione che mi colpí. Disse che all'epoca la banconota da diecimila era una specie di titolo al portatore. Persone che maneggiavano banconote di taglio cosí grosso ce n'erano poche. E assai difficilmente erano donne. Nella cassetta di sicurezza c'era un milione di lire in pezzi da diecimila. A quei tempi un milione di lire erano bei soldoni. Come avevano fatto a farceli entrare?

– Ragionando con le lire, ora sarebbero... circa venti milioni. In euro diecimila. Ma dove li trovasti 'sti soldi, Salvatore? – s'intromise Patanè.

Spanò e Vanina alzarono simultaneamente lo sguardo su di lui. Probabilmente l'informatore che aveva servito la storia ai giornalisti aveva dimenticato di riferire quel dettaglio.

L'ispettore evitò di rispondere per primo. Dubitava che la Guarrasi avrebbe gradito un'intromissione esterna nell'indagine.

Ma fu il vicequestore a spiegare. – Nel montacarichi, accanto al cadavere.

Il commissario rimase pensieroso.

– Ora, dottoressa, – seguitò Fragapane, – io mi domando e dico: chi è che ammazza una donna e poi la seppellisce assieme a un milione di lire?

C'era arrivato anche lui.

– È la prima domanda che mi sono posta. La cassetta di sicurezza che nessuno ha mai recuperato è l'unico indizio utile che abbiamo. Chiami l'amico suo alla Scientifica e gli chieda se per caso sulla superficie sono riusciti a trovare qualche residuo di impronta digitale, anche se dopo tutto 'sto tempo...

Il telefono del vicequestore squillò. Era Marta.

– Capo, ma dove sei?

– Sulle scale.

– Sta arrivando il figlio della donna scomparsa, la Vinciguerra.

– Me l'ero completamente dimenticato. Il figlio, dici. Ma quanti anni aveva questo quando la madre sparí?

– Non saprei, sette-otto anni piú o meno.

– E che si deve ricordare! Vabbe', occupatene tu. Mostragli le fotografie, vedi se per caso riconosce qualcosa: un oggetto, un indumento... Io e Spanò torniamo tra poco.

Spedí Fragapane in sostegno dell'ispettore e salí sull'auto di servizio che nel frattempo Spanò aveva tirato fuori dal parcheggio.

Approfittando dell'assenza di Marta, appurato che Patanè non soffriva di nessuna malattia polmonare o cardiaca, Vanina si accese una sigaretta, che durò giusto il tempo del tragitto: il giro della piazza, poi un tratto di via di Sangiuliano. Il parcheggiatore abusivo di stanza in piazza Manganelli rimase indifferente al loro arrivo. Anzi, per comprovare la sua estraneità alla logistica dei parcheggi, si allontanò di qualche metro.

Risalirono a piedi fino a via Carcaci. Patanè si fermò davanti a una casa a due piani, vecchia ma non decrepita, di sicuro non abitata ma neppure abbandonata. Accanto a un portoncino scrostato, rinforzato da un catenaccio, si distingueva sul muro un'apertura piú larga, murata e mal camuffata da un intonaco che cadeva a pezzi mettendo a nudo i blocchetti. Dall'altro lato, un portoncino piú modesto, riverniciato in tempi relativamente recenti. Spanò andò a leggere la targhetta sul citofono, ma senza occhiali e con la plastica di copertura cotta dal sole concluse poco.

Vanina gli fece segno di mettersi di lato, sfottendolo.

– Non è cosa per lei, Spanò. Con un po' di fantasia, e una vista acuta, potrebbe essere Frasca... Frasta... o Fresta, – lesse.

– Come dice? Fresta? – si risvegliò Patanè.

– Forse.

L'uomo si accarezzò il mento, con gli occhi socchiusi e la testa all'indietro. Spanò riconobbe nel gesto il vecchio commissario Patanè in azione, e senza volerlo ne sorrise.

– Le dice qualcosa il nome Fresta? – lo incalzò il vicequestore.

Per tutta risposta, il commissario tirò fuori dalla tasca un telefono antidiluviano, di quelli piccoli con lo sportellino. Pigiò i tasti con una lentezza estenuante, poi si mise in attesa.

– Rino? Senti... col telefonino ti staiu chiamannu, sí... tu che hai la memoria fina: per caso ti ricordi come si chiamava Jasmine, la butt... ehm, la prostituta che travagghiava al Valentino? Pensaci bonu, può essere Fresta?... Sicuro sei?... Me lo ricordo, me lo ricordo, pi' chistu chiamai a ttia. Grazie, Rinuzzo, stammi bonu che domani ti vengo a trovare.

Chiuse il telefono con un sorriso che metteva in mostra o una dentatura incredibilmente perfetta o una dentiera fatta molto bene.

– Tombola!

Vanina iniziò a spazientirsi. – Se poi ci vuole illuminare.

– Alfonsina Fresta. Lei è.

– O era, – commentò il vicequestore alzando lo sguardo sul balconcino, che però, a giudicare dalla salute delle piante, pareva vissuto. – Siamo sicuri?

– Della memoria del maresciallo Iero? La mano sul fuoco ci metterei.

Certo, all'epoca di Patanè in polizia esistevano i marescialli.

Spanò annuí, sorridendo. Pigiò due volte sul pulsante. Nessuno rispose. Bussò forte alla porta, ma senza risultato.

– Ispettore, si segni quest'indirizzo e controlliamo chi ci abita.

Patanè guardava con insistenza il balconcino, deluso. Ora che aveva detto tutto e che le aveva dato una pista, capace che il vicequestore non avrebbe piú ritenuto opportuno il suo coinvolgimento, mentre se solo avessero trovato Jasmine...

Vanina si avvicinò all'altro portoncino, quello che un tempo doveva essere la porta d'accesso al lupanare. Non c'era scritto nulla, ovviamente, anzi mancava proprio il citofono. C'era solo un battente, tenuto da una specie di medaglione ossidato che non si capiva cosa rappresentasse. Una testa di animale, forse.

Provò a muoverlo, fino a sbatterlo sulla porta.

Doveva ragionare senza lasciarsi influenzare dal commissario, che in quell'indagine stava riponendo la speranza di risolvere un caso che sicuramente doveva averlo ossessionato per anni. Lo sapeva bene, lei, che significa dover chiudere un'indagine senza vederci chiaro. Sapeva quanto potesse destabilizzare. Solo che in questo lei, fino ad allora, era stata piú fortunata. Gli unici casi dubbi che le erano capitati risalivano all'epoca in cui era alla Criminalità organizzata. Ammesso che, magari per colpa di una soffiata equivoca o di una pista sbagliata, il risultato finale non l'avesse convinta del tutto, grossi pesi sulla coscienza non gliene sarebbero rimasti. In quei casi, piú ne sbatteva dentro e meglio era. Tanto qualcosa da scontare ce l'avevano tutti, in mezzo a quella melma. L'unico rammarico poteva essere quello di averne lasciato fuori uno in piú. Ma se l'incertezza le fosse capitata in seguito, per un omicidio comune in cui se avesse sbagliato sarebbe finito in galera un innocente, era sicura che il pensiero avrebbe perseguitato per sempre anche lei.

La pista della prostituta andava seguita senz'altro, anche perché era l'unica che lasciava intravedere qualche indizio, ma senza trascurare nessun'altra traccia.

– Penso che ce ne possiamo andare, dottoressa, – concluse Spanò.

Vanina annuí. Mentre si dirigevano verso l'auto, notò un uomo anziano che avanzava caracollante sul marciapiede sotto il peso di due sacchi di plastica color verde marcio, quelli tipici del mercato.

Lo vide fermarsi a osservarli. La cosa non doveva stupirla: in fin dei conti lei e Spanò erano due facce conosciute. Due sbirri, per la gente del quartiere, che pur essendo ormai molto frequentato, pieno di pizzerie e di locali, sempre una zona difficile restava.

Però quel vecchio pareva piú confuso che diffidente.

– Commissario Patanè?

Il commissario si voltò, le mani allacciate dietro la schiena. Fissò l'uomo, che aveva poggiato i sacchi per terra e stava attraversando la strada per raggiungerlo.

– Commissario... lei è?

– Io sono, sí. Ma, mi perdoni, ci conosciamo?

– Giosuè sono... si ricorda? M'ava parsu ca stava cercannu a mmia.

Il commissario strinse gli occhi, impegnandosi in uno sforzo di memoria che non lo condusse da nessuna parte.

– A me' casa stava tuppuliando, quel signore, – chiarí meglio, indicando Spanò.

Vanina si avvicinò.

– Quel signore è l'ispettore capo Spanò, squadra Mobile. Sono il vicequestore Giovanna Guarrasi, con chi ho il piacere di parlare?

– Giosuè Fiscella. Ma... pirchí, chi fici? – rispose quello, d'un tratto spaventato.

– Niente, non si preoccupi. Conosce una certa Alfonsina Fresta, che tempo fa abitava in quella casa?

– Me' mugghieri. Ma... pirchí?

Patanè, che fino a quel momento era rimasto in silenzio, proruppe in un'esclamazione.

– Ma che sei, Giosuè «curri curri»?

– Visto ca s'arricordò!

– Un picciutteddu eri! Dottoressa Guarrasi, Giosuè era lo sbriga faccende della Casa Valentino. Ma perciò: ti maritasti a Jas... ad Alfonsina?

– Non si preoccupasse, commissario: macari che la chiama Jasmine nun m'affennu.

Vanina riprese la conduzione.

– Senta, signor Fiscella, noi dovremmo parlare con sua moglie. Avremmo bisogno di alcune informazioni.

– Certo, certo, signora.

– Dottoressa, – lo corresse, fulminandolo. Non c'era cosa che la mandasse in bestia piú del sentirsi chiamare «signora» in servizio. Una volta era capitato persino l'assurdo che uno dei suoi ispettori venisse qualificato come «commissario», e lei «signorina».

L'uomo li precedette sulla soglia del portoncino e aprí con le chiavi.

– Alfonsina, iu sugnu! – gridò.

La rampa di scale, scure e umide, partiva dalla soglia. Spanò, mosso a compassione, si caricò i pacchi, vigilando di sottecchi che il commissario Patanè non avesse difficoltà.

– È sulla sedia a rotelle, mischina. Però la testa ce l'ha perfetta, – spiegava Giosuè, ansimando lungo le scale.

Li mise ad aspettare in un ingresso angusto.

Vanina sbirciò attraverso l'unica porta un soggiorno luminoso, dal quale si sentiva l'uomo parlottare in modo sommesso. Poco dopo, accartocciata su una sedia a rotelle nella quale pareva perdersi, le gambe coperte da un plaid dall'aria consunta, comparve una donna dall'età indefinibile. Minuta, gli occhi vivi, quasi spiritati, si posarono ammiccanti sul commissario Patanè, che la fissava. Pareva stralunato ma, a guardarlo meglio, Vanina si accorse che era soltanto impressionato.

– Buongiorno, dottoressa Guarrasi, – la salutò la donna, allungando la mano.

– Buongiorno, signora Fresta.

Giosuè li condusse nel soggiorno. Modestissimo ma tenuto bene.

– Siamo qui per alcune informazioni riguardo a una sua amica, la signora Maria Cutò. A quanto ci risulta, cinquantasette anni fa scomparve improvvisamente, senza dare più notizie di sé. È corretto?

– Sí, è corretto. Il commissario sa tutta la storia –. Al contrario del marito, Alfonsina Fresta si esprimeva in un italiano quasi corretto.

– Da allora lei non l'ha piú vista né sentita?

– No, mai piú.

– Ha mai considerato che potesse essere morta?

– Lo pensai. Cosí come pensai pure che potesse essere viva. Certezze non ne ho avute mai, dottoressa, né per un verso né per l'altro. E siccome la speranza è sempre l'ultima a morire... Ma come mai mi chiedete di lei, dopo tutto questo tempo? Oramai, pure se è viva, magari è combinata come a me –. Diresse lo sguardo verso Patanè, che se ne stava seduto in un angolo, in silenzio.

– Senta, signora, lei ricorda che tipo di rapporti c'erano tra Maria Cutò e Gaetano Burrano?

La donna ebbe un sobbalzo impercettibile, che però Vanina notò. Il marito invece pareva solo perplesso.

– Perché vuole sapere queste cose, dottoressa?

– L'altra sera, nascosto nella villa dove fu ammazzato Burrano, è stato ritrovato il cadavere di una donna. Un cadavere che molto probabilmente risale all'epoca dell'omicidio.

La vecchia impallidí di colpo. Gli occhietti neri sembrarono ancora piú spiritati di prima.

– No, no, no, no... – cominciò a ripetere, oscillando il capo. – Luna no...

Giosuè si era messo in punta di sedia, serio.

– Ma per davvero lei può essere? Per davvero Luna? – chiese.

– L'unica cosa certa è che si tratta di una donna, morta da molto tempo. Quanto all'identità, potrebbe essere chiunque. Ci serve l'aiuto della signora Fresta, per cercare di identificare qualcosa, anche un dettaglio che possa indicare oppure escludere che sia la vostra amica.

– Significa... che la dobbiamo vedere? – Giosuè deglutí, sempre piú pallido.

– No, non è necessario, anche perché non servirebbe a molto, – evitò di spiegargli il perché, – ma gli oggetti che sono stati trovati assieme a lei, gli abiti, quelli sarebbe utile che la signora Fresta li vedesse.

– No, no, no... Luna no.

Patanè si alzò e si avvicinò alla carrozzella.

– Senti, Jasm... Alfonsina: può essere che non si tratti di lei. Però l'unica che ce lo può dire sei tu.

– Ma dobbiamo venire alla polizia? Perché portare fuori a mia moglie è un'impresa, cu tutti 'ddi scaluna... – chiese Giosuè, preoccupato.

– Non si preoccupi, non è necessario. L'ispettore Spanò vi porterà alcune fotografie, e la signora ci dirà se riconosce qualcosa.

– No, no, no... – La cantilena continuava.

– 'A scusari, dottoressa. Alfonsina è un poco stramma. Ogni tanto s'incanta. Sempre accussí è stata.

Il vicequestore si alzò, fece per andarsene. Come prevedeva, il gesto risvegliò Alfonsina, che rimase in silenzio. Un silenzio pesante, pensoso.

Con la coda dell'occhio, Vanina vide Spanò avvicinarsi alla finestra e affacciarsi guardandosi intorno.

– Cos'è? Un cortiletto interno? – chiese l'ispettore a Fiscella, con indifferenza.

– Sí. Prima Alfonsina ci faceva l'orto. Oramai...

– E quelle finestre chiuse, mezze sdirrupate, a chi appartengono?

– Alla casa, – rispose l'uomo, come se fosse ovvio.

– A quale casa?

– La casa di Luna.

Il vicequestore si voltò di scatto. – La casa di Luna?

Alfonsina si avvicinò, spingendosi sulle ruote della carrozzella, lo sguardo di nuovo vigile.

– La casa, quella casa, se l'era accattata Luna.

Vanina percepí un'incertezza.

Era solo una sensazione, ma gli occhi della donna non la convincevano.

Quella storia presentava troppi tratti ambigui. Malgrado potesse benissimo non avere nulla a che fare col cadavere di villa Burrano, valeva la pena di approfondirla.

– E quando se l'era accattata? – s'intromise il commissario Patanè, risentito per essersi lasciato sfuggire quel particolare. Oppure era lui che non se lo ricordava? Il dubbio lo indispose ancora di piú.

– Appena chiusero il bordello.

– Signora Fresta, cerchiamo di fare chiarezza. La sua amica Maria Cutò è sparita cinquantasette anni fa, giusto? – chiese Vanina. Quel continuo chiamare Luna la donna scomparsa cominciava a innervosirla. C'erano un nome e un cognome: certi sentimentalismi inutili le davano fastidio.

Alfonsina annuí.

– Lei ne parlò col commissario Patanè, ma non volle mai denunciare la scomparsa, giusto?

Annuí di nuovo.

– Mi pare di capire che il commissario non avesse idea che l'ex casa di tolleranza fosse di proprietà della signora Cutò. Come mai non glielo disse?

– E che c'entrava?

– Minchia, Jasmine! Ma come sarebbe a dire «che c'entrava»? – proruppe il commissario.

La donna abbassò lo sguardo, ma solo per un attimo. Poi lo rialzò, piú spiritato di prima.

– E non s'incazzasse, commissario. Tutta ve la giraste, la casa, lei e il maresciallo Iero, quando Luna sparí. Non se lo ricorda? Il fatto che era sua che cambiava?

Vanina vide il colorito di Patanè sempre piú purpureo. Poco ci mancava che le vene del collo gli si gonfiassero sotto il colletto della camicia. Speriamo che non gli pigli un colpo, pensò. Certe collere per uno della sua età possono rivelarsi fatali.

– Lasciamo stare quello che successe allora: adesso che fine ha fatto 'sta casa? – chiese.

Alfonsina si strinse nelle spalle.

– E che fine deve avere fatto, dottoressa? Là è.

– Vuole dire che da allora non c'è mai entrato nessuno?

– Solo io e Giosuè, ogni tanto, per controllare. Ma senza toccare niente, – precisò, come se fosse quella la questione principale.

– E voi avete custodito per una vita una casa la cui proprietaria poteva essere morta?

– Almeno se Luna tornava la trovava come l'aveva lasciata. Se non tornava… pazienza. Ma perlomeno la casa non finiva in mano a chissà chi.

Il commissario Patanè scosse la testa lentamente.

Vanina iniziò a capire.

Il telefono di Spanò suonò, rompendo l'atmosfera strana che si era creata.

– Dimmi, Salvatore –. Ascoltò, spostando lo sguardo sul vicequestore. – Ho capito, – annuí. Le passò il telefono: – Fragapane è.

Vanina si allontanò.

– Fragapane, mi dica.

– Quelli della Scientifica sono riusciti a isolare del materiale analizzabile sulla spazzola che abbiamo consegnato ieri.

– *Deo gratias*. Il figlio della Vinciguerra è arrivato?

– Sí. Ha parlato un poco con Bonazzoli, ha guardato le fotografie. Solo che si fissò che vuole aspettare a lei.

– A me? E perché? Marta non è stata esauriente?

– Macari assai. Però... lo sa lei com'è l'ispettore Bonazzoli. Quello, secondo me, è chiú confuso che persuaso. Parla, divaga, e lei lo blocca e gli fa la domanda precisa. Invece se lo facesse sfogare capace che qualche cosa in piú salterebbe fuori.

Quanto di piú, rispetto a Maria Cutò?, si chiese il vicequestore. Del resto, fino a quel momento neppure lei aveva appreso nulla di concreto, se non che la donna fosse proprietaria di un ex bordello.

– E fatelo aspettare, – concluse.

Restituí il telefono all'ispettore, che nel frattempo aveva intavolato una conversazione dal tono amichevole con Fiscella, e tornò su Alfonsina.

– Signora Fresta, lei non ha risposto ancora alla prima domanda che le ho fatto: che rapporti c'erano tra Maria Cutò e Gaetano Burrano?

– Un cliente speciale era il cavaliere, dottoressa. Altro non so.

Il marito la guardò strano, ma non proferí parola.

Vanina capí che la donna stava mentendo, ma per il momento le resse il gioco.

– Da molto tempo?

– Quando ancora Luna era una semplice prostituta, lui era il cliente piú affezionato. Poi diventò uno dei pochi.

– E dopo la chiusura?

– E che ne posso sapere. Dopo la chiusura ognuno faceva la sua vita.

Continuava a mentire, ma da come la guardava negli occhi doveva essere consapevole che il vicequestore non le stava credendo.

– A me dicesti che erano amanti macari dopo, – s'intromise Patanè.

– E allora vuol dire che era cosí. Cinquantasette anni passarono, e la memoria non è piú come una volta.

– Signor Fiscella, per cortesia, ci può accompagnare all'interno della casa? – chiese Vanina.

– Certo.

L'uomo tirò fuori un mazzo di chiavi da un cassetto.

Alfonsina non mosse un solo muscolo facciale. Alzò una mano con indifferenza.

– Vada, vada, dottoressa. Giosuè conosce la casa stanza per stanza.

Uscirono da una porta che si apriva a metà di una scala, illuminata solo dalla luce che filtrava da un'apertura con una grata a raggiera, sopra il portoncino in basso. Salirono gli ultimi gradini prima di raggiungere un'altra porta, piú grande. Giosuè aprí con la chiave e, per lo stupore dei tre ospiti, accese la luce. Mentre spalancava le finestre, ricordò i tempi del Valentino, quando per legge quelle persiane dovevano rimanere chiuse.

All'ingresso seguiva un corridoio e poi un saloncino arredato con divani, poltrone e una seduta centrale circolare costruita intorno a una statua: una Venere di pessima fattura. Una sorta di banco da reception di dimensioni ridotte, con un sediolino dietro, era addossato a un angolo. Alle pareti una stoffa di cui l'umidità dei muri non aveva avuto pietà, e delle applique di dubbio gusto. Il colore preponderante era il rosso, in tutte le sue gradazioni.

– Ma questo ancora il Valentino è... – mormorò Patanè, impressionato.

Salirono al piano superiore: un corridoio su cui si aprivano sei stanze da letto, tutte piú o meno simili, tutte arredate secondo lo stile del salotto, tutte provviste di lavabo e di bidet. Se si escludevano la polvere, l'umidità e le ragnatele, tutto sommato le stanze si erano mantenute abbastanza bene. L'ultima, la piú grande, aveva persino il letto a baldacchino, e una vasca da bagno cosí grande da occupare un terzo dello spazio.

Il commissario Patanè, che non riusciva a ignorare una stretta allo stomaco, ritrovò quegli ambienti tali e quali se li ricordava lui.

– La stanza di Luna era questa, – disse Giosuè.

– Immaginavo, – commentò il vicequestore.

Infilò le mani in tasca, abitudine acquisita negli anni per non rischiare di cedere all'istinto di rovistare a mani nude nella vita di chi finiva nella rete delle sue indagini, e fece un giro nella stanza.

Ma quella prima occhiata non registrò nulla. Nulla di particolare, nulla di personale, nulla che potesse somigliare vagamente al contenuto delle borse.

Spanò le andò vicino.

– Dottoressa, secondo me qua stiamo perdendo solo tempo.

– Sí, probabilmente è cosí.

Ma non ne era del tutto convinta.

Usando la manica come guanto, che non si sa mai, aprí i cassetti. Tutti pieni di corsetti e guêpière, che nulla avevano a che vedere con quella che indossava il cadavere; e poi boa di piume di struzzo, calze a rete, vestaglie di voile trasparenti. Ognuno indossa la propria divisa. Solo l'ultimo cassetto era semivuoto, con qualche oggetto disseminato qua e là, tra cui un pettine. Altri capelli disponibili, annotò, casomai dovesse servire. Posò gli occhi su un dettaglio. Tirò fuori il telefono e lo fotografò.

Al piano di sotto c'erano altre tre stanze da letto: stesso arredamento, stesso genere. Una cucina, e una stanzetta accanto, ingombra di scatole e casse di legno. A terra, rotolati via da un sacchetto di velluto che giaceva mezzo aperto, erano sparsi una decina di gettoni metallici. Vanina non resistette alla tentazione di chinarsi a raccoglierne uno. La penombra non le consentí di capire cos'era, ma le permise di metterselo in tasca senza farsi notare.

Quella che invece si distingueva piuttosto bene, appoggiata a una scatola e illuminata dalla poca luce che passava attraverso la porta, era un'insegna di legno che riportava il tariffario della casa e altre scritte, tra cui assicurazioni di massima igiene e riservatezza, e la raccomandazione per i clienti «a scanso di equivoci» di pagare subito le prestazioni alla cassa. Il tutto sovrastato da uno stemma incomprensibile – forse per la distanza – e dal nome del lupanare arricchito da ghirigori e disegni vari: «Casa Valentino» e, sotto, «da Madame Luna».

Tornando indietro, trovarono Alfonsina immobile a fissare la finestra, nella medesima posizione in cui l'avevano lasciata. Salutò il vicequestore con uno sguardo ambiguo, lasciando sottinteso che si sarebbero riviste presto.

Il figlio di Vera Vinciguerra si chiamava Andrea Di Bella. Sessantacinque anni, di professione docente universitario alla facoltà di Lettere. Si era presentato in compagnia della moglie, che assisteva in silenzio, composta e con le mani incrociate in grembo.

Aveva portato con sé una decina di fotografie della madre, che giacevano sulla scrivania di Vanina, insieme a un fascicoletto vetusto che Fragapane era riuscito a recuperare in archivio.

– Mi deve scusare se ho chiesto di parlare con lei, dottoressa Guarrasi. Non volevo essere scortese nei confronti dell'ispettrice, ma... questa è una situazione in cui da anni ormai non pensavo che mi sarei piú trovato. Dio lo sa, quante volte siamo stati convinti di aver rintracciato mia madre. Da ragazzo credevo che fosse meglio immaginarla morta, poi crescendo cambiai idea. Preferivo pensare che fosse viva, e che magari avesse perso la memoria. Non ho mai tollerato l'idea di un allontanamento volontario, come dicevano i suoi colleghi. Sa, dottoressa, è un po' come quando uno è molto malato, vede tanti medici, ma poi vuole un confronto col primario. Ecco, in una circostanza come questa ho sentito il bisogno di chiedere di lei.

Vanina trattenne un ghigno sardonico. Di Bella era sicuramente un benpensante, uno che ci teneva a far vedere le cose nella luce che lui considerava piú decorosa. Una di quelle persone che le smuovevano i nervi già solo a sentirle parlare. Uno cosí necessitava di un interlocutore attento, capace di ascoltare tutti i dettagli inutili che lui riteneva di dover raccontare, per poi introdurre le domande piú dirette. E Marta non era cosa di fare quei giochi di astuzia. Senza contare che, per quelli come lui, una carica piú alta era garanzia di maggior diplomazia. Per un attimo fu tentata di comunicargli che, per essere precisi, il «primario» assoluto lí non era lei, e passare quella rottura di scatole dritta dritta nelle mani di Macchia. Ma poi preferí immolarsi in nome di qualche possibile indizio. Scambiò un'occhiata con Marta, che se ne stava appoggiata al muro dietro la scrivania, e si sedette sulla sua poltrona.

Mostrò ancora una volta le foto del cadavere.

– Dio Santo, – esclamò l'uomo, ritraendosi.

– Ricorda se sua madre possedeva una pelliccia?

– Mi pare di sí... Lo sa, da bambino mi piaceva nascondermici dentro. Mi sentivo al sicuro. Forse nel mio inconscio sentivo che qualcosa sarebbe successo...

– Saprebbe riconoscere l'etichetta?

– No, dottoressa. L'ho già detto all'ispettrice, non ho mai guardato l'etichetta.

– Senta, suo padre usava la brillantina Linetti?

Quello la guardò stranito. – E chi non la usava! Anch'io, da giovane.

– E sua madre?

– No. La brillantina non era un articolo da donna, – disse, con un sorriso indulgente da insegnante, che la irritò.

– Sua madre aveva un amante.

Quello sobbalzò. – Ma io... non credo...

– Non era una domanda. È scritto nel suo fascicolo. Del resto lei era un bambino, all'epoca, capisco che certe cose non poteva saperle. Suo padre non le raccontò mai niente in proposito?

L'uomo si raddrizzò sulla sedia.

– Ma ormai, a cosa può servire rivangare queste cose... Sí, forse una volta, un accenno... anche se non vorrei che venisse fuori un quadro di mia madre...

– Professor Di Bella, l'unico quadro che a noi interessa è l'identità di questo cadavere. Qualora dovesse venire fuori che si tratta di sua madre, fossi in lei l'unica cosa che mi premerebbe sapere è chi l'ha ammazzata e perché. Perciò cerchi di mettere da parte i perbenismi e mi dica quello che ricorda, se ricorda qualcosa.

L'uomo abbassò il capo, interpellò con gli occhi la moglie, che continuava a starsene con le mani in grembo, l'espressione un po' meno distaccata di prima.

Il telefono del vicequestore iniziò a squillare. Vedendo sul display il numero di sua madre pigiò due volte sul tasto laterale, per rifiutare la chiamata. Come temeva, il telefono riprese a squillare dopo dieci secondi. Lo mise in modalità vibrazione e inviò un messaggio precompilato: «Non posso rispondere».

Di Bella si schiarí la voce, come per prepararsi a un lungo discorso. – Una volta, quando oramai era anziano, mi disse che mia madre, secondo lui, se l'era portata via il diavolo. Io gli chiesi che cosa volesse dire, e lui mi rispose che solo il diavolo poteva essere stato a mettere una donna come lei sulla cattiva strada. Poi capii che si riferiva a un amante... Ma, ripeto, era anziano, già non ragionava piú.

Vanina gli mise davanti la boccetta di colonia e i gioielli. Fissò per un istante il pezzo di carta con i numeri e il simbolo poco distinguibile, prima di mostrarlo a lui.

– In casa avevate carta da lettere, o biglietti con disegni simili a questo? – gli chiese.

L'uomo fece segno di no. – Forse solo l'acqua di colonia, può essere la stessa, – disse, dubbioso.

Vanina chiamò Lo Faro e si fece portare l'agendina telefonica. Gliela mostrò.

– I numeri le dicono qualcosa? O i nomi?

– No, no, dottoressa. Niente. Ma come si fa? Sono passati talmente tanti anni...

La verità era quella. Finché si trattava di riesumare ricordi e testimoni risalenti a quindici, anche vent'anni prima, la cosa era fattibile. Anche le indagini archiviate erano condotte con metodi simili. Ma nel 1959 le cose erano troppo diverse, i metodi erano meno rigorosi e i risultati dipendevano unicamente dalle capacità deduttive degli investigatori. E non tutti erano dei commissari Maigret.

– Va bene, professore, – disse, radunando le fotografie

e porgendole a Marta. – Lei sarebbe disposto a sottoporsi al test del Dna?

Il professore s'illuminò. – Glielo devo confessare, poco fa avevo temuto che non me lo chiedesse! Stavo per permettermi di suggerirlo.

I danni della televisione. Vanina evitò di commentare.

– Marta, occupatene tu.

Spedí i due con la Bonazzoli, che avrebbe senz'altro espletato la pratica seguendo tutte le procedure piú corrette.

La mattinata con Patanè le aveva lasciato addosso non poche perplessità. Il commissario aveva confidato a Spanò di essere rimasto parecchio impressionato da quella perlustrazione in casa di Maria Cutò. Davanti a lei non l'avrebbe mai ammesso, questo Vanina l'aveva capito immediatamente, ma al Valentino lui ci aveva passato molto piú tempo come uomo di quanto non avesse dovuto fare come poliziotto. Ed era convinto che anche cosí, a sensazione, qualche dettaglio del cadavere avrebbe potuto suggerirgli se si trattava davvero della prostituta piú celebre del dopoguerra catanese.

Vanina mise di lato i reperti, soffermandosi ancora una volta sul pizzino con quella specie di stemma.

Tirò fuori dalla tasca il gettone che aveva trafugato nella dispensa della Cutò. Era pesante, di un materiale che somigliava all'ottone, e aveva un buco al centro intorno al quale si leggeva una scritta che iniziava e finiva in una testa femminile in rilievo: «Casa Valentino».

Aprí il computer e cercò: «case di tolleranza, anni Cinquanta». Si aprirono una serie di voci correlate, con tanto di immagini, molte delle quali risalenti al ventennio fascista. Scoprí com'erano gestiti i bordelli di Stato, le categorie in cui si suddividevano, le regole cui erano sottoposti. Apprese che le ragazze spesso ruotavano ogni due settimane, spostandosi da una casa all'altra della stessa categoria ma magari in città diverse, per la «quindicina». Passando di voce in voce finí in una pagina dedicata al vecchio quartiere di San Berillo, quello che un tempo ospitava quasi tutti i bordelli di Catania, vide le «straduzze» cui aveva accennato Patanè, e persino le immagini antiche di quando il cuore del quartiere era stato raso al suolo per costruirci sopra.

Bastava cercare tra le immagini di Google per trovare decine di targhe come quella che aveva visto in casa della Cutò, anche piú esplicite e meno eleganti. Alla fine, proprio mentre stava per chiudere, le comparve davanti un gettone simile a quello che aveva conservato in tasca. Una marchetta, ecco cos'era. I contrassegni con cui venivano pagate le prestazioni.

Spanò bussò due volte sulla porta socchiusa, ed entrò.

– Capo?

Vanina staccò gli occhi dallo schermo e lo invitò a raggiungerla.

L'ispettore fissò il monitor incuriosito. – Che cos'è?

– Anche lei è troppo giovane per saperlo, eh? Una marchetta, Spanò.

Si avvicinò al computer, non troppo, per non dover inforcare quegli occhialetti da presbite che proprio non riusciva ad accettare. Spostò lo sguardo sulla scrivania del vicequestore e vide un oggetto simile.

– E questa dove la pigliò?

– In casa della Cutò. Per terra nel ripostiglio ce n'erano un mucchio.

Spanò si sedette davanti a lei.

– Dottoressa, mi dica la verità: lei sospetta veramente che la morta possa essere la prostituta.

– Quello di cui sono quasi certa è che Alfonsina ci abbia contato la mezza messa. E sono sicura che pure Patanè non ci veda chiaro.

– E macari io ne sono sicuro, anche perché il commissario ce lo fece capire in tutti i modi. E perciò? Come ci comportiamo?

– Oggi pomeriggio stesso lei e Fragapane ve ne andate a casa dei Fiscella e vi portate tutte le fotografie della morta e dei reperti. Gliele mostrate una per una, iniziando dalle piú babbe fino ad arrivare alle piú raccapriccianti, e osservate la reazione. Soprattutto della donna. Poi verbalizzate tutto quello che vi dicono.

– Secondo lei vedendo il cadavere s'impressionano e parlano?

– Mi ci gioco qualunque cosa che non diranno niente.

– E perché?

– Perché loro Maria Cutò la vogliono tenere in vita il piú possibile.

Spanò si fermò a riflettere.

– Non mi dica che sospetta di loro.

– Che l'abbiano ammazzata loro? Ma manco per idea! Che Alfonsina non abbia mai sporto denuncia per timore che, qualora Maria fosse morta, la polizia potesse scoprirlo, questo sí.

– Ho capito, ma perché?

– Ragioni, Spanò: dove abitano i Fiscella?

– In un ammezzato attaccato alla casa della Cutò.

– Un ammezzato che ha una comunicazione diretta con la scala d'ingresso della casa. Ora, secondo lei, quelle tre stanze a chi appartengono?

– Alla Cutò.

– Ma se la Cutò fosse morta…

– Minchia! Certo. Se la Cutò è morta, senza parenti e senza eredi, la casa chissà in che mani finisce.

– E loro pure.

Si guardarono in faccia senza parlare, rielaborando ognuno per conto proprio la deduzione.

– Perciò probabilmente oggi non otterremo niente, – concluse l'ispettore.

– Invece qualcosa otterremo, si fidi.

Spanò non approfondí oltre. Quando il vicequestore parlava a mezze frasi, voleva dire che un'idea se l'era già fatta, ma non si voleva sbilanciare.

Vanina allontanò la poltrona, sempre piú basculante.

– Devo ricordarmi di farla controllare. Non vorrei che un giorno di questi mi scaraventasse per terra, – considerò, alzandosi in piedi. – O peggio, che scaraventasse a terra il dottor Macchia, che ama tanto dondolarcisi sopra, – concluse.

Spanò rise. Si avvicinò, spinse sulla spalliera e valutò l'inclinazione. Concordò che era eccessiva.

– Mi raccomando, Spanò, prima di andare dai Fiscella cerchiamo di essere sicuri che la casa risulti effettivamente a nome della Cutò, e che le tre stanze ne facciano parte. Dica a Lo Faro di fare una ricerca. E controlli pure se Giosuè Fiscella e Alfonsina Fresta hanno qualche precedente, di qualunque genere. Anche se non credo.

– Agli ordini. E lei che fa adesso?

– Io? Me ne vado a mangiare, che sono le due passate.

Uscí dall'ufficio a piedi. Era stata seduta quasi tutto il tempo e aveva voglia di camminare. Girò per via Teatro Massimo e andò verso il Teatro Bellini, che si ergeva monumentale con la sua facciata bruna. L'architetto che l'aveva progettato, Carlo Sada, a detta di Burrano era lo stesso che il capostipite aveva spedito in Africa in cerca d'ispirazione per costruire la famosa torre.

Passò davanti alla cancellata e svoltò ancora verso via di Sangiuliano. Estrasse il telefono dalla tasca e si accorse che l'aveva lasciato silenzioso. C'erano quattro chiamate, tre delle quali di sua madre.

Fece il giro largo e passò di nuovo davanti alla casa di Maria Cutò, che distava poco dalla trattoria *da Nino*, dov'era diretta. Si chiese a quale parte dell'edificio corrispondesse l'apertura murata.

Se l'istinto non le avesse suggerito che fosse piú utile spedire lí Spanò, quel pomeriggio avrebbe fatto volentieri un altro sopralluogo al Valentino. Ma il vicequestore Guarrasi sapeva che certe volte starsene dietro le quinte a osservare serviva piú che riempire la scena.

Su quella riflessione, incentivata dalla voragine che si allargava sempre di piú nel suo stomaco, decise di allungare il passo. Attraversò due isolati ed entrò nella trattoria.

Nino le indicò il solito tavolo e le fece portare subito il pane e una ciotola di olive, mentre dava conto nel frattempo a un'altra trentina di avventori.

Era stato Spanò a farle scoprire quella trattoria casalinga, dove tutta la squadra sbarcava spesso e volentieri. Perfino l'ispettore Bonazzoli accettava di buon grado la sua cucina perché comprendeva anche piatti «inconsapevolmente» vegani, tipo il macco di fave. Con l'ispettore capo Nino si abbracciava, e si davano del tu. A Marta baciava la mano. Al vicequestore Guarrasi, invece, riservava un accenno d'inchino. Forse era per la posizione che ricopriva, o forse perché il suo atteggiamento schivo non incoraggiava confidenze. Un contegno intimidatorio, lo definiva sua madre.

Vanina approfittò per richiamarla.

– Vanina, gioia mia.

– Ciao mamma.

– L'altro giorno te ne sei andata di corsa e poi non ti
sei piú fatta sentire. Ti pare normale?

– Ti ho mandato un messaggio quando sono arrivata.

– E quello che è, farsi sentire?

– Sono dovuta uscire subito.

Sentí un sospiro dall'altro capo del telefono. La imma-
ginò seduta a metà sul tavolo da pranzo ancora mezzo apparecchiato, la sigaretta in mano e la tazzina del caffè appena bevuto poggiata accanto. Incarnato perfetto, capelli
raccolti, perle al collo.

– Comunque, non ti avevo chiamata per questo. Volevo
dirti che domani Federico verrà a Catania per un congresso. Gli farebbe molto piacere vederti. Potresti cercare di
trovare dieci minuti?

Federico Calderaro, il secondo marito di sua madre. In-
signe cardiochirurgo, nonché docente universitario. Colui
che aveva elevato Marianna Partanna Guarrasi dallo sta-
tus di vedova di un ispettore di polizia morto sul campo,
con tanto di figlia a carico, a quello di signora elegante
della Palermo bene.

Vanina alzò gli occhi al cielo. Solo questa ci mancava.

– Ah... e dove?

– Non lo so, ma ti chiamerà sicuramente. Cerca di essere carina. Ti vuole bene, lo sai.

Era vero, Federico le voleva bene. Era lei che non riusciva a digerirlo.

Alfio Burrano si materializzò all'improvviso davanti a
lei, sorridendole a denti spiegati.

– Ora ti devo lasciare, mamma.

– Sí, ma promettimi che...

– Che vedrò Federico, va bene.

Burrano era rimasto impalato in attesa che lei conclu-
desse la telefonata.

– Potresti anche invitarlo a casa tua. Gli è dispiaciuto tanto non esserci stato, l'altro giorno, per la commemorazione di papà. Ma lo sai com'è messo, è sempre in giro per congressi. E poi... credo che parlare un po' con te potrebbe aiutarlo.

Non capí a cosa si riferisse, né ci fece troppo caso. Quelle scuse non richieste l'avevano disturbata.

– Certo. Se è disponibile a seguirmi in un paese alle pendici dell'Etna a sera inoltrata, perché prima di quell'ora a casa mia non riesco ad andarci manco io.

– Va bene, Vanina, ricevuto. Almeno trattalo bene.

– L'ho mai trattato male?

– Spesso non l'hai trattato per niente, se è per questo. Ma lasciamo stare, non andiamo a rivangare.

– Ecco, appunto. Anche perché devo proprio staccare.

– Stai attenta, – si raccomandò sua madre.

Una raccomandazione premurosa, in fondo, tipica di ogni madre. Era il retrogusto di quelle parole a renderle pesanti. Amaro. Impercettibilmente accusatorio. Potevi evitare di rischiare la pelle ogni giorno; potevi sceglierti un mestiere tranquillo; potevi vivere la vita da nababbo che ti ho procurato.

– Buongiorno, dottoressa Guarrasi, – la salutò Burrano, appena ebbe messo giú il telefono.

– Buongiorno, dottor Burrano.

– Stamattina volevo chiamarla, ma poi ho pensato che forse non era il caso...

– Voleva dirmi qualcosa?

– Mia zia mi buttò giú dal letto alle otto di mattina, santiando per quell'articolo comparso sulla «Gazzetta Siciliana». Quasi quasi ce l'aveva con me! Lei l'altra sera mi aveva assicurato...

– Io non le avevo assicurato niente, dottor Burrano.

I giornalisti fanno il loro mestiere, e hanno un'infinità d'informatori. Non è in mio potere bloccarli tutti.

– Scusi, dottoressa. Sa, mia zia ha la sua età e per lei non è un bel momento. Quell'articolo ha scatenato una quantità di curiosi che lei manco se l'immagina. Pure un'intervista ci hanno chiesto.

– No no, me lo immagino eccome.

Invece ai fini dell'indagine quell'articolo era una mano santa. Capitava, certe volte.

– Ma lei... è sola, – constatò Burrano.

– Sí.

– Anch'io.

Ora ci mancava solo che le proponesse di pranzare insieme.

– Nino non ha un solo posto libero, oggi. Le darebbe fastidio se mi sedessi al suo tavolo? – azzardò, con la naturalezza di un frequentatore di bistrot parigini, quelli in cui ti siedi e dividi il tavolo con chi capita.

Vanina trattenne una risata. Un marpione, il Burrano. Detta cosí non sembrava neppure una proposta, e negargli l'unico posto disponibile diventava quasi una scortesia. Gli fece cenno di accomodarsi pure, con aria di condiscendenza.

Nino comparve subito a prendere le ordinazioni.

– Allora, dottoressa, come vanno le indagini? Siete riusciti a dare un'identità alla donna? Prima finisce tutta 'sta storia e prima recuperiamo la tranquillità! – attaccò Burrano, appena se ne fu andato.

– Stiamo lavorando, dottor Burrano. Non so quanto tempo ci vorrà, ma le garantisco che una celere risoluzione è sempre tra le mie priorità assolute, – gli rispose, piú secca di quanto avrebbe voluto, quasi ostile.

– Scusi, non volevo irritarla.

Vanina mitigò il tono. – Vede, dottor Burrano, ci sono dei problemi oggettivi. Il cadavere risale a un'epoca difficilmente valutabile, e non aveva documenti addosso.

– All'epoca di mio zio, sicuramente, – ragionò Burrano.

– Possibile.

– Considerato quante donne aveva, potrebbe essere chiunque.

Il vicequestore non commentò. Ma quanto ci tenevano i Burrano a far sapere a tutti che il cavaliere era un fimminaro. Un po' troppo, forse. Alfio, però, per motivi anagrafici, non poteva saperne granché.

– Gliel'ha detto sua zia? – indovinò.

– Mio padre ogni tanto ne parlava. Buonanima. Mia zia mi accennò qualche cosa oggi, per la prima volta. Ha un brutto carattere, dottoressa. È la mia unica parente, ma le assicuro che non è semplice starle dietro. È una vecchia... una donna un po' irascibile.

Una vecchia stronza, annotò mentalmente Vanina. Burrano si era frenato appena in tempo ma questo stava per dire. Corrispondeva all'idea che grosso modo s'era fatta lei.

Davanti alla caponata e al misto di polpette e involtini di Nino, che concordavano nel ritenere inimitabili, Burrano cambiò argomento. In dieci minuti sciorinò la storia della sua vita. La sua attività di produttore vinicolo; suo figlio che viveva a Milano insieme alla madre, con cui lui non era mai stato sposato; la villa che cadeva a pezzi ma che sua zia Teresa si rifiutava di aggiustare.

Il quadro che Vanina si fece fu impietoso: un gaudente sfaccendato. Ma piacevole.

– Un dolcino? – propose Nino, materializzandosi al loro tavolo dopo aver eseguito una gimcana in mezzo agli altri.

Vanina fece appena in tempo a finire una fetta di torta ricotta e pistacchio, prima che la faccia vibrante dell'ispettore Spanò illuminasse il suo telefono. Si alzò e si allontanò verso l'uscita per rispondere. Burrano si alzò appresso a lei. Lo vide con la coda dell'occhio passare alla cassa e pagare il conto, scambiando qualche battuta con Nino.

– Capo, mi scusi se la disturbo, sta pranzando?

– Ho appena finito. Perché?

– C'è una cosa strana che venne fuori controllando la proprietà dell'immobile dov'era la Casa Valentino.

– E cioè?

– È cointestata.

– A chi?

– A Cutò Maria e a Cutò Rita.

Vanina aggrottò la fronte. Uscí sulla strada.

– E ora chi è 'sta Rita? – biascicò, stringendo la sigaretta tra le labbra e tentando di accenderla con la mano libera. Burrano le venne in aiuto con l'accendino pronto.

– E questo è il fatto strano: non esiste.

– Come sarebbe non esiste, Spanò?

– O meglio: non si sa che fine abbia fatto.

– Pure lei? E che camurría è!

– Che fa, capo, torna in ufficio?

– E certo.

Burrano si era rispettosamente allontanato, e stava fumando un sigaro.

Vanina lo salutò, ringraziandolo per il pranzo. Avrebbe preferito pagarselo da sola, ma ovviamente non glielo disse.

8.

– Eccola qua: Cutò Rita, nata a Catania il 26 novembre del... Minchia! Del 1956, – esclamò l'ispettore Spanò.

La Bonazzoli avvicinò il foglio che Fragapane si era fatto stampare, e lo rilesse. Non c'erano dubbi: quando Maria Cutò era scomparsa, quella Rita aveva sí e no tre anni. Non ci voleva un intuito particolarmente raffinato per capire chi potesse essere.

– Qua la cosa diventa sempre piú nebulosa. Non è che per dare troppo conto al commissario Patanè ci stiamo imbrogliando in una storia che con la nostra morta non ci trase proprio per niente? – disse Fragapane, con aria allarmata. Al vecchio commissario lui era affezionatissimo, e mai avrebbe messo in dubbio una sua intuizione. Ma era pure vero che Patanè aveva ottantatre anni suonati, e la sua memoria poteva non essere piú tanto attendibile.

Spanò rimase serio e pensoso. Lui invece non la vedeva cosí, ed era sicuro che la Guarrasi la pensava allo stesso modo. Quella novità complicava le cose, sí, ma aggiungeva alla storia un tassello che, non sapeva nemmeno lui perché, focalizzava ancora di piú la sua attenzione su Maria Cutò.

– Non potremmo telefonare al commissario e chiedergli se ha mai sentito questo nome? – suggerí la Bonazzoli.

Spanò e Fragapane controllarono simultaneamente l'orologio. Le tre e mezzo. Si guardarono scuotendo la testa. Di sicuro i Patanè a quell'ora erano in pieno riposo postprandiale. Alla Bonazzoli il fatto che in Sicilia, con estensione a tutto il Meridione d'Italia, non fosse buona creanza telefonare in casa della gente nel primo pomeriggio, ancora non le era entrato in testa.

Il vicequestore Guarrasi aprí la porta e si affacciò nell'ufficio.

– Venite da me, – ordinò.

I tre presenti raccolsero il materiale e le andarono dietro.

Guardinga, si accomodò sulla sua poltrona oscillante, e si stupí di sentirla piú stabile.

– E che fu? Non mi dite che già è venuto qualcuno ad aggiustarla!

– No, dottoressa, ci pensai io. Bastava attrantare meglio la levetta che c'è là sotto, – rispose Spanò.

La Bonazzoli lo guardò interrogativa.

– Attrantare: tirare, fissare... non c'è un sinonimo italiano preciso, – spiegò l'ispettore.

– Ricapitoliamo, – sollecitò Vanina.

Spanò riferí quello che avevano trovato.

Il particolare dell'età che la misteriosa Cutò numero due doveva avere al momento in cui si erano perse le tracce della numero uno fece aggrottare la fronte del vicequestore. Qualcosa non le tornava nelle dichiarazioni sibilline di Alfonsina.

– Andate dai Fiscella. Fate quello che avevamo deciso, ma mettete sotto il naso di Alfonsina per prima cosa questo foglio. Voglio vedere come reagisce. Poi proseguite con le fotografie e tutto il resto.

Il sovrintendente Nunnari bussò sulla porta semiaperta ed entrò, pieno di cenere vulcanica appiccicata sul viso.

– Ma che ricominciò a piovere cenere? – chiese Vanina.

– A Catania no, capo. Il vento girò.

– E perché, tu da dove vieni?

– Da Zafferana Etnea. Cenere là sopra ne continua a cadere a tinchitè. Pare che ieri, a un certo momento, sia caduto addirittura qualche pezzo piú grosso.

– Che ci sei andato a fare, a Zafferana Etnea?

– Là abita, Masino Di Stefano. In una straduzza che per trovarla mi dovetti girare il paese tre volte. Poi alla fine parcheggiai e ci andai a piedi. Davanti all'indirizzo che mi risultava dalla ricerca che avevo fatto stamattina c'è un bar. Entrai, mi pigliai una cioccolata calda e un paio di sciatori e mi misi a conversare col barista.

– E a noi non ne hai portati? – chiese il vicequestore, confidando che il sovrintendente avesse approfittato per fare scorta di quei biscotti morbidi, ricoperti di cioccolato fondente, che in origine dovevano servire a rianimare, per l'appunto, gli sciatori discesi dalle nevi dell'Etna.

– Ca certo, – rispose il sovrintendente, battendo la mano sullo zainetto Invicta, che doveva risalire ai tempi del liceo e di cui andava particolarmente fiero. Vintage, diceva lui.

Gli fece cenno di proseguire.

– Piano piano, una parola tira l'altra, arrivai a sapere vita morte e miracoli di tutti i vicini di porta, ma a qualcosa serví. A quanto pare Masino Di Stefano non solo è vivo, ma è pure in ottima salute, tant'è vero che ogni mattina si fa una passeggiata di cinque chilometri col cane. È vedovo, abita lí da dieci anni e tutti sanno che è stato in carcere, ma non sanno il perché. Dicono che è una persona tranquilla, ma che si fa i fatti suoi e non dà troppa confidenza a nessuno.

Vanina meditò.

– Convochiamolo.

– Scusi, dottoressa, ma non aspettiamo i risultati della Scientifica? – si fece avanti Spanò.

– I risultati la Scientifica ce li potrebbe dare pure tra

dieci giorni. Quell'uomo è l'unico che può dirci qualcosa di utile. Ed è anche un possibile indiziato. Perciò basta aspettare: domani lo voglio qui. Se riesce a venire per conto suo bene, altrimenti, Nunnari, vai a prenderlo tu, e ti porti Lo Faro.

– Signorsí, capo, – rispose Nunnari.

La faccia dubbiosa di Spanò le chiedeva il perché dell'improvviso cambio di programma, ma Vanina non accennò a rispondergli. Non lo sapeva neppure lei, il perché. Era come se il vento di sud che aveva liberato la città dalla pioggia vulcanica avesse iniziato a dissolvere anche la caligine nera che avvolgeva quell'indagine.

Osservò il fascicolo dell'omicidio Burrano, che giaceva sul suo tavolo dal giorno prima, nell'attesa che lei si decidesse a dargli una sbirciata. Aveva ascoltato il resoconto di Fragapane, preso per buoni i ricordi del padre di Spanò, ma il momento giusto per affondare il naso in quelle carte e ricavarne una sua opinione ancora non era arrivato. E non era questione di mancanza di tempo. L'impulso di aprire l'incartamento e magari passarci sopra una nottata intera, lei ne era certa, l'avrebbe assalita da un momento all'altro, probabilmente dettato da un particolare all'apparenza insignificante ma che poteva rivelarsi decisivo. Quel caso chiuso da piú di cinquant'anni non la convinceva, e non solo per il possibile collegamento con il cadavere della donna. Qualcosa non quadrava, e la testimonianza del commissario Patanè aveva suffragato ulteriormente i suoi sospetti.

Da Vassalli aveva ricevuto solo una breve telefonata in mattinata, appena prima che apparisse il commissario. Dalle poche opinioni che si erano scambiati le era parso evidente che il pm non avrebbe ritenuto l'indagine degna di alcuna nota se non vi fosse stata coinvolta la famiglia Burrano. Di conseguenza, tentava di spegnere qualunque attenzione nei confronti del vecchio fascicolo, che in mano a una come il vicequestore Guarrasi poteva trasformarsi in una bomba a orologeria.

Prima o dopo, pur con la sua flemma, il pm avrebbe iniziato a chiederle qualche risultato e non sarebbe stato da lei presentarsi senza nulla di concreto in mano. Soprattutto adesso che la faccenda era diventata di pubblico dominio.

Il sovrintendente Nunnari tirò fuori dallo zaino una guantiera di *sciatori* e la depose sul tavolo del vicequestore. Attinsero tutti, tranne la Bonazzoli.

– Ma io non arrivo a capire perché uno si deve infelicitare la vita, – considerò Spanò, mentre avvolgeva in un tovagliolo un paio di biscotti da offrire al Grande Capo.

Marta scrollò le spalle, punta sul vivo come sempre.
– Io non mi *infelicito* nulla! Sto benissimo cosí. Tutti starebbero meglio, se lo capissero.

Vanina richiamò l'attenzione dell'ispettore capo, sottraendolo a un dibattito assolutamente improduttivo con la Bonazzoli.

– Basta, picciotti, la ricreazione è finita. Appena l'orario si fa consono, Spanò e Fragapane si prendono tutto il materiale che serve e se ne vanno a casa dei Fiscella. Ispettore, lei per caso sa dove abita il commissario Patanè?

– Certo, dottoressa. All'inizio di via Umberto. Perché?
Non gli rispose.

Il fascicolo dell'omicidio Burrano avrebbe richiesto ore e ore di approfondimenti, cui nessuno fino ad allora aveva avuto modo di dedicarsi.

Vanina estrapolò dal faldone le fotografie scattate sulla scena del delitto. Attraverso l'ombra opaca del tempo, s'intravedeva qualche immagine: un uomo riverso su una scrivania, il buco insanguinato sulla nuca, una decina di fogli sparpagliati sul pavimento. Cercò un'immagine d'insieme, che mostrava lo studio di Burrano in condizioni un po' migliori di come l'avevano trovato loro a distanza di cinquant'anni, durante il secondo sopralluogo. Osservò un ingrandimento dello scrittoio. Ebbe la sensazione di ritrovare le stesse identiche suppellettili e gli stessi libri che aveva visto lei. Possibile che nessuno li avesse prelevati, studiati, catalogati? Vero era che sembravano libri del tutto comuni, che poco avrebbero potuto giovare alle indagini, però si chiese se lí in mezzo non potesse esserci qualcosa che magari allora era sfuggito e che riconducesse in qualche modo a Maria Cutò. O a Vera Vinciguerra, si ricordò di aggiungere al suo monologo mentale. Anche se lei a quell'ipotesi, in realtà, credeva sempre meno.

Notò che sullo scrittoio, davanti al capo reclinato di Gaetano Burrano, c'era qualcosa che somigliava al posacenere che aveva visto lei, ma a guardarlo con la lente d'ingrandimento era pieno di cicche. Annotò mentalmente quel dettaglio, di certo oggetto d'esame da parte della Scientifica di allora, che però con i pochi mezzi di cui disponeva altro non avrebbe potuto fare se non definire la marca delle sigarette o rilevare eventuali tracce di rossetto. Di lato c'era la tazzina da caffè. Ma il tutto finiva lí. Iniziò a cercare tra i fogli il rapporto della Scientifica e lo lesse velocemente. Poi lasciò perdere. Le era venuta un'idea migliore.

Spanò e Fragapane uscirono che erano appena passate le cinque.

L'orario era buono anche per andare a scomodare Patanè, che di sicuro avrebbe accolto quel disturbo con immaginari salti di gioia. Vanina raccolse il fascicolo e lo infilò in una borsa di stoffa, di quelle che si trovano in libreria. Sopra c'era scritto «Leggere può creare indipendenza». Era la sua preferita. Prese una foto del cadavere di villa Burrano che un attimo prima aveva sottratto a Spanò e se la mise in tasca.

Passò dalla stanza attigua a prelevare l'ispettore Bonazzoli. La beccò che stava parlando al telefono, tutta piegata in avanti come per non farsi sentire, anche se le postazioni di Nunnari e Lo Faro erano vuote. Appena la vide entrare interruppe subito.

– Guarda che potevi pure continuare, – l'avvertí Vanina. Le fece segno di alzarsi. – Vieni con me, andiamo a casa di Patanè.

– Del mitico commissario Patanè? Spanò e Fragapane me ne hanno parlato per un pomeriggio intero, – fece Marta, scattando in piedi e afferrando la giacca appesa dietro la sedia.

Vanina la scrutò di sottecchi: era ulteriormente dimagrita. Sfido, si nutriva di tè e di verdurine! Eppure non doveva essere un problema di scelte alimentari. Non mangiare proteine animali non vuol dire per forza fare la fame. Lei, per esempio, se un giorno in preda a un attacco di follia avesse deciso di abbracciare il veganesimo, eventualità cui non riusciva neppure a pensare, avrebbe potuto campare benissimo di pasta, cioccolata fondente e scacce di Bettina fatte con le bietole selvatiche. Tutta roba con indice glicemico altissimo, che di certo non l'avrebbe fatta dimagrire. Perciò doveva esserci sotto qualcos'altro. Il suo fiuto le diceva che l'ispettore Bonazzoli non doveva essere una persona felice. Il perché, conoscendola, sarebbe rimasto un mistero, che Vanina avrebbe collocato nel suo casellario personale alla voce «Marta», vicino a quello insoluto di come l'ispettore dalla Questura di Brescia fosse finita alla squadra Mobile di Catania.

La voce di donna che aveva risposto al citofono taceva perplessa.

– Chi? – chiese, dopo che Vanina ebbe scandito il suo cognome e, soprattutto, la sua qualifica.

– Sono il vicequestore Giovanna Guarrasi. Ho bisogno di parlare col commissario Patanè.

La parte centrale del portone si aprí con uno scatto, schiudendo l'accesso di un androne buio. A fianco di una scala grigia con la ringhiera di ferro battuto, trionfava un ascensore posticcio di epoca senz'altro piú moderna. Vanina vi si diresse risoluta.

– Guarda che la tipa non ha specificato il piano, – obiettò Marta, già pronta a infilare le scale per raggiungere la meta pianerottolo dopo pianerottolo.

– Hai ragione. Facciamo cosí: tu che sei bella allenata sali con le scale. Appena hai il piano giusto me lo urli nell'ascensore. Che ne dici?

– Secondo piano, – si udí, dalla voce del commissario in persona.

L'ispettore Bonazzoli prese a salire i gradini.

Vanina si lasciò coinvolgere. Ma sí, in fondo erano solo due piani. Di una casa antica, d'accordo, con scala ripida e scura, ma pur sempre due piani.

Patanè attendeva sulla soglia con tutti i denti, veri o finti, in evidenza.

– Dottoressa! Non immaginavo di rivederla cosí presto. E questa bella fanciulla chi è?

– Ispettore Marta Bonazzoli, – si presentò Marta.

Una donna giunonica sulla settantina, in grembiule da cucina e pantofole ortopediche, si piantò a fissare le due arrivate.

– Angelina, queste sono il vicequestore Guarrasi e l'ispettore Bonazzola.

– Bonazzoli, – corresse l'ispettore, occhieggiando Vanina che non era riuscita a trattenere un ghigno.

– Bonazzoli, mi scusi! E questa è mia moglie Angelina.

– Giovanna Guarrasi, – si presentò Vanina, allungando la mano.

– Ah! Perciò ora la Omicidi lei la comanda? – commentò la donna, girando gli occhi verso il marito, che rimase indifferente.

– Sí, – confermò Vanina, incerta se leggere tra le righe meraviglia o rammarico.

Il commissario le fece accomodare nel salotto buono, una stanza non grande, arredata con mobili in stile e ricolma di suppellettili. Invece di dirigersi verso il divano che sua moglie stava indicando alle due ospiti, andò ad accendere una lampada da terra ricurva che illuminava un tavolo tondo e spostò due sedie per Vanina e per Marta.

– Immagino che per essere venuta fino a qui di persona, non debba solo parlarmi, ma che probabilmente ha qualcosa da mostrarmi. Vero?

Vanina annuí con un accenno di sorriso. Quell'uomo iniziava a piacerle.

Soddisfatto, Patanè tolse di mezzo il centrino beige ricamato a tombolo e il relativo vaso di fiori finti. Li consegnò ad Angelina, spedendola a preparare un caffè.

– Commissario, lei sa se Maria Cutò aveva una figlia? – attaccò subito Vanina, sedendosi accanto a lui.

L'uomo si grattò il mento, pensoso.

– Una figlia, dice. Mah… non mi pare… Però potrebbe essere benissimo. Vede, dottoressa, di ragazze madri tra quelle povere disgraziate ce n'erano assai. Spesso era proprio per campare i propri figli che finivano a fare la vita. Luna era una scaltra, una che sapeva come muoversi, tant'è vero che giovane com'era era già una maîtresse. Se aveva una figlia di certo non lo andava a sbandierare ai quattro venti. Ma perché me lo chiede?

– La casa risulta cointestata, a Maria e a questa Rita Cutò. Nata nel... quando è nata, Marta?

– Nel 1956, – rispose l'ispettore.

– Ah... – commentò il commissario, staccando lentamente gli occhi da Marta.

– Nel '56 la Cutò era già la maîtresse? – chiese Vanina.

– Mi pare di sí, ma non posso esserne sicuro. Potrei chiedere al maresciallo Iero. Lui allora stava nella Buoncostume e magari i particolari se li ricorda meglio. Non è facile risalire a certi dettagli, perché tutti i documenti, le schede, le basse di passaggio delle ragazze tra un bordello e l'altro per la quindicina, tutto venne distrutto dopo l'entrata in vigore della legge Merlin. Ma, mi scusi, questa Rita che fine avrebbe fatto?

– La stessa di sua madre, presumo.

– Scomparsa macari lei, – indovinò Patanè.

– Senta, commissario, esattamente Giosuè Fiscella che mansioni svolgeva al Valentino? – chiese Vanina, seguendo i suoi pensieri.

– Giosuè? Era il *serafino*. Cosí si chiamavano i carusi che lavoravano nei bordelli. Sbrigava faccende, aggiustava tubi, faceva lavori di fatica. E fungeva da buttafuori nel caso di avventori indesiderati. Era un ragazzone muscoloso, all'epoca. Un bravo caruso, era, dottoressa. Io non ci perderei troppo tempo.

Marta ascoltava in silenzio. Quando andava in giro con la Guarrasi, le toccava ascoltare interrogatori condotti seguendo dei ragionamenti che faceva una fatica immane a intercettare. In quell'occasione, però, c'era un ulteriore aggravante, che la faceva sentire ancora piú tagliata fuori: il vecchio commissario e il vicequestore sembravano in sintonia come se avessero lavorato insieme per anni.

Aprí il fascicolo dell'omicidio Burrano, che ancora non aveva mai avuto in mano, e buttò un occhio sulla prima fotografia che incontrò. Era un'immagine d'insieme del luogo del delitto, presa da una prospettiva che non riusciva a capire. Smise di ascoltare e si concentrò sull'immagine. Estrasse il telefono e cercò le foto della Scientifica che aveva immortalato su richiesta di Vanina, per averle sempre a portata di mano. Era talmente presa da non accorgersi che gli altri due avevano smesso di parlare.

– Bonazzoli? – la richiamò Vanina.

Marta alzò gli occhi e trovò quelli del commissario Patanè che la fissavano curiosi.

– Trovasti qualcosa d'interessante? – le chiese il vicequestore, perplessa.

– Forse sí, – rispose, girando la foto e mostrandogliela, affiancata a quella sul suo Samsung. – Guarda la statua, – suggerí.

– È la stessa che copriva la porta del montavivande al primo piano, – constatò Vanina, pensosa. Solo che la stanza non era la stessa. Anzi, se ricordava bene, erano proprio zone diverse della casa. Recuperò sul suo iPhone una foto che aveva scattato lei il giorno dopo il ritrovamento, quando erano passati nello studio dov'era stato ucciso Burrano. Non c'era nessuna statua, lí.

Patanè aveva inforcato gli occhiali e si era avvicinato per vedere meglio.

– La statua del vecchio Burrano. Era nella stanza del delitto, me lo ricordo benissimo. Che ci fa là?

– Là era. Occultava una delle aperture del montacarichi dov'era nascosto il cadavere della donna.

Il commissario aggrottò la fronte e si accarezzò il mento, meditabondo.

Vanina tirò fuori il telefono e cercò un numero in rubrica.

– Dottor Burrano?

– Dottoressa Guarrasi! Felice di risentirla cosí presto.

– Ho bisogno di un'informazione: la statua che avete spostato quando avete scoperto il montavivande, è sempre stata lí?

– Non lo so. Ma credo di sí... Anzi, ne sono sicuro, ora che ci penso.

– E non ce ne sono altre uguali in giro per la casa, magari una che era nello studio e poi è stata spostata...

– No, no, dottoressa. Quello è un pezzo unico. E poi mi sembra che l'avesse fatta uno scultore famoso, perciò doppioni non ce ne possono essere.

– Va bene, grazie.

– Perciò mi faccia capire, – disse Patanè, appena la vide riporre il telefono, – il cadavere della donna è stato rinvenuto in un montacarichi, la cui apertura era nascosta dietro una statua del Burrano capostipite, statua che ai tempi dell'omicidio del cavaliere si trovava invece sul luogo del delitto. Cosí è?

– Per l'esattezza una delle due aperture, anche se il montacarichi era fermo al piano inferiore.

– E non le quadra il fatto che la statua sia stata spostata proprio là.

– Non mi quadra perché, a quanto pare, nella villa da allora non è entrato piú nessuno. Non è stato toccato niente, abbiamo trovato persino le tazze usate e un tavolo apparecchiato. Perciò se qualcuno ha spostato la statua, l'ha fatto con il preciso intento di occultare meglio la porta.

Il commissario ci rifletté su. In effetti, non quadrava.

Vanina prese il fascicolo e glielo girò. Cercò tra le immagini, fino a trovare quella che le interessava, e su cui voleva interpellarlo.

– Quelli della Scientifica, ai tempi, sicuramente analizzarono i mozziconi di questo posacenere, giusto?

– Certo.

– Non trovarono niente di particolare, che ne so, un mozzicone sporco di rossetto?

Patanè sfogliò le carte ed estrasse a colpo sicuro il primo rapporto della Scientifica. Lo lesse velocemente, concentrato. Vanina reclinò il capo e gli si avvicinò, per leggerlo insieme a lui.

Marta contemplava affascinata l'energia che il vecchio commissario trasmetteva.

In quel momento, spuntò la signora Angelina armata di caffè e biscotti di mandorla. L'occhiata che lanciò a quella forestiera che sembrava pendere dalle labbra di suo marito, e all'altra *picciotta* che lo trattava come un compagno d'armi, non fu delle piú benevole. Si piazzò lí accanto e non si mosse piú.

– Due marche diverse di sigarette, – fu il responso. – Ma una era quella che fumava Di Stefano, e l'altra quella che fumava Burrano. C'è scritto.

Vanina lo sapeva ancora prima di chiederglielo, ma spingendolo a rileggere sperava di risvegliare la sua memoria su un particolare di cui nei rapporti della Scientifica non si faceva menzione.

– Non si ricorda se per caso ci furono altri ritrovamenti di mozziconi, di altre marche… tipo Mentola, per esempio?

Il commissario si tolse gli occhiali e la guardò divertito.

– Dottoressa Guarrasi, io la ringrazio per la fiducia che lei ripone nelle mie capacità mnemoniche, ma dopo cinquantasette anni un dettaglio del genere non si può ricordare manco con tutta la buona volontà. Se non è scritto qua, deduco che non se ne ritrovarono –. Cercò ancora tra le carte, poi scosse il capo per ribadire che non c'era nulla. – Madre Santa, che impressione! – disse, restituendo l'incartamento al vicequestore. – Qualcuno di quei rapporti lo scrissi io, e ora dopo tutto questo tempo me lo ritrovo tra le mani. Chissà che vuol dire.

Lui lo sapeva, che voleva dire. Voleva dire che quel caso era rimasto lí ad attenderlo per cinquantasette anni. E dal momento che era venuta a cercarlo fino a casa, sicuramente l'aveva capito pure la Guarrasi.

Vanina ripose il fascicolo.

– C'è un'ultima cosa che vorrei mostrarle, commissario.

Patanè si rimise gli occhiali. Guardò con la coda dell'occhio Angelina, che non si muoveva da dietro le sue spalle.

– Angelina, gioia mia, di un caso di omicidio stiamo parlando. Perché non ti vai a leggere un bel libro, o a taliare un poco di televisione, che queste non sono cose per te?

La donna non nascose il suo disappunto. Lasciare Gino solo tra le grinfie di due donne giovani e piacenti, pure se erano poliziotte, per lei era qualcosa d'inammissibile.

A malincuore, recuperò tazzine e vassoio e batté in ritirata.

Anche Gino era dispiaciuto di averla allontanata in quel modo, ma non aveva potuto fare altrimenti. L'intuito gli diceva che sarebbe stato fondamentale osservare quell'ultima cosa che la Guarrasi voleva mostrargli con un'obiettività che la presenza di sua moglie non gli avrebbe consentito.

Vanina estrasse dalla tasca la fotografia che ritraeva il cadavere mummificato di villa Burrano, e gliela porse. Vide che la prendeva subito in mano e la osservava imperturbabile, ma concentrato. Capí che se l'aspettava.

Patanè inspirò rumorosamente.

– Le sigarette Mentola le avete trovate addosso al cadavere, vero?

– Nella borsetta, per l'esattezza.

– Ho capito. Mah… vista cosí, in queste condizioni, potrebbe essere chiunque. Tutte le donne che avevano soldi da spendere si vestivano cosí, all'epoca.

– E Maria Cutò soldi da spendere ne aveva?

– Se ne aveva? Luna gestiva un giro di prostitute che lei manco si può immaginare. E soldi per le mani gliene passavano assai. Fuori la vedevi sempre vestiva elegante. Certo, un'eleganza un poco vistosa, ma neppure tanto, sa? Per essere quello che era, si sapeva vestire anche troppo bene. Perciò, tornando al cadavere, se quello che mi sta chiedendo è di riconoscere qualche dettaglio, io purtroppo non la posso aiutare. Ma se la richiesta è di valutare, in base all'abbigliamento, se potrebbe trattarsi di Maria Cutò, le rispondo che sí, potrebbe benissimo essere lei. Cosí come potrebbe essere un'altra delle tante amiche che allietavano l'esistenza di Gaetano Burrano. E mi creda, dottoressa: era un puttaniere di prima categoria.

– Lo so.

Marta si schiarí la voce, imbarazzata.

– Scusi, commissario, ma era normale che una prostituta fosse cosí elegante e ben vestita? – chiese.

– Una prostituta normale no, ma Luna non era una qualunque.

– È scomparsa in quei giorni, si vestiva in quel modo, aveva un rapporto particolare con Burrano… non vi sembra che ci siano un po' troppe coincidenze?

– Già, – fu l'unico commento di Patanè.

Vanina preferí non pronunciarsi. Per lei di coincidenze non ce n'erano. La probabilità che il cadavere fosse di

Maria Cutò diventava sempre piú alta, anche se sostanzialmente nulla lo provava.

Il cellulare di Marta squillò, rompendo il silenzio.

– Mi dica, ispettore, – rispose. Vanina si fece attenta. Marta le passò subito il telefono.

– Spanò, avete finito?

– Sí, dottoressa, abbiamo finito. Andò esattamente come diceva lei. Non hanno riconosciuto niente, ma quando ce ne siamo andati Giosuè era pallido come un lenzuolo. E Alfonsina pareva imbambolata.

Vanina annuiva, mentre Patanè si allungava sempre piú in avanti sul tavolo, come per partecipare alla telefonata.

– E della casa cointestata che hanno detto?

– Niente, hanno fatto finta di cascare dalle nuvole. Ma mi ci gioco qualunque cosa che lo sapevano.

– Va bene, ci vediamo in ufficio tra poco.

– Alfonsina e Giosuè non hanno riconosciuto Luna, vero? – indovinò Patanè.

– Com'era prevedibile.

– Anche se fosse lei, quei due non lo ammetteranno mai. Non la faranno morire.

– No. A meno che, dopo oggi pomeriggio... – Si fermò. Era una sua idea, campata in aria, eppure ebbe la netta sensazione che Patanè l'avesse afferrata.

– Staremo a vedere, – concluse infatti il commissario, mentre lei e Marta raccoglievano i documenti sparpagliati sul tavolo e si avviavano verso l'uscita.

La signora Angelina si materializzò nell'ingresso. Piantata al centro della stanza, attese che la porta si chiudesse alle loro spalle prima di puntare le mani sui fianchi con aria battagliera.

– Chistu era perciò, il vicequestore con cui passasti tutta la mattinata? Ma sempre 'u stissu si', Gino, macari a ottant'anni!

Gino la guardò sorpreso. Poi esplose in una risata fragorosa, che alla fine la contagiò.

Vanina aprí la porta di casa che non erano ancora le sette. Un evento senza precedenti.

Passando davanti alla portafinestra di Bettina, aveva visto che era tutto sprangato, segno che non era ancora rientrata, oppure che era uscita con le vedove. Anche le luci del giardino erano spente.

Inna, la ragazza moldava che a giorni alterni Bettina le prestava per le pulizie, le aveva lasciato sul tavolo da pranzo un biglietto con una lista di detersivi da rimpiazzare. Per evitare di dimenticarlo, rispose subito con un altro foglietto in cui la pregava, come sempre, di pensarci lei. Allegò cinquanta euro e lo piazzò nel medesimo posto.

Depose sul ripiano della cucina la cena appena comprata da Sebastiano e andò subito a liberarsi di scarpe e pantaloni. Si acciambellò sul solito divano e accese la televisione. Era talmente strano essere in casa a quell'ora che si sentiva quasi a disagio. Avrebbe potuto cenare a un orario civile, vedere un film, magari iniziare un libro. Troppe cose per una sera sola.

Però si sentiva meglio. La crisi annuale del 18 settembre era passata anche stavolta.

Girò i canali velocemente, scartando tutti i programmi finché intercettò la sigla del Tg Regione, che di solito vedeva in differita sul computer, in streaming. Essendo in diretta, stavolta non poteva saltare le notizie di cui non le importava nulla per concentrarsi su quelle piú interessanti. Il primo servizio riguardava la politica regionale; Vanina ne approfittò per andare in cucina a prepararsi uno spritz, con qualche mandorla tostata d'accompagnamento, e accendersi una sigaretta. Controllò il telefono, e lesse tutti i messaggi WhatsApp che aveva ricevuto durante il pomeriggio. Inviò un messaggio di saluto in una chat di ex colleghi di università, cui si rammaricava di non riuscire a partecipare mai in modo attivo. Rispose a Giuli, mentre con un orecchio ascoltava distrattamente il conduttore del Tg che introduceva il secondo servizio.

«Un'auto rubata con i fili dell'accensione scoperti è stata parcheggiata nottetempo davanti all'abitazione del pm palermitano Paolo Malfitano, da anni impegnato nell'attività di contrasto alla criminalità organizzata. Questo sarebbe il piú eclatante della serie di avvertimenti ricevuti dall'apertura di importanti processi nei quali il magistrato svolge un ruolo di primo piano. Intercettazioni ambientali, disposte dalla Procura di Palermo nel corso di una recente operazione, avrebbero svelato addirittura che un quantitativo di materiale esplosivo...»

Sollevò lo sguardo, incredula, e afferrò il telecomando per alzare il volume. Poggiò il bicchiere sul tavolino accanto al divano e spense la sigaretta nel posacenere lí accanto. Si accorse di non riuscire a fermare il tremore inconsulto delle mani, e sentí un senso di nausea assalirla sempre piú forte. Respirò a fondo per allontanare un conato di vomito.

«Non è la prima volta che Paolo Malfitano si trova al centro di intimidazioni cosí pesanti. Ricordiamo ancora l'attentato del 14 agosto del 2011, nel quale perse la vita un agente della scorta, e il magistrato stesso rimase ferito. Un attentato che, ricordiamo, fu sventato dall'intervento fortuito dell'allora commissario capo Giovanna...»

Vanina riuscí a raggiungere il bagno appena in tempo per non vomitare lo spritz sul pavimento appena lucidato.

Riprese a respirare normalmente, asciugò le lacrime che continuavano a offuscarle la vista. Vide la sua faccia sconvolta riflessa nello specchio, gli occhi cerchiati dal trucco colato. Tornò indietro nel soggiorno e raggiunse a tentoni il divano. Afferrò l'iPhone, cercò un numero in rubrica e fece partire la chiamata.

– Giacomo, – disse, con una voce strozzata che non sembrava neppure la sua.

– Vanina.

– Scusami se ti disturbo, non sapevo chi chiamare.

– Non mi disturbi per niente. Anzi, dopo le notizie di oggi dovevo aspettarmi la tua telefonata.

– Ho visto il Tg. Come sta... lui?

– Lui sta bene. O almeno, cosí pare. Lo conosci: sdrammatizza. Sostiene che l'hanno sparata cosí grossa per fare piú spettacolo. Io spero solo che non si stia sbagliando.

Vanina valutò quell'analisi tutt'altro che azzardata. Se la sua proverbiale razionalità non si fosse data alla macchia in modo cosí indegno, probabilmente l'avrebbe pensato subito anche lei.

– Sono sicuro che tu queste cose le conosci meglio di me, e anche lui. Però io, quella volta che lo colpirono, me la ricordo ancora. Benissimo. E mi ricordo pure come sarebbe andata a finire se non fossi arrivata tu. L'hai sentito il giornalista che ti ha menzionata?

– No, non ho sentito –. Non poteva, stava vomitando.

– Comunque, hanno rafforzato la scorta.

– Certo.

Come se aumentare il numero dei bersagli bastasse a scongiurare il peggio.

– E tu, stai bene?

– Sí, sto bene, grazie –. Stava bene, fino a mezz'ora prima.

Giacomo cercava di chiacchierare, ma era evidente che faceva fatica. Come lei faceva fatica a rispondergli.

– Mi dispiace averti disturbato, – ribadí Vanina, prima di salutarlo.

– A me invece fa piacere averti sentito. Il fatto che io

sia il fratello di Paolo non significa che non siamo piú amici. È vero?

Da signore qual era, aveva soprasseduto sul perché di quella telefonata sconvolta. Non era stata lei ad allontanarsi da tutti loro?

– Grazie, Giacomo.

– Vanina? – esitò un attimo. – Vuoi che gli dica che hai chiamato?

– No, meglio di no.

– Sicura?

– Mi basta sapere che sta bene. E... Giacomo? – lo richiamò. – Promettimi solo una cosa: che semmai dovesse succedere qualcosa, qualunque cosa, io non lo verrò a sapere dal Tg.

Giacomo glielo promise.

Vanina scaraventò l'iPhone in un angolo del divano. Afferrò il pacchetto di sigarette e se ne accese una. Rimase cosí, con la testa appoggiata indietro, per un tempo indefinito. Sentí Bettina che rientrava, e si accorse che erano le dieci. Si trascinò in cucina e ripose il sacchetto della spesa in frigorifero, cosí com'era. Di cucinare non era piú cosa.

Mise sul fuoco un pentolino con il latte, sua salvezza nei momenti peggiori. Iniziò a sorseggiarlo e poi c'inzuppò dentro un numero imprecisato di biscotti al cioccolato.

Recuperò il telefono. Prima di spegnerlo, mandò un messaggio di buonanotte a sua madre, e si ricordò che il giorno dopo sarebbe arrivato Federico. Non era piú cosí sicura che la cosa le dispiacesse davvero.

Quella reazione, cosí violenta, l'aveva annientata.

E il dubbio peggiore adesso, a distanza di anni, era che tutto quello che aveva fatto fosse stato inutile.

9.

– Dottoressa, mi dica che l'aveva previsto! Al telefono c'è Alfonsina Fresta, che chiede di parlare con lei, – annunciò con aria concitata l'ispettore Spanò entrando nell'ufficio del vicequestore.

Vanina nascose l'impulso di battersi le mani da sola dietro un mezzo sorriso soddisfatto. Ci aveva azzeccato.

Si fece passare la telefonata.

– Dottoressa Guarrasi?

Si finse stupita.

– Signora Fresta. Buongiorno.

– Posso chiederle di venirmi a trovare?

Vanina fece una pausa studiata. Ora toccava a lei tenerla sulla corda.

– Le è tornato qualcosa alla mente? Le mando subito l'ispettore Spanò.

– No... Dottoressa, io con lei personalmente ho bisogno di parlare. È importante.

Era quello che aveva sperato.

– Cercherò di venire prima possibile.

– Grazie, dottoressa Guarrasi.

Vanina percepí un'incertezza.

Alfonsina salutò e chiuse.

Spanò era rimasto immobile davanti alla scrivania, attentissimo.

– Torniamo dai Fiscella? – chiese.

– No, ci vado da sola. La Fresta dice che vuole parlare solo con me.
– Secondo lei che vuole dirle?
– La verità.
L'ispettore annuí.
– Lei se l'aspettava, vero? – disse con un sorrisetto complice. Ormai la conosceva, la Guarrasi, tanto che in certi momenti ne prevedeva perfino le mosse. Per quello gli veniva cosí bene farle da spalla. Il pomeriggio prima, avrebbe calcato un poco di piú la mano con quei due, per fargli sputare il rospo che continuavano palesemente a ricacciare indietro, ma se il vicequestore gli aveva ordinato di non andare oltre un certo limite significava che aveva in mente qualcosa. E ora la telefonata di Alfonsina ne era la riprova.

Il vicequestore aprí un cassetto. Tirò fuori la marchetta trafugata al Valentino e il sacchettino trasparente con il frammento di carta, e glieli mise davanti.

– Guardi il disegno che c'è su questo pizzino che abbiamo trovato nella borsa del cadavere, – disse.

Spanò si tastò tutte le tasche in cerca degli occhiali. Se li infilò *santiando*. Raffrontò i due oggetti.

– Potrebbe essere lo stesso simbolo, – disse, con un sorriso sornione, della serie «lo sapevo che aveva qualcosa nel cappello».

– E non è tutto. Ha presente il cassetto che ho aperto in casa della Cutò? Guardi cosa c'era dentro –. Tirò fuori l'iPhone e cercò la fotografia, ingrandí l'immagine di una scatola verde.

– Brillantina Linetti, – constatò Spanò.

Vanina annuí, soddisfatta.

L'ispettore si appoggiò con le mani sulla scrivania.

– Mi sa che il test del Dna al figlio della Vinciguerra ce lo potevamo pure risparmiare.

Il corridoio si animò di passi e di voci, tra cui spiccava quella stentorea del capo della Mobile.

Il vicequestore si alzò e uscí dalla stanza andandogli incontro. Scorse l'agente Lo Faro impalato davanti all'ufficio, che combatteva con sé stesso per non profondersi in salamelecchi. La lavata di capo aveva fatto il suo effetto.

Macchia allungò la mano per salutarla, mentre continuava a parlare con il commissario capo Giustolisi, della Criminalità organizzata. Le fece cenno di seguirli nel suo ufficio. C'era anche un ispettore, piú un assistente della Narcotici.

Vanina dovette vincere la sua riluttanza nei confronti degli argomenti che si stavano trattando lí dentro. Si sentiva le gambe spezzate per la nottata insonne, e l'ultima cosa che avrebbe voluto in quel momento era un'immersione temporanea in quel fango melmoso che aveva rimestato a mani nude per anni e dal quale era fuggita via.

Attese appoggiata alla parete, pentita di essere uscita dal suo ufficio, mentre i colleghi disquisivano di traffico di droga, faide tra famiglie e affiliamenti. Nominarono pure gli Zinna, il che stimolò Macchia a coinvolgerla con uno sguardo eloquente. Ma il ruolo che quella famiglia aveva ricoperto nel caso che interessava a lei, quello cioè del delitto Burrano, era talmente marginale e indefinito, oltre che lontano nel tempo, da risultare quasi indifferente.

– Se hai bisogno di notizie sulla famiglia Zinna chiedi all'ispettore. Lui conosce tutto l'albero genealogico fino alla quarta generazione, – si raccomandò il commissario capo, prima di accomiatarsi lasciandole campo libero.

Lo ringraziò, spiegandogli che si trattava di fatti risalenti a un'epoca troppo lontana.

Si era appena accomodata davanti alla scrivania di Macchia, quando Giustolisi fece dietro front.

– Ah, Tito, hai visto che successe a Palermo? – chiese.

Il capo della Mobile annuí lentamente, il sigaro appena acceso tra le labbra, girando un'occhiata pensosa sul vicequestore Guarrasi, che impallidí ma non batté ciglio.

Vanina sentí la bocca asciugarsi e temette per un momento di replicare la reazione della sera prima. Per fortuna il collega si limitò a commentare il lato tecnico della faccenda, con qualche riferimento alle inchieste scottanti che il giudice Malfitano stava portando avanti. Non andò oltre.

– Cambiamo discorso, che è meglio, – disse Macchia, appena il commissario capo ebbe chiuso la porta.

Vanina annuí, grata. Qualcosa evidentemente Tito doveva saperla, riguardo a lei e a Paolo.

– Allora: che mi dici della nostra «sciantosa» assassinata cinquant'anni fa?

S'era fissato che quello era il nome adatto per denominare l'indagine.

Lo aggiornò sugli ultimi sviluppi, suscitando la sua curiosità nei confronti del commissario Patanè.

– La prossima volta che viene qua lo voglio conoscere anch'io, – dichiarò.

Vanina gli parlò anche del Di Bella, ma gli fece intendere che ormai considerava il test cui lo aveva fatto sottoporre solo un modo per escludere definitivamente che si trattasse di sua madre.

– Dunque, riassumendo: tu credi che il cadavere sia di questa ex maîtresse di cui ti ha parlato il commissario Patanè, scomparsa nel periodo in cui Burrano fu ammazzato, e a quanto pare una delle amanti del medesimo. Giusto?

– Giusto.

– E sei convinta che la testimonianza di quei due, marito e moglie, sarà decisiva per determinarlo? Ma se tu stessa dici che hanno tutto l'interesse a mantenerla in vita, per non dover uscire fuori da quella casa...

– Sí, però non sono stupidi. Sanno benissimo che se lo scopriamo da soli, la loro situazione si complica.

Gli riferí anche della marchetta e del disegno sul pizzino.

– Un bordello con la carta intestata? Mi pare difficile, Vani', – disse, scettico.

A rigor di logica aveva ragione. Aggiunse il dettaglio della brillantina Linetti.

– Siamo in un mondo parallelo! – fu il commento esilarato del capo.

L'ispettore Bonazzoli bussò timidamente alla porta ed entrò.

– Ispettore! – la accolse Macchia, sorridendole.

Marta rimase impalata davanti alla porta, imbarazzata.

Vanina si chiedeva spesso come fosse possibile che una ragazza sveglia come lei provasse tutta quella soggezione nei confronti di Tito. Forse era colpa della stazza imponente, della barba o della voce impostata. Oppure era il ruolo che lui ricopriva: il Grande Capo.

– Scusami, Vanina, c'è il commissario Patanè al telefono. Dice che è importante.

Macchia si drizzò sulla poltrona, incuriosito.

– Glielo passi qua, – ordinò.

Marta scomparve e il telefono squillò. Rispose direttamente Vanina.

– Dottoressa, mi deve scusare ma poco fa mi chiamò Giosuè Fiscella. Disse che Alfonsina le ha chiesto di andare da lei, perché deve contarle una cosa molto importante. E disse macari che sua moglie gradirebbe che io fossi presente. Perciò, a quanto ho capito, dovrei mettermi d'accordo con lei per sapere quando ha intenzione di andarci.

Questa Vanina non se l'aspettava. Però era comprensibile. Patanè nei ricordi della donna era una persona amica, che lei conosceva molto bene, e non solo come commissario, questo si era capito.

– Va bene, commissario. Vediamoci direttamente lí tra... – guardò l'orologio. Doveva prima capire per che ora era stato convocato Masino Di Stefano, al cui interrogatorio non poteva mancare. L'ideale sarebbe stato riuscire a sentire prima Alfonsina, per avere qualche notizia in piú.

Mise il commissario in attesa e uscí a chiamare Nunnari. Il sovrintendente le confermò che sarebbe andato a prendere Di Stefano nel pomeriggio.

– Ci vediamo lí tra un'ora, – disse, riprendendo il telefono.

Macchia si dondolava sulla poltrona, in attesa. Vanina gli spiegò tutto brevemente, poi con la sua benedizione si congedò.

Il commissario Patanè era arrivato in anticipo e l'aspettava davanti al portoncino dei Fiscella fumando una sigaretta.

– Commissario, ma che fa? Fuma?

– Perché, lei non fuma?

– Ma io ho trentanove anni, – gli rispose, con aria canzonatoria.

– Lo sa che pare piú nica? E comunque, casomai è il contrario: è peggio se fuma lei, piuttosto che se fumo io. Io oramai quello che dovevo fare l'ho fatto e pure nella migliore delle ipotesi non ho piú tanto tempo, perciò sigaretta piú sigaretta meno poco cambia. Lei no. Incatramarsi i polmoni all'età sua, sapendo il danno che ne può derivare, non è furbo.

Vanina si prese la paternale con un sorriso.

– Almeno se domani qualcuno mi spara e mi ammazza non mi resta il rammarico di aver rinunciato ai miei pochi vizi per vivere qualche anno in piú.

Si avvicinò al portoncino con due falcate e schiacciò il citofono. Un piccione che se ne stava fermo sul cornicione, disturbato, spiccò il volo smuovendo dieci centimetri cubi di sabbia nera che le finirono addosso.

– Lo sa, – disse Patanè, – pure cinquantasette anni fa, quando ammazzarono Burrano, la Muntagna stava eruttando. Quant'è strana la natura...

Giosuè Fiscella li accolse nel solito soggiorno, dove Alfonsina stava seduta sulla sua carrozzella, gli occhi rivolti alla finestra. Li fece accomodare di fronte alla moglie, che aveva allungato entrambe le mani per salutarli contemporaneamente.

– Dottoressa Guarrasi, lei si chiederà perché ho voluto rivederla insieme al commissario.

– I miei uomini ieri non sono stati abbastanza esaurienti? – le chiese Vanina.

– Macari assai! Spietati furono, dottoressa. Tutte quelle fotografie, quelle immagini cosí forti...

– Signora Fresta, se mi ha chiesto di venire per lamentarsi dell'operato dei miei uomini, allora posso benissimo andarmene. E non vedo per quale motivo abbia convocato anche il commissario.

– Aspittasse, dottoressa... non s'arrabbi. Quando ieri sera io e Giosuè salutammo gli ispettori, eravamo impressionati. Quelle fotografie ci rimasero davanti agli occhi e non ci dormimmo tutta la notte. Vedete, in questi anni io ho sempre pensato che Luna, prima o poi, sarebbe tornata. Forse mi sono voluta convincere, o forse sono veramente pazza, come dice la gente, ma ho pensato che se non si era piú fatta sentire voleva dire che non poteva farlo. E all'ini-

zio poteva essere benissimo cosí, vero, commissario? Io
glielo dissi: capace che Luna scappò per non essere messa
in mezzo. Quando ammazzano qualcuno, la polizia deve
trovare un colpevole. Secondo voi, una ex prostituta che
possibilità aveva di rimanerne fuori? Pensai che se n'era
scappata, e che quando la questione si sarebbe risolta, me
la sarei vista spuntare di nuovo a casa, bedda com'u suli e
con la picciridda per mano.

Vanina e Patanè si scambiarono un'occhiata.

– Sí, lo so, dottoressa: ieri all'ispettore gli dissi che non
sapevo chi era Rita Cutò. Il fatto è che mi pigliò di sorpresa. Io non lo sapevo che la casa era intestata pure a lei.
Rita Cutò è la figlia di Maria, – tacque e abbassò lo sguardo, come se stesse per dire qualcosa di troppo pesante da
sostenere, – e di Gaetano Burrano.

Il vicequestore e il commissario sobbalzarono in simultanea.

– Alfonsina, ma che stai babbiando? – disse Patanè,
incredulo.

– No, commissario, non babbío.

– Ma perché ai tempi non mi dicesti niente?

– E che le dovevo dire? Burrano era stato ammazzato,
Maria era scomparsa e Rita manco sapevo dove andarla a
cercare. Se lo immagina che cosa si sarebbe sollevato? Io
sola lo sapevo. Come crede che se li sia fatti Luna i soldi
per diventare la maîtresse e poi per comprarsi la casa, a
forza di marchette? Dieci vite ci sarebbero volute, commissario, macari se era la piú ricercata. Tutto Burrano le
comprò: prima il bordello, perché cosí avrebbe smesso di
andare con gli altri uomini, e poi i gioielli, i vestiti. Il collegio per la picciridda. E poi la casa. Impazziva per Luna,
Gaetano Burrano. E pure lei gli voleva bene, assai.

Vanina si accorse che la conversazione stava assumen-

do il tono di un racconto romanzesco, e che Patanè ci si
stava infilando con tutte le scarpe.

– Signora Fresta, nelle fotografie che ieri le hanno mostrato i miei uomini ha riconosciuto qualcosa che apparteneva a Maria Cutò? – chiese, diretta.

– Tutto, dottoressa.

– Ma in particolare che cosa?

– La pelliccia, il foulard, il vestito, i gioielli, le sigarette alla menta, il pizzuddu di carta con lo stemma del Valentino. Lei è.

Ci aveva visto giusto. Quel bordello di lusso aveva perfino la carta intestata.

– Perché ieri ha detto ai miei uomini che non riconosceva nulla? Lei lo sa che per una menzogna del genere si
configura il reato di falsa testimonianza?

– Niente so, io, dottoressa Guarrasi. Ignorante sono,
come a Giosuè. Se mi sente parlare un poco meglio, con
l'italiano giusto, è solo perché al Valentino ragazze zaur-
de non ce ne potevano essere. E siccome nella disgrazia di
fare la prostituta lavorare in un bordello di lusso era l'unica fortuna che ti poteva capitare, pur di restare lí imparai
l'italiano e macari 'u francisi. Per questo mi chiamavo
Jasmine. Perché non ho detto subito che avevo riconosciuto Luna? Perché quando hai ottant'anni e sei sulla sedia a rotelle, e tu e tuo marito messi insieme non pigliate
manco ottocento euro di pensione, se ti levano la casa sei
morto. Questa casa me l'aveva data Luna, gratis. Potevo
starci finché volevo. Ma se Luna moriva...

Vanina faticò a rimanere distaccata.

– E ora cos'è cambiato? Com'è che si è decisa a parlare? – chiese.

– Mi ci fece pensare Giosuè ieri sera, ma era troppo
tardi per chiamarla. Capii che non si trattava solo della

scomparsa di Maria, della sua morte. Maria l'ammazzarono, giusto giusto a casa di Burrano, giusto giusto negli stessi giorni in cui in quella stessa casa ammazzarono macari a lui. E allora pensai che non poteva essere un caso, e che io sapevo certe cose che... potevano aiutarvi a scoprire la verità, a sapere chi fu il bastardo che l'ammazzò. L'unica cosa che posso fare è dire tutto, tutti i segreti che mi sono portata dentro per cinquantasette anni. A costo di perdere la casa e macari la vita, che tanto oramai non servo piú a niente. Ecco che cos'è cambiato da ieri. E mi pareva giusto che fosse presente anche il commissario, che se lo merita –. Sorrise a Patanè.

– Alfonsina, la avverto che tutto quello che sta dicendo a me, poi lo dovremo verbalizzare. Lo dovrà ripetere, – comunicò Vanina, smorzando il tono.

– Lo so. Ma quello che le dissi ancora niente è, dottoressa, – rispose la donna.

Il vicequestore non nascose la sorpresa.

– Perché? Che altro ha da dirmi?

– Cose che cambiano tutto, mi creda.

– Me le racconti.

– Quando chiusero i bordelli, ognuna se ne andò per conto suo. Per molte si trattò solo di un trasloco: dalla casa alla strada. E non credo ci sia bisogno di dirle che di sicuro non fu un cambio conveniente. Altre, invece, dopo essersi finalmente riprese i propri diritti civili, riuscirono a cambiare vita. Alcune, come me, si sposarono e incominciarono a fare lavori dignitosi. Io per esempio ho fatto la sarta, per una vita. Qualcuna, ho saputo, è finita persino in un convento di clausura. Maria problemi non ne aveva. Aveva i soldi, una casa, un uomo che la manteneva e che era pure il padre di sua figlia. Era generosa, Maria. Queste stanze me le offrí subito, appena le dissi che mi sarei

sposata con Giosuè. Mi farete da guardiani quando sarò
fuori, diceva. Era l'unico compenso che ci chiedeva. A me
e a Giosuè manco ci pareva vero.

– Lei conosceva di persona il cavaliere Burrano? – chiese Vanina.

– Di vista. Da prostituta non ci avevo mai... avuto a
che fare, e dopo cercavo di farmi gli affari miei. Era un
bell'uomo. Un poco superbo, come tutti i ricchi e i potenti. Luna diceva che comandare gli piaceva assai. Ma a lei
andava bene cosí.

– E la bambina?

Alfonsina sorrise con tenerezza.

– La picciridda era bellissima. Io ero l'unica che la conosceva. La tenevano in un collegio. Maria mi raccontava
che Burrano, malgrado la situazione difficile, voleva bene
alla bambina. La sua unica figlia era.

Nell'immaginazione di Vanina, poco propensa a lasciarsi
trascinare dal lato sentimentale della narrazione, iniziavano ad aprirsi scenari d'indagine impensabili.

– Cosa successe nel 1959? – chiese, restringendo il campo al racconto. Era certa che la donna ci sarebbe arrivata,
ma con tempi infiniti.

– Maria, oramai, passava tutte le notti con Burrano.
Certe volte era lui a venire qui, ma piú spesso era lei a
raggiungerlo in quella villa dove ora... l'avete ritrovata. A
un certo punto cominciò a parlare di grandi cambiamen-
ti: Gaetano voleva partire, cambiare città per un poco di
tempo, e voleva portarsi appresso pure la picciridda. Mi
ricordo che parlava di Napoli. Poi a poco a poco il progetto
diventò sempre piú concreto, tanto che pigliarono a Rita
e la portarono in collegio lí. Era appena passato il Natale,
e Maria partí da sola con la picciridda. Tornò dopo qualche giorno e iniziò a preparare il trasferimento. Mi pare

che mi disse che lei e Burrano dovevano realizzare degli affari insieme là.

Vanina drizzò le orecchie. – Che genere d'affari?

– Non lo so. Di queste cose Maria mi raccontava sempre poco. Ai tempi del bordello mi diceva che meno sapevo e meglio era per me. Lei oramai era passata dall'altra parte...

Per un attimo sembrò perdere il filo. Proprio ora che la cosa si faceva interessante.

Patanè ascoltava in silenzio, serio.

Alfonsina riprese a parlare. – Era il primo giorno di Sant'Agata, me lo ricordo preciso, il 3 febbraio, quando Maria mi comunicò che era tutto pronto per partire e che io e Giosuè ci dovevamo occupare della casa. Ci lasciò pure un sacco di soldi, per le cose di tutti i giorni. Quella sera venne Burrano, e parlò con Giosuè. Gli disse che si fidava di noi. Te lo ricordi Giosuè?

Il marito annuí.

– Mi disse che qualunque problema succedeva a casa, dovevo rivolgermi a Di Stefano, che era persona di fiducia. Se ci penso che invece proprio Di Stefano lo ammazzò, mischino!

Persona di fiducia, annotò Vanina mentalmente.

– E poi che accadde? – chiese ad Alfonsina.

– Poi se ne andarono a Sciara, e Maria mi disse che sarebbe tornata a salutarmi la sera di Sant'Agata, e che sarebbero partiti da qui. Non la vidi mai piú.

Man mano che ascoltava il racconto, il vicequestore andava rielaborando l'interrogatorio cui avrebbe sottoposto Masino Di Stefano. Le questioni che non le tornavano iniziavano a essere troppe.

Alfonsina pareva sfinita: il colorito terreo, il respiro affannoso. Giosuè arrivò subito con una pillola e un bicchiere d'acqua. La donna la prese e chiuse gli occhi, inspirando a fondo.

– Alfonsina, se solo mi avessi raccontato tutte queste cose cinquantasette anni fa... – la rimbrottò il commissario Patanè, alzandosi appresso al vicequestore Guarrasi.

La donna non replicò.

– Dottoressa Guarrasi, la prego: mi prometta che prenderete il bastardo cornuto che ammazzò l'amica mia.

Vanina glielo promise.

– Alfonsina? – la richiamò poi, prima di andarsene.

– Sí, dottoressa?

– Che c'è dietro quell'apertura murata accanto al portoncino?

– Il garage, – rispose la donna, come se fosse ovvio.

– Ah, ecco. Ed è vuoto, immagino.

– No, la macchina ancora là è. Glielo dissi, niente toccammo, io e Giosuè.

– La macchina di Maria?

– No, Maria non sapeva guidare. La macchina di Burrano.

Vanina allibí. Piantata al centro della stanza, ci mise qualche secondo a elaborare la notizia.

Patanè, anche lui sgomento, guardò Giosuè che assentiva.

– Mi mostri questo garage, signor Fiscella, – ordinò il vicequestore, con ferma rassegnazione. Vedi tu se era logico tralasciare un dettaglio del genere. E la totale assenza di dolo in quella dimenticanza era evidente.

Giosuè li accompagnò di nuovo in casa della Cutò.

Aprí una porta laterale e s'infilò in un corridoietto di servizio, che finiva in una scala strettissima. Accese la luce, una misera lampadina da quaranta watt appesa al soffitto.

– Come mai avete mantenuto la luce elettrica? – chiese Vanina. Anche il giorno prima ci aveva fatto caso.

– Perché la luce nostra è attaccata con quella di questa casa. Perciò pagai sempre tutte le bollette di Luna, se no dovevamo fare un contratto nuovo e chi lo sa se ci chiedevano documenti della casa… complicazioni. E poi me l'aveva detto Luna: Giosuè, mi raccomando, quando io non ci sono pensa a tutto tu. Macari i soldi mi lassava.

Alla base delle scale, in un pianerottolo semibuio, tirò fuori un'altra chiave e aprí una porta, stavolta di ferro, che conduceva in un ambiente dall'aria cosí pesante e umida da risultare quasi irrespirabile.

Patanè prese a tossire.

– Commissario, si sente male? – si allarmò Vanina.

– No, no. La polvere è, – alzò gli occhi. – Giosuè ma dove minchia siam… – La domanda rimase a metà.

Vanina seguí la direzione del suo sguardo attonito, fisso su un'automobile che giaceva sepolta sotto una montagna di polvere, in un garage dall'apertura murata. La prima cosa che controllarono, entrambi, fu il modello: era una Lancia Flaminia.

Si avvicinarono lentamente alla macchina. Patanè spostò la polvere con un dito per vedere il colore, che alla flebile luce dell'ennesima lampadina appesa a Vanina parve blu, o nero.

– Commissario! Ma questa non è la Flaminia rubata da Di Stefano?

Patanè annuí, interrogando con lo sguardo Giosuè, che se ne stava pacifico in un angolo, ignaro del significato di quell'auto.

– Luna mi chiese di non fare entrare mai nessuno qui, e io cosí feci. Per essere piú sicuro, dal momento che lei non tornava, di notte e notte murai l'entrata, – spiegò.

Era assurdo da credere, ma quei due, marito e moglie, avevano vissuto tutta la vita in una sorta di realtà parallela. La serenità con cui Giosuè confessava di aver obbedito semplicemente agli ordini della sua ex padrona, eseguendoli e basta, senza mai chiedersene il perché, ne era la riprova.

Patanè si avvicinò alla maniglia della portiera, fece per aprirla ma Vanina gli bloccò il braccio.

– Mai a mani nude, commissario, – gli ricordò, tirando fuori dalla tasca un paio di guanti in lattice che portava sempre con sé. – Uno io e uno lei.

Patanè accennò un sorriso. Infilò il guanto e aprí la portiera dal lato del guidatore.

– Aperta la lasciasti, Giosuè, – constatò.

– Aperta la trovai, commissario. Chiavi il cavaliere non me ne diede. Per questo murai l'entrata, perché se no, macari se io e Alfonsina abitavamo qua sopra, 'sta macchina 'sa quante volte se la sarebbero arrubbata. Lei se lo ricorda che era 'sta zona fino a qualche anno fa, commissario?

Vanina focalizzò l'attenzione sul sedile posteriore. Aprí la portiera di dietro e contemplò i bagagli: tre borse di cuoio di dimensioni diverse, e due scatole incartate e infiocchettate. Non toccò nulla e ricordò a Patanè di fare altrettanto.

Da quell'automobile, lei ne era sicura, sarebbe saltato fuori un tesoro inestimabile d'indizi, che lei non aveva nessuna intenzione di alterare.

10.

L'ispettore capo Spanò raggiunse il vicequestore Guarrasi al solito tavolo d'angolo.
– Dov'è il commissario? – chiese.
– A casa, a onorare il pranzo della moglie. Sfinito.
Si accomodò accanto a lei. Notò che era già al dolce.
– I colleghi della Scientifica trovarono la carta d'identità di Maria Cutò e la patente di Gaetano Burrano. Erano conservate in un portadocumenti, nel cruscotto dell'auto.
Manenti e i suoi uomini erano arrivati da poco. L'operazione sarebbe andata per le lunghe. L'automobile andava rimossa dal garage, il che richiedeva l'abbattimento del muro di blocchetti edificato da Fiscella. Tra baule e sedile posteriore della Flaminia, erano stipati a occhio e croce tutti i bagagli che Burrano e la Cutò avrebbero portato a Napoli. Per repertare il materiale ci sarebbero volute ore, e nel garage, dopo tutto quell'andirivieni di gente, non si respirava piú.
Era inutile stare lí ad alitare sul collo alla Scientifica. Tanto valeva mangiare un boccone.
Il commissario Patanè era uscito quasi subito insieme al vicequestore Guarrasi, esagitato.
«Lo sapevo io, lo sapevo! – ripeteva. – Lo capisce che significa, dottoressa? Che se solo avessi continuato a indagarci io... Ma che era normale che tutte le prove, dico tutte, portassero alla stessa persona? Me lo dica lei: è nor-

male? Secondo me no. Anche perché, parliamoci chiaro: Burrano non era uno stinco di santo. Intrallazzi, a Catania e provincia, ne aveva fatti assai. E l'amministratore l'aveva sempre aiutato. Di Stefano sprovveduto non era di sicuro, ma soprattutto non lo erano gli Zinna. Gli Zinna, dottoressa! Ha presente di che stiamo parlando?»

Aveva presente, Vanina, eccome se aveva presente. E non le faceva per niente piacere ritrovarsi nomi del genere tra i piedi.

«Dovevo fare come volevo io. Me ne dovevo fottere dei miei superiori, e macari delle loro evidenze. Sí, evidenze di 'sta minchia!» aveva battuto la mano sul tetto della sua Panda bianca. Si era scusato per essersi lasciato andare, imbarazzato ma neanche poi troppo.

Le aveva chiesto di fargli rileggere il fascicolo dell'omicidio Burrano, stavolta per intero.

Vanina aveva rilanciato, e l'aveva invitato addirittura ad assistere all'interrogatorio di Masino Di Stefano. Forse era stata un'impressione sua, ma l'aveva sentito partire sgasando.

Era d'accordo con lui, su tutta la linea, e non voleva privarlo del piacere di partecipare a un'indagine in cui il suo contributo si stava rivelando fondamentale. Un'indagine che poteva portare alla riapertura di un caso assai piú spinoso, nel quale l'appoggio del vecchio commissario sarebbe stato indispensabile.

Davanti alla casa della Cutò si andavano formando piccoli capannelli di gente, attirata dal viavai di poliziotti. Che fu? Stavano arrestando qualcuno? Oppure c'era stato un furto, o un morto ammazzato? Si tenevano a debita distanza, fingendo indifferenza, timorosi di essere coinvolti in qualche modo – perché quando c'è la polizia di mezzo non si sa mai – ma divorati dalla curiosità. Vani-

na non osava immaginare cosa sarebbe successo quando
avrebbero buttato giú il muro e portato fuori la macchina
di Burrano. Aveva già avvistato un paio di volti noti della stampa locale, e un fotografo che se ne stava appollaiato
come un avvoltoio su uno scooter, pronto a scattare. Sapeva di essere già stata immortalata, e la cosa bastava da
sola a farle girare gli immaginari attributi maschili dei quali
l'opinione di molti la riteneva dotata.

Rifugiarsi *da Nino*, che era proprio lí dietro e tuttavia
abbastanza distante da garantire un minimo di tranquillità, le era parsa l'unica via di scampo.

Ora il cadavere aveva un nome e un cognome, e un legame col defunto Burrano che andava oltre qualunque
supposizione elaborata in quei giorni.

Spanò si mise in pari, spazzolandosi in cinque minuti
una porzione di pasta coi masculini che sarebbe bastata per
tre persone. Vanina lo aspettò per bere in fretta il caffè e
raggiungere di nuovo il resto della squadra.

Davanti alla casa della Cutò la confusione era aumen-
tata. Manenti, in maniche di camicia, sbraitava a destra e
a manca convinto di darsi importanza di fronte alla gente
che si fermava a curiosare. Una volante di supporto era
stata piazzata all'inizio della strada, dietro ordine diretto
del vicequestore, per evitare il passaggio delle auto. Un
paio di agenti scafandrati, muniti di piccone, si stavano
accingendo ad abbattere la barriera di blocchetti.

– Vicequestore Guarrasi! Mi pareva strano che non fossi qui a supervisionare il lavoro fetente che ci procurasti.
In quel cazzo di garage non si respira. Una cosa da rimanerci secchi.

– Ma come, ancora cosí siamo combinati, Manenti?
Dammi un piccone per favore, che te lo smonto io quel
muro, almeno la finisci di soffrire.

– Che vorresti dire, non ho capito? I miei uomini stanno lavorando da un'ora, instancabilmente.

– Certo. Loro il lavoro fetente lo stanno facendo per davvero. Loro.

Uno dei due scafandrati assestò il primo colpo sulla parete, che iniziò a sgretolarsi pezzo per pezzo sotto l'azione congiunta dei due picconi. Manenti si avvicinò quel tanto che bastava a impolverarsi i pantaloni a vita ascellare anni Ottanta, le Timberland marroni e la camicia a quadri dal collo di tre centimetri piú largo.

La gente iniziò ad assembrarsi sul marciapiede dirimpetto al garage, dove Vanina si era piazzata per avere una visuale piú completa.

– Signori, siete pregati di spostarvi da qui, – disse, allontanando con garbo un nugolo di passanti muniti di smartphone. Ottenne poco. – Per cortesia, non è uno spettacolo divertente, e neppure interessante. Vi invito ad allontanarvi.

Quelli annuivano, ma intanto non si spostavano.

Vanina iniziò a perdere le staffe.

– Va bene. Fragapane, Bonazzoli: prendete le generalità di tutte queste persone. Non si sa mai, magari fra loro c'è qualcuno che conosce i proprietari della casa, – bluffò, con il tono alterato. La folla si diradò di colpo.

L'ispettore Bonazzoli la raggiunse.

– Devo prendere davvero le generalità? – chiese, perplessa.

– No. Tutto a posto con i Fiscella?

– Sí, sí. Mi hanno ripetuto quello che hanno raccontato a te. Che storia!

La testimonianza di Alfonsina Fresta aveva colpito il suo animo romantico.

– Doveva essere un grande amore, quello di Burrano per Luna, se stava addirittura per lasciare la città insieme a lei, – considerò.

– Di qualunque natura fosse il legame tra i due, l'unica cosa certa è che era imprescindibile, tanto da accomunarli persino nella morte, – replicò Vanina.

Un affarista con pochi scrupoli e un'ex tenutaria: forse era un suo limite, ma lei in quella relazione non riusciva a cogliere un solo briciolo di romanticismo.

– E che difficilmente può averla ammazzata lui, – concluse, abbassando la voce.

Rimase in un silenzio pensoso, che né Marta né Spanò, che nel frattempo si era avvicinato, si azzardarono a disturbare. Era uno di quei momenti cruciali in cui la Guarrasi non comunicava granché. E non era questione di fiducia, o di scarsa considerazione nei loro confronti. Spesso, soprattutto in quella fase, una strategia vera e propria il vicequestore non ce l'aveva. Andava a braccio, anzi, a naso.

Dal portone dell'ex Valentino comparve Fragapane, congestionato, seguito da un agente.

– Fragapane, prenda aria. Non mi dica che è stato tutto questo tempo dentro quel garage?

– Dottoressa, – ansimò il vicesovrintendente, – può venire un momento su? C'è il mio amico della Scientifica, il sovrintendente capo Pappalardo, che vorrebbe farle vedere una cosa.

Vanina lo seguí per le scale.

– Capo, non se lo può immaginare che c'era dentro quella macchina! Bagagli per un reggimento di persone, e poi giocattoli e cose per picciriddi che ci si potrebbe costruire un parco giochi.

Il sovrintendente capo Pappalardo era parecchio piú giovane di Fragapane, e sensibilmente piú basso del normale. Anche lui congestionato per colpa dell'aria viziata del garage, la aspettava in piedi sotto la Venere, con una valigetta di cuoio aperta in mano.

– Salvatore mi disse che forse i documenti che abbiamo trovato dentro questa borsa potrebbero giovarle per un interrogatorio.

Il vicequestore prese dalla valigetta una cartella da ufficio con dentro quattro fogli dattiloscritti tenuti insieme da una molletta fermacarte, e una busta aperta indirizzata al notaio Arturo Renna. Mittente Gaetano Burrano. Stava per estrarre la lettera che conteneva, quando lo sguardo le scivolò sul primo dei documenti che aveva tirato fuori. Sbigottita, accantonò un momento la busta e prese in mano il foglio in questione. Lo lesse fino in fondo, due volte, con le labbra piegate in un mezzo sorriso. Lo fotografò. Diede uno sguardo agli altri fogli, che non aggiungevano nulla alla notizia bomba contenuta nel primo. La lettera, infine, mise il carico da undici.

Il sorriso del vicequestore Guarrasi si aprì del tutto.

– Vi servono, oppure posso portarli con me in ufficio?

– Li ho già repertati, perciò se il dottore Manenti non ha niente in contrario…

Doveva provarci, ad avere qualcosa in contrario, il dottor Manenti.

Ringraziò Pappalardo e raggiunse Spanò e Bonazzoli in strada.

– Io me ne torno in ufficio, ad aspettare Masino Di Stefano. Marta, tu resta qui a presidiare il garage insieme a Fragapane. Occhio, mi raccomando. E fai in modo di fargli prendere aria, e mangiare qualcosa o bere un caffè, prima che mi svenga qua. Spanò, lei invece venga con me, che le novità sono assai.

L'ispettore capo obbedí.

Malgrado l'ufficio fosse vicino, ore prima era arrivato lí con un'auto di servizio, su cui Vanina salí concludendo una telefonata.

– A dopo, commissario, – disse.

Spanò capí che si trattava di Patanè e, dato l'orario, se ne stupí.

– Il commissario Patanè sta per raggiungerci, – gli comunicò.

L'ispettore la interrogò con gli occhi, buttando uno sguardo sulla carpetta verde scolorita che teneva stretta tra le mani.

– Sa cosa c'è qui dentro, ispettore? Un contratto firmato da Burrano e da Gaspare Zinna per la costruzione di un acquedotto.

Spanò inchiodò suscitando un coro di clacson impazziti.

– Minchia!

– E non è tutto: c'è anche una lettera mai spedita a un notaio, tale Arturo Renna. Contiene un testamento olografo, datato 1º febbraio 1959.

– Aveva fatto testamento prima di morire ammazzato?

– Non credo che morire ammazzato fosse tra i suoi programmi, Spanò! Evidentemente pensava di spedirlo una volta arrivato a Napoli.

– Se olografo, capace che è valido lo stesso. E che dice?

– Divide il suo patrimonio in due parti uguali, una per la moglie e l'altra per Maria Cutò. Col vincolo per entrambe, apra bene le orecchie ispettore, di tramandare alla loro morte tutto a Rita Cutò. Il che naturalmente non avvenne, perché il testamento rimase chiuso nella Flaminia, che non si ritrovò piú.

– Perciò Di Stefano poteva non trasirci veramente niente con l'omicidio?

– La cosa non mi stupirebbe affatto.

Entrarono nel parcheggio e ne uscirono a piedi, attraversando la strada per varcare il portone sempre sprangato dell'edificio che accoglieva gli uffici della Mobile.

– Lei sospettava che fosse innocente già da prima?

– Ragioni, Spanò: Burrano si tiene come amministratore per anni un parente degli Zinna, poi un bel giorno si sveglia e decide che non li vuole piú in mezzo ai suoi affari. È pensabile?

– Perché dice che non li vuole *piú*? Aveva fatto affari con gli Zinna, in precedenza?

– Magari non ufficialmente. Magari Di Stefano era la faccia pulita della famiglia Zinna, non so se mi spiego. Burrano intrallazzava, comprava bordelli… in che mani poteva essere secondo lei la prostituzione di Stato a Catania, ispettore?

– Scusi, dottoressa, ma che vuole fare? Riaprire il caso Burrano? – domandò cautamente Spanò.

Il silenzio ambiguo del vicequestore bastò a fornirgli una risposta.

– Minchia… non sarà facile, capo. Se lo immagina il casino che succederà? Alla televisione finiamo.

Vanina sorrise a metà. Aveva una voglia di armarlo, quel casino…

Il telefono iniziò a vibrare alla terza pagina del famoso fascicolo, in cui il vicequestore aveva sentito l'impulso di infilarsi appena si era abbandonata sulla sua poltrona non piú basculante.

– Federico! – rispose. L'aveva completamente rimosso.

– Vanina, tesoro mio, scusa se non t'ho chiamata prima! Mi sono appena liberato. Come stai?

Sorrise pensando che se l'avesse chiamata prima probabilmente neanche l'avrebbe sentito.

Federico aveva terminato i suoi impegni congressuali e non vedeva l'ora di abbracciarla. Bel casino, si disse il vicequestore. Il sazio di rinfacciarle che era sempre la solita e che aveva trattato male il patrigno, a sua madre, non aveva nessuna intenzione di darglielo. D'altra parte, in tutta sincerità, le sarebbe dispiaciuto dare a Federico l'impressione di volerlo evitare.

Mancava ancora un'ora all'arrivo di Di Stefano con Nunnari. Dopo sarebbe stato peggio: non sapeva per che ora si sarebbe sbrigata, e neppure se si sarebbe sbrigata.

Calcolò che dal centro fieristico Le Ciminiere, dove si teneva il congresso, a lí c'erano dieci minuti scarsi di taxi. Gli disse di raggiungerla in ufficio.

Prese il vecchio fascicolo del caso Burrano e cominciò a sfogliare le carte con l'attenzione che fino ad allora non aveva sentito l'urgenza di dedicare loro. Era arrivato il momento di calarsi nell'indagine del 1959 e rivederla, argomento per argomento.

Le dichiarazioni di Di Stefano, giudicate mendaci, nei documenti che erano appena saltati fuori avrebbero trovato qualche sostegno. La collaborazione di Patanè, a quel punto, era imprescindibile.

Il commissario arrivò pochi minuti prima di Federico, il passo piú veloce del solito e gli occhi luccicanti per l'emozione. Vanina gli affidò la cartellina verde riemersa dal bagagliaio della Flaminia, che lui maneggiò con l'accortezza che si riserva a una reliquia, e il fascicolo Burrano. Poi consegnò tutto l'insieme, commissario compreso, nelle mani di Spanò.

Federico la aspettava davanti al portone. Giacca blu e pantaloni grigi, il soprabito ripiegato sul braccio. I capelli quasi tutti bianchi, ma ancora folti. Sembrava non invecchiare mai.

Non lo vedeva da mesi.

– Ehi! Eccola, la mia poliziotta preferita!

L'abbracciò forte, con il solito trasporto che le sarebbe piaciuto riuscire a ricambiare.

Si sedettero nel bar piú vicino, in via Vittorio Emanuele.

– Mi dispiace non esserci stato l'altro giorno, ma settembre, lo sai, è un periodo di congressi continui. Stavo rientrando da Berlino, – esordí Federico, con rammarico.

– Non preoccuparti, sapevo che eri fuori, – si sforzò di far assomigliare a un sorriso il piegamento di labbra che le uscí.

Lui la guardò con la solita comprensione, la stessa con cui per ventitre anni aveva incassato la sua indifferenza, in cambio delle mille attenzioni che le dedicava ogni giorno. Ci aveva provato in tutti i modi, Federico Calderaro, a farle da padre. Ora, da adulta, Vanina riusciva a capirlo. A quindici anni no, non avrebbe mai potuto. Povero Federico, era una battaglia persa in partenza, la sua. Una lotta ad armi impari contro la rabbia dolorosa di una ragazzina che suo padre, il suo vero padre, l'aveva amato visceralmente e se l'era visto morire davanti, massacrato.

Senza sapere come, le tornò in mente un accenno di sua madre a qualcosa di cui Federico doveva parlarle. Per rompere il ghiaccio decise di intraprendere quella strada, incrociando le dita che non implicasse qualche incombenza da svolgere in prima persona.

– Tua madre ha il vizio di parlare assai, – disse Federico, buttandola sullo scherzo. Trasferí la conversazione su un argomento neutro. Parlò di Costanza, la sorella che le seconde nozze di sua madre le avevano regalato, di sedici anni piú piccola e lontana da lei come il giorno dalla notte, che stava per sposarsi con l'allievo numero uno del padre. Dimenticò che cosí facendo l'avrebbe solo stimolata ad approfondire l'argomento.

Sotto il fuoco amico delle sue domande, Federico iniziò a cedere e alla fine si lasciò andare del tutto. Le rivelò la crisi professionale che l'aveva investito a sessantotto anni, dopo quarant'anni di carriera felice, per colpa di un paio di denunce immeritate, con richieste di risarcimento assurde, ricevute da due pazienti. Con l'amaro in bocca le raccontò di avvocati piazzati come faine all'uscita degli ospedali, di gente ormai insensatamente convinta che la medicina sia una scienza esatta, della quantità di denunce ingiuste intentate ogni giorno contro i medici spesso a scopo speculativo. E della reazione che questo poteva provocare.

La sua era stata terribile: aveva tirato i remi in barca. Il grande professor Calderaro, la cui abilità richiamava pazienti da tutto il Meridione, chirurgo per vocazione prima che per professione, non aveva piú voglia di rischiare.

A Vanina, per la prima volta, dispiacque doverlo lasciare. Gli promise che quella sera l'avrebbe portato a casa sua.

Tommaso Di Stefano sedeva composto davanti alla scrivania del vicequestore. Gli occhi neri, vicini, divisi dalla radice di un naso sproporzionato, le labbra piegate in un ghigno storto. Gli ottantasette anni, di cui trentasei passati in pensione completa a Piazza Lanza, si riconoscevano tutti, ruga per ruga. Ebenezer Scrooge prima della redenzione, pensò Vanina.

Il commissario Patanè si era accomodato sulla sedia che Spanò aveva piazzato accanto a lei. Non aveva proferito parola, fino a quel momento.

Di Stefano lo fissava con un'ostilità rassegnata, che pareva voler dire: «Vediamo ora questo che vuole da me».

Il vicequestore prese posto dietro la scrivania. Aveva insistito che l'interrogatorio non si svolgesse nella sala apposita ma nel suo ufficio, come un qualunque colloquio. Di Stefano era lí in qualità di persona informata sui fatti, questo doveva essere chiaro.

– Buonasera, signor Di Stefano. Sono il vicequestore Guarrasi.

L'uomo spostò gli occhi su di lei, guardingo.

– Buonasera, vicequestore, – rispose, accentuando il ghigno con una smorfia. – Posso sapere finalmente perché sono stato convocato?

– Non gliel'hanno detto? – finse di meravigliarsi Vanina.

Di Stefano negò col capo lentamente, rivolto verso Nunnari.

L'espressione del sovrintendente si fece perplessa. Non era stata lei a ordinargli di mantenersi sul vago?

– Avrà saputo sicuramente quello che è accaduto a villa Burrano due sere fa, – iniziò Vanina.

– M'ha scusare, signora vicequestore, ma di quella villa meno ne so e meglio sto. Perché, che successe due sere fa?

Pareva sorpreso sul serio.

– Lei non legge i giornali, signor Di Stefano?

– No. E campo piú tranquillo. Tanto, per quello che vale…

– Perciò non sa che l'altra sera, a villa Burrano per l'appunto, è saltato fuori un cadavere risalente a circa cinquant'anni fa?

Di Stefano rimase in silenzio, sbigottito.

– Un cadavere… E di chi?

– Una donna, quasi certamente identificata come Maria Cutò.

L'uomo chiuse gli occhi un istante, quasi in segno di assenso. Poi li riaprí rattristati.

Scosse la testa lentamente. – Malafine fece, mischinazza, a bedda Luna… – Alzò lo sguardo di scatto. – Un

momento: non è che state pensando di accusarmi macari
di questo omicidio? – Si voltò da una parte e dall'altra:
da Spanò a Nunnari, passando per il commissario Patanè.

Vanina sollevò la mano rassicurandolo. – Non è per questo che l'abbiamo convocata oggi.

L'espressione interrogativa dell'ex amministratore precedette di poco quella dei poliziotti.

– Questa mattina è stata ritrovata una Lancia Flaminia
blu targata CT12383, di proprietà di Gaetano Burrano, –
comunicò il vicequestore.

Di Stefano la fissò, dapprima impassibile. Poi il suo ghigno sprezzante si fece più accentuato fino a esplodere in
una risata fragorosa, finta: quasi isterica.

– Cinquant'anni p'attruvari 'na machina arrobbata! –
cantilenò.

Spanò scattò subito, infastidito dallo scherno.

– Oh, Di Stefano! Moderiamo i toni.

Vanina gli fece cenno di sorvolare.

– Non le interessa sapere dove? – chiese, calma.

– Cambia qualche cosa? Tanto oramai la galera tutta
me la feci.

– A suo tempo lei dichiarò di non sapere dove fosse
quella macchina, anche quando i miei colleghi ipotizzarono
che l'avesse venduta per far fronte ai suoi debiti di gioco.

L'uomo spostò gli occhi su Patanè.

– Ma secondo lei, dottoressa Guarrasi, accussí deficiente
ero da arrobbàrimi giusto giusto la macchina di Burrano?

Il commissario Patanè rimase impassibile. La provocazione era rivolta a lui.

– Ne deduco che il cavaliere Burrano non le avesse comunicato dove l'aveva lasciata, – continuò Vanina.

– Mi pare ovvio, altrimenti l'avrei detto. Almeno un'accusa me la risparmiavo, per quello che valeva.

– A meno che questo non aggravasse ancora di piú la sua posizione.

Il commissario la fissava senza perplessità, come se sapesse perfettamente dove voleva andare a parare con quell'improvvisazione. Gli altri, invece, parevano piú confusi che persuasi.

– In che senso? – chiese Di Stefano, diffidente.

– Vede, signor Di Stefano, c'è un fatto strano: la Flaminia del cavaliere Burrano è stata conservata per cinquantasette anni in un garage, che una persona premurosa ha pensato bene di murare per evitare che qualcuno se la rubasse veramente. Sa qual era il garage? Quello di Maria Cutò. Sotto l'ex casa di tolleranza Valentino. Ha presente?

Lo stupore di Di Stefano trasparí chiaramente.

– Indicando ai colleghi che l'auto era lí lei avrebbe rischiato di portarli sulle tracce di un altro omicidio, di cui ancora una volta lei solo sarebbe stato il sospettato.

Il vecchio sbarrò gli occhi. – Un altro omicidio? – chiese.

– Quello di Maria Cutò.

– Ma che sta dicendo? Ma se manco lo sapevo che quella mischina era morta? – Si agitò sulla sedia. – Avevo ragione a dire che mi stavate accusando di nuovo. Questa però è soverchieria, dottoressa. Voglio il mio avvocato.

– Non la sto accusando di niente, signor Di Stefano. Sto solo ragionando. E non l'ho convocata come sospettato.

– Io non ne avevo idea che la macchina di Tanino fosse a casa di Luna. Che motivo avrebbe avuto di dirmelo? Le uniche questioni di mia competenza erano quelle economiche. Che Maria era sparita, quando lo ammazzarono, lo capii subito. Ma che dovevo fare? Tirare dentro a lei per cercare di difendermi? Tanto non poteva essere stata lei ad ammazzarlo.

– Come fa a esserne cosí sicuro?

– Primo perché era il padre di sua figlia, e un giorno o l'altro aveva macari intenzione di riconoscerla, e secondo perché per lei era una miniera d'oro. No, il vero assassino era ammucciato chissà dove, dottoressa, e parlare di Maria con gli sbir... con la polizia, avrebbe solo fatto scandalo e sollevato polvere inutile. Polvere nera, che fa l'aria fumosa. Come quella dell'Etna.

– Accanto al corpo di Maria Cutò c'era una cassetta di sicurezza, con dentro un milione di lire. Erano soldi di Burrano?

Il vecchio si perse dietro i suoi pensieri. – Difficile mi pare.

Vanina dissimulò la sorpresa tirando fuori una sigaretta.

Patanè aprí il fascicolo dell'omicidio Burrano e lo sfogliò fino a ritrovare un punto che si era segnato. Glielo mise sotto gli occhi, indicandole un dettaglio. Il vicequestore lo sbirciò prima di rialzare lo sguardo su Di Stefano.

– Cos'è che le pare difficile? – gli chiese, neutra.

– Tanino cassette di sicurezza non ne usava. I soldi li teneva sempre in una ventiquattrore, di quelle con la combinazione e macari con le manette di sicurezza. In quel viaggio, milioni se ne stava portando appresso tre, non uno. E questo lo so per certo, perché alla banca a ritirarglieli ci andai io stesso. Glielo dissi, al commissario Torrisi, che la valigetta con i soldi era scomparsa, ma quello la prese come un'altra prova contro di me –. Sorrise, sardonico. – Mi stavo autoaccusando, perciò, secondo lui. Accussí fissa dovevo essere!

Nel foglio che indicava Patanè, i tre milioni comparivano tra le prove a carico di Di Stefano.

– Posso domandare dove l'avete trovata, a Maria Cutò? – chiese il vecchio, all'improvviso.

– In un montacarichi.

Quello si straní. – Il montacarichi della torre?

– Perché, ce ne sono altri?

– Non penso. Soltanto che non lo usava nessuno. Funzionava male, si bloccava sempre, e poi era difficile da azionare. Tanino ogni tanto lo usava come nascondiglio, ma non per cose di valore perché era troppo facile aprirlo.

– Tutte le aperture erano nascoste da qualcosa. In cucina c'era una credenza. Al piano di sopra una statua. Spanò, mostri le fotografie, – ordinò Vanina.

L'ispettore tirò fuori le foto della statua, nella prima e nella seconda collocazione.

Il vecchio inforcò un paio di occhiali che dovevano essersi fatti trent'anni di carcere assieme a lui. La sua reazione fu immediata. – Bella questa! E chi la spostò? Ma poi... m'ha scusare, può ripetere il fatto della credenza?

Vanina si fece passare i rilievi fotografici del ritrovamento e glieli mise davanti.

– Perciò il montacarichi in cucina era? – chiese l'uomo.

– Perché? Non doveva essere lí?

Di Stefano scosse il capo. – No, no, no. C'è qualcosa che non quadra.

– Signor Di Stefano, c'è un cadavere dentro. È questo che non quadra. Non crede?

– No, vicequestore, non quadra niente. Ma del resto, non quadrava niente manco cinquantasette anni fa, quando fu di Tanino... Oh, mi scusi, dimenticavo: là il colpevole si trovò subito, – riprese il ghigno sprezzante. – Che dice, commissario Patanè? A lei le quadravano le cose, nel '59?

Patanè non aveva fiatato per tutto il tempo. Non sapeva come comportarsi. La Guarrasi stava conducendo il gioco in modo abile, non c'era che dire. Piano piano stava arrivando dove voleva lei. Ma era agghiacciante vedere quanto

fosse evidente l'innocenza di Di Stefano. Quelle frecciate
e quegli sguardi sdegnosi servivano a ricordargli di averlo abbandonato alla mercé dei suoi superiori. Perché Di
Stefano lo sapeva bene che lui della sua colpevolezza non
ne era mai stato convinto, che avrebbe allargato il raggio
d'azione. Il commissario Patanè, allora ispettore, non se
l'era mai raccontata fino in fondo, ma il sospetto che fosse stato proprio quello il motivo della sua estromissione
dall'indagine l'aveva sfiorato piú di una volta.

– Cosa non le quadra, signor Di Stefano? – ribadí Vanina.

– Tanto per cominciare: il montacarichi, me lo ricordo
preciso, era fermo al primo piano e la porta non era coperta da niente. La statua del padre nello studio era, anche il
giorno che Tanino morí. In cucina idem: la credenza era
messa da tutt'altra parte.

– Chi sapeva attivare il montacarichi?

Il vecchio alzò le spalle. – Boh. Tanino, immagino. Erano cose di tanti anni prima, dei tempi di suo padre. Manco i domestici lo sapevano usare. C'era un macchinario
strano, una specie di motore –. Respirò a fondo, in debito d'ossigeno.

Vanina si appoggiò allo schienale e allontanò la poltrona dalla scrivania.

– Per oggi non ci serve altro.

Di Stefano si alzò dalla sedia come da un cuscino di spine su cui era stato costretto a sedere.

Il vicequestore gli si avvicinò.

– Un'ultima domanda, signor Di Stefano, – fece, a bru-
ciapelo. – L'acquedotto che doveva essere costruito sul suo
terreno, era il primo affare che Gaetano Burrano avrebbe
intrapreso con la famiglia Zinna?

Il vecchio alzò gli occhi, drizzando la schiena piú che
poteva per arrivare ai suoi.

– Vicequestore Guarrasi, lei è libera di non credermi, come non mi credettero prima di lei i suoi colleghi di allora, – indirizzò a Patanè un cenno col mento. – Tanino Burrano non lo ammazzai io, e manco gli Zinna.

– Di Stefano, io le ho fatto una domanda precisa.

– No: quell'affare non era il primo e non sarebbe stato l'ultimo.

Erano rimasti soli, faccia a faccia, Vanina e Patanè.

– Dottoressa, mi dica che la pensiamo allo stesso modo, – fece il commissario, scartando il terzo cioccolatino in un'ora.

Il vicequestore si alzò e andò verso il balcone. Aprí un'imposta e si accese una sigaretta. – Non so quello che pensa lei, ma posso dirle su cosa stavo riflettendo poco fa: che per ogni giorno che Di Stefano si è fatto a Piazza Lanza, un delinquente vero è stato amnistiato per svuotare le carceri, – disse, fissando le finestre di fronte. Erano armate di sbarre. Un tempo, prima di diventare una caserma e di ospitare i locali della Polizia di Stato, quell'edificio borbonico era stato il Carcere Vecchio di Catania.

Patanè accennò un sorriso amaro. – E secondo lei basta per chiedere la revisione del processo?

– Intanto basta a indirizzare l'indagine. Sono convinta che Maria Cutò fu ammazzata dalla stessa persona che ammazzò Burrano. E siccome mi pare abbastanza chiaro che Di Stefano sia colpevole quanto mia nonna...

– E come lo proviamo? – Ormai Patanè parlava direttamente al plurale.

– Ragioniamo sugli elementi nuovi, commissario: la macchina, il contratto per l'acquedotto, il testamento. L'acquedotto c'è, questo è certo, perciò qualcuno lo costruí. L'acqua dei Burrano di sicuro avrà destato interesse, e mi giocherei qualunque cosa che gli Zinna avessero qualche avversario, presumibilmente della loro stessa pasta. Mi spiego?

– Si spiega benissimo, dottoressa Guarrasi. Avversari degli Zinna, tali da poter competere con loro, ce n'erano pochi. I Cannistro e i Tummarella sicuramente erano i più titolati. Suggerirei di non perdere tempo sui primi, però.

– Direi, – concordò Vanina. I Cannistro erano stati decimati, per non dire estinti, a suon di kalashnikov verso la metà degli anni Ottanta. Era storia.

Richiamò Spanò.

– Cerchiamo di scoprire il più possibile sull'acquedotto che passa per le terre dei Burrano: progettisti, costruttori. Notizie ufficiali e non. Soprattutto non. Lo faccia da solo, senza troppo chiasso, che in questo momento non ci gioverebbe.

– Lassassi fare a mmia, capo, – assicurò l'ispettore, annuendo e partendo verso l'uscita.

– Quel ragazzo è prezioso, – disse Patanè, con l'orgoglio di un padre.

Vanina sorrise. Prezioso era prezioso, ma *ragazzo...*

La telefonata con Vassalli andò avanti per più di mezz'ora; Vanina riuscí a mettere giú che erano le sette e mezzo di sera.

Patanè se n'era tornato a casa da un bel po' e l'avviso di un messaggio di Federico illuminava lo schermo del suo iPhone. A eccezione di Spanò, già in azione da quando si era concluso il colloquio con Di Stefano, il resto della squadra aveva rotto le righe. L'ultima a congedarsi era stata Marta, dopo averle consegnato un post-it con tutte le notizie e i numeri telefonici che le aveva chiesto.

Subito dopo, scortato dal solito codazzo d'accompagnamento, Vanina aveva visto passare davanti alla porta aperta

anche Tito Macchia. Abbandonata sullo schienale, la voce
di Vassalli che litaniava ancora implacabile nell'orecchio,
aveva risposto con un cenno rassegnato al saluto, traboc-
cante di esilarata compassione, che il Grande Capo le aveva
rivolto dalla soglia dell'ufficio.

Il fascicolo dell'omicidio Burrano ora più che mai la attirava come una calamita.

Lo infilò nella sua borsa di stoffa: se doveva passarci la
notte sopra, tanto valeva farlo spalmata sul divano, in conclusione della serata che stava per trascorrere col patrigno.

C'era solo un'ultima cosa che doveva fare, prima di levare le tende anche lei. Staccò dal monitor del computer
il post-it minuziosamente redatto da Marta, e compose il
numero telefonico sottolineato. Viva la longevità, sogghignò leggendo gli appunti dell'ispettore.

– Il notaio Nicola Renna?... Vicequestore Giovanna
Guarrasi, squadra Mobile. La disturbo perché avrei bisogno di parlare con suo padre...

Era un'idea vaga. Una sensazione. E andava verificata di persona.

Federico Calderaro era entusiasta della dépendance vicino all'agrumeto. Per non parlare poi dell'amaca: quante
volte aveva pensato di comprarsene una e piazzarla nella
casa di Scopello? Bello doveva essere, rientrare la sera dopo una giornata di lavoro, buttarsi là e non pensare più a
niente. Ma poi, sai com'è, tra una cosa e l'altra, il tempo
sempre risicato, uno rimanda ogni volta. E gli anni passano, eh sí gioia mia, passano uno appresso all'altro manco
fossero giorni, o minuti... e uno si ritrova anziano senza
rendersene conto. Ma da ora in poi non ce n'era più per
nessuno: il professor Calderaro tornava padrone del proprio tempo.

Parlava. Beveva birra, fumava la Gauloises che gli aveva offerto Vanina – basta che non mi fai sgamare da tua mamma, eh! – e parlava. Parlava tanto che la metafora della puntina di grammofono sarebbe stata riduttiva.

Vanina non lo riconosceva. Non sapeva se attribuire la cosa all'alcol – quando mezz'ora prima l'aveva prelevato all'hotel *Excelsior*, il prof aveva già al proprio attivo un Negroni post congresso – o allo stress psicologico cui le aveva confessato di essere sottoposto in quel periodo. Era un'allegria forzata, di sicuro non una condizione normale, per lui.

Bettina era stata come al solito provvidenziale.

Certo, co' sto fatto che il vicequestore doveva fare la dieta – perché deve farla poi solo lei lo sa. Che dice, professore? – le aveva preparato solo verdure: melanzane in agrodolce, zucchine ripiene e peperoni al forno. Valore calorico incalcolabile. A sapere che il vicequestore aspettava ospiti l'avrebbe aiutata con qualche cosa di piú sostanzioso. Non l'avrebbe ammesso neppure sotto tortura, ma non riponeva troppa fiducia nell'abilità culinaria della sua inquilina. E aveva ragione. La dottoressa Guarrasi apprezzava la buona tavola, ma coi fornelli non ci sapeva fare. Invece Vanina aveva risolto con gli involtini alla messinese che aveva comprato da Sebastiano la sera prima.

Di dieta ovviamente non se ne parlava nemmeno, ma venne fuori una cena piú che dignitosa, che Federico parve gradire. Soprattutto, poi, in confronto alla serata di gala che era riuscito a schivare con quella scusa. Era inutile: gli eventi sociali, se non c'era Marianna, l'abbuttavano troppo.

Sua madre sarebbe stata contenta. In tanti anni, era la prima volta che Vanina concedeva a Federico l'attenzione che meritava. Forse proprio la sua assenza in questo era stata una circostanza favorevole. Certo era che se solo sua madre non avesse tanto cercato di spingerla verso di lui, presentandoglielo come un perfetto nuovo padre, forse il professore sarebbe potuto diventare per lei un buon amico. Chissà, magari era ancora possibile recuperare.

Vanina stava togliendo di mezzo gli avanzi, prima di riaccompagnare il patrigno in albergo, quando un primo piano a 42 pollici di Paolo Malfitano occupò lo schermo del televisore appena acceso.

Federico la guardò di sottecchi.

La quieta, attenta impassibilità che Vanina riuscí a ostentare le costò piú fatica di un chilometro in salita con uno zaino di venti chili sulle spalle. Federico riferiva a Marianna qualunque cosa; una reazione come quella della sera prima avrebbe aperto il varco a una cascata di recriminazioni a base di «te l'avevo detto», di cui sua madre era maestra. Andava evitata a ogni costo.

Con la naturalezza di un gesto programmato, aprí un mobile basso e tirò fuori due bicchierini. Esplorò l'interno alla ricerca di un qualunque superalcolico, magari dimenticato lí per caso da qualcuno. Trovò solo una bottiglia di mosto muto: un vino liquoroso artigianale che produceva un conoscente di Bettina. Non le era mai piaciuto, ma era dotato di un grado alcolico appropriato alla circostanza. Lo rifilò a Federico come una specialità locale che assolutamente doveva assaggiare, e con la scusa ne tracannò un bicchierino colmo.

Si misero in macchina appena conclusa l'intervista, che durò cinque minuti scarsi. Piú di tanto Paolo non avrebbe mai concesso, in una circostanza simile, a nessun giornalista. Anzi, già era assai che gli avesse accordato quelle quattro domande, considerò Vanina.

Fu il suo unico commento, che non soddisfece del tutto Federico.

Lui invece qualcosa gliela doveva dire, questo era evidente. Com'era pure evidente che non sapeva da dove cominciare.

– Vedi tu che cosa, povero Paolo, – esordí, quand'erano già al semaforo di piazza Verga, fissando il Palazzo di Giustizia come se gli avesse ispirato quella riflessione.

L'hotel *Excelsior* era davanti a loro, dall'altro lato della piazza, dove un gruppo di uomini in abito grigio e donne in tailleur stava scendendo da un pullman granturismo. I reduci della cena di gala.

Quattro parole vaghe, preparatorie. Esplorative. Posso continuare o non gradisci?

Vanina non commentò.

– Ce ne vuole coraggio, ad andare avanti per la propria strada nonostante tutto, – proseguí Federico.

Ci voleva coraggio, sí. Anche un po' d'incoscienza. O di senso di giustizia, che poi spesso è la stessa cosa, pensò Vanina.

– In questo momento, giusto giusto, solo le intimidazioni ci mancavano. Povero figlio, – buttò lí il professore, addentrandosi a poco a poco nell'argomento.

– Perché? Per ricevere una minaccia di morte che ci sono momenti migliori e momenti peggiori? – ironizzò. Vediamo che mi deve dire.

– No, certo. Però quando uno accanto ha una famiglia, le situazioni le affronta meglio.

La stava pigliando alla lontana, ma Vanina iniziò a capire. E la cosa non le piacque.

– Mi dispiace contraddirti Federico, ma oltre un certo livello d'angoscia la famiglia non può fare granché.

– Ma se oltre alla preoccupazione per la propria incolumità, ci metti pure il dispiacere di una famiglia che manco il tempo di nascere già si sta disgregando...

– Federico, facciamo prima se mi dici direttamente quello che mi vuoi fare sapere. O che mia madre mi manda a dire.

Il professore esitò, a disagio per il gelo improvviso che era calato.

– Lasciala stare a tua madre, che non c'entra niente, – protestò. Guai a toccargli Marianna. – Ci ho pensato io prima, solamente perché l'ho visto in televisione. Lo sapevi tu che la moglie di Paolo se n'è andata di casa, dopo manco tre anni di matrimonio e con una figlia piccola?

No, non lo sapeva. Chi gliel'avrebbe dovuto raccontare? Nessuno dei suoi pochi amici rimasti a Palermo s'azzardava mai a toccare l'argomento. Non lo sapeva e manco lo voleva sapere. Ma ormai Federico aveva preso la calata.

– Dice che lui la tradiva. Ma ti pare una cosa possibile? Con la vita incasinata che ha, il pericolo sempre dietro l'angolo, votato al lavoro com'è... si mette a tradire sua moglie? Io ho i miei dubbi. Ce lo raccontò Costanza, qualche settimana fa. Lo sai che lei e Nicoletta Malfitano sono amiche, no?

Se lo ricordava, eccome, che erano amiche. Era stata il suo punto di forza, quell'amicizia. Sapere che c'era una bella ragazza innamorata persa di Paolo, in agguato e pronta a consolarlo al momento opportuno, le aveva reso tutto piú facile. Era bastato violentarsi, ferirlo con il suo abbandono improvviso, mentire a tutti, perfino a sé stessa, e scappare. Lontano. Cosí tutto sarebbe andato nel modo piú giusto.

Ma ci sono realtà, nella vita di ognuno, di cui solo a posteriori è dato valutare l'importanza. Spesso le cose non sono come sembrano, mai dimenticare questa regola basilare.

E certe scelte possono rivelarsi delle solenni minchiate, anche se sul momento ti erano sembrate inevitabili, se non addirittura salvifiche.

Anche questa era una regola basilare, ma a suo tempo, forse, doveva esserle sfuggita.

Il notaio Nicola Renna aveva preso il posto che era stato di suo padre Arturo, di anni novantuno. Alto, allampanato, capelli grigi folti e occhiali alla Oliviero Toscani, rossi. Li accolse con una trentina di starnuti di fila. – Un'allergia potentissima, – spiegò, tirando su col naso e scusandosi. Addirittura non sentiva piú gli odori.

L'ufficio del notaio era un capolavoro hi-tech degno dello spazio espositivo del MoMA di New York. Una versione svuotata e passata dalla mano di qualche interior designer di grido della stanza attigua, dove il notaio senior Arturo Renna ricevette il vicequestore Guarrasi e l'ispettore capo Spanò.

A Vanina, neanche a dirlo, il confronto parve impietoso. Lo studio del vecchio era un insieme armonico di mobili antichi, poltrone di cuoio, arazzi, tappeti e due librerie tracimanti, che davano all'ambiente un calore e un'aria vissuta fuori dalla portata di qualunque arredatore del terzo millennio.

Come persona, invece, il padre e il figlio le fecero l'effetto esattamente opposto. Tanto cordiale era Nicola Renna quanto altero era il padre. Corpulento, media statura, mascella volitiva. La brutta copia di Marlon Brando versione *Padrino*. Se il post-it di Marta non avesse specificato l'età, Vanina gli avrebbe dato dieci anni di meno.

Che oltre alla buona salute il vecchio notaio conservasse ancora un cervello perfettamente funzionante, l'aveva appreso Spanò con una telefonata a suo padre. Un racconto di un quarto d'ora circa, che gli aveva affumicato ancora di piú le idee, ma che gli aveva fornito le risposte utili. Sí: il notaio Renna era ancora fresco e pimpante. E sí: conosceva bene don Gaetano Burrano.

Dopo aver accennato una sorta di baciamano e averla esaminata da capo a piedi con l'accuratezza di un body scanner, Arturo Renna spostò l'attenzione su Spanò, e gli rivolse la domanda destinata al capo della brigata: – A cosa debbo questa visita, vicequestore?

L'ispettore buttò l'occhio in direzione di Vanina, che fissava il vecchio, sardonica. Davanti a errori di questo tipo, era raro che il vicequestore lasciasse correre, e se succedeva era solo perché il malcapitato le ispirava benevolenza. E non era quello il caso.

Nicola Renna si schiarí la voce, imbarazzato, tirando su col naso come un disperato.

– Papà, non è lui il...

– Notaio Renna, ho bisogno di farle alcune domande, – intervenne Vanina, imperturbabile davanti alla faccia sorpresa dell'uomo.

L'ispettore capo sospirò, sollevato. Per com'era presa la faccenda, la Guarrasi era capace di partire in quarta, e poi chi la fermava piú. Ma quel tono intenzionalmente moderato, nel quale l'ispettore riconosceva ben occultato un sibilo tra i denti, significava che non erano lí per una semplice acquisizione di elementi, ma per chiarirsi le idee su qualcosa. E lui non aveva ancora afferrato cosa.

Vanina aveva passato metà della notte sul vecchio fascicolo Burrano. Appena arrivata in ufficio, con il cappuccino ancora intonso in mano e senza aver salutato nessuno, aveva fatto due telefonate: la prima a Masino Di

Stefano, la seconda ad Alfonsina Fresta. Aveva acquisito informazioni utili ai fini di quel colloquio.

– Un cliente morto ammazzato non è cosa che capita ogni giorno, – rispose il notaio.

Per quello che poteva ricordare, dal suo punto di vista le cose erano state piú che semplici. Niente figli, divisione dei beni di famiglia col fratello già definita dal padre. Unica erede la moglie.

– Come mai state indagando di nuovo su un caso risolto da tempo? – le chiese. Se per un morto vecchio di mezzo secolo si stava scomodando un vicequestore della Polizia di Stato, la faccenda doveva essere seria.

Vanina eluse il quesito con un'altra domanda.

– Lei era a conoscenza della relazione tra Gaetano Burrano e una donna di nome Maria Cutò?

Le labbra di Renna si piegarono in un sorriso vago.

– E chi non aveva *relazioni* con Maria Cutò?

– Quindi non le risulta che Gaetano Burrano e la Cutò fossero amanti?

– Non è nelle mie abitudini parlare di certi argomenti in presenza di una signora, ma siccome qui il poliziotto è lei... Immagino sappia che mestiere faceva la signora Cutò. Se Tanino Burrano era il suo amante, allora io ero... vabbe', non scendiamo nei dettagli.

Eccolo lí: il grande maschio siciliano. *Le physique du rôle* per una bella divisa nera da federale. Riusciva a immaginarlo, tutto tronfio, che saliva le scale del Valentino.

– Meglio, vuol dire che può esserci d'aiuto. Essendo lei un cliente cosí affezionato, presumo che fosse anche il notaio della Cutò. Oppure preferiva tenere la sua professione lontana dalle stanze da letto del Valentino?

All'orecchio di Spanò, il sibilo stava virando verso il ruggito.

Il notaio tacque, spiazzato dall'assenza di mezze parole e dal tono secco del vicequestore. Renna junior si schiarí la voce un paio di volte, saettando il padre con occhiate incerte. Ma il vecchio non ci badò.

– Forse. Non ricordo, – rispose. – Posso chiederle perché la sezione Omicidi della squadra Mobile s'interessa cosí tanto a un'ex prostituta, che a Catania non si vede in giro da... non lo so, cinquant'anni?

– Perché è stata ritrovata appena qualche giorno fa, a villa Burrano. Morta. O meglio: mummificata. Sí, notaio, in effetti da circa cinquant'anni. Cinquantasette, azzarderei.

Il notaio stavolta accusò il colpo. La guardò in silenzio, ma con lo sgomento dipinto in viso.

– Il cadavere del montacarichi, certo! C'è un articolo su «Repubblica» di oggi, – esclamò Nicola Renna.

Scomparve nella stanza hi-tech, mentre Vanina interrogava con un'occhiata Spanò. L'ispettore allargò le braccia, desolato. Nel suo bar abituale «la Repubblica» non era contemplato tra i comfort. «La Gazzetta Siciliana» bastava e avanzava.

Renna junior tornò indietro con un quotidiano spaginato in mano.

Vanina e Spanò si scambiarono una seconda occhiata.

Renna senior parve aver realizzato d'un tratto che si stava parlando di un omicidio, e che lui era uno dei pochi superstiti ad aver conosciuto la vittima. Sí, ripensandoci forse un atto l'aveva stipulato, la Cutò. Bisognava andare a vedere nell'archivio notarile, però. Spanò si prese l'appunto. Che fosse diventata un'amante di Burrano? Poteva essere. Ne aveva avute tante, Tanino. E in fondo, dopo la chiusura delle case di tolleranza, di Madame Luna nessuno aveva avuto piú notizie. Una maîtresse era, ormai. E non era tipo da andare per strada o in situazioni troppo equivoche, come altre invece avevano fatto. – Per la gloria della Merlin, – aggiunse, recuperando il ghigno.

– Ricorda se Burrano le aveva mai accennato alle sue ultime volontà? Un testamento che aveva intenzione di redigere? – chiese il vicequestore.

– Non lo ricordo. Ma non mi pare. Troppo giovane era. Ripeto: morí senza testamento.

– Un'ultima domanda, notaio Renna, – fece Vanina, in piedi e già sul punto di congedarsi.

Spanò drizzò l'orecchio: ecco, quello era il momento tipico in cui il vicequestore sparava per direttissima la domanda che s'era tenuta da parte durante tutto il colloquio, la piú importante.

– La sua amicizia con Burrano era di lunga data, oppure derivava dai rapporti professionali?

Il vecchio serrò le mani dietro la schiena, impettito.

– Né l'uno né l'altro. La mia famiglia era molto amica dei Regalbuto, la famiglia di Teresa.

– Ah, ecco, – assentí Vanina, come se la notizia le giungesse inaspettata. – Perciò fu lei ad assistere la signora quando il progetto dell'acquedotto andò in porto?

Il vecchio la fissò, tradendo un attimo d'incertezza.

– Che c'entra questo con Madame Luna?

– Mah. Probabilmente nulla. Curiosità. È una grande risorsa alle volte, lo sa, notaio? Ho risolto piú casi seguendo la mia curiosità che attenendomi alle informazioni ufficiali –. Lo osservò, in attesa della risposta.

– Sí, naturalmente. La seguii io, Teresa. Una donna sola e inesperta, sarebbe stata una preda facile per gente senza scrupoli. E quel progetto una vittima l'aveva già mietuta.

– Una vittima del progetto, certo. Bene, notaio, spero di non doverla piú disturbare, – lo salutò, col sorriso smagliante che riservava alla gente che sapeva di rivedere.

Vanina strinse la mano attorno alla fiamma dell'accendino, schivando una folata di vento, e si accese una sigaretta. Gli occhi stretti, per evitare quella sabbia nera che finalmente pareva aver smesso di cadere ma che nessuno si era ancora preso la briga di spazzare dalle strade.

Via Umberto era nel pieno del bailamme tardo-mattutino. Macchine in fila, scooter che sgusciavano da tutte le parti, pedoni timorosi – le strisce pedonali non hanno mai garantito l'incolumità. I marciapiedi sempre piú brulicanti via via che ci si avvicinava all'incrocio con via Etnea. E poi sovrano, al top delle zone di massimo caos, l'ingresso di via Corridoni al mercato cittadino: *'a Fera 'o Luni*.

Il silenzio di Spanò era piú eloquente di una domanda diretta.

– Avanti, ispettore, sia sincero. Mi dica che c'è.

– La verità? A parte che il vecchio ha una faccia che viene voglia di stampargliela su un muro, di tutta 'sta conversazione ci capii picca e nenti. Ora, sempre a essere sinceri, capo, non è che questo non capita mai quando uno va in giro con lei. Però, visto e considerato che pure io sto raccogliendo informazioni...

– E anche lei ha ragione, Spanò. Venga, andiamo a prenderci un caffè e facciamo il punto.

Senza nessuna incertezza, puntarono dritto verso l'angolo, svoltarono su via Etnea e si fiondarono sul primo tavolino libero. I caffè diventarono due granite di mandorla macchiate al caffè con relativa brioche calda cui, come l'ispettore insegnava, non ci si poteva sottrarre, perché come la facevano lí non la facevano da nessuna parte.

– Badi bene, Spanò, che quello che sto per dirle non ha nessuna base concreta. Sono elucubrazioni. Mie. Idee che mi vennero in testa stanotte, mentre spulciavo per bene il fascicolo Burrano. Il notaio Renna compare piú volte tra i testimoni, in particolare proprio quando si parla del famigerato acquedotto. A testimoniare che Burrano era in rotta con Di Stefano, e che non aveva nessuna intenzione di mettersi in affari con la sua famiglia, furono in particolare tre persone: Teresa Regalbuto vedova Burrano, Vincenzo Burrano, che credo fosse il padre di Alfio Burrano, e Arturo Renna. Con quello che racconta Alfonsina Fresta c'è una discordanza assoluta. Solo la versione di Di Stefano coincide in molti punti con la sua. Perciò: o Di Stefano e la Fresta sono appattati, il che mi pare come minimo strano dato che se cosí fosse almeno la macchina sarebbe saltata fuori subito, oppure a mentire erano quei tre. E che Renna fosse molto amico della signora Burrano me l'ha confermato Di Stefano stamattina.

L'ispettore era rimasto col cucchiaino in una mano e il tuppo della brioche nell'altra.

– E perché la vedova, il fratello e l'amico avrebbero dovuto mentire, scusi?

– Eh, perché, Spanò? Per coprire l'assassino, per esempio.

– Ma no, dottoressa... Poi, perché mai avrebbero dovuto farlo fuori, a Burrano? Quello finanziava a tutti e tre. Manco il fatto che se ne stava andando con la Cutò avrebbe cambiato la vita a nessuno di loro.

– Dimentica il testamento.

– Che però era ancora là, bello imbustato, perciò nessuno ne sapeva niente.

Il ragionamento di Spanò filava, forse piú di quello che si stava ingarbugliando nella mente di Vanina. Tanto piú che Alfonsina le aveva confermato che nessuno era mai venuto a reclamare la macchina di Burrano. Però lei una strana sensazione nei confronti di Renna continuava ad averla.

– Invece le informazioni che le avevo chiesto sull'acquedotto?

– Piú tardi ce le avrò tutte, e anche qualcuna in piú. Stia tranquilla, dottoressa, – assicurò l'ispettore, lanciandosi sulla granita con in mano un pezzo di brioche pronto a essere inzuppato.

Vanina sorrise divertita di fronte a quel gesto, inconfondibilmente targato Catania.

Che poi, a essere precisi, Giuli le aveva raccontato che il catanese vero, quello purosangue, la zuppetta non la faceva neppure con la brioche. La faceva col pane. La mafalda, possibilmente calda.

Appena addentò il tuppo, soffice e croccante di zucchero granellato, odoroso di burro al punto giusto e senza aromi fasulli, dovette ammettere che una brioche cosí buona in vita sua l'aveva mangiata poche volte. Anzi, per l'esattezza una sola volta: a Noto, in un famoso caffè dove l'aveva portata Adriano Calí.

Mentre l'ispettore ripuliva il fondo del bicchiere, Vanina aprí la versione digitale del quotidiano che aveva tirato fuori Nicola Renna. In entrambe trionfava la fotografia del muretto abbattuto davanti al garage della Cutò, oltre a una serie di voli pindarici sul caso. Un paio di riferimenti all'omicidio Burrano, con cui questo «nuovo mistero» non poteva non avere un nesso, comparivano nella parte centrale dell'articolo, seguiti da allusioni che tiravano in ballo gli Zinna, con espressioni come «uomo d'onore», «esecuzione mafiosa» e via dicendo. Dulcis in fundo, entrambi i cronisti concludevano soprannominando il cadavere «la sciantosa», come si diceva fosse stata battezzata dagli stessi poliziotti della Mobile.

– Un'altra cosa, ispettore: possiamo sapere chi è questo deficiente che fa la vuccazza larga coi giornalisti riferendo tutte le nostre indagini? No, perché a meno che Macchia non sia diventato pazzo e non abbia deciso di sprecare il poco tempo che ha rivelando alla stampa le indagini, cosa che mi pare come minimo improbabile, il riferimento alla «sciantosa» mi fa pensare che la testa di cazzo di turno sia qualcuno a lui vicino.

Spanò assentí, rassegnato.

– Piú che vicino, direi... prono, – precisò.

Vanina non ebbe bisogno di rifletterci neppure un minuto.

– Ma sempre lui, è. Pure amicizie tra i giornalisti, ha?

– Amicizie poi... Una, amicizia. Femminile. Però nel giornale di Palermo. Per quello di Catania invece non ne ho idea. Ma mi pare che quelli dopo l'articolo iniziale non abbiano piú scritto niente. E niente scriveranno, finché non gli daremo la versione ufficiale, e sempre che non pesti i piedi a nessuno... – concluse, sarcastico.

– Spanò, giuro che se 'sto cretino non si dà una regolata, raccomandato o no, un giorno o l'altro si ritrova a mangiare polvere all'archivio della questura.

Il commissario in pensione Biagio Patanè aveva passato una notte agitata. Che riguardo a quella storia le cose non gli quadravano lo sapeva da piú di cinquant'anni, e a quel pensiero ormai ci aveva fatto l'abitudine. Stavolta però si trattava di qualcosa di nuovo. Qualcosa che doveva averlo colpito, anche se non abbastanza da imprimersi nella sua mente. E finché non fosse venuto a capo di quel dilemma, di prendere sonno non sarebbe stata cosa.

Per il cruccio di Angelina, che l'aveva sentito rigirarsi nel letto e lo guardava preoccupata come se dovesse vederlo crollare da un momento all'altro, le occhiaie come due solchi ma gli occhi luccicanti per la sospirata intuizione, alle dieci e mezzo si era andato a piazzare nell'ufficio del vicequestore Guarrasi. Giusto giusto pochi minuti dopo che lei e Spanò erano usciti.

Ci aveva pensato l'ispettore Bonazzoli, quella venere bionda – un poco troppo magrolina per i suoi gusti ma dalla bellezza inopinabile – a farlo accomodare. Addirittura il dirigente della Mobile in persona, un titano barbuto dall'aria autorevole, si era mosso dal suo ufficio e gli aveva dedicato dieci minuti del suo tempo. Aveva perfino acconsentito a fargli ficcare il naso tra le carte di quel caso, che aveva definito «della sciantosa».

Una volta recuperato il foglio che stava cercando, il commissario ci aveva messo un attimo a confermare l'origine della sua insonnia. Sollevato, aveva deciso che però ne avrebbe parlato solo con la Guarrasi. Aveva scartato due cioccolatini e s'era messo comodo ad aspettarla.

Vanina lo trovò lí, assorto nella lettura del codice di procedura penale, che aveva estratto dalla libreria.

– Ogni tanto fa bene ripassarselo, – disse Patanè, vedendola sorpresa.

Marta le riferí con accuratezza tutte le richieste del commissario che, col permesso del dottor Macchia, aveva preso visione di piú di un documento.

– Ma perché 'sta carusa dev'essere accussí rigida... Graziosa assai, non c'è che dire, ma pare 'na timpa di sale! – commentò il commissario, appena la Bonazzoli se ne fu andata.

A Vanina venne da ridere.

Patanè arrivò subito al punto.

– Dottoressa, stanotte non mi poteva sonno. C'era qualche cosa che mi ronzava per la testa e continuavo a non afferrare cosa. Perciò sono venuto ad arriminare tra le sue carte. Anzi, ringrazi da parte mia il suo dirigente, che fu gentilissimo e mi fece cercare quello che m'interessava. Meno male che c'era lui, perché l'ispettrice non m'avrebbe fatto mettere mano da nessuna parte!

E meno male che lei era già passata dall'ufficio e aveva avuto il tempo di riporre il fascicolo vecchio. Il pensiero di Macchia che ravanava tra le sue carte col commissario Patanè, con la sorpresa di non trovare quello che doveva essere lí, non le piaceva per niente. Certe disinvolture che lei si permetteva, tipo portarsi a casa documenti importanti, non riscuotevano l'approvazione del Grande Capo.

– Perciò? Che trovò, commissario? – l'incalzò.

– Guardi questa lettera, il testamento. È piena di sbavature d'inchiostro e d'imprecisioni. Perfino qualche cancellatura c'è. Ecco, vede qua? – gliela mostrò.

Vanina esaminò il foglio con maggior attenzione.

– Ai tempi computer non ce n'erano, – continuò Patanè. – Le lettere si scrivevano a macchina, o a mano, e si ricopiavano sempre in bella copia. Sempre. Mi capisce, dottoressa Guarrasi? Specialmente poi uno scritto di quest'importanza.

– Perciò lei pensa che quella che abbiamo trovato noi sia la brutta copia, e che la bella fosse stata già consegnata, – concluse Vanina.

– 'Sto fatto che Burrano doveva spedire la lettera da Napoli non mi persuadeva per niente, dall'inizio. Però lo sa com'è: sono idee…

– Lo so, com'è. Sensazioni, vaghe, che uno non sa spiegare. Ma quante volte ci azzeccano, però, eh commissario?

Patanè annuí con convinzione.

– Sono stata a parlare con il notaio Renna.

Il commissario esibí un sorriso quasi gioioso.

– Lo sapevo che ci sarebbe arrivata subito pure lei! – disse, col volto dipinto di soddisfazione. Manco si trattasse di una sua allieva, e non di un funzionario commissario di pubblica sicurezza con cui fino a qualche giorno prima non aveva mai scambiato una sola parola. Per giunta con una carriera tale che veniva spontaneo chiedersi perché mai una come lei sprecasse il suo tempo appresso a un caso cosí assurdo, invece di riconsegnare le sue capacità investigative al servizio della cattura dei criminali. Quelli veri. Quelli di cui proprio lei aveva riempito le carceri per anni, senza fare sconti a nessuno. Patanè aveva seguito le sue indagini sui giornali, e se le ricordava tutte. Compresa quella in cui l'allora commissario capo Guarrasi aveva sbattuto al 41 bis, in mezzo a una decina di uomini d'onore della peggior specie, il mandante dell'omicidio di suo padre. L'aveva ammirata.

E ora era lí, a disquisire con lei di un suo caso di quasi sessant'anni prima.

– Ho sguinzagliato Spanò. Ha detto che doveva parlare con una sua zia, che faceva la *pettinatrice*. 'Sti termini arcaici solo lui li conosce.

– Maricchia Spanò! Ancora vive? – chiese il commissario unendo le mani, festoso.

– Se è lei la zia pettinatrice presumo di sí.

Era contento, Patanè. Come non capirlo? Per una persona della sua età, scoprire che qualcuno piú anziano di lui è ancora vivo e vegeto, tanto da fornire addirittura informazioni alla polizia, doveva essere un pensiero confortante.

– Se conserva la memoria fina per la quale era famosa, Maricchia sí che ci può essere d'aiuto. Quella, con la scusa della pettinata, si girava le case di mezza Catania. Una cuttigghiara di prima categoria. Col suo piglia e porta ha ingarbugliato matasse che lei manco può immaginare, dottoressa.

Patanè si alzò in piedi, risoluto. Pimpante come un novellino alle prese con la sua prima indagine importante.

– Ora, se lei permette, io andrei a chiedere un paio d'informazioni al mio amico Iero, il maresciallo. Lavorava alla Buoncostume, gliel'avevo già detto?

– Sí –. Varie volte, sarebbe stato piú esatto. Esatto ma scortese, e Patanè non meritava il suo scherno.

– Magari ci può tornare utile sapere chi era che reggeva le fila del Valentino. Non so se mi sono spiegato...

– Come no. Luna era solo una maîtresse. Dietro il Valentino doveva pur esserci qualcuno, un tenutario. Dico bene?

– Iero 'ste cose se le ricorda sicuro, – confermò il commissario, infilando la porta con un cenno di saluto.

Vanina lo tenne d'occhio fino alla fine del corridoio.

Il maresciallo Iero, pensò rientrando nella sua stanza e avvicinandosi al balconcino, la sigaretta in mano. Spanò aveva detto che era piú anziano di Patanè, perciò come minimo doveva avere novant'anni. Un altro valido elemento pronto a unirsi alla truppa dei vecchietti disposti a collaborare. O costretti a farlo.

Dalla casa della zia Maricchia, Carmelo Spanò usciva sempre con un paio di chili in piú, e carico come un mulo di dolciumi di ogni genere.

La signorina, che malgrado l'età con le mani in mano non ci sapeva stare, da alcuni anni si era reinventata pasticciera. Ma non di torte qualunque, ben inteso. Solo ricette antiche, solo siciliane e preparate alla sua maniera. E dal momento che certi dolci tradizionali, da qualche tempo tornati in auge, all'atto pratico erano in pochi a saperli realizzare come si deve, un po' alla volta Maricchia Spanò a Catania era diventata un *must*. La sua attività un vero business, gravato di una mole di lavoro che avrebbe steso chiunque, e cui l'ultraottantenne signorina riusciva a stare dietro senza perdere un colpo. Certo, ora sotto di lei c'erano due lavoranti, piú una ragioniera che le teneva i conti in ordine – perché la zia Maricchia scuola ne aveva fatta poca. Tutte donne, e tutte giovani ed energiche. Ma la testa pensante, che decideva ogni cosa, fino all'ultimo granello di zucchero dell'ultima cassatella, era sempre lei.

Dato il periodo, a Carmelo e al suo collega Fragapane quel pomeriggio erano toccate la mostata, un dolce fatto con il mosto, e una quantità industriale di cotognata, la marmellata di mele cotogne.

Quel carico glicemico, di cui avrebbe volentieri fatto a meno, aveva fruttato all'ispettore Spanò l'equivalente del suo peso in notizie, pettegolezzi e indiscrezioni, di cui preferiva non conoscere l'origine, ma sulla veridicità dei quali sapeva di poter fare affidamento.

Cosí Gaetano Burrano era stato definito «uno che arriminava, macari nell'acqua lorda certe volte». Sua moglie Teresa, nata Regalbuto «'na jatta morta, scansàtini piffavúri!», a rimarcare una profonda disistima, che Maricchia aveva poi giustificato con una serie di rivelazioni.

Ora, che la Guarrasi avesse già subodorato qualcosa era fuori discussione. Però la conversazione col notaio, quella tanticchia di acredine che traspariva piú dall'espressione del vicequestore che dalle sue parole, in fondo misurate... Insomma, qualche sentore doveva averlo avuto.

Fragapane, invece, ci aveva capito poco e niente. L'unica cosa che sapeva per certo era che quel caso si andava complicando ogni giorno di piú, e secondo il suo punto di vista questo non era un bene. No, non era un bene per niente.

– 'Mpare, ma quello che volevamo sapere almeno l'abbiamo saputo? – domandò, una volta raggiunta l'auto di servizio, ferma da due ore in via Principe Nicola.

L'ispettore capo Spanò agitò la mano destra, come per dire «non hai idea quanto». Incredibilmente chiese al vicesovrintendente di guidare l'auto di servizio. Sarebbero arrivati qualche minuto dopo, ma almeno lui avrebbe avuto modo di parlare al telefono con la Guarrasi. Se era vero com'era vero che la zia Maricchia non sbagliava un colpo, meglio sfruttare al massimo il fattore tempo ed evitare che troppe notizie iniziassero a circolare tra i protagonisti dell'indagine.

E dire che solo qualche giorno prima lui stesso aveva giudicato eccessivo il fervore che il vicequestore stava dedicando a quel caso, vecchio e fumoso. Ora invece era lí a preoccuparsi che qualcuno potesse batterli sul tempo. Ma si stava delineando un quadro che cambiava l'intera prospettiva.

Quel caso grondava ingiustizie da tutti i lati. E se c'era una cosa che Carmelo Spanò non tollerava, in nessuna forma, era proprio l'ingiustizia.

Fece il numero della Guarrasi e si mise in attesa, buttando un occhio a Fragapane. In silenzio, l'aria offesa per non essere stato coinvolto in modo piú consapevole, il vicesovrintendente aveva appena lasciato via Principe Nicola e si stava immettendo a dieci all'ora in via Giacomo Leopardi, sollevando un coro di clacson che manco una carrozza in tangenziale.

– 'Mpare, appena finisco col capo ti conto tutto, per filo e per segno, – gli assicurò Spanò.

Quando chiuse la telefonata, la faccia sbalordita del compare dichiarava da sola che non c'era piú bisogno di raccontargli nulla.

Il sovrintendente Nunnari infilò la porta dell'ufficio che divideva con Bonazzoli e Lo Faro, spalancandola proprio mentre il vicequestore Guarrasi stava per varcarne la soglia.

– Nunnari, ecchemminchia! Abbiamo sfiorato la collisione.

– Mi scusi, capo! Da lei stavo venendo, – ansimò quello, piú per la vergogna di aver quasi travolto il suo superiore – questo nei film americani non succedeva – che per la fatica di aver affrontato di corsa i cinque metri che lo dividevano da quella porta.

– Fammi indovinare: trovasti l'assassino della donna mummificata e stavi andando a recuperarlo in qualche casa di riposo? O magari ai Tre Cancelli a portargli qualche crisantemo? – scherzò lei.

Il sovrintendente s'impappinò.

– L'assassino della donna… Ma va', dottoressa, che ha voglia di scherzare? No, è che chiamarono quelli della Scientifica per comunicare che le cose rinvenute nel portabagagli della Flaminia sono state tutte repertate, e che se vogliamo sono a nostra disposizione. Il rapporto è arrivato ora ora.

– Ottimo. Guardatelo bene. Da loro invece mandaci Fragapane, e digli di farsi due chiacchiere aggiuntive con il suo amico, che mi pare uno sveglio e magari può tornare utile. A proposito, Fragapane dov'è?

– Con l'ispettore Spanò, ovviamente.

– Ovviamente. Chiamalo e digli di accompagnare qui Spanò e poi passare alla Scientifica, prima di rientrare in ufficio. Marta?

L'ispettore alzò gli occhi dal cellulare, con l'aria spersa.

– Sí?

– È interessante?

Aria sempre piú spersa.

– No, dico la chat, – chiarí Vanina.

– Ma no, che chat… Stavo rispondendo al messaggio di un amico… cioè, di un'amica.

– Ah, amica. Peccato. Sempre chat è, comunque. Però, Marta mia, devi darti da fare. Bella come sei, non se ne può piú di vederti sempre sola. Dico bene, Nunnari?

Il sovrintendente assentí appena, preso in contropiede dalla domanda diretta.

Marta Bonazzoli era arrivata alla Mobile di Catania da un anno, due mesi, quattro giorni e all'incirca tre ore. E da un anno, due mesi, quattro giorni e all'incirca due ore e quarantacinque minuti, il pingue sovrintendente Nunnari dedicava alla collega piú di un pensiero al giorno. Con la quieta rassegnazione di chi sa di non avere chance.

– Dice benissimo, dottoressa, – intervenne Lo Faro, dal fondo della stanza, dov'era relegata la sua scrivania sempre ingombra delle carte piú inutili.

Vanina non si girò neppure. Il solo vedere quel deficiente dondolarsi sulle due gambe posteriori della sedia masticando chewing gum, manco fosse in un'aula scolastica, sarebbe bastato a tirarle fuori gli insulti peggiori che la lingua italiana, anzi meglio siciliana, contemplava.

– Attenzione a come rispondi, Marta. Che se parli assai in presenza di questo qua, capace che sul giornale di domani esce un articolo sulla poliziotta bionda in forza alla sezione Reati contro la persona della Mobile di Catania. Che ci farà la bella settentrionale Marta Bonazzoli in una città come Catania? Cosa l'avrà spinta a trasferirsi al Sud? Alla fine è quello che ci chiediamo tutti, giusto, Lo Faro?

Due sguardi interrogativi e uno gelido si posarono sull'agente Lo Faro, confuso. Sedia in bilico, occhi sbarrati, gomma stretta tra i denti e faccia colpevole senza opzione di beneficio del dubbio.

– Perché… dice cosí? – rispose, incerto.

Vanina lo fissò a lungo, in silenzio.

– Riflettici, Lo Faro. Vedrai che ti risponderai da solo. Poi piú tardi, quando io e Bonazzoli saremo rientrate, da una destinazione che tu non saprai mai, e tutta la gente che lavora sul serio qui dentro avrà finito, ne riparliamo. Stasera.

Marta non chiese nulla. In silenzio seguí il vicequestore lungo le scale, fino al portone.

– Andiamo a piedi, – disse Vanina, girando in direzione di via Vittorio Emanuele.

– Scusami, capo, ma dove stiamo andando? – osò Marta.

– A trovare la vecchia. La Burrano.

Marta controllò l'orologio.

– A quest'ora? – fece, perplessa.

Da un anno non facevano che ripeterle che in Sicilia non si telefona, né si fa visita alla gente prima di un certo orario. Erano appena le quattro e mezzo.

– Sí, a quest'ora.

– E la signora non starà riposando?

– Se sta riposando si sveglierà.

La Bonazzoli non obiettò. Doveva esserci un motivo. Però quest'abitudine del vicequestore Guarrasi di andare a trovare a domicilio la gente che voleva sentire, invece di convocarla in ufficio, non riusciva a capirla. La signora Burrano, per esempio, aveva sí un'età, ma non era mica invalida.

Non le era ben chiaro se lo facesse per una sorta di riguardo verso alcune persone, che tuttavia non le sembrava da lei, oppure per giocare sul fattore sorpresa. Nel caso specifico, Marta propendeva nettamente per la seconda ipotesi.

La calma del vulcano, temporanea quanto surreale, pareva aver aperto il varco al primo venticello fresco della stagione. Il sole se n'era andato e nubi temporalesche ingrigivano il cielo. Un piccolo accenno d'autunno, secondo le previsioni destinato a durare poco.

Vanina si abbottonò la giacca di pelle e avvolse meglio

la sciarpa. Due dei pochi pezzi che componevano il suo nuovo guardaroba autunnale. Pochi ma selezionati. Minimali, quasi maschili ma mai fino in fondo, gradazioni di colore dal nero al grigio chiaro con qualche punta di mastice, tanto per variare un po'. Niente firme evidenti, o riconoscibili dai piú. Niente classicismi, niente accoppiamenti di colore troppo studiati, qualche strappo nei punti giusti, effetto usato ma non per davvero. Roba da intenditori, insomma. Il genere che costava un occhio della testa e però non lo urlava in faccia alla gente. Solo chi sapeva poteva capire, e non erano in molti.

Era il suo unico vizio, se cosí lo si poteva chiamare, e le costava uno stipendio intero a stagione.

Sperò che almeno per una volta le previsioni meteorologiche non avessero sbagliato nell'annunciare un'ondata di alta pressione per il weekend. Se tutto andava bene, se il caso non si complicava tanto da richiedere lo straordinario e se non si aggiungevano nuovi ammazzati, quel fine settimana si sarebbe concessa due giorni di pace a Noto, nel buen retiro di Adriano e Luca.

Vanina e Marta svoltarono per via Etnea. Lasciarono sulla sinistra l'elefante di piazza Duomo, *'u Liotru*, con la sua colonna piantata sul dorso e gli attributi virili in bella mostra, e proseguirono verso piazza Università. Non fosse stato per la pietra grigia con cui erano edificati, la bellezza di quei palazzi si sarebbe potuta definire abbagliante. Alcuni ristrutturati e ripuliti, altri no, ma non per questo meno pregevoli.

Ammettere di apprezzare Catania per un palermitano non era cosa facile. Ma confessarlo a sé stessa era servito a Vanina per fugare del tutto il senso di provvisorietà che l'aveva perseguitata per mesi.

Mioara, la ragazza rumena al servizio di Teresa Burrano, accolse le due poliziotte con un'espressione perplessa. Sí, la signora era in casa. No, non stava riposando. Era nel salotto piccolo con «la sua amica signora Clelia».

Scomparve per annunciarle alla signora, poi le scortò fino al salotto.

Teresa Burrano alzò gli occhi da una scacchiera popolata di torri, cavalli, pedoni e tutto il repertorio di pezzi.

– Dottoressa Guarrasi, a che debbo questa sorpresa?

– Se ricorda bene, signora Burrano, sto conducendo un'indagine per un omicidio avvenuto in casa sua.

– Quella villa non è mai stata casa mia, – puntualizzò, invitando il vicequestore e l'ispettore a sedersi attorno al tavolino.

La Santadriano si fece da parte e uscí dalla stanza.

A Vanina fu chiaro che la donna risiedeva in quella casa. La faccenda la incuriosiva, ma per il momento aveva altro cui pensare.

Nel sentire il nome e il cognome con cui era stata identificata la donna ritrovata a villa Burrano, la vecchia signora non fece una piega. Da suo marito c'era da aspettarsi questo e altro. Quanto al ritrovamento della Flaminia, non nascose di averlo già appreso dai giornali.

– Lei era a conoscenza del fatto che suo marito stava per lasciare la città per un lungo periodo, in compagnia della signora in questione? – chiese Vanina.

La vecchia fece una smorfia.

– «Signora» poi... No, non ne ero a conoscenza. Ma mi pare assai improbabile che mio marito volesse lasciare la famiglia per una prostituta.

– La famiglia cui si riferisce era costituita solo da lei, se non erro.

– Da me, da suo fratello e da sua madre. Moribonda.

– La Flaminia era carica all'inverosimile di bagagli. Al
suo interno sono stati rinvenuti i documenti di suo marito insieme a quelli della signora Cutò. Questo avvalora
l'ipotesi che stessero per intraprendere un viaggio insieme.

Un tremolio leggero smosse la palpebra sinistra della
Burrano, che però mantenne la sua imperturbabilità.

– Se ne è tanto sicura, non vedo per quale motivo allora lo stia chiedendo a me. Posso solo dirle che, quand'è
cosí, è probabile che l'assassino sia lo stesso. Non le pare?

– Già. Parrebbe proprio di sí.

– Rintracciarlo non è difficile. È ancora vivo, lo sa?
Abita...

– A Zafferana Etnea?

– Dimentico sempre che lei non è una che perde tempo.
Del resto, la sua fama la precede.

– Se conosce cosí bene la mia fama, dovrebbe anche sapere che non accetto mai un'ipotesi formulata da altri se
non dopo averla verificata personalmente. E alla luce di
vari nuovi elementi, emersi grazie al ritrovamento della
macchina, non metterei la mano sul fuoco che il respon-
sabile dell'assassinio di suo marito sia lo stesso che ne ha
scontato la pena.

La signora non batté ciglio. – Perciò?

– Perciò la ricerca sarà laboriosa. Chissà, anche lunga.
Potrebbe rendersi necessaria la revisione del vecchio processo. Sa com'è: oggi disponiamo di mezzi investigativi che
allora non erano neppure nella mente di Dio. E per fortuna
la villa da allora è rimasta disabitata. Qualora succedesse,
avremo bisogno della piú completa collaborazione, sua, di
suo nipote, e di tutti i testimoni ancora in vita.

– Mio nipote... – sbuffò, sprezzante. – Mi dica cosa
vuole sapere –. Allungò la mano sul tavolino d'angolo e

prese in mano un pacchetto di Philip Morris. Con grande difficoltà, per la deformità delle dita, ne estrasse una. Cercò qualcosa intorno.

– Dov'è il mio accendino d'oro? – latrò.

Ne afferrò uno di plastica e riuscí ad accendersi la sigaretta, poi lo gettò sul tappeto quasi schifata.

Un telefono grigio, che doveva riposare su quel tavolino dagli anni Settanta, prese a squillare, ma la signora parve non badarci.

– Suo marito, che lei ricordi, aveva mai dichiarato apertamente di non voler intrecciare affari con la famiglia del Di Stefano? – chiese il vicequestore.

– Non ce n'era bisogno. Macari se è palermitana, lei lo sa chi sono gli Zinna. Mio marito secondo lei poteva volersi mettere in affari con loro?

– E non le venne mai il dubbio che invece suo marito quel famoso contratto per l'acquedotto volesse firmarlo, o meglio ancora, che lo avesse già firmato?

– Questo lo dichiarò Di Stefano, ma era impossibile credergli. Tant'è vero che il famoso contratto non comparve mai. Se mio marito avesse firmato un documento del genere, ne avrebbe conservata una copia in un luogo sicuro. Certamente nel suo ufficio. Invece anche lí non ce n'era traccia. Se vuole perdere tempo a cercarlo però faccia pure.

– Non è piú necessario, signora.

La tracotanza della vecchia signora vacillò.

– Perché?

– Perché l'abbiamo trovato. Come diceva lei, ben custodito.

In quel momento ricomparve Mioara.

– Signora! Cos'ha? – urlò la ragazza, fiondandosi accanto alla sua padrona, che era impallidita.

La Burrano scansò la ragazza con un gesto di stizza e la

cacciò via dalla stanza. Gli occhi stretti come due fessu-
re, il tono alterato.

– Dottoressa Guarrasi, che cosa mi sta venendo a dire? Che mio marito faceva affari con una famiglia mafiosa?
Che il patrimonio della nostra famiglia è stato costruito
con mezzi poco leciti? Che...

Vanina la bloccò con un cenno della mano.

– Signora, questioni del genere non sono piú di competenza mia da parecchio tempo. Il mio unico interesse è capire chi cinquantasette anni fa ha ammazzato Maria Cutò,
e se qualcuno ha pagato con trent'anni di galera un reato
che non ha compiuto. E dal momento che entrambi i delitti sono stati commessi in casa sua, non posso evitarle la
seccatura di rispondere alle mie domande.

– Le consiglio vivamente d'interrogare il signor Di Stefano, allora, invece di perdere tempo con me. Se mio marito aveva firmato davvero quel contratto, probabilmente
l'aveva fatto sotto minaccia. Poi magari se n'era pentito. I
parenti di quel signore sono... Inutile che glielo dica, lei
lo sa meglio di me.

La tesi della colpevolezza di Di Stefano, nell'opinione
della signora Burrano, era immutabile. Aveva argomenti per
smontare qualunque ipotesi che dimostrasse il contrario.
L'amministratore poteva benissimo essere d'accordo con
la prostituta per circuire Gaetano. Perciò poi aveva dovuto
eliminarla, perché poteva essere una testimone scomoda.
Oppure ancora, chi lo sa, suo marito, in un accesso d'ira
nei confronti di quella donnaccia che voleva incastrarlo,
l'aveva uccisa e poi nascosta lí prima di morire lui stesso.
Sí, lei per prima aveva detto che lo riteneva impossibile,
ma... chi può sapere cosa passa nella mente di un uomo
in certe situazioni? E chi fa quel mestiere lí, il rischio di
finire male ce l'ha nel conto dalla prima ora.

– Signora Burrano, mi dispiace doverla deludere, ma la persona in questione condivideva con suo marito piú di un interesse. Tanto per cominciare: avevano una figlia. Per proseguire: combinavano affari insieme da anni, e intendevano espandersi anche su altre città. Non so ancora in che campo, ma le assicuro che lo scoprirò presto. E soprattutto compariva nel testamento olografo che abbiamo ritrovato nella Flaminia, nello stesso portadocumenti che ospitava il famigerato contratto per l'acquedotto firmato da Gaspare Zinna.

– Mio marito morí senza testamento, – sibilò la signora. – E figli non ne aveva. Stia attenta a quello che dice, dottoressa Guarrasi.

Vanina si alzò in piedi. – No, stia attenta lei, signora Regalbuto. Quello che dico io, e sappia che se non ne fossi certa non gliel'avrei mai notificato, è scritto nero su bianco tra le carte di suo marito, che si trovavano nella Flaminia di cui lei denunciò la scomparsa, ed erano insieme ai documenti d'identità suoi e di Maria Cutò. Il tutto repertato e messo agli atti.

– Non esiste nessun testamento, dottoressa Guarrasi, e il notaio Renna glielo potrà confermare, – insisté la donna.

Il telefono del vicequestore prese a vibrare. Era Patanè.

Incerta se rifiutare o no la chiamata, Vanina optò per la prima soluzione. Ma il commissario non demorse e riprovò, piú volte.

Il telefono di Patanè pareva scovato in un deposito di residuati bellici, e la possibilità che lui fosse in grado di inviare o leggere messaggi era assai remota. E giacché tutta quell'insistenza annunciava novità come la sigla di un telegiornale, non le restava che allontanarsi per rispondere.

Non se ne pentí.

L'ultima informazione che Vanina diede alla signora

Burrano, rimasta ad aspettare tutto il tempo col fiato sospeso, fu lapidaria: Gaetano Burrano aveva una vita parallela, ed era su quella che lei aveva intenzione d'indagare.
La lasciò livida.

Alfio Burrano aveva sudato sette camicie per parcheg-
giare in modo decente la sua Range Rover appena uscita
dall'autolavaggio. Se quella camurría di vulcano non si rimetteva a sputare cenere, forse il bianco della carrozzeria
aveva qualche chance di mantenersi intatto.

Dalla sera del ritrovamento del cadavere, per un motivo o per un altro, non gliene andava una giusta. Suo figlio
– con il supporto della madre che piú rompicoglioni non
poteva essere – a stento gli rivolgeva la parola. La vecchia
sfogava su di lui tutti i malumori che la circostanza assurda
le stava causando, in primo luogo quello verso i giornalisti ricamatori di storie. E poi, dulcis in fundo, c'era lei: il
tormento degli ultimi quattro mesi. Colei che per sicurezza preferiva non nominare neppure alla sola presenza di sé
stesso, ma che non riusciva a fare a meno di frequentare.

La zia Teresa l'aveva convocato, per l'ennesima volta.
Con tono piú grave e piú glaciale del solito. Sembrava
voler addossare a lui la colpa dei fastidi degli ultimi giorni. Anzi, con la schiettezza che le veniva fuori in certe
situazioni, per giunta umiliandolo davanti alla sua amica
napoletana, l'aveva accusato di aver contravvenuto a un
suo preciso volere e di aver contribuito cosí, con la sua
smania di preservare la villa, al ritrovamento di quella
disgraziata che chissà chi era e che ci faceva lí. Che ci
mancava solo quello per «funestare» il passato della famiglia Burrano.

In tutta franchezza, ad Alfio del passato della sua famiglia – e di quel ramo della famiglia specialmente – non

gliene poteva fregare di meno. Suo zio Gaetano era uno
stronzo, che si era approfittato della debolezza del fratello per accentrare nelle proprie mani l'intero patrimonio.
E meno male che la giustizia divina ogni tanto si ricordava di farsi viva, dato che alla fine tutto sarebbe finito in
mano a lui. Sopportare quella vecchia stronza era lo scot-
to da pagare.

Il vicequestore Guarrasi gli tagliò la strada proprio davanti al portone. Sigaretta in mano, passo veloce, parlava
concentrata con la poliziotta segaligna già incontrata la
sera del ritrovamento.

Il suo amico avvocato s'era portato la testa con quella
bionda, che invece a lui non diceva niente. Una fotomo-
della, l'aveva definita. Molto meglio il vicequestore, che
sotto quei vestiti di taglio maschile doveva nascondere un
fisico da femmina alfa.

Accelerò il passo e la raggiunse.

Vanina aveva appena raggiunto il marciapiede di via
Etnea insieme a Marta, quando all'improvviso Alfio Burrano le balzò davanti con lo scatto di un centometrista,
avvolto da una scia di profumo da far impallidire il suo
sosia hollywoodiano nella pubblicità di Givenchy Gentle-
man. Attraente, senz'altro, ma in quel momento anche
piuttosto importuno.

Le propose tutte: caffè, granita, gelato, perfino accompagnamento in ufficio col suo potente automezzo. Sempre
col sorriso da orecchio a orecchio e rivolto solo al vicequestore Guarrasi. Invano, ovviamente.

Chiese lumi sulla storia dell'automobile ritrovata nel
garage in via Carcaci, che aveva letto sul giornale. Vanina lo informò sulle novità che aveva appena comunicato
a sua zia Teresa.

– Perciò le cose si stanno complicando, – concluse Burrano, impensierito.

Era evidente che il problema per lui non fosse tanto l'indagine in sé, quanto le conseguenze che essa gli avrebbe causato in termini di quieto vivere. L'idea che quelle «complicazioni» potessero riportare alla luce il caso di suo zio Gaetano non creava ad Alfio Burrano nessun fastidio. Anzi, la faccenda pareva incuriosirlo parecchio.

– Cosa posso fare per aiutarvi? Avete bisogno di documenti, o magari di altre notizie sulla villa? Chiedete pure a me, cosí magari solleviamo mia zia, e facciamo dormire piú tranquilli sia lei che me. Per esempio posso cercare...

– Signor Burrano, facciamo cosí: se avrò bisogno di qualche informazione sarò io a chiamarla. Purtroppo in questo momento sua zia non può essere risparmiata, dato che è una delle pochissime persone in grado di ricordare gli avvenimenti.

In piazza Stesicoro, davanti agli scavi dell'Anfiteatro Romano, Vanina si fermò e gentilmente ma fermamente lo congedò.

– Mamma mia che uomo fastidioso! – commentò Marta, sottovoce, appena quello ebbe girato i tacchi.

– Incutto, direbbe Spanò –. Uno di quei termini dialettali che il vicequestore Guarrasi si sforzava di apprendere, e che annotava in una nota creata apposta nel suo iPhone, e intitolata «Catanesate». Il suo dialetto palermitano era e palermitano sarebbe rimasto, ma la terminologia locale andava studiata, anche a livello puramente nozionistico.

L'ispettore prese a camminare accanto a lei. A un certo punto s'infilò la mano in tasca e tirò fuori un involto.

– Tieni. Fanne quello che credi.

Vanina guardò sbalordita l'accendino di plastica colorata che occhieggiava dal fazzoletto di carta.

– Ora posso chiederti un piacere? – disse Marta. – Posso iniziare a capirci qualcosa anch'io anziché continuare ad appiccicare pezzi del puzzle senza seguire una logica precisa?

C'era sempre un momento dell'indagine in cui l'ispettore Bonazzoli alzava la testa e chiedeva di essere messa al corrente delle teorie che il vicequestore tendeva a condividere solo con Spanò, relegando tutti gli altri al ruolo di manovalanza.

Era un desiderio legittimo, e Marta se lo meritava. Vanina spesso lo dimenticava, ma la ragazza le aveva dimostrato piú di una volta che dietro la sua timidezza, di cui in tutta onestà lei iniziava a dubitare, si nascondeva un intuito sorprendente. E quel pomeriggio l'aveva tirato fuori.

Erano tutti lí, nella stanza del Grande Capo: Vanina di fronte a lui, Marta seduta rigida in pizzo all'altra sedia, e Spanò all'impiedi dietro di loro. Macchia le aveva intercettate sulle scale, anche lui di ritorno proprio in quel momento, tutto contento per la colossale operazione antidroga che la squadra Narcotici aveva portato a termine quella notte, insieme ai colleghi della Criminalità organizzata, con sei arresti e il sequestro di ingenti quantitativi di svariate sostanze.

Vanina aveva avuto appena il tempo di combinare le informazioni di Patanè con quelle raggranellate tra la notte persa sul fascicolo e i vari incontri della giornata. Non era arrivata a parlare con Spanò delle ultimissime, né ad ascoltare l'opinione di Marta.

Macchia se ne stava sprofondato nella sua poltrona oversize, il sigaro spento tra le labbra, una ruga pensosa sulla fronte. Aspettava in silenzio che il vicequestore Guarrasi dipanasse per lui la matassa di elementi che era riuscita a recuperare su quel caso a dir poco romanzesco.

– Maria Cutò e Gaetano Burrano erano legati da tempo. E non parlo dei legami pseudo-sentimentali, o della figlia che avevano insieme. Burrano dirigeva tre case di tolleranza: il Valentino, che gestiva insieme alla Cutò, piú altre due di categoria inferiore. Queste ultime, secondo fonti non ufficiali, pescavano da una rete di ruffiani e di adescatori affiliati alla famiglia Zinna.

– E 'ste cose noi come le sappiamo? – chiese Macchia.

– Il commissario Patanè l'ha saputo dal maresciallo Iero, un suo uomo fidato, che aveva lavorato per anni alla Buoncostume.

– Un suo uomo? Perciò ora quanti anni ha questo?

– Che ne so. Una novantina, piú o meno.

– Vani', ma tu ti rendi conto che stai facendo affidamento sulla memoria di un novantenne?

– A parte il fatto che è la memoria a breve termine quella che manca alla gente anziana, non quella storica. Ma poi, altre possibilità ne ho?

Macchia ci rifletté su un momento. – Effettivamente no. Prosegui.

– Tutto va bene finché la legge Merlin non arriva a sconzargli i piani. Il Valentino, che era cosa sua, viene intestato alla Cutò. Degli altri due bordelli non se ne sa piú niente. Nel '59 la relazione tra i due si è ormai consolidata, e Rita Cutò è rimasta l'unica figlia che Burrano abbia mai avuto. Forse per furbizia della madre, o magari chissà anche per un fatto affettivo, Burrano è legato alla bambina, cui decide di dare un futuro. I due pensano perciò di cambiare città e di mettersi in affari a Napoli. Come, dove e con chi, ovviamente non ci è dato saperlo, ma sappiamo che per fare ciò Burrano è disposto perfino a lasciare Catania per un tempo imprecisato. Prima, però, deve assicurarsi che il suo affare piú grosso, quello dell'acquedotto, vada in porto secondo i suoi piani. Firma il contratto con Gaspare Zinna, lo stesso con cui probabilmente aveva fatto affari per anni sulla prostituzione, e decide di affidare tutto nelle mani del suo uomo di fiducia: Masino Di Stefano. Conserva copia del contratto firmato in una cartella, dove ha inserito anche una lettera-testamento indirizzata al notaio Arturo Renna, aperta e non affrancata, che indica come eredi sia la moglie che la Cutò, e che vincola tutto il patrimonio in modo che alla morte delle due donne passi interamente a Rita. La sera prima di partire muore ammazzato. Maria Cutò sparisce, e ora sappiamo dove. A scontare trentasei anni di galera per l'omicidio chi è? Masino Di Stefano, il solo che non avrebbe avuto alcun vantaggio ad ammazzarlo.

– Come mai Zinna o Di Stefano non avevano in mano una copia del contratto, scusami?

– Con ogni probabilità quella che abbiamo trovato noi era la copia che il cavaliere aveva tenuto per sé. L'altra, quella che doveva essere consegnata all'amministratore, sparí e non si ritrovò piú. Questo avvalorò l'ipotesi che Di Stefano stesse mentendo e costituí un'altra prova contro di lui. L'ennesima.

– Qualcuno ha fatto sparire il contratto, – ipotizzò Spanò.

– E non solo quello, – precisò Vanina, attirando l'attenzione del Grande Capo, che corrugò la fronte. – Mi ci ha fatto pensare Patanè. Quando abbiamo trovato il testamento, abbiamo dato per scontato che fosse una lettera che Burrano non aveva fatto in tempo a spedire. Guardando bene, però, ci si accorge che è piena di cancellature. Troppe per un documento importante come quello. Pare piú una brutta copia di una lettera che con ogni probabilità invece era già stata spedita al notaio Renna, ma di cui

non esiste traccia. E cosí Burrano morí senza testamento,
tutto il patrimonio andò in mano alla moglie, e il progetto
per l'acquedotto trovò una nuova strada.
    Il capo la fissò concentrato, masticando il sigaro.
    – Quale? – chiese.
    – Quella della Idros Srl, il cui amministratore indovina
un po' chi era?
    – Vani', e che giochiamo agli indovinelli?
    – Arturo Renna.
    Macchia si tolse il sigaro dalla bocca e rimase in silen-
zio. Il noir della sciantosa stava per abbandonare l'universo
parallelo e intraprendere la via molesta del mondo reale.
    – E di questo siamo sicuri, oppure è un'altra testimo-
nianza raccolta in qualche reparto di Geriatria?
    Spanò intervenne alzando la mano, con l'aria di uno
scolaro davanti al preside in visita.
    – Sono informazioni sicure, dottore. Di là ho tutte le
carte. Fino alla fine degli anni Ottanta la Idros era ammi-
nistrata da Renna. Dopo subentrò il genero.
    – Altro argomento importante: l'amicizia speciale che
intercorreva tra il notaio Renna e Teresa Burrano. Una
storia di cui, a quanto pare, a Catania si chiacchierava
molto, – aggiunse Vanina.
    – Anche questa proviene da fonte sicura? – chiese Mac-
chia.
    – Sicurissima, dottore, – intervenne Spanò. – Mia zia
Maricchia è meglio di un archivio storico.
    – Dunque secondo te, – sintetizzò Macchia, rivolto a
Vanina, – la signora c'entrerebbe con l'omicidio del marito, e di conseguenza anche con quello della Cutò. Mentre
il notaio Renna, per favorirla, avrebbe fatto scomparire
un testamento. Quindi bisognerebbe rimettere in ballo
anche il vecchio processo.

– È plausibile.
– E Vassalli tutta 'sta storia la sa?
– Non ancora.
Macchia si appoggiò allo schienale e si rimise in bocca il sigaro, sornione.
– Non vedo l'ora di sentire come ti risponderà.

12.

A fine settembre, caldo o freddo che ci sia, Aci Trezza torna in modalità invernale. Niente piú solarium né passerelle, niente lidi aperti, i pontili nel porto turistico in fase di dismissione.

Il catanese tipico, diceva Adriano, chiude la casa al mare già alla fine di agosto, al rientro dalle ferie, e si trasferisce in montagna. Quella stessa montagna che da giorni vomitava fuoco senza sosta.

E invece i primi di settembre spesso c'è il mare migliore di tutta la stagione.

In quel borgo marinaro, davanti ai faraglioni neri, Vanina ci aveva trascorso quasi tutta l'estate. O piú correttamente: gli unici giorni estivi in cui nessuno aveva ammazzato nessuno in territorio catanese.

Era la prima volta, dal ritrovamento del cadavere a villa Burrano, che Vanina si concedeva una pausa pranzo piú lunga del solito. Ma non era un buon segno.

Vassalli la stava tirando per le lunghe già da alcuni giorni. L'aveva ascoltata senza batter ciglio, un paio di volte perfino annuendo, aveva preso atto della sua richiesta di mettere sotto controllo i telefoni della Burrano, e di riaprire un'indagine anche sul processo a Masino Di Stefano. Ma la risposta finale era stata che doveva pensarci su. Si trattava di indagare su una persona incensurata, sulla base di indizi che lasciavano il tempo che trovavano, e di richie-

dere la revisione di un caso risolto da piú cinquant'anni
con tanto di colpevole che aveva scontato una pena.

I giorni erano passati. Le previsioni meteorologiche avevano fallito in pieno, e il fine settimana a Noto era saltato
anche quella volta.

L'unica buona notizia, fino a quel momento, proveniva
dalla Scientifica. Il Dna ricavato dalla spazzola e dal pettine che avevano trovato a villa Burrano, e quello estrapolato dagli oggetti presi dal cassetto del Valentino corrispon-
devano al Dna del cadavere mummificato. Il che confer-
mava in modo definitivo che la vittima era Maria Cutò.
Manenti l'aveva stupita con effetti speciali, per la prima
volta in undici mesi. Da un paio di oggetti poggiati sulla
scrivania di Burrano, che giorni prima lei lo aveva obbli-
gato a esaminare minuziosamente, era riuscito a ricavare
addirittura qualche vaga impronta.

Peccato che da quando Vanina aveva messo a parte il
pm, l'indagine pareva entrata in una fase di stallo assoluto, che di sicuro non le avrebbe giovato.

Maria Giulia De Rosa la colse alle spalle seduta sotto
il gazebo del pontile, mentre fissava l'isola Lachea persa
nei suoi pensieri.

– Secondo te Visconti la scena del porto in *La terra
trema* la girò qui o nell'altro porticciolo? – chiese Vanina.

L'avvocato la guardò interrogativa. La scena di… cosa?

– *La terra trema*, il film di Visconti basato sui *Malavo-
glia* di Verga, girato qua ad Aci Trezza usando attori non
professionisti… Dài, non mi dire che una catanese purosangue come te non lo conosce!

– E quando sarebbe stato girato 'sto film?

– Nel 1948, Giuli. Ma lascia stare, in effetti era difficile che lo conoscessi.

– Vani, io capisco la collezione, capisco il cinema d'autore, ma vedi che non è normale che una della tua età passi il tempo a guardare film girati nel '48.

Il vicequestore le rivolse un'occhiata rassegnata. Meno male che c'era Adriano.

– Comunque secondo me nel '48 'sto schifo non c'era, – divagò l'avvocato.

L'occhiata di Vanina divenne perplessa.

– No, dico, hai visto l'acqua? – fece Giuli, sdegnata.

Il vicequestore abbassò lo sguardo sul mare all'interno del porto, sporgendosi un po' in avanti.

Da un'apertura sotto la banchina, proprio accanto al pontile, scorreva uno scarico d'acqua marrone di dubbia provenienza. Libero e diretto. Ora che ci faceva caso anche parecchio maleodorante.

– E che è 'sto schifo?

– Fogna, tesoro.

– Stai scherzando, spero.

– Perché? Non lo sapevi che la fognatura di questa costa finisce a mare?

– E tu, meno di un mese fa, mi hai lasciato toccare le cime del tuo gommone senza avvertirmi?

– Tranquilla, vicequestore. Quando sei venuta tu lo scarico non c'era. O meglio, c'era ma schifezze non ne fuoriuscivano. Sotto questo piazzale c'è una vasca enorme, che contiene tutta la fognatura di Aci Trezza. Normalmente un meccanismo primitivo, regolato da una sorta di pompa, convoglia parte dei liquami in una condotta che sfocia dall'altro lato del paese.

– Sempre a mare? – s'informò Vanina.

– Ovvio. Ma che domande fai? – fece Giuli, sarcastica. – Quantomeno però non arriva dentro un bacino chiuso, in mezzo alle barche. Quando 'sta pompa arcaica si rompe, la vasca si riempie. E la fogna tracima dalle aperture sotto la banchina.

– Ma questa non era un'area marina protetta, che se butti un'ancora vengono a farti la multa in mezzo secondo perché disturbi la fauna?

– Lo conosco io un tipo di fauna che bisognerebbe disturbare pesantemente. È bipede, e non ha branchie.

– Ma perché non l'aggiustano?

– Di solito passano almeno quattro-cinque giorni, prima che la sistemino.

– Di solito? Perché, si sfasciò altre volte?

– Quasi ogni anno. E t'è andata bene che non è successo quando sei venuta tu. Una volta capitò ad agosto. Ti lascio immaginare i tempi biblici che ci sono voluti per farla aggiustare in quel periodo. Interlocutori ovviamente zero. E nessuno che si smuovesse per aiutarmi. Tutti rassegnati. Tutti speranzosi che il famoso collettore fognario di cui si parla da anni venga finalmente costruito. Tanto le cime le fanno sistemare a quei poveretti di marinai, che sui pontili ci lavorano e ogni volta che succede 'sto schifo si disperano. Ho sollevato un polverone che manco puoi immaginare. Telefonate, Guardia Costiera, pure Legambiente ho chiamato.

Maria Giulia De Rosa non faceva sconti a nessuno. In questo lei e il vicequestore Guarrasi s'intendevano alla perfezione. Senza contare che il gommone Clubman 26, dotato di due motori quattro tempi da 250 cavalli, era forse l'oggetto cui l'avvocato teneva di piú. Un bestione di quasi nove metri che le permetteva di scorrazzare per tutta la costa orientale, Eolie comprese.

– Scusa se t'ho fatto arrivare fino a qua, ma dovevo saldare i conti col pontile. Se ti va ci mangiamo una cosa insieme, – disse Giuli, allontanandosi dal porto e puntando una trattoria fronte mare di cui era un'habitué. Lí sape-

vano, senza che lei lo dovesse specificare, che non voleva
il prezzemolo sulla pasta, che era allergica sia al pepe che
al peperoncino, che il tonno lo mangiava pressoché crudo,
e che in ogni caso aveva fretta. Sempre.

E soprattutto, i proprietari erano clienti storici di suo
padre.

– Ho pianificato tutto per New York. Se mi dài l'ok pro-
cedo, – se ne uscí l'avvocato, appena si sedettero al tavolo.

Vanina rifletté che forse non era stata una grande idea
quella di raccontare a Giuli che le sarebbe piaciuto tornare
a New York. Aveva buttato lí l'idea cosí, senza pensarci
troppo, e lei, che notoriamente afferrava al volo qualunque possibilità di trasvolare l'oceano, ci si era attaccata
come una ventosa.

– Fine novembre. Dopo il giorno del ringraziamento,
cosí ci sono già gli addobbi natalizi, – aggiunse Maria Giulia, avventandosi sul cestino del pane con l'entusiasmo che
traspariva dagli occhi.

Vanina già se la vedeva, a girare per New York con la
piantina di tutti i santuari dello shopping in mano, imme-
desimata in Sarah Jessica Parker con qualche digressione
alla Audrey Hepburn davanti alle vetrine di Tiffany.

Lontana da lei come il giorno dalla notte, ma rilassante
come nessun'altra compagnia.

– Girami il programma, e ti faccio sapere, – le rispose, cauta.

New York per lei era un luogo eletto, dove le piaceva
rifugiarsi per estraniarsi dal suo mondo. L'ultima volta
che l'aveva fatto era stato prima di trasferirsi a Milano.
Aveva dato fondo ai suoi risparmi e c'era rimasta un mese intero, a leccarsi le ferite che si era appena autoinferta.

– Possiamo anche cambiare periodo, se non ti va bene.
Dimmi tu quando è piú tranquillo per te.

– Cioè quando sono sicura che non ammazzeranno nessuno per cinque giorni?

– Vabbe', Vanina, ho capito. Non sei in vena. Basta che non te ne penti, per me va bene tutto, anche un last minute. Però peccato perché avevo trovato una super offerta su Booking per un hotel fichissimo.

Vanina faceva fatica ad associare il termine «fichissimo» a una reale occasione di risparmio. Conoscendo Giuli e i suoi standard, doveva trattarsi come minimo di un cinque stelle progettato da Philippe Starck che, con un grande colpo di fortuna, l'avvocato aveva trovato in offerta a trecentonovantanove dollari a notte anziché cinquecentocinquanta. Un'opportunità da non farsi scappare!

Posti che lei non si sarebbe neppure sognata di prendere in considerazione.

– Ci penso seriamente, – le assicurò.

Ordinarono due piatti di linguine con la zoccola, la cugina trezzota dell'aragosta, uno dei quali ovviamente arrivò senza prezzemolo e senza peperoncino.

– L'altra sera ti ho pensato, – disse Giuli con aria seria, dopo il primo boccone.

Vanina scese dall'ultimo piano dell'Empire State Building, dove si era rifugiata col pensiero.

– Ed è un fatto strano? – scherzò, in allerta.

– Idiota! Ho visto il telegiornale. Ti hanno nominata.

Vanina si raddrizzò sulla sedia.

– Giuli, preferisco non parlarne.

– L'ho immaginato. Infatti, come vedi, non ti ho chiamata subito come avrei voluto. Poi però ho passato un giorno a pensare che credevo di sapere ormai quasi tutto di te, e invece ignoravo cose cosí importanti. Mi è dispiaciuto.

– Sono fatti che evito di ricordare.

– Hai salvato il giudice Malfitano, amica mia. Non è cosa da tutti. Dovresti andarne fiera.

– Giuli, credimi, non è cosí semplice, – tagliò, buttandosi sulle linguine prima che lo stomaco le si chiudesse.

Giuli la lasciò finire.

– È lui, vero? – esordí, mentre aspettavano il conto.

– Chi?

– Quello che hai lasciato a Palermo e di cui non mi hai mai raccontato niente.

– Sí, Giuli, è lui, – sospirò Vanina, esausta. – Contenta?

– E gli hai pure salvato la vita.

– Sí, gli ho salvato la vita –. Quella volta l'arma in mano ce l'aveva. Non era indifesa. Quella volta aveva potuto ammazzare tutti.

– E poi l'hai lasciato.

Vanina non rispose.

Giuli rispettò il suo silenzio.

– Perciò, ho saputo che hai conosciuto Alfio Burrano, – disse, saltando di palo in frasca.

Parlarono un po' dell'indagine, e di Vassalli che si era *ammazzarato* sulle ultime novità. L'avvocato era una di cui ci si poteva fidare, e in piú conosceva mezza città.

– E figurati! La signora Burrano sta sulle palle a tutta Catania, ma nessuno mai osa allontanarla in modo esplicito o estrometterla da un giro, – commentò subito.

– Perché?

– Perché è potente, tesoro. E ha amicizie potenti. Pure quel poveretto di Alfio, che non è mai stato una cima, è legato mani e piedi a lei.

Niente di nuovo, in fin dei conti, tranne un particolare, che le si attaccò nell'orecchio come una pulce molesta.

Teresa Burrano non era solo ricca e stronza. Era potente. E temuta.

Qualcosa le diceva che non lo era diventata in vecchiaia.

Spanò le venne incontro sulle scale.

– Meno male che arrivò, capo!

– Che fu, Spanò? Non mi dica che il dottor Vassalli ha deciso di smuoversi, – scherzò Vanina, vedendolo in ansia.

– No, dottoressa. Il dottore Macchia vuole vederla subito nel suo ufficio. Cosa importante è.

Il vicequestore affrettò la salita.

– E noi non abbiamo nessuna idea di cosa voglia dirmi?

Per riguardo Spanò non l'avrebbe mai ammesso esplicitamente, ma l'ufficio di Macchia per lui non aveva segreti. Con o senza la benedizione del Grande Capo, le notizie che potevano interessargli lo raggiungevano con la velocità di un sms, assai prima di riceverne comunicazione ufficiale.

– Veramente... qualcosa avrei intuito, – rispose l'ispettore, sottovoce.

Vanina si fermò a metà scala.

– Cioè?

– Una telefonata per lei da Palermo. Da un certo avvocato Massito. Lo conosce?

Il vicequestore si concentrò in uno sforzo mnemonico. Massito. Qualcosa le ricordava, quel nome.

Spanò avanzò verso di lei, abbassando ancora di piú la voce.

– Credo sia il legale di qualche pezzo da novanta.

Vanina riprese a salire, seria. Quell'informazione non le piaceva. Coi pezzi da novanta palermitani aveva smesso di averci a che fare da anni, e non aveva nessuna intenzione di riprendere i contatti. E doveva essere pure una faccenda delicata se Tito Macchia aveva preferito aspettare che tornasse invece di farla richiamare per telefono.

I gradini parevano moltiplicarsi in misura direttamente proporzionale alla tensione che cresceva. E diventava irritazione, e infine rabbia. Chi cazzo era 'sto Massito?

– Ugo Maria Massito, avvocato penalista, patrocinante in Cassazione, – illustrò Tito, allontanando il foglio per non inforcare gli occhiali. – Difensore di tutta la feccia di Palermo e dintorni, ma questo qui non c'è scritto, – aggiunse.

Aveva mandato via tutti, segno che la questione non riguardava la squadra, o le indagini, ma solo lei: il vicequestore Giovanna Guarrasi. Che ora lo guardava col fiato sospeso.

– Un cliente di questo avvocato Massito dice di voler parlare con te, – disse Macchia, sintetico. Tornò sul foglietto, stavolta con gli occhiali sul naso. – Rosario Calascibetta, detto Tunisi, da otto anni detenuto nell'ala dei collaboratori di giustizia dell'Ucciardone. Uno che a rigor di logica tu dovresti conoscere.

Vanina restò in silenzio, sorpresa.

Tunisi. Le veniva il voltastomaco al solo ricordare la sua faccia. Un mafioso vecchio stampo, un confidente della peggior specie, di quelli che le cose non le dicono chiaramente ma le fanno capire a colpi di metafore e di personaggi inventati. Uno con cui aveva chiuso la partita anni prima, e in modo definitivo. E ora era un collaboratore. Che poteva volere da lei?

– Come no. Certo che lo conosco. Un galantuomo. Lo sai perché lo chiamano Tunisi? Perché negli anni Ottanta diventò un pezzo da novanta nel business dell'eroina smerciando a Palermo carichi provenienti dalla Tunisia.

Tito si tolse gli occhiali. – Vani', parliamoci chiaro. Lo so che si tratta della tua vita privata, ma io ho bisogno di sapere in che rapporti sei con Paolo Malfitano –. Vanina trasalí leggermente e Macchia se ne accorse. – Voglio di-

re: sei a conoscenza di qualcosa che può comprometterti?
Hai raccolto sue confidenze?

    – Allora, Tito, – disse, schiarendosi la voce, che s'era
arrochita. – Ho bazzicato l'antimafia abbastanza da sapere che quando ci sono di mezzo individui come Tunisi
non c'è privato che tenga. Perciò ti rispondo subito, e in
sequenza. Uno: non vedo né sento Paolo da piú di tre anni. Due: ovviamente non so nulla del suo lavoro. Tre, ma
questa è una mia opinione perciò prendila con beneficio
d'inventario: non credo che uno come Tunisi verrebbe a
cercare proprio me come intermediaria per raggiungere
Paolo Malfitano.

    – Significa che non avrebbe motivo di farlo o che non
gli converrebbe farlo? Vanina, sii chiara per piacere, –
chiese Tito, guardingo.

    – Diciamo che Rosario Calascibetta detto Tunisi, se a
settant'anni suonati si trova ancora all'Ucciardone nonostante le numerose collaborazioni con la giustizia, lo deve
alla sottoscritta.

    – Perciò potrebbe avercela con te?

    – Leverei il condizionale, – tirò fuori una sigaretta, ma
il dito indice di Macchia partí con un movimento negativo che la costrinse a non accenderla. Ed era un fumato-
re. – Mi stupisce che uno come lui abbia ancora voglia di
parlare con me, – concluse il vicequestore.

    – In ogni modo, questo è il numero di Massito, – disse
il capo, allungandole un foglietto. – Può darsi che con te
sarà piú esplicito. Però qualora dovessi decidere di andare, ti consiglio di portarti dietro qualcuno. Spanò, o Fragapane, o chi vuoi tu.

    – Perché, pensi che potrebbe aver organizzato un atten-
tato nella sala colloqui del carcere? – disse il vicequestore,
con mezzo sorriso ironico.

– Guarrasi, vedi di smetterla col sarcasmo, e fammi sapere cosa vuole da te questo tizio.

Macchia era uno disponibile, tollerante, ma se la chiamava col cognome significava che s'era innervosito.

Vanina raccolse il foglietto col numero e si ritirò nel suo ufficio.

Lo sguardo apprensivo di Spanò la seguí fin dietro la sua scrivania.

– Tutto bene, capo?

– Tutto bene, Spanò. Non se la prenda ma dovrei fare una telefonata, e vorrei farla da sola.

L'ispettore batté in ritirata, non senza prima averle lanciato un'occhiata indagatrice. Ma a parte un notevole fastidio, che non poteva negare, Vanina non provava piú nessuno sgomento. Sapere che c'entrava Tunisi, la cui partita con la giustizia, e pure con la mafia, a rigor di logica doveva essere veramente chiusa da tanto tempo, escludeva quasi del tutto il coinvolgimento di Paolo. Quasi.

Massito fu breve: niente voli pindarici, né giochi di parole. Il suo cliente era a conoscenza di alcune informazioni che potevano essere utili al vicequestore Guarrasi ed era disposto a condividerle con lei. Nel piú breve tempo possibile.

Chiaro come il messaggio di un risponditore automatico.

E non lasciava spazio a dubbi di sorta: se voleva sapere di che si trattava, la strada era una sola, e portava all'Ucciardone.

13.

La decisione di muoversi subito, in realtà, Vanina l'aveva presa prima ancora di sentire l'avvocato. Sarebbe partita al piú presto e senza portarsi dietro nessuno.

Non era per sfiducia, né per quella scarsa capacità di lavorare in squadra per cui l'avevano sempre rimproverata tutti i superiori che si erano avvicendati sopra la sua testa. Tutto quello che riguardava Palermo apparteneva a un'altra vita, dalla quale Spanò e gli altri della squadra erano automaticamente esclusi. Tito ogni tanto indulgeva con lei in un atteggiamento protettivo che, Vanina ci avrebbe scommesso, non avrebbe mai avuto se non fosse stata una donna. E le pareva ovvio che nel caso specifico non fosse necessaria nessuna scorta. Dal momento che una bonaccia uggiosa continuava a impantanare il caso sciantosa, tanto valeva approfittarne e non perdere altro tempo.

La telefonata di Adriano Calí la raggiunse all'area di servizio Sacchitello nord, mentre meditava sulla salubrità della Coca-Cola Life rispetto alla Zero, meno calorica, ma piena di dolcificanti, o peggio ancora alla Coca-Cola autentica che restava sempre la numero uno, specie se in bottiglia di vetro.

– Ma dove sei, che si sente un baccano infernale? – chiese il medico legale.

Vanina si accorse che una scolaresca schiamazzante aveva appena fatto irruzione nell'autogrill e si accingeva a svuotare il bancone dei panini con la rapidità di un branco di lupi affamati.

– Vicino Enna, – rispose, abbandonando il bar in direzione della Mini, parcheggiata là davanti.

– Non mi dire che sei andata all'outlet senza dirmelo, – s'inalberò.

Vanina dovette fare uno sforzo mnemonico per ricordarsi che prima di Enna c'era una città dello shopping scontato, di quelle che prima si vedevano solo al Nord. E prima ancora solo negli Stati Uniti.

All'outlet! Certe idee potevano venire solo a lui.

– Ma quale outlet, Adriano. A Palermo sto andando.

– Ahhh, mi pareva. Ricordati che mi hai promesso di andarci insieme.

Non se lo ricordava proprio, ma lo fece contento e gli disse di sí.

– Per questo mi chiamasti? – lo punzecchiò.

– Ma se manco lo sapevo che eri in viaggio. Ero venuto in ufficio, a portarti una cosa. Un dvd. Speravo che potessimo vedercelo insieme, da te o da me.

– Luca è partito?

– No, ma sta lavorando per essere libero di venire a Noto il prossimo fine settimana. Ehi, non è che te lo sei scordato, vero?

– No, no. Anzi, sono quasi sicura di poterci venire.

A meno che quello che stava andando a fare a Palermo non la facesse precipitare in qualche acquitrino putrido, di quelli che non avrebbe voluto piú vedere neppure in lontananza. Ma francamente le pareva un'ipotesi surreale.

– Quando torni?

– Domani pomeriggio, credo.

– Ok, allora non ti anticipo niente. Domani sera cineforum piú pizza, scegli tu se da me o da te. Ti assicuro che non te ne pentirai.

– 'Sto fatto che fai il misterioso non promette niente
di buono. Comunque va bene, a qualunque ora mi sbrighi
ci vediamo. Ma da me. Le pizze che ordini tu a domicilio
sono cosa di giocarci a frisbee, mentre a Santo Stefano tra
la pizzeria accanto al teatro e il bar vicino casa mia ce la
passiamo molto meglio.

– Minchia quanto sei difficile, vicequestore. Però vedrai che alla fine mi ringrazierai.

La lasciò con quella promessa, che in un'altra occasione
avrebbe sortito l'effetto voluto, ma che in quel momento,
con la prospettiva dell'incontro che avrebbe fatto l'indomani, lasciava il tempo che trovava.

Appena dopo il tratto del viadotto Himera, quello crollato, da poco riaperto a una sola corsia di marcia sul lato sano, Vanina s'infilò l'auricolare e schiacciò il tasto di
chiamata.

– Capo! – le rispose la voce dall'altra parte del telefono.

– Manzo, come stai?

– E come vuole che stia! Infognato in un caso che più
rompipalle non potrebbe essere.

Il sovrintendente Manzo era stato il suo braccio destro
– lui diceva anche il sinistro – prima al commissariato
Brancaccio e poi alla sezione Criminalità organizzata della Mobile di Palermo. Sempre al suo fianco, fedele. Tanto
fedele che ancora adesso, a dispetto del suo nuovo superiore che di sicuro non avrebbe gradito la cosa, continuava a chiamarla «capo».

– Senti, Angelo, io sto per arrivare a Palermo. Ho bisogno di vederti. Pensi di farcela a liberarti per dieci minuti, diciamo... alle sette?

– E che c'è dubbio, capo? Per lei mi libererei pure se
non potessi.

– Finiscila co' 'ste sviolinate, e non fare minchiate. Se
non puoi non puoi. Che t'ho insegnato in tanti anni?

– Posso, dottoressa, non si preoccupi. Dove vuole che
ci vediamo?

– Ti viene complicato raggiungermi in via Roma? Potremmo vederci al solito bar vicino casa di mia madre.

Manzo non la fece neppure finire. – Alle sette là. A
dopo, capo.

Ecco la parte di autostrada che le piaceva di piú.

Era sempre tentata di fare una deviazione. Perdersi tra
le Madonie e raggiungere Castelbuono, il paese di suo padre. Comprare un panettone alla manna, e poi fermarsi a
guardare il castello dov'era stata girata una parte di *Nuovo
Cinema Paradiso*, uno dei piú bei film della sua collezione.
Ma non lo faceva mai.

Poi arrivava il mare. La visuale si apriva sulla costa, mas-
sacrata da zone industriali e obbrobri edilizi, che deturpa-
vano lo scenario. Che peccato a Dio, pensava ogni volta.

A Capo Zafferano, Palermo ormai era vicina.

La vista del Monte Pellegrino le fece battere il cuore.
Perché Vanina Guarrasi Palermo l'amava come non avrebbe mai amato nessun'altra città nella sua vita. Anche se se
n'era scappata e faceva di tutto per non tornarci, anche
se quello che aveva lasciato lí era un carico tanto pesante
da sostenere da indurla a rinunciarci, anche se era sicura
che non fosse piú il posto per lei, Palermo era la sua città.

Vanina sperò che l'ingresso in città non le riservasse sorprese, tipo il traffico piú intenso del solito – e ce ne voleva!
– o qualche nuova deviazione. Superò il consueto dilemma
se passare per il porto, da via Giafar, o infilarsi in via Oreto
fino alla stazione. Optò per la prima, che le piaceva di piú.

Alla Cala, il display del telefono s'illuminò con un messaggio di Manzo: «Sono qua». Erano le sette meno tre
minuti.

Il sovrintendente stava smanettando col telefono. La tazzina vuota indicava che aveva già preso il decimo caffè della giornata.

– Manzo, – lo richiamò Vanina.

Quello scattò in piedi.

– Capo! – disse, stringendole la mano con calore.

Pareva quasi commosso. O magari lo era. Come lei del resto, era inutile negarlo.

Si sedettero a un tavolino, si raccontarono gli ultimi quattro anni. Insomma, proprio tutto no. L'essenziale, in modo sintetico.

– Senti, Angelo, ho bisogno di un paio d'informazioni.

– A disposizione, dottoressa.

– Vedi che non mi va che si venga a sapere che te le ho chieste, eh.

Manzo ci rimase male.

– Ma secondo lei c'era bisogno di specificarlo?

Aveva ragione lui.

– Rosario Calascibetta, – disse il vicequestore.

– Ma chi, il vecchio Tunisi? – fece Angelo, sorpreso. – E che vuole sapere, dottoressa? È domiciliato all'Ucciardone da quando ce lo mandò lei. Collabora un colpo sí e l'altro ní, ma intanto sta nel settore dei collaboratori di giustizia. Oramai non conta niente, né fuori dal carcere né dentro. Mi sono spiegato?

Vanina si soffermò sull'ultima frase. Che poi era quello che aveva immaginato pure lei, per questo era sicura che con le indagini di Paolo non c'entrasse. Già questo bastava a tranquillizzarla in parte.

– E niente successe ultimamente, che tu sappia, che può avere smosso le acque in qualche modo? Riportato a galla cose vecchie, cose su cui magari avevamo lavorato noi...

– Che io sappia no, – rispose il sovrintendente, concentrato. – Ma perché mi sta chiedendo queste cose, capo? Non mi dica che si è rimessa con la Criminalità organizzata.

– No, per carità! Ho già dato abbastanza. Solo che stamattina Tunisi ha chiesto di parlarmi e io devo cercare di immaginare cosa possa dirmi. Sono fuori dal giro da troppo tempo, ti confesso che non ne ho la piú pallida idea.

Manzo ragionò in silenzio.

– Ma chissà con che stronzate se ne uscirà, il vecchio delinquente.

– Perché dici cosí?

– Perché quello farebbe di tutto per accorciarsi il soggiorno in carcere.

– Perciò devo aspettarmi di tutto, e devo prendere con le molle tutto quello che mi conterà. È questo che vuoi dirmi? – fece il vicequestore, dopo una pausa di meditazione.

Manzo allargò le braccia. – Sinceramente non riesco a immaginare cos'abbia quel vecchio catorcio da dirle.

Le assicurò che sarebbe tornato in ufficio e avrebbe fatto una piccola ricerca. Se avesse trovato novità l'avrebbe avvertita subito.

– Grazie, Angelo.

– Sempre un piacere lavorare per lei, capo.

Era quasi arrivata alla macchina, quando lo vide tornare indietro ansante.

– Che fu? – gli disse, sorridendogli.

– Senta, capo, preferisce che domani l'accompagni io? No, perché io se lei vuole mi prendo mezza giornata libera e…

– Manzo, levatelo dalla testa. Ti ringrazio in anticipo per la ricerca che farai, e la prossima volta che ci sentiamo ti conto come andò. Basta.

Il sovrintendente fece la faccia incerta di chi non sa se crederci o no, e però deve abbozzare. La risalutò, ancora una volta.

– Io ci spero, capo, – disse, prima di andarsene.

– In che cosa?

– Che prima o poi lei tornerà a Palermo. Questione di tempo.

Se ne andò cosí, speranzoso. E Vanina non ebbe cuore di disilluderlo.

La serata in casa Calderaro era stata un supplizio. Il matrimonio di Costanza era stato l'argomento principale, cui Vanina era stata costretta a partecipare suo malgrado. Il letto era scomodo, la stanza calda. Il pensiero dell'indomani tedioso.

Alle due di notte era arrivato un messaggio telegrafico di Manzo: «Niente di nuovo».

L'agente di polizia penitenziaria che l'aveva scortata dall'ufficio matricole fino all'area magistrati dell'Ucciardone aveva pensato di farle cosa gradita mostrando di ricordarsi di lei attraverso la rievocazione di tutte le sue indagini piú eclatanti. Per aggiungere il carico da undici, infine, aveva riesumato «la piú coraggiosa, la piú indomita, la piú rischiosa» delle sue azioni: la sparatoria in cui «aveva fatto fuori un pericolosissimo killer in azione, salvando cosí un illustre magistrato da morte certa».

Vanina gli avrebbe tappato volentieri la bocca con un metro di nastro isolante, se ne avesse avuto a disposizione.

E ora era lí, nella sala interrogatori di quel carcere borbonico, in attesa che Rosario Calascibetta detto Tunisi fosse condotto a colloquio davanti a lei. Le sembrava di aver fatto un salto indietro di cinque anni, e non era una bella sensazione.

L'uomo che le si materializzò davanti, scortato da due pizzardoni, era piú piccolo e piú curvo di come se lo ricordava lei. Però il sorriso sbilenco che si fermava a metà delle labbra, il naso leggermente schiacciato e lo sguardo storto negli occhi piccoli e scaltri, quelli erano immutati. Tony Sperandeo nella parte di Tano Badalamenti ne *I cento passi*, ma con una trentina d'anni in piú sul groppone.

– Vicequestore Guarrasi, – fece l'uomo, chinando il capo in segno di saluto ma senza abbassare lo sguardo.

– Signor Calascibetta. Aveva chiesto di parlarmi.

– Ha fatto bene a non perdere tempo. Lei lo sa, nelle indagini è questione di giorni, puru di ore, e la verità sparisce definitivamente, – aprí tutte e dieci le dita verso l'alto, mimando una vaporizzazione.

Tre minuti di conversazione e già quel rottame di un mammasantissima le stava smuovendo i nervi.

– Tunisi, cerchiamo di essere chiari e concisi, perché io tempo da perdere non ne ho: se ha qualcosa d'importante da dirmi lo dica. E non mi conti minchiate, che tanto me ne accorgo.

– Non s'incazzasse, dottoressa Guarrasi. Che la facevo venire da Catania per cuntarle minchiate? – fece quello, il sorriso sempre piú sghimbescio.

– La ascolto.

– Lei lo sa qual è stata sempre la fortuna delle famiglie nostre, soprattutto un tempo, qua in Sicilia?

Tunisi non pronunciava mai la parola mafia, Vanina se lo ricordava. Usava altri termini: famiglia, organizzazione, società.

– Quale? – gli chiese, rassegnata ad assecondare tutta la pantomima.

– Le corna. Omicidi nostri che a voi invece risultarono come storie di corna ce ne sono assai. E prima era ancora piú facile, che c'era puru la legge che se ammazzavi a uno che se la faceva con tua moglie, manco tanta galera ti facevi. Un cornuto di turno si trovava sempre, – fece una pausa e la guardò.

– Grazie per la lezione di storia, Tunisi, ma non mi sta contando una grande novità. E perché secondo lei sta cosa delle corna mi dovrebbe interessare?

– Lo sa, dottoressa, in quella cella fitusa il tempo non passa mai, perciò mi pigliai l'abitudine di leggere libri. L'ultimo era di Sciascia. Uomo intelligente doveva essere.

– Tunisi, se ancora perdiamo tempo mi alzo e me ne vado. E da quella cella fitusa lei ne esce con i piedi avanti, magari tra altri quindici anni, nonostante le sue collaborazioni.

– Ma perché la sta pigliando cosí, dottoressa? Oramai dalle questioni grosse mi ritirai io e pure lei. Io da una parte e lei dall'altra, ma sempre fuori siamo. E a me la testa mi disse accussí, che se so qualche cosa che può aiutarvi a non prendere cantonate, mi pare peccato tenermela per me.

Vanina tirò un respiro e contò fino a dieci, per non insultarlo.

– Eravamo rimasti alle corna, – suggerí.

– Le conto una cosa accussí fuodde che lei non ci crederà. Una volta successe che, al contrario, ammazzarono a uno che amanti ne aveva a tignitè: fimmine maritate, schiette, ricche e puru prostitute. Uno che unni pigghiavi e pigghiavi qualcuno che lo voleva morto lo trovavi. E invece giusto giusto a chi incolparono? A un cugino mio. Uno che apparteneva a una famigghia delle piú accanusciute. E temute, se vogliamo precisare. Uno che a quello non aveva nessunissimo motivo di volerlo morto. Ma niente da fare: tutte le prove contro aveva, puru se diceva di essere 'nnucenti. Lei che dice, dottoressa: in questo caso era cchiú potente la famigghia delle corna oppure la famigghia degli affari?

Il vicequestore trasecolò. Ma che stava tirando fuori, quel figlio di buona donna?

Prese respiro e sparò una domanda cifrata. – E la famiglia degli affari non si difese in nessun modo?

– E come, dottoressa? Prove a favore non ce n'erano. Forse si erano perse strada strada, oppure chi lo sa, erano nascoste accussí bene che nessuno arriniscí a trovarle.

– Qualcuno le aveva nascoste di proposito?

– Oppure il morto si era conservato le sue cose cosí bene che non si ritrovarono piú, per tanti anni. E in galera questa volta ci andò un innocente della parte nostra.

Il riferimento era manifesto. Certo, Masino Di Stefano era cugino di Rosario Calascibetta come lei era la sorella del papa, ma questo non cambiava la sostanza delle cose.

– Tunisi, uno della parte vostra innocente innocente non può essere mai. Buoni motivi per finire in galera ne ha a decine, – rilanciò.

– Questo non c'entra. L'omicidio è omicidio. Quella persona non era capace di tenere una pistola nelle mani. Perciò...

– E immagino che questo presunto assassino la vittima la conoscesse bene.

– Il sonno si spartivano. Ma forse proprio questo fu l'imbroglio.

Vanina lo guardò negli occhi, diffidente.

– Tunisi, non è che lei 'sta storia l'ha letta da qualche parte e ha pensato di prendermi in giro, vero?

– Dottoressa, deve fidarsi delle mie parole. E ora le dimostro puru perché. La famiglia di mio cugino e il morto, interessi in comune assai ne avevano. Vero è che questo significava che il signore in questione pulito pulito non era,

ma una cosa era sicura: che di no a un affare grosso, soprattutto con loro, non l'avrebbe detto mai. E infatti non lo
disse. Lo sa che successe? Che a mio cugino manco il tempo di contare fino a tre e già l'avevano condannato. Primo,
secondo e terzo grado. Un fulmine. E basta accussí: caso
chiuso. In galera ci va mio cugino, e la famiglia delle corna
si fotte l'affare. Però lo vede, dottoressa, quando uno l'assassino non l'ha fatto mai, ci puoi mettere la mano sul fuoco che qualche sbaglio lo fa. Se per caso, o non per caso, ci
scappa un altro cadavere, o lo fai sparire dalla faccia della
Terra oppure questione di tempo e salta fuori. E un cadavere, se davanti ha qualcheduno capace di ascoltarlo, certe
volte può parlare piú di un cristiano vivo e vegeto. Lei lo sa
ascoltare un cadavere, dottoressa Guarrasi? Secondo me sí.

Se qualcuno dall'esterno avesse seguito quel dialogo,
avrebbe preso per pazzi sia il vecchio mafioso pentito sia
il vicequestore che lo stava a sentire. Ma Vanina di quel
discorso aveva decifrato anche gli articoli e le virgole, citazione letteraria compresa. E aveva realizzato che una
dichiarazione simile poteva riaprire i giochi.

– Senta, Tunisi. Io non so perché lei abbia deciso di aiutarmi, e sinceramente nemmeno lo voglio sapere. Mi basta
essere sicura che mi stia dicendo la verità, e soprattutto
che questa storia lei sia disposto a raccontarmela meglio
e a fare nomi e cognomi, perché altrimenti resta una favoletta inutile e io potevo evitarmi i duecento chilometri.

Ma stavolta Rosario Calascibetta detto Tunisi pareva
intenzionato a collaborare per davvero. Appena gli fece
capire che la sua parola sarebbe stata determinante, il pezzo da novanta tirò fuori antefatti, dettagli e ipotesi di colpevoli. E di famiglie.

A lei la scelta se pigliarli per buoni.

Quando uscí dal carcere, sigaretta in mano pronta per essere accesa, la faccia del vicequestore Guarrasi tradiva soddisfazione come mai era successo dopo un incontro simile.

Il suo intuito ci aveva azzeccato pure questa volta. E quel colloquio surreale avrebbe avvantaggiato il carattere di gravità, di precisione e di concordanza che Vassalli esigeva per considerare le sue ipotesi degli indizi veri e propri.

Si allontanò dal portone ancora aperto, attraverso cui stava passando una piccola processione di auto e buttò un'ultima occhiata sul muraglione antico di pietra rossiccia che recintava quell'immensa gabbia fatiscente. La scritta «Carceri giudiziarie centrali» le ricordò di quella volta che una lettera A era crollata giú scatenando un casino. Quand'era stato? Lei era a Milano già da un pezzo. L'aveva appreso da «Repubblica», l'edizione di Palermo, che leggeva online tutte le mattine. Scese dal marciapiede e andò verso la stradina di fronte, puntando l'ombra di una delle panchine lungo i muretti. Estrasse il telefono dalla tasca e cercò in rubrica il numero diretto di Tito Macchia. Rialzò la testa, il dito pronto sul tasto d'avvio della chiamata. E si bloccò.

Paolo Malfitano scese da una Bmw X5 argento, verosimilmente blindata. Fissò Vanina come se dovesse verificarne la reale esistenza, mentre quattro agenti della scorta si precipitavano subito giú da una delle altre auto circondandolo. Mosse qualche passo verso il marciapiede dirimpetto all'ingresso del penitenziario. Telefono in una mano e sigaretta accesa nell'altra, l'ultima persona che si sarebbe mai aspettato d'incontrare se ne stava lí, ferma in piedi davanti a una panchina, all'ombra di un ficus.

– Non credo ai miei occhi! Il vicequestore Guarrasi di nuovo in servizio sul suolo palermitano?

– Direi piú correttamente in trasferta per motivi di servizio, – disse Vanina, andandogli incontro.

– Sono comunque strabiliato, – fece Paolo, tendendole la mano.

Non si vedevano né si parlavano da piú di tre anni, e nel frattempo acqua sotto i ponti ne era passata a fiumi. Per lui piú che per lei, dal momento che aveva dovuto subire una sua decisione che non condivideva e che gli era piombata addosso all'improvviso come una doccia fredda.

– Ma in trasferta all'Ucciardone ti spediscono, quelli di Catania? – le chiese, spostandosi verso la macchina dietro esortazione degli agenti.

Vanina nòtò che zoppicava ancora, impercettibilmente.

– Ti risulta che io mi sia mai fatta *spedire* da qualche parte da qualcuno?

– Per come ti conosco io, no. Ma lo sai com'è? Sono passati anni… Che ne so se in un raptus di follia ti sei messa ad accettare gli ordini di un superiore?

Il tono sfottente, data la situazione, aiutava. Buttandola sull'ironia sarebbe stato piú facile scambiare quattro chiacchiere senza imbarazzo.

Dovettero infilarsi per forza all'interno della macchina, che subito si mosse.

– Oh, ma dove stiamo andando? – protestò Vanina. – Guarda che io ho la Mini parcheggiata davanti al carcere.

– Vabbe' non ti preoccupare, poi ti ci riporto. Che ci vuoi fare? Sono fissati che non devo stare fermo troppo tempo da nessuna parte. E se non li accontento restano tutti in tensione, anche se non ce ne sarebbe motivo.

– Ma no, certo. In fin dei conti che è successo? Giusto un paio di minacce di morte.

La necessità di sdrammatizzare di Paolo rasentava l'incoscienza, ma non era una novità.

– Cazzate, – replicò il giudice, allontanando l'idea con un gesto secco della mano. – Ora dimmi tu, in tutta sincerità: ti pare verosimile che Cosa Nostra di oggi stia pianificando sul serio di farmi fuori con un attentato esplosivo, stile anni Novanta? Teatro è, Vanina. Dovevano fare notizia. E la rottura di palle è che ci sono riusciti.

Vanina concordò in silenzio. Il tritolo, le stragi, appartenevano a un'altra epoca, a un contesto molto diverso da quello attuale. Niente era impossibile, soprattutto per quella gente, ma un simile salto indietro le sembrava quantomeno improbabile.

– Questo può essere vero, ma restano comunque le altre minacce. Considerato quello che stai facendo adesso, per non parlare di quello che ti è successo in passato, io eviterei di prenderle sottogamba.

Paolo non rispose, ma dalla faccia scura si capiva che ci stava pensando.

Lo guardò. Qualche capello grigio in piú, il viso un po' allungato, un paio di rughe nuove che però non gli stavano male, anzi.

– Che c'è? – disse lui. – T'eri scordata la mia faccia? Eppure ultimamente basta accendere la televisione e un'immagine mia la becchi. E a quanto mi risulta, qualche servizio al telegiornale l'intercettasti pure tu.

Mai agire d'impulso. Telefonare a Giacomo Malfitano non era stato un colpo di genio.

– Sei dimagrito, – si limitò a rispondergli.

Paolo sorrise a metà. – Che vuoi? Una passeggiata di salute la mia vita non è, in questo periodo.

Perché, lo è mai stata?, le venne di chiedergli, ma ovviamente evitò.

Si stavano allontanando sempre piú dal Borgo Vecchio in direzione del palazzo di giustizia.

– Paolo, io me ne devo tornare a Catania. Dove stiamo andando?

– Stai tranquilla. Te l'ho detto: fermo troppo tempo davanti al carcere non ci potevo stare. E siccome è la prima volta che ti vedo da quasi quattro anni, non mi andava di sprecarla per questo. Quando mi ricapita, scusa?

Vanina guardò fuori dal finestrino, in silenzio. Gli alberi e le vetrine di via Libertà le passarono davanti agli occhi distratti.

– Piuttosto, come mai a Palermo? Non stavi lavorando a quel caso un poco astruso? – chiese Paolo, recuperando il sorriso lievemente beffardo.

– Dovevo vedere una persona.

– All'Ucciardone? E chi?

– Perché? Tu conosci tutti i detenuti dell'Ucciardone?

– Perciò! Ma tutto ti sei scordata di me?

Scherzava, sorrideva, ma gli occhi raccontavano altro.

– Rosario Calascibetta, – gli rispose Vanina.

Paolo aggrottò la fronte. – Tunisi, – disse, meditativo, strofinandosi la barba rasa con il pollice e l'indice della mano destra.

– Non ho deciso di tornare alla Criminalità organizzata, se è questo che ti stai chiedendo, – gli notificò, preventivamente.

– Il dubbio non mi aveva sfiorato. Per questo ora sono curioso di sapere che potevi avere ancora da chiedere tu a uno come Tunisi.

Vanina gli raccontò tutta la storia, che Paolo ascoltò con l'aria divertita di uno che sta assistendo all'opera dei pupi. Tuttavia concordava con lei: per risolvere il caso del

cadavere nel montacarichi, toccava riesumare dalla nafta-
lina quello dell'omicidio Burrano.

Se due piú due faceva quattro, o l'assassino era morto, e data l'età ci stava pure, oppure se era ancora capace
d'intendere e di volere ora se la stava facendo sotto dalla
paura. E la prima cosa che s'impara quando si dà la caccia
a un delinquente è che non c'è momento piú propizio per
fregarlo di quello in cui è spaventato.

– La paura rende labili i confini della prudenza, – disse Paolo. Si girò verso di lei. – E cala le maschere, – aggiunse, mentre l'auto riprendeva la strada verso il Borgo
Vecchio. Con lui a bordo, per il disappunto dei suoi an-
geli custodi.

– Non era meglio che tu te ne tornassi nel tuo ufficio,
dove evidentemente gli agenti della scorta ci stavano ac-
compagnando? – considerò Vanina, ignorando l'allusione.

– No, – rispose. Secco, perentorio. – Perché hai telefonato
a mio fratello? – le chiese, dopo un minuto di silenzio, abbassando la voce e alzando gli occhi, all'improvviso stanchi.

Perché è vero che la paura smaschera, pensò Vanina.

– Perché volevo sapere come stavi, – gli rispose.

– Te ne importa qualcosa, come sto?

Erano passati quasi quattro anni, ma quella conversazione stava scivolando là dove sarebbe arrivata se l'avessero
affrontata a una settimana dalla separazione.

Te ne sei andata tu, mi hai abbandonato tu. Io ho subito
le tue decisioni. Dietro quella domanda astiosa c'erano tutte quelle recriminazioni, cifrate, ma per Vanina evidenti.

– Non c'era bisogno di trascinarmi in giro per Palermo
col tuo autoblindo per… – guardò l'orologio, – quaranta
minuti, solo per rinfacciarmi un momento di debolezza in
cui ho agito senza calcolare le conseguenze. Avevo chiesto
a Giacomo di non riferirtelo.

Stavano passando da piazza Sturzo. Davanti ai portici, Paolo si sporse in avanti.

– Aldo, per piacere si fermi qua e ci faccia scendere.

– Ma che fai? – insorse Vanina.

– Voglio un gelato, Vanina. Potrò prendere un gelato quando cazzo dico io? – quasi gridò.

– Dottore... – cominciò Aldo, ma si fermò appena intercettò gli occhi del giudice nello specchietto retrovisore.

Vanina intuí che non era il momento di contraddirlo. Sembrava lui stesso una carica pronta a esplodere. E non era per la rabbia nei suoi confronti, questo era evidente. Anzi, sospettava che quell'incontro fosse stato provvidenziale e che finalmente Paolo stesse tirando fuori la tensione che doveva aver accumulato. Pazienza se aveva deciso di sfogarsi con lei. Lo conosceva abbastanza da sapere che non l'avrebbe fatto con chiunque.

– Amuní, dài. Mangiamoci 'sto gelato. Tanto se si azzardano a romperti le palle lo sai che a tirare fuori la parabellum ci metto mezzo secondo, – scherzò, ma lo fece con difficoltà. Alludere a quel giorno le veniva pesante.

Gli uomini della scorta li guardarono con gli occhi di fuori mentre si allontanavano dalla Bmw per infilarsi tra la folla di una delle gelaterie piú frequentate di Palermo.

– Un vicequestore come scorta. Solo io ho avuto un privilegio simile, – disse Paolo, mentre si mettevano in fila al bancone.

Mangiarono una brioche col gelato in piedi, in un angolo, protetti dalla barriera umana degli avventori assatanati.

– Vani, – disse Paolo, di punto in bianco.

– Dimmi, – rispose, ignorando di proposito il diminutivo confidenziale che aveva riesumato.

– Me lo dici perché mi hai lasciato?

Per non vivere nel terrore di vederti uscire di casa e

non tornare piú. Perché non potevo sperare di trovarmi per caso dietro di te ogni volta che avresti rischiato la vita, per salvartela. Perché cosa significa vedere una persona che ami morire ammazzata l'ho imparato a quattordici anni, e preferivo rinunciare a te pur di non rivivere quei momenti. Perché io ne ero convinta, Paolo, che lasciarti sarebbe bastato a proteggermi dall'incubo di perderti, come avevo perso lui.

Ecco perché ti ho lasciato, Paolo.

Ma non avevo calcolato che dire addio non recide alcun legame, se il legame è saldo com'era il nostro. E non protegge da nessun dolore. È un sacrificio inutile.

Ho fatto i conti senza l'oste, Paolo.

– Sono passati tre anni, Paolo, – rispose, – perché dobbiamo parlare per forza del passato? Abbiamo la nostra vita.

– Tre anni e undici mesi. E non ce l'abbiamo la nostra vita, né tu e né io. Tu perché non te la sei creata, e io perché mi sono illuso di potermela costruire con la persona sbagliata. Ho sofferto come un cane, Vani. E siccome non è detto che mi resti tantissimo da vivere…

– Paolo! – sbottò Vanina. – Finiscila, – abbassò la voce.

Il gelato aveva perso ogni attrattiva, anzi sarebbe stato impossibile mandarne giú un boccone di piú.

– Ma se nel frattempo hai avuto pure una figlia! – disse, sforzandosi di fare dell'ironia. – E poi che ne sai tu se io una vita invece non me la sono creata?

– Non te la sei creata, Vani. Né a Milano né a Catania. Lo so. Quanto a me, è vero: ho avuto una figlia, ed è stata l'unica cosa positiva in due anni di matrimonio. Finito.

Finse di non saperne nulla e non gli chiese nulla, ma ebbe la sensazione che Paolo stesse facendo di tutto per dirglielo. Invece lei non voleva saperlo. Non doveva saperlo. Perché era chiaro che a diventare un casino quella situazione poteva metterci due minuti. Bastava abbassare la guardia un attimo, liberare un solo grammo dei sentimenti che aveva messo sotto chiave, e *zac!* E non doveva succedere.

Era ora di tornarsene a Catania.

Da sotto il tergicristallo anteriore della Mini parcheggiata in via Enrico Albanese occhieggiava un foglietto bianco di chiara provenienza.

– Pure la multa mi fecero, mannaggia alle brioche col gelato, – bofonchiò.

La temperatura nell'abitacolo si aggirava attorno ai cinquanta gradi.

– Minchia, settembre sta finendo e qua ancora ci si possono infornare gli sfincioni! – considerò a voce alta, accendendo l'aria condizionata e uscendo a razzo dalla macchina.

Un vecchietto con al seguito un cane di razza ignota, che passava sul marciapiede, si fermò e la guardò come se lo avesse interpellato.

– Allora, taliasse: cchiú avanti c'è una friggitoria, – indicò a sinistra col dito teso, – sfincione di chiddu bonu n'attrova quantu ni voli.

A Vanina venne da ridere. E pensare che pure l'apparecchio acustico aveva!

Lo ringraziò come se gli avesse chiesto l'informazione per davvero.

Quell'uomo la riportò con i piedi per terra e le ricordò la masnada di vecchietti con cui avrebbe avuto a che fare sempre piú spesso finché non avesse risolto il caso del duplice omicidio a villa Burrano.

Sí, perché il nome giusto era quello: duplice omicidio Burrano-Cutò. Altro che «sciantosa».

Appena riuscí a liberarsi del traffico cittadino in uscita e raggiunse viale della Regione Siciliana, recuperò gli au-

ricolari dal fondo della borsa e fece partire finalmente la
telefonata a Tito Macchia.

Il Grande Capo le rispose dopo due squilli. Vanina si
sentí lievemente in colpa. Ma vedi tu che era stato veramente in apprensione. E lei se l'era pure presa comoda, scorrazzando per Palermo a bordo di un'auto blindata della procura, con il suo ex fidanzato, quello che a
Macchia aveva testé assicurato di non aver piú visto né
sentito da anni.

Che era ancora vero, appena il giorno prima.

Ora non piú.

Poteva sforzarsi di ignorare la cosa fino allo sfinimento,
ma per metabolizzare quell'incontro non le sarebbero bastati dei mesi. Sempre che nell'arco di quei mesi non fosse
successo qualcosa... Ma che stava dicendo? Lo stomaco
le si torceva al solo pensarla, una cosa del genere.

A Bagheria, la situazione si era aggravata. Le parole di
Paolo le ronzavano già nelle orecchie da dieci minuti buoni. «Non è detto che mi resti tantissimo da vivere...» Come aveva potuto dirlo? Poi tranquillo, come uno che sta
contando alla rovescia gli ultimi giorni di ferie.

Si rifugiò in un paio di telefonate. Una piú lunga con
Spanò, che nel frattempo un'indagine tutta personale sulla
vecchia Burrano la stava conducendo. Perché era potente,
e perché era temuta: questo interessava capire, e l'ispettore ci stava lavorando.

L'altra, breve ma piú allegra, anzi perfino chiassosa, con
Maria Giulia De Rosa che quel giorno faceva quarant'anni.

– Stasera festone a Stazzo a casa dei miei. Non te lo
scordare, – le urlò l'avvocato, prima di chiudere.

Invece se l'era scordato. Non si era nemmeno curata di
sapere se da qualche parte ci fosse una lista per il regalo.
Aveva pure accettato il cineforum di Adriano, che in tutta

sincerità l'attirava molto piú di quella festa, sicuramente a base di Mojito e finger food.

E però uno sgarbo cosí a Giuli non poteva farlo. Intanto il medico aveva già provveduto a toglierla dagli impicci, con un messaggio WhatsApp che lesse mentre faceva benzina, a Termini Imerese. «Film rimandato. Stasera l'avvocato De Rosa fa il compleanno», e il disegnino della torta con le candeline. Di seguito il negozio dov'era la lista e una proposta, premurosa da abbracciarlo all'istante: «Vuoi che ci pensi io anche per te?» Gli rispose che era un tesoro.

Bastava e avanzava per riportarla alla vita reale.

Ma già quasi alla biforcazione, direzione Messina sulla sinistra e Catania sulla destra, la vita reale era stata spodestata di nuovo dal pensiero di Paolo, che si era piazzato lí e non accennava piú a schiodare. Ed era un pensiero molesto, perché non riguardava la loro storia, né i loro sentimenti tutt'altro che archiviati. Riguardava lui. Che in quel momento era in ufficio, a trafficare con le carte che gli stavano facendo rischiare una condanna a morte. Che quella sera se ne sarebbe tornato a casa, da solo. Lo vide, seduto sulla poltrona grigia, compagna di quel divano sfondato che lei si portava sempre appresso. Televisione accesa, sbirciata di tanto in tanto da sopra gli occhiali, e una pila di fogli affastellati sulle gambe.

Ma era un'immagine irreale. Magari quella poltrona non esisteva neanche piú, magari invece in quel momento sulle ginocchia Paolo aveva sua figlia. E magari, malgrado tutto, non era solo... come l'aveva lasciato lei.

«Non è detto che mi resti tantissimo da vivere...» E poi? Cos'altro voleva dirle, prima che lei tagliasse il discorso. Che aveva il diritto di sapere perché l'aveva lasciato? Perché se n'era andata? Dopo avergli salvato la vita a colpi di calibro 9, dopo averlo vegliato in ospedale per ventuno notti, dopo aver fatto l'inferno per sbattere dentro l'unico bastardo sopravvissuto alla sparatoria. Dopo se n'era andata.

Scappata, era il termine piú giusto.

A che era servito? La risposta, spietata, non riusciva a darla neppure a sé stessa.

I due segnali autostradali erano sempre piú vicini, là in alto: Messina sinistra, Catania destra. E forse di proposito, forse perché quando uno la vede troppo nera s'illude che cedere a un desiderio possa aiutare a recuperare l'equilibrio, o forse per colpa di quel pizzicore fastidioso agli occhi che le annacquava la vista, Vanina sbagliò strada. E al primo svincolo la sbagliò di nuovo e tirò dritto, fino all'indicazione Pollina-Castelbuono. Là uscí.

14.

Maria Giulia De Rosa quando faceva una cosa la faceva in grande.

Il bancone dei cocktail pareva quello di un night club
di Miami. Sulla pista da ballo c'erano piú cubi colorati
che nello studio di Rubik, e sopra ciascuno di essi qualcuno ballava scatenato sudando Caipiroska alla fragola. La
scena iniziale de *La grande bellezza* in versione catanese.

L'avvocato saltellava da un lato all'altro del giardino,
dal cubo giallo a quello verde, passando per la consolle.
Una metamorfosi che a Vanina sarebbe parsa inquietante,
se non fosse stata palesemente indotta dall'alcol.

Adriano e Luca conoscevano circa la metà dei duecento
invitati, lei appena una decina e nemmeno troppo bene.

Il medico legale e il giornalista erano indubbiamente la
coppia piú di tendenza. Uno tirato come in una vetrina
di Gucci, l'altro finto trasandato ma con tutti i pezzi giusti al posto giusto, barba e profumo compresi. Il rischio
che Giuli, in preda ai fumi del quarto Cosmopolitan, gli si
fiondasse addosso incurante del compagno, nonché delle
sue preferenze sessuali, era elevatissimo.

Vanina si teneva alla larga dalla bolgia saltellante e dagli
altoparlanti, che pareva stessero per scoppiare. Organizzare una festa all'aperto a fine settembre era un azzardo
anche in Sicilia. L'umidità si tagliava col coltello e le uniche zone protette erano la pista da ballo, sotto una tettoia,

e un gazebo piazzato in mezzo al giardino e fornito di cuscinoni e pouf, che Adriano e Luca avevano requisito come quartier generale delle loro pubbliche relazioni a base di rum Zacapa e sigari cubani.

Il vicequestore se ne stava stravaccata su una poltrona a sacco, fumando una Gauloises, incerta se indulgere o meno al secondo cocktail superalcolico della serata.

Non era da lei, ma ne aveva un effettivo bisogno.

La passeggiata a Castelbuono – con tanto di sosta nostalgica davanti alla casa dei nonni paterni, che chissà ora di chi era, e panettoni e castelli vari – era stata una breve parentesi di ossigeno prima di sfracellarsi nella depressione. E quella festa, tanto vilipesa, era stata provvidenziale.

Chiuse la cerniera della giacca di pelle nera, che adattava sopra qualunque abbigliamento serale. L'unico difetto che aveva, quel capo costosissimo, era che non camuffava granché la fondina. E siccome uscire disarmata era una scelta che Vanina non prendeva in considerazione neppure quando l'occasione l'avrebbe permesso, ogni volta le toccava ripiegare su un revolverino calibro 22 North American che entrava in qualunque borsa, se non addirittura in tasca.

S'issò sui sandali, smadonnando per averli indossati, e andò verso il bancone. Si lasciò convincere da Adriano Calí a ordinare un Old Fashioned. «Il cocktail piú raffinato che esista».

Si appoggiò al bancone e mandò giú un sorso. Caspita se era forte, quell'intruglio.

– Aiuta, – rispose il medico alla sua protesta. Doveva aver capito piú di quanto lei credesse.

S'inoltrò tra la gente, in cerca di Giuli. La localizzò al centro della pista, scatenata, e fece per desistere, ma lei l'aveva già vista e le stava venendo incontro.

– Ehi, tesoro! Vieni a ballare!

– Non se ne parla proprio, Giuli.

– Ma dài, non essere sempre ingessata!

– Giuli, levaci mano.

– Visto quanta gente? – disse l'avvocato, soddisfatta.

Vanina intravide il notaio Renna junior, che la salutava da lontano agitando un bicchiere al ritmo di Enrique
Iglesias. Irriconoscibile.

Persone che la conoscevano, ma che lei non conosceva,
si avvicinarono e la salutarono. Obtorto collo dovette tollerare uno scampolo di conversazione, urlata per giunta,
con gente di cui aveva afferrato a stento il nome.

Giuli fu risucchiata nel vortice dei festeggiamenti e Vanina riuscí ad allontanarsi.

Quante mani aveva stretto quella sera? Cento? E quante ne avrebbe strette, con i suoi criteri di valutazione, se
di tutti avesse conosciuto fatti e misfatti?

Suo padre diceva sempre che a Palermo le mani si strin-
gono a occhi chiusi, perché non sai mai a chi appartengono
veramente. Era improbabile che Catania in questo fosse
tanto diversa.

Mezz'ora al massimo poteva resistere ancora, poi avrebbe finto una chiamata di Spanò e avrebbe abbandonato
il campo.

– Dottoressa Guarrasi? – la chiamarono dal bordo pista.

Alfio Burrano schizzò fuori da un capannello vociante,
raggiungendola a mano tesa.

Capello scombinato e camicia bagnata incollata addosso. Un'immagine che esigeva una buona dose di appeal per
non scadere nel disgustoso. E Burrano, quanto ad appeal,
male non era messo.

– È strano vederla… cosí! – disse, sfoderando il miglior
sorriso a memoria di odontoiatra.

Vanina gli strinse la mano, che per fortuna era asciutta. Un punto a favore.

– Cosí come? – gli chiese.

– Mah, che ne so… Tacchi, trucco, – si fermò, vedendola inarcare il sopracciglio sinistro. – Mi scusi per la sfacciataggine, però sta veramente bene.

Non lo freddò con lo sguardo, cosa che probabilmente lui invece si aspettava, e questo lo incoraggiò a restare.

Gli chiese cosa ci facesse lí, sebbene fosse una domanda retorica: era un amico di Maria Giulia De Rosa, ovviamente. Chi non lo era, del resto? L'avvocato elargiva amicizia a destra e a manca con l'abilità di un diplomatico in carriera. E poi c'erano gli Amici veri, ma quella era tutta un'altra storia.

Burrano non tornò piú a ballare. Si fiondò sotto il gazebo e si accomodò sulla poltrona a sacco accanto a quella del vicequestore. Attinse alla bottiglia di Zacapa di Luca, ma rifiutò il cubano.

– Solo Antico Toscano, – spiegò, accendendosi un mezzo sigaro che aveva lo stesso aspetto e aroma di quello che Tito Macchia si teneva sempre spento tra le labbra.

Vanina lo studiò divertita, rimandando di mezz'ora in mezz'ora la presunta telefonata di Spanò. Simpatico, inconsistente, conversazione di una superficialità disarmante. E attraente, che non era un aspetto da sottovalutare. Perfetto per farsi un giro e riguadagnare un po' di buonumore. Parlava, curtigghiava, massacrava ogni povero disgraziato che gli passava davanti, con lo spirito di un vignettista satirico. E beveva Zacapa come fosse Coca-Cola.

Dopo dieci minuti erano già entrati in confidenza e passati al tu.

Un uomo alto e biondo, una specie di cestista vichingo, si staccò da un gruppo e partí a razzo verso di loro.

– Alfio! Mi chiedevo dove fossi finito. Come al solito in buona compagnia.

Si presentò a Vanina. – Gigi Nicolosi. Il migliore amico di questo personaggio qua.

Alfio confermò, annuendo, mentre l'amico continuava a parlare. Il sorriso ancora stampato in faccia, ma distante da quello di poco prima. Per qualche motivo che a Vanina sfuggí, dato che il racconto di Nicolosi sui momenti che avevano condiviso e su com'erano cresciuti insieme pareva autentico.

Però Burrano rimase cosí, con mezzo sorriso e mezzo pensiero, finché l'amico non se ne tornò nel gruppo da cui era fuoriuscito.

Nicola Renna passò loro davanti e li salutò, sorridendo al vicequestore.

– Occhio, che quello non sembra ma ci prova con tutte, – l'avvertí Alfio, di nuovo in sé, – quattro moine, tira fuori la Morgan, poi t'invita a vedere la sua galleria d'arte moderna multimilionaria. E *zac!*

– Grazie di avermi avvertito! Sai, indifesa come sono, – fece, sorridendo a mezza bocca.

Alfio sghignazzò, divertito.

– Senti, vicequestore, posso chiederti una cosa? – se ne uscí, dopo un attimo di silenzio.

– Se non sono notizie riservate.

– Sei sposata, fidanzata, impegnata… O sono notizie riservate?

– Riservatissime, – gli rispose, ridendo. – Ma, visto che t'interessa tanto, per stavolta faccio un'eccezione e ti rispondo. No: non ho né mariti né fidanzati né compagni.

Quella risposta suonò come un lasciapassare per una strada interdetta al traffico. Alfio alzò il livello di confidenza. Avvicinò la poltrona a sacco alla sua, cambiò tono.

Partí con qualche avance. Discreta. Velatissima, perché sempre di Vanina Guarrasi si trattava e sbagli era meglio non commetterne, non si sa mai. Vanina decise di divertirsi un po'.

– E la tua fidanzata, invece, come sta? Non la vedo qui in giro.

– Ma chi? Valentina?

– Perché, ne hai altre?

– Valentina non è la mia fidanzata.

– Peccato. È una bella ragazza. Fossi in te ci penserei. E poi, dopo l'esperienza terrificante che le hai fatto fare...

Burrano la guardò senza afferrare. – Che esperienza?

– Il disseppellimento di una mummia ti pare un'esperienza piacevole?

– Guarda che ne avrei fatto volentieri a meno pure io, te l'assicuro, – disse, con una smorfia. – Da quando è saltato fuori quel cadavere è stato un continuo di rotture di balle. E non solo... – Si fermò lí.

Vanina drizzò le antenne.

– Perché, che altro ti è successo?

– Ma niente. È che la vecchia non ci sta dormendo la notte, e sta mettendo in croce me, perché se io non mi fossi interessato a quella parte della villa, che secondo lei non mi doveva riguardare, a quest'ora quella poveraccia sarebbe ancora nel montacarichi. Per sessant'anni non ha messo piede a Sciara, e ora che ci sono i sigilli e non si può entrare lei vorrebbe tornarci. Si può essere piú folli?

Altro che folle. Questo poteva significare che alla villa ci fosse qualche altro indizio da recuperare. O magari, con un colpo di fortuna, addirittura una prova.

– Basta concordare col magistrato, e posso farvi accompagnare da qualcuno dei miei uomini. O magari posso venire io con voi. Tua zia potrebbe ricordare qualcosa.

– Gliel'ho detto, ma mi ha quasi mandato a quel paese. Non sia mai, dover chiedere il permesso a Franco Vassalli per entrare in casa sua? Oggi, poi, pareva particolarmente isterica. E quand'è isterica diventa pure manesca. Forse perché ha saputo che nel montacarichi erano nascosti pure un sacco di soldi. Tirchia e venale com'è...

– Chi gliel'ha detto che c'erano dei soldi? – chiese Vanina, aggrottando la fronte.

Alfio strinse gli occhi in un'espressione beffarda.

– Se pensi che mia zia si accontenti di quello che le comunicate voi la stai sottovalutando. Quella ha i suoi informatori.

E li stava usando, questa era la notizia piú importante.

– Perciò le venne la fantasia di andare a Sciara, – riprese Vanina, con indifferenza.

– Già. E secondo lei io avrei dovuto assecondarla... meglio che non ti dica come, vicequestore –. Prese mezzo sigaro da un astuccio e tirò fuori l'accendino.

Vanina ebbe l'impressione che invece fosse impaziente di dirglielo. Anzi, che avesse portato il discorso lí apposta.

– Alfio, non puoi dire a un vicequestore della Polizia di Stato che preferisci tacerle qualcosa. O non parli dal principio oppure vuoti il sacco. Perché t'avverto che se poi scopro che era importante e che tu non me l'hai detto non è una bella situazione.

Il sigaro di Alfio rimase acceso a metà.

– Per carità, – disse, alzando le mani. – Pendenze con un vicequestore della Polizia di Stato non ne voglio. Soprattutto se sei tu. La vecchia voleva che staccassi i sigilli e dopo li rimettessi a posto. Forse non aveva capito che è un reato. Gliel'ho spiegato io.

– E l'ha capito?

– Immagino di sí.

Burrano recuperò il tono allegro che era svanito al primo accenno all'indagine. Con ogni mezzo a sua disposizione, e un bicchiere di Zacapa in piú, cercò di riportare il vicequestore aggiunto Giovanna Guarrasi in modalità «Vanina». Che gli piaceva assai.

E Vanina glielo lasciò fare.

Le allusioni e gli ammiccamenti con cui Giuli la sferzò, nel suo giro pre-candeline sotto il gazebo, contribuirono a definire meglio la cosa.

Il secondo Old Fashioned fece il resto.

– Perciò, dottoressa Guarrasi, mi faccia capire, – chiese Eliana Recupero, il magistrato della Direzione distrettuale antimafia che le aveva autorizzato in dieci minuti l'incontro con Tunisi all'Ucciardone. Una cinquantina d'anni, fisico minuto, occhi vivi. – Calascibetta l'ha chiamata perché, avendo appreso dal giornale che stava tornando a galla un omicidio per cui cinquant'anni fa era stato condannato un componente di una famiglia affiliata, ha ritenuto necessario contribuire con quello che sapeva?

– Cosí disse.

– E lei ci crede?

– Magari non in questi termini, ma in linea generale sí, dottoressa. Io credo che Tunisi, Calascibetta insomma, sapesse che dietro il cadavere ritrovato qualche giorno fa dev'esserci la stessa mano che ammazzò Burrano. E probabilmente sapeva pure che Di Stefano non è il nostro indiziato numero uno. Ma dubito che l'abbia appreso dal giornale.

– E lei da chi pensa che l'abbia saputo?

– Da Di Stefano stesso.

La Recupero la interrogò con gli occhi.

Il collegamento tra Tunisi e Di Stefano, la millantata cuginanza, Spanò l'aveva rintracciato in meno di mezz'ora.

Saveria Calascibetta, l'unica figlia del collaboratore di giustizia, era sposata con Vincenzo Zinna, nipote in primo grado di Agatina, la moglie di Masino Di Stefano, e di Gaspare, il firmatario del famoso accordo sull'acquedotto.

Le cose, per Vanina, erano abbastanza chiare. Dopo cinquantasette anni, gli Zinna stavano presentando il conto al vero assassino. Che secondo quanto aveva rilasciato e sottoscritto Tunisi, era da ricercare all'interno della famiglia Burrano. La famiglia «delle corna».

– Perciò non ci sarà bisogno di coinvolgere i suoi colleghi della Criminalità organizzata, – concluse la pm.

– Direi proprio di no, dottoressa. Perché, vede, Calascibetta su una cosa ha perfettamente ragione: quella volta andò tutto al contrario. Un mafioso incriminato al posto di un cornuto. O una cornuta. La Criminalità organizzata c'entrava con gli affari di Gaetano Burrano, e forse in seguitò poté entrarci con quelli di chi successe a lui nella gestione degli affari, ma col suo omicidio no. E men che meno con quello di Maria Cutò.

La Recupero le diede ragione.

Vassalli la aspettava al varco con la sua caterva di domande.

Aveva evitato accuratamente di avvicinarsi all'ufficio di Eliana Recupero di cui, conoscendolo, doveva temere l'opinione e i modi spicci, che Vanina invece apprezzava e condivideva.

– E se invece fosse tutta una montatura? – argomentò il pm. – Se gli Zinna avessero armato tutta questa messinscena per evitare al loro congiunto un'altra condanna? E se Burrano all'ultimo minuto avesse cambiato idea su quel contratto? Anche se una copia era rimasta nella sua borsa, quella ufficiale non si trovò piú. È un dato di fatto.

E se lo ammazzarono per vendetta e quella povera disgraziata della prostituta ci andò di mezzo perché sapeva troppo? Non aveva rubato la macchina, su questo siamo d'accordo, ma per ripianare i suoi debiti di gioco Di Stefano potrebbe aver rubato benissimo i soldi che sostiene di aver prelevato per Burrano. Ci ha pensato, dottoressa Guarrasi? Non sarebbe il caso invece di passare tutto in mano alla Direzione investigativa antimafia. Se poi loro pensano veramente che non ci sia alcun legame...

Vanina saltò sulla sedia. – La Dia? Dottor Vassalli, ma lei si rende conto di quello che sta dicendo?

Se avesse potuto farlo, si sarebbe alzata e se ne sarebbe andata, ma non poteva rischiare di compromettere la sua indagine con un colpo di testa.

– Non le sembra un po' eccessivo disturbare i colleghi della Dia per una storia di cinquant'anni fa che, mi scusi se glielo dico, non merita di sicuro la loro considerazione? Mi creda, dottore: io con l'Antimafia ci ho lavorato per molti anni, e le assicuro che tempo da perdere non ne hanno, – disse, pacata ma ferma. E invece avrebbe voluto ruggire.

Vassalli esitò. Aprí un fascicolo, lo richiuse, spostò una penna, poi la rimise a posto. Era evidente che qualcosa lo frenava, qualcosa che non poteva palesare, o qualcuno che non poteva mettere in mezzo.

– Va bene, dottoressa Guarrasi. Io prendo atto della testimonianza del collaboratore, ma per muoverci nella direzione che dice lei dobbiamo avere qualcosa di piú. Qualcosa di concreto, dottoressa. Lo cerchi, e se lo trova allora procediamo. Altrimenti per me l'unico possibile indiziato resta Tommaso Di Stefano.

Piú esplicito di cosí non poteva essere.

Vanina uscí dalla procura che pareva un'Erinni. Avrebbe

spaccato a calci il tubolare di ferro che si trovò tra i piedi uscendo dal piazzale.

Quella negghia di Vassalli – perché cosí si sarebbe chiamato a Palermo uno inutile come lui – l'aveva lasciata sola, a combattere contro i mulini a vento. E l'assurdo era che per la prima volta nella sua carriera, la mafia le dava ragione. Non c'era da stare allegri.

Entrò nel bar all'angolo e affogò la rabbia in un'iris al cioccolato: un panino al latte svuotato e fritto, e poi riempito di crema al cioccolato. Una delle sue *catanesate* preferite.

Quella mattina i suoi rituali giornalieri erano saltati in toto. Niente caffellatte appena sveglia, niente passaggio dal bar sotto casa con incartamento di cornetto e cappuccino da portarsi in ufficio. Solo un caffè veloce nella Nespresso di casa per non arrivare in procura con la faccia di uno zombie.

Aveva dormito tre ore. Quattro, se si contava l'ora di sonno consumata sul divano grigio dopo aver rispedito a casa Alfio Burrano. In bianco.

Doveva ammettere che l'idea iniziale, quando l'aveva fatto entrare nella sua dépendance, era stata un'altra. E viste le premesse, sarebbe stata senz'altro un'idea indovinata. Poi però qualcosa, non sapeva bene cosa, aveva frenato entrambi e la serata era finita lí.

Unico postumo, un mal di testa latente, ascrivibile ai cocktail raffinati suggeriti da Adriano Calí e a una quantità di sigarette che normalmente avrebbe consumato in due giorni.

La scrivania della Bonazzoli e quella di Nunnari erano seppellite sotto una montagna di oggetti imbustati.

Quel fituso di Manenti le aveva reso la pariglia per tutte le volte che gli aveva rotto le scatole con le richieste piú disparate, mandandole l'intero catalogo repertato nella Flaminia.

Marta si rigirava tra le mani un sacchetto con aria contrita. Vanina si avvicinò e vide che conteneva un pupazzo. Un Pinocchio di legno che pareva uscito da un negozio di giocattoli vintage.

– Ma secondo te che fine ha fatto Rita Cutò? – le chiese l'ispettore, con gli occhi umidi.

– Non lo so, Marta, – tirò un sospiro rassegnato. – E di questo passo temo che non lo sapremo mai.

Fragapane e Spanò emersero dal loro ufficio, anche quello ingombro di sacchetti.

– Bentornata, capo, – la salutò il vicesovrintendente.

L'ispettore si limitò a un cenno. Vanina l'aveva già sentito per telefono prima di arrivare in procura, per gli aggiornamenti, ma i risultati delle ricerche su Teresa Burrano fino a quel momento dicevano poco.

– Ho parlato con Pappalardo, il mio amico della Scientifica... – attaccò Fragapane.

– Alt, – lo fermò Vanina. Si voltò verso il fondo della stanza. – Lo Faro, vatti a prendere un caffè.

Il ragazzo alzò la testa dalla scrivania. – Ma... veramente l'ho già preso.

– Allora uno snack, che sono le undici e mezzo ed è ora.

– Grazie, ma io non mangio mai fuori pasto.

– E allora fumati una sigaretta... No, – lo anticipò, – non mi dire che non fumi perché non me ne frega niente. Fatti una passeggiata, vai dove vuoi, basta che ti levi dai piedi.

Lo Faro girò attorno alla scrivania con la faccia da cane bastonato e sfilò verso la porta. Non osò chiedere il perché di quel trattamento, che il vicequestore aveva già motivato ampiamente un paio di sere prima.

– Diceva, Fragapane? – riprese Vanina.

– Portai l'accendino al mio amico Pappalardo, come disse lei, senza fargli capire a chi apparteneva. Lo avvertii che sopra ci saranno sicuramente anche le impronte della mia collega che lo trovò. Lui mi assicurò che avrebbe fatto presto. Solo che quelle del posacenere sono solo tracce, dottoressa. Quattordici punti non li recuperano manco da lontano. Perciò sarà impossibile confrontarle. La novità di oggi, e sicuramente piú tardi il dottore Manenti le telefonerà per comunicargliela, invece, è che riuscirono a isolare qualche frammento di Dna dalla tazzina. Impronte niente, però.

Vanina dovette rifletterci su per realizzare di cosa stava parlando.

– Ah, sí. La tazzina che i colleghi non avevano neppure spostato. Bene. Un giorno potrebbe esserci utile, chi lo sa. Visto che dobbiamo farci bastare il poco che abbiamo.

Ci fu un attimo di silenzio. Tutti si guardarono tra loro, tranne Spanò che rimase impassibile. Marta posò il burattino e si girò verso il vicequestore.

– Cioè, non possiamo fare altre indagini? – disse, incredula.

– Non su cose o persone che non abbiano un legame assodato con la morte di Maria Cutò.

Ci pensarono tutti su.

– Scusi, capo, – intervenne Nunnari, – forse mi sono perso qualche cosa, ma mi pareva che legami assodati, sulla morte della Cutò, ancora non ne avessimo trovati…

Vanina rispose con un'alzata di spalle.

– Buttanazza della miseria, – sbottò Fragapane, sottovoce ma udibile.

– Già. E mi pare che in questo caso possiamo dirlo ancora piú forte, – concluse il vicequestore.

Li lasciò lí a rimuginare sul senso della frase, e andò a rifugiarsi nel suo ufficio.

Aprí la finestra e si accese una sigaretta. E pazienza se era vietato.

Si abbandonò sullo schienale della poltrona, girandosi a destra e a sinistra lentamente, il piede puntato sulla pedana.

Ragionò sugli elementi che aveva a disposizione. Teorici molti, concreti poco o nulla. Ai teorici aggiunse anche quello che le aveva raccontato Alfio la sera prima. Si capiva che doveva avercela a morte con la vecchia, e che godeva nel screditarla agli occhi di un tutore della legge. In confronto a quello che Vanina già sospettava, l'informazione che le aveva dato era una quisquilia, ma questo lui non poteva saperlo. Né sospettarlo, dato che il nome della signora non era mai venuto fuori neppure per un secondo tra i sospetti per l'omicidio di suo marito. Che poi il sospetto era sempre stato uno solo. E volevano che finisse cosí anche quella volta. Ma potevano crepare: lei non era il commissario... come si chiamava? Ah, Torrisi. E manco il povero Patanè, che su quella storia chissà quanto doveva essercisi corroso lo stomaco.

Si drizzò di scatto e afferrò il telefono. Digitò il numero di Patanè, che teneva sempre in bella vista sulla scrivania, e si mise in attesa.

Spense il mozzicone in un residuo di caffè preso alla macchinetta un paio di giorni prima e bevuto solo a metà. Oltre poteva essere gastrolesivo. Si compiacque di constatare che nessuno era entrato nella stanza durante la sua assenza, neanche quelli delle pulizie.

Al cellulare, manco a dirlo, il commissario non rispose. Vanina provò il numero di casa.

La signora Angelina rispose in voce di testa dopo sei squilli.

– No, Gino non c'è, – la informò, con evidente soddisfazione.

– All'ora di pranzo lo trovo?

– Ca certo che lo trova. In pensione è, mio marito –. Mi pare che lei se lo scordò, avrebbe voluto aggiungere sicuramente.

Spanò bussò alla porta mentre Vanina stava mettendo giú la cornetta. Si andò a sedere davanti a lei con l'indignazione dipinta in volto. Lui il comportamento di Vassalli l'aveva previsto.

– Novità? – gli chiese.

L'ispettore si allisciò i baffi sospirando.

– Allora: indigente Teresa Regalbuto non è stata mai, manco da ragazza. Viene da una famiglia di professionisti, ben inserita nella buona società di Catania. Gente benestante, con la puzza sotto il naso, ma dal punto di vista finanziario non piú facoltosa di tante altre. I soldi veri, Teresa li tastò per la prima volta quando si sposò con Gaetano Burrano. Pare, ma questo lo dice mia zia Maricchia, che dalla parte sua combinato combinato non fu, 'sto matrimonio. Per i Regalbuto i Burrano erano una famiglia di arripudduti. E Gaetano non era degno della figlia, che pretendenti a quanto ho capito ne aveva assai. Ma Teresa s'incapricciò, e tanto fece che alla fine se lo sposò. Burrano come marito fu pessimo, però soldi in mano alla moglie gliene dava assai. La signora era una delle donne piú in vista di Catania. I suoi salotti erano famosi per essere una specie di circolo chiuso, dove si facevano amicizie importanti.

– Ed era il marito che le garantiva questa importanza?

– E qua stavo arrivando. Burrano era ricco, influente e spregiudicato. Perciò a rigor di logica doveva essere cosí. Però c'è un fatto strano. Se la moglie avesse goduto solo della potenza di suo marito, una volta morto lui la sua influenza sarebbe precipitata a picco. I salotti magari sarebbero rimasti ambiti solo dalle signore, e le sue feste sarebbero diventate normali occasioni mondane. Invece non solo questo non successe, ma la scalata di Teresa al trono di donna piú potente di Catania diventò inarrestabile. Negli anni Ottanta, quando a Catania soldi ne giravano assai, sotto casa sua c'era sempre parcheggiata qualche macchina con autista e antenna sul tetto. Qualcuno, ma questa è sempre farina del sacco di Maricchia, bisbigliava che se la facesse con qualche nome altolocato. Gente di Roma... Sa com'è, Roma fa sempre presa sulla fantasia della gente, soprattutto di quella che non c'è stata mai.

Vanina lo guardò ammirata.

– Ma me lo dice dove le ha trovate tutte queste informazioni?

– La famiglia Spanò ha i suoi informatori.

– Fidati?

– Ci può mettere la mano sul fuoco, dottoressa.

– Bravo, Spanò. Sempre elementi teorici sono, ma piú ne abbiamo meglio è.

L'ispettore annuí, compiaciuto.

– Almeno questo. Comunque, me ne manca ancora uno. Un informatore dei tempi andati. Uno che in genere sapeva cose grosse. È fuori, ma m'hanno assicurato che dovrebbe rientrare a Catania a giorni.

Altri giorni. Come se avessero davanti tutto il tempo che volevano. Che poi a pensarci non era neppure un fatto contestabile, data l'epoca del cadavere. C'era solo da augurarsi che nessun omicidio piú fresco si mettesse di mezzo a reclamare la sua attenzione.

Il commissario Patanè la richiamò sul fisso dell'ufficio. Mezz'ora dopo, praticamente all'ora di pranzo, era là.

– Ieri le telefonai in ufficio, ma non c'era. Mi passarono la poliziotta bionda... come si chiama?

– Bonazzoli.

– Ecco, lei. Volevo chiamarla al cellulare. Il numero me l'ero segnato l'altro giorno su un pizzino, ma non lo trovai piú. Tutte le tasche rivoltai. Niente. Me lo deve ridare.

Vanina gli allungò un biglietto da visita.

– Però se vuole un consiglio eviti di conservarselo in tasca.

– Certo... – disse Patanè, meccanicamente. Poi alzò la testa insospettito. – Ma perché me lo dice?

Vanina sorrise. – Niente, commissario. Stavo scherzando.

Il commissario capí lo stesso. E rise.

– Ragione ha! Ma che ci vuole fare, dottoressa Guarrasi, Angelina mia sempre cosí è stata.

– Angelina sua è adorabile, e lei invece di rientrare a casa per pranzo è venuto qui. Perciò sua moglie ha pure ragione.

– Torniamo alle cose serie, va', – disse Patanè, tirando fuori dalla tasca un bloc-notes a quadretti modello lista della spesa, con copertina a brandelli e cartoncino di sotto scarabocchiato. – Ieri mattina mi misi di buzzo buono assieme a Iero per cercare di ricordare che cosa non ci quadrava di preciso quando avevamo iniziato a indagare sull'omicidio di Burrano. Lo sa com'è: due mezze memorie fanno una intera, uno ci vede e l'altro ci sente, qualche cosa riuscimmo a tirare fuori. Tanto piú che io il fascicolo ce l'avevo fresco fresco. Mi segnai tutto per non scordarmi i particolari.

– Mi racconti, commissario.

Patanè inforcò gli occhiali e attaccò: – Primo: la valigetta coi soldi sparita. Ovviamente sulla scena del crimine non ce n'era traccia, perciò non l'avremmo mai saputo. Se fosse stato Di Stefano a prenderla, perché avrebbe dovuto riferirci che esisteva? O inventarsela, come disse qualcuno? Secondo: il domestico disse che la sera dell'omicidio, prima dello sparo, aveva sentito trambusto, voci di persone. Iero mi ricordò che questa cosa ci aveva colpito. Nel fascicolo dev'esserci scritto, perché fu tra i primi interrogati. Persone, disse. Ora, se ci fosse stato solo Di Stefano, baccano non ne avrebbe sentito. Adesso noi sappiamo che quella sera doveva esserci anche Luna. Perciò la cosa si complica ancora di piú perché, stando alla versione ufficiale, Di Stefano avrebbe dovuto prima ammazzare Luna, nasconderla nel montacarichi e poi andare a sparare a Burrano, che nel frattempo se n'era stato buono buono ad aspettare alla scrivania. E alla fine avrebbe dovuto far sparire la pistola. Oppure al contrario, aveva sparato a Burrano, dopodiché aveva ammazzato la fimmina e l'aveva nascosta nel montacarichi. Ma cosí non coincidono i tempi con il racconto del domestico che disse di essere corso subito a vedere che succedeva e di essere arrivato nello studio assieme all'amministratore. E c'è un'altra cosa, dottoressa: il domestico non parlò mai di donne che vivevano in quella casa con Burrano. Perciò, se era vero che Luna era stata là per giorni, prima di scomparire, o questo tizio non diceva la verità, magari imbeccato dalla famiglia per non creare scandali, oppure per davvero non l'aveva mai conosciuta e quella sera era lí per caso. Giusto giusto quella sera.

Teresa Burrano, la prima volta che Vanina le aveva parlato, aveva glissato sull'argomento domestici, ma era assai improbabile che uno come Burrano vivesse in una casa senza servitú. Perciò aveva ragione Patanè: qualcuno aveva omesso qualcosa.

Tirò fuori il fascicolo Burrano e cercò tra le prime pagine. Patanè allungò il collo per sbirciare.

– Quella dev'essere, – indicò, a un certo punto.

Eccola là, la testimonianza del domestico: mezza pagi-netta sgualcita cui in tutta sincerità non aveva fatto trop-po caso, dato che ripeteva piú o meno le solite cose. L'uni-co fatto diverso era la testimonianza che Di Stefano era arrivato insieme a lui. Inutile, per gli inquirenti di allora, dato che secondo loro l'amministratore nel frattempo era andato a liberarsi della pistola e a nascondere i soldi.

– Demetrio Cunsolo, nato a Catania... nel 1934, – les-se. – Oh, ma lo sa che questo potrebbe essere ancora vivo?

Patanè drizzò la testa, punto nel vivo. – Dottoressa, la prego di ricordare che sta parlando con uno del 1933, vivo e vegeto. E che il mio amico Iero, che ci forní fior di in-formazioni, è nato nel '27.

Vanina sorrise imbarazzata. – Mi scusi, commissario.

Chiamò la Bonazzoli, ma si presentò Nunnari.

– Dov'è Marta? – gli chiese.

– Sta parlando al telefono con un collega delle volanti. Pare che abbiano ammazzato una donna nel parcheggio davanti all'*Hotel Nettuno*.

Vanina alzò gli occhi.

– Ecchemminchia! – esclamò. Pareva che se la sentisse.

– Ma no, capo, mi sa che hanno già preso pure l'assassino.

– Come sarebbe, scusa?

In quel momento sopraggiunse Marta, piú infastidita che agitata.

– Vanina... Ah, perdonami! Ho dimenticato di riferirti che ieri il commissario Patanè ti aveva telefonato!

– Non preoccuparti. Com'è 'sta storia della donna uccisa?

– Ma una roba assurda! – disse Marta, scuotendo la te-sta. – Un tipo ha ucciso la moglie a colpi di cric perché litigavano su come sistemare le valigie nel baule dell'au-to. La volante l'ha trovato lí, ancora con l'arma in mano, inebetito.

– Questa non m'è capitata mai, – commentò Patanè, strabiliato.

Vanina si rilassò. – Ah, vabbe'. Non capisco che bisogno ci fosse di chiamare noi, ma dato che ormai ci hanno coinvolti. Sbrigatela tu. E portati Lo Faro, cosí distraiamo l'attenzione della stampa.

– Ok, capo. Vado.

– E... Marta? – la richiamò.

– Dimmi.

– L'hai detto a Macchia?

– No... Cioè, l'ho detto a te, – fece l'ispettore.

– Ma io sto lavorando ad altro, in questo momento. Fai la cortesia: bussagli e diglielo tu.

Marta rimase ferma per un attimo, confusa. – Io?

– Sí, Marta. Tu, – Vanina le sorrise. – Non morde, stai tranquilla.

La ragazza schizzò verso la porta di fronte.

– Dev'essere timida, – commentò Patanè, a voce bassa.

Nunnari si perse con lo sguardo dietro di lei.

– Torniamo a noi, – lo riprese il vicequestore. Gli allungò un foglietto con i dati del domestico di Burrano e lo incaricò di cercarlo.

– Agli ordini, capo, – fece il sovrintendente, mano sulla fronte, prima di congedarsi.

– Certo che ha una squadra... – iniziò Patanè.

– Di esauriti uno peggio dell'altro, commissario, – lo anticipò Vanina. – Però sono bravi, sa? Non sembra, ma sono bravi.

– E poi ha Carmelo Spanò, – precisò il commissario.

– Che vale per tre.

Vanina sentí la voce di Macchia nel corridoio, segno che era uscito dalla sua stanza appresso alla Bonazzoli. Tempo due minuti e sarebbe arrivato da lei reclamando gli aggior-

namenti, compreso, anzi soprattutto, l'abboccamento con
Vassalli in procura.

– Senta, commissario, volevo chiederle una cortesia.

– Dica, dottoressa.

– Se la sentirebbe di fare un sopralluogo con me a villa
Burrano, oggi pomeriggio?

Patanè rimase col fiato sospeso. Non aveva osato sperare tanto.

– Certo, dottoressa! Ma che domande... Ne sarei oltremodo lieto.

– Devo rientrare lí con calma e studiarmi la situazione.

In quel frangente Tito Macchia irruppe nella stanza.

– Il commissario Patanè!

Patanè fece per alzarsi, ma fu ricacciato subito sulla
poltroncina dalla mano del gigante, che si sedette accanto a lui.

Vanina gli raccontò per sommi capi quello che *non* aveva concluso in procura, con una piccola digressione sulla
serietà e la stimabilità di Eliana Recupero, con cui le dispiaceva non poter lavorare.

– Passa alla Sco, e vedrai quanto ci lavorerai, – la provocò Tito. Sco stava per Sezione criminalità organizzata.
Capitava che il dirigente tentasse di traviarla verso quella direzione.

Gli rispose con un'occhiataccia e lo aggiornò su tutto
il resto.

Il commissario ci mise un minuto buono ad abituarsi alla penombra, giusto il tempo che Vanina impiegò ad
aprire le finestre.

Il vicequestore attraversò la sala da pranzo e andò dritta
verso lo studio. Accese la luce e aprí le imposte anche lí.

Patanè rimase sulla soglia, turbato. Quella scena l'aveva perseguitato per talmente tanto tempo che gli pareva di essere entrato lí dentro centinaia di volte.

Se lo ricordava come fosse il giorno prima.

Vanina vagava per la stanza in cerca d'ispirazione. Aprí una seconda porta, dal lato opposto, e si trovò ai piedi delle scale.

– Qual è la stanza dove avete scoperto il montacarichi? – chiese Patanè.

Lo portò nel salottino al piano superiore.

– Commissario, – gli chiese, – nel rapporto della Scientifica di allora queste stanze non compaiono. Non furono controllate oppure non si trovò niente di rilevante?

– Erano chiuse a chiave. Le chiavi le trovarono dopo, addosso a Burrano. Iero buttò giú la porta principale con una spallata. Aprimmo tutti i cassetti e gli armadi. Ma non c'era niente, dottoressa. Stanze private sono, che con la scena del crimine non c'entravano.

– Anche ora pensa che non c'entrassero?

Patanè rifletté in silenzio.

– È possibile. D'altra parte il cadavere di Luna lo trovarono nella cucina, giusto? Non qui. Perciò il montacarichi in cucina doveva essere.

– Dunque secondo lei l'assassino ha agito solo giú al piano terra?

– Secondo me sí.

– E allora questa statua qui chi ce la portò? – replicò Vanina, indicando il mezzobusto di Burrano senior.

Patanè non le seppe rispondere.

Scesero in cucina. Un nastro bianco e rosso delimitava l'area dove avevano lavorato quelli della Scientifica.

– Sono riusciti a capire se per caso qua per terra c'era sangue? Lo sa, con quella mavaría che usano adesso, che se ci fosse stata all'epoca mia mi avrebbe risparmiato un sacco di tempo e fatica.

– Il Luminol, – rise. – La *mavaría*! No, non hanno trovato tracce né di sangue né di altri liquidi biologici. È pure vero che è passato un sacco di tempo, però, commissario. Dicono che il sangue resista, soprattutto le tracce, ma cinquant'anni sempre cinquant'anni sono.

– Va bene, ma facciamo un'ipotesi. Mettiamo che l'abbiano ammazzata da un'altra parte e poi l'abbiano nascosta qui.

– Anche se fosse, questo non cambia la sostanza delle cose.

Patanè iniziò a tossire per la polvere. Vanina andò di corsa ad aprire l'unica portafinestra, protetta da una cancellata di ferro. Il commissario si attaccò alla grata e respirò a pieni polmoni l'aria del giardino.

La parete che conteneva il montacarichi, di un metro di spessore, finiva proprio lí. Sul lato corto, ad altezza uomo, c'era uno sportello di legno dipinto di bianco.

– Dottoressa, ce l'abbiamo un paio di guanti? – fece Patanè.

Vanina tirò fuori un guanto di lattice, l'unico che aveva in borsa.

Il commissario lo indossò e aprí lo sportello, svelando un vano tecnico.

La parte inferiore era occupata da un marchingegno meccanico con una grossa manovella. Quella superiore conteneva una sorta di piccolo quadro elettrico antidiluviano, con una levetta abbassata al centro.

– Dottoressa, non vorrei sbagliarmi ma secondo me 'sta levetta azionava il montacarichi, – fece segno con il dito verso l'alto «in su» poi verso il basso «in giú». Mentre la manovella doveva essere il meccanismo piú vecchio, quello iniziale. All'epoca interruttori cosí se ne trovavano pochissimi, e ci voleva una ditta specializzata per montarli. A Catania erano sí e no due.

Alfio raccontava che suo zio aveva convertito tutti gli impianti della villa con la corrente elettrica. Era poco plausibile che avesse escluso solo il montacarichi.

L'idea le esplose in mente tutto d'un tratto.

– Commissario! – quasi gridò.

Patanè sobbalzò.

– Minchia, dottoressa... – fece, portandosi una mano sul petto. – Non è che mi deve fare pigliare un sintomo.

– Non tocchi la levetta, neppure con i guanti. Anzi, richiuda lo sportello.

– E che ero scemo! Qua, per come sono combinati i fili, cosa di restarci fulminati è.

Ma Vanina seguiva i suoi pensieri.

– Ammettiamo che la donna sia stata ammazzata da un'altra parte, – disse.

– E io che dissi?

Il vicequestore non lo ascoltava.

– Ragioniamo, commissario. Se Burrano si trovava nello studio con qualcuno, chiunque fosse, sicuramente la Cutò non era con lui. La cosa piú probabile è che si trovasse al piano superiore.

Patanè scosse l'indice guantato avanti e indietro, stringendo gli occhi, come per dare un ritmo alla sua riflessione. – L'hanno ammazzata e l'hanno nascosta nel montacarichi. Poi hanno chiuso la porta a chiave e sono scesi in cucina. Hanno azionato il montacarichi e l'hanno portato a piano terra, poi hanno chiuso l'apertura con la credenza. Dopodiché hanno preso la statua e l'hanno portata al piano di sopra, – disse, infervorato.

Vanina ponderò il ragionamento, poi scosse la testa.

– C'è un fatto che non torna, commissario.

– Quale?

– La sera dell'omicidio, la statua era ancora nello studio. Si ricorda? L'abbiamo notato insieme.

Patanè non si arrese.

– Potrebbero averla portata su in un secondo momento.

– Può darsi. Quindi doveva essere qualcuno che aveva facile accesso alla villa. E che sapeva come attivare il montacarichi.

– Dottoressa, diciamocelo chiaro, tanto lo stiamo pensando tutti e due. Glielo confermo, l'unica persona che aveva libero accesso alla villa era Teresa Burrano.

Vanina si scostò dalla portafinestra e passeggiò per la stanza.

– Suo marito la sta lasciando e se ne sta andando a Napoli con un'altra donna, da cui ha avuto perfino una figlia. Sta affidando tutto il patrimonio nelle mani del suo amministratore mezzo mafioso, con cui combina pure un affare bello grosso. Da quel momento Di Stefano gestirà ogni cosa, anche le rendite cospicue che Burrano le passa mensilmente. Oltretutto, ha redatto un testamento in cui lei, Teresa Regalbuto, è trattata alla pari con una prostituta e costretta a lasciare dopo la sua morte ogni cosa alla figlia di lei.

– E questo la Burrano come lo sa?

– Lo sa da Arturo Renna, suo grande amico, se non qualcosa di piú. Dopo la morte di Gaetano, lo convince a far sparire il documento. Il testamento è olografo, quindi non è registrato e perciò non ne resta traccia. Cosí lei eredita tutto.

– E il contratto?

– Stessa cosa. Capisce che per incastrare Di Stefano e riappropriarsi anche dell'affare piú grosso deve eliminare per prima cosa quel contratto. Cosí tutto diventa piú facile. È la sua testimonianza contro quella di Di Stefano, per tutti. Anche per gli altri che le dànno man forte, tipo il cognato e il notaio. E se dietro Di Stefano ci sono gli Zinna, dietro Teresa Regalbuto c'è tutto il mondo. La gente che conta, e che comanda.

– Ovviamente deve eliminare anche la povera Luna. La ammazza e la nasconde nel montacarichi, – concluse Patanè.

Vanina annuí.

– C'è solo una cosa che non mi convince fino in fondo.

– Che cosa?

– Che Teresa Burrano non avrebbe mai seppellito Maria Cutò con una cassetta di sicurezza piena di soldi.

– E questo non va.

– No, non va.

– Ci dobbiamo riflettere, se no il ragionamento ce lo facciamo fritto.

– Sí, ci dobbiamo riflettere. Ma tanto in questo momento il ragionamento ce lo facciamo fritto lo stesso, e lo sa perché? Perché non abbiamo niente che lo provi. E Teresa Regalbuto in questi cinquant'anni è diventata ancora piú potente di prima. Non so se mi spiegai, commissario.

– Si spiegò benissimo, dottoressa. Ora capisco perché l'indagine me la levarono di mano appena iniziai a dubitare della colpevolezza di Di Stefano. E capisco anche quello che lei raccontava prima al suo dirigente, il fatto di stamattina in procura. Ecco perché mi ha chiesto di venire qui: deve trovare una prova, e crede che io possa aiutarla. Spero di essere in grado, dottoressa Guarrasi. Lo spero sia per lei, sia per me.

Vanina lo guardò negli occhi. Sentí che di lui si poteva fidare al cento per cento e decise di condividere anche l'ultimo dettaglio, quello che le aveva riferito Alfio la sera prima.

– Perciò qualche cosa qua dentro ci dev'essere. Potrebbe essere macari la pistola stessa. La questione è scoprire dov'è, – disse Patanè, uscendo dalla villa.

– Comunque, un passo avanti oggi l'abbiamo fatto, – concluse Vanina, riattaccando i sigilli.

– Cioè?

– La levetta del montacarichi è di metallo liscio ed è chiusa dal coperchio di plastica. Lo sa questo cosa vuol dire, commissario? Che l'impronta digitale dell'ultima persona che l'ha azionata potrebbe essersi conservata ancora lí. Se siamo fortunati, se è andata come pensiamo noi, è l'impronta dell'assassino. E noi qualcosa su cui recuperare le impronte della Burrano ce l'abbiamo. Il pm non lo sa, ma ce l'abbiamo. Senza contare che abbiamo il Dna estratto dalla tazzina.

Patanè la guardò, sul principio senza capire. Poi sorrise.

– Ma quanto tempo avrei risparmiato con tutte 'ste mavaríe, eh? Quanto?

15.

Adriano Calí non si presentava mai a mani vuote. Nel vero senso della parola, perché di pensieri – cadeau, come li chiamava lui – ne portava sempre due: uno per l'amica sbirra e l'altro per la donnina adorabile che si prendeva cura di lei con la premura di una nonna orgogliosa. E che a sua volta lo adorava. Una sintonia coltivata da ambo i lati, a colpi di orchidee, piantine di peperoncini e vassoi di *viscuttina* freschi freschi, che al dottore piacevano assai.

Quello che Bettina beatamente ignorava era che, tra la sua beniamina e il dottore, storie che andassero oltre l'amicizia non ne sarebbero potute sbocciare manco con l'intercessione di Padre Pio, che nella sua gerarchia celeste veniva prima di qualunque divinità e che le aveva esaudito piú di un desiderio.

E a Vanina era sempre parso brutto disilluderla.

Adriano entrò in casa brandendo un dvd con la mano sinistra. In precario equilibrio, sulla destra, reggeva una zuppiera di caponatina che la vicina aveva cucinato apposta per lui. Ci avrebbero accompagnato le polpette di carne di cavallo che il vicequestore, su suggerimento della donna, si era fatta cucinare da un ristorante all'ingresso del paese. «Sicuramente meglio di una pizza accattata», aveva sentenziato Bettina.

– Eccolo qua: *Giallo napoletano*! – comunicò il medico tutto soddisfatto.

Vanina si rigirò il dvd tra le mani, mentre l'amico depositava la zuppiera in cucina e si lavava le mani nel lavello usando il sapone dei piatti, che secondo lui disinfettava meglio.

1979. Una foto centrale di Marcello Mastroianni con mandolino, baffetto nero e sigaretta in bocca, contornata da primi piani di Ornella Muti, Peppino De Filippo, Michel Piccoli e Renato Pozzetto. No che non l'aveva mai visto. Anzi, s'era pure scordata di cercarlo sul web.

– Grazie!

Si spazzolarono tre polpette di cavallo a testa, concordando che cosí buone in giro non ce n'erano, e un piatto pieno di caponata ancora calda. Finirono con l'uva bianca dolcissima che vendeva un vecchietto alla fine della strada.

Altro che pizza.

Mentre inseriva il dvd e selezionava il canale, un messaggio WhatsApp le vibrò in tasca. Sbirciò il display. «Un'ora insieme a te cambia il senso di una giornata. P.» Numero sconosciuto alla sua rubrica, ovvio, ma non alla sua memoria.

– Scusa un momento, Adri, – disse, allontanandosi veloce verso la camera da letto.

Lo specchio appeso sopra il cassettone le svelò impietoso gli occhi arrossati come non avrebbero dovuto essere. Fissò per due minuti la nuvoletta bianca da cui occhieggiava quella *P* puntata, il dito pronto a cancellare tutto.

Ma non ci riuscí.

– Il bel castellano di Sciara? – chiese Adriano, con un sorrisetto ammiccante, vedendola tornare in soggiorno con l'iPhone in mano.

– Ca certo! Con la sciabola sguainata.

Alfio Burrano era l'ultima persona che in quel momento le sarebbe venuta in mente.

– Ava', non mi dire che ieri sera non ci fu cosa, perché non ti crederò mai.

– Infatti, tanto vale che non ti dica niente.

Adriano incassò senza replicare, ma continuò a saettarla con occhiate indagatorie, finché il tormentone della musica maledetta – motivo centrale di tutto il film – non assorbí la sua attenzione. Tirò fuori dalla tasca un paio di occhiali e si mise in modalità cineforum.

– Ecco! Qua! Che ti dicevo? – gridò a un certo punto, buttando via un cuscino che stava angariando da un'ora. – Non è la stessa atmosfera che c'era l'altra sera nella villa dell'amico tuo?

Vanina stava per replicare alla storia dell'amico suo, ma poi guardò lo schermo ed ebbe un sussulto. Un lampo di genio. Un'illuminazione.

– Certo! – disse, a bassa voce. Afferrò il telecomando e riportò la scena indietro. Una villa disabitata. Un uomo ebreo murato vivo ai tempi della guerra. Ascoltò il dialogo.

– Ma certo! – ripeté, a voce piú alta.

Adriano la guardò preoccupato.

– Che hai?

– Adri, dimmi una cosa: secondo te, la donna del montacarichi potrebbe essere morta di stenti? Cioè, potrebbe essere stata chiusa lí dentro da viva e poi lasciata lí dentro a morire?

– Morte per confinamento, vuoi dire? Sí, è possibile. Perché no. Non ho modo di dimostrartelo però...

– Non importa, Adri, – gli sorrise, – non importa.

Il film andò avanti fino alla fine, ma Vanina non lo seguí piú.

Adriano forní le informazioni che poteva.

– Nel montacarichi c'era un ricambio d'aria, anche minimo, altrimenti il corpo non si sarebbe mummificato.

Questo significa che, se è vero quello che pensi tu, quella poveraccia ha fatto una fine tremenda. Ed è durata giorni, prima di morire. Di sete.

La bottiglietta senza tappo trovata accanto al cadavere emerse dal dimenticatoio e le si piazzò davanti agli occhi. Brutale. Ovvio: se stai morendo di sete e l'acqua di colonia è l'unico liquido a disposizione, bevi anche quello.

Ecco perché la cassetta con i soldi era rimasta intonsa là dentro: perché l'assassino non sapeva neppure che ci fosse. Questo dirimeva l'ultimo dubbio che lei e Patanè si erano posti. E tutto tornava.

Peccato solo che il commissario a quell'ora fosse perso già da un pezzo tra le braccia di Morfeo. O di Angelina, che era pure peggio.

– Secondo me potrebbe essere andata cosí. La sera di Sant'Agata Burrano non si aspetta certo di veder comparire a Sciara sua moglie. Ovviamente non può farsi trovare con la sua amante, perciò fa nascondere la Cutò nel posto che reputa piú sicuro: il montacarichi, che è fermo al piano di sopra. La chiude dentro, tanto sarà questione di poco. Non sa che invece sua moglie è là per farli fuori. Tutti e due. Mentre l'attenzione del domestico e di Di Stefano, che è arrivato in quel momento, si concentra su Burrano, la moglie se ne va in cerca della Cutò, la quale nel frattempo ha sentito lo sparo e ha cominciato a urlare. Teresa intuisce che non ha neppure bisogno di ucciderla, tanto da lí non può uscire. Ma tra poco la casa sarà piena di gente e qualcuno potrebbe sentirla strepitare. E allora si ricorda che il fondo del montacarichi è al piano di sotto. Chiude a chiave l'accesso al primo piano, va in cucina dalle scale di servizio e abbassa la levetta. Poi chiude l'apertura trascinando la credenza. Il giorno dopo, per maggior sicurezza, sposta anche la statua del suocero per occultare l'altra apertura. Da quel momento, vieta a chiunque di mettere piede nella villa.

Macchia la guardava impressionato.

Era capitato, piú di una volta, che la Guarrasi lo stupisse con intuizioni fuori della norma, ma a questi livelli non c'era mai arrivata. Non in quegli undici mesi, quantomeno.

– Fila? – gli chiese il vicequestore.

Tito annuí, pensoso.

– Di filare fila, eccome. Mo' lo dobbiamo provare, però.

Pareva un nastro rotto, ma era la verità.

Ora, in un mondo giusto, in cui tutto va secondo logica, magari con un pm come la Recupero, il vicequestore Giovanna Guarrasi a quel punto avrebbe già avuto carta bianca da un pezzo. Vada, dottoressa, usi tutte le armi di cui dispone per incastrare quella che lei crede la colpevole di un duplice omicidio. Che va bene che è successo cinquantasette anni fa, ma sempre omicidio è. E infatti non va in prescrizione. Mai.

Vanina comunicò a Vassalli di aver richiesto un ulteriore sopralluogo della Scientifica a villa Burrano e quello ne prese atto.

Il sovrintendente capo Pappalardo, accompagnato da un agente, asportò il meccanismo elettrico con la levetta in oggetto, per portarselo in laboratorio e sottoporlo agli esami per rilevare le impronte.

Fragapane, che aveva assistito al sopralluogo, gli aveva chiesto esplicitamente da parte del vicequestore, qualora la ricerca avesse prodotto frutti, di confrontare il risultato con quello dell'accendino.

Poteva essere una svolta, ma come sempre richiedeva dei tempi tecnici.

Nunnari aveva trovato Demetrio Cunsolo, il domestico di Burrano. Vivo, sí, ma ricoverato in una struttura per malati terminali. Una struttura a pagamento, di quelle che si possono permettere in pochi. Era pure andato a verificare di persona se per caso fosse ancora lucido e in grado di rispondere a un paio di domande, ma la risposta che aveva ottenuto dai sanitari era stata lapidaria. Cunsolo non parlava da piú di sei mesi.

Aveva un figlio, sí, di cui gli avevano dato nome e contatti. Salvatore Cunsolo, di anni quarantacinque, di professione commercialista.

E ora il dottor Salvatore Cunsolo si trovava alla sezione Reati contro la persona della squadra Mobile, davanti al vicequestore aggiunto Giovanna Guarrasi che continuava a fargli domande cui lui non sapeva rispondere.

Perché della vita passata di suo padre lui conosceva poco e niente. O meglio: l'aveva visto poco e niente. I suoi genitori non erano neppure sposati, spiegò. Lui aveva sempre vissuto con la madre. Però era suo padre quello che non gli faceva mai mancare nulla, che gli permetteva un certo benessere. Anche se continuava a vivere per conto suo, sull'Etna. Il figlio sapeva solo che aveva lavorato per un'azienda privata e che per un periodo aveva fatto l'autista. Del Demetrio domestico in casa Burrano non sapeva nulla.

Masino Di Stefano confermò che Cunsolo non lavorava sempre a Sciara. C'erano dei periodi in cui Burrano preferiva restare solo, alla villa, ed erano quelli in cui ci portava la Cutò. Allora il domestico rientrava a Catania e lavorava in casa della moglie, e sicuramente doveva avere altri lavoretti, qua e là.

L'atteggiamento del vecchio nei confronti del vicequestore era cambiato. Doveva aver capito che quella poliziot-

ta agguerrita era la sua unica occasione di riscatto e ora
faceva di tutto per ingraziarsela.

Vanina cercava di estorcergli piú notizie possibile su
Teresa Burrano, senza però fargli domande esplicite. Che
del resto non sarebbero state necessarie: Di Stefano diceva quello che sapeva senza che lei glielo chiedesse.

Il conto in banca separato che la donna si era aperta
dopo qualche anno di matrimonio e nel quale versava tutti i soldi che non spendeva, ed erano tanti. Le scenate di
gelosia che faceva al marito ogni volta che lui passava il
segno, ovvero faceva parlare troppo di sé e delle sue av-
venture extraconiugali, anche se pure lei i comodi suoi
se li faceva. Che negli ultimi tempi Burrano era diventato sempre piú insofferente nei suoi confronti, tanto da
diventare incauto. E nel dire «incauto» Di Stefano sot-
tintendeva il pericolo.

Parole, che Vassalli non mostrava di prendere in considerazione.

Era sabato, e stavolta faceva un caldo da piena estate.

Data la lentezza con cui stavano procedendo le cose, non
era pensabile che si smuovesse nulla fino al lunedí, perciò
forse era davvero il momento buono per staccare la spina
e andarsene a Noto con Adriano e Luca.

La sera prima era arrivato un messaggio WhatsApp da
un contatto che però stavolta aveva in rubrica. Un quarto
d'ora dopo, Alfio Burrano aveva suonato al suo citofono.
Avevano girato per il paese in cerca di un bar aperto, ma a
quell'ora, a fine settembre, a Santo Stefano era un'impresa impossibile. Perciò erano scesi verso il mare. Avevano
comprato due birre – piú di quello non era il caso, dati i
precedenti – ed erano finiti seduti sulla banchina del porticciolo di Pozzillo, incastonato tra due scogliere di pietra
lavica. Quasi deserto.

Alfio era imbarazzato per come era andata a finire la sera della festa. Si scusava, non sapeva cosa dire. Lei gli piaceva, ma c'era troppo alcol in mezzo, e lui aveva creduto che la cosa fosse reciproca. Capiva di aver sbagliato.

Vanina aveva intuito che stava godendo di un trattamento speciale, assicuratole dalla sua autorevolezza sbirresca. Altrimenti col cavolo che quel dongiovanni etneo si sarebbe scomodato a tirare fuori tutta quella filippica solo perché l'aveva mandato in bianco.

Avevano parlato. Un po' a mezza bocca, un po' saltando gli argomenti troppo personali, ma tenendosi a debita distanza dall'indagine, per cui Alfio non nascondeva un disinteresse quasi assoluto. Non aveva piú dormito a Sciara e le aveva confessato che da un paio di giorni non rispondeva neanche piú a sua zia. S'era reso irreperibile.

Sembrava un uomo in piena crisi. Una crisi di mezza età, probabilmente, considerata la data di nascita scritta nel verbale della famigerata sera. Uno che vedeva avvicinarsi il suo mezzo secolo e correva a spararsi le ultime cartucce a disposizione. E che dipendeva pure da una vecchia zia che piú stronza non poteva essere e che lo teneva per le palle senza dargli respiro.

Per non chiudere del tutto la porta a eventuali serate future, in cui magari le avrebbe fatto piacere portare a termine degnamente quel giro che aveva pensato di concedersi, l'aveva lasciato con un accenno di bacio.

Poi era rientrata in casa; anche se si sentiva piú sveglia di quando era uscita, si era infilata nel letto, al buio, e aveva aperto WhatsApp. Per la ventesima volta.

«Un'ora insieme a te cambia il senso di una giornata. P.»

Aveva recuperato il numero per memorizzarlo. Ma non l'aveva fatto.

E ora era alla guida della sua Mini, lanciata a centocinquanta chilometri orari sull'autostrada più recente costruita in Sicilia. Gallerie mezze spente, asfalto irregolare, restringimenti di corsia immotivati. E poi eccola là, la madre di tutte le genialate mai progettate nel perimetro dell'isola: il casello fantasma edificato in piena carreggiata, e fortunatamente ancora mai attivato. Nessuno slargo, due corsie predisposte entrambe sia al Telepass che al biglietto. Un inferno annunciato, in poche parole.

Noto le piaceva. Era uno dei pochi posti in cui riusciva a sentirsi in vacanza senza dover prendere un aereo. Un po' come Taormina. Entrambe scoperte sul serio solo da quando viveva a Catania.

Adriano e Luca erano stati dei pionieri. L'appartamentino che avevano ristrutturato l'avevano comprato per pochi soldi in tempi antecedenti al vero boom turistico. In pieno centro, ma nella parte alta, vicino a un ostello della gioventù dove Vanina entrava ogni volta, di sera, soltanto per affacciarsi a un balconcino che regalava una vista mozzafiato sulla città.

Lo fece anche quella sera. Dopo aver onorato tutte le tappe obbligate – cena nel solito ristorante con le volte in pietra e la cuoca inimitabile, e gelato sul corso nel caffè più conosciuto di Sicilia – raggiunse il balconcino e si regalò dieci minuti di pace assoluta.

Faceva caldo, abbastanza da garantire l'indomani una giornata di mare con tutti i crismi.

La mattina, assodato che il vento tirava da levante, Luca decretò che era tempo da *Carratois*, la prima spiaggia che si incontrava dopo aver doppiato l'Isola delle Correnti, già sulla costa meridionale. Selvaggia, nascosta dietro dune e macchia mediterranea. Lí anni prima una settentrionale visionaria aveva deciso di impiantare uno stabilimento vista tramonto, con ombrelloni di paglia e ristorante su tavole di legno. Fuori stagione, con la spiaggia semivuota e quella levantata in corso che appiattiva il mare, era un posto unico. Puerto Escondido col paesaggio della Sicilia meridionale attorno.

S'erano seduti a pranzo da poco, e Adriano stava argomentando da mezz'ora su un articolo in cui si parlava di un suo collega definendolo «anatomopatologo».

– Non è che ce l'abbia con gli anatomopatologi, intendiamoci. Ma il collega di mestiere fa il medico legale, come me, e come tutti gli altri addetti a sventrare i cadaveri che voi graziosamente ci procurate. È il termine che è sbagliato. Bisognerebbe che qualcuno lo facesse presente, – aveva appena finito di spiegare, per l'ennesima volta, quando all'improvviso strinse gli occhi guardando in direzione degli ultimi ombrelloni, quelli piú isolati. Si protese a destra, in allungamento telescopico.

– Vanina, – fece.

– Che c'è?

– Quello là in fondo non è Macchia?

Vanina si girò.

Stazza considerevole, barba scura un po' brizzolata, Persol stile Mastroianni, sigaro in bocca ma stavolta acceso.

– Non ci si può sbagliare, – annuí. Fece per alzarsi e andare a salutarlo, con il medico legale subito pronto alle calcagna. Dopo due passi si bloccarono, strabiliati.

– 'Azz, ma... – iniziò Adriano, – ma quella è chi dico io?

Capello biondo, abbronzatura dorata, fisico asciutto. Marta Bonazzoli in bikini pareva uscita da un cartellone pubblicitario di Calzedonia.

– Dài retta a me: meglio che non li salutiamo, – disse Vanina, affrettandosi dietro la parete di canne del ristorante. Da cui si vedeva senza essere visti, ovvio, perché uno scoop del genere non era cosa da ignorare.

Sembravano in appostamento.

– Ma lei quanti anni ha? – chiese il medico a voce bassa, manco potessero sentirlo.

– Trenta.

– E lui?

– Quarantotto.

– 'Azz, – ribadí Adriano.

Ecco svelato l'arcano di Marta. Certo, a vederla cosí non sembrava neppure lei, la ragazza timida e schiva, che arrossiva e incespicava alla presenza del Grande Capo. E a giudicare dalla naturalezza con cui stavano insieme, non doveva essere cosa recente. Si abbracciavano, si sbaciucchiavano, condividevano il lettino, che con Tito non doveva essere cosa semplice.

– Comunque a me lui piace, – continuò Adriano. – È nettamente sovrappeso, è vero, però è sexy.

– Sexy Tito? – fece Vanina, dubbiosa. – Ma sei sicuro?

– Sicuro, – si mise gli occhiali da sole graduati e lo guardò meglio. – Macho da morire, – concluse.

– La volete finire di spiare la privacy altrui? – intervenne Luca.

– Ma senti qua! Un giornalista che mi parla di privacy, – rispose Adriano facendogli segno di levarsi di torno.

Riguadagnarono il tavolo e recuperarono le bruschette che avevano abbandonato nei piatti. Dal fondo della borsa, il telefono del vicequestore iniziò a reclamare attenzione.

– No! Non me lo dire... – iniziò Adriano, scuotendo la testa.

Vanina rispose in fretta, in allerta.

– Mi dica, Spanò.

– Capo, mi scusi se la disturbo. È successo un fatto grave.

– Cosa?

– Teresa Burrano è morta. Si è sparata un colpo di pistola alla tempia –. Fece una pausa. – Con una Beretta calibro 7,65.

Vanina chiuse gli occhi.

– L'arma con cui è stato ucciso Burrano?

– Al novantanove virgola nove per cento, dottoressa. Il cadavere l'ha trovato l'amica mezz'ora fa, quando è rientrata. Sul luogo ci siamo io e Fragapane, che era di turno e ha raccolto la chiamata dalla questura centrale. Ma sarebbe meglio se lei...

– Arrivo, – l'anticipò. – Il tempo della strada. Sono a Portopalo, mi ci vorrà un'ora e mezza.

– Va bene, dottoressa. Nel frattempo chiamo il sostituto e la Scientifica. E avverto Bonazzoli. Al Grande Capo ci pensa lei? Lo sa com'è, vuole essere informato di tutto.

Ci pensava lei. Certo, sarebbero bastati quattro passi tra le dune e avrebbe preso i proverbiali due piccioni con una fava, ma perché invadere la privacy altrui?

Adriano tirò fuori l'iPhone dalla tasca dei calzoncini e si mise rassegnato in attesa della chiamata, mentre Luca partiva verso la spiaggia per raccattare la roba che avevano lasciato.

Vanina buttò un occhio all'ombrellone sulla destra e capí che Spanò non aveva perso un secondo. Marta parlava al telefono condividendo l'auricolare con Macchia, che si allisciava la barba meditativo.

Fece partire la telefonata e, tra gli echi del medesimo sottofondo, gli sconzò del tutto la giornata.

Aveva ceduto a Luca la guida della Mini e ora stava cercando di ragionare. Per un attimo aveva sperato che il sostituto di turno non fosse Vassalli, ma la telefonata di convocazione arrivata a Adriano cinque minuti dopo che avevano lasciato la spiaggia aveva stroncato ogni illusione.

All'altezza di Cassibile una Bmw Gs monumentale, con una chioma bionda che spuntava da sotto il casco del passeggero, li superò sfrecciando per poi scomparire all'orizzonte.

Neanche cinquanta minuti piú tardi, l'auto del vicequestore Guarrasi fendeva a passo d'uomo la fiumana di *civitoti* che popolavano via Etnea, su cui incombeva di nuovo una nube fuligginosa.

Vanina dovette tirare fuori la chiocciola e piazzarla sul tettuccio per evitare di incorrere nelle bestemmie del passeggiatore domenicale medio, affezionato fruitore dell'isola pedonale.

Davanti al civico di casa Burrano si era formato un assembramento di persone che sbirciavano il furgone della Scientifica, piazzato nel cortile interno, con la stessa ammirazione di una candelora di Sant'Agata. La piccola folla si divise in due, consentendo il passaggio alla Mini con a bordo il vicequestore e il medico legale. Poi, ombrelli antisabbia alla mano, si ricompattò piú gremita di prima.

Pareva la maledizione dei Burrano: ogni volta che un evento funesto li colpiva, il vulcano li omaggiava della sua partecipazione piú sentita.

Il salotto era occupato da una sorta di gineceo. Clelia Santadriano abbandonata sul divano, in lacrime, accanto a Mioara che fissava inebetita la parete. Una donna alta e robusta che versava dell'acqua e gliela porgeva. Infine l'ispettore Bonazzoli, che se ne stava seduta davanti a loro dispensando Kleenex e cercando di ricostruire i fatti.

Nell'aria un odore di bruciato che pareva avessero acceso un barbecue dentro casa.

Spanò presidiava la stanza accanto con la concentrazione di un regista davanti alla scena cruciale di un film.

Uno studiolo con una scrivania monumentale al centro, un paio di poltroncine e una libreria ingombra di statuette di Lalique tra le quali s'intravedeva qualche libro antico. Per terra un tappeto persiano autentico che a contare i nodi sarebbe potuto appartenere allo scià.

Per il gaudio del vicequestore, Manenti aveva mandato sul luogo solo il sovrintendente capo Pappalardo e due videofotosegnalatori, che si muovevano con cautela attorno al cadavere in attesa che il dottor Calí arrivasse a liberare il campo. Avevano già recuperato bossolo e proiettile.

Teresa Regalbuto vedova Burrano era lí, accasciata sulla scrivania. La tempia destra perforata, la testa inclinata a sinistra su una pozza di sangue, il braccio destro abbandonato lungo il fianco. Una vecchia Beretta M35 era buttata sul tappeto accanto alla poltroncina.

Una valigetta ventiquattrore con gli interni in seta, sporca e impolverata, che pareva uscita da una mostra di antiquariato, era appoggiata sul sottomano di cuoio. Il particolare surreale, che però la diceva lunga, erano le manette di sicurezza, arrugginite ma intatte.

All'interno, in bella mostra, una vecchia scatola di munizioni calibro 7,65.

Sulla scrivania, una cartelletta di cartone vuota semiaperta e schizzata di sangue, e un'altra chiusa rimasta indenne. Un insieme di fogli impilati alla rinfusa. Un posacenere piccolo con tre mozziconi di Philip Morris, di cui una consumatasi da sola lí dentro.

Vanina lasciò Adriano a godersi il cadavere e raggiunse Spanò.

– Chi l'ha trovata?

– La Santadriano, quand'è rientrata per pranzo.

Il vicequestore si mosse verso il salotto.

– Dottoressa, – disse Spanò, – ha visto la valigetta?

– Sí, l'ho vista.

– Potrebbe essere...

– Quella di Gaetano Burrano.

La Santadriano s'era calmata e ora se ne stava seduta composta, le mani in grembo. Ogni tanto la scuoteva un singhiozzo.

Vanina prese il posto di Marta davanti a lei.

– Se la sente di rispondere a qualche domanda?

La donna annuí, tirando su col naso.

– A che ora è uscita stamattina?

– Alle nove e mezzo. In una villa, a Mascalucia, c'era un'esposizione di piante. Doveva venire anche Teresa, ma poi all'ultimo minuto ha preferito restare a casa.

– E le è sembrato un comportamento anomalo?

– Mah... no. Direi di no. Teresa è... era imprevedibile. Aveva sempre mille telefonate da fare, e altrettante ne riceveva. Telefonate, visite. In tre mesi che sono qua, ho conosciuto mezza città.

– Lei è molto piú giovane della signora. Vi frequentavate da molto tempo?

– No. Solo da un paio d'anni.

– Ed eravate molto amiche?

– Sí, – rispose Clelia, in un soffio.

– Per curiosità, com'era nata la vostra amicizia?

– Cosí... per caso...

– E ora lei vive qua?

– No, sono stata sua ospite per tutta l'estate e mi sono trattenuta ancora un po'. Sono sola, anch'io... Ma perché mi fa tutte queste domande?

– Be', signora Santadriano, la sua amica si è appena tolta la vita sparandosi un colpo di pistola alla testa. Concorderà con me che non è esattamente una morte naturale.

La donna prese a scuotere piano la testa, gli occhi chiusi di nuovo umidi.

– Io non riesco a capacitarmi! – disse, singhiozzando.

Vanina capí di essere stata troppo diretta. Aspettò che
si calmasse di nuovo, con l'assistenza di Marta, che nel
soccorso delle anime disperate era molto piú brava di lei.

– Non si era accorta di qualcosa di anomalo? Un comportamento strano, qualche segno di depressione?

La donna esitò un attimo. Poi disse: – Da quando era
saltato fuori il cadavere di... quella donna, era nervosa.
Temeva sempre che voi veniste a darle qualche altra brutta notizia proveniente da quella casa. Teresa odiava quella
villa... Ma è comprensibile, no?

– La signora le aveva raccontato il perché? – chiese
Vanina.

– No, dottoressa. Io provavo a chiedere, ma lei mi rispondeva che era una storia troppo lunga. Che non avrei
capito. Io penso che non avesse mai dimenticato la morte del marito. Aveva un carattere difficile, Teresa. Molti non la comprendevano, primo tra tutti suo nipote. In
questi giorni litigavano spesso... – cedette di nuovo alle
lacrime. – Mi scusi, dottoressa, ma è stato cosí terribile!
Non rispondeva al citofono, e quando mi sono fatta aprire dalla portinaia... l'ho trovata cosí!

Vanina la lasciò in pace.

La portinaia – Agata si chiamava, manco a dirlo – aggiunse qualche dettaglio sulla mattinata della signora. Alle
dieci, prima di andare a messa, le aveva portato il giornale. Le era parsa tranquilla. Sí, per quanto potesse essere
tranquilla la signora Teresa Burrano. Ovvio. Aveva aspettato una mezz'ora. Quando era ridiscesa, l'aveva lasciata
al telefono, col giornale già aperto davanti. Combattiva,
come sempre.

Mioara pareva dissociata. Piangeva, poi rideva, poi si portava le mani alla testa, sconsolata.

– Stamattina mia signora stava bene! Incazzata come solito, perciò bene!

E come darle torto.

– Quando io sono tornata a casa, già c'era polizia. Signora Clelia svenuta! E pranzo in cucina tutto bruciato! – Quell'ultimo concetto lo ripeté tre volte, a voce sempre piú bassa, manco fosse quella la notizia piú importante.

Il pm Vassalli arrivò, rimase lo stretto necessario e se ne andò.

Adriano aveva spostato il cadavere e aspettava quelli della Mortuaria.

– Foro d'entrata, – disse indicando la tempia destra della donna, – foro d'uscita, – mostrò, sul lato sinistro. – Sull'entrata non c'è la camera di mina e manca l'orletto stellato, il che vuol dire che il colpo non è stato sparato a contatto. Ed è ancora calda, le ipostasi sono appena accennate, perciò dev'essere successo poco prima che la sua amica rientrasse.

Il sovrintendente capo Pappalardo e i due videofotosegnalatori stavano lavorando sulla scrivania.

– Pappalardo, – lo richiamò Vanina. Quello si drizzò di scatto. – Pappalardo! Attenzione, che quello è il metodo numero uno per farsi venire il colpo della strega, lo sa? E non mi pare il momento piú opportuno.

– Ragione ha, dottoressa!

– Senta, Pappalardo, a questa valigetta e a questa pistola dobbiamo fare il pelo e il contropelo, mi sono spiegata? Sono piú vecchie dell'arca di Noè, ma sono fondamentali per la nostra indagine.

Il sovrintendente capo annuí.

– Impronte, tracce. E bisogna recuperare qualunque residuo di materiale, con particolare attenzione a eventuali frammenti di carta di banconote.

Si voltò verso Adriano, chino sul cadavere.

– E ho bisogno del Dna della signora.

Il medico la guardò senza capire, assorto nei suoi pensieri.

– Adri?

– Eh? Sí, sí, ho capito. Il Dna...

– E dobbiamo confrontarlo con quello trovato sulla tazzina a villa Burrano, – indovinò il sovrintendente capo.

– Bravo, Pappalardo. Vede? Con lei ci s'intende al volo.

– Per carità, dottoressa, non lo dica forte che se il dottore Manenti lo sa...!

Vanina e Fragapane, accanto a lui, sogghignarono.

Il vicequestore girò lo sguardo un'ultima volta sulla scena.

– Che pensa, dottoressa? – chiese Spanò, con la risposta già in tasca.

– Quello che pensa pure lei, Spanò. Che quella valigetta e quella pistola parlano piú di una confessione scritta –. Che però sarebbe stata molto piú semplice.

– Un'ammissione di colpa, perciò. Chi lo sa. Magari il nostro pressing l'ha fatta uscire fuori di testa. Ha temuto che arrivassimo alla verità e non avrebbe sopportato di concludere la sua vita con una condanna per omicidio. Meglio un suicidio a quel punto. E questo colpo di scena... Ora basta solo incastrare gli altri tasselli.

– Be', io me ne vado a Santo Stefano. Voi aspettate qui che tutti abbiano levato le tende, e poi andate a godervi l'ultimo brandello di questa domenica.

Si diresse nel salotto attiguo e Marta le venne incontro subito.

– Che cosa incredibile! È vero che le persone che sembrano piú forti poi alla fine si rivelano le piú fragili. Chi se lo sarebbe mai aspettato dalla signora Burrano?

– Eh. Cosí è, cara Marta. Le persone non finiscono mai di stupirci, – le sorrise, – nel bene e nel male –. Si avvicinò all'ispettore con lo sguardo puntato sui suoi capelli, legati in una coda. Le tolse un'alghetta che pareva un filo d'erba marrone. – Occhio, che hai le caviglie piene di sabbia.

Marta la guardò senza capire.

– Be'. Vado a togliermi il sale di dosso, – disse Vanina, con un ultimo sorriso velatamente sardonico. S'avvicinò alla Santadriano. – Non è il caso che dormiate qui stanotte, lei e la ragazza. Avete dove andare?

– Ho altre amiche, qui a Catania, – assicurò Clelia. – Amiche di Teresa, – aggiunse, con un filo di voce.

La portinaia si fece avanti. – Mioara dorme da me.

– Bene.

Vanina si accese una sigaretta, pronta per uscire. Un pensiero improvviso la bloccò sulla soglia.

– Spanò!

– Capo, mi dica.

– Ma… Alfio Burrano l'abbiamo avvertito?

– Cento volte ci provai, dottoressa. È irreperibile.

Il vicequestore si tolse la sigaretta dalle labbra sospirando e tirò fuori il telefono. Cercò tra i contatti il numero di Alfio e lo chiamò. Una, due volte.

– Ma dove minchia è finito! – borbottò.

Spanò finse di non carpire il tono confidenziale.

– Non si preoccupi, capo, continuo a provarci io.

Da una stanza vicina si udí un tafferuglio, che attrasse l'attenzione di Vanina. Mioara e la portinaia non erano piú nel salotto. Seguí le voci e arrivò in una cucina arre-

data con pezzi che non andavano oltre gli anni Sessanta,
ed era già una previsione ottimistica. Altro che braccino
corto, le mani della defunta dovevano essere attaccate direttamente sotto la spalla.

– Che succede? – disse, perentoria. Pareva un pollaio,
per come starnazzavano quelle due. E la puzza di bruciato era pesantissima.

– Si fissò che deve mettere a posto la cucina prima di
scendersene a casa mia, – protestò la portinaia.

– Signora non vuole cucina sporca, mai. Signora la
domenica prepara buone cose, poi appena io torno dice:
Mioara pulisci cucina subito. Io penso che lei ora vede
cucina sporca, e cose buone tutte bruciate.

Vanina intercettò la richiesta d'aiuto della portiera e si
mise d'autorità.

– Mioara, ora che c'è tutta questa gente in casa non puoi
pulire nulla. Butta la roba bruciata e vattene giú dalla signora a riposarti, che sei sconvolta. Capito?

La ragazza incassò. – Capito, dottoressa, – disse, e mentre tornavano indietro: – Mia signora diceva: dottoressa
Guarrasi ha attributi. Io non so cosa sono attributi, però
penso che signora aveva ragione.

– Ma vedi tu! E a chi lo diceva, Mioara? A te?

– No! Signora diceva a signor Alfio, e una volta al telefono ma non so con chi parlava.

Nel cortile Vanina incrociò la Mortuaria.

Chiamò Adriano. – Vuoi un passaggio?

– No, mi faccio portare in ospedale. Prima comincio
prima finisco.

– Vabbe', allora buon lavoro.

– Se ho da dirti qualcosa ti chiamo.

Recuperò la Mini nel cortile e finalmente lasciò la casa
dei Burrano, attraversando tre volte piú gente di quanta

ce ne fosse prima. Inutile illudersi che i giornalisti non fossero già in prima fila.

Spanò aveva detto che avrebbe riprovato a chiamare Alfio, ma Vanina aveva un pensiero. L'unico parente della defunta andava avvertito. Va bene che non le era troppo affezionato, ma sempre la sua unica parente era. E, anche visti i recenti rapporti amichevoli, magari una notizia del genere avrebbe preferito riceverla da lei piuttosto che dall'ispettore capo.

Oppure no. In fondo, anche Spanò non era uno sconosciuto per lui.

Di nuovo rispetto a prima c'era che, invece di squillare a vuoto, partí la segreteria telefonica. Gli lasciò un messaggio, chiedendogli di richiamarla anche tardi. Probabilmente Spanò aveva fatto lo stesso. Avrebbe scelto lui chi dei due contattare.

Arrivò a Santo Stefano che era quasi buio. Salendo le scale esterne rifletté su cosa prepararsi per cena. Da quel pranzo, interrotto prima dagli scoop da spiaggia e poi troncato in fretta e furia dal richiamo in servizio, Vanina non aveva messo sotto i denti piú nulla di solido. Uno spaghetto aglio e olio ci stava tutto.

Bettina la salvò come al solito.

– Si andasse a fare una bella doccia e poi viene qua e mi fa compagnia, che a cenare da sola stasera mi scunce il cuore.

Sempre cosí, Bettina. Rigirava la cosa come se fosse il vicequestore a farle un piacere omaggiandola della sua compagnia, quando invece la gentilezza era tutta sua. Per non farsi dire grazie, per non farla sentire in debito. E Vanina le era grata due volte.

Resse il gioco delle parti e fece come le aveva suggerito lei, che nel frattempo aveva già staccato l'aglio per gli spa-

ghetti da una treccia cosí lunga che come l'avrebbe consumata solo lei lo sapeva. – Ci metto pure il capuliato, e
un'anticchia di caciocavallo grattugiato che è la morte sua.

Mezz'ora piú tardi il vicequestore era seduta al tavolo
della vicina, a godersi il capuliato, un trito di pomodori
secchi condito con olio e aromi vari, e la compagnia. Sí,
perché un fatto era certo, la cucina di Bettina la rallegra-
va. Anzi, di piú: la rasserenava. E la faceva sentire a casa,
come non le capitava da tanto tempo.

– Oggi c'era la fotografia sua sul giornale, – comunicò
la vicina.

Vanina cadde dalle nuvole.

– Come?

– Sulla «Gazzetta Siciliana». Un articolo che non finiva
mai. Luisa c'impiegò mezz'ora per leggercelo. Perciò ora
si sa chi è la donna ammazzata cinquant'anni fa?

– Cosí c'è scritto? – chiese il vicequestore.

– Sí. E poi tutta una storia, che era una… una che faceva la vita, insomma. E che l'assassino probabilmente era
lo stesso del cavaliere Burrano, e che forse macari quello
che aveva ammazzato il cavaliere Burrano non era quello che era stato in galera…

– Un momento! Ferma ferma ferma… tutte 'ste cose
c'erano scritte?

Bettina s'alzò e andò a prendere il quotidiano.

La foto del vicequestore Guarrasi tra i suoi uomini, villa Burrano, il garage del Valentino. Accenni al delitto di
Sant'Agata, con particolari, pistole mai ritrovate, allusioni a un assassino lasciato in libertà per quasi sessant'anni, parole solidali per l'uomo che poteva aver pagato a caro prezzo una colpa non sua. Un collage perfetto. E non
era neppure difficile immaginare chi avesse fornito tutto

quel materiale alla redazione. La faccia di Tunisi le tornò davanti.

Ecco cosa poteva aver scatenato il gesto di Teresa. Un articolo cosí sul giornale di Catania significava che qualcuno iniziava a fregarsene dei suoi diktat. Che c'era qualcuno piú potente di lei. Che prima o poi la sbirra con gli *attributi* sarebbe arrivata a lei.

Eppure, Vanina avrebbe giurato che una come Teresa Regalbuto fosse capace di combattere fino all'ultimo minuto. Ammazzarsi poteva essere un modo per mantenere il controllo di tutto fino alla fine, ma con la pistola incriminata suonava piú come una resa incondizionata. E questo non le sembrava da lei.

La vicina la vide accigliata e cercò di rimediare.

– Perciò con la scusa mi mangiai un bel piatto di pasta pure io! – fece, mettendosi comoda sulla sedia. – Perché lo sa, mangiare bene è importante, macari quando si è soli. Io cucino sempre. Mi conzo la tavola con tutti i crismi, e se posso condividere con qualcuno meglio, se no pazienza. Significa volersi bene.

Vanina le sorrise, ponderando quella filosofia finché non sentí che c'era una nota stonata, qualcosa che non andava. Riavvolse il nastro tornando indietro fino ai ragionamenti sull'articolo. E la sentí. Alta come un acuto di Freddie Mercury sparato nell'orecchio.

– Cazzo! – gridò.

Bettina la guardò perplessa, e contrariata. A lei quel linguaggio scurrile non piaceva.

E aveva pure ragione. Ma in quel momento no. In quel momento prevaleva l'adrenalina, che dell'eleganza se ne infischiava alla grande.

– Bettina, lei è un genio.

– Ma perché, che dissi? – Vanina non la sentiva già piú.

Forza, Adriano, rispondi!

– Lo sapevo che eri tu! – attaccò il medico.

– C'è una cosa importante che devo chiederti. E mi devi rispondere subito. Hai modo di capire se Teresa Burrano...

– Se si è sparata da sola? – l'anticipò Adriano.

– Sto venendo da te.

La cantilena di Mioara continuava a risuonarle in mente. Pranzo bruciato, pranzo bruciato.

Bettina aveva ragione, cucinare per sé stessi significa volersi bene. Una che sta per suicidarsi non cucina un arrosto e lo mette in forno, prima di sedersi alla scrivania, prendere una pistola e spararsi un colpo in testa.

Adriano la accolse nella sua «clinica», come la chiamava lui.

– Il dubbio me l'hanno fatto venire le mani. Lo vedi come sono deformate? La signora soffriva di una grave forma di artrosi. In casi come questo è difficile persino stringere in mano lo spazzolino da denti, figuriamoci poi premere un grilletto.

Afferrò una mano livida adagiata lungo il corpo e la sollevò fin sotto il naso di Vanina.

Di tutti i posti fetenti in cui l'aveva condotta il suo lavoro, la sala settoria era sempre il piú odioso. Non era solo un fatto di odori, che piú nauseabondi era difficile trovarne. Era la morte, che impregnava pareti, lettini e strumenti. Che ammorbava l'aria. I camici imbrattati di sangue, sempre scuro, sempre trapassato. La morte violenta. Quella che giustificava il suo mestiere, quella che le dava da vivere.

– E poi, – continuò Adriano, – il foro d'ingresso. Non c'è neppure l'ustione causata dalla fiamma e non c'è affumicatura. Ma c'è il tatuaggio, causato dai residui incom-

busti che nel caso di una pistola così antica sono parecchi.
E questo lo sai che significa?

– No, ma sono sicura che lo saprò a breve.

– Che il colpo è stato sparato a più di venti di centimetri di distanza. Ora, giudica tu in base a questi elementi
se ti sembra possibile che la signora si sia sparata da sola.

Vanina rifletté in silenzio.

Per Teresa Burrano sarebbe stato difficile premere un
grilletto già con la canna appoggiata, figuriamoci centrare
la tempia a venti-trenta centimetri di distanza, con una
pistola che le scalciava in mano per il rinculo. Era praticamente impossibile. E anche quando, per assurdo, fosse
riuscita in un'impresa simile, l'arma non sarebbe rimasta
così vicina a lei.

– La causa della morte mi sembra evidente, – concluse
il medico. – Ora però tu schiodi, che io devo completare
qui e un paio d'ore vorrei pure dormire. Domani mattina
ti do il resto.

Per il vicequestore invece la notte era appena iniziata.

Vassalli rispose al decimo squillo.

– Dottoressa Guarrasi, – fece, basito.

Ascoltò senza parlare, il respiro sempre più rumoroso.

– Porca miseria, – fu il suo unico commento.

– Dobbiamo cercare un assassino, dottor Vassalli. E gli
abbiamo già lasciato un bel po' di vantaggio.

Per una volta furono d'accordo.

16.

Alfio scese dalla macchina mentre Chadi richiudeva il cancello.

Lo congedò subito, rispedendolo nella dépendance, ed entrò in casa. Non dormiva a Sciara dalla sera del cadavere.

Si versò due dita di whisky, un torbato speciale che gli portava un suo amico, e si buttò su una poltrona. Stravolto.

Non ci poteva pensare, a quello che aveva fatto. Avrebbe dovuto tenersi alla larga, far sbollire la cosa, non accettare le provocazioni, ed evitare cosí di commettere la peggiore cazzata della sua vita. Perché quello che aveva fatto, prima o poi, l'avrebbe pagato. Perché quando cedi a una cosa simile, devi essere cosciente che ti stai legando mani e piedi, e che non sarà facile scrollarti di dosso la sensazione di aver tradito la tua coscienza. Perché lui di leggerezze nella vita ne aveva fatte tante, alcune anche imperdonabili, ma una coscienza ce l'aveva, e non l'aveva tradita mai. Fino a quella domenica maledetta.

L'avvilimento, l'improvvisa incertezza del futuro, le prospettive capovolte: tutto questo può sfiancare un uomo. Può sfinirlo. Lui non ce l'aveva fatta piú a resistere a quelle provocazioni continue, alla tentazione di arrendersi a quel desiderio e farla finita, una volta per tutte. E aveva ceduto.

Vide il suo telefono ancora sotto carica sul mobiletto, dove l'aveva dimenticato quella mattina quando era corso incontro alla sua maledizione.

Una caterva di messaggi sull'icona WhatsApp e due in segreteria telefonica. Decise di iniziare da quelli.

La voce di Vanina Guarrasi che gli diceva di richiamarla «anche tardi» peggiorò ancora di piú il suo stato mentale. Fino alla sera prima si sarebbe staccato un braccio per ricevere una sua telefonata. E chissà, magari se fosse successo a quest'ora non sarebbe stato lí a dannarsi. Ma adesso lei era l'ultima persona che avrebbe voluto sentire.

Infine il messaggio di Carmelo Spanò. A quello, però, non poteva esimersi dal rispondere.

Spanò era seduto nell'ufficio del vicequestore e la aspettava.

– Ispettore, me la dice una cosa? Ma com'è che lei è sempre disponibile nel giro di dieci minuti?

L'ispettore storse i baffi.

– Per forza le devo rispondere?

– Se la mette a disagio no.

Ci pensò su.

– E lei com'è che è sempre a disposizione? – chiese, in replica.

– Ho capito, – tagliò corto Vanina.

Spanò giocherellò con un portapenne.

– Perché non ho niente da fare, – iniziò. – E perché se mi fermo penso, e se penso poi mi viene la rabbia. E se mi viene la rabbia poi finisco sotto casa di una persona, e un giorno o l'altro gli spacco la faccia. E poi quello stronzo me ne fa pentire per il resto dei miei giorni. Perciò, per cortesia, mi dia da lavorare.

Vanina si abbandonò sulla sua poltrona e tirò fuori una sigaretta.

– Tanto siamo io e lei. Non si secca, vero, Spanò?

– Io? No di certo. Anzi, se posso... – allungò la mano verso il pacchetto di Gauloises.

– Dobbiamo cominciare da zero, – attaccò il vicequestore. – Cercare tracce, impronte, tutto... Dobbiamo convocare la Santadriano, la portinaia e Mioara. Sappiamo che la signora ha parlato al telefono con qualcuno. Una come la Burrano aveva di sicuro anche un telefono cellulare. Dobbiamo richiedere i tabulati e capire con chi. La pistola, la valigetta rendevano la simulazione perfetta, tant'è che infatti ci stavamo cascando con tutte le scarpe. L'assassino non ha pensato a eliminare le tracce del pranzo che la signora stava preparando, quello è stato il primo errore. E non sapeva, o non si ricordava, che la Burrano non era in grado di premere un grilletto perché aveva quella grave forma di artrosi. Infine, le ha sparato a piú di venti centimetri di distanza. E quello è stato l'ultimo errore, il piú importante.

Il telefono di Spanò prese a squillare. L'ispettore si contorse per tirarlo fuori dalla tasca dei jeans, che gli andavano troppo stretti.

– Oh, finalmente! Alfio è.

– Mi raccomando, Spanò, non divulghiamo.

– Ci mancherebbe altro!

Spanò si schiarí la voce e rispose. Vanina si appoggiò sui gomiti, e si mise in ascolto. Quando chiuse, l'ispettore era serio.

– Mischinazzo. Un colpo gli pigliò. Continuava a dire che non ci poteva credere.

– E neppure noi.

Vanina si alzò e prese la giacca appesa dietro la poltrona.

– Andiamo.

– Dove?

– Secondo lei l'ho fatta venire in ufficio alle dieci di sera solo per scambiarci due opinioni?

L'ispettore la seguí perplesso. Appena fuori andò dritto verso il parcheggio delle auto di servizio.

– Spanò! Ma dove va? – lo richiamò Vanina.

L'uomo si fermò davanti all'ingresso.

– Ancora non l'ho capito, veramente.

– Andiamo con la sua Vespa.

Spanò tornò indietro. – Ma dove dobbiamo andare, dottoressa?

– A sballarci da qualche parte per dimenticare il nostro porco lavoro.

L'ispettore la guardò stranito.

– Ma secondo lei dove dobbiamo andare, Spanò? A casa della Burrano, ovviamente. Io e lei da soli, senza rotture di scatole tra i piedi, e con quattro occhi aperti. Con la Vespa ci sbrighiamo prima.

Vespa 125 Primavera bianca anni Settanta. Ineguagliabile. Vanina gliela invidiava ogni volta.

Peccato solo per il bauletto inguardabile che l'ispettore aveva adattato dietro, e da cui ora stava estraendo un casco minimal effetto scodella, rosa e con un adesivo Naj-Oleari appiccicato sopra.

– È un vecchio casco di mia moglie, – si giustificò. – Ex moglie, – corresse poi.

Vanina non fece domande.

Spanò l'apprezzò. Che avrebbe dovuto rispondere, poi? Che era cosí cretino da aver montato quella schifezza di contenitore pur di tenersi sempre appresso quel cimelio nostalgico, nella speranza illusoria che un giorno per caso sua moglie accettasse un passaggio e, vinta dai ricordi, tornasse sui suoi passi?

Il portone era chiuso.

Vanina citofonò in portineria. Mioara le venne incontro con le chiavi in mano, preoccupata.

– Vuole che io vengo con voi in casa?

– No, Mioara, non serve.

La ragazza rimase a guardarli mentre salivano le scale, poi rientrò in portineria scuotendo la testa.

L'odore di bruciato aveva riempito la casa.

– Da dove cominciamo, dottoressa? – chiese Spanò.

– Dalla cucina, – dove tutto era rimasto com'era, compreso l'arrosto che giaceva lí intonso. Segno che Mioara si era attenuta agli ordini.

Sul tavolo c'era ancora la casseruola col vino in cui la signora doveva aver fatto marinare la carne. Accanto, un quaderno di ricette scritte con una grafia ordinata, antica.

Nella prima pagina c'era una firma. *Agata Maria Burrano*. La suocera, probabilmente.

– Questa stava preparando un pranzo con tutti i crismi, – disse Spanò, col naso dentro una pentola.

– Lo sa che cosa mi fa arraggiare, ispettore? Che mi sono fatta prendere per i fondelli per due ore sane da un fituso di killer.

L'ispettore annuí. Lo sapeva, lo sapeva eccome.

Vanina tornò verso lo studio. Accese la luce e rimase a guardare la stanza.

Spanò la raggiunse e s'avvicinò alla scrivania, infilandosi i guanti. – La signora era già seduta, quando l'assassino le sparò. Infatti s'è accasciata sul tavolo, – ragionò.

– Le possibilità sono due. La prima è che l'assassino sia entrato in casa per conto suo, ma senza compiere effrazione, l'abbia sorpresa alle spalle e abbia sparato. Poi abbia messo a posto la valigetta, i proiettili e la pistola in modo tale che non ci fossero dubbi sulla premeditazione del gesto suicida. Però... – Vanina prese un respiro, dubbiosa. – Però io ho la sensazione che non sia andata cosí. Secondo me la signora il suo assassino lo conosceva.

– Perciò la seconda ipotesi è che gli abbia aperto lei e l'abbia ricevuto nello studio, – Spanò guardò il posacenere, – e si sia accesa pure una sigaretta.

– Anche questo indica che lo conosceva bene, altrimenti l'avrebbe portato in salotto. Senza contare che il tizio, o la tizia, sapeva dove fossero sia la valigetta sia la pistola. Ed era sicuro che ritrovandoli lí noi avremmo avuto la conferma che era stata Teresa Burrano ad ammazzare il marito e la Cutò.

– Ci ha indirizzati, insomma, – concluse Spanò.

Vanina si chinò sulla cartella insanguinata e gli chiese di sollevarla. Era vuota.

– Apra un po' quella di sotto, Spanò.

L'ispettore aprí la seconda carpetta. Era grande come un quaderno, ma deformata dal contenuto.

– Sembrano delle ricevute.

Ne prese qualcuna e fece per leggerla, ma non ci riuscí.

– Gli occhiali! – disse. Non li aveva.

Girò i fogli verso il vicequestore, che s'avvicinò.

– Sono delle ricevute. Di... – lesse. – Rate. Mensili, a quello che vedo.

– Rate? Cosí, generico?

Vanina annuí, pensosa. La fronte corrucciata.

– Ispettore, mi dia qualcosa per toccare 'sti fogli.

Spanò si sfilò un altro paio di guanti dalla tasca e glieli porse.

Vanina tirò fuori tutto il mucchio di ricevute e iniziò a leggerle una per una. Erano sempre cifre diverse, ma il nome del destinatario era lo stesso. Per le prime dieci. Poi il nome cambiava per diciotto ricevute, sempre di cifre diverse l'una dall'altra, e cambiava ancora per altre venti ricevute. Tutte cifre a tre zeri.

Aprí il cassetto centrale della scrivania. C'erano solo

fogli bianchi e materiale vario di cancelleria. Si chinò sulla fila di cassetti a sinistra. Il primo, l'unico provvisto di serratura, aveva la chiave girata ed era leggermente aperto.

Dentro c'era un'agenda. L'aprí. Era fitta di nomi, cognomi, e numeri telefonici. Una popolazione.

– Spanò, dobbiamo far controllare dalla Scientifica questo cassettino, per capire se per caso la pistola fosse conservata qui. L'assassino potrebbe averla presa mentre la signora lo apriva. E vediamo se sulla carpetta vuota c'è qualche impronta oltre a quelle della Burrano.

– Non le pare strano che sia vuota? L'altra è piena piena che sta scoppiando, e questa è vuota.

– Ci dobbiamo riflettere. Cosí come dobbiamo capire che sono quelle ricevute. Perciò l'altra carpetta ce la portiamo noi. Ora, prima che domani mattina nel casino se la prendano loro. E portiamoci dietro anche l'agenda.

Tirò fuori dalla borsa la solita sacca di tela, che tutto portava tranne i libri per cui era stata creata, e gliela porse. – Siamo in Vespa, – gli ricordò.

– Dottoressa, – fece Spanò, infilando la carpetta nella sacca, – io un sospetto sulle ricevute ce l'avrei.

– Pure io ce l'ho, ispettore. Pure io…

Ed era un sospetto di quelli rognosi, di quelli che se si rivelano fondati incasinano tutto.

Per questo preferirono non dirselo.

L'aria, sulla via del ritorno, si era rinfrescata parecchio, e del resto era pure normale. Catania non era Milano, dove già per andare in giro in Vespa la sera avrebbe avuto bisogno come minimo di un piumino cento grammi, ma sempre autunno era. Il fatto che appena dodici ore prima lei fosse stata spaparanzata su una spiaggia non escludeva che da un momento all'altro la temperatura potesse crollare di colpo.

Fecero il giro passando da piazza Spirito Santo e si fermarono al chiosco all'angolo.

Il pub accanto era ancora in piena attività, come tutti i locali della zona. Solo la trattoria di Nino, proprio là dietro, la domenica sera storicamente era chiusa.

– Questo ha di bello, Catania, – attaccò Spanò. – Che è viva. Anche a mezzanotte. Anche in centro di settimana. Ma lei 'ste cose non le sa: se ne andò a stare a Santo Stefano!

– E che? Santo Stefano non è quasi Catania?

– Santo Stefano è Santo Stefano. E non dica mai ai suoi compaesani che sono catanesi, per carità! Se la pigliano come un'offesa.

Vanina ordinò un mandarino e limone e Spanò una spuma di caffè.

– 'Sta cosa di andare per chioschi la sera tardi, da qualunque esperienza uno sia reduce, è una catanesata vera. Noi abbiamo lavorato fino a un attimo fa, questi girano per locali da una serata, e tutti ci ritroviamo qui a bere seltz, e mandarino, e menta. Per non parlare poi di quel frappè da tremila calorie con la nutella e la brioscina Tomarchio frullata.

– E non è bello? A Catania i chioschi esistono dalla notte dei tempi. Da quando erano dei banchetti di legno che vendevano acqua e zammú.

– Ah, no! Acqua e zammú era nostro. L'anice viene dagli arabi, e gli arabi ce li abbiamo avuti noi, – puntualizzò Vanina. – Comunque ha ragione, Spanò. Catania non vuole dormire mai. Forse è 'sto vulcano, sempre in attività, che vi trasmette un'energia speciale…

– Perché, a lei non gliela trasmette?

– Non lo so. Forse. O magari su di me non attacca perché ho la scorza palermitana. Perché sempre palermitana mi sento, ispettore. E un palermitano a Catania è convinto di non poterci stare bene, anche se in realtà non è cosí.

Spanò le sorrise. – Lei secondo me a Catania ci starà benissimo. Questione di ammorbidire la scorza.

Fumarono una sigaretta, inseguendo ognuno i propri pensieri, che poi in quel momento andavano nella stessa direzione.

– Ci pensa, Spanò? Siamo a un passo dalla Casa Valentino. Qua intorno a quei tempi doveva essere tutto un bordello.

– Era San Berillo, dottoressa. Bordello era e bordello rimase anche per molti anni dopo. Anzi, pure peggio perché non c'era manco piú il controllo dello Stato. A poco a poco il centro storico la sera diventò infrequentabile. Negli anni Ottanta, poi, volavano proiettili che era un piacere. Dopo c'è stata la rivalutazione della zona, è iniziata la movida, i giovani, i locali...

– Pure a Palermo, alla Kalsa, cosí è stato, in fondo. Però noi andiamo piú lenti, impieghiamo piú tempo –. Buttò la sigaretta nel bicchiere, soffiando via l'ultima boccata. – Sarà perché non c'è il vulcano, che dice?

Spanò sorrise. – Siete fumosi, – sentenziò, montando sulla Vespa e passandole il casco da liceale. Era anni Ottanta, e si vedeva, ma c'era pure una data segnata con un pennarello, dopo una firma. *Rosy*. La moglie di Spanò doveva chiamarsi cosí.

– Questo è l'ultimo scampolo di quartiere a luci rosse che c'è rimasto: San Berillo vecchio, – indicò l'ispettore passando per via Di Prima, una strada lunga su cui si aprivano una serie di straduzze sdirrupate, popolate da un'umanità multietnica di trans, prostitute e giú di lí. Poi piano piano la situazione migliorava: un albergo di lusso nuovo nuovo, un vecchio cinema, qualche pizzeria. Superarono la Stazione Centrale e poi di nuovo indietro verso via di Sangiuliano. Ed ecco il retro delle straduzze sdirrupate, con via delle Finanze capofila. A sinistra la piazza, con la caserma davanti. E la Mobile.

– Se ne vada a letto, dottoressa, che da domani ci toccherà lavorare a tutta manetta per acchiappare il bastardo di turno, – si raccomandò l'ispettore, con fare paterno.

– Vale anche per lei, – disse Vanina, vedendolo andare verso il portone chiuso.

– Io poso queste cose in ufficio e poi me ne vado a casa.

– Buonanotte, Spanò.

Entrò in macchina, fece il giro della piazza e s'allontanò. Mise un po' di musica, quella che le capitò sotto mano frugando nel cassettino. Jacob Gurevitsch: *Lovers in Paris.* Paolo.

Da dov'era uscito quel cd?

Il traffico era cosí intenso che pareva mezzogiorno. Catania, pensò. Ma sarà il vulcano per davvero?

Spense la musica e si accese una sigaretta.

L'indomani il vicequestore Guarrasi arrivò in ufficio alle otto. Spanò e Fragapane erano già attivi e confabulavano controllando le ricevute trovate nella cartelletta della vittima.

Il sovrintendente capo Pappalardo era stato avvertito e a momenti sarebbe tornato sulla scena insieme a una squadra, per approfondire con altri rilievi. Il vice dirigente Manenti sarebbe andato con loro.

Vanina preferiva essere presente.

Passò nell'ufficio di Bonazzoli e Nunnari. Li trovò in piedi che parlavano fitto.

Il sovrintendente si mise sull'attenti, Marta si avvicinò.

– Bonazzoli, sei rossa affarata. Ma quanto sole hai preso?

L'ispettore si toccò il viso, confusa.

– Ragazzi, cerchiamo di darci una mossa e di dividerci il lavoro. Abbiamo un nuovo omicidio, piú l'indagine su quello della Cutò, che potrebbe essere in dirittura d'arrivo, e Vassalli sta chiedendo l'autorizzazione al giudice per la revisione del caso Burrano.

I due annuirono insieme.

– Nunnari, procuriamoci i tabulati telefonici della signora e controlliamo tutte le telefonate ricevute e fatte ieri mattina. E convochiamo Di Stefano.

– Signorsí, capo.

– Ma lo fai apposta oppure ti viene spontaneo? – gli chiese.

L'uomo s'imbarazzò.

– Mi scusi, dottoressa. Credevo che divertisse anche lei...

– Vai, va'. Vai a lavorare, Full Metal Jacket.

Nunnari sorrise e partí verso l'ufficio accanto.

– Marta, tu vieni con me a casa della vecchia e interroghi di nuovo le tre donne. Sappiamo dov'è andata la Santadriano?

– Da un'amica, credo. Ma mi ha dato il suo cellulare. Le telefono subito.

– Vai. Ah, e mi raccomando: appena arriva Macchia chiamami, – fece per andarsene. – Occhio che ti si spella la fronte, – l'avvertí sorridendole.

La ragazza la seguí con gli occhi, incerta.

Passò da Spanò. – Novità, ispettore?

– Mah, dottoressa, io ho la sensazione che si tratti di quello che pensavamo noi.

– Usura?

– Credo di sí. Tornerebbero un sacco di cose, primo fra tutti il fatto che la signora fosse cosí temuta ma che tutti volessero tenersela cara. E anche l'aumento costante del suo patrimonio, troppo regolare per essere legato solo agli introiti degli affari di famiglia. Ci sarà una sorta di registro in cui la signora annotava cifre e nomi, ma evidentemente non era nel cassettino. Per i numeri telefonici dell'agenda ancora non ho fatto nulla.

– Lasci stare, quello è un lavoro che può sbrigare Lo Faro. Cosí lo impieghiamo e la finisce con quell'aria da vittima incompresa. Lei senta Alfio Burrano e si faccia dire tutto quello che sa sugli affari di sua zia, e sulle persone con cui era piú in confidenza. Per quanto, mi pare difficile che sappia molto piú di quello che riusciremmo a scoprire noi. Non credo che la zia lo tenesse in grande considerazione.

Fragapane entrò con un foglio in mano.

– Dottoressa, arrivò il risultato della Scientifica per quelle impronte digitali sul macchinario del montacarichi. Pare che si sono mantenute abbastanza bene perché c'era il tappo di plastica e prendevano poco ossigeno, altrimenti ciao. Corrispondono a quelle sull'accendino in quasi quindici punti, perciò…

– Perciò sono di Teresa Regalbuto.

Marta comparve sulla porta.

– Capo, il dottor Macchia è appena arrivato.

Vanina la fissò con un sorriso accennato.

– Non avrei potuto scegliere vedetta migliore.

La lasciò lí a chiedersi che volesse dire e attraversò il corridoio ad ampie falcate per raggiungere l'ufficio sovraffollato di Macchia. Incrociò Lo Faro che usciva in quel momento.

– Il dottore mi ha chiesto se gli andavo a prendere un caffè, – si giustificò subito.

– Tranquillo, Lo Faro. Per me puoi portare il caffè pure al questore, se ti fa piacere. Basta che ora te ne torni in ufficio e ti metti a lavorare, che abbiamo fretta. Vai da Spanò e fatti spiegare tutto. E tieniti pronto, tra un po' usciamo.

L'agente s'illuminò. – Vado subito!

– Lo Faro, – lo richiamò.

Quello si voltò derapando sul pavimento del corridoio. Vanina lo fulminò. Ma quanto poteva essere deficiente?

– Prima di riferire qualcosa, qualunque cosa, all'amichetta tua, vieni da me e decidiamo insieme cosa dire e come dirlo. Vedi che è una possibilità che ti sto dando. Non te la giocare perché se no ti ritrovi in esilio permanente al centralino senza manco capire come ci sei arrivato.

Lo Faro annuí ripetutamente.

Tito era già piazzato dietro la scrivania, il sigaro spento in bocca e un bicchierino da caffè davanti, di sicuro non proveniente dal distributore automatico. Abbronzato come lei non sarebbe stata neppure dopo un mese alle Maldive. Per non parlare poi di Marta, che manco dopo un anno.

– Mare? – gli chiese, appena la folla si diradò.

– Una meraviglia di mare, – precisò lui. – Che mi dici? – cambiò discorso, ristabilendo i ruoli.

Gli riferí le novità e man mano che parlava lo vedeva accigliarsi sempre di piú.

– Un casino, insomma.

– Dipende. Ora sappiamo con certezza che Teresa Burrano ha ucciso Maria Cutò. E se il Dna sulla tazzina lo confermerà è plausibile che sia andata come penso io. Quanto al suo omicidio, se i sospetti miei e di Spanò sono confermati, la signora prestava soldi a strozzo a un bel po' di gente. Sfido io a trovare tra questi uno solo che non la volesse morta. Se non ci fossero di mezzo la pistola e la valigetta, ti assicuro che il legame tra quest'omicidio e i due vecchi sarebbe molto piú labile. L'assassino sapeva. E sapeva pure dove trovare la valigetta e la pistola.

– Vediamo che cosa esce da questo nuovo sopralluogo della Scientifica. Io sono incasinato con un'indagine su un giro di estorsioni che sta per concludersi, ma voglio essere comunque informato.

– Certo, capo. Da me o da qualcuno dei miei... – concluse alzandosi in piedi. Gli sorrise.

Tito la fissò rigirandosi il sigaro in bocca e ricambiò.

Il commissario Patanè camminava zigzagando sul marciapiede di via Umberto come una scheggia impazzita. Un'occhiata alla prima pagina del giornale e il decaffeinato che gli aveva offerto il geometra Bellia gli era andato di traverso. Minchia, che cosa clamorosa! Teresa Regalbuto Burrano che si suicida. Ovviamente non s'era portato dietro né il cellulare, né il numero della Guarrasi, e manco le chiavi della macchina. E ora avrebbe voluto possedere le ali ai piedi, o anche semplicemente una trentina d'anni in meno, per farsela di corsa e arrivare a casa in due minuti.

– Gino! Che fu? – l'accolse Angelina, spostando il secchio pieno d'acqua. – Matri santa, tutto congestionato sei!

– Unn'i misi! – si dannava Gino, rivoltando tutti gli svuotatasche.

– Ma che cerchi?

– Le chiavi della macchina... Trovate! Cà c'è il telefonino... – aprí un cassetto. – Ma com'è che oggi tutte cose spariscono!

– Ma che stai cercando? – ripeté Angelina, seccata.

– Il biglietto da visita della Guarrasi.

La donna mise giú il mocio Vileda come se stesse piantando una bandiera.

– Pirchí? Che ci devi fare?

– Angelina, cerca di finirla e 'nesci 'sto bigliettino, se
no finisce a sciarra –. Sperò che prospettarle un litigio bastasse a spegnerle i bollori. Ma vedi tu se uno a ottantatre
anni si doveva sopportare pure le scenate di gelosia.

– Lo strappai. Se la devi chiamare, a 'sta bedda spiccia,
ci puoi telefonare macari in ufficio.

Che avrebbe dovuto fare? Questa era, e questa ormai
si doveva tenere.

Andò al telefono e fece il numero della questura.

Nunnari richiamò il vicequestore che aveva appena infilato le scale con Bonazzoli, Fragapane e, in coda, Lo Faro.

– Che fu, Nunnari?

– C'è il commissario Biagio Patanè al telefono.

Vanina alzò gli occhi, piú divertita che contrariata. Patanè aveva perso di nuovo il suo numero.

– Digli che lo richiamo io tra cinque minuti.

S'installò nell'auto di servizio, con Marta alla guida, e
lo richiamò.

– Commissario, buongiorno. Immagino che abbia già
letto il giornale.

– Cose turche! – fece Patanè, esternando la sua incredulità. – Dottoressa, – disse poi, – ma lei è sicura proprio
sicura che la signora si sparò?

Inutile. La potevano fare a lei, a Spanò e pure a Macchia, ma al commissario Patanè non la faceva nessuno. E
dire che non sapeva neppure che la pistola fosse la stessa,
eccetera eccetera, perché questa chicca ai giornalisti non
era arrivata.

Il commissario voleva sapere i particolari. Quello che
poteva servire a lui, e alla sua coscienza martoriata, era
apprendere che il caso Burrano stava per trovare la sua
sepoltura definitiva. Ma Vanina capiva che a quel pun-

to, per come l'aveva coinvolto, non poteva aspettarsi che questo gli bastasse.

Gli disse di raggiungerla nel pomeriggio in ufficio.

Le tre donne erano lí, schierate in portineria, ognuna con la sua faccia piú perplessa. Avevano visto di nuovo tutto l'ambaradan del furgone della Scientifica, col signore che era venuto la sera prima, e in piú un tipo nervoso che dava ordini a destra e a sinistra e che non le aveva calcolate manco di striscio. Non avevano capito cosa fosse successo di nuovo.

Entrando in casa della portinaia, Vanina si sentí un po' Maigret. C'era sempre una portinaia, nei gialli di Simenon, con tanto di ragazzini e gatti che giravano per casa.

A Catania era piú difficile, in genere era mestiere di appannaggio maschile. I portieri. Non si trattava di una regola, ovvio, ma di fatto era cosí. Agata era lí perché dopo essere rimasta vedova aveva preso il posto del marito.

Il vicequestore precettò Mioara, se la portò dietro nell'appartamento della Burrano.

Già nell'ingresso c'era una zona interdetta al passaggio, dove un videofotosegnalatore stava lavorando, con Fragapane che lo osservava.

Vanina affibbiò la ragazza rumena ai suoi uomini, per indicare loro tutti i posti in cui «sua signora» avrebbe potuto conservare o nascondere un registro contabile come quello che sospettavano lei e Spanò. Quelli che lei conosceva, ovviamente, che secondo il vicequestore erano un'esigua minoranza.

– Oh, Guarrasi! – l'accolse Manenti. – Perdiamo colpi, eh, eh, eh!

Vanina gli avrebbe scaricato in faccia l'intera collezione di Lalique della signora Burrano, se questo non avesse inficiato tutto il lavoro che il sovrintendente capo Pappalardo stava rifacendo ex novo con pazienza certosina.

– Che avete trovato all'ingresso? – gli chiese, senza raccogliere la provocazione.

– Un'impronta. Ora, per come andarono le cose ieri sera, capace che alla fine scopriamo che è della scarpa di Spanò, però intanto per non sapere né leggere né scrivere facciamo i dovuti rilievi.

La collezione di Lalique piú il vaso di porcellana di Capodimonte, irto di punte. Idealmente perfetto.

– Notizie della pistola?

– Certo! Lo sai, i balistici la notte non dormono, 'nsa-mai il vicequestore raccatta qualche bossolo da raffrontare con uno di sessant'anni prima.

– Manenti, vedi che è meglio per tutti e due se la finisci con le stronzate e collaboriamo.

Quello sospirò. – Che notizie dovrei avere, scusa? Piú tardi ti faccio sapere. Però se ti può interessare, il sovrintendente capo Pappalardo stamattina ha provveduto per il tampon kit sulla mano della signora. Ovviamente non ci sono tracce né di antimonio né di bario né di piombo.

– Qualcuno lavora la notte, – commentò, sarcastica.

S'avvicinò agli uomini che trafficavano di nuovo attorno alla scrivania, mentre Manenti se ne andò all'ingresso.

Pappalardo si sollevò.

– Dottoressa, volevo dirle che stamattina, prima di venire qui, ho analizzato parzialmente la valigetta. L'esterno era impolverato, pieno di una sorta di fuliggine, con tracce di sabbia vulcanica. Può essere utile per capire dov'era nascosta. Quasi certamente la pistola era lí dentro.

– Bravo, Pappalardo. Cerchi di recuperare il piú possibile.

Gli uomini e Mioara erano nella stanza accanto, la camera da letto della Burrano.

Lo Faro era salito su una scaletta a pioli e seguiva pedissequamente le indicazioni di Mioara, mentre Fragapane frugava in un cassetto.

– Piú destra. No, piú sinistra. Ora centro, dritto per dritto cerca con mano e trova scatola.

L'agente sudato scese con una scatola da scarpe in mano. Fotografie, cartoline, tutte vecchissime. Terzo buco nell'acqua in mezz'ora.

Mioara già spostava la scaletta da un'altra parte.

– Ora tu sali qua, – ordinò.

Vanina restò a osservare il quadretto esilarata per dieci minuti, durante i quali vide l'agente Lo Faro salire e scendere da quella scaletta quattro volte, ogni volta portando giú cimeli di ogni genere. Fragapane se ne stava per i fatti suoi, tirava fuori la roba dai cassetti e la rimetteva dentro ordinatamente.

– Fragapane, – lo riprese, – lei in teoria dovrebbe dettare comandi, non lasciare Lo Faro agli ordini di Mioara!

– 'Sta picciotta fa confondere, dottoressa. Però una cosa la capii: che 'sta casa nascondigli ne ha uno ogni metro. Possiamo fare notte.

– Continuate a cercare. Nei posti piú strani, mi raccomando.

Vanina si portò Mioara in cucina. Partendo dal pranzo della signora, che poveretta aveva cucinato tante cose, la spinse a raccontarle nei dettagli quello che aveva fatto la mattina del giorno prima. Riunione con amiche rumene, pranzo con amiche rumene, passaggio in macchina da amica rumena. Poi era tornata. E lí scoppiò in lacrime. Vanina temette che raccontandole la verità l'avrebbe lasciata sotto shock per una settimana, ma era inevitabile.

La riaccompagnò giú dalla portinaia, dove nel frattempo Marta si stava facendo raccontare per filo e per segno la mattinata delle altre due donne presenti la sera prima. Dal colorito anemico delle loro facce era evidente che l'ispettore aveva già comunicato la notizia.

Agata era stata a messa con sua cugina, alla chiesa della Collegiata, poi aveva comprato un vassoio di cannoli ed era tornata a casa a preparare il pranzo per i figli. Poi la signora Clelia era rientrata, e il resto lo sapevano già. Affezionata alla vecchia certo non si poteva dire, Agata, ma rispettosa questo sí. E motivi per farla fuori non ne poteva avere.

Vanina s'informò su chi fossero e cosa facessero gli altri condomini.

Tutta gente che con la vittima non aveva niente a che fare. L'unico era un signore che abitava al primo piano, un professore di Storia all'università, che un tempo le aveva fatto il filo. Ma era acciaccato forte poveraccio, si diceva che stesse lí lí per andarsene.

Gli altri niente. Una famigliola con bambini piccoli, una coppia di mezz'età, una vedova che viveva col figlio trentenne.

Clelia Santadriano raccontò di aver preso il passaggio che un'amica di Teresa avrebbe dato a entrambe e di essere andata a quell'esposizione di piante in una villa nobiliare. Aveva fatto il giro della villa tre volte, comprato un ulivo bonsai e due collane di cartapesta decorata realizzate da una sua conterranea, un'attrice che s'era data all'arte e ora vendeva le sue creazioni. Dopo due ore, dal momento che l'amica se ne stava ancora beatamente seduta sotto un palmizio a chiacchierare con altre quattro signore, aveva deciso di chiamare un taxi e se n'era tornata a casa. Il resto si sapeva. Quella notte aveva dormito da una conoscente, ma ora aveva preso possesso di una stanza all'*Hotel Royal*. E finché la cosa non si fosse risolta avrebbe alloggiato lí. Poi, probabilmente, se ne sarebbe tornata a casa sua, a Napoli.

Le domandò notizie sulle persone che frequentavano la signora, dove lei le riceveva, come si comportava con loro.

Di gente in casa di Teresa ne passava tanta, uomini e donne. I primi li faceva accomodare nel salottino dove aveva ricevuto lei e l'ispettore l'ultima volta, le seconde di solito nel salotto grande. Nello studio ci entrava solo quando aveva qualcosa da fare alla scrivania, e sí, capitava che qualcuno entrasse appresso a lei. Teresa non era mai espansiva con nessuno, neppure con la gente piú vicina.

– Aveva qualche amico piú intimo? – chiese Vanina.

– A parte me e Arturo nessuno.

– Arturo Renna?

– Sí, il notaio. Con lui c'era un rapporto particolare... Sí, insomma, c'era stato. In questi giorni, da quando è venuta fuori quella storia del cadavere alla villa, non la abbandonava un attimo.

– E il notaio ha saputo della notizia? Voglio dire, prima che stamattina uscisse sui giornali?

– Sí, l'ho chiamato io, ieri sera. Era distrutto. Non si capacitava neanche lui, come me. E alla fine una spiegazione c'era... – Alzò la testa. – Dottoressa, lei ora indagherà per trovare l'assassino?

– Ovvio, signora Santadriano. E le assicuro che non lasceremo in pace nessuno.

Si rivolse anche alle altre due.

– Devo chiedervi di rimanere a disposizione. E sempre reperibili.

Agata e Mioara annuirono convinte.

La Santadriano la guardò in silenzio. Vanina notò che aveva degli occhi verdi straordinari. Era decisamente una bella donna.

Tornò su. Quelli della Scientifica erano ancora in attività, mentre Fragapane era piegato accanto al letto della
vittima e frugava sotto il materasso. Lo Faro vagava per
la casa col naso per aria e un telefonino in mano.

– Abbiamo trovato questo, dottoressa. Era in fondo al
cassetto del comodino insieme al caricabatterie.

Un Nec cromato con lo sportellino. In confronto quello di Patanè era un ritrovato della tecnologia. Vanina lo
prese per portarlo a Nunnari.

Lasciò i due uomini lí insieme alla Bonazzoli e uscendo raccomandò a Fragapane di stare addosso al suo amico
Pappalardo, l'unico su cui potevano contare per velociz-
zare i tempi di risposta della Scientifica.

Dalle loro analisi dipendevano sia la chiusura del vecchio caso sia la risoluzione del nuovo. E se c'era una cosa che il vicequestore Guarrasi non sopportava era di-
pendere da qualcun altro, soprattutto poi se si trattava
di Manenti.

Decise di tornare in ufficio a piedi, lasciando lí l'auto
di servizio. Aveva bisogno di pensare. Qualcosa non le
tornava, in tutto quello che era successo. Non sapeva bene cosa fosse, ma sapeva che c'era. In quella fase, teori-
camente, qualche incertezza sarebbe stata pure normale,
se a questa non si fosse aggiunta la sensazione che qualcuno stesse cercando di spingerla in una direzione. E quella sensazione l'aveva avuta anche la sera prima, quando
aveva disposto che nessuno dormisse in casa della Burrano e che Mioara non toccasse niente in cucina. Di fatto, era come aver messo sotto sequestro l'appartamento,
anche se formalmente non era cosí. Se il suicidio l'avesse convinta al cento per cento, anche nel suo subconscio,
quella cautela le sarebbe sembrata inutile. Invece le era
venuta spontanea.

Cosí come le era venuto spontaneo rimuginarci su.

Si fermò in un bar lungo via Etnea e ordinò il secondo cappuccino della mattinata.

Mentre lo sorseggiava, appoggiata al bancone, guardò due poster antichi appesi alla parete. I tipici cartelloni pubblicitari anni Cinquanta con le donne bamboleggianti e gli uomini brillantinati. L'epoca di Burrano e della Cutò.

Questo era, che non la lasciava in pace. Le prove del vecchio omicidio esposte ai suoi occhi come sotto un riflettore. Gliel'avevano voluta servire su un vassoio d'argento. E se non avesse avuto in mano la concordanza tra l'impronta della signora e quella del montacarichi, avrebbe iniziato a mettere in dubbio tutte le ipotesi.

Alfio Burrano stava uscendo dal portone della Mobile. Sorrise nel vederla arrivare.

Vanina si ricordò che la sera prima le aveva mandato due messaggi, cui lei non aveva risposto.

– Carmelo mi ha raccontato, – disse Alfio. – Ho cercato di dare una mano con quello che sapevo, ma non è granché. Lo sai, mia zia era quella che era e non avevamo molto dialogo. Però una fine simile non la meritava. Chi può averla voluta?

– Nessuno merita mai quella fine, Alfio. Il mio lavoro è capire chi ha deciso di infliggergliela e perché. Ed è quello che ora vado a fare, scusami. Se dovessi ricordare qualcos'altro, anche un dettaglio stupido faccelo sapere.

– Ok, – annuí Alfio.

– Ah, e mi raccomando, evita di renderti irreperibile per ore, come hai fatto ieri.

– Avevo lasciato il telefono a Sciara e sono stato tutto il giorno senza… Non mi capita mai.

Lo salutò e salí in ufficio.

Spanò era da Nunnari e stavano guardando insieme i tabulati telefonici.

Vanina consegnò loro il Nec, di cui il sovrintendente conosceva già l'esistenza.

– La signora ha fatto una sola telefonata, alle 10.13, ad Alfio. Voleva che lui la raggiungesse subito a casa. Era infuriata per la questione dell'articolo che era uscito sulla «Gazzetta Siciliana», ma Alfio non c'è andato. Dice che si era rotto le scatole di essere sempre a disposizione sua.

Si alzò e fece sedere Vanina al suo posto.

– Le altre telefonate sono piú brevi, e sono chiamate ricevute, – disse Nunnari. Girò il monitor del computer verso il vicequestore.

– Una da un fisso, che corrisponde allo studio notarile Renna, ed è durata cinque minuti. Le altre due sono partite da un telefono cellulare. Una brevissima e l'altra un po' piú lunga. Stiamo vedendo a chi corrisponde, ma è un numero che ricorre spesso anche nei giorni precedenti. Quello dello studio di Renna è un altro numero ricorrente.

– E ci sta, visto che la Santadriano mi ha confermato che tra Renna e la vittima c'era un'amicizia particolare.

– Come diceva la zia Maricchia, – intervenne Spanò.

– Che non sbaglia un colpo.

Nunnari li guardò senza capire.

– Hai convocato Di Stefano? – gli chiese Vanina, cambiando discorso.

– Sí, tra poco arriva.

Spanò tamburellò con le dita sulla guancia, pensieroso.

– Ma secondo lei c'entra qualche cosa? No, perché magari può aver agito per vendetta, – fece Nunnari.

– Noi controlliamo se ha un alibi, ma mi pare difficile che sia stato lui, Nunnari. Gli Zinna stavano attuando già la loro vendetta per suo conto. La testimonianza di Calascibetta è stato il primo passo. E poi c'è l'articolo sul giornale di ieri, chissà da chi era stato imbeccato. Sicuramente da qualcuno che aveva una carta in piú rispetto alla Burrano, il che non è da tutti. No, secondo me Di Stefano non avrebbe corso il rischio.

– Allora perché lo stiamo convocando?

– Perché ora sappiamo che Teresa Regalbuto ha ucciso la Cutò, e perché abbiamo riaperto il caso Burrano. Non ci scordiamo che dobbiamo lavorare su due fronti diversi. Non ci confondiamo, mi raccomando.

Spanò le riferí che stava facendo qualche ricerca sui nomi scritti sulle ricevute trovate nella carpetta.

– Uno è un nome grosso, dottoressa. E anche le cifre sono le piú grosse. Un commerciante, pure molto conosciuto, che a quanto pare con gli affari dei Burrano non c'entra proprio niente.

– Questo avvalora ancora di piú la nostra ipotesi. Speriamo di trovare un registro contabile. Spanò, faccia una cosa: convochi Arturo Renna.

– Lo chiamo subito.

Vanina si ritirò nel suo ufficio.

I rapporti del medico legale e quello della Scientifica sui reperti precedenti erano sulla sua scrivania. Li rilesse, tanto per rinfrescarsi la memoria, ma non dicevano niente di piú di quello che sapeva già.

Il telefono vibrò mostrando per la terza volta il numero di Giuli.

– Tanto lo so che non avrò pace finché non ti do conto, – le rispose.

– Scusa, sai, ma ti ho mandato un sacco di messaggi, ti ho chiamato mille volte. Perciò te ne vai a Noto con quei due senza dirmi niente?

Vanina alzò gli occhi.

– Ma non eri in una full immersion di eventi mondani?

– Sí, ma magari mi avrebbe fatto piacere venire con voi.

– Non sarebbe stata una grande idea, Giuli, fidati.

– Ma che vai a pensare! Io dicevo per farmi un weekend da quelle parti, che è sempre bello.

– Come no! Non sarebbe andata bene la compagnia, credimi. E tu sai bene perché. Senti, ora scusami ma io sono sott'acqua...

– Ho letto. Alfio che dice?

Vanina s'irrigidí. Non le piaceva quel tono, troppo da «tu che lo conosci bene».

– L'ispettore Spanò l'ha sentito questa mattina.

Ovviamente non le disse che nel frattempo il caso si era evoluto da suicidio a omicidio. Tanto l'avrebbe saputo anche troppo presto.

– Ah, sí, Spanò, – fece Giuli. – Quello tracagnotto baffuto con cui sbevazzavi ieri sera tardi in piazza Spirito Santo? Un figaccione, eh! S'è pure separato da poco.

Vanina rimase in silenzio un attimo, poi: – Ma a te l'idea di entrare in polizia non t'è mai venuta in mente? Potresti mettere le tue capacità al servizio della comunità. Pensaci, sei ancora in tempo, – ironizzò.

– Dài, scherzavo! Sono passata di là in macchina e t'ho visto. Pensavo che fossi con Alfio Burrano e invece eri col baffone.

– Ero ancora in servizio ieri sera tardi, se t'interessa. E non vedo perché avrei dovuto essere con Alfio. Ma poi che ne sai tu dei fatti di Spanò?

– Sua moglie sta con un mio collega. Un pezzo grosso, un civilista.

Tutto sapeva, quel gazzettino.

– Io dovrei lavorare, Giuli. Volevi dirmi qualche cosa?

– Solo questo: la prossima volta che vai a Noto io vengo con te –. Fu costretta a prometterglielo.

Spanò entrò nella sua stanza proprio mentre lei stava ripensando al casco rosa, che quindi per lui doveva avere un significato particolare.

– Scusi, capo.

– Venga, Spanò.

L'ispettore le si sedette di fronte. Vanina lo guardò con piú attenzione del solito. Camicia colorata, jeans a vita bassa nei quali si vedeva che non era a suo agio.

Ecco di chi era la faccia che voleva spaccare: del pezzo grosso civilista.

– Ho convocato Renna. Verrà nel primo pomeriggio. Non mi è piaciuto quello che mi ha detto.

– Cioè?

– Ha chiesto se avessimo interrogato il nipote della vittima.

– Alfio Burrano?

– E l'ha detto con un tono come per dire che... insomma, che poteva essere il colpevole.

– E non ha aggiunto altro?

– No. Ha solo detto che sarebbe venuto subito, appena finito di pranzare.

Vanina guardò l'orologio: erano le due meno un quarto e manco se n'era resa conto.

– Vediamo che deve dirci, il notaio.

– Sí, solo che riguardo ad Alfio... io mi sto arrovellando su un fatto.

– Che cosa, ispettore?

– Se lo ricorda che ieri era irreperibile? Disse che aveva dimenticato il telefono a Sciara. Fu la prima cosa che mi disse, senza che gliel'avessi chiesto.

Anche a lei l'aveva detto.

– *Excusatio non petita accusatio manifesta*, lei dice?

Spanò la guardò perplesso.

– Vabbe'. Lei dice che Alfio... che Burrano ha messo le mani avanti? – tradusse.

– Non dico questo, però...

– Però lo sospetta.

Squillò il telefono dell'ufficio.

– Guarrasi, – rispose.

– Macchia. Ce l'hai il tempo per pranzare insieme? Dovrei parlarti.

Era una richiesta insolita. In undici mesi lei e Tito avevano parlato fuori dall'ufficio sí e no tre volte, ed era capitato per caso. Calcolò che Renna non sarebbe arrivato prima delle tre.

– Ho un'ora, – rispose.

– Perfetto. Esci.

Vanina mise giú il telefono e si alzò, infilando sigarette e iPhone nelle tasche della giacca.

– Devo andare a pranzo col Grande Capo. Se Renna dovesse arrivare prima, lo porti qui e mi aspetti.

Da Nino c'era meno confusione del solito. Il lunedí era sempre cosí. Macchia si diresse verso la seconda stanza, e scelse il posto piú appartato. Invase un tavolo per quattro appendendo la giacca, immensa, sulla spalliera di una sedia vuota, e poggiando telefono, chiavi e portasigari sulla tovaglia.

Ordinò l'acqua, frizzante seria per carità niente cose sgasate, e aspettò il pane e la ciotola delle olive.

– Ci sono due questioni di cui dovrei parlarti, diversissime tra loro ma serie in egual misura, – attaccò.

Vanina lo guardò per carpire eventuali segnali negativi. Non che se ne aspettasse, ma non si sa mai.

– Dimmi.

– Cominciamo dalla prima, che è la piú importante. In questo periodo quelli della sezione Criminalità organizzata stanno lavorando moltissimo sui legami tra le famiglie catanesi e quelle palermitane. Un lavoro importante che stiamo svolgendo affiancati alla Dia. Ogni tre per due vengono fuori indagini portate a termine da te, che a loro servono da collegamento per altre indagini.

L'intervento di Nino interruppe il discorso.

– Cosa vi porto?

Macchia non ci pensò su. – Carne.

Scelse in due minuti.

Vanina si limitò a un piatto di pasta. Anche perché quel discorso le stava già chiudendo lo stomaco.

– Quindi? – disse, appena furono di nuovo soli.

– Quindi, per farla breve, l'ideale sarebbe se a capo della Sco della Mobile di Catania ci fossi tu. Giustolisi è bravo, senza dubbio, e potrebbe affiancarti benissimo, ma tu... Vanina, a me tenerti a risolvere omicidi comuni pare uno sciupio. È come avere Maradona e tenerlo in difesa!

– Tito, io ti ringrazio per il paragone lusinghiero, detto da un napoletano poi ancora di piú, ma tu sai benissimo che il mio reinserimento alla Sco è un argomento fuori discussione. Ho scelto di uscirne anni fa e non me ne pento. Sto bene dove sto, a ricercare gli assassini comuni, che richiede la stessa bravura, te l'assicuro.

– Non sto sminuendo il tuo lavoro, né togliendo importanza alla tua squadra. Dico solo che di gente capace, che potrebbe stare dove stai tu adesso, in giro ce n'è, mentre quello che sai fare tu, quello che hai imparato tu, non lo imparano in molti. Poco fa ne parlavo con Eliana Recupero, è rimasta colpita da te e dev'essersi andata a studiare il tuo curriculum –. La buttò lí, come una carta in piú da giocare.

– Ti dico una cosa, Tito. Quello che so fare io è né piú né meno quello che possono fare tutti i miei colleghi. E quello che ho imparato io può impararlo chiunque abbia voglia di calarsi nella fogna e venirne sommerso giorno dopo giorno con l'obiettivo di toglierne di mezzo il piú possibile, pur sapendo che ci si può affogare dentro. Il problema non è quello che so, il problema è come lo so, perché lo so e quando l'ho imparato. Ed è quello che mi ha fatto scegliere di andarmene, e che ogni giorno mi ricorda di aver fatto la scelta migliore. Vigliacca, forse, ma migliore.

Tito rimase in silenzio.

– Io ho sempre pensato che non fosse vero quello che dicono di te, che hai vendicato tuo padre e poi ti sei ritirata in buon ordine senza rischiare piú. E continuo a non crederci.

– E fai male, – gli rispose.

– Va bene. Prendo atto del tuo rifiuto. Io dovevo provarci, Vanina. Ma se dovessi cambiare idea… sappi che potrei darti carta bianca.

Vanina chiuse il discorso annuendo, proprio mentre Nino e un ragazzo mettevano in tavola un quantitativo di salsicce che avrebbe sfamato tutta la squadra.

– Scateniamo la nostra natura carnivora, eh, – divagò il vicequestore, sogghignando.

Tito la guardò dritto negli occhi piegando le labbra in un sorriso ambiguo.

– E questa è la seconda questione di cui dobbiamo parlare.

La Bonazzoli era rientrata in ufficio dopo aver fatto firmare i verbali alle tre donne. Aveva lasciato Fragapane e Lo Faro ancora lí a ravanare tra cassetti della biancheria, scarpiere e dispense, con qualche puntata sopra gli armadi. Questione di poco e sarebbero tornati indietro, sconfitti e a mani vuote.

Passando davanti al suo ufficio e vedendola sulla soglia, tesa, Vanina le aveva sorriso. Con la coda dell'occhio l'aveva vista lanciare uno sguardo interrogativo a Tito. Che attorno all'argomento, prima, non ci aveva girato neppure mezzo minuto: so che c'eri perché ti ho visto, come tu hai visto me, incasso le battute ma ti prego di non mettermi in difficoltà, anzi se puoi dammi una mano. Con lei. Perché il problema, incredibile a dirsi, era lei.

I due notai Renna, Arturo e Nicola, arrivarono cinque minuti dopo il loro rientro. Uno impettito, a passo quasi marziale, e l'altro che tirava su col naso come un disperato.

Spanò li accompagnò nell'ufficio di Vanina, che li fece accomodare davanti a lei.

La mascella serrata del notaio senior mostrava tutta l'alterigia della volta precedente, piú il fastidio di essere lí.

Vanina partí diretta, senza preamboli.

– Notaio, in che rapporti era con la signora Teresa Regalbuto?

– Eravamo amici.

– E lo eravate sempre stati?

– Quasi sempre.

– Sempre solo amici?

Il notaio la fissò.

– Che importanza ha adesso?

– Lei risponda.

– No, – rispose, con un sospiro spazientito.

– Ai tempi dell'omicidio di suo marito, eravate piú che amici?

– Cosa... Ma che c'entra questo con la morte di Teresa? – si alterò. – Credevo di essere qui perché una mia

amica è stata uccisa e io potrei aiutarvi a far luce sul suo
omicidio, non per rivangare fatti del passato che...

– Notaio, l'omicidio della sua amica ha riaperto le indagini anche su quello del marito. Perciò, per piacere, le
chiedo di rispondermi senza lasciarsi andare a commenti.

– Su, papà, – intervenne il figlio, – sii collaborativo.
Teresa te ne sarebbe grata.

Il notaio parve rabbonirsi.

– Siamo stati piú che amici per molto tempo, – rispose.

– Lei ha mai sospettato che Teresa potesse essere autri-
ce dell'omicidio di suo marito?

Renna ebbe un guizzo, ma si trattenne.

– Ovviamente no.

– Ma l'ha sostenuta nel dimostrare che il colpevole fosse Masino Di Stefano?

– Perché, il colpevole non è Masino Di Stefano?

– In questo momento, come cinquantasette anni fa, il colpevole è da ricercare. È stata disposta la revisione del caso.

Il notaio non reagí alla notizia.

Vanina tirò fuori il testamento olografo di Burrano.

– Ha mai ricevuto una copia di questo documento?

Arturo Renna indossò un occhialetto a mezzaluna e lo
studiò.

– No.

– Ha mai visto questa valigetta? – chiese Vanina tirando fuori una foto scattata la sera prima.

Il notaio la fissò per un istante, poi distolse lo sguardo.

– È una vecchia ventiquattrore con manette di sicurezza. Chi maneggiava molti soldi era abituato a veder-
ne spesso.

– L'ha mai vista in mano a Teresa Regalbuto?

– Non mi pare cosa adatta a una donna. Non era nello
stile della povera Teresa.

Vanina si drizzò sulla poltrona, appoggiando i gomiti sul tavolo.

– Notaio, lei ha idea di chi potesse volere la morte di Teresa Regalbuto?

Arturo Renna prese vigore.

– Purtroppo sí, – rispose.

Spanò si chinò sul tavolo dal lato del vicequestore, che portò le mani in avanti, intrecciando le dita.

– E sarebbe?

– Alfio Burrano.

Vanina non mostrò lo stupore.

– Cosa glielo fa pensare?

Renna senior fece cenno al figlio e quello aprí una cartella di cuoio, estraendone una busta.

– Il fatto che appena l'altro ieri Teresa aveva depositato presso lo studio notarile di mio figlio un testamento, con cui lascia erede suo nipote solo dell'azienda vinicola e della piccola parte della villa di Sciara che lui possiede già. E lo esclude dal resto dell'eredità, cioè dalla porzione piú cospicua.

Il vicequestore e Spanò si scambiarono un'occhiata carica di interrogativi.

– E il dottor Burrano era a conoscenza delle ultime volontà di sua zia?

– Lei gliele aveva rese note qualche giorno fa, prima di redigere il testamento. Ovviamente lui non l'aveva presa bene. L'aveva aggredita con insulti di ogni genere, e l'aveva persino minacciata. Questo non aveva fatto che avvalorare la sua disistima nei confronti di quel buono a nulla. Non credo sia arrivata a comunicargli che il testamento era stato depositato. O chissà forse lo ha fatto e questo ha scatenato la furia omicida.

Vanina fece una smorfia.

– Mi pare difficile che si sia trattato di una furia omicida improvvisa, notaio. Perché, vede, l'assassino ha fatto in modo che noi trovassimo, come una sorta di ammissione di colpa, tutte le prove che cercavamo per incriminare la signora dell'omicidio di suo marito, oltre che di quello di Maria Cutò.

Il notaio ammutolí per un attimo. Il figlio prese a tirare su col naso furiosamente.

– Teresa incriminata per l'assassinio di Maria Cutò? Ma... non è possibile, – disse Arturo.

– Purtroppo è cosa certa, notaio. Abbiamo le prove.

– E come... l'avrebbe ammazzata? Anche lei con un colpo di pistola?

– No. Crediamo che l'abbia sepolta viva dentro il montacarichi dove probabilmente l'aveva nascosta Burrano.

Arturo Renna la guardò fisso. Pallido, la mascella sempre piú serrata.

Vanina sostenne lo sguardo.

– E mi dica, notaio, chi sarebbe il nuovo erede del patrimonio dei Burrano?

Nicola Renna s'irrigidí. – Ma io non so se...

Il padre lo zittí con un cenno.

– Vi rispondo io: Clelia Santadriano.

Vanina trasecolò, Spanò inghiottí un'esclamazione di sorpresa.

– E la signora Santadriano è al corrente di questa eredità? – chiese il vicequestore.

– Assolutamente no. Non finché non verrà aperto il testamento. Teresa non voleva che lo sapesse –. Era tutto quello che Arturo Renna aveva da dire, ma pareva provato.

Vanina comunicò al notaio junior che avrebbe chiesto al giudice di disporre il sequestro del testamento.

Spanò tornò indietro dopo averli accompagnati all'usci-

ta e si sedette di fronte al vicequestore, che nel frattempo
s'era accesa una sigaretta e s'era avvicinata alla finestra.

– Dottoressa, temo che dovremo convocare di nuovo
Alfio.

– Prima di tutto cerchiamo di capire se ha un alibi.

– Giusto. Una cosa non quadra, comunque. Ad Alfio
chi glielo doveva dire dov'erano la valigetta e la pistola?

– Già, – disse Vanina, guardando fuori dalla finestra.
Invece era proprio quello il punto che la inquietava di piú.

Cosí come lei aveva pensato che Teresa Burrano volesse
violare i sigilli per cercare qualcosa all'interno della villa,
allo stesso modo poteva averlo immaginato anche Alfio.
E se la valigetta fosse stata nascosta nella villa lui sarebbe
stato pure l'unico in grado di cercarla.

Ma questo Spanò non lo sapeva.

Il commissario Patanè entrò nel portone della Mobile
alle cinque e mezzo spaccate. Prima la Guarrasi non era
disponibile. Salí le due rampe di scale ed entrò nel corridoio. Lo percorse tutto, salutando chi lo riconosceva, o
quelli che aveva avuto modo di conoscere in quei giorni
di assidua frequentazione che l'avevano ringiovanito di
vent'anni. Fragapane lo intravide e si precipitò a salutarlo.

Aveva quasi guadagnato la meta quando, con suo grande disappunto, incappò nel primo dirigente Macchia che
rientrava nella sua stanza.

– Commissario Patanè! Ma non è che dobbiamo rein-
tegrarla in servizio?

– Magari! Purtroppo oramai... Ero venuto a fare visita al...

– Al vicequestore Guarrasi, – lo anticipò Macchia, divertito.

Patanè si sentí a disagio. Simpatico era simpatico, non

c'era dubbio, ma pure se gli poteva venire figlio sempre un superiore era. E lo sfotteva apertamente. Una sfottuta garbata, ovvio, ma bastava a farlo sentire ridicolo. Che poi magari l'effetto che faceva era proprio quello: ridicolo. Sempre appresso alla Guarrasi. Qualcuno poteva pure pensare che si fosse preso una sbandata senile per quella poliziotta agguerrita, che gli ricordava tanto sé stesso.

– Commissario, – lo risvegliò Vanina aprendo la porta dell'ufficio, dietro cui aveva visto la sua sagoma, ferma.

– Eccomi.

– Che fa lí dietro?

– No, niente… Salutai il dottore Macchia.

Lo fece accomodare e gli offrí subito una Gauloises e i cioccolatini.

Rasserenato, Patanè se ne fece fuori due. Poi esternò tutta la sua curiosità, che aveva avuto una giornata sana per lievitare e farsi imperiosa.

Vanina tendeva a raccontargli quello che riguardava il caso vecchio, cercando di non coinvolgerlo in quello piú fresco, che in fin dei conti non lo riguardava. Ma per com'erano incastrate le due indagini, purtroppo l'una richiamava sempre l'altra.

– C'è una cosa che da stamattina non mi può pace. Forse se la sarà chiesta pure lei. Anzi, ne sono sicuro.

– E me la dica, commissario.

– Mi domandavo: ma non è che 'sta valigetta l'hanno messa lí, assieme alla pistola che hanno usato, per farci arrivare alla conclusione piú in fretta? E magari senza scavare ancora piú a fondo?

Era una lettura inedita del dubbio che aveva assalito anche lei. Anche se poi era uscito il risultato dell'impronta della Burrano.

Glielo ricordò.

– Sí, certo. Questo però prova solo che fu la signora ad abbassare il montacarichi con quella mischina dentro. Che sia stata lei a fare fuori il marito ancora non è scritto da nessuna parte. Comunque, se avesse funzionato la messinscena del suicidio, ora noi lo daremmo per scontato e buonanotte ai pupi. Non so se mi sono spiegato.

Si era spiegato benissimo, altroché.

– Commissario, ma com'è che lei mi lascia sempre indietro?

Patanè rise, compiaciuto.

– Ma quale! È che sono abituato a ragionare, ragionare, ragionare su tutto. È la cosa piú importante, il ragionamento. Uno può imparare a memoria tutti i codici penali del mondo, ma se non sa ragionare se li può fare fritti.

Sembrava pari pari il discorso che Gian Maria Volonté, nei panni di un professore in pensione, faceva a un giovanissimo Ricky Tognazzi poliziotto nel film tratto da *Una storia semplice* di Sciascia. Il ragionare.

– Voi giovani siete fissati con quelle mavaríe, e cosí vi legate mani e piedi a quelli della Scientifica –. Con questo l'aveva stesa definitivamente. E s'era guadagnato di saperne di piú sull'omicidio di Teresa Regalbuto. Cosí ora ragionava anche su quello, che la posizione di Alfio Burrano gli pareva traballante assai.

– Certo, tutto sta a capire dov'erano nascoste 'sta maledetta pistola e 'sta valigetta. Se pensiamo al fatto che la Burrano voleva entrare alla villa dopo tutto quel tempo…

Vanina non poteva fare finta di niente. Lui sapeva di quell'informazione raccolta in confidenza in una serata di bagordi con – non riusciva nemmeno a pensarci – il suo possibile prossimo indagato.

– Però è anche vera una cosa, – continuava Patanè, – doveva essere fesso ma proprio fesso Alfio Burrano a raccon-

tarle il fatto dei sigilli attirando la sua attenzione su una
cosa che poteva tornare utile a lui.

E anche a questo ci aveva già pensato pure lei. Vedi?
In fondo, sapeva ragionare.

Alfio guardava Spanò disorientato.

– Ma perché vuoi sapere 'ste cose, Carmelo?

Vanina era appena entrata e s'era messa di lato. Lo scru-
tava. Vediamo se m'hai preso per i fondelli, Alfio Burrano.

– Alfio, tu devi solo rispondermi. Ricostruisci la tua
mattinata, dalla telefonata di tua zia in poi.

– Ma... ero a Sciara. Poi sono uscito.

– E hai lasciato il telefono, – aggiunse Spanò.

– Sotto carica. Ho sbrigato cose... sono stato in giro...

– Solo? Non ti sei portato il tunisino?

– No, Chadi la domenica è libero.

– Dove sei andato?

– Non me lo ricordo... Ho comprato delle cose. A Sciara non avevo niente da mangiare.

– Hai gli scontrini?

Alfio lo guardò stranito.

– Gli scontrini? Ma no, quelli non sono posti dove ti
danno lo scontrino. Ma perché vuoi lo scontrino, Carmelo? Questioni di Finanza?

Spanò lanciò un'occhiata al vicequestore, che se ne stava
in silenzio. A me questo pare in alto mare, cercava di dirle.

Se è colpevole, è un attore consumato, pensò Vanina.

Ma che conoscenza aveva lei di Alfio Burrano? Magari
era un attore per davvero. La parte del dongiovanni la faceva bene, e lei ne sapeva qualcosa. Ma non era indicativa. Il
maschio siciliano medio, quella, ce l'ha nel codice genetico.

– Lascia perdere la Finanza e andiamo avanti, Alfio.
Qualcuno può ricordarsi di averti visto, diciamo intorno a

mezzogiorno e mezzo? – chiese Spanò, che pareva la calma personificata ma dentro di sé stava friggendo.

Alfio esitò. – Non lo so...

Spanò lo guardò in silenzio.

– Alle dodici e mezzo, – ripeté Alfio, piano, come se non volesse crederci. – Non è l'ora in cui hanno sparato a mia zia?

Dall'altro lato non si udí risposta.

– Ma... mi state accusando di aver ammazzato mia zia? – chiese. Ora il suo colorito assomigliava a quello della parete. – Non ci posso credere... Ma perché? – si voltò verso Vanina, che non smetteva di fissarlo. Studiarlo, era piú giusto.

– Non ti stiamo accusando, Alfio. Stiamo solo cercando di capire se hai prove per dimostrare che non puoi essere stato tu.

– Un alibi? Questo cercate?

– Un alibi, – confermò Spanò.

Alfio si perse con lo sguardo davanti a sé. Poi scosse la testa, chiuse gli occhi.

– Non ce l'ho.

Vanina e Spanò si guardarono sconfitti.

– Lo sai che vuol dire questo, Alfio? – intervenne Vanina.

L'uomo alzò gli occhi, in silenzio. Erano cerchiati di rosso.

– Che al novanta per cento, con quello che abbiamo in mano, saremo costretti ad aprire un procedimento. Riceverai un'informazione di garanzia, e se dovesse spuntare fuori qualcos'altro...

– Ho capito, – l'interruppe Alfio.

Rimase col mento basso per qualche minuto, nel silenzio rotto solo dal ticchettio dell'orologio a muro che segnava le otto di sera.

– Posso andarmene a casa? – chiese.

Vanina gli fece segno di sí.

Lui si voltò e camminò verso l'uscita, spalle curve e passo lento, accompagnato da Spanò.

Appena fuori dalla porta tornò indietro e si trovò di fronte a Vanina.

– Ma tu non credi che sia stato io, vero?

Lei non gli rispose.

– Vai a casa, Alfio. E cerca di ricordare il piú possibile.

Burrano si voltò di nuovo e oltrepassò la porta.

– E se vuoi un consiglio, – gli disse Vanina, raggiungendolo alle spalle, – non tornare a Sciara.

Alfio annuí e se ne andò.

Santo Stefano quella sera le pareva un'oasi di pace piú del solito. Aveva passato mezz'ora al telefono con Vassalli, che l'indomani avrebbe chiesto al gip l'autorizzazione al sequestro del testamento.

S'era acciambellata sul divano grigio, infreddolita. Quella casa era tanto carina, ma coibentazione zero. Caldo d'estate e freddo d'inverno. Una dipendenza assoluta dagli impianti di climatizzazione, che però per fortuna erano moderni.

Tempo per passare da Sebastiano non ne aveva avuto, e Bettina era uscita con le vedove e ancora non era tornata.

Si trascinò in cucina e mise su il pentolino col latte. Tirò fuori i biscotti che comprava in un panificio lungo la strada del ritorno e preparò la cena che avrebbe consumato sul divano, davanti a un film scelto a caso tra quelli della sua collezione. Li aveva visti tutti ma li rivedeva sempre volentieri.

Quella sera non le andava di rimuginare troppo sul lavoro. Ci aveva già «ragionato» troppo per piú di dodici ore, e ora voleva solo distrarsi.

Tirò fuori un cult girato a Catania. *Il bell'Antonio*. Fotografò il titolo e lo inviò a Adriano, che le rispose subito con un emoticon.

Antonio Magnano/Marcello Mastroianni aveva appena sposato Barbara Puglisi/Claudia Cardinale quando un messaggio comparve sul suo telefono. Lo prese in mano incerta, preoccupata che fosse Alfio. Era brutto dirlo, e anche pensarlo, però non era l'ideale che il suo numero comparisse tra i tabulati di un indiziato.

Ma non era Alfio. Era quel numero che non aveva in memoria, e che ogni volta le faceva l'effetto di una mazzata sulle gambe.

Stavolta niente frasi sentimentali da colpo al cuore. Solo «Che fai? P.»

Recuperò la foto che aveva appena mandato a Adriano e gliela inviò in risposta. Lo vide scrivere e fermarsi, poi scrivere, poi fermarsi. Alla fine «Sei sempre tu. E mi manchi. Buonanotte. P.» Il resto del film Vanina lo vide offuscato.

17

Vassalli stavolta aveva fatto in fretta.

Il testamento di Teresa Regalbuto era stato sequestrato e Alfio Burrano era entrato capofila nella lista dei sospettati. Se non avesse fornito un alibi serio la sua posizione si sarebbe aggravata, senza che né Vanina né Spanò potessero fare nulla per evitarlo.

Il commissario Patanè espresse chiaramente la sua opinione, che in gran parte coincideva con quella della Guarrasi.

– Dottoressa, non per essere negativo, ma a me sta parendo la stessa cosa precisa che successe con Di Stefano.

Vanina aveva la sensazione che Alfio non le avesse detto tutta la verità. Sembrava frenato, come se qualcosa di utile a fugare i sospetti ce l'avesse, ma per qualche motivo inafferrabile non volesse, o peggio non potesse, dichiararlo. Neppure il telefono poteva essere d'aiuto, perché era risultato effettivamente agganciato alla cella che corrispondeva a Sciara per tutto il tempo. Anche questo a Vanina non tornava. Perché se Alfio avesse voluto crearsi un alibi, sarebbe bastato dichiarare di essere rimasto a Sciara e il telefono gli avrebbe dato ragione. Invece lui aveva raccontato di essere uscito di casa, di essere andato in giro. L'idea non l'aveva neppure sfiorato.

Piú sprovveduto di cosí un assassino non poteva essere.

Intanto le indagini proseguivano nelle altre direzioni.

Lo Faro si presentò alla porta del vicequestore, chiedendo permesso, con l'agenda trovata nel cassetto della Burrano.

– L'ispettore Spanò mi ha chiesto di controllare questi numeri di telefono. Io ho iniziato ma... non sono numeri di telefono.

Vanina lo guardò stranita.

– Come sarebbe? E cosa sono?

– Non lo so. C'è il prefisso di Catania, lo 095, ma poi ogni numero è diverso dall'altro, alcuni a cinque e altri a sei cifre. Non possono essere numeri telefonici, dottoressa, al cento per cento. E poi c'è un altro fatto: ci sono nomi ripetuti due volte, a distanza di molti fogli, ma i numeri sono diversi.

Si bloccò con lo sguardo e gli strappò l'agenda dalle mani. La sfogliò e la risfogliò, sempre piú veloce.

– Bravo Lo Faro, – disse, con un'occhiata che mandò in orbita per dieci secondi l'agente.

Afferrò il telefono e compose l'interno di Spanò, che arrivò subito.

– Abbiamo trovato il registro dei clienti di Teresa Regalbuto, – gli annunciò.

Spanò prese in mano l'agenda e guardò Lo Faro. Non capiva.

– Astutamente camuffate da numeri telefonici ci sono le cifre che la signora prestava alle persone indicate accanto.

Spanò guardò la prima pagina, incredulo.

– 'Sta figlia di buona madre! – commentò.

– Bene, dato che il merito è di Lo Faro, a lui l'onore di studiarsi i nomi di tutti i clienti.

Il ritmo di masticazione del chewing gum di Lo Faro si fece frenetico. Era un lavoraccio, ma l'agente non si sognò di protestare.

Marta Bonazzoli aveva ricevuto dal vicequestore Guarrasi il compito ingrato di dare una sbirciata a quello che combinavano le tre donne di casa Burrano. Soprattutto, quella che andava sorvegliata era Clelia Santadriano, ancora ignara della fortuna colossale che avrebbe ereditato di lí a poco. L'unica che aveva un buco di qualche minuto nel suo alibi, per il resto invece confermato dall'amica con cui era andata all'esposizione.

La donna era sempre piú affranta.

– È stata Teresa a uccidere la… donna del montacarichi? – chiese a Vanina.

La risposta le provocò una crisi di pianto.

– Io non posso crederci… Teresa… Proprio Teresa… – sussurrò.

Le raccontò come si erano conosciute. Due anni prima, lei era ancora proprietaria di un piccolo negozio di abbigliamento al centro di Napoli. Via Chiaia, sa? Un negozio particolare, di quelli che vendono roba selezionata. Cara, indubbiamente, ma esclusiva. I primi che la crisi colpisce insomma. E già le cose andavano male da tempo. Un giorno una signora anziana di Catania era entrata e aveva comprato uno stock di sciarpe. Da regalare alle amiche, aveva detto. Si era trattenuta, un discorso tira l'altro, alla fine s'erano ritrovate a pranzo insieme. Cosí era nata la sua amicizia con Teresa Regalbuto. Ed erano cominciati i soggiorni a Catania. Sempre piú frequenti, dal momento che il negozio era fallito definitivamente e la signora insisteva tanto per ospitarla.

Era una bella storia, che però non collimava con il quadro che Vanina s'era fatta di Teresa Regalbuto. Non fosse altro che per lo stock di sciarpe comprato per regalarle alle amiche. Perché un dato di fatto era certo: non c'era stata persona fino a quel momento che non avesse indicato la signora Burrano come una donna avida e glaciale, opportunista come nessun'altra.

Quanto a lei, Clelia Santadriano, la sfiorava il dubbio che fosse un'avventuriera, che si era votata al sacrificio di condividere le sue giornate con una vecchia strega allo scopo di fregarsene il patrimonio.

E a Vanina non piaceva tenersi i dubbi.

Recuperò i dati della signora e afferrò il telefono, determinata a farsi passare la Questura di Napoli. Ma le venne un'idea migliore.

Appena sentí rientrare Macchia, si alzò e lo raggiunse.

Il vicequestore parcheggiò l'auto davanti all'entrata laterale di villa Burrano e si avvicinò al cancello. Si mise a osservare la facciata posteriore della villa, senza un motivo preciso. Per la verità, anche quella deviazione verso Sciara non aveva una ragione ufficiale.

Chadi comparve dal nulla dietro l'inferriata, mimetizzato nella penombra del fogliame incolto.

Vanina si fece aprire il cancello.

Il tunisino la guardava storto, come se fosse lei la colpevole delle disgrazie di *dottori Alfio*.

– Senti, Chadi, – gli disse. – Tu vuoi aiutare Alfio? Dimmi se sai qualcosa che lui potrebbe voler nascondere. Aveva attività strane, affari illegali? Siamo io e te, non ci sente nessuno.

– Dottori è una buona persona. Affari onesti fa, con tutti. Lui solo vizio di femmine, assai femmine. Ma per l'uomo è normale cosí, no?

E nella sua logica islamica non faceva una grinza.

Andò a controllare i sigilli e li trovò intonsi. Girò attorno alla casa, fino a tornare dal lato di Alfio. Notò che la casa era sorvegliata da tre telecamere.

– Chadi, quelle sono vere?

Un sacco di gente si riempiva la casa di telecamere finte, convinta di creare cosí un deterrente per i potenziali ladri.

– Certo, vere!

– E i filmati chi li vede?

– Nessuno. Dottori Alfio controlla su telefono e io su televisore, se di notte sento rumore.

– E si può tornare indietro ai filmati dei giorni precedenti?

Il ragazzo esitò. – Sí...

– Fammi vedere quello di domenica mattina.

– Ma dottori Alfio non sa...

– Chadi, sentimi bene. Dottori Alfio si sta infilando in un gran casino, perciò se gli vuoi bene cerca di dare una mano, se no torno qui con un mandato del giudice e poi quello che succede succede.

Sperò di averlo scosso abbastanza.

Quello la guardò, ancora incerto, poi la fece entrare nella sua casupola.

Pareva di essere entrati in una rivendita di kebab, uno dei pochi cibi che il vicequestore detestava. Un odore pesante di spezie poco identificabili, proveniente da una pentola che sobbolliva sul cucinino, impregnava l'aria nonostante la finestra aperta.

Chadi s'avvicinò a un tavolino occupato da un vecchio pc. Aprí la schermata delle telecamere.

Vanina gli chiese di tornare sul video di domenica mattina della telecamera centrale, quella da cui si vedeva l'ingresso dell'appartamento di Alfio. Seguí tutta la scena: lui che usciva, si fermava, poi camminava velocemente verso il cancello, poi tornava in casa, fermandosi un secondo a metà percorso, e infine entrava in macchina. Qualcosa la colpí, non capí bene cosa.

– Torna un po' indietro, – disse.

Il ragazzo eseguí, timoroso.

Uscita, fermata... ecco, prima cosa strana, sembrava che Alfio avesse visto qualcuno al cancello. Camminata veloce. Ritorno indietro... altra anomalia, fermandosi s'era girato, aveva alzato un braccio, come a bloccare qualcuno...

– Ferma qua, – ordinò, – torna indietro un secondo.

E la vide, l'anomalia. Un braccio che invadeva il fotogramma.

Lo guardò attentamente. L'unico dettaglio che si riusciva ad afferrare era uno scintillio sul polso destro.

Doveva fare due chiacchiere con Alfio.

Il vicequestore rientrò in ufficio e chiamò Nunnari.

– Abbiamo i tabulati del telefono di Burrano? – gli chiese.

– Certo, capo.

– Hai controllato a chi corrispondono i numeri delle chiamate ricevute quella mattina?

– Come no! – Prese un foglio dalla scrivania. – Pure quelle della sera prima, se vuole. Comunque niente di utile, dottoressa. A parte quella di sua zia, Burrano ricevette solo due telefonate. Una corrisponde a Vozza Valentina, e l'altra a Nicolosi Luigi.

L'amico e la presunta fidanzata-non fidanzata, che in quei giorni era dispersa tra le cantine del Chianti.

– Alfio, te lo chiedo per l'ultima volta: hai qualcosa da dirmi?

Burrano pareva l'ombra, pallida e trasandata, di sé stesso. La fissò incerto, poi scosse il capo.

– Niente.

– Qualunque cosa è meglio di un'accusa per omicidio volontario, lo capisci questo, vero?

La guardò, ma non le rispose.

Vanina si spazientí. Tirò fuori il telefonino e gli piazzò davanti agli occhi l'immagine della sua telecamera.

– Con chi stavi parlando?

Alfio trasalí. Non se l'aspettava.

– Nessuno... Una persona che chiedeva un'informazione.

– In casa tua?

– Il cancello era aperto.

– E tu le vai incontro, poi torni indietro, ti giri, le fai cenno di fermarsi, poi di corsa t'infili in macchina ed esci dal fotogramma?

Silenzio.

– Ti rendi conto che sto cercando di aiutarti, Alfio?

Lui si puntò in avanti coi gomiti sul tavolo. – Vanina, tu mi devi credere, io non c'entro niente.

– Non serve a nulla che io ti creda, lo vuoi capire? Né che ti creda Spanò.

– Altro non ti posso dire, Vanina... Non posso –. Quelle parole furono una conferma.

Vanina stava per uscire dall'ufficio per andarsene a pranzo, quando il telefono squillò.

– Dottoressa, Pappalardo sono.

– Oh, Pappalardo.

– Volevo anticiparle quello che abbiamo trovato sugli oggetti sequestrati l'altra mattina. Il rapporto lo sta scrivendo il dottore Manenti e...

– Ho capito. Mi dica tutto.

– Cominciamo dalla balistica. Il bossolo rinvenuto accanto alla Regalbuto corrisponde perfettamente a quello dell'omicidio Burrano. Questo conferma che l'arma è la stessa. Sulla pistola c'erano solo due impronte digitali, ed erano della vittima. Erano stampate in due posti un poco improbabili. Sulla carpetta aperta c'era un miscuglio di impronte, ma anche in quel caso tutte della vittima. E ora la notizia principale: la valigetta –. Il sovrintendente capo tirò un respiro profondo e poi continuò. – Era piena di impronte digitali, di almeno tre persone diverse, tra cui la vittima. La pistola era conservata al suo interno, in un angolo c'erano delle tracce. Sulla stoffa, proprio accanto all'apertura, ho trovato una macchia di sangue. E mi sono accorto che tra la manetta e l'apertura c'è un punto tagliente. Se la indossi correttamente non crea nessun problema, ma se uno non lo sa e piglia la valigetta di corsa, o anche solo se la apre di corsa, al novanta per cento si fa male. Siamo riusciti ad analizzarla e abbiamo isolato un Dna.

Vanina rifletté in silenzio. Si accese una sigaretta.

– E non è di Teresa Regalbuto, ovviamente.

– No. Però c'è di piú, una cosa di cui mi sono accorto in modo pressoché fortuito.

– Pappalardo, che fa, mi centellina le notizie? – si spazientí il vicequestore.

– No, no! Cercavo di dargliele una per una...

– Cosa c'è di piú?

– Che il Dna corrisponde quasi al cento per cento a quello estrapolato dalla tazzina che lei trovò sul tavolo di Burrano. Qualche differenza c'è, però credo sia ascrivibile al fatto che quello vecchio era inquinato assai ed è stato difficile estrarlo.

E questa il vicequestore non se la sarebbe mai aspettata.

Il pm Vassalli ci mise cinque minuti buoni a ricollegare tutte le notizie che il vicequestore Guarrasi era venuta a somministrargli in un'unica dose.

– Quindi, a quanto ho capito, non abbiamo idea di chi possa aver ucciso Gaetano Burrano, ma sappiamo che potrebbe trattarsi della stessa persona che ha ammazzato sua moglie?

– Quello che sappiamo è che le due tracce sono attribuibili alla stessa persona.

Il magistrato meditò un momento.

– Sottoponiamo Di Stefano alla prova del Dna, – decretò.

Vanina avrebbe alzato gli occhi al cielo, se avesse potuto.

– Dottore, le ricordo che il Di Stefano ha un alibi. Domenica è stato tutta la mattinata a Zafferana Etnea, a una riunione di quartiere per l'organizzazione dell'Ottobrata.

– Già, è vero. Però potrebbe aver assoldato qualcuno.

– Qualcuno che Teresa Regalbuto conosceva cosí bene da farlo entrare in casa sua e accoglierlo nel suo studio? E che svariati anni fa aveva bevuto un caffè a villa Burrano?

Vassalli non seppe replicare.

– E Alfio Burrano? Lui potrebbe aver usato una tazzina e averla posata lí per caso.

– Dubito che Alfio Burrano abbia mai utilizzato le stoviglie della villa. Ma se lei ritiene necessario richiedere che si sottoponga al test, faccia pure.

– Ecco, sí, mi pare una buona idea. Mi tenga informato, dottoressa. E mi raccomando sottoponga al test chiunque reputi opportuno.

Ora che c'era da rendere giustizia a Teresa Regalbuto Burrano, con la stampa addosso e una pletora di commentatori già scatenati in televisione, gli stava venendo fuori la fretta spasmodica. E perciò Dna a tutta forza.

Vanina uscí dall'ufficio del magistrato immersa nei suoi pensieri.

– Dottoressa Guarrasi!

Si voltò di scatto. Eliana Recupero era in mezzo al corridoio, con un uomo carico di faldoni al seguito.

Le andò incontro. – Buongiorno, dottoressa Recupero.

– Da dove viene?

– Dall'ufficio del dottor Vassalli. E lei?

La pm fece cenno all'uomo di depositare i faldoni nella sua stanza.

– Dal carcere di Bicocca. Bel posto, eh?

Vanina sorrise – Un'oasi!

– Come procedono i suoi casi? Se ne parla dappertutto.

Vanina fece una smorfia. – Lo so.

– Sa, un paio di giorni fa ragionavo con il suo dirigente...

– Sí, mi ha detto, – l'interruppe Vanina.

La Recupero la guardò in silenzio.

– Che dice, ci prendiamo un caffè, prima che mi seppellisca viva tra le mie sudate carte?

Il vicequestore accettò.

Si sedettero al bar all'angolo, dove inaspettatamente la pm ordinò una mega colazione. – Ogni tanto bisogna pur trattarsi bene.

Vanina combatté una istantanea lotta con la sua coscienza, prima di concludere che pareva brutto non farle compagnia.

– Basta compensare con un po' di movimento in piú, che per chi vive seduto dalla mattina alla sera è l'unica salvezza, – sentenziò la Recupero. Era una brava, lei, una che usava l'ora di pranzo per andare in palestra. E il fisico minuto ne era il risultato.

Vanina preferí non ricordare che, fatta eccezione per un paio di boicottaggi alla settimana, giusto perché nella zona di via Etnea era impossibile poi ricollocarla, la sua unica fonte di movimento era la macchina. Ufficio, auto di servizio, interrogatori domiciliari, auto di servizio, trattoria, ufficio, automobile, casa. Ogni tanto aperitivo, che non faceva che peggiorare la situazione.

La Recupero era curiosa di conoscere gli sviluppi del caso

Burrano-Cutò-Regalbuto, e Vanina l'accontentò. Le raccontò anche l'ultimo colloquio con Vassalli. Il commento
della pm le diede la conferma che doveva continuare, senza
indugio, a procedere sulla strada che riteneva piú giusta.

Dell'argomento che aveva affrontato con Macchia, la
Recupero non fece piú parola. E Vanina gliene fu grata.

Spanò aveva scoperchiato un giro d'usura che andava
avanti da secoli.

Aveva sentito una decina di persone, scelte secondo il
criterio della quantità. Piú soldi si erano fatte prestare, piú
chance c'erano che l'ispettore le convocasse.

Lo Faro aveva stilato una lista di nomi e li andava catalogando secondo il metodo di Spanò. In ordine cronologico
– a intervalli piú o meno regolari c'era anche l'anno segnato
in un angolo della pagina in alto – e pecuniario crescente.

C'era una concordanza perfetta tra i numeri occultati
dal prefisso telefonico e le cifre iniziali prestate. L'ultimo
numero indicava il numero di rate.

Mancavano un bel po' di ricevute.

– Mi ci gioco qualunque cosa che fossero conservate
nella carpetta che abbiamo trovato vuota, – ipotizzò Vanina. – Questo ci fa dedurre una sola cosa, Spanò: che
l'assassino abbia dovuto farle sparire per evitare che noi
trovassimo il suo nome tra quelli dei debitori.

Ora bastava ricercare il colpevole tra appena 156 persone
che nell'arco di quegli ultimi dieci anni avevano usufruito
dei prestiti della signora. Un ago in un pagliaio.

Vanina dava ormai per scontato che Alfio fosse fuori
dai giochi, anche se Vassalli avrebbe sciolto la sua riserva
solo dopo aver avuto in mano il risultato del Dna. Nel frattempo la notizia della sua possibile colpevolezza regnava
sovrana tra i curtigghi di tutta Catania.

Quello che però continuava a incuriosire Vanina era la stoica rassegnazione con cui l'uomo si ostinava a non raccontare ciò che, lei ne era sicura al novantanove virgola nove per cento, avrebbe potuto scagionarlo sin dall'inizio.

Vanina aveva appena chiuso la telefonata con Maria Giulia De Rosa e stava raccogliendo sigarette e telefono, già pronta a raggiungerla.

Quella sera aveva voglia di staccare la spina e distrarsi un po'. Soprattutto, non le andava di chiudersi in casa da sola col rischio di perdersi in uno di quei messaggi criptici, provenienti da un numero che continuava a non memorizzare, e che stavano diventando sempre più frequenti.

Marta Bonazzoli bussò alla porta.

– Capo, c'è una ragazza che insiste per parlare con te.

– Una ragazza? E che vuole?

– Non lo so, si rifiuta di dirmelo.

– Siamo sicuri che non è qualche giornalista d'assalto?

– Non credo, altrimenti l'avrebbe già dichiarato. E poi i giornalisti lo sanno che da te non possono aspettarsi granché, infatti tormentano sempre Ti… il Grande Capo.

– E falla entrare, – autorizzò il vicequestore, lasciandosi cadere sulla poltrona.

Bionda, occhi azzurri, un metro e ottanta di ragazza inguainata in un vestitino sportivo di cotone a costine. Diciotto anni sí e no.

– Elena Nicolosi, – si presentò.

– Vicequestore aggiunto Giovanna Guarrasi.

La fece accomodare.

– Sono qui perché ho qualcosa da dire riguardo ad Alfio Burrano, – attaccò subito la ragazza, senza preamboli.

L'occhio di Vanina si spostò immediatamente sul polso destro, occupato da un groviglio di braccialetti lucidissimi.

– Mi dica.

– Io so con certezza che non è stato lui ad ammazzare sua zia.

– Ah. E come fa a saperlo?

– Lo so perché quando è successo... – esitò un momento, poi alzò gli occhi, determinata. – Alfio era con me.

Il vicequestore la fissò.

– Quanti anni hai, Elena? – le chiese, passando al tu.

La ragazza abbassò lo sguardo per un istante, ma lo rialzò subito, fiero.

– Diciotto.

– E che ci facevi insieme ad Alfio Burrano?

– Sesso.

Vanina faticò a nascondere l'incredulità. Non tanto per il fatto in sé, che aveva sgamato dopo due secondi di conversazione, quanto per la disinvoltura sfrontata con cui era stato dichiarato.

– Stupita, dottoressa? Alfio è un uomo attraente anche per una della mia età. E in questo campo, ha una lunga... diciamo cosí... esperienza. Ma queste cose probabilmente lei le sapeva già.

Il vicequestore ignorò la provocazione, mentre il suo sguardo raggiunse lo zero termico. Sapere di essere annoverata, senza motivo reale poi, tra le amanti di Alfio Burrano non era la piú gradevole delle scoperte.

In quel momento sopraggiunse Fragapane, che si bloccò sulla porta con un foglio tra le mani.

– Oh, scusi, capo. Non sapevo che ci fosse qualcuno...

Il vicequestore gli fece cenno di entrare. Fragapane le consegnò un rapporto appena arrivato dalla Scientifica e batté subito in ritirata, non senza prima aver lanciato una breve occhiata alla ragazza.

Vanina lesse velocemente il rapporto e allontanò il foglio.

– Elena, tu lo sai che quello che dici qui dentro poi viene verbalizzato?

– Che significa?

– Che viene messo per iscritto, e che poi tu dovrai firmare questa dichiarazione.

– Per me va bene.

– Il dottor Burrano sa che sei qui?

– No, lui mi aveva vietato di farmi avanti. Ha paura. Di mio padre, che è il suo migliore amico. E… di lei. Ma non mi sembra giusto che per non ammettere di essere venuto a letto con me debba rischiare di finire in galera per un omicidio che non ha commesso.

Elena era la figlia di Gigi Nicolosi. Ora era tutto piú chiaro.

– Paura di me? – disse Vanina. – E perché? Ora ha un alibi. Può dormire tra due guanciali. Quanto al resto, non rientra nelle mie competenze.

Elena stirò le labbra in un sorriso storto.

– Dove devo firmare? – chiese, con aria sbrigativa.

Vanina richiamò Marta, che comparve subito.

– L'ispettore Bonazzoli raccoglierà la tua testimonianza dettagliata, e la metterà a verbale, – disse, alzandosi dalla poltrona e sfilando la giacca dalla spalliera.

Aspettò che l'ispettore si sedesse al suo posto per metterle sotto il naso il rapporto della Scientifica. A lei la scelta del buon uso che se ne poteva fare.

Salutò e finalmente uscí.

18.

Vanina non si svegliava mai alle cinque e mezzo. Se arrivava sveglia a quell'ora, era piú probabile che a dormire non ci fosse andata per niente. Quando capitava, era il sintomo che la sua testa non aveva mai smesso di lavorare neppure nella fase piú profonda del sonno, che in questo caso, dato il suo fuso perennemente sfasato, non poteva essere durata piú di un paio d'ore. Questo succedeva solo in una condizione: quando percepiva la soluzione piú vicina di quanto non le sembrasse, ma sapeva di non essere ancora in grado di agguantarla. E allora si sentiva impotente.

Restarsene a letto nella speranza di riaddormentarsi era una fatica inutile. Tanto valeva alzarsi e rendersi produttivi.

Guardò il display del telefono, sgombro come poteva essere solo a quell'ora. Il mare dell'Addaura occhieggiava dietro le icone delle applicazioni.

Era un automatismo che aveva acquisito negli ultimi giorni e che si sarebbe scrollata di dosso molto volentieri. Doveva impegnarsi per farlo, e la serie di messaggi serali che l'incontro palermitano aveva innescato in questo non aiutava.

L'umidità in casa cominciava a sentirsi. Infreddolita, s'infilò una camicia sul pigiama e si diresse verso la Nespresso. Uní due Ristretto in una sola tazza, una dose di caffeina da far drizzare i capelli in testa per tutta la giornata. Si accese una sigaretta e se la fumò sul terrazzino della cucina, vista agrumi.

Alle sei e mezzo si chiuse la porta di casa alle spalle.

Bettina era già operativa e si aggirava tra le sue piante armata di tubo, con al seguito due gatti minuscoli che Vanina non aveva mai visto.

– Vannina! E chiffú? Ammazzarono a qualcuno? – fece, preoccupata. I mici si andarono a nascondere dietro una felce.

Vanina sorrise. – No, tranquilla, Bettina. Per ora gli ammazzati sempre quelli sono.

– Ha fatto colazione?

– La faccio al bar. Ho preso il caffè.

Bettina scosse la testa.

– Non le fa bene fare colazione sempre al bar. Un bel bicchiere di latte con un dolce genuino a casa è molto meglio.

I gatti zampettarono fuori dall'aiuola.

– Ma questi due da dove spuntano? – fece Vanina, abbassandosi lentamente fino ad accarezzarli.

– Piffavuri, non ne parliamo. Quattro ce n'erano, abbandonati vicino casa di Luisa in una scatola. E meno male che qualcuna di noi quattro l'orecchio fino ce l'ha ancora, perché se no 'sa che fine facevano 'sti poveretti.

Infilò la rampa esterna, lasciando la vicina nel suo mondo sereno, e uscí dal portoncino. La Mini la aspettava lí, ancora bagnata dall'umidità della notte.

Per la prima volta da almeno tre mesi, l'abitacolo era freddo.

Il bello di muoversi a quell'ora era che le vie d'ingresso a Catania erano ancora sgombre dalla fiumana di auto che di lí a poco le avrebbe invase senza requie per un paio d'ore. E la coda mattutina sarebbe stata inevitabile, da qualunque parte ci si girasse, perché non c'era una sola via d'accesso in città che non incrociasse una o due scuole. Ciò significava auto in doppia fila, frotte di ragazzini schiamazzanti e genitori esagitati, con relativo intervento di ausiliari del traffico che avrebbero dato il colpo di grazia finale paralizzando l'intero asse viario.

Vanina scelse la strada che le piaceva di piú. Dalla circonvallazione andò giú fino a Ognina e imboccò il lungomare appena in tempo per vedere il sole spuntare all'orizzonte.

Si fermò nel primo bar aperto che incontrò e consumò la sua colazione godendosi quell'alba bagnata dal mare, che per una nata e cresciuta sulla costa occidentale era un'esperienza inedita.

Il bar era pieno di avventori mattinieri, che consumavano il loro caffè in piedi. Le venne in mente Federico Calderaro: in qualunque posto si trovasse, alle cinque e mezzo del mattino usciva, anche nel gelo, alla ricerca di un posto qualunque che gli preparasse un caffè.

Per la proprietà transitiva pensò a sua madre. In preda a un colpo di nostalgia, che non era da lei ma in quei giorni di revival sentimentali ci stava, le mandò un rapido messaggio di buongiorno.

Risalendo in macchina vide passarle davanti Marta Bonazzoli, in tenuta da running, con auricolari e cardiofrequenzimetro. Come la invidiava. A lei non sarebbe passato manco per l'anticamera del cervello di alzarsi all'alba per farsi chilometri di corsa.

A Tito Macchia poi men che meno, pensò, sorridendo.

Salvatore Cunsolo, il figlio del vecchio domestico di villa Burrano, si presentò negli uffici della Mobile a metà mattinata, chiedendo del vicequestore Guarrasi.

Aveva la faccia preoccupata.

– Dottoressa, lei l'altro giorno mi chiese se ricordavo qualcosa di mio padre che fosse riconducibile al suo passato, – iniziò, pulendosi la giacca dalla cenere dell'Etna.

Istintivamente Vanina controllò il davanzale del balcone, accertandosi che la pioggia non fosse ricominciata.

– Lí per lí, non mi venne in mente nulla. Poi mi ricordai un episodio. Potevo avere sí e no tredici anni, ed ero a casa sua, in montagna. Capitava raramente, ma a me piaceva assai. Un pomeriggio m'ero fissato che dovevo aprire il forno a pietra, che lui teneva sempre chiuso e non lo usava mai. Tanto feci che ci riuscii. Dentro c'era un sacco grande, di quelli di iuta. Lo aprii e tirai fuori una valigetta. Mi ricordo che mi colpí perché c'era attaccata una specie di manetta. In quel momento arrivò mio padre. Me la scippò dalle mani e mi disse che dovevo trattarla bene, perché quella era la nostra assicurazione sulla vita. Io non capii che voleva dire, ma lui mi disse che non era necessario. Anzi, che me la dovevo proprio scordare, che ci pensava lui a farla fruttare. E io obbedii. Poi il tempo passò, e non ci pensai piú per davvero. Stamattina presto, me ne salii a casa di mio padre, che non ci andavo da piú di una settimana e volevo controllare se era tutto a posto. Trovai la porta chiusa male, come se fosse stata forzata, e tutta la casa sottosopra. Tutto aperto, armadi, stipetti, tutto. Pure il forno. Non mancava niente, dottoressa, tranne...

– La valigetta, – l'anticipò il vicequestore.

L'uomo annuí.

– Siccome ho letto sul giornale che nel delitto su cui state indagando c'entrava qualcosa una valigetta, e siccome mi avevate fatto tutte quelle domande sul passato di mio padre, ho fatto due piú due...

Vanina estrasse dal fascicolo la foto della valigetta trovata accanto alla vecchia, e gliela mise davanti. – È questa?

L'uomo trasalí.

– Questa è, dottoressa, ne sono sicuro.

– Dottor Cunsolo, la guardi bene, perché quello che sta affermando potrebbe influenzare le indagini per due omicidi.

Quello s'avvicinò e la riguardò.

– Lei è.

Vanina richiuse il fascicolo e allungò la mano verso il telefono.

– Spanò, venga da me.

Cunsolo la guardò, in apprensione. – Mi scusi, dottoressa, non so se è consentito chiederlo ma... potrei sapere che cosa conteneva?

– La Beretta M35 con cui fu ucciso il cavaliere Gaetano Burrano.

Quando Spanò entrò, Salvatore Cunsolo non s'era ancora ripreso.

L'ispettore si allisciava i baffi.

– Quindi potrebbe essere stato Demetrio Cunsolo a uccidere Burrano.

Vanina sputò il fumo fuori dalla finestra.

– No, ispettore.

– Perché?

Il commissario Patanè, che nel frattempo era accorso al richiamo del vicequestore mollando per la seconda volta Angelina in pieno pranzo, aprí bocca per dire qualcosa, ma Vanina lo anticipò.

– Ci pensi, Spanò. Se Cunsolo fosse stato l'assassino, non si sarebbe conservato gelosamente le due prove piú importanti, e soprattutto non le avrebbe considerate un'assicurazione sulla vita. No, ispettore. Quella valigetta a Cunsolo serviva per ricattare qualcuno. E questo qualcuno poteva essere solo l'assassino di Burrano.

Spanò rimase in silenzio.

– E lei pensa che sia la stessa persona che ha ucciso la vecchia?

Patanè storse il naso. Lui non era d'accordo con quest'ipotesi.

– L'unica cosa che sappiamo, – precisò il commissario, – è che l'assassino della Regalbuto cinquant'anni fa s'era bevuto un caffè con Gaetano Burrano. Che dopo l'avesse ucciso è una deduzione. Però questo ci dice che stiamo parlando di uno che minimo minimo ha l'età mia. E che Cunsolo conosceva bene.

Il telefono del vicequestore squillò.

– Sí, dottor Cunsolo, mi dica... Perfetto.

Vanina scattò in piedi.

– Forza, Spanò. Chiamiamo la Bonazzoli e andiamo.

Patanè si alzò appresso a lei e li seguí, lo sguardo languido. Un bambino che guarda da dietro una vetrina un giocattolo che sa di non poter avere.

Vanina valutò la situazione. In fin dei conti il commissario era pure lui un testimone. Stava sull'altra sponda, quella di chi cercava, ed era stato esautorato anzitempo, ma sempre testimone era. E l'indagine ripartiva da zero, perciò...

– Commissario Patanè, lei viene in auto con me e Bonazzoli.

Patanè stentò a capire. Poi prese aria e alla fine fece l'ennesimo regalo all'artista che aveva confezionato la sua presunta protesi dentaria.

S'infilarono nella jeep di servizio e presero a seguire l'auto di Salvatore Cunsolo. Superarono Trecastagni, poi Pedara, poi Nicolosi. Il paesaggio si era fatto lunare, e i cumuli di cenere lungo la strada non si contavano. Il termometro sul cruscotto segnava 12 gradi.

Vanina cominciò a farsi qualche scrupolo per quella

decisione avventata di portarsi dietro Patanè. E se con lo sbalzo termico si sentiva male, o se gli veniva una polmonite? Ad Angelina chi glielo andava a contare?

– Ma dove abita 'sto qui? Non è che diventa pericoloso salire piú in alto, con l'Etna in eruzione? – disse Marta.

– Sta eruttando dall'altro lato, perciò problemi su questo versante non ce ne sono. Se cosí non fosse a quest'ora qua manco ci saremmo potuti arrivare. Comunque dovremmo quasi esserci, – rispose Patanè.

Vanina si voltò indietro a guardarlo, con un punto di domanda stampato in faccia. Anzi due.

– Mi lessi il verbale dell'altra volta che avevate interrogato il figlio di Cunsolo, e mi feci un'idea di dove abitava il padre, – giustificò il commissario.

– Tra un po' arriviamo ai crateri silvestri, – constatò Bonazzoli.

– I crateri silvestri! Ma tutti tu li conosci, i posti solitari, – la sfotté Vanina.

– Guarda che sono vicino al rifugio Sapienza, che non è un posto solitario, – puntualizzò Marta.

– Allora mi correggo: i posti romantici. Va meglio?
Marta la guardò storto.

Vanina le sorrise. – Guarda che non è un insulto. Anzi, casomai è tutta invidia.

L'auto di Cunsolo girò in una stradina laterale che s'inoltrava fra querce e larici.

– Ma dove minchia stiamo andando? – sbottò il vicequestore, scorgendo un rudere nascosto fino al tetto da roccia nera.

Si fermarono in uno spiazzo davanti a un edificio di pietra lavica col tetto spiovente.

– Questa casa è stata circondata dalla lava due volte, ma per fortuna è costruita su una piccola altura e perciò non è mai stata danneggiata, – disse Cunsolo, mentre apriva la porta che palesemente era stata forzata.

Entrarono in una sorta di soggiorno, arredato con mobili rustici antichi, dove regnava il caos. Credenze, stipetti, armadi, tutto era aperto e il contenuto era sparso per terra.

Vanina mandò Spanò e Marta nelle altre stanze a controllare se avessero subito lo stesso trattamento.

– Il forno è di qua, – indicò Cunsolo, facendo strada.

Una cucina in muratura, con qualche pezzo piú moderno qua e là. Elettrodomestici vecchiotti ma di prima qualità. Un forno di pietra occupava un angolo.

– Ecco: vede, dottoressa? La valigetta era conservata qua dentro.

– Nascosta, – precisò Vanina, a bassa voce, chinandosi per guardare meglio dentro l'apertura del forno.

Accese la torcia dell'iPhone. Fuliggine, qualche residuo di brace vecchia di cent'anni e cenere ai lati. Al centro, un'impronta rettangolare.

– Immagino che suo padre non lo accendesse mai, – constatò.

– Io non l'ho mai visto acceso. Ma poi, che avrebbe dovuto farci? Mio padre non era cosa di cucinare niente. Quando si comprò 'sta casa il forno c'era e se l'è tenuto.

Vanina si guardò intorno. Anche lí era tutto a soqquadro. La sua attenzione cadde su un sacco di iuta, annerito in piú punti, buttato per terra. Si chinò sulle ginocchia, senza toccarlo.

– Dottor Cunsolo, lei mi disse che la valigetta era dentro un sacco. Era questo?

Cunsolo si abbassò.

– Mi pare proprio di sí.

Il vicequestore rimase accovacciata, un gomito sul ginocchio ispezionando il pavimento. Alzò il sacco con due dita e lo rivoltò. Vide una macchia scura sul bordo accanto all'apertura. Sangue, e neppure tanto vecchio.

– Spanò, – chiamò.

L'ispettore comparve dalla stanza vicino.

– Chiami quelli della Scientifica e li faccia venire a repertare questo sacco.

Bonazzoli comparve con in mano un raccoglitore di cartone, simile a quelli degli archivi.

– Capo, guarda cos'ho rinvenuto?

Vanina si tirò su e Marta si avvicinò porgendole il faldone.

All'interno c'erano carte di ogni tipo, accumulate negli anni da Demetrio Cunsolo. Contratti di lavoro, lettere di pagamento, contratti per l'acquisto di quella casa, di automobili. Si poteva andare indietro fino agli anni Sessanta. E provavano tutte una sola cosa: i soldi all'ex domestico di villa Burrano non erano mai mancati.

– Guarda qua, – indicò Marta, tirando fuori un documento scritto in inglese. Un permesso di soggiorno rilasciato a Demetrio Cunsolo dal governo degli Stati Uniti nel luglio del 1959.

– Ha vissuto negli Stati Uniti.

– Giusto giusto dal 1959, – aggiunse Patanè.

– Portiamolo in ufficio e studiamocelo per bene. Capace che viene fuori qualche notizia interessante, – disse Vanina.

Tornò verso il forno e infilò dentro la testa, puntando la luce. Nell'angolo piú recondito, una busta di carta era buttata vicino alla parete. Allungò il braccio al massimo, ma per riuscire ad afferrarla dovette sporgersi con tutto il mezzo busto, sotto l'occhio perplesso del commissario Patanè.

– Non si facissi male, dottoressa!

La busta aveva la stessa intestazione di quelle dei documenti che avevano trovato nella macchina di Burrano, solo era ingrigita e usurata. In un angolo un'impronta di sangue.

Vanina fece attenzione a non inquinare l'impronta. Aprí la busta e tirò fuori il contenuto, poi la posò sul ripiano del forno.

Spiegò il primo foglio.

– Minchia! – esclamò Patanè, che si era piazzato subito occhiali sul naso dietro le sue spalle per leggere insieme a lei.

Si scambiarono uno sguardo.

– Ha capito, commissario?

Esaminarono gli altri due documenti, ma ormai si aspettavano quello che avrebbero trovato.

Il Grande Capo s'era installato nell'ufficio di Vanina e si dondolava sulla sua poltrona masticando il sigaro. Il vicequestore era seduto dall'altro lato della scrivania, insieme a Marta col faldone sulle ginocchia. Il commissario Patanè, invitato da Macchia a restare, se ne stava in disparte con le spalle alla parete.

– Dunque ora abbiamo tutti i documenti che mancavano all'appello per scagionare definitivamente Di Stefano. Piú vari indizi che ci indicano un assassino. La domanda è come facesse a trovarseli in mano Cunsolo, – disse Tito.

Vanina lo guardò senza rispondere.

– Guarrasi, non fare finta di niente. Secondo me tu un'idea te la sei già fatta.

– Diciamo che ho cercato di immaginare come potrebbe essere andata. Immaginare, Tito, intendiamoci, perché sono solo ipotesi al momento indimostrabili. Favolette.

– Mi sono sempre piaciute le favolette.

Vanina prese aria. – Va bene. Le cose potrebbero essere andate cosí: Demetrio Cunsolo lavora a Sciara, ma è alle dipendenze di Teresa Burrano, che lo considera un do-

mestico fidato, tant'è vero che il marito lo allontana dalla
villa ogni volta che è lí con la Cutò. La sera di Sant'Agata, la signora gli fa una proposta economica che lui non
può rifiutare e compra cosí la sua complicità. Il domestico arriva alla villa in anticipo. Il suo compito è quello di
aspettare che il delitto sia compiuto e poi, dietro lauto
compenso, aiutare l'assassino a farne sparire le prove.
Quando sentirà arrivare Di Stefano entrerà nello studio
di Burrano e comincerà la sceneggiata. Oltre alla valigetta e alla pistola, però, l'assassino consegna nelle mani del
domestico, per eliminarli, tre documenti. Cunsolo non è
uno stupido, capisce che quello che ha per le mani può
cambiare il corso della sua vita, e può fargli tenere per le
palle gente che fino a quel momento l'ha trattato sempre
come un servo. Fedele, fidato, ma comunque un servo.
Invece di far sparire le prove se le conserva con cura e le
trasforma in una fonte inesauribile di denaro. Un'assicurazione sulla vita.

Tito e Marta erano rimasti ad ascoltarla col fiato sospeso, mentre Patanè annuiva continuamente.

– Difficilmente dimostrabile, – confermò il Grande Capo, – ma secondo me l'ipotesi ha una sua logica che potrebbe avvicinarsi parecchio a come andarono davvero le
cose. Gli indizi sull'assassino, invece, a questo punto mi
sembrano concreti. Riferiamo a Vassalli e agiamo. Poi oc-
cupiamoci del caso della Regalbuto.

Vanina non commentò.

Aveva già sbagliato una volta, a sottostare alla flemma vile del pm. Il risultato era stato l'assassinio di Teresa Regalbuto. Perché se avessero iniziato a controllarla e
intercettarla, come aveva intenzione di fare, forse adesso
la vecchia sarebbe stata ancora viva e sul punto di essere
incriminata insieme al suo degno compare omicida.

Il caso Regalbuto era legato al caso Burrano a doppio
filo. Era impossibile parlare dell'uno senza tirare in ballo l'altro, adesso piú di prima. E forse sbagliare i tempi
nella conclusione del primo avrebbe rischiato di inficiare
il secondo.

Perché un fatto era certo: la valigetta di Cunsolo era
stata sottratta appena prima del finto suicidio, apposta
per metterlo in scena. Da qualcuno che sapeva. E a rigor
di logica poteva essere una persona sola. Di nuovo lui. Ma
stavolta che movente poteva aver avuto?

Eliana Recupero l'aveva chiamata dopo appena tre ore.
– Se mi manda qualcuno a prenderla, ho un po' di zavorra per lei.

Vanina aveva mandato Marta e ora la zavorra era sul
suo tavolo, sotto forma di due cartelline in cui era stato
concentrato il sunto di quello che lei aveva chiesto.

L'acquedotto che passava dal terreno di Gaetano Burrano era stato costruito da due società, la Idros Srl, alla
sua prima impresa, e la Tus Srl, una ditta di costruzioni in
odore di mafia già dagli anni Cinquanta. Inizio dei lavori:
23 aprile 1959. Un affare miliardario i cui proventi erano
finiti in tasca alla proprietaria del terreno, Teresa Regalbuto, e all'amministratore unico di Idros. La Tus poi era
sparita dalla gestione, ma solo nominalmente, e su questo le fonti della Recupero fornivano piú di una certezza.

Se Teresa Regalbuto non avesse ereditato il terreno,
come del resto nel caso in cui Gaetano Burrano fosse arrivato a spartirsi quella torta miliardaria con Di Stefano,
all'ombra degli Zinna, la Idros Srl non sarebbe mai neppure esistita.

E Demetrio Cunsolo aveva in mano tre documenti capaci di cambiare l'intero corso delle cose. Il contratto firma-

to da Burrano e Gaspare Zinna per la costruzione dell'acquedotto; una delega di Burrano a Tommaso Di Stefano ad agire in nome e per conto suo in caso di sua assenza; e infine l'asso nella manica, quello che avrebbe inchiodato alla sbarra il colpevole ad vitam, se lui non avesse deciso di trarne dei benefici personali. Il testamento olografo redatto da Gaetano Burrano.

La giornata di Vanina si concluse nell'ufficio del pm Vassalli, che le aveva spostato di mezz'ora in mezz'ora il colloquio per via di un altro caso di cui era titolare e che stavano seguendo i carabinieri.

– Lei mi scuserà, dottoressa, ma si tratta di una faccenda quasi risolta a cui manca solo un piccolo anello di congiunzione, – disse il pm, lasciandosi andare sulla poltrona e offrendole un bicchiere della limonata in lattina che si stava versando.

Vanina rifiutò garbatamente la bevanda e si concentrò sul discorso che stava per fargli. Cercò di essere breve e concisa, di non lasciare vuoto nessun «anello di congiunzione» mentre spiegava al magistrato il motivo per cui ad ammazzare Gaetano Burrano, il 5 febbraio del 1959, era stato il notaio Arturo Renna, in complicità con Teresa Regalbuto Burrano, che però aveva dato il suo contributo eliminando fisicamente Maria Cutò. Quella che immaginavano potesse essere l'ultimo ostacolo alla realizzazione di tutti i progetti.

Ma non avevano fatto i conti con Demetrio Cunsolo e con la sua ambizione sfrenata.

Quello di cui aveva bisogno Vanina, ora, era di poter agire con ogni mezzo a disposizione per inchiodare definitivamente un assassino, che di delitti poteva averne compiuti due. Uno dei quali recentissimo.

Vassalli sudò fino all'ultima goccia della limonata che aveva appena bevuto. Spostò due fogli, si aggiustò la giacca tre volte, appoggiò e staccò i gomiti dal tavolo altrettante. Poi si adagiò sulla spalliera. Sconfitto.

Avrebbe proceduto all'iscrizione della notizia di reato, e Arturo Renna avrebbe ricevuto l'informazione di garanzia, che le avrebbe permesso di ricercare qualunque indizio di colpevolezza attraverso impronte, confronti e quant'altro. E, ovviamente, Dna.

Lo slargo davanti a casa era interamente occupato da un bestione bianco tirato a lucido manco fosse stato noleggiato per un matrimonio. Vanina l'aveva riconosciuto prima ancora di aver svoltato l'angolo e di averci quasi sbattuto col muso della Mini.

Alfio Burrano era balzato a terra appena l'aveva vista uscire dalla macchina e aveva guadagnato la posizione davanti al portoncino di ferro. Se ne stava lí impalato sul primo gradino come una guardia svizzera.

– Riposo, Burrano, riposo, – disse Vanina, estraendo le chiavi dalla tasca interna della borsa.

– Ciao Vanina, – la salutò.

– Ciao Alfio.

– Ho cercato di chiamarti oggi ma non mi hai risposto. Poi il telefono ha cominciato a risultare staccato e allora…

Non aveva neanche guardato quante chiamate aveva ricevuto. La gente che aveva questioni serie da comunicarle conosceva il numero dell'ufficio, anche i familiari. Bettina compresa.

– Oggi non ho avuto il tempo di rispondere neppure a mia madre. Poi il telefono si è scaricato.

– Ah, meno male. Allora non era con me che non volevi parlare.

– Meno male per chi?

Alfio non rispose.

– Dovevi dirmi qualcosa? – lo incoraggiò.

– Sí. È che da quando si è risolta la mia... situazione, non abbiamo piú parlato. E io volevo spiegarti delle cose.

– Senti, Alfio, è stata una giornata dura, sono sfinita e ho solo voglia di andarmene a casa, mangiare qualcosa e dormire. Possibilmente fino a domani mattina. Perciò se hai intenzione di gravarmi con conversazioni che richiedano un impegno anche minimo, t'avverto che non è cosa.

– Vorrei soltanto darti la mia versione di qualcosa che... non so in che termini ti sia stata raccontata.

Vanina sospirò con rassegnazione.

– Entra, dài.

Alfio sorrise, confortato. Le tolse dalle mani il sacchetto di Sebastiano.

Il giardino di Bettina era già corredato di lettiera, casetta per gatti e palline sparse manco fosse un campo da golf. Bettina salutò da dietro i vetri, seguendoli con lo sguardo fino alla porta d'ingresso della dépendance. La temperatura serale ormai non le permetteva piú di farsi trovare fuori, e vedendola in compagnia sicuramente non le era parso il caso di uscire apposta.

Però le aveva lasciato qualcosa in casa. Vanina sbirciò l'involto, poggiando il sacchetto sul ripiano della cucina. Un ciambellone. Il dolce genuino per la colazione dell'indomani.

Ma com'era che Bettina non dimenticava mai nulla?

Alfio era rimasto al centro della stanza, impacciato, e ora stava guardando la fotografia incorniciata sulla mensola.

– È tuo padre? – le chiese, quando gli si avvicinò.

– Sí, è mio padre.

Non le chiese altro, segno che sapeva benissimo chi fosse e cosa facesse l'ispettore Giovanni Guarrasi.

– Tu gli somigli.

– Grazie.

Alfio si girò verso il divano grigio, incerto se sedersi o no. Vanina lo tolse dall'imbarazzo e si sedette per prima.

– Senti, devo spiegarti perché non ho voluto dirti che avevo un alibi per domenica mattina.

– Non è necessario.

– Sí, invece, – insistette lui.

– Va bene, Alfio, ma t'avverto: che Elena Nicolosi fosse la figlia del tuo amico Gigi l'ho capito un secondo dopo che ha iniziato a parlare. L'unica informazione essenziale per me era che fosse maggiorenne, anche ai fini di quello che stava per fare. Il resto non mi riguarda. Sono fatti tuoi. E di Elena, che tutto mi è parsa tranne che una ragazzina sedotta e disperata.

Che altro poteva dire Alfio? Solo che si era vergognato, e che aveva avuto paura, una paura stupida. Perché quella era maggiorenne da due settimane, ma il tira e molla del mi vuoi o non mi vuoi glielo stava infliggendo da mesi. Aveva cercato di resistere alla tentazione finché proprio domenica aveva ceduto. Ed era stata la prima e unica volta.

– Ora le opzioni sono due: o ti siedi alla mia tavola non apparecchiata e dividi con me mozzarella di bufala e prosciutto crudo, oppure alzi il fondoschiena dal mio divano, te ne vai e mi lasci cenare in pace.

Alfio optò per la prima. Che poi la tavola si poteva apparecchiare in due minuti, le mozzarelle di bufala erano due, ed erano superlative, e il prosciutto di Sebastiano non aveva eguali in tutta la provincia di Catania. Peccato solo che non aveva portato un vino dei suoi.

Se ne andò sollevato, senza accennare il minimo approccio che non fosse puramente amichevole.

19

Arturo Renna il tempo di agire nei suoi confronti non lo diede a nessuno.

Si presentò spontaneamente al vicequestore Guarrasi e confessò. Confessò di aver raggiunto la sera del 5 febbraio 1959 il cavaliere Gaetano Burrano nella sua villa di Sciara, come in visita di cortesia. Di aver tentato di convincerlo a strappare il testamento che gli aveva mandato, e a non firmare i contratti che invece lui gli aveva sventolato davanti già firmati. Confessò di averlo ucciso con una Beretta M35 «pulita», in combutta con Teresa Regalbuto, sua complice nonché amante. E di aver sottratto alla vittima tre milioni di lire contenuti nella valigetta ventiquattrore. Alla domanda diretta se avesse coinvolto o meno Demetrio Cunsolo nell'omicidio, il notaio rispose che sí, aveva pagato il domestico perché facesse sparire tutto. E sí, quell'errore gli era costato una vita di ricatti economici e di posti assegnati a Cunsolo in tutte le sue attività. Confermò che era andata esattamente come Vanina aveva immaginato, caffè compreso.

Alla domanda «Cosa l'ha spinta a confessare?» Renna rispose che non aveva piú dubbi sul fatto che lei fosse prossima a scoprire ogni cosa. E allora era piú dignitoso confessare.

– Riguardo alla morte di Maria Cutò, lei ci conferma che è avvenuta per confinamento nel montacarichi dove si trovava nascosta e dove la signora Teresa Regalbuto l'ha seppellita viva?

Renna abbassò lo sguardo. – No, questo non posso confermarlo, – mormorò. – Lei è libera di non crederci, ma io non avevo idea che in casa di Tanino, quella sera, ci fosse Luna, né della fine che le aveva fatto fare Teresa. Se l'avessi saputo... non l'avrei permesso.

Confessò che a premere il grilletto contro Gaetano Burrano era stato lui, e lui solo. Lo fece a testa dritta e guardandola negli occhi.

Poi rimase in silenzio. Abbassò lo sguardo e riprese fiato. Ricominciò a parlare.

– Sono stato io a uccidere Teresa Regalbuto, – disse. – L'ho uccisa perché minacciava di denunciarmi per salvarsi da una condanna per omicidio, e perché la conoscevo abbastanza da sapere che l'avrebbe fatto. Era una donna cinica e avida, capace di diseredare suo nipote in favore di una sconosciuta. Ho inscenato il suicidio, usando la pistola e la valigetta che avevamo recuperato di comune accordo, pagando qualcuno perché scassinasse la casa di Demetrio Cunsolo, e che conservava lei.

– Cosa sperava di ottenere con quella messinscena?

– Che addossaste a Teresa la colpa dell'omicidio del marito, oltre che di quello di Luna, e cosí smetteste di cercare il vero colpevole. Io lo immaginavo che prima o poi lei ci sarebbe arrivata, vicequestore Guarrasi. Questione di tempo, era, – cantilenò, monocorde.

Vanina pensò alle parole di Clelia Santadriano. Il piú caro amico di Teresa.

Come può ingannare l'apparenza.

Nicola Renna arrivò trafelato quando Spanò e Fragapane si stavano già occupando di formalizzare la confessione del padre.

– Ma non andrà in carcere, vero? – chiese, preoccupato, al vicequestore.

– Alla sua età no. Probabilmente avrà gli arresti domiciliari. E una condanna per due omicidi volontari.

Renna junior scosse la testa, melodrammatico. – Mio padre! Capisce? – Tirò su col naso.

La giornata andò avanti tutta a rimettere a posto i tasselli, che in gran parte coincidevano con le idee che si erano fatti loro.

Vanina andò fino a casa del commissario Patanè, per comunicargli tutte le novità.

– Lo sa, dottoressa, da un lato sono contento che finalmente posso chiudere la partita con quel caso maledetto. Dall'altro però mi dispiacerà non poter venire piú in ufficio, e fare finta di essere ancora in servizio.

Lo rassicurò, che prima o dopo qualche altro morto antico sarebbe capitato. E allora lui sarebbe tornato operativo.

– Poi oramai siamo amici, no? E io che sono giovane, e schiava delle mavaríe, potrò sempre aver bisogno di una lezione di ragionamento, giusto?

– Lei non è schiava di niente. E sa ragionare meglio di me. Tant'è vero che io una cantonata la pigghiai. M'ero convinto che non potesse essere che Renna avesse ucciso la Regalbuto. Tutti li hanno sempre considerati amici inseparabili, vecchi amanti, e io mi feci l'opinione che era vero. E sbagliai. Visto?

Il Grande Capo era assalito dai giornalisti, che Vanina evitava come la peste.

Tornando da una conferenza stampa, all'indomani della confessione che Arturo Renna aveva rilasciato «messo alle strette dal ritmo incalzante con cui il vicequestore aggiun-

to Giovanna Guarrasi era sul punto di incastrarlo», bussò
alla porta di Vanina, che se ne stava sulla sua poltrona di
nuovo basculante e rileggeva tutti i verbali.

– Bella la vita, eh, a fare i preziosi coi giornalisti! – disse, con un mezzo sorrisetto sfottente. Tanto era noto a
tutti che abdicare al suo ruolo di divulgatore ufficiale di
notizie, con tanto di faccia in primo piano al telegiornale,
non era un'eventualità che Macchia avrebbe mai preso in
considerazione. – Vieni da me un momento che ti devo
dare una cosa?

Vanina sperò che non tornasse alla carica con la storia
della Sco. Era stata chiara, con lui e con Eliana Recupero
che caldeggiava. Una follia l'avevano giudicato, il suo rifiuto a ricoprire un posto ambito come quello.

Lo seguí nella sua stanza.

– Ti ricordi quella ricerca che mi avevi chiesto di fare
sull'amica erede della Burrano?

– Certo.

Tirò fuori una mail stampata.

– Ecco qua tutto quello che abbiamo saputo.

Vanina scorse la pagina velocemente, con gli occhi di
Tito puntati addosso.

– Hai letto? – le chiese il capo.

Aveva letto. E voleva rileggere. Perché le pareva troppo incredibile.

– Clelia Santadriano è stata adottata all'età di quattro
anni dal convitto di Santa Cecilia a Napoli, dov'era stata
abbandonata, – recitò Tito.

Incensurata, nessun debito in pendenza, ma una situazione economica tutt'altro che florida.

Vanina rilesse l'informazione. Incredibile. Però tutto
tornava. La signora che era arrivata nel suo negozio e l'aveva agganciata. E poi l'aveva nominata erede. Cos'era, un

tardivo pentimento? O disistima assoluta nei confronti di Alfio, tale da spingerla addirittura a questo. Oppure era un caso. Clelia Santadriano era figlia di qualcun altro, e magari era stata abbandonata per davvero. Non era orfana. Di certo la donna non immaginava nulla. Prova ne era lo sbigottimento con cui aveva accolto la notizia dell'eredità ricevuta, quasi in difficoltà nei confronti di Alfio che aveva voluto sentire subito, perché la villa era giusto che fosse sua, non se ne parlava proprio...

Alfonsina guardava tranquilla fuori dalla finestra del suo soggiorno.

– Dottoressa Guarrasi.

– Come va, signora Fresta?

– Come deve andare? Ora vediamo che succederà, con la casa di Maria... Speriamo di poter restare qua, in qualche modo.

Si sedette davanti a lei.

– Il notaio Renna, vedi tu! – fece Alfonsina, scuotendo la testa. – Pareva una brava persona. Certo, un poco focoso era, ma non è che può essere una colpa. E poi per Luna aveva una preferenza speciale. Fu uno degli ultimi a cui lei disse di no. Resistette quasi fino alla chiusura della casa.

Quando ripensava alla confessione di Renna, Vanina aveva la sensazione che la conclusione di quel caso non fosse andata come aveva immaginato lei. Magari era solo un moto d'orgoglio, perché l'indagine alla fine l'aveva chiusa una confessione e non il suo intuito sbirresco, ma non era soddisfatta come avrebbe creduto. Eppure margini di dubbio non ce n'erano.

Gli esami sulla traccia di sangue avevano confermato un'alta compatibilità con Arturo Renna. La valigetta era piena di impronte digitali, sue e di Teresa Regalbuto.

– Senta, Alfonsina, devo chiederle un'informazione che le parrà strana.

– Dica, dottoressa.

– Lei se lo ricorda il nome del collegio in cui Maria aveva portato Rita, a Napoli?

La donna si perse nei pensieri.

– Alfonsina? – la risvegliò.

– Non me lo ricordo... però lo sapevo.

Rifletté a occhi chiusi, poi scosse la testa.

– No.

– Santa Cecilia può essere?

– Può essere, certo, ma non è che me lo ricordo...

Perché avrebbe dovuto ricordarlo? Rita era scomparsa, Luna era morta; ormai era andata cosí. Qualunque verità fosse saltata fuori, e Vanina era determinata ad adoperarsi perché accadesse, per quella donna sarebbe stata tutta guadagnata. Ma se cosí non fosse stato, nessuna nuova delusione avrebbe angustiato gli ultimi scampoli della sua vita.

Perché se non ti aspetti nulla non puoi rimanere deluso.

Vanina decise che non era il caso di rompere quell'equilibrio.

L'agente Lo Faro bussò alla porta ed entrò.

– Scusi, dottoressa.

– Che c'è, Lo Faro?

Le passò la falsa agenda telefonica della Regalbuto.

– Che dobbiamo fare con tutti quei nomi che abbiamo trovato, ormai che il caso è risolto?

– E niente, Lo Faro, che ne vuoi fare?

– La lascio a lei, allora, o la do all'ispettore Spanò?

– Lasciala qua.

Il ragazzo obbedí e se ne andò.

Vanina la prese in mano e iniziò a sfogliarla.

Certo che il metodo era geniale: sembravano davvero dei numeri telefonici.

Arrivò fino all'ultima pagina e la rivoltò. Si accorse che il foglio sembrava tagliato sul lato centrale. Afferrò il lembo e vide che si creava come una tasca. La aprí. Un nome e un numero di telefono, che non era un numero di telefono, la colpirono con la potenza di un cazzotto in mezzo agli occhi.

Chiamò subito Spanò.

– Lei, Nunnari, Marta e Fragapane, venite da me. Di corsa.

Si materializzarono tutti in trenta secondi.

– Capo ma... che fu?

– Fragapane, recuperi il testamento della signora Burrano e lo porti alla Scientifica e chieda a Pappalardo di confrontare le impronte digitali con quelle trovate sulla carpetta vuota che gli abbiamo dato. E poi mi faccia telefonare. Marta, tu fai una ricerca su una situazione patrimoniale. Conti correnti e via di seguito –. Passò un foglietto con un nome scritto all'ispettore, che la fissò stranita.

– Nunnari, lei se ne vada in procura e aspetti che Vassalli riceva quello che, se va come dico io, gli farò inviare dalla Scientifica. Spanò, lei invece venga con me.

– Vanina, ma che sta succedendo? – chiese Marta. Il vicequestore le si avvicinò, esaltata. – Vai dal tuo Tito e digli che tra un paio d'ore al massimo sbattiamo in galera l'assassino di Teresa Regalbuto. Quello vero, – le sussurrò.

– Come sarebbe, l'assassino vero di Teresa Regalbuto? Ma Vanina era già sulle scale.

Una vecchia rete, di quelle a molle, appesa a una parete con un chiodo, può essere considerata un'opera d'arte. Cosí come un cassetto genere Ikea, anzi peggio, perché almeno quelli sono graziosi, poggiato su un cubo. Installazioni. Roba che se vai alla Tate Modern di Londra, o al MoMA di New York, ne trovi in quantità industriale. Poi arrivi davanti a un quadro di Picasso... e ti riconcili con l'arte moderna. Vanina la pensava cosí. Infatti al MoMA saltava a piè pari tutti i primi piani e saliva direttamente al quinto. Quello di Picasso, appunto, e dei suoi pari grado.

La galleria d'arte di Nicola Renna era al piano di sotto dello studio notarile. Installazioni di ogni tipo e dimensione, inframmezzate da qualche dipinto.

La segretaria li aveva spediti lí, quando Vanina le aveva mostrato il tesserino oltre che la serietà delle sue intenzioni.

Il notaio si spostava da un'opera all'altra con metro e taccuino, contando i passi.

– Dottoressa! A cosa devo la visita? Mio padre è su nel suo studio. Finché può uscire di casa, sa.

Vanina ignorò il riferimento al padre.

– Belle queste opere, vero, notaio?

– Eh, uniche direi! Sto organizzando una mostra per gli amici, un vernissage per festeggiare l'ultima arrivata, – si voltò a guardare una scultura essenziale stile pupazzo Lego, – anzi se volesse intervenire...

– Belle e costose, – continuò Vanina, senza sentirlo.

Il notaio non rispose subito.

– Be', certo economiche non si possono dire, ma sa com'è? Quando c'è gusto...

Il vicequestore lo ignorò. – Specie poi se uno ha anche altri interessi, ugualmente costosi, come le auto storiche importanti. La Morgan, ad esempio.

Il notaio senior avanzava tra le installazioni, fissando il figlio. Che s'era ammutolito.

– Pensi di farcela, che tanto di soldi ne hai a palate, e cominci a collezionare opere d'arte, poi auto, e altre opere.

Poi vedi che non riesci piú a farcela con le tue forze, ma c'è un'occasione insperata, – si voltò a guardare il Picasso appeso alla parete davanti col faretto puntato sopra, – e non puoi fartela scappare. I soldi servono subito, però la banca oltre un certo credito non va, neppure nei confronti di un professionista affermato. Allora rimane una sola opzione. Tanto è un'amica, ti dici, con me la vecchia stronza si comporterà bene. Il figlio del suo amante storico. Ma poi le occasioni diventano due, – si voltò dall'altro lato, verso Matisse, – e l'altra volta in fondo era stato cosí facile.

I due notai la fissavano lividi.

– Finché un giorno la vecchia stronza non decide che è arrivato il momento di battere cassa, con tutti gli interessi, che solo perché sei il figlio del suo amante storico si limitano ad aumentare di un terzo il capitale iniziale. È un trattamento di favore, ma tu non hai nessun modo per rientrare, perché quello che guadagni finisce tutto nella conservazione delle opere, delle auto. Si arriva all'esasperazione, non è cosí, notaio Renna? E allora, quando per caso senti tuo padre parlare con la vecchia stronza di una valigetta e di una pistola che potrebbero ricondurre proprio a tuo padre, incriminandolo, capisci che è un'occasione unica. Basta andare lí di domenica, quando sai che la signora è sola, far finta di chiederle ancora tempo, fare il pietoso. E poi fingere che tuo padre ti abbia incaricato di farti dare una certa valigetta che lei sa, e che non vuole piú tenere in casa. Troppi sbirri che vanno e vengono. E te ne vai, lasciando la porta socchiusa. Carichi la pistola che trovi puntualmente dentro. Rientri in casa che la vecchia è ancora lí a guardare le ricevute. E le spari. Poi pulisci le impronte, metti in scena il suicidio e quella sorta di confessione. Sai che in questo modo la partita sarà chiusa per sempre. Poi recuperi tutte le ricevute, convinto di cancellare ogni prova del tuo debito. Ma fai un errore, e lo fai senza accorgertene, perché non è colpa tua se non hai sentito l'odore dell'arrosto che invade l'appartamento. Il tuo senso dell'olfatto in quei giorni è momentaneamente azzerato, e non ti rendi conto che quello per noi sarà solo il primo campanello d'allarme.

Si voltò verso il notaio senior.

– E un padre che può fare, quando capisce troppo tardi che un figlio rischia di finire in galera da un momento all'altro? Che la donna con cui si è spartito per una vita gli intrallazzi e i crimini peggiori ha speculato a sua insaputa sull'unica persona che per lui contava qualcosa? Anche un bambino lo sa, al giorno d'oggi, che padre e figlio hanno quasi lo stesso Dna. La prova schiacciante, quella che tutti glorificano, ma di cui, per sua disgrazia, non tutti s'accontentano.

Il vecchio notaio barcollò. Il capo chino, gli occhi chiusi, si lasciò cadere su una sedia poggiata alla parete.

Nicola alzò lo sguardo per un momento. Allucinato. Sbarrò gli occhi. – Papà! L'opera numero 12! Ti sei seduto sull'opera numero 12!

Maria Giulia De Rosa aveva ribadito la richiesta fino allo sfinimento. La prossima volta che vai a Noto vengo con te. Perciò Vanina la stava aspettando da un'ora.

Adriano e Luca erano già lí, a godersi le prime giornate autunnali nella loro città d'adozione. Come al solito avevano invitato chiunque fosse capitato loro a tiro a condividere la passione barocca, occupando a tappeto tutti i b & b del centro, in quella stagione per la gran parte già vuoti. Una fuga collettiva verso il sud, in mezzo alla quale non poteva non finire l'avvocato De Rosa.

Alfio Burrano aveva agganciato abilmente quel giro di persone fin dalla festa di Giuli. Il rischio che quel weekend a Noto comparisse anche lui, magari senza preavviso, era elevato. E Vanina non era sicura che fosse una buona idea. Le cose tra loro, per il momento, filavano lisce sul binario dell'amicizia, anche se entrambi sapevano benissimo che non era stato quello il *primum movens* dei loro rapporti. Solo che tra delitti, ragazzine agguerrite e imbarazzi vari, quel famoso giro che volentieri si sarebbero fatti era rimasto in sospeso. Con ogni probabilità in modo definitivo, a giudicare dall'evidente – quanto non ricambiato – coinvolgimento sentimentale che l'uomo cominciava a mostrarle.

Peccato.

Si stravaccò sul divano e si accese una sigaretta. Premette sul pulsante laterale dell'iPhone e illuminò il display. Il blocco schermo dell'Addaura era lí, con ora e data sopra e nessuna nuova notifica.

L'ultima di quelle nuvolette firmate «P.», che invano cercava di autoconvincersi di non voler ricevere, ma che invece suo malgrado ogni volta aspettava col cuore in gola, risaliva a due sere prima. Poi piú nulla.

Il numero era lí, ma lei continuava a non memorizzarlo. Il citofono suonò.

– Oh, finalmente si degnò di arrivare! – disse Vanina, alzandosi dal divano e spegnendo la sigaretta.

Non rispose neanche. Afferrò il trolley e la borsa in cui aveva infilato anche il telo da mare e il costume da bagno, che anche se è ottobre in Sicilia non si sanno mai le cose della vita, e uscí veloce.

Passò davanti a Bettina che armeggiava con la casa dei gatti e la salutò.

– Faccia buon fine settimana, e si riposi! – le gridò la donna, mentre infilava la rampa esterna e premeva sull'apriporta del portoncino di ferro.

Vanina aprí, pronta a partire con la filippica dell'ora di ritardo… Ma si zittí.

Rimase immobile a guardarlo, attonita.

Paolo Malfitano. Solo.

Senza scorta.

Ringraziamenti.

Dare vita al vicequestore Giovanna Guarrasi è stata l'esperienza letteraria piú divertente e insieme ardua. Farlo da sola sarebbe stato impossibile. Grazie di cuore a chi ha accettato di aiutarmi in questa epica impresa.

A Maria Paola Romeo, la mia preziosa agente, che ha creduto in Vanina con incrollabile convinzione e l'ha portata fin qui. A Stefano Tettamanti, per il suo sostegno. A Paolo Repetti e a Severino Cesari (che avrei tanto voluto poter conoscere), per aver aperto al vicequestore Guarrasi le porte di Einaudi Stile Libero. A Francesco Colombo, che per primo l'ha apprezzata, e a Rosella Postorino, Roberta Pellegrini e tutta la squadra che se n'è presa cura.

A Rosalba Recupido, mio indispensabile punto di riferimento in ambito giuridico. Ad Antonio Salvago, alla squadra Mobile di Catania e in particolare a Nello Cassisi, che risponde con pazienza ai quesiti piú strambi. A Giuseppe Siano per la consulenza in ambito di polizia scientifica. Ad Alessandro Dell'Erba, a Veronica Arcifa: perché la medicina legale non è mai stata il mio forte. A Sebastiano La Ciura, a Patrizia Speranza, notai di fiducia.

Grazie a Roberto e Claudia, che hanno permesso ai miei personaggi immaginari di invadere la loro torre. A Nuccio e Monica per aver ospitato Vanina nella loro dépendance, amaca compresa. A tutti gli amici e i colleghi (scrittori e oculisti) che mi sostengono con entusiasmo e che non smettono mai di chiedermi quando uscirà il mio nuovo libro.

Alla mia famiglia meravigliosa, e in pole position mio padre, che trova sempre la soluzione giusta.

Last but not least, a Maurizio, mio marito, perché insieme attraversiamo gli oceani.

Nota al testo.

La citazione in epigrafe è tratta da G. Simenon, *Maigret si difende*, Adelphi, Milano 2009.

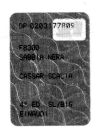
Questo libro è stampato su carta certificata FSC®
e con fibre provenienti da altre fonti controllate.

Stampato per conto della Casa editrice Einaudi
presso ELCOGRAF S.p.A. - Stabilimento di Cles (Tn)

C.L. 23667

Edizione

4   5   6   7   8   9   10

Anno

2018   2019   2020   2021

THE OUTCAST

PHILIP CORNFORD

THE OUTCAST

Michael Joseph

LONDON

MICHAEL JOSEPH LTD
Published by the Penguin Group
27 Wrights Lane, London W8 5TZ, England
Viking Penguin Inc., 40 West 23rd Street, New York, New York 10010, USA
Penguin Books Australia Ltd, Ringwood, Victoria, Australia
Penguin Books Canada Ltd, 2801 John Street, Markham, Ontario, Canada L3R 1B4
Penguin Books (NZ) Ltd, 182–190 Wairau Road, Auckland 10, New Zealand

Penguin Books Ltd, Registered Offices: Harmondsworth, Middlesex, England

First published in Great Britain in 1988

Made and printed in Great Britain by
Richard Clay Ltd, Bungay, Suffolk

Filmset in 11/12pt Plantin

British Library Cataloguing in Publication Data

Cornford, Philip
The outcast.
I. Title
823′.914[F]   PR6053.071/

ISBN 0–7181–2983–0

To those who know,
and who must forever remain silent

Prologue

MACKINNON

The old man was taking a long time to kill himself. The train rushed through the night and Mackinnon sat a few feet away and watched and made no attempt to stop him. There had been so much dying, what was one more corpse, or even another trainload? Part of the harvest lay in the old Bengali's lap, a rag of skin and bone which had once been his son, a boy of about four years. Sometimes, the old man bent and kissed the boy's cheeks and rubbed his face against the boy's lips, a bitter slash beneath the hollows hunger had excavated for eyes as black as the night beyond, a night as deep as the unknown, as depthless as death itself.

Klacketty-klacketty-klacketty-klacketty-klacketty-klacketty.
Klack!

The old man smashed his head against the metal fastening which took the door lock. Blood oozed from his head. He sat in the doorway, bare legs dangling, his son in his lap, and stared into the pitiless night and the train rocked and chanted to him its death song, *klacketty-klacketty-klacketty*, like a kettledrum at an execution; the train gave him the rhythm and on every seventh point he beat his head against the door jamb, a dutiful drummer.

Sometimes the old man cried out, but the agony he sought to assuage was not in his bloodied head; it was in his heart.

They had been throwing the dead from the train. The night was hot and damp and feverish and the train was already fetid with mucous and excrement, the slime of the dying. Even the dead little babies, their innocence withered into grotesquely wrinkled and ancient monkey faces, were taken from breasts as dry as parchment and dropped into the night. There was no moon and the sky was heavy with the monsoon and the corpses fell from view even before they struck the gravel of the railway. The night gulped them as soon as they left the hands of the

3

living. The train plunged into its blackness, paying its grim toll, seeding the night with those whom it had come to save.

The wind was hot and wet with humidity and carried the scent of decay and this, after the stink within the train, was strongly sweet.

Some lights came out of the night. A village lay ahead and the train sped down on to it. There were only two lights, both on the railway station, and as the train rushed past, they caught the old man's face as he lifted his head to strike. The light shone on Mackinnon too and the old man saw him sitting there, watching and waiting, and in the moment before the light tore away and the night swept across his face, the old man smiled, turning a split second into eternity.

It was always at this point that Mackinnon woke up, shouting his outrage.

Tuesday

STEVENS – Dawn

At first, it seemed to come from far away, faint but moving quickly towards him, the sound growing stronger with each second, always the same fast, regular beat until it was quite loud and close at hand. He held his breath and suddenly the sound was on top of him and then it was inside him, walloping at his chest, and Stevens felt a shiver run through him, cold, like an ice knife. He breathed out and the sound went away. He caught his breath again and it came back, strong and sure and steady. His heart was pounding in his chest like thunder, a beautiful sound, the greatest sound on earth and Stevens stood there listening to it, feeling the old excitement rekindle inside him; he would have liked to have shouted out his pleasure at this precious sensation which could come to you only in a place like this, in the absolute stillness of the desert before dawn, when even the wind stopped moving and the dry grass stalks stood brittle stiff and the silence was as sharp as a stiletto.

Life was beating in him at seventy-eight pulses a minute and Stevens stood there, waiting on the sun, listening with gratitude. He had done this on many dawns in many hard places where life could not be taken for granted. In battle, this was the time of stand-to, the moment of gravest danger, when uncertain night fled and day gave light for the fighting, and men waited with wariness. For Stevens, it was a time of re-affirmation. It was, if you wanted to be religious about it, a soldier's communion; the sun, confirming life, also brought the threat of death. Stevens was one of those who felt quite religious about it.

Stevens stood by the outside perimeter wire with his back to the lights and looked to the east. He knew that if he turned into the lights, they would hurt his eyes. They circled the installation on the inner perimeter wire: fifty 5,000-watt quartz floodlights facing outwards towards any intruder, as bright as stilled lightning, an armour through which no eye or camera could penetrate. From a distance, they congealed into a gigantic Cyclopean eye. The ground between the inner and outer wires was scoured clay; nothing could live or grow in that fifty-metre swathe and it was so flat that the ironstone pebbles cast shadows like tiny black freckles.

It was 5.03 a.m. Central Standard Time, what is known as nautical twilight. The sun was rising one degree every four minutes, racing over the great and silent continent at one thousand miles an hour and sunrise today at latitude 14.5 degrees south was at 5.35a.m. Already the stars were gone and the depthless black of the sky was diluting. Shapes were emerging, indefinite forms in silhouette. The horizon was an unbroken saucer rim edged with the brightness of silver, as far away as forever and as close as now.

In between, you could see nothing; just a vast expanse of nothingness, still in the grip of night. But you could feel the land out there, waiting.

Woodley came on the radio: 'Boss, we're getting noises from the hill.'

Stevens turned towards the hill. It rose fifty metres above the plain and was 250 metres from the installation. It would catch the first rays of the sun. Stevens moved his eyes across the skyline, looking for the jerk of bush or grass clump that would betray movement. But there was none.

'Anything on the scanner?' he asked.

'No. Just the grass. All the way down to the wire.'

'Maybe it's a rabbit,' Stevens said. The parabolic microphones positioned up on the hill picked up even their pawfalls.

'No.' There was no doubt in Woodley's voice. 'I've been caught out by the bloody rabbits before. This is heavier, slower. Like someone crawling. Moving rocks.'

Stevens still could not see any movement on the hill. But that meant nothing. Anyone good enough to get up on to the hill without being seen by the television scanner which watched its eastern side was not going to give himself away through a clumsy mistake. Only a professional could beat the scanner, even with the cover of darkness. Stevens had done it in daylight, to prove it could be done, and it had taken him only twelve minutes to move unseen across the 150 metres from the outer cyclone wire fence to the base of the scanner mount. There was only one scanner,

8

centrally placed, and it swept in a 180-degree arc. But the scanner's arc of vision was seventy degrees, which left a lot of dead ground at any given moment. Watching it, timing it, he had moved when the scanner's arc of vision was past him, using the blind ground.

Stevens knew that if he could work it out so quickly, so could any professional. It was all a matter of training and observation; skill and patience. They'd burned the grass down to black ash and stubble to remove the cover. But that had been before the installation began operating and in this country, anything strong enough to grow grew quickly.

'It's not rabbits, boss,' Woodley said. 'I'll bet my balls on it.'

'I'm coming in,' Stevens said, and he thought, Jesus, so soon!

The installation had been operating for only two weeks, a security island within Tindal Royal Australian Air Force base in northern Australia. It was officially identified as a US Air Force command, signals and coding centre for B-52s and it certainly had enough radio antennae, microwave transmitters and radar to fulfil these functions. But it also had more, a large hangar-like building and twelve concrete bunkers, connected like an up-turned egg carton and sunk in the earth so that only the upper domes were visible. Both were guarded round the clock although, to the best of Stevens' knowledge, they were empty. Stevens, however, avoided any conjecture about what function they might serve. He had long ago learned that the curious die first, and he was most definitely a survivor:

To his knowledge, no Australian had been inside the inner perimeter wire. Stevens' men checked the passes of the American personnel at the outer perimeter where there was a guardhouse and gate and the Americans re-checked them through the inner wire, which had a similar set-up.

Grey and Burrows had on the extra headsets when Stevens walked in. They were listening so hard Stevens knew immediately they were not hearing anything. Woodley's handsome young face was thin-lipped with frustration. He felt foolish now, no longer certain enough to jeopardise his manhood. They were all young, in their twenties, strong and aware of it and quick in their responses; disappointment sat heavy on them. Like Stevens, they wore slacks and tan-coloured short-sleeved shirts without insignia of rank or unit.

'Nothing,' Burrows said. There was disdain in his voice and he

9

passed his headphones to Stevens, eager to have his condemnation confirmed.

'For Chrissake, I definitely heard something,' Woodley said with anxious defiance.

Stevens put on the headphones and heard nothing. The monitor showed knee-high grass all the way down to the three-metre high cyclone wire perimeter fence. It needed burning off again. Stevens could see the dirt track which ran outside the perimeter. They used it for patrolling. It dipped into a steep-sided gully which carried run-off from the hill in the wet. When the scanner was centred on the gully, he reached over and locked it on and said: 'Zoom it.'

The gully and the roadway came up in larger and sharper detail. It was deep enough to conceal a vehicle. Stevens wished there had been rain or a heavy dew so that he would be able to identify fresh tyre marks. But the red dust was dry and powdery and scoured by innumerable and indistinguishable tracks.

'OK,' Stevens said. 'Let me hear it.'

Woodley watched him, big-eyed with expectancy, as they listened to the replay. 'There,' he said, and Stevens heard it, a heavy soft clump followed by a rapid and brief rumble; it sounded ridiculously deep and artificial.

Woodley said: 'You think there's someone up there?'

'I don't know. Something dislodged a rock.'

'It wasn't the wind,' Woodley said, hopeful now.

'No. It wasn't the wind.'

It was 5.34a.m. Sunrise was a minute away. Stevens went to the window. The softness was gone now; the daylight was hard and clear and the horizon was burnt red and orange and the sun came up into a sky washed thin with the strength of its light. There were no clouds to catch its rays and worship its glory in the brilliance of a sunrise; the sun came with a deceitful modesty to this red and most ancient of lands which it knew better, which it had burned and withered and warmed and nourished longer than any other. It needed no soft-cheeked, gaudy herald; it simply came over the horizon and that was awesome enough, for it would stamp on the land with ferocity.

There was no movement on the hill.

The floodlights on the inner perimeter fence, the armour of light no eye or camera could penetrate, went out.

'Listen,' Stevens said, watching the hill, the headphones hard against his ear.

10

There was nothing. The headphones were full of silence. The hill was still, except the wind waving through the acacias and the grass. Perhaps it was a fox.

Schnaaatch!

The sound was so sudden and sharp Grey flinched.

Schnaatch!

It was unmistakably the sound of a camera shutter.

'Jesus,' Woodley shouted. 'Jesus.'

Schnaatch! He was disciplined and deliberate, framing, firing, framing, firing. A sniper.

'Let's go,' Stevens said and went to the weapons cabinet and unlocked it. He passed Burrows a Remington pump-action riot-gun and took one for himself.

Schnaatch!

'Boss,' Woodley said. 'I found him. Let me come.'

Schnaatch! Schnaatch! Schnaatch! He was using the motor-drive now, firing the camera like a machine-gun. *Schnaatch! Schnaatch! Schnaatch!*

'OK.' Stevens passed Woodley a shot-gun and took a box of cartridges. He told Grey: 'Take over the monitors.'

'Fuck it,' Grey said and hit the desk in frustration.

The shutter sound had stopped. They heard the thud of running feet. The television monitors showed nothing. He was getting off the hill, using the blind ground the way Stevens had. How long did it take a man to run 150 metres? Downhill! They ran out into the morning.

Stevens drove. Instead of going straight for the hill, which was closer, he headed for the main gates. Woodley and Burrows shouted protests, wanting to go for the hill.

Stevens snapped: 'He'll be off it and through the wire before we get there. And we'll be caught inside the wire, while he gets away.'

They swung out of the airfield and on to the highway and in a few more minutes they turned off along the track that followed the perimeter fence all the way to the hill, three kilometres away.

Grey said on the radio: 'Whittaker is on his way.'

Later, he said with some awe: 'Boss, there's been nothing on the television monitor. Abso-bloody-lutely nothing!'

They were a kilometre from the hill when they saw the vehicle. It was a Toyota Landcruiser and it was being carefully driven at a slow speed to avoid raising a tell-tale storm of dust. Stevens

11

slewed the Land-Rover around, blocking the track, pointing the vehicle away from the fence in case pursuit was necessary. Stevens and Burrows got out, using the vehicle as a shield. Woodley got out the other side and began waving the driver down, standing side-on so that he could conceal his shot-gun against his body.

'Get around this side,' Stevens said.

But it was too late. The Toyota was fifty metres away and slowing. The driver leaned out of the window, waving a wide-brimmed hat in greeting. He was smiling a big, open friendly grin. It was a face that was glad to see them; it was not a face that had anything to hide.

The Toyota was only fifteen metres away and Woodley said: 'Shit. A fucking tourist,' and the driver dropped the hat and shot Woodley with a 9mm pistol he had hidden beneath the crown.

He fired twice more at Stevens and Burrows and at the same time accelerated the Toyota around the Land-Rover. Burrows ducked but Stevens stayed upright and the Toyota was already going away from him when he fired, aiming for the rear wheels. He pumped the action and fired again and heard the thwang of metal on metal. Then Burrows fired and hit and the Toyota came out of the dust, its left rear tyre shot away. The driver dropped it into second gear for power and the Toyota hit an ant hill and rode up on it and over, going forward on its right-hand wheels. For a second, it hung in balance and then flopped over on its side. Burrows fired into its exposed belly.

Woodley was sitting up against the Land-Rover. The bullet had taken him in the centre of his chest and punched him up against the vehicle. He was dead and the flies were already into his eyes.

Burrows fired once more and Stevens grabbed him and swung him back behind the Land-Rover, shouting: 'We want him alive, Goddammit.'

'He got Johnno,' Burrows screamed. He was salivating and the dust got into it so that a pretty pink juice was running down the sides of his mouth. 'He got Johnno, fuck it.'

Stevens forced him down behind the Land-Rover, snarling: 'Shut up. Listen.'

They heard the buzz of the flies at work on Woodley, laying eggs in his blood and sucking the moisture from his mouth and eyes; they heard the wind in the grass; far off, a crow cawed, cruel as the landscape; they heard the dying hiss and rattle of the

Toyota. Burrows was panting in short, quick gasps, like a dog. He wiped the saliva from his mouth and spat.

'Maybe the bastard's dead already,' Burrows panted, impatient to find out.

'Shut up,' Stevens snapped.

There was still no movement from the Toyota, nor any sound. He knows silence is his best weapon, Stevens thought; silence unnerved an enemy; silence seeded doubt and doubt gave way to fear and fear brought foolhardiness; silence stretched tension to the point where it became unbearable and anything, even at the risk of death, was preferable. It was working on Burrows right now. Pretty soon, he would be unmanageable.

'If he's alive, I want first go at him,' Burrows said, his red-stained mouth stretched wide in a grimace of anticipation, and in that moment the man in the Toyota made his move.

He came out from behind the wreck bent low, hands out like a swimmer launching himself from the starting blocks, propelling himself into a dive across their line of fire, his legs driving in tight, powerful thrusts, one, two, three, and then Stevens saw the erosion ditch for the first time. It was five metres from the Toyota and the man was half-way across and Stevens had his shot-gun up and swinging for a body shot; but he did not fire. Then the man was in the air, lunging for the lip of the gully. Burrows fired and it seemed to Stevens that the man was half into the gully when suddenly his body convulsed and whipped sideways, skidded down on a hip that was no longer there and fell into the gully. For a second, Stevens heard only the sound of Burrows' shot wha-wha-whacking across the plain. Then the screaming started.

'Jesus. I got the bastard.' Burrows was so excited he thumped the Land-Rover. For a moment he stood still, so that he could better hear the screams. His face became rapt with awe. 'Jesus. Just listen to him.'

He tromboned a fresh cartridge into the breech and giggled, a thin, boyish sound. He was close to hysteria.

Stevens wanted to strike him. Instead, he said: 'Wait.'

A man can't scream like that and live for long, Stevens thought. But he made no move; a man could scream like that and still shoot you. The sound from the gully became a gurgle and then there came a solitary cry, clear and strong and lost immediately in the bark of a pistol shot.

13

For a moment, Burrows was stiff with shock, gaping at Stevens. Then rage suffused his features.

'The bastard,' he screamed. 'The fucking bastard.'

He was beyond restraint and he ran to the lip of the gully, lifted his shot-gun and fired into the corpse below, mutilating it. He stood there, incoherent and helpless in his outrage at being cheated of the kill. And then he saw the mess below and his knees wobbled and he had to sit down.

The dead man lay against the side of the gully, cramped over; his hip was gone and Burrows' final shot had opened up his side and back and already he was black with flies.

Stevens found the cannister of film in the sand; even in his final agony, he had tried to bury the film, a professional to the end, and Stevens felt admiration for the spirit that had been in the torn body at his feet.

His strength must almost have been gone because he had needed to use both hands to shoot himself, curling over the pistol like a crab, sucking it into his mouth to make sure. Even then, the trigger pressure had nearly been too much. In the end, he managed it by pulling with his right index finger and inserting his left thumb and pushing. Stevens heard again the final, clear shout; that had been the moment in which he had summoned the last of his strength. He had known what he was doing, even with his side half shot away, and Stevens wondered if he had been taught it, by quiet-eyed men like those who had taught him, or whether it was something he had worked out for himself. His own signature on his own death. An original!

'He didn't have the heart to take it,' Burrows gasped. 'The gutless turd.'

Stevens reached up and sprawled him into the gully and held him on his knees, forcing him to look down on the corpse. The flies swarmed into Burrows' face and for a moment Stevens considered forcing Burrows' head down into the black and writhing wounds; he wanted to drown him in the already thickening blood. It was only the thought that he would be defiling a brave man that stopped him.

'Listen to me,' he snarled. 'He shot himself so he couldn't be interrogated.'

14

MACKINNON – *Morning*

Mackinnon lay naked on a bed wet with his sweat, caught between the reality of the nightmare and the reality of now, unable to separate the past from the present. His head was full of sound and in a moment of panic he thought it was the steam train howling at the Bengal night, calling for the dead; it was here, with him, in this room and he sat bolt upright in fright.

The sun slanted hard and bright through the window and there were no dead Bengalis in his room; only shadows. The sun hurt his eyes and he swung away, gasping his relief. He had left the window open and raised the bamboo blinds to catch any breeze from the sea. But there was none and the room was already hot. He was perspiring freely, but it was not because of the warmth of the day; it was the rancid, cold sweat of fear and when he pulled the pillow over his head to block out the light he caught the sourness of his breath and flung away from it.

The telephone was ringing. It was beside the bed and Mackinnon sat upright and put both feet on the floor before he picked up the receiver, a long-ingrained discipline. He listened with irritation while the telephone tingled the artificial tones of an STD call.

'Yes,' he croaked. His throat was dry and there was an awful taste in his mouth. He tried swallowing, but he could not work up any moisture.

'Good morning Simon.'

His name was Paul, not Simon.

'Who?' His eyes were dehydrated too. They grated. They felt like they had been filled with sand.

'Simon, you sound absolutely awful.'

The voice was too carefully modulated to be real and it took a moment for Mackinnon to realise it was Dove. He straightened and instinctively cast a glance around.

15

'You've got a wrong number,' he said and put down the receiver.

It couldn't have been more than twenty seconds, impossible to trace, even to the city of origin, and that was important.

It was 7.23a.m. He had two hours before Dove would call again.

Mackinnon sat on the side of his bed, feeling the sweat cold on him. His body ached in every joint with all the remembered hurt of four days and nights on the refugee train; it was truly terrifying, the brain's power to store the knowledge of physical pain and to re-inflict it with all the scalding vitality of the original experience. He looked at his nakedness, half expecting to see it once more covered with foulness. The sweat glistened on his skin. His hands were shaking.

The train had been many years ago and it was one of many dreams, all of them real, replays of moments of acute distress which had come back to haunt him. Sometimes it was the no-man's land of the Rue Mahat in Beirut, crossing between the Israelis and the Palestinians, alone, watched by the snipers on both sides. Sometimes it was Afghanistan, cowering in the thin shade, the only cover in those brutal and barren mountains, as the Russian Mi24 gunships hunted them overhead. These were moments when he had been totally exposed and his life swung on the pendulum of fate; a sniper's trigger-finger squeezing, the quickness of a Russian pilot's eye, either could have ended his life so easily, and he would have been helpless to prevent it. The trauma was not so much the fear of death, which was overwhelming enough, but the abject humiliation of his total impotency to do anything about it.

'It's gut rot,' Mackinnon said aloud.

He got up and went to the kitchen and drank three glasses of water, swallowing almost without pause. The liquid swilled in his guts, which were hot and empty. His mouth still tasted awful. He had all the symptoms of a severe hangover. Yet, if he had consumed enough alcohol to deserve such a hangover, he would have been too drunk to dream. It was a cruel irony, taunting Mackinnon.

'Bastard,' Mackinnon said, cursing the malevolence within his veins.

He went to the bathroom. The mirror reflected a face hollowed by sleeplessness; he looked like a fugitive. He splashed water

16

over his face, rubbing it into his arid eyes, and scrubbed the staleness from his mouth with brush and toothpaste. He pulled on silk shorts and running shoes and did sit-ups and stomach bends and stretch exercises, all of which only made him feel worse. Every time he bent down, the nausea in his stomach swamped his head. But it did not deter him.

He ran the first kilometre sore-legged and muscle-stiff. By then, he was into Centennial Park and in the shade of the paperbarks. There had been no rain for weeks now and the grass was dry and gleaming brown, polished by the wind and sun; it crackled beneath his feet. He ran through the pain, welcoming it because he knew he could beat it. That was why he was running, to win. It was not a race against anyone else or even against time or distance. It was a race against himself and what was in him; it was very personal, this fight he had started thirteen months ago. He could not afford to lose.

He ran until the sweat stung salt into his eyes. When he got back to his block of flats, he had run six kilometres, a good part of it uphill, and the sweat had leeched the poison out of him; it pumped through his flesh, cleansing it, and his muscles were stretched and hot and the aching soreness had been replaced by the throb of sinew hard-worked and Mackinnon felt good. He went inside and took off his running shoes and threw his socks at the sheet of A4 typing-paper he had blue-tacked to the wall.

On it he had printed in big letters: REMEMBER B. J. REMORSE.

How could he forget, when he came uninvited, as he had this morning?

'You bastard,' he said.

When he had shaved and showered he opened the wall cabinet and took out a small blue plastic deodorant container. His elder daughter, Pepper, had left it behind and it was not an oversight; it was her way of leaving him something of herself. She was ten and beginning to be careful about how she exposed her emotions and this was her way of telling Mackinnon she loved him. She had done it before. It was so utterly feminine, and Mackinnon put the deodorant on his body, remembering the scent of his daughters that lingered for days after they stayed with him.

Mackinnon walked two blocks to Oxford Street. It was not yet 9.00a.m. but the threat above was already manifesting itself. The air was thin and hot and the frangipani blossoms in the small

17

front yards of the Paddington terraces hung limp and violated. A flight of white cockatoos drifted overhead, overwhelming the traffic hum with their raucous calls; they had come from the sanctuary of the park seeking a change of diet and mischief and Mackinnon felt his heart lift at this flash of wildness, for these were bush birds. They settled on television antennae and chimney pots and filled the air with their scorn.

Oxford Street ran along the top of the ridge that led from the commercial centre of the city to the sea and beach and cliffs at Bondi. From this ridge, you could see across the southern sprawl of the city to the airport and the mountains far beyond, blue-hazed with the miasma of distance and an atmosphere heavy with eucalyptus oil. If there was a wind from the sea or from the mountains, this ridge would get it. But there was no wind and the air as Mackinnon crossed the street was foul with vehicle exhaust; you could see it hanging in the air.

He bought two almond croissants at the French patisserie and two cups of take-away coffee at the Italian pizza restaurant, a strong black and a cappuccino with lots of chocolate sprinkled on top. He walked back across Oxford Street and into Centennial Park. There was a children's playground at the top of the park and he found the old Communist sitting on a bench in the shade of a tree. The park fell away below him and he could see over it and across the city to the sparkle of water at Botany Bay.

Mackinnon and his wife had brought their young daughters to this park to play on languid afternoons when the feeling in them had filled their eyes with sensuality and given it the power of a caress. To touch had been electrifying with promise.

'Salud,' Mackinnon said and handed him a croissant and the milky coffee.

'Salud, comrade,' Tom Collins said, a compliment, for it was a beloved greeting, branded deep inside this old man who had fought with the International Brigades in Spain. He smiled a smile that cracked open a face harshly calloused by survival.

He opened the coffee and nodded his gratitude. 'Aaah. You remembered the extra chocolate.'

He drank half the coffee in one gulp; it left a white moustache above his coarsened lips. He bit deeply into the croissant. It was his way of doing things, full out, right in, going for it, an old fighter. He was *all* fighter, every fibre of him, and there was still a lot if it left in him.

18

Tom Collins finished the croissant and the coffee and took the empty cup and paper bag over to a dustbin and dropped them in. He had a limp, from two fascist machine-gun bullets in his left leg and hip. He was stooped with arthritis and thin; age and alcoholism had cannabalised fat and flesh and he was hollow-bellied and flat-chested; only his hands retained vestiges of the strength that had been in him and they were broken-knuckled, the fingers thickened by a lifetime of physical labour, human industrial claws which were always half clenched, as if seeking a throat to crush. But his body was merely a shell; you had only to look into the eyes in Tom Collins' busted-up face to see the defiance and know the spirit was strong within, and unbeaten.

'I saw you with your daughters Saturday,' Tom Collins said. 'Beautiful girls.'

'They take after their mother.'

They were both blonde and had their mother's smooth skin and fine features, and seeing them at two-weekly intervals some-times gave Mackinnon the out-of-himself sensation that he had entered a time warp and was watching his wife grow up; at times like this, he remembered how it had once been between them, and his heart hurt at the loss.

'Ah well,' Tom Collins said, sensing this. He, too, knew all about loss, although with him it had not been women but causes. Women for pleasure, causes for fervour; that's how it had been, a lot more fervour than pleasure and more alcohol than both; too much alcohol; and now, watching the beautiful young mothers with their beautiful young children, he sometimes wished it could have been different. But, of course, it could not have been.

Mackinnon and the old Communist sat in quiet com-panionship. There was no embarrassment or self-consciousness in their silence; it lay easy and natural with them. They watched magpies dive-bombing a bewildered old dog which had sought peace in the shade of a sandstone outcrop and found instead a fury of clacking beaks. But it was too hot and the dog was too lazy to move and lifted his head and bayed his outrage to the world. They laughed to hear such dismay.

'How's Black Jack?' Tom Collins finally asked because this, above all else, was the bond between them.

Mackinnon said, all trace of laughter gone: 'Alive and well.'

'He don't give up, do he?'

'No. He won't let go.'

And Tom Collins said in his rasping voice: 'I had the bastard with me all those years I can't remember. Christ, I can't even remember back to when I stopped remembering and that bastard came around. I mean, how do you like that: I can't even remember when I started to forget. But I remember Black Jack.'

He smacked a huge fist into his open hand; there was strength and hardness in the blow, and he said: 'I beat the bastard. It was the hardest fight of my life but I beat him hollow. I've had him beat for five years now. And still the bastard comes around, hoping to get the hooks into me again.'

'Yes,' Mackinnon said, solemn too, for this was a liturgy as important as any consecrated by the Church Tom Collins had once so bitterly fought. Once, communist dogma, the word according to Lenin or the latest Party directive, had been Tom Collins' religion; now it was survival. This is what he and Mackinnon shared.

'I hate the bastard more than I hate the fucking fascists.'

It was not possible for Tom Collins to express himself more forcefully and it was his final word on the subject, for the moment.

The sun pushed away the last of the shadows below the sandstone. The black dog shook itself and gave a single bark of indignation at the intruding sun and the harassing magpies and the world in general and went off around the other side of the outcrop, where it would be cool until noon.

'You want the phone?' Tom Collins asked and Mackinnon nodded. The old Brigader took a latch key from his pocket and put it on the bench between them and Mackinnon waited a minute, watching the magpies diving on the now unseen dog, before he picked it up. It was warm in his hand.

'Go well,' Mackinnon said and walked across the playground and into Oxford Street. He walked several blocks before crossing it and turning into the quiet residential streets, taking every corner, working his way in a circle. When he was sure he was not being followed he walked to Queen Street and into a back lane behind one of the few old-style rooming houses that remained and went in the rear entrance and up to Tom Collins' room on the third floor.

The room was austere but comfortable. There was a worn carpet, a single bed, a wash basin, a chest of drawers with a

20

mirror, a cabinet for hanging clothes and a sagging lounge chair in the corner. The communal bathroom and kitchen were down the hall. Tom Collins had few possessions.

The telephone sat on the chest of drawers next to a framed photograph of Tom and a group of other Australian Brigaders. It had been taken in a camp at Barcelona, after the International Brigades had been withdrawn from the war, and the stamp of privation and hunger was deep on them. They did not smile; they stared at the camera with defiance; there was fight still in them despite their exhaustion, and sullenness.

Tom Collins stood in the back row, tall, wide-shouldered and raffish-looking beneath his black beret. He had been a handsome young man, a communist and an idealist in a time when idealism was not treated with contempt, before the triumph of pragmatism. Pulling Tom Collins out of the fight had been the worst possible thing they could have done to him, because it left him scarred for the rest of his life with a sense of incompleteness; there was so much of him lost in Spain, the rest of him should have been allowed to stay with it, even if it meant death. All his life since he had carried this grievance and, at its deepest moments, he felt it to be betrayal. That hurt worse than fascist bullets.

The telephone was Dove's line to Mackinnon. Mackinnon paid for it and Tom Collins cared for it. He had asked Mackinnon: 'Does it hurt the fascists?' and Mackinnon had told him honestly: 'I think so.' Tom Collins had never questioned him again about the telephone. When Mackinnon needed to use it, he left him alone in the room. Mackinnon had offered to pay part of his rent but the old man was proud and independent and had refused, and Mackinnon knew that it made Tom Collins glad to know that at his age, he could still bestow a favour and was still useful. It was worth more than all the rent money in the world.

A cockatoo floated beneath the window, settled on the television antennae on the house next door and stared in at Mackinnon with bold curiosity. He cocked his head to one side, as if considering his opinion, and then he gave it, a wild, harsh laugh. It seemed so contemptuous of Mackinnon that he wished he could respond.

The telephone rang and Dove said: 'Write it down.'

Mackinnon wrote it down. Dove gave the information slowly

in a low monotone, stretching vowels, clipping the ends of his words so that he would not have to repeat them. As usual, he had the information well prepared, to minimise the questions Mackinnon needed to ask. It was important that Dove get the information across clearly and in the shortest time. Even so, he never rushed or displayed impatience. Mackinnon interrogated him in the same, low, emotionless voice; they had an unspoken agreement to remain calm, an unstated but nevertheless implicitly understood gentlemen's agreement on composure, despite the extreme tension Dove must be experiencing and the excitement that Mackinnon was feeling.

When he had taken his notes, there was a long pause and Mackinnon said: 'This narrows the field dangerously.'

'To about forty possibles. It's a Most Secret, Cabinet Restriction.'

'And probables?'

'Oh, none of us are probables. Otherwise, we wouldn't have access.' Dove laughed softly but there was no smugness in it. Mackinnon wondered where he was telephoning from.

Dove said: 'The Americans will want blood and they'll be out to give it to them.'

Yes, Mackinnon thought. This time they'll send the heavies.

Dove said: 'You can handle them, Mackinnon. That's why I picked you.'

Mackinnon said: 'It's not the spooks who worry me. Tomorrow, yes. But right now it's the information.'

In the silence, he could hear Dove breathing; it was the first time he had known Dove to display any sign of tension. The silence hung between them, a gulf neither dared to cross for fear of what lay on the other side.

'Have I been wrong before?' Dove said finally.

No, he had not been wrong before.

Mackinnon said: 'It's not knowing who you are.'

'Trust me, Mackinnon. You have to trust me.'

It was a plea. Dove's composure was breaking and Mackinnon was suddenly aware how frightened the man at the other end of the telephone must be. And worse, totally alone.

'I trust you,' Mackinnon said, wishing it wasn't true.

The cockatoo sat on the antenna and stared in at him, bright-eyed and unafraid. He uncurled his gorgeous yellow comb,

22

ducked his head and clucked deep in his throat, gestures which in a human would have indicated sympathy.

'It's gut rot,' Mackinnon said to the bird.

He listened to the 10.00a.m. news on Tom Collins' transistor. The main story was still the Prime Minister's visit to Washington. It was based on speculation that the Prime Minister was about to abandon Australia's neutral stance and support the Americans' Strategic Defence Initiative in return for a new bilateral defence treaty. It would replace the Australia, New Zealand and United States (ANZUS) Treaty which had been emasculated in 1985 by New Zealand's refusal to harbour nuclear-powered or nuclear-armed ships.

Despite the uproar the reports were causing among the populace and his own party members, both of whom were deeply polarised on the Star Wars issue, the Prime Minister was refusing to confirm or deny them, and this was taken to indicate that they were true. The announcement was expected to be made jointly on the eve of the President's departure to Geneva for the annual disarmament summit with the Soviet Premier. It would be a major diplomatic and propaganda victory for the Americans.

Mackinnon dialled Carter's direct line, hoping he would be at his desk.

'The abattoir!'

It was Carter all right.

'I'm out and about. Watch my back.'

'Again,' Carter sighed.

'Still,' Mackinnon said and in the background he could hear Greenway's high-pitched voice: 'Is that Mackinnon?'

'It's the library,' Carter said and hung up.

Mackinnon left the key in the letterbox in the lobby. It was their regular arrangement. 'Any poor bastard desperate enough to rob me is welcome to it,' Tom Collins had said with a perverse satisfaction; he had nothing worth stealing. Mackinnon had several times made the decision to buy him a portable television set but each time he had held back, knowing the gesture would offend. Not being ashamed of being poor was one thing; being reminded of it was another, and Tom Collins guarded his pride fiercely.

He took a bus to Circular Quay, bought tokens for the return trip and ran to catch the ferry to Manly. He stood on the foredeck of the ferry. The only wind was of the ferry's own

23

making and it was not strong enough to cool him. The air was heavy with the staleness of salt. It was hot, too hot; it had been many weeks since it had rained, too many weeks. Mackinnon unbuttoned his shirt and let it flap behind; in this city of sun-worship, no one would bat an eyelid if he stripped down to his underpants. He loved the city; he loved the beautiful harbour and the sea. He loved his children and wished they were with him to share the ferry ride.

He opened his notebook and began writing, swiftly and surely now that his mind was ordered and calm. He had no need to check Dove's notes. The information was alive in him and it came on call. He had a story to write and Mackinnon knew with certainty that the one place he could not go to write it, the least safest place for him now that he had this knowledge, was his own newspaper office.

Stevens said: 'It's been a long time since we took casualties. Since Vietnam. You live soft and you forget how tough it can be.'

Maguire said: 'He was Russian, of course.'

The telephone crackled and Stevens said: 'Electrical storm. Anyone you know?'

It was a rhetorical question. Maguire knew them all.

'His name was Gouzenko. Alexei Alexandrovich Gouzenko.'

Maguire looked at the wirephoto flimsy of the photograph Stevens had 'grammed from Tindal. The face was distorted by pain but, even so, it was still clearly recognisable. They had photographs of, and files on, every Soviet official in Australia and identification had been relatively simple.

'He was a trade attaché. We've always suspected he was KGB. Now we know.'

'I hired a mobile freezer,' Stevens said. 'We've cleaned it all up. You could take your family down there for a picnic and never know it'd happened.'

John Andrew Woodley and the Russian lay side by side on the cold aluminium floor. They had been zipped into black plastic coffin bags and, without name tags, it was not possible to tell them apart; death had achieved a drab uniformity life had denied. The freezer was of the type used by kangaroo shooters to chill their kill, a refrigerated box frame on a four-wheeled trailer, and it was parked behind the guardhouse, still connected to the Land-Rover which had towed it there. The thermostat was set to stabilise the temperature at one degree Celsius, to prevent them freezing up.

There had been no witnesses. The intrusion would be put down as a drill. Woodley and the Russian would disappear. Not even the local police or the RAAF base administrator would be told of their deaths. Nothing was to be allowed to draw attention

25

to the installation behind the hill. It was to sink into obscurity, forgotten by all except those who manned and guarded it.

'I'm sending Ng,' Maguire said.

There was a long pause. Stevens could hear the pulse of the diesel engine on the mobile freezer.

'I didn't know he was still around,' Stevens said when he was confident he could keep from his voice the dislike he felt, remembering the little Vietnamese Air Force Colonel who had the bones of a sparrow and the strength and savagery of an eagle.

'He'll be flying in tonight. A Lear jet. How will you handle it?'

'Mail bags. We'll put them in canvas mail bags and put on throttle locks and Most Secret seals.'

For a moment Maguire thought he was being sarcastic, but Stevens said: 'When will you tell Woodley's parents?'

'When it's over,' Maguire said and thought, it's just beginning.

Peter Long drove Maguire to the International Airport. He handled the car with practised nonchalance, as if it was an extension of himself, sliding through the three-abreast slabs of traffic with the smooth effortlessness that stamped everything Long did. There was a flare of elegance about Long which led other men to distrust him. He was too well tailored; his tan was too tan. His well-mannered charm cloaked a cold, unrepentant ruthlessness which had made him, at the age of thirty-three, Maguire's second-in-command.

'Do we give him back to the Russians?' Long asked.

The implications of Gouzenko's mission and the consequences of his death were heavy with both risk and opportunity. Yet Maguire seemed unmoved. He had learned to harbour his feelings lest they betray him and this facial rigidity under stress had earned him the sobriquet of The Sphinx.

Maguire said: 'If we say nothing, they'll think maybe we've got him alive and he's talking. Or maybe he's defected. The uncertainty will throw them off balance. It will be a very difficult time for them.'

They drove a while in silence. This was an unlovely part of the city and here the heat seemed to sulk. People set out on their daily labours already moist with lassitude and the humidity, seeking shadows where the air was coolest. They fanned themselves with morning newspapers limp from their sweating hands and bought cold drinks to sip and hold against flushed faces. It would be a day of short tempers.

The car, however, was air-conditioned and Maguire rode comfortably, immersed in his thoughts. He was thick-set and heavy-headed, like Henry Kissinger without the fat. The Sphinx indeed!

He said: 'They'll be hoping he's dead, so he can't betray them.' He said it matter-of-factly, without satisfaction, and it was this total lack of triumph which surprised Long.

Duckmanton was waiting for them in an office he had commandeered from the Customs and Excise Department. His scholarly face was pinched beneath rimless glasses and his lips were thin and bloodless. He liked to cultivate the demeanour of a headmaster because it so deceptively concealed his true nature. He was Director-General of the Australian Secret Intelligence Organisation (ASIO), the counter-intelligence service, and he was arguably the most dangerous man in the country and one of the most powerful.

Maguire and Duckmanton did not shake hands although they observed all other formalities with cold and wary politeness. Duckmanton wore a pin-striped suit, pin-striped blue-and-white shirt and a Melbourne Club tie, the mark of those who still believed, in the absence of any real evidence to the contrary, that they had been born to rule. The burgundy-coloured handkerchief in his coat pocket sat prim and precise, the qualities Duckmanton wished to convey. Despite the heat and his hour-long flight from Melbourne, he was crisp and starched, the epitome of a professional public servant.

I'll bet he irons his condoms, Maguire thought. Before and after.

Watching them, Long was reminded of a cobra and a mongoose, although he was not sure who was which.

Maguire said: 'Peter, could you please check with the monitor room to make sure they haven't forgotten we're here.'

Long went reluctantly, wondering what it was that he was not to hear.

Duckmanton said: 'Our assessment is that Gouzenko was a specialist from the Executive Action Department. The *boyevaya gruppa*.' He used the Russian with the flair of a man proud of his command of languages. He was quite a scholar.

27

The Executive Action Department of the First Chief Directorate* was known as the 'combat group' of the KGB, its most secret – and to its enemies, its blackest – soul. They were an élite within an élite, specialists in assassination and sabotage, and it was their job to prepare sabotage dossiers on vital strategic tactical and economic targets to be destroyed in time of war or which, in times of uneasy peace, might be sold or passed on to terrorist groups or to a third country enagaged in hostilities with the target nation.

Maguire said: 'It's possible it was a routine penetration at Tindal. It is, after all, the most important air force base we've got, a natural target for Gouzenko.'

'Yes. It's possible.'

But neither of them believed it.

Duckmanton stared at him, eyes invisible behind his glasses. He stood up, a tall man, painfully thin, a body which seemed never to have known pleasure, the husk of an ascetic. He went over and stood at the window, turning his back to Maguire. Outside, a Singapore Airlines 747 taxied in panto silence, the shriek of its engines cut out by the double-glazed windows. QF1 was already parked and suckled to its disembarking bay.

Soon Petr Prokovevich. Soon.

'What have you told the Americans?'

'For the moment, we're telling them it's an exercise we sprang to test the security.'

Duckmanton laughed, a dry, arid sound, totally barren of mirth. 'Well, they're not going to like that.'

He could see Maguire's reflection in the window. It was a subtle technique, using the glass as a barrier, bringing Maguire in so close, right against his face, eyeball to eyeball, and at the same time holding him at bay across the other side of the room. A fly speck on the glass sat like a wart on the end of Maguire's nose and Duckmanton took out his handkerchief and wiped it off.

'But if it's Yakov, it's all different,' he said and carefully polished the window once more, as if he hoped to obliterate Maguire completely. 'If it's Yakov, it's a whole new kettle of fish.'

Yes, Maguire thought, if it's Yakov, then everything will be different, for all of us.

* The First Chief Directorate controls all the KGB's external, or foreign, activities.

'If it is Yakov,' he said.

'Oh, it'll be Yakov all right,' Duckmanton said, his glasses flashing in the window.

He was sure it most definitely would be Petr Prokovevich Yakov. Otherwise, he would not have flown up from his headquarters in Melbourne to this city, whose vulgarity and thrusting egalitarianism he detested. He stood at the window, his arms wrapped around his body, curling in on himself like a spider drinking its victim's juices and, watching him, Maguire sensed the source of his satisfaction. A man is ennobled by his enemies, and Yakov could make Duckmanton immortal.

Duckmanton: The Man Who Got Yakov!

With Yakov in his hands, Duckmanton could write his own ticket with the Americans. And the KGB would tremble. Maguire felt a twinge of anger that such a triumph should be given to a man who had never exposed himself to physical risk. Duckmanton was the classical cold-war desk warrior, a civil servant who had risen through the ranks by careful cultivation of bureaucratic and political patronage and hard work. Maguire, who had more in common with his enemy than with his colleague, felt there was a certain immorality about a fate which gave men such as Yakov into the grasp of men of Duckmanton's stamp.

'They made the substitution at the last minute. It was a fluke we picked it up, a most marvellous fluke.' Duckmanton was full of smugness, already savouring his great victory. 'I mean, no one's set eyes on Yakov for nine years.'

Not since Lebanon, Maguire thought. Not since the Israelis wounded him in an ambush at the Litani River. They killed the three Palestinians with him but Yakov got away.

'An old UN hand,' Duckmanton said. 'She'd met him in New York when he worked for the Secretary-General. All that time later, she recognised him. From the photograph on the visa application.'

Yes, Maguire thought. Yakov was not an easy man to forget. And he had a strong liking for Western women. He wondered if the Embassy employee in Moscow had been used in the way they had used the American secretary in Santiago; that way she would never forget.

'We're quite sure about it,' Duckmanton said. 'But, of course, we need to be absolutely certain.'

Duckmanton turned from the window and took off his glasses

and wiped them. In the sudden animation of the fish-like deadness it was possible to see that his eyes were blue. Pale, watery, washed-out blue.

'I mean, you know him personally, don't you? Well, perhaps not personally. But you *do* know him!'

'I know him,' Maguire said. 'Not well, but enough to be absolutely certain.'

'Chile?'

'Yes.'

'Aaah! The romance,' Duckmanton said mockingly, believing that events were now totally within his sway, and Maguire thought, he's indecent, and hoped it wasn't Yakov. He detested the prospect of delivering Yakov to Duckmanton, even though he had once done his best to have the Russian killed.

Long knocked and came in and said: 'We're on,' and led them through into the monitor room. In the gloom, light and shadow etched faces in unfinished portraits, incomplete profiles, throwing dark hollows beneath eyes and cheeks and mouths and sometimes removing noses and chins, the way faces come at you in a nightmare. Duckmanton's glasses drew in the light and flashed it back, like coals in the eye sockets of a skeleton.

Eight television monitors scanned the immigration and customs checkpoints. Four operators watched the monitors under the charge of a supervisor. Each monitor showed people standing in unconscious poses, unaware they were being observed. Most of them were overburdened with duty-free loot. They fumbled with entry documents and passports, beset by all the anxieties of leaving the womb which had brought them so far to be confronted with the real world.

The Russians came on in a rush, at least one hundred of them, and the dancers were easy to pick out from those who came to serve them, advancing full of flourishes and with exaggerated movements, unlike the tired and clumsy ordinary mortals who clumped glumly along at their heels. They were, after all, the Bolshoi, the best in the world, and this was a free performance.

'Oh my,' an operator said and zoomed the camera on monitor six. 'Just take a look at that.'

She was certainly something to look at. Even among the self-conscious stylisms of her comrades, she stood apart, sweeping along with high-headed haughtiness, carrying only a small make-up case and an outrageous ego. She wore a cotton peasant smock tied at the waist and it caught the points she wanted to emphasise: the thrust of her thighs, the curve of her buttocks and the stab of her breasts, the finely-muscled neck and a face chiselled to sharpness, high-boned and wide-mouthed.

You could not say she was graceful any more than you could dismiss the ripple-power of a cat as graceful; she was too python-supple for that. Her animalism repudiated gracefulness and made it insignificant, just as her vitality overwhelmed the greater prettiness of some of the women around her.

'Oh yes,' the operator said. 'That is something. Really something.'

'Nadezhda Semenov,' Long said. Yes, she really was something out of the ordinary. He had done his homework. 'A prima ballerina. She's touring instead of Maya Plisetskaya, *the* prima ballerina. This is her first foreign tour, her big chance.'

She had arrived at an immigration checkpoint set aside to handle the Russians and she turned and snapped her fingers. The attendant who had been struggling along with her duty-free and cabin bags fumbled for her documents, caught up in straps. Nadezhda Semenov spoke sharply to him. Her left foot beat a dramatic tattoo of impatience. Finally, the attendant found her passport and she took it with a glare of withering contempt.

'I knew it,' the operator sighed. 'A bitch. A real 24-carat up-herself cunt-snapping ball-breaking bitch.'

'She's Siberian,' Long said. 'She didn't get to be a Bolshoi prima just by going down on the apparatchiki and their wives.'

'She did that?' The operator was shocked and thrilled at the same time. 'The wives too?'

'Of course,' Long smiled. 'Wouldn't you?'

Smart arse, the operator thought.

She was walking straight into the camera now, disdainful of her surroundings. Behind, the immigration official spoke to her attendant but he smiled and shrugged to indicate he did not speak English. The official handed him his papers and he rushed anxiously after Nadezhda Semenov, almost tripping over his burdens in his haste.

It's a wonder he doesn't tug a forelock, the operator thought in disgust. So much for fucking socialist democracy.

'Up you, Ivan,' he said.

'That's him,' Maguire said.

31

Nadezhda Semenov had passed outside the camera's field of vision and the attendant now filled a good half of the screen as he scurried forward, airline bags draped from each shoulder and two plastic gift bags in each hand.

'That's him?'

Duckmanton could not keep the disappointment from his voice. After all the build-up, the tension. Now this!

'Yes. That's Yakov.'

How totally insignificant he looked, and Maguire remembered Yakov when he and Jonathon Landricho and Philip Quigley had last seen him in Santiago, in the cocktail bar of Hotel Carrera, posturing in his cover as a cultural attaché and flirting with two secretaries from the American Embassy. Landricho sat glowering at his outrageous impudence and said with quiet grimness: 'It'd better be a good fuck, because it's sure going to be his last.'

But Yakov was gone when the Chilean Air Force Intelligence death squad came to get him. The secretary who had won his favours became hysterical when they broke into her flat. Later, when she realised that they had cold-bloodedly used her as a honeytrap she was completely humiliated, and committed suicide. Greater events that same day overwhelmed their failure to kill Yakov. The victims were to be numbered in tens of thousands, reducing the fate of one American secretary to overwhelming insignificance. Maguire, Quigley and Landricho watched from the air-conditioned and elegant luxury of an eighth-floor room in the Hotel Carrera as troops stormed across the Plaza de la Constitucion and assaulted La Moneda, the Presidential Palace where Salvador Allende and Chilean democracy already lay dead.

This time, Petr, Maguire thought. This time.

'He's so *ordinary*,' Duckmanton said, feeling cheated.

'We have to talk,' Maguire said and Duckmanton went without argument back into the office they had vacated only minutes earlier, just the two of them, with Long waiting outside.

Duckmanton said: 'Now it starts.'

'Play him,' Maguire said, knowing with certainty now that the intrusion at Tindal and Yakov's arrival were connected. It was not possible it could be a coincidence. He shivered, suddenly cold.

Duckmanton stood by the desk, staring at him, saying nothing as he too considered the full import of Yakov's arrival. He picked

32

up a chrome letter-opener and ran its smoothness through his fingers, revealing tension.

Maguire said: 'Our only hope is to let him lead us to the man we want.'

Duckmanton stopped fiddling with the paper-knife. A strange inertia seemed to have come over him. He was no longer savouring the sweet juices of victory; instead, he stood stiff and brittle as he considered the consequences of failure and the sourness worked into his face, pulling his mouth down at the corners in a scimitar of bitterness.

It would be so easy for Duckmanton to take Yakov now. He was out in the open, naked, without the cloak of diplomatic immunity, playing it beyond the limits of protection where there were no rules, except winning. All Duckmanton had to do was to give the order to his men who waited below. Yakov was a great prize, too great to risk. Under interrogation, he would tell them what they wanted to know. He would give them the name they wanted. Eventually.

'Interrogation takes time we don't have,' Maguire said, understanding Duckmanton's dilemma; the temptation to play it safe and grab Yakov was prickling him too.

'He's a professional. He'd fill us so full of disinformation and false trails we wouldn't know when he started telling us the truth. In the end, squeezing does more harm than good.'

Squeeze. The brain compressed, oozing information. Yes, squeeze was the word.

Duckmanton held the paper-knife tightly clenched in his small fist, like an assassin. His frail body trembled with frustration.

'If Yakov so much as suspects we're on to him – one slip! – and we'll lose him,' he said and stabbed the paper-knife into the desk blotter, a brutal stroke.

Maguire said: 'If you take Yakov, we'll never know who it is. First we get our man. Then Yakov.'

Duckmanton's glasses flashed. He went to the door and when he turned round his face was alive with the power of malice and it almost made him handsome and youthful, as if bile to him was an elixir.

'They made you St Peter. They gave you the gates to guard,' he said. He opened the door and smiled serenely, calmed now by the full measure of venom.'And look who you let in.'

Duckmanton stepped through and gently closed the door.

Yes, Maguire thought. They made me St Peter. And look who I let in.

Maguire went back to his office and used the secure telephone to contact the Australian Ambassador in Washington. The Ambassador went straight to the Prime Minister's hotel, not trusting a telephone. Fifteen minutes later, the Prime Minister entered the Australian Embassy at 1601 Massachusetts Avenue and was taken to the Communications Centre which was literally the geographic centre of the embassy, buried behind thick walls to prevent electronic surveillance. He was admitted under the observation of the Duty Officer. Not even the Prime Minister was permitted into the Communications Centre without surveillance. He rang Maguire on the scrambler.

Maguire told him about the events at Tindal and Yakov's arrival. They had developed the dead Russian's film, and it showed he was interested only in the installation – even though he had a perfect vantage point to photograph the entire base, an opportunity the Russians would normally jump at.

'What are you saying, Maguire?' The Prime Minister's voice was sombre and heavy with the forced quietude of a man who is fearful of the answer he is about to get.

Maguire said: 'I think the Russians know about the installation at Tindal.'

He did not use the codename, hoping to minimise the impact. For a moment, the line was silent. Then the Prime Minister said simply: 'No.'

It was almost as if he hoped the denial would be enough to defeat Maguire. It was so complete, Maguire felt there was nothing he could say. It was not something he could refute or argue with. It was as much a plea as a denunciation. Maguire waited; the silence was like a void into which he was about to be sucked.

'It's not possible. Surely,' the Prime Minister said.

'Yes, sir. It's possible.'

'How could they?' The Prime Minister's voice had a tremor. 'For God's sake, Maguire, how could they?'

'Someone told them, sir.'

'Someone told them!' The Prime Minister repeated the words, unable to believe them.

'A traitor!'

34

They were difficult words, hard to say. A physical pain. Yet Maguire said them.

'A traitor?' The Prime Minister's voice was hollow, echoing Maguire. It was a bad moment.

'Yes, sir. A traitor.'

Once again, the void of silence beckoned. Maguire felt the need to say more, but he knew instinctively that he would be condemned if he spoke now. He held the silence until it seemed to him the telephone was vibrating with it. And then he realised he was also holding his breath and the blood was pumping the oxygen into his brain, making him dizzy.

Finally, the Prime Minister said: 'Only eighteen people in Australia know about Tindal. Only my most trusted advisers and colleagues. I hand-picked them myself.'

Maguire waited.

'How do we know it isn't an American? They share the secret too.'

'We don't, sir. But Yakov came here. Not Washington.'

'I see.'

There was another pause. Then the Prime Minister said: 'Some of them are my oldest friends.'

There was a quality of tragedy in his words and Maguire was glad he was not in the same room. He saw his face in the window and was surprised at how drawn he looked.

The Prime Minister said: 'Maguire, I chose you to take charge of the Monday Committee security because the Americans wanted you and because it was absolutely vital to hold their confidence. I will not permit you to undermine that confidence now.'

Once more, Maguire waited in silence. He was surprised the Prime Minister had used the codename, even on a secure line.

'Act on your assumptions. But until you find a traitor, they are to remain assumptions and no more. Tell the Americans. But apart from them, you must not take it outside the Monday Committee intelligence network. You are to report to me and no one else. Is that clear?'

'Yes, Prime Minister.'

'Tindal is the most important, the most sensitive agreement our nation has ever signed. If it leaked out, it would destroy my government. It would destroy the American Alliance and our future security. It could even, conceivably, destroy the President. Do you understand?'

35

'Yes, Prime Minister.'

'Tindal must be protected,' the Prime Minister said. 'At any cost.'

Oh yes, Maguire thought. Where have I heard those words before? But he was relieved. It was what had to be said. Now he could do what had to be done.

'Yes, sir,' he said coldly.

'Maguire.'

'Prime Minister.'

He could hear the Prime Minister's breathing, slow and heavy. He realised how hard the man had fought to regain his self-control.

'God help us if you're right, Maguire,' the Prime Minister said. 'And God help you if you're wrong.'

Nadezhda Semenov was twenty-six and on her first trip outside the Soviet Union. She swept around her hotel room, excited by the opulence, walking barefooted in the rich pile carpet, so thick and soft she was tempted to roll in it. She sank on to the huge double bed and drew back the beautifully embroidered cover and immersed herself in the pillows beneath. It gave her a delicious feeling of sensuality that was broken by the apologetic and stumbling entry of the oaf from the wardrobe department who had been assigned, at the last moment, as her valet. She could not remember his name. He was sweating from carrying her luggage and stank of cheap cologne. His department store clothes seemed an affront amid the soft hues of the suite; he seemed coarse and abrasive against the deep upholstery, and drab and demeaning in the muted light that came from the cunningly placed lamps.

He seemed so utterly Russian, so hideously *foreign*!

'Leave it,' she snapped. He took away her good humour. 'Go.'

The attendant left. He walked down to the end of the corridor and took the elevator down one floor. He stepped out and walked around to the fire door, opened it and took the stairs down one more floor. The fire door could not be opened from the stairwell, so he knocked softly. It was opened by a man who had been waiting for him. Wordlessly, they walked down the corridor to room 4006 on the fortieth floor of the Hilton International. They knocked. The door opened. The attendant stepped inside.

One man was waiting for him. He came to his feet. The attendant took off the cap that seemed a badge of his servility and with it went the stoop which had made him seem older.

A smile flickered across his face.

'Thank you comrade,' Colonel Petr Prokovevich Yakov said. 'You may sit.'

The newsroom was gathering momentum towards its busiest time when Mackinnon came in at 4.00p.m. The deadlines would soon be closing in and there was a sense of tension among the reporters and sub-editors.

Mackinnon sat down at his desk and took out his notes. It took him only fifteen minutes to type the thousand words he had written on the ferry rides. He punched the commands for a print-out and closed the file. From that moment, the story could be read on any one of the hundred-odd VDUs situated throughout the newspaper; all that was needed was Mackinnon's file number, and this was known to most of the sub-editors. There was also a master list on Greenway's desk. There was no security.

Mackinnon tore off all three copies of the print-out and walked over to the dispensing machine and put in sixty cents and caught the sour smell of cheap coffee as it came out black. He took the paper cup, sipped and grimaced because it was truly terrible, always worse than he remembered. He went back to his desk and sat down, waiting.

Carter was the first to come out of the afternoon editorial conference. He saw Mackinnon and came over with the edited proofs of the main editorial. He was of Napoleonic build, short and tough although these days a sedentary desk job had put on a layer of fat; there was velocity in Carter, a thrust which never seemed to lack purpose or direction, and at times he seemed to bounce with it.

'Macka the Magnificent,' he said and took Mackinnon's coffee and drank what was left.

He pulled a face. 'Je-sus, how do you drink that stuff?'

'With considerable regret,' Mackinnon said. 'How's my back?'

'I'm surprised you can't feel the knives going in.'

'It's all scar tissue already,' Mackinnon said.

Carter said: 'Macka, Greenway wants you so badly, he gets so uptight in his guts about you, he starts to jerk, like he had a jackhammer thrust up his arse.'

'Maybe he'll self-destruct.'

'No,' Carter sighed. 'It's too late. He's already mutated.'

He leaned over and ruffled Mackinnon's hair affectionately and said: 'Old son, I just hope it's good. That's all.'

'It's good.'

'Yeah,' Carter said, a mixture of exasperation and admiration. 'It'd better be.'

A poster on the wall behind Greenway's desk proclaimed: GET IT RIGHT. Someone had pencilled in: UP. Another hand had added below: ASK MANAGEMENT FIRST, no doubt perceiving that the freedom of the press existed, but only within the ambitions of those who monopolised it.

Mackinnon knocked on the open door and stepped into the Editor's office. The Editor, Callowood, was a small man in his middle fifties and he sat facing the door, his knees jammed against his desk, which was overflowing with newspapers and print-outs and files. Greenway sat against the wall, his face pinched and riven with irritability; he suffered cruelly from migraines, and the exhaustion of his long day and his fury at Mackinnon were threatening a new attack.

The Weasel, Carter called him, and the likeness was undeniable. Except for Greenway's eyes, which were surprisingly big and luminous and expressive. His eyes made him human and Greenway, when the mood was on him, could use them so disarmingly to signify hurt or sorrow or pleasure. Usually, however, they were narrow with suspicion for Greenway, knowing himself too well, trusted no one. Now they were red and puffed, as if he had been crying. He worried too much and rubbed them too often.

'Aaah! Mackinnon!' Callowood said and rocked back in his chair.

'Nice of you to come in.' Greenway's face and voice were sour with sarcasm. 'Now that the work's done.'

'You're welcome,' Mackinnon said and picked up the page one layout dummy. The headline was a double banner:

PM Backs Star Wars.
New Treaty Guarantees US Aid.

'It's wrong,' Mackinnon said.

Callowood rocked slowly forward in his chair, gauging Mackinnon. He was a prudent man. But Greenway displayed no such hesitation. The pressures on him were unrelenting and it infuriated him to have Mackinnon waltz in at the end of a long and difficult day and put down all that he had laboured to bring together.

'Sure it is,' he sneered. 'The PM rang and told you. Personally!'

'Not the PM,' Mackinnon said with exaggerated calm, directing his words past Greenway to the Editor, seeking to avoid confrontation. 'Dove.'

Callowood sat slowly upright.

'Dove! Your mole in Canberra says it's wrong?'

'Yes.'

'Dove,' Greenway sneered. 'The poor man's Deep Throat.'

Mackinnon said quietly: 'He's never been wrong before.'

'I know,' Callowood said, worried now. 'But do you know who the Star Wars leak is?'

'The Prime Minister.'

'No. Not the Prime Minister *himself*. But so close, it could almost be.'

Greenway said: 'The biggest story since Christ knows when. And he says it's wrong.'

Mackinnon said: 'Star Wars is a put-on. We're being manipulated. That's why the leak is so steady. That's why everyone's got it.'

Callowood watched him carefully, his attention caught by Mackinnon's stillness, finding credit in his refusal to respond to Greenway's withering scorn. He was aware of the antipathy between the two men but there was a ravening quality about Greenway's responses to Mackinnon which shocked him.

Mackinnon handed Callowood the top copy of his story. He said: 'Instead of Star Wars, he's giving the Americans a lease to build a naval base in Western Australia. It's going to be the home for a new Indian Ocean fleet, bigger even then Subic Bay in the Philippines. The biggest they have outside the States. And they'll share it with the Australian Navy.'

After a deliberate hesitation, he handed Greenway the second copy. He had backgrounded the story thoroughly. Most of America's trade and all of the trade of Japan, China, India and Australia

40

went across the Indian Ocean. Most of the world's oil, iron ore, coal and grain exports crossed it. Whoever controlled the Indian Ocean had a choke-hold on the Western democracies and the Third World, and since the late 1970s the ocean had increasingly come under Soviet domination. The Russians outnumbered the Americans in the Indian Ocean three to one in surface ships, two to one in aircraft carriers and four to one in submarines. They had five times the throw-weight in tactical and strategic nuclear weapons. The Indian Ocean had become a Soviet lake.

Congress had been unwilling to vote the funds to match the Russian build-up. The Americans were relying on B-52 patrols out of Guam and Tindal to keep track of the Russians. The Seventh Fleet made periodic forays into the Indian Ocean to show the flag. But with the fall of President Marcos in 1986 and with the Philippines under threat of communist insurrection, Subic Bay could no longer be considered a secure base into the 1990s. The Americans needed a new strategic base and Australia, floating at the confluence of the Pacific and Indian Oceans like a huge, unsinkable aircraft carrier, had always been the Navy Chiefs' first choice. A powerful navy based on Australia would control both the Indian and Pacific Oceans. And world trade.

And it would guarantee the security of three bases vital to the United States' capacity to fight a nuclear war. Pine Gap at Alice Springs in central Australia was a CIA communications base which monitored a Rhyolite satellite in geosynchronous orbit 23,000 miles above the equator and midway between Australia and the USSR. The satellite carried microwave antennae capable of intercepting Soviet communications, including orders to launch ICBMs. Nurrungar ground station further south at the old Woomera rocket range monitored a satellite which carried infra-red sensors which would pick up the exhaust fumes of ICBMs at launch and target the destruction of both the missile and its pad. The North-West Cape communications base in Western Australia was the key installation in controlling the US's nuclear submarine fleet. It would transmit any order to fire the Trident and Polaris missiles.

Mackinnon said: 'The Americans wanted a thirty-year lease but he gave them twenty-five, renewable every fifteen after that. The public will be so glad he hasn't sold out for Star Wars, they'll accept it without a whimper. He's deliberately manipulating the Star Wars spectre.'

41

Callowood lifted his eyes, frowning. 'Dove's absolutely certain about this?'

'Yes.'

'For Chrissake Mackinnon, who is Dove?' Greenway suddenly snarled.

'I don't know.'

'Exactly!' Greenway span to face Callowood, a dramatic flourish. He threw Mackinnon's story on to the desk, a dismissive gesture.

The silence was sudden and complete, another flash of drama, and Greenway waited until he was sure Mackinnon had caught its full impact. Then he said: 'You're flying north tomorrow, Mackinnon. To do some real stories. That we can publish.'

He stepped away and was gone.

'Leave it with me,' Callowood said, the *coup de grâce*. He was, when he was not personally threatened, a kind man.

Mackinnon stopped at the door, unable to hold back his anger. He said: 'There was a time when we did this kind of thing well. We used to call them scoops."

Callowood merely nodded, holding Mackinnon's copy.

Mackinnon went to his desk and sat down. Across the room, Greenway was listening impatiently on a telephone. Finally, unable to stand it any longer, he said: 'For Chrissake, don't tell it to me. Sit down and write it.'

His high-pitched voice came across to Mackinnon over the soft mutterings of the VDUs and Greenway looked up and saw Mackinnon watching him and smiled one of his beautiful, illuminating smiles. Very gently, as if it was of great value, he replaced the phone in its cradle.

Oh yes, Mackinnon thought, it is indeed sweet to win.

He'd been too confident, too sure of himelf, too arrogant. Too contemptuous of Greenway, who did not deserve it.

The News Editor's secretary, Gerda, came over and gave him $500 in advance expenses and airline tickets. She was five years older than Mackinnon and had known him a long time and was his friend. She blew cigarette smoke over him.

'Your ego can handle it,' she said and walked away, buttocks twitching.

Carter was not around. Mackinnon got a new notebook and went down into the streets. It was a few minutes past 5.00p.m. and there was still a lot of heat in the air; it was the period of

42

daylight saving and the sun would be above the horizon for another three hours. He felt at a loss what to do. He could hear the laughter and the clink of glasses from the beer garden across the road and it made him feel alone. Carter would be in there and it would be good to have his companionship. He sighed, and turned away, knowing it was the last place he could go.

He walked nine blocks to Darlinghurst and on the way he passed seven hotels, the bars beckoning with cool, moist darkness. He went to a movie and was immediately restless, wanting to get up and leave. But he sat it out, and when it ended he came out into Oxford Street in the gathering dark. He walked four blocks to Paddington and bought some white grapes and a take-away beef vindaloo and some dahl.

He took them to his flat and put the grapes in the refrigerator and made himself a cup of green tea. He stripped and stood under the shower for fifteen minutes. He put on a pair of old football shorts and warmed the curry and the rice and the dahl in the microwave oven and sat in the gathering dark, eating slowly and drinking lime juice. The curry was very hot, but that's how he liked it. He cleaned up.

He put out the light and went to the window and sat in the dark, watching the night come down over the rooftops and the television antennae. He thought of Tom Collins and his room, wondering how he handled the loneliness. He thought of the cockatoo, wishing it would bring around its wild, insane laughter. He went to the kitchen and made himself some more tea and took it to the telephone, sipping it while he dialled.

Part of him hoped she would answer. Part of him dreaded it. But it had to be done.

His younger daughter, Kathleen, answered. She was eight and a half and very serious.

'Mummy's out,' she said, and Mackinnon was surprised that it still hurt, that the hollow sensation still came to his stomach.

'That's OK,' he said. 'Where's Pepper?'

'She's been in the bath for an hour and won't come out.'

And then there was scorn in her young voice and she said: 'He's new. Two weeks ago.'

'Kathleen, I don't want to know.'

'She found him at a dinner party.'

'Kathleen!'

'He's a jerk,' she said. It was one of her mother's favourite

43

expletives and there were tears gathering behind the young defiance. 'Now I'll shut up.'

'Sweetheart, it's none of my business now,' he said. 'You're my girls now, you and Pepper.'

'Well, I'm not too happy about Pepper,' Kathleen said and tried to laugh over it. Mackinnon felt the need to hold her in his arms and he thought, my beautiful, brave little girls.

'I'm going away for a few days, maybe longer,' he said. 'To the Northern Territory. Will you tell your mother?'

'Yes.'

'If you need to get in touch with me, ring the office, OK.'

'I know, Daddy. The same as always.'

Was it really so often?

'Is it an important story?'

'I guess so.'

'Of course it is,' she said with pride. 'With you, Daddy, all stories are important.'

He ate the grapes, which were juicy and deliciously cool and strangely unsatisfying.

He remembered Greenway's wounded eyes, wounding.

He waited. Time was the hardest thing in the world to kill.

Carter came at 10.20. He was a little drunk.

Mackinnon said: 'There's beer and wine in the fridge and whisky and gin and vodka. Whatever you want.'

'Scotch and water, no ice,' Carter said and stood there, reading the sign that read, REMEMBER B. J. REMORSE.

Mackinnon went to the kitchen, filled a jug with water and got a glass and brought them back in. He took a bottle of Teachers from a wall cabinet, broke the seal and handed the lot to Carter.

'Duty free. I keep it for visiting drunks.'

'Quite right, old son. Someone's got to look after us.'

'Thanks for coming,' Mackinnon said.

Carter sat down and poured his drink, more Scotch than water. He said: 'They took a bet each way and wrote your stuff into the splash as part of the Star Wars trade.'

He drank half the Scotch and sighed. 'It isn't like it used to be.'

It hurt, even though Mackinnon had been expecting it. He nodded glumly, too downhearted to feel anger.

Carter said: 'Well, at least they didn't can it altogether. They've phoned it to Webster in Washington and he'll put it to the Prime

Minister when he wakes up.' He looked at his watch. It was almost 7.00a.m. in Washington. 'About now,' he said. 'They want to harden it up for the final edition.'

'It's what I figured,' Mackinnon said.

'You didn't give them a lot of time to absorb the shock,' Carter said. 'Why'd you leave it so late, a pro like you?'

'To protect my contact.'

Mackinnon did not use Dove's cover name. He shared that only with the Editor and Greenway although it was general knowledge that he had a highly-placed contact in Canberra.

'The last time he gave me a leak, the men in trenchcoats knew about it an hour after I put it into the system.'

Carter poured himself a fresh drink and thought on this. 'Yeah,' he said and rolled the glass in his hands. He stared into his drink and the eyes he lifted to Mackinnon were startlingly young and guileless. It was always a shock to see such youthful eyes in a face long ago coarsened by age and hard living.

'It figures,' he said. 'But how do you know they knew?'

Dove had told him. Dove knew a lot about security and intelligence.

'I know,' Mackinnon said, unwilling to say more, even to his friend.

Carter watched him closely and nodded, accepting it. 'That fucking place leaks like a sieve,' he said. 'When we used hard copy, we had control. Now it's open season.'

He finished the drink and put down his glass.

'Have another,' Mackinnon said. He did not want to be alone again.

Carter shook his head and smiled wearily. 'It's not the same, Macka, me sitting here half tanked and you sober.'

'I'm a real pain in the arse,' Mackinnon said, trying to grin, and Carter looked at him, remembering all the times they had shared together. He shook his head wistfully and said with real sadness:

'No, old son. But you're too hard on yourself.' He pointed to the wall sign. 'You always were.'

Carter rang for a taxi. His last words before he left were: 'Macka, Greenway's in the club right now, getting pissed and praying you're gonna get mad enough to resign. Don't let him win two on the trot.'

It was why he had come, to milch out Mackinnon's resentment

and to warn him against precipitous reaction. He was a good man who cared about Mackinnon. His oldest friend.

When he was gone, Mackinnon felt his aloneness even more acutely and he sat there, staring at the freshly opened bottle of Teachers Highland Cream and he thought, Carter didn't say it outright, but he came to tell me I had only myself to blame. And he was right.

If Greenway was right and it was Star Wars, he would have to resign, after all the fuss he had made. He laughed, a hollow, dry laugh that was without mirth, but a laugh nonetheless. It was important, this self-mockery; it reminded him that he was not immortal.

Mackinnon dreamt, and the moonlight came in through the window and fell on his wife's face and she was truly beautiful after their love-making. Her lips were swollen and soft and her body languid and content and half asleep. Mackinnon reached over and touched her mouth and she stirred and put her hand on his crotch and massaged sleepily, by instinct as much as design, and when she felt the promise in him she became more awake and curled closer, opening her body, and in a voice, hoarse from the loving and the slumber, said 'Yum' and floated away into nothingness.

Mackinnon came awake, his arms reaching across the bed and holding only emptiness.

Wednesday

VIRGINIA

The thunderheads were rumbling and flashing fury as Mackinnon and Brown stepped out of the air-conditioned Boeing 737 into the sauna atmosphere of Darwin in the wet. The pilot had warned the passengers that the humidity was ninety-two per cent and the temperature thirty-nine degrees Celsius, but to almost all of them it had been meaningless, like telling them the temperature on the surface of the sun. Not even experience could prepare you for Darwin in the wet season. It did not matter how often you had flown in, it was still like getting slapped in the face with a steaming towel. The atmosphere wrapped its hot tendrils round your whole body, like a soggy boa constrictor with bad breath, squeezing strength and conviction to pulp, and already your crotch would be prickling and you would be scratching in places you hadn't scratched for years.

Mackinnon had experienced monsoons in a few places and stepping out into the water-logged air of Darwin was like stepping back into himself. The air was heavy with the stench of things rotting and rotten, the musk of the monsoon; the heat and the dampness brought decay to all fibre, moral as well as material. The homicide rate in Darwin was eight times the national average. Most of the victims were shot by jealous lovers. In the wet, guns, sex, infidelity – and the slippery humid heat – were dangerous ingredients.

It was a discontented place, violent as the sky above and the land beyond.

Mackinnon wriggled in the heat and grimaced and laughed, glad to be away and on the move again, with his shirt sticking against his belly and, up above, the sky shaking and growling.

All the way up to God's eyeballs, Mackinnon thought, feeling the thunder shiver around him.

'Jesus, it's thick enough to swim in,' Brown gasped.

But it would be his only complaint except to moan about his film stock congealing to glug. Brown was young and wiry and that most praiseworthy and dependable of human beings, a professional. He would endure many things to do his job as best he could, which was generally considered to be brilliantly.

Mackinnon and Brown had gravitated into a team although, beyond their work, they shared very little. In the field, they shared a communion which was not at all mystical but steeped in the very human qualities of understanding and respect and, above all, the confidence and pride which shared hardships and success – they were too resolute to accept failure – had gouged deep into their psyches, so that they would not let each other down.

'They're a cocky pair,' William Lloyd thought as he watched them saunter into the terminal. Lloyd had no trouble in picking them out. The portable typewriter and the camera bag caught his attention immediately and he watched them with interest: two hardcases moving with indolent insolence, as if they didn't give a damn about anything.

Mackinnon's story about the naval base had been the main item on the radio news all morning. Apparently, no one had been able to develop it further because the bulletin attributed the story to Mackinnon's newspaper and reported that neither the Prime Minister nor the President would comment about the naval base or Star Wars until their talks were finalised. In this vacuum of affirmation or denial, however, Mackinnon's story was seen as confirmation of a Star Wars trade-off and speculation had hardened into conviction. The only final uncertainty about the Prime Minister's statement, the news reader said, concerned not its content but its timing.

The Defence Minister's Assistant Private Secretary had telephoned from Canberra to warn about Mackinnon.

'Watch him,' the Assistant Private Secretary said. 'He's an arrogant bastard. But he knows what he's doing.'

Obviously, Lloyd thought wryly.

He stepped forward. 'Mr Mackinnon? Mr Brown?'

'Hullo,' Mackinnon said.

'I'm Bill Lloyd, defence department press liaison. I'm going south with you.'

They shook hands and Mackinnon asked: 'Any developments in Washington?'

'Not really,' Lloyd said. 'The Prime Minister's made his

address to the Press Club. He spoke about the Geneva summit and ANZUS and the need for a new bilateral treaty. But he made no announcements about Star Wars. Or a naval base.'

'Nothing,' Mackinnon said, and Lloyd was not certain whether he was disappointed or relieved.

'Nothing specific,' Lloyd said. 'But I thought you fellows had it all sewn up, anyway.'

'It's not as simple as that,' Mackinnon said and walked out of the terminal into the sunlight, where Lloyd had a Commonwealth limousine waiting.

Lloyd sat in the front seat, a fair man with a nose peeling from sunburn, revealing tender new pink skin against the freckled red of the old, accentuated by the dark glasses he had donned. He was thirty-one and wore a tailored safari suit. The hairs on his tanned arms were thick and bleached blonde; altogether, he seemed a useful sort of fellow, well put together and intelligent.

Lloyd took two sets of briefing papers from an attaché case and handed them to Mackinnon and Brown. The cover bore the legend: 'Strike Fast, Strike Hard'. It was the motto of the First Armoured Task Force whose formation Dove had revealed to Mackinnon a year ago. It was their first contact, the first of the leaks Dove had given him. The Task Force base was situated fifty kilometres south of Tindal RAAF base at Katherine, which was 340 kilometres south of Darwin.

Dove's second leak to Mackinnon had been the then secret decision to station permanently a B-52 squadron at Tindal. In retrospect, it all fitted neatly. The Task Force had been formed to assure the Americans of Tindal's security and as it had developed, so had the American presence at Tindal. Mackinnon and Brown were the first journalists to be allowed into the Task Force.

It was a five-minute drive around the airport apron to the light aircraft sector. The limousine pulled up outside a small terminal which bore the sign: Pioneer Airlines. Two mechanics were wheeling a twin-engined Cessna 310 out of an adjacent hangar.

Inside the terminal, a young woman wearing a snappy sky-blue skirt and shirt emblazoned with the Pioneer emblem brought them coffee and a smile. The walls were lined with maps of the Northern Territory, north-west Australia and northern Queensland. Lloyd beckoned over Mackinnon and Brown. Two

51

red circles were crayoned on to a map of the Territory, one centred on Tindal airfield and the other on the First Armoured Task Force base.

'Restricted air space,' Lloyd said. 'But the restrictions at Tindal aren't in effect all the time because the strip is also used by civilian traffic.'

'They are today,' a voice said and the three men turned to find a young woman standing behind them. She had shoulder-length blonde hair, high cheek bones and wide eyes which gave her face a slightly elfin cast. She wore a blue Pioneer Airlines shirt, blue slacks and elastic-sided boots, and the common-sense practicality of her clothes emphasised the workmanlike attitude of her stance. She was, perhaps, twenty-five and had a nice smile.

'Miss Wilson,' Lloyd said and stepped forward eagerly, hand out.

'Virginia,' she corrected and shook his hand. 'I'm your pilot.'

'Fantastic,' Brown said with frank admiration. He had a very easy-going attitude to women, many of whom had bared more than their egos for his camera, and they usually appreciated his candour. Virginia, however, ignored it.

'Hullo,' Mackinnon said.

Her hand was fine-boned and strong. Her eyes were grey and cool and dispassionate. There was, in her attitude, the indisputable knowledge of command. Despite its superficial pleasantness, her smile did not reach into her eyes and Mackinnon had the uncomfortable feeling that he had been examined and dismissed, and he did not like it.

'Maybe you'd like to sit up front,' she said to Brown, quick to notice his cameras. 'If you want to take photographs, just open the window.'

'Lovely,' Brown said.

'Not in the restricted zones,' Lloyd said, declaring his own authority. 'You'd better check with me first, just to make sure.'

'Of course,' Virginia said and went to the wall map. She was polite, efficient and crisp, displaying no hint of the reserve Mackinnon had sensed in her eyes.

'There's a Notam* for Tindal restricting civilian aircraft for a radius of thirty kilometres from noon to 1600 hours today.'

'What's on?' Mackinnon asked.

* Notice to airmen.

52

'They don't tell us that,' Virginia said and her manner forbade further questions. It irritated Mackinnon, but he did not press the matter.

'They don't tell us either,' Lloyd said, feeling a little sheepish. 'Exercises, I guess.'

Virginia took a ruler and felt-penned a line which dog-legged around the Tindal circle to the Task Force below. 'That's our course. We've got clearance for the Task Force strip, thanks to Mr Lloyd.'

'William,' he said, surprised to see that there was a faint smattering of freckles across her nose. It somehow made her seem less remote than he had imagined her. He had seen her several times from afar in Darwin and noted with envy that she seemed always to be with the same young man in a fixed company of friends, beyond his social reach. Her father, he knew, had been a cattleman from Arnhem Land, but she lived alone in Darwin.

'There's no toilet facilities on board, so I suggest you use the washroom before we leave,' she said. She walked off, cool and trim and purposeful.

'An angel,' Brown enthused in the washroom. 'And with pilot's wings to prove it.'

'And just as inaccessible,' Lloyd said ruefully.

Mackinnon said nothing, remembering the coolness of her eyes and his unexplained irritation.

At 8,000 feet, the monsoon clouds were frighteningly neat and Virginia manoeuvred the Cessna well clear of them. Some towered like ragged pillars and others hung in deep banks. It was possible to see into their outer limits where the clouds swirled loose and vaporous, not yet captured by the vortex wherein lightning forks shivered their jagged tongues. At times, it seemed they would lick the plane.

'Holy mackerel,' Brown shouted. 'Look at that!'

He pointed out over the sea towards Bathurst Island, where a cloud bank was amassing. It was so immense it sat on the earth with dark foreboding, obliterating the sky. It reached from 3,000 feet to 58,000 feet and stretched further than the eye could see, drawing in smaller clouds as if it commanded some malevolent magnetism, consuming their energy until it had power to make the earth tremble.

53

'God help anything that gets caught up in that,' Brown said.

'It builds every afternoon,' Virginia said. 'We call it Hector. And I don't think God'd be any help at all.'

She swung the Cessna on to its southwards course and trimmed it. The airspeed was 180 knots and both engines were running smoothly at 2,400 r.p.m. The Cessna was cruising economically and effortlessly.

After a while, the drone and the heat lulled Lloyd asleep. Mackinnon sat across from him, absorbed in his thoughts, and Virginia watched him for a few moments in the cabin mirror, catching him in repose and wondering at the aggression she had sensed in him, making her feel she needed to defend herself. She was accustomed to handling males who persisted with sexual attentions, who tried to be condescending or who were resentful of her ability and authority. Yet it was none of these that she sensed in Mackinnon. He was in his early thirties and there was on him the unmistakable leanness of a man who pushed himself hard. But the threat she perceived was not physical. Even now, as he sat with his eyes hooded against the sun, pinching at his bottom lip reflectively, she could feel a quality of hunger. He was, she thought, a man in pursuit of something, and she wondered what it was that he hunted so hard, suspecting that she really did not want to know.

Brown looked over and smiled. He had the smoothness of dark Celtic ancestry, black curly hair and a handsome face which alternated between intensity and openness, suggesting a mercurial temperament. But he smiled often, a fellow who liked a good time, and Virginia intuitively understood Brown was not a threat just as she instinctively felt Mackinnon was.

She watched Brown as he worked, fascinated by the conflicting moods which beset him. He showed infinite patience and delicacy in composing a picture, screwing up his face in concentration, pressing the trigger softly, as if a ruder gesture would shatter it all. And then his eye, as quick as an eagle's, would catch in its fleeting construction or decomposition one of nature's flares of artistic genius, a mutation of light and wind and cloud; a shape, a colour, a mood, there, now gone, and swiftly, almost brutally, he would sweep up his camera and open fire like a machine-gunner, *clack-clack-clack-clack*, hitting the motor drive, consuming film at a fantastic rate.

'Any chance of getting in closer?' he asked, pointing to the clouds.

54

'Not if you want to get it back to a darkroom.'

'You've convinced me,' he said and went back to his photographing.

She flew with an economy of movement and with sureness. She was relaxed yet thorough and fluent, all of which showed a lot of experience. There was about her an essence of physical smoothness, the easy flow of someone confident in her attractiveness, the way models are, from the flattery of the camera. She's got spunk, Brown thought, but you can see she's also got what you could call pzazz, whatever the hell pzazz is.

'How long you been flying?' he asked.

'Since I was eight,' she said and laughed at his shock. 'My father used to give me the controls when he got drunk flying home from Darwin. They didn't call him Wild Bill Wilson for nothing.'

'Didn't?' Mackinnon said from behind. She was surprised he had been listening.

'He's dead,' she said simply, missing the big man in the big hat who had fought a big country that was even tougher than he was, and bigger than his ambitions. He had died last year, in Darwin, yearning like a black for the land he had lost.

'You went to school down south,' Brown said. 'You can tell.'

'How?' she asked, pleased.

'Oh, the way you talk, the way you walk,' Brown laughed, making it a song. 'Little things mean a lot.'

He sang it again, and Virginia could not help laughing with him.

She said: 'I was sent to boarding school in Adelaide, finishing school in Melbourne and university in Sydney. I was very spoiled and I suppose I was very lucky.'

'And you came back?'

'Yes,' she said, looking out at the red country below. 'I came back.'

She had come back after the shattering failure of a love affair, returning to the land of bigness to heal her ego and her heart in the openness which denied the pettiness she left behind and which had the cleansing gift of giving you insignificance, so you could begin to see yourself again.

She had not meant to stay. But she healed faster than she expected. If you let it, life on a cattle station inflicted boredom like a hot compress, drawing out the hurt and cauterising the

55

wound with impatience. She started flying her father's plane, mustering scrub bulls, and discovered a skill and a love; somehow the land and her father and the flying took over her life, and she was happy. In the end, it was not the land which had defeated her father but depressed beef prices and banks demanding to foreclose on his debts, which were enough to bankrupt him.

Now she had a job with Pioneer Airlines and had logged 2,180 hours flying time, a lot of them on twin-engines and the 310. She had her Senior Commercial Licence, had qualified as a co-pilot on twin-jets and would qualify as a captain with another nine hours flying. She had a good relationship with an interesting and ambitious young man. She felt she was in control of her life and was quite satisfied.

Forever, she told herself. I've come home forever.

Watching her, Brown thought: no disrespect meant, Angel, but I'd like to lick you all over.

He sighed and because the conversation had reached a prudent lull, he too dozed.

Far away to their right, Virginia saw the tin roofs of Katherine and occasionally a window winked a flash at them. Tindal airfield hove into distant view, indistinct in the heat haze. The Distance Measuring Equipment was on channel 7 and showed she was exactly 24.2 nautical miles east and slightly north of the airfield, well clear of the restricted air space. Soon she would change her heading and turn the dog-leg to the Task Force base.

She felt the tremor before she caught the sound, a shiver which ran into the cabin from the starboard wing, as if something had shaken it, and as she swung her eyes to the engine she heard the cough. For a split second, the unchanging rhythm was broken and she saw a dark circle, the sign of the propeller slowing, and then the engine was droning evenly again, a sweet sound.

Virginia swung her eyes back to the instruments and this time the plane lurched; there was a double cough and she saw the propeller clearly. The engine surged full ahead and Virginia was quick enough to catch the violent fluctuations in the r.p.m. They dropped from 2,400 to 2,000 and then jumped to 2,100 and then plunged to 1,900 as the engine spluttered and almost stopped. The engine belched black smoke and its recovery was a sick cough-cough-cough until, with an angry-sounding bark, it surged again.

Virginia swept a hand down to the throttle quadrant and

pushed the starboard fuel mixture lever forward to full rich. The plane jolted and the engine coughed. Brown awoke as Mackinnon reached over and shook Lloyd.

'What!' Lloyd started as the Cessna bounced.

Mackinnon pointed to the starboard engine. 'Trouble,' he said and Brown and Lloyd jerked upright.

The starboard engine surged and choked and almost stopped. Virginia switched on the electrical fuel-boost pump to override any possibility of failure in the engine-driven pump. But the engine did not respond. The propellers jerked spasmodically and Virginia knew she had a problem which was not going to be solved in flight.

She hoped it was not what she suspected, because then it would only be a matter of minutes before the port engine began to cut out too. The three men stared at her silently, faces taut with tension, urgent questions unasked.

'Sit tight,' Virginia said and tried a smile. 'We've still got one donk left.'

They all stared at the port engine to make sure.

She cut power to the starboard engine. Then, to compensate for the loss of its power, she pushed forward all three levers for the port engine, increasing the r.p.m. to 2,700, full boost, and to full throttle and full rich fuel mixture.

The airspeed indicator read 150 knots and the altimeter was slowly falling. The windmilling starboard propellor was creating tremendous drag, so she locked it in and immediately felt the Cessna lift. The altimeter settled at 8,200 feet and the airspeed at 145 knots. Confident she could hold the altitude, she cut back the r.p.m. on the port engine to 2,400, nursing it.

The port engine droned evenly. Virginia strained to catch a tell-tale quaver. But there was none. If the engine held, the Cessna could easily make it to the Task Force base. And if it didn't . . .

She had to make a decision now. Soon, she would be committed past a point of no return. Tindal sat temptingly beyond her starboard wing. It was prohibited air space but much closer than the Task Force field. And at Tindal there were the facilities to repair the engine. With every second she delayed a decision, the safe haven of Tindal was slipping further abeam.

And then she put it together with stabbing clarity: if the problem was what she thought it was, the port engine wasn't worth a damn.

'I'm heading for Tindal,' Virginia said and began trimming the Cessna for a starboard turn.

'You're the boss,' Brown said with great relief. He turned and grinned at Mackinnon and Lloyd.

'You can't do that,' Lloyd said.

Virginia turned to find his face only inches away, taut with insistence.

'What!' She was astounded.

'Tindal's restricted air space. It's prohibited to civilian traffic. You can't land there.'

'For Chrissake,' Brown said, flabbergasted. 'Are you crazy?'

'In an emergency, there's no such thing as restricted air space,' Virginia snapped and flicked on the mike button.

But before she could speak, Tindal came on the radio. 'This is Tindal RAAF Base. You are turning towards prohibited air space. Repeat, you are flying towards prohibited air space. Identify yourself, please. Change course and identify yourself. This is Tindal RAAF Base. Do you read? Do you read?'

'Tindal, this is Echo Juliet Bravo. Echo Juliet Bravo. My starboard engine has cut out. Repeat. I've lost my starboard engine.'

The airfield was swinging under the nose now, almost directly ahead. Lloyd grasped her shoulder.

'We're maintaining altitude. Get back on course.'

'Shut up, you arsehole,' Brown snapped and struck his hand down.

Mackinnon said calmly: 'Take it easy, both of you.'

The radio crackled: 'Echo Juliet Bravo. Tindal is closed to civilian traffic. Can you maintain altitude?'

'Give me that!' Lloyd reached for the mike and Brown knocked his hand down a second time. Mackinnon grabbed Lloyd by the shoulder.

'Cut it out,' he warned.

'Echo Juliet Bravo. Can you maintain altitude?'

'Negative, Tindal. We can't hold altitude. I want an emergency clearance. I'm coming straight in."

'That's a lie!' Lloyd's face was drained of blood.

'Echo Juliet Bravo. You are only twenty-five miles north of the Task Force airfield. Can you make it to there?'

'Tell them yes,' Lloyd snapped. 'That's an order.'

Virginia turned to him, her nostrils flared and her lips thinned with anger.

58

'Unless you've suddenly grown wings and a halo, I give the orders up here. Now sit down and shut up!'

'Do it,' Mackinnon said, and thrust him into his seat.

'Tindal. Tindal. I'm coming in. Over and out.'

Virginia slammed down the radio. 'You fuckwits,' she snarled.

Lloyd pressed forward to say something. The port engine coughed and faltered. All four of them saw the propeller.

'Shit,' Brown said and Lloyd sank wordlessly back into his seat.

Without hesitation, Virginia set the transponder to 7,700, the Mayday frequency. It sent out a signal which would be picked up by Tindal's radar.

'Argue with that, you morons.'

Immediately, the altimeter began its leisurely backward sweep. Airspeed dropped to 120 knots and the r.p.m. fluctuated violently around 1,900 with each engine surge and splutter. Virginia cut in the port electrical fuel-boost pump, but she knew it would have no effect. She gave it full throttle, r.p.m. and fuel mixture, hoping it would keep the engine firing.

Far ahead, the town of Katherine was slowly growing bigger, inching towards the lurching plane. All four craned forward, willing it to come on faster.

'What's the problem?' Mackinnon asked finally, because there seemed no longer to be any point in not asking.

'I think we've got condensation in the fuel.'

How ridiculous it sounded. The three men stared at her in disbelief.

'It happens,' Virginia said grimly.

The engine surged to full power and for a moment their hearts surged with it. Then it choked back and the Cessna bumped down, losing more altitude.

'Can we make it?' Brown asked the question they all wanted answered. He tried to sound nonchalant.

'Sure,' Virginia said, hoping she sounded more confident than she felt.

'Then that's settled,' Mackinnon said and for the first time Virginia felt gratitude towards the taciturn man behind her.

With taunting gradualness, the town of Katherine came closer and, beyond, Tindal airfield with its hangars and planes and helicopters parked on the runway aprons. Brown caught the shape of a plane which dwarfed the others. Its huge wings seemed to

59

droop with the weight of its engines. At first he thought it was a B-52 bomber and he brought up his camera and focused the 200mm telephoto lens which had the strength of six-power binoculars.

At that moment, a little more than thirteen nautical miles out and at 6,200 feet in altitude, the port engine coughed for the last time and stopped.

All four stared wordlessly at the propeller as it free-wheeled. The whistle and flap of the wind filled the cabin, accentuating the sense of vulnerability which came with the loss of engine sound, as if it had been the drone itself and not the propellers which had kept them airborne.

For all of them, it was a bad moment, when life seemed unbelievably precious and slipping out of reach.

'Oh shit,' Brown said softly.

The airspeed dropped back to ninety knots and the altimeter began to sweep faster. Virginia timed it as she shut down the port quadrant and secured the propeller. They were losing altitude at the rate of 800 feet a minute. She put the nose down slightly to increase airspeed so that she could control the loss of altitude and as the airspeed indicator slowly rose to 100 knots, the rate slowed to 700 feet a minute, the minimum she could hold without power.

The DME put them 12.4 nautical miles from Tindal. Altitude was now 5,100 feet. At that speed and rate of descent, the Cessna would put down short of the runway.

Somehow, she had to claw extra altitude out of the air.

'It's a Galaxy,' Brown said and hit the trigger button on his motor drive and kept it depressed, shooting four frames a second, *clack-clack-clack-clack*, beating down the wind sound.

'No photographs,' Lloyd shouted and lunged forward. He grappled Brown around the neck but Brown leaned forward, camera firing.

'Grab him, Macka,' he shouted, but it was unnecessary for Mackinnon had already crashed a blow on to Lloyd's elbow. The cry of pain came over the camera noise.

Mackinnon seized Lloyd's wrist and drove it backwards, so that Lloyd had to tumble out of his seat to prevent his arm being broken.

The Cessna plunged down, its delicate trim thrown out of balance.

'Stop it,' Virginia shouted as she fought to hold the plane straight.

'Let me up.' Lloyd arched his body and thrust with all his strength against Mackinnon.

'Not until you calm down,' Mackinnon said.

'Fuck you,' Lloyd screamed in anger and frustration and struck at Mackinnon's face which was beyond reach.

The plane rocked and slipped sideways, losing more altitude.

'You maniacs. Stop it,' Virginia shouted. But she was too involved trying to hold altitude to intervene.

'Sorry, Angel,' Brown said as he emptied the first reel.

The sudden break of camera noise ended Lloyd's attempts to throw off Mackinnon. He lay panting: 'I told you. No bloody photographs.'

'You promise to keep your hands to yourself and I'll let you up.'

But Lloyd shook his head, pale with humiliation and anger: 'You sonofabitch!'

Neither Lloyd nor Virginia saw Brown pass Mackinnon the roll of film he unloaded from the camera.

The DME read 4.42 nautical miles. The altimeter read 2,800 feet. Airspeed was still 100 knots. She had to keep airborne for another four minutes. Somehow!

Second by second, Virginia was losing her fight to win extra altitude or, at least, to minimize the loss rate. By her calculations, they would ditch half a mile short of the runway.

Brown opened fire again, strip-shooting everything on the tarmac and adjoining it: the Galaxy, tractor-trailers driving away with equipment unloaded from the plane, guard jeeps speeding along the runway, and two huge trucks which looked like super-sized petrol tankers driving slowly from the plane towards a series of bunker-like buildings which huddled in a shallow depression on the outskirts of the airfield.

'You fucking arseholes,' Lloyd said when he heard the camera barrage resume. But he made no attempt to struggle. 'Okay, let me up.'

Mackinnon drew back warily, hands up and out, ready to strike. But Lloyd ignored him, climbed into his seat and strapped himself in.

'Fire away,' he said bitterly. 'I'm confiscating the bloody lot as soon as we get down.'

'Like hell you will,' Brown said and emptied the camera. With hardly a break, he swept up the 135mm and opened fire.

'Shut up, all of you,' Virginia snapped, relieved that the struggle had finally ended.

The DME gave them 3.16 nautical miles to go. But there was only 1,000 feet of air beneath them. Virginia began searching out the country below, knowing that from the air it looked deceptively flat when in fact it was infested with rock-hard anthills.

'We're not going to make it,' she said.

She had to tell them, to prepare them, and in that moment she felt not fear but a great sense of inadequacy, as if she had failed them. They stared at her, faces drawn, saying nothing, strangely quiet.

'Tighten your seat belts. Cushion your heads. Lean forward. Stow anything loose beneath the seats.'

She pointed to Brown's cameras. Hastily, he began thrusting them under his seat.

'I'm going to put it down,' Virginia said. She turned to Mackinnon and pointed to the rear locker. 'There's blankets and pillows in there for padding. You've still got time to get them.'

'Right,' Mackinnon said. He unbuckled his seat belt and stepped carefully back, not wanting to upset the trim. But he did not make it. The plane lurched, throwing him sideways. It lurched again. Upwards. And then Virginia felt the plane lift in the grasp of an updraft of hot air which came swirling out from across the airstrip and her heart seemed to jump into her throat.

Hold us. Dear God, hold us and don't let go.

'A thermal,' she yelled. 'We've caught a thermal.'

And she thanked the raw land below which had sent this hot wind to save them.

'Stay with us,' Brown pleaded. 'Oh baby, stay with us.'

The Cessna had stopped lifting but its rate of descent had slowed dramatically.

'Don't move,' Virginia ordered. 'For God's sake, don't anyone move.'

The airfield was growing bigger ahead of them. They locked their eyes on the beginning of the runway, which still seemed so far away, beyond reach. But, slowly, it was coming closer.

'Hold your breath,' Virginia said and watched the runway coming up, faster now as they got closer and at thirty feet and about ten seconds before she estimated touchdown, she shot

62

down the undercarriage, leaving it to the last possible second to reduce drag. The Cessna lurched and lifted and fell again and then the white marker lines of the airstrip disappeared beneath.

'Now,' she said, and slammed the Cessna down.

It bounced three times and then settled smoothly. She did not attempt to brake it. Suddenly, she was hurting all over, as if she had been beaten with a cudgel; she felt bruised and stiff and the tension clawed at her heart and her belly and all the way into her groin and her legs. She was vaguely aware that Brown was cheering and clapping her on the back. A tight band seemed to be squeezing her brain and all she could hear was the hiss of the tyres on the tarmac, and then she couldn't, because her ears were filled with the screech of on-rushing sirens.

'Echo Juliet Bravo. Stop and park on the side of the runway. Do not leave your plane. Do not leave your plane until instructed to do so.'

'To hell with you,' Virginia said.

She switched off the radio and let the Cessna run itself out, ignoring the officer who stood in a jeep speeding alongside siren screaming, waving at her to park. The jeeps slowed with the plane and someone must have realised how ridiculous they were, crawling along with urgent sirens shrieking for they suddenly cut them off, and once more Virginia heard the whisper of the tyres, the beautiful sound of rubber on concrete, before they finally came to a rest.

In the silence, all three men sought for words to express their gratitude. Brown leaned forward and tapped her shoulder. She looked at him with leaden eyes, feeling drained.

'You were absolutely fantastic, Angel,' he said. 'Absolutely bloody fantastic.'

'Thank you,' Virginia said, surprised at the formality in her voice.

'He's right,' Lloyd said. 'That was one hell of a landing.'

Her eyes turned to Mackinnon and he nodded slowly and for the first time she saw him smile.

'You sure know how to terrify a fellow,' he said.

And in the great relief of finding themselves alive, they forgot the animosities which for several minutes during the crisis had driven away their fears, and laughed, real laughter with a touch of hysteria in it; they laughed together, as they would have died.

*

63

A captain and soldiers carrying M-16 automatic rifles walked to the Cessna. They wore slouch hats, the insignia of the airfield defence regiment.

'Will you please step out one at a time,' the officer called.

Brown stepped out on the wing and jumped to the ground, brushing away the flies. 'I never thought I'd be glad to see a fly,' he grinned. 'But let me tell you fellas, the local variety are just beautiful.'

'I'll take the cameras, sir.' The captain held out his hand.

Brown shook his head. 'No, captain. They stay with me. All the way.'

'I'm sorry, sir,' the captain said and two soldiers pinioned Brown's arms. A third took the cameras, cracking Brown's knuckles with the barrel of his automatic rifle when he tried to hang on.

'Hey!' Brown shouted. But they pushed him face first against the fuselage and quickly blindfolded him with a field scarf.

'You're next, Mr Lloyd,' the captain said. He held out a field scarf, permitting Lloyd to tie his own blindfold.

'You know who we are?' Brown exclaimed. No one answered.

'I don't believe this,' Virginia said, watching the soldiers with Brown and Lloyd.

Mackinnon took from the side pocket a stack of plastic cups and split them in the middle. He punched a hole through the bottoms of the cups in the top half and inserted the roll of film. When he joined the two halves, they mated perfectly. He shook them but there was no rattle. He put the stack back in the side pocket.

Virginia stepped out on to the wing. 'Tell your men to keep their hands to themselves,' she flared.

'My apologies, Miss Wilson,' the captain said, with as much chivalry as he could muster in the circumstances. He handed her a field scarf. 'Please tie this over your eyes and stand facing the fuselage.'

Virginia looked down at Brown and Lloyd. They looked absolutely ridiculous. Mackinnon stepped out on to the wing behind her.

'This is totally absurd,' she said. The captain stood impassively, holding out the scarf.

'It'd make it easier on everyone,' the captain said, to ease the humiliation.

'Oh! Damn!' Virginia stepped down and tied the scarf around her eyes, inhaling the stale odour of human sweat and dust and gun oil and God knows what else.

'We don't want any trouble, sir,' the captain said, ready to give it at a second's notice.

'OK,' Mackinnon said. He stepped down and turned his face against the fuselage as the blindfold was tied.

'I sure hope someone's taking a photo of this,' Brown said.

'Mr Lloyd, you're to come with me,' the captain said.

Mackinnon heard the soft shuffle of rubber-soled boots on the concrete and then a jeep engine starting up. He turned round and felt the barrel of an M-16 jab into his gut. He grabbed it with both hands and brutally thrust it away.

'Lloyd, we want those cameras back,' he shouted.

'Oh shut up,' Virginia snarled, surprising him and the soldiers. 'Just shut up!'

Stevens and Grey sat in a jeep watching. Grey said sardonically: 'Maguire will be overjoyed.'

Stevens thought of the now empty chilling unit which was still parked outside his office. Ng had taken the bodies last night.

'You worked with Maguire in 'Nam,' Grey said.

Stevens nodded: 'You've got no idea just how overjoyed he can get.'

'That Viet pilot belong in there somewhere?'

'Phoenix.'*

The word needed no further explanation. It was enough, by itself. Grey spat into the dust, not wanting to know more.

'It was a long time ago,' he said.

'Yeah,' Stevens said. Until last night, he had been able to convince himself it was all a long time ago. And then Ng had arrived with his executioner's smile and reminded him just how close it would always be.

---

* Operation Phoenix was the codename for a ruthless CIA terror campaign to liquidate suspected Viet Cong sympathisers in South Vietnam. It is estimated 25,000 men, women and children – many of them innocent – were killed by the execution squads, which more often than not acted on the untested word of informers, who were frequently motivated by jealousy, spite, monetary gain and revenge.

Philip Quigley was waiting for Maguire in the VIP lounge maintained by the Department of Civil Aviation at Canberra airport. The door was unmarked; the lounge was generally reserved for Cabinet Ministers and Department Heads and had to be booked in advance. The room was small, furnished with several comfortable lounge chairs. The lighting was indirect and subdued. There were no windows and one wall was taken up entirely by ceiling-to-floor curtains. Quigley's plane from Melbourne had landed ten minutes earlier than Maguire's flight from Sydney and he was reading a newspaper when Maguire came in.

'I hope you don't mind,' Quigley said, encompassing the room with a languid wave. 'It's got all the charm of the bureaucratic womb. Or should I say tomb. But we've got it completely to ourselves for as long as we need.'

Quigley rose easily out of his chair. He was taller than Maguire and sleekly tanned. He was Deputy Director of the Australian Secret Intelligence Service (ASIS), the country's external spy service.

'It's been a long time, Matthew.'

'Hullo, Philip,' Maguire shook his hand. 'I asked after you when they transferred me back from Washington but you were at a joint-intelligence conference in Jakarta.'

Quigley sighed: 'Ironic, isn't it? We both started out spying on the Indons. Now I sit down with them and trade intelligence over a banquet table.'

'It certainly sounds a lot more comfortable than sitting up all night, waiting to shoot the bastards.'

Quigley winced. Over the years, he had come to like the Indonesians and did not wish to be reminded of more murderous times. He said: 'Well, there are certainly no more SAS jungle junkets, thank heavens. Looking back, I don't know how we got away with it for so long.'

'No one knew we existed. That's why. In those days, Philip, we knew how to fight an undeclared war. And we had politicians we could trust to protect the interests of the men they sent out to do the dirty work. We were, in truth, the secret services.'

There was a harshness about Maguire's words which suggested bitterness. Maguire's contempt for politicians was well known. Few intelligence officers were prepared to put much faith in their political masters; expediency came too easily to them, and they were generally a worthless lot. Maguire, however, despised them. Quigley had read the assessments; Maguire, rightly or wrongly, considered he had been betrayed by political compromise once too often, and he was an unbending and unforgiving man.

'Aaah. But no more, eh, Matthew.'

'Not since Vietnam,' Maguire said and locked the door. 'How's the D-G?'

'Oh, in fine mettle.'

'Why'd he send you Philip?'

'He's going to retire. Sooner than anyone expects.'

'And you're the heir apparent.'

'He hasn't said as much, but I think so.'

Maguire smiled, liking Quigley's candour. They had been young agents together in the same Special Political Action team sent against the Indonesians during the period known as Confrontation. They had never been friends, but had a strong mutual regard for each other's abilities – Maguire the Irish-Australian Catholic, a coalminer's son who made it through the selection teams on sheer scholastic brilliance and brutal determination; and Quigley, who was bred for the job, the Anglo-Saxon Anglican son of a diplomat, educated at Geelong Grammar and Melbourne University. If ability and dedication were the only measures, then it was possible – indeed, probable, because Maguire was the better agent – their positions would have been reversed, and both of them knew it. But pedigree still carried immense influence within the Department of Foreign Affairs, and Quigley had also shown himself an adroit manipulator of intra-service politics.

'Otherwise I wouldn't be here, would I?' Quigley said and Maguire noted his Melbourne Club tie and thought, perhaps they are born to rule, after all.

67

Quigley took from his attaché case a green folder and passed it across. 'Yakov's dossier.'

Maguire opened the folder. It contained only two pages.

'It's everything that's known about him by Western intelligence agencies.'

Maguire smiled: 'If we'd had a bit more luck in Santiago, it'd be even briefer.'

Quigley said: 'Why do you want to see the Moscow traffic?'

Maguire said quietly, wanting to be firm without offending: 'I have the authority, Philip. I don't have to answer that.'

'Matthew, the Director-General assures me that whatever it is you are doing up there in Sydney, you have overriding authority. Otherwise, we would not be accommodating you. But you know better than anyone else that if anything happens to Yakov, it will be our men out in the field who will suffer the reprisals.'

Maguire stiffened: 'That's not fair, Philip. You know that it will not be me who decides what happens to Yakov. It's my job to limit the damage and to pick up the scraps.'

'Exactly, Matthew. And it's our job to handle the Moscow end. So the D-G and I both want to know why you want to read the Moscow traffic.'

Quigley was careful to keep his voice low-pitched, knowing how stubborn Maguire would become if antagonised. Santiago was the last time they had worked together. He had been recalled to concentrate on Indonesia and the Philippines and Maguire had gone on to make a career of working with the Americans, first in Phnom Penh and then in Saigon and, finally, when it all went wrong, as Liaison Officer in Washington. If Maguire had a fault, it was that he placed excessive reliance on himself and had thus learned to place strong faith in his own motivations, judgements and actions. It was not entirely his fault; his background had isolated him to a certain degree within the Service; he had had to strive harder and the psychological reports done on him after Vietnam showed that he had been harbouring, perhaps unconsciously, a strong sense of resentment for a long time. The D-G had shown him all the Vietnam files on Maguire and told him: 'Be careful.'

Maguire stood up and walked to the curtains and pulled them apart. They revealed a bare wall. He shrugged and sat down again.

'I was hoping there'd be a window.'

'Why didn't you send Peter Long? He's a very able fellow.

68

Why are you doing the footwork yourself, Matthew? And why is it the Moscow end you're interested in?'

For a while, Maguire stared at the carpet, his hands clenched between his knees, like a man in quiet prayer. His neck was thick and strong and his hair was thick and black. 'The man from the coalpits,' the D-G had said, but it was with admiration. It was the D-G who had saved Maguire's career after Vietnam. Finally, Maguire lifted his heavy head.

'Philip, if you were sneaking into Moscow as an illegal, how many people would know you were coming?'

'The residenz, that's all.'

'No one else?'

'Of course not. Later, perhaps, when I'd tested the cover, found out how secure it was. But at first onslaught, getting off a plane, going in cold – never anyone other than the residenz.'

'What's your opinion of Yakov's cover?'

'Not good, even though he's buried among a lot of people. The cover itself is only visa deep, and that's shallow. If I was Yakov, I certainly wouldn't rely on us not picking him up, even though we almost didn't.'

'Would you risk one of your top agents under such a cover?'

'Definitely not. Apart from being risky on entry, it's got very limited operational opportunities once you're inside. Unless they're going to substitute someone to take over the legend, and turn Yakov loose. But they haven't done that.'

Maguire said: 'Then why has Yakov let them do it? And why are they doing it to him?'

Quigley leant forward. His eyes were shining with excitement. He spoke so softly it was almost a hiss: 'Ask Yakov when Duckmanton grabs him.'

Maguire shook his head: 'That's the whole point. I need to know before Duckmanton takes him.'

Aaah! Quigley leaned back in his armchair. The D-G had been right about Maguire. He took from his pocket a single slip of paper. It was from a computer print-out.

'This is what you're looking for,' he said.

Maguire read it. It was an uncoded copy of a signal sent to the Moscow Embassy by the Department of Foreign Affairs Communications Centre on behalf of Quigley. It said: 'Strongly suspect falcon in the Bolshoi nest. Please check every bird.' It was sent on the sixth, five days before Yakov's arrival.

Maguire said: 'Who alerted you?'

'Duckmanton.'

Maguire nodded. 'Did Duckmanton tell you his source?'

'You know he didn't. It's not for us to know, is it? Not normally.'

Maguire watched him, saying nothing. Falcon! Yakov would like to know they had called him a falcon. One day he would tell him.

Quigley handed him a second print-out sheet. It was also from the computers in the Foreign Affairs Communications Centre, buried two floors below the underground car-park of the administration building in the Parliamentary Triangle. The message was dated the eighth. It read: 'Nest checked, twig by twig, and clean except for five home-team* jays previously advised. Please advise further.'

Quigley said: 'The visas had all been checked weeks earlier. But they were thorough and re-checked every one again. I gave Duckmanton the names of the tour heavies. But he wasn't interested. He said: "Philip, I'm hunting for a falcon. Not a flock of sparrows!" So I told him if that was his attitude, he'd better bloody well get over to Moscow himself. Or give us a name?'

'He didn't though, did he?'

'No.'

'Did you think he had a name to give?'

Quigley frowned and held up his hand. 'Take it easy, Matthew.'

'I'm sorry, Philip.'

Quigley laughed, but there was uneasiness in it. 'Duckmanton came back to us the next day, insisting on another check. This was about thirty-six hours before the Bolshoi were due to leave Moscow, so you can imagine what we told him. So he gave us a lead. "Give it to the New Yorkers," he said. Well, he didn't have to say much more, did he? The UN Secretariat's a gin palace for the KGB. And that's what we did.'

'And Duckmanton was right.'

'Yes. The substitution had been made with the original visa applications. It wasn't picked up because none of the people who normally do the checks had been with the UN.'

'Except one. How did she miss him the first time around?'

* The Second Chief Directorate, the KGB's internal security service and by far its biggest arm, which sends agents to watchdog the ballet troupe.

70

'She wasn't there the first time around, was she? She was at home, in bed with the flu.'

Yes, Maguire thought. Now it's beginning to make sense. On such unpredictable matters of chance are the fates of men decided.

Quigley passed across a third cable. It was dated the ninth, the day before the Bolshoi left Moscow. It read: Alexander Koltsov.

Quigley said: 'Koltsov was Yakov's cover name in the UN.'

'What did Duckmanton say?'

'Say is hardly the word. I'll never forget it. He clapped his hands like a – no, not a schoolboy – like a girl guide and he squealed, and I mean really squealed: "I've got the falcon." He was skipping around his office, clapping his hands and squealing it over and over. "I've got the falcon. I've got the falcon."'

Quigley pulled a face to show his disapproval.

'I don't think I've ever heard a grown man make quite the same sound.'

'He wasn't surprised it was Yakov?'

'On the contrary, I'm positive he would have been astounded if it wasn't Yakov.'

Maguire said: 'Who was she, Philip? The New Yorker?'

Quigley shook his head. Maguire said: 'Was it Bonnie Wright? I remember, she was an extraordinarily attractive girl. Almost too attractive for her own good.'

Quigley was silent. Maguire said: 'Everyone was after her, so perhaps Koltsov noticed too?'

'Matthew, whoever it was, we're talking to her. You'll have to wait. Something like that . . . Well, it will destroy her career.'

'But so far, whoever she is, she's not admitting to an . . . indiscretion.'

'That's right. And we've got nothing except . . .' Quigley shrugged, not willing to venture further.

'Except she knew Koltsov in New York. And Duckmanton . . .' Maguire held up his hands in eloquent query.

'Leave it alone, Matthew.'

Maguire said: 'Did it occur to you that if Duckmanton believed there was a top agent – a *falcon* – coming in, all he had to do was wait and pick him up this end?'

'Of course.'

'And that there was absolutely no need for Duckmanton to

71

involve you at all. Especially when there's a risk that Moscow's broken the codes and is reading all the traffic.'

Quigley said: 'Leave it to us, Matthew.'

'Is that what the D-G told you to pass on?'

'Yes.'

'Then he should know I can't do it. You see, Philip, the Director-General knows what I do up in Sydney.'

'He also said that's what you'd say.'

Maguire stood up and put the folder into his attaché case. 'Thank you, Philip. May I buy you a drink?'

'Yes. Most definitely. A dark rum and cola, if you please.'

'With lots of ice.'

'Spoil me.'

They both laughed, glad that they had got through without an argument. Maguire went to the door, unlocked it and went out and down to the Bistro Bar where he bought two underproof rums and cola in tall glasses with lots of ice and took them back.

'Here's to the D-G' Maguire raised his glass in a toast. 'And his successor.'

'I'll gladly drink to both,' Quigley laughed. 'You know, Matthew, I rather think the D-G's got a soft spot for you.'

Maguire flushed with pleasure, surprising Quigley. 'How long's he got?'

'It depends,' Quigley said and rubbed the cold drink against his cheeks. He shook the glass and the ice clinked musically.

'Did you know that the Director of ONA* is about to retire too? Next month, in fact.'

'No. Who's getting the job?'

'That's the point. It hasn't been settled. But the whisper is that the PM wants an intelligence insider.'

Maguire drank deeply, waiting.

Quigley said: 'Duckmanton is a candidate. Yakov can get him the job.'

Maguire slowly put down his glass.

Quigley said: 'Without a doubt, Yakov would clinch it for Duckmanton. The Americans, the British, the Germans will be falling over themselves to shake his hand. It'd be impossible – it'd be downright stupid – for the PM to ignore international kudos like that.'

* Office of National Assessment, the nation's most important intelligence oversight committee, which directly advises the Prime Minister.

Quigley laughed softly but there was no humour in it. 'It's ridiculous, isn't it? And to think how hard we once tried to kill him.'

He held up his glass and carefully measured the contents and then emptied it in one long swallow.

'Do you think it's a coincidence, Matthew? Or just fickle fate?' Quigley sat waiting, his face set in a crooked and sour smile. But Maguire did not answer.

Maguire read the dossier on Yakov on the flight back to Sydney. After his operations in Chile, Yakov had operated in the Lebanon with the PLO, with the Sandinistas in Nicaragua and the Cubans in Havanna. In November 1980, he turned up in Sofia, commuting regularly between the headquarters of the Bulgarian secret service, the Durzhavna Sigurnost, in General Gurko Street and an Executive Action Department training camp at Birimirtsi, north of the city. It was a KGB training centre for assassins and saboteurs, mostly Greeks, Turks and Palestinians, who could be deployed in their native countries without implicating Moscow.

At first, it was thought Yakov had been promoted to take over command at Birimirtsi. But at the end of April 1981, Yakov returned to Moscow and it was then accepted that he had been at Birimirtsi on a specific assignment. Much effort was put into trying to find out what this was, without success.

On 13 May 1981, a twenty-five-year-old Turk named Mehmet Ali Agca shot and wounded Pope John Paul II in St Peter's Square, Rome. The trail led to Birimirtsi. It was impossible to prove – for what agency would trust information extracted under torture – that the KGB had tried to assassinate the Holy Roman Pontiff because of his meddling in the affairs of his native Poland, which at the time seemed on the verge of revolt.

Yet CIA analysts had absolutely no doubt that if it was true, then Colonel Petr Prokovevich Yakov was the man the KGB had entrusted with the mission to kill the Pope.

At Tindal, they searched the Cessna and then turned it over to the engineers, who confirmed that the carburettors were full of water and set about draining them and the fuel tanks. They found one exposed roll of film apart from the film in the two cameras. They developed all three films. The first roll, shot with the 135mm lens, consisted entirely of photographs of the clouds.

The film still in the camera with the 135mm lens had four frames devoted to clouds. The rest were shots of the Galaxy and the ground detail. The thirty-six exposures in the camera with the 200mm lens were all on the plane and the ground detail.

Brown had obviously re-loaded at least once. Virginia, when they interrogated her, remembered this. Had she seen him re-load more than once? Was there a missing roll of film?

'I don't know,' Virginia said wearily. 'I was pretty well pre-occupied.'

They interrogated Lloyd, who had seen Brown re-load only once.

'But he was firing that bloody camera like a machine-gun,' Lloyd said. 'It's possible.'

They checked the rest of the film Brown was carrying. None of it had been exposed. There were no empty plastic cassettes to indicate missing rolls of film. They searched the Cessna again and then Mackinnon and Brown. Both said Brown had shot three rolls of film. They put Mackinnon and Brown in the squadron briefing room and gave them hot drinks.

Virginia asked: 'Look, I'm not with them, so I'd appreciate it if you put me somewhere else.'

They took her to the officer's mess where she spent a pleasant half hour being appreciated by some attractive young men. Then she was allowed to go to the hangars to check what was being done to the Cessna.

Mackinnon and Brown listened to the 3.00p.m. news. There was no change in Washington. The Prime Minister had retired for the night. He was to meet again with the President the next day. Unnamed spokesmen from the Defence Department were dis-crediting Mackinnon's story. But there was still no official denial from the Minister for Defence. In Moscow, the Premier was preparing to depart for Geneva and he reiterated the Soviet Union's trenchant opposition to Star Wars. There could be no major initi-atives in disarmament, he said, while the US persisted with a policy which would turn outer space into a nuclear battlefield. The Soviet Premier was clever at manipulating international opinion and was clearly winning the peace propaganda battle.

Lloyd rang the Assistant Private Secretary, who went to see the Minister and rang back. Lloyd went to see Mackinnon and Brown.

'It's off,' Lloyd said. 'I'm flying you back to Darwin.'

'You haven't got the authority,' Mackinnon snapped. 'You're just the messenger boy.'

'It's from the Minister,' Lloyd said with obvious satisfaction. 'There's to be no more security clearances for you, Mackinnon.'

'I want a phone,' Mackinnon demanded.

'Not on this base,' Lloyd said and was surprised when Mackinnon accepted it without argument.

Lloyd handed Brown his cameras. 'You're lucky to be getting them back.'

'Lucky, my arse,' Brown snapped. 'Where's the fucking film?'

'Confiscated.'

'Like hell it is.'

'You want to argue, you do it – with the Minister in Canberra.'

'Fuck the Minister,' Brown said.

The Galaxy was gone. On the way to the Cessna, Mackinnon asked: 'What was it all about? The guns? The blindfolds? What shit did they tell you to feed to me?'

And Lloyd told him, because they had instructed him to make sure Mackinnon got it straight. 'The Americans were unloading radar equipment, all new, top secret, classified stuff. They didn't want anyone taking photographs.'

'Radar gear! That's all?'

'That's all!' Lloyd exclaimed. 'If it'd been me making the decisions, you'd be in the slammer.'

They flew back to Darwin in silence. Virginia was anxious to emphasise her apartness from the two newspapermen and she sat Lloyd up front. When they landed, there was a ruby-coloured Porsche waiting by the hangar and standing by it, a good-looking and well-built man in his early thirties. It wasn't just the car; he had on him that unmistakable stamp of success, a man who had gone places and had a lot further to go. He waved to Virginia and she waved back, pleased to see him.

Mackinnon waited until Virginia, Lloyd and Brown got out before he reached for the stack of plastic cups. He pulled them apart. Nothing. Not even a cup with a hole in it. He tried four cups further down and breathed a sigh of relief. The roll of film was inside, stuck through the bottoms of two cups. He put it into his pocket.

The young man came over and kissed Virginia. He put his arm around her and they walked together.

Brown said disgustedly: 'A silvertail.'

'Let's go,' Mackinnon said, wondering why he shared Brown's dislike of a man he had not even met. 'We've got work to do.'

75

YAKOV – *Afternoon*

The temperature had just peaked at 38.2 degrees Celsius. The city waited irritably for it to drop, anxious for nightfall to ease the pain of the day. There was no breeze from the sea, no wind to push up the waves and surge them on to the beaches in a cooling thunder of foam and spray; today, the sea lapped placidly at the sand in fast little sighs, a sure sign that the city was suffering. It was intolerable that there was no wind. The people longed for it and the radio stations called the countdown on the temperature, the way a referee does on a downed boxer; they had watched it all the way up and they would call it down, babbling out the news like excited children.

Tonight, Yakov told himself as he looked down on the city from the fortieth floor of the Sydney Hilton. It has to be tonight. Even so, he was still unwilling to commit to a risk which could bring everything, and all of them, undone.

Far below and far away, ferries moved with liquid grace across Sydney Harbour, leaving snails' trails on the water, and small boats darted and flicked. There were, however, no sail boats or yachts. The lack of a wind had kept them ashore. Looking down on the opalesque blue of the water, so smooth and polished it seemed to have come fresh from a craftsman's grindstone, Yakov caught a wisp of the chemistry of the day.

Gouzenko's disappearance changed everything.

The Harbour was the heart of the city, coursing its serpent-tongue arteries out through the great and sprawling body; the hills rose abruptly from the water and although too many had been sacrificed to development, there was still enough scrub and parks and natural bushland to give some of the headlands and bays a sense of unchanging isolation. From Yakov's vantage point, they looked dark tucked against the green, shadows of mystery and coolness against the hard glimmer of the water, all the way out to the great

76

buffs that guarded the entrance. The Harbour was indeed magnificent and suggested the immensity of the sea from whence it came and of the land into which it reached. It had majesty, and even though Yakov stood in the artificial atmosphere of a hotel room, it communicated to him a wistfulness and he felt the stirrings of a memory, of a feeling, an emotion, a mood; it did not have a place or a time; it did not have colour or dimension, but somewhere in his life he had looked out and been held back; he had reached out and been denied; the window was a veil concealing this from him. The Harbour tantalised him, as if it knew the answer and was perhaps willing to give it to him, if only he went down to the water, far below and far away . . .

'It's a disaster,' Kudryavtsev despaired, wringing his hands and feeling the sweat bursting out all over his pudgy body.

It was now more than twenty-four hours since Gouzenko was to have reported by telephone from Darwin, where he would have driven with the film from Tindal. There had been no phone call. He had not caught any of the flights out of Darwin, nor had he returned the rented vehicle. They had checked Alice Springs airport, in case he had been forced to go south. He had not flown out of there. Or Adelaide.

It was inconceivable that Gouzenko could be free and go twenty-four hours without reporting. Already, Kudryavtsev had closed down every project Gouzenko had been working on. Except this one. Every rule, every instinct told him to shut down. But it was no longer his decision, even though it would be his responsibility to limit the damage.

'We must assume they know that we know about Tindal,' Kudryavtsev said, and hiccuped.

Still Yakov watched the Harbour, deep in thought.

'The witch-hunt will have started already,' Kudryavtsev said. His gut was sour with acid, full of hard balloons of air, giving him the added anxiety that he was going, at any second, to start farting uncontrollably.

'They will not have many people to check on.'

The operation had been Kudryavtsev's responsibility from the start. For weeks, he had been certain that he was treading a minefield and this had sawed at his nerves and his strength, denying him peace of mind, poisoning his food. He had hardly slept in the last week, ever since he had learned that Moscow Centre was sending out Yakov.

77

Why? Where had he failed? What was to be his punishment? The implications of Yakov were all terrifying to consider. And now Gouzenko had vanished, undoubtedly captured, dead – or defected.

God, why wouldn't the little bastard from Moscow Centre pay attention to him! But he didn't dare voice his rage aloud.

'We should abort until we are absolutely certain how much they know. We should wait to see what they do.'

The words came out as belches. Kudryavtsev felt the wind bunching and he knew he could hold it no longer.

'Excuse me,' he said, surrendering the argument and his dignity in his rush to the bathroom.

Yakov turned in time to catch a glimpse of the plump Georgian disappearing into the bathroom. His nerves were obviously in a bad way, and Yakov wondered how far he could take Kudryavtsev along the path that lay ahead.

Kudryavtsev was the most feared man among the *Sovietskaya Kolonia* in Australia. He was their watchdog and his authority in matters of security and espionage exceeded that of the Ambassador. His reports bypassed the Ambassador and went directly in codes reserved for Special Service 11 to Moscow Centre. Special Service 11 was the counter-intelligence branch of the First Chief Directorate. At Kudryavtsev's demand, the *Kolonia* spied on each other; Kudryavtsev's dissatisfaction meant instant recall to Russia, where living was not so easy; his fitness reports terrorised every Soviet adult in the embassy and its trade and consular offices. Those among them with a conscience and pride despised themselves for doing his bidding and, doing it, hated him even more.

The fact that Kudryavtsev did his job with impartiality, impervious to seduction, flattery and bribery in the sincere belief that he was protecting a system which gave them privileges and wealth beyond the hope of ordinary Soviet citizens did not in any way diminish their loathing, although it should have.

Yakov made two cups of black coffee from the courtesy tray. The toilet flushed and Kudryavtsev stepped out, his hair wet from the water he had splashed on his face.

'Brandy or Scotch?' Yakov asked, opening the refrigerator and indicating the miniatures inside. He took a brandy for himself and poured half of it into the coffee. Kudryavtsev looked at him gratefully.

'Thank you. I'll take the same.'

'Do you think Gouzenko defected?'

'No,' Kudryavtsev said. 'If he had defected, they would have struck at us before now. Before we could close everything down.'

Yakov nodded. It was his assessment too.

He said: 'If he's alive, he will talk. Eventually.' And he thought, we all talk. Eventually.

Kudryavtsev hoped Gouzenko was dead. That way, it would be easier for everyone, Gouzenko included.

'How much does he know?' Yakov asked.

'Only that he was to get the photographs. Nothing else.'

Yakov looked at Kudryavtsev over the rim of his cup. His eyes were still, so sharp Kudryavtsev flinched. Here it comes, he thought. The most important question of all.

'Does he know about me?' Yakov asked.

'No.'

Yakov nodded, accepting it. Kudryavtsev was glad to see his hands had stopped shaking.

Yakov filled a glass with ice and vodka. He decanted the chilled spirit into two glasses, using a plastic stirrer to hold back the ice. He passed a glass to Kudryavtsev.

They drank the cold vodka in one gulp and on an impulse, fortified by the alcohol and Yakov's unexpected solicitations, Kudryavtsev stepped to the bathroom and hurled his glass against the tiled wall. It shattered into the bath.

'For Gouzenko,' he snarled, surprising and pleasing himself. 'I'll tear their fucking throats out.'

'And their hearts, comrade,' Yakov said and handed Kudryavtsev his own glass and then the three empty miniature bottles. In quick succession, feeling better with each crash, the Georgian hurled them against the wall.

'I'd like to tear the whole room apart,' he said and sat down, panting.

'Tonight,' Yakov said. 'He has to be activated tonight.'

Kudryavtsev caught his breath and stared at Yakov with admiration. He had counselled retreat, and Yakov had decided instead on lightning assault; he had advised caution and Yakov had reacted with daring. Kudryavtsev thought, it is what I should have expected. He was, after all, Yakov.

Kudryavtsev nodded, relieved that it was not his decision. At least, one uncertainty had been resolved and they were committed. His fears had not been quelled but he could handle them now. It remained only to be done, and risk became accountable.

Yakov said: 'We cannot risk him being exposed by a fresh security check. We must get to him first.'

'They will be watching him already,' Kudryavtsev said. 'They will be watching them all.'

'Is he capable of spotting a tail?'

'He has been told how to watch for them. But he has not been trained. There is a big difference.'

A fatal difference. Their fate was in the hands of an amateur.

Kudryavtsev stood up and began making more coffee. He felt the silence that followed as he stood there with his back to Yakov, tearing open a sugar satchel and spilling some, deliberately avoiding Yakov's eyes.

He said: 'All my men are known to counter-intelligence.'

Kudryavtsev summoned his courage and stared as boldly as he could at Yakov. 'It will have to be you,' he said.

Yakov smiled. Moscow Centre had warned him that Kudryavtsev would be stubborn when it came to protecting the deepest secret which lay inside the vaults of the Referentura. These were the embassy strong-rooms and they were guarded day and night even though they were buried in the centre of the embassy, beyond assault. In the Referentura, it was forbidden to turn off the lights. The Referentura staff were virtual captives, as closely guarded as the secrets they themselves protected. All the embassy's secret documents were kept within the Referentura and were never allowed outside. Even the Ambassador had to crowd into a hot and stuffy sound-proofed room to read under the scrutiny of the Head Librarian. No one was permitted to make notes. Here, Kudryavtsev had his own safe in which he kept a coded reference to the illegals who had been infiltrated and the network of nationals who had been recruited by KGB officers. So sensitive were the identities of the 'sleepers' that all other material relating to them was removed from the Referentura and taken by diplomatic courier to Moscow Centre.

Yakov said: 'No. It will not be me. It will have to be Babushka.'

Kudryavtsev put down the electric kettle. It was a shock to hear the name. He had never spoken it to anyone. And now, to hear it said so casually, this name from within the code inside the safe inside the vault inside the embassy; a name buried so deeply in his discipline that it had become sanctified. To speak it was blasphemous and he felt violated.

Babushka was a secret within a secret and had to be protected. At all costs. He turned to face Yakov, prepared to fight.

'Babushka is the most important agent we have ever placed in Australia since the treachery of Petrov.* If Moscow told you her codename, surely they told you that too?'

Yakov nodded. He said nothing.

'Babushka cannot be jeopardised,' Kudryavtsev insisted.

'We have no choice,' Yakov said.

'That is not quite true,' Kudryavtsev said.

He glared at Yakov, who said softly: 'Kudryavtsev, before you start making any unfortunate insinuations, let me tell you now that it will not be me, whatever the circumstances. That is the direction of Moscow Centre. I have been given authority to use Babushka if necessary. And it is my decision that it has become necessary.'

Kudryavtsev regarded him with horror. This could not be so. Moscow would never permit them to endanger Babushka, to risk destroying a cover painstakingly created and lived for thirty-one years, a masterpiece of espionage. Babushka could not be so recklessly hazarded.

'No,' he said, stubbornly shaking his head. 'Babushka is too important. Babushka is more important than all of us.'

Yakov stood immobile, so still that there was not a flicker of emotion in his face, not a tremor of movement along his body, as if he had willed himself to turn to iron, like his will. The expression reverberated in Kudryavtsev's brain, *like his iron will*, and he remembered he was confronting the man Moscow Centre had sent to Sofia, and he knew it was hopeless.

'No,' he said to fill the awful silence and hold off the bitterness of defeat. *I'm sorry Babushka. But they sent the man they sent to Sofia!*

'You've got it wrong, comrade,' Yakov said quietly, with a politeness which pinioned Kudryavtsev, who had expected harshness. 'Babushka may be more important than all of us, as you say. But no one is more important than the mission.'

* Vladimir Mikhaelovich Petrov, Soviet Consul in Canberra and KGB residenz, who defected to ASIO with his wife, Evdokia, also an intelligence officer, in 1954, forcing the Russians to dismantle their espionage contacts and withdraw their agents.

Yakov turned to the window and looked down over the hot city to the Harbour beyond.

'No one!' he said, and this time it was almost a whisper. 'We never have been.'

This unexpected moment of reflection gave Kudryavtsev courage to ask the question which had kept him sleepless.

'Comrade Colonel, why were you sent?'

He held his breath as Yakov turned away from the window.

Yakov said: 'You can be assured, Major, that it is not a criticism of your handling of this operation. In fact, you have done very well.'

The relief was so immense that Kudryavtsev forgot his despair about Babushka. He flushed. To receive such praise, from a man such as Yakov!

Kudryavtsev said: 'Sending Gouzenko to Tindal was not my decision.'

The photographs were central to the whole operation but, even so, Kudryavtsev had warned Moscow that the risk of sending an agent in on the ground was too great. Moscow Centre had overruled him, and he wondered who among the powerful would bear the odium of that disaster.

'It was my decision,' Yakov said.

His frankness shocked Kudryavtsev. Emboldened, he asked: 'Comrade Colonel, if they had confidence in me, why would they jeopardise a man as important as you? It seems such an unnecessary risk.'

'Yes,' Yakov said. 'You are right. It is a risk.'

He turned back to the window and the Harbour, which he was now sure knew his secrets and which lay whispering them, far below and far away . . .

'But it is necessary,' Yakov said.

Babushka saw them in the last glimmer of daylight with the dust falling back to earth and the fainting rays of the sun refracting, gentler now that the day was relenting. With the going of the sun, the sapphire blue nothingness of the day dome began to acquire the substance of shadow and the earth seemed to shrink.

There were two of them and they took it in turns, overlapping each other as they trailed behind. Here, on the grass which ran down from the National Library to Lake Burley Griffin, there was open space, so they could hang well back. In the on-coming gloom, they were like phantoms who seemed to flit behind, an impression cast as they moved in and out of the gathering pools of darkness, sometimes swallowed by the shadows behind, at other times revealed by the sweep of car lights or the glimmer of a street lantern.

He stood watching the lake. It was quite dark now and he was silhouetted against the far-away street lights. She went past him and stopped a metre away, placing him between her and the lights, so that he would not be able to see her clearly. There was no movement on the water and it lay darkly burnished by the reflected lights.

'It's going to be a summer of terrible bushfires,' she said. He stiffened in the gloom. He had not been expecting a woman.

'You are being watched,' she said.

He could not stop himself looking to see how close they were.

'Be still,' she hissed. 'If they come close, I will warn you.'

'Maybe it's a routine check,' he said. 'They do it regularly.'

'No,' she said. 'It's not routine.'

'Oh.'

'They suspect we know about Tindal.'

'They know!' He was frightened again.

'They suspect.'

'How? Why?'

'It is better you don't know in case they interrogate you.'

'Oh God.'

'Have you got the film?' she asked, her voice low and insistent.

'Yes,' he said.

The fool! She bit down hard on her anger. Finally, she said, her words clipped with control, hard-edged: 'Every minute you hold on to the film increases the risk of discovery.'

'We've got a deal,' he said. 'You keep your end of it and I'll keep mine.'

'You're jeopardising everything.'

He said: 'Listen to me. I don't trust you. Do you understand that?'

She was surprised by the steadiness of his voice. She looked for the watchers and found them in the dead ground of darkness which fell down from the lights of Capitol Hill. They had their heads together, and were obviously discussing what to do.

He said, 'You'll get it when you give me the photographs of Tindal.'

'Friday night,' she said. 'I will contact you at the hospital.'

He jerked around to face her, shocked.

'How much do you know?' he whispered.

'Enough,' Babushka said. 'Enough to know that you have nothing to lose.'

She turned and walked away.

Nadezhda Semenov paused outside the door of suite 4006 to compose herself. The richness of the heavily carpeted corridor was a cruel deception for it led to an executioner's chamber, or so it seemed in that moment when all the excitement of her first two days in Sydney taunted her, an accusation. She had forgotten what you should never forget and which was easy to remember back in Moscow, for everywhere you were reminded of it. She had forgotten how grudgingly they gave and how easily they took away. She stood at the door and remembered this, and was afraid.

The door opened silently, startling her.

'Please come in,' Yakov said.

His unexpected politeness disarmed her. He was wearing the same clothes and there came from him the same cloying scent, but this was not the oaf who had stumbled with her luggage and fumbled her documents. It was not merely that she was seeing him through eyes which knew the reality; the change lay within. He had shed only his servility and clumsiness and yet he seemed taller, younger; there was in him a sense of vigour and command.

'Please,' he said again and Nadezhda realised she had not moved. She went through the door feeling awkward, all elbows and knees; her nervousness had gnawed at her confidence and destroyed the perfection of her balance, mentally and physically.

'Comrade Colonel . . .'

He waited, watching with those depthless eyes. She shivered.

'I wish . . . I feel I should apologise.'

He had not moved.

'I was not aware . . . I did not know who you were. How could I?'

'You would not have apologised to Khlebnikov, the valet.'

Khlebnikov! So that had been his name. No, she would not have apologised to Khlebniko the valet. She shook her head, feeling like a child.

He said: 'No one else must know who I am. Do you understand?'

84

'Yes, Comrade Colonel.'

'You are not in public to change your arrogant and ill-mannered treatment of Khlebnikov.' His face was expressionless.

'Yes, Comrade Colonel.' She could not meet his eyes. Her face was hot with blushes.

'And Khlebnikov will continue to be an unwashed, ignorant and humble oaf.'

Nadezhda caught a lightness in his words and looked up, startled to see him smiling, his eyes alive with laughter, and she blushed even more furiously. He had been toying with her and enjoying it.

'But in private, comrade, let us be friends,' he said. 'I have told you who I am because I have need of your services.'

Thursday

THE NEWSPAPER

Mackinnon's story and Brown's picture were over four columns on page one. It was headlined: 'Nervous Trigger Fingers At "Secret" B-52 Base', and recounted the emergency landing and the events at Tindal, making considerable play of the blindfolds and guns. It quoted Lloyd's explanation. The picture showed the Galaxy on the ground but it had suffered in the triple process of being blown up, 'grammed from Darwin and made into a block, and had lost some clarity in reproduction.

There was a strap across the top of the page, a 600-word colour piece from Geneva setting the scene and the situation for the superpower summit.

The Editor and Greenway had stuck with Star Wars as the main story. Greenway had got the Financial Editor to drum up a piece on the benefits Australian technology and scientists would reap through participation in Star Wars research and development. He had managed to work up a figure of several billion dollars, which always looked good in a headline. Greenway was an energetic and inventive News Editor. But any satisfaction he might have felt was short lived.

At 8.30a.m. in Sydney and 6.00p.m. in Washington, the President and the Prime Minister signed the Australian–United States Bilateral Defence Treaty before television and press cameras in the White House.

MACKINNON

The bitter lines of a sleepless night were etched deep into Greenway's pinched face. His eyes were streaked with red and sagged in deep pouches. His stomach was sour with acid; he was suffering, a man who was overworked and over-ambitious. Carter once said: 'He overworks his ambition, which is why he's over-bilious.'

'You were right and I was wrong,' Greenway said.

'No,' Mackinnon said. 'Dove was right and you were wrong.'

He was very angry and he was not sure he was going to try to control it. He leaned over Greenway's desk. 'If Dove had been wrong, I was going to resign. I don't suppose the same idea has occurred to you.'

Greenway went so pale the lines seemed to disappear from his face, accentuating his wounded eyes and giving him the grey-white deadness of a geisha face. He met Mackinnon's glare without blinking, and not for the first time Mackinnon became aware of Greenway's unrelenting commitment to his own survival, so strong it would endure any humiliation and countenance any treachery. He's got guts, Mackinnon thought. He's tough and cunning and intelligent and he's got courage in the way a cornered rat has courage, all of which makes him very, very dangerous.

'Of course not.' Mackinnon's voice was full of scorn. 'It takes scruples and a sense of morality to resign when you've fucked up.'

Greenway flinched. 'The Editor wants to see you,' he said, and his voice was as dead as his face.

Mackinnon walked away, making no attempt to disguise his disgust.

'Mackinnon.'

Greenway's voice was so soft Mackinnon almost didn't catch it. He stopped.

'You're too full of yourself, Mackinnon,' Greenway said. 'One day, you'll fuck up. And then . . .'

The words hung there, a threat, a conviction, and merely stating it brought colour to Greenway's stricken face. The lids came down to take away the soreness from his eyes, giving him a slumbrous look, the poisonous contentment of a cat. It was truly wonderful how quickly emotion resculpted the human face, how dramatically its infusion manipulated flesh and blood.

'A man of honour like you,' Greenway said, his voice full of mockery, and Mackinnon had the impression that if he had not been in the office, Greenway would have spat.

Gerda, who heard and saw it all, thought that she had never before seen an expression of such deep loathing, and she was amazed when Mackinnon burst out laughing. He stood there, looking back at Greenway, and it was not an act; it was real laughter from his belly.

'Greenway,' Mackinnon said. 'How in the hell would you know?'

He walked away, as if it meant nothing.

Oh, Gerda thought, his insolence is magnificent. She admired Mackinnon and felt instinctively warm towards him. But she had worked in newsrooms long enough to fear that Greenway was right, and she worried for him.

But she had her own problems. She had circled an entry in the In Memoriam column and she kept turning to it, reading it again and again, feeling her mouth curl with bitterness. She knew this was wrong but, try as she did, she could not help feeling resentment towards a person now long dead and whom she had never met. But that's the trouble, she thought, reading the tribute. She isn't dead. Not really.

Mackinnon went into the Editor's office. Callowood was hunkered down behind his desk, a man besieged. He stood up and said: 'I'm sorry Mackinnon. But at least we got some of it right.'

His frankness disarmed Mackinnon's anger. He had got off the plane from Darwin seeking a confrontation. But now it would seem churlish.

Mackinnon shrugged. 'It doesn't make sense. What was in it for them?'

'Cabinet in-fighting. The Prime Minister wanted to overrule Cabinet and back the Americans. He was trying to break their

91

nerve. The Americans obviously wanted him to win, so they kept out of it. Which explains their quite dramatic silence.'

'They need to win something,' Mackinnon said. 'Gorbachev's making a meal of them.'

'Yes, he is. Unfortunately.'

'Well,' Mackinnon said. 'There's one plus.'

'Eh?' said Callowood.

'Next time, maybe you'll accept Dove's word.'

Callowood smiled, relieved. 'Next time, Mackinnon, we'll give Dove a joint by-line.'

He dug among the mess on his desk and said: 'Now the bad news. They want the film. They're demanding we give it to them.'

'Tell them to go shove it.'

'I did.' Callowood read his notes. 'The Defence Department says that we're liable for seven years jail under the Defence (Special Undertakings) Act of 1952. You and Brown for taking the film and having it in your possession. Me for publishing it.'

Mackinnon said: 'Sure, but they've never implemented it. They've had too much sense.'

Callowood said: 'This time, they're going to. They gave me an ultimatum. We either surrender the film or they'll take out a warrant and seize it. Our lawyers tell me it's a fight we can't win.'

'You can't argue with lawyers,' Mackinnon said and Callowood was amazed at the mildness of his reaction.

'No,' Callowood said. 'Particularly when they pay them a hell of a lot more than they pay us.'

'They pay everyone more than they pay us,' Mackinnon said and went out into the newsroom. He got some coffee and sat at his desk for a while, recalling what he had seen from the Cessna and the events after the plane had landed at Tindal.

Radar! He smelled again the stink of the field scarf they had used as a blindfold. It wasn't radar!

Mackinnon found Brown watching a poker game in the photographers' restroom. He drew him out into the corridor.

'I want you to dupe the Tindal negatives.'

'You got a good reason?' Brown sighed. He found darkroom work tedious.

'They're going to confiscate the film.'

'The hell they are.'

92

'They're on the way,' Mackinnon lied.

'Those sons of bitches aren't scoring over me again.'

Brown was indignant, remembering the humiliation of losing his film at Tindal. No one had ever confiscated his film before, and it would take some living down.

Mackinnon said: 'I think it's time we took a closer look at those negatives.'

They put the transparencies on the light-box and selected the frames Brown could begin to work with. The film was Kodak Tri-Ex, 400 ASA, and the negatives were excellent quality. 'Naturally,' Brown grinned and began the printing. They inspected the photographs, circled the detail they wanted to concentrate on, went back to the negatives and produced the enlargements.

The tractor-trailers driving away from the Galaxy each carried three long cylinders, like square-ended cigar-tubes. They were marked: USAF, followed by an eight-digit serial number. It was difficult to estimate, but by comparing them with the height of one of the men supervising the unloading, Mackinnon and Brown gauged the dimensions of each cylinder to be roughly twenty-five feet in length and five feet in diameter.

Brown said: 'They could be almost anything.'

They zeroed in on each of the two huge trucks. From the air, they had appeared to be the same. But the blow-ups showed they were different. The first was a six-axled bogey and trailer with a container-like structure built on to its tray. Behind the cabin, it carried spare tyres and then what appeared to be a huge set of batteries or an auxiliary engine. Four antennae flicked outside the cabin. The second truck had a similar set-up behind the cabin, but the rest of the tray structure was curved into a semi-cylindrical shape. There were no unit markings or number designations on either truck. Not even registration plates.

The buildings in the depression took on a squat dimension in the aerial shot.

Brown said: 'I don't want to sound like a knocker, but this first truck looks like some sort of mobile workshop and the second looks like a huge fuel tanker. And the installation they're driving towards looks like a big repair shop.'

'There's got to be something here we're missing,' Mackinnon insisted.

93

Brown shook his head: 'If there is, then it isn't on our film. There's another alternative, of course.'

Mackinnon frowned, not wanting to hear it.

Brown shrugged. 'It's no good taking it out on me, sport. But maybe that twerp Lloyd was telling the truth!'

He set about copying the negatives and Mackinnon took the blow-ups and a panoramic shot back to his desk and sat poring over them. He had hoped it would be easy, right there in the blow-ups, jumping out at them and plain to see. But it had never been easy and why should it change now. He was still brooding half an hour later when Brown brought him the negatives.

'The originals,' he said, dropping one envelope on to the desk. 'It occurred to me that they'll expect us to copy the negs. So I did two sets of dupes.' He put down two more envelopes.

'Just in case,' he said, nodding towards Greenway. The News Editor was slumped low in his chair, chin on his chest, watching them.

'You think so too?' Mackinnon asked.

'Who else?' Brown said and sauntered off.

Mackinnon gave the originals to Callowood. He took one set of dupes to the Negative Library and waited while the librarian filed them under T for Tindal. Then he went into the clippings library and drew one of his closed personal files. It contained stories he had written more than a year ago. He unsealed the file, slipped in the envelope containing the second set of duped negatives and resealed it.

'Carter around?' he asked Gerda when he went back to the newsroom.

'He hasn't been in,' she said glumly.

'He didn't phone?'

'No,' she said, biting her lip. 'He hasn't even bloody well phoned.'

'Oh,' Mackinnon said, surprised at Carter and at Gerda's bitter reaction. Then he saw the newspaper with the circled entry in the In Memoriam column.

'Oh hell,' he said. 'It's his birthday.'

'Yes,' Gerda said, close to tears. 'It's his birthday.'

She took the newspaper and went to screw it up. But at the last minute, she couldn't do it. She tore out the page, folded it and put it away in her handbag.

'He won't be in,' Mackinnon said, wondering where his friend

94

was, knowing how he would be. He didn't need to read the tribute. It was the same each year. 'In loving memory of Maree and our unborn child.' Just the two lines. There was no signature. Few people knew about Carter's personal tragedy and he wished to keep it that way. Yet every year, he put in the same unsigned memorial and Mackinnon wondered if it was because of the guilt he suspected Carter felt. His wife had been killed when a rocket exploded in the Happy Moon café in Saigon, where she was waiting for Carter to arrive for a birthday dinner. She was six months pregnant and he was half an hour late. Had he been on time, he would have died with her, and Mackinnon knew that this is how Carter wished it had been.

'I forgot,' he said, cursing himself.

'You had a lot on your plate,' Gerda said. She really was miserable. 'I think he'll forgive you.'

'I didn't know you knew,' he said. 'I didn't know about . . .'

She looked up at him, eyes moist.

He shrugged. 'You and Carter?'

Gerda tried a brave attempt at a smile. 'He's like you, Mackinnon. He plays it close to his chest.'

'I must be blind or stupid or both,' Mackinnon said, shaking his head in self-deprecation. 'How long?'

'Not long,' she said. 'But long enough to hurt.'

Gerda got up and took her handbag. 'I've got to go,' she said and strode quickly out, heading for the washroom. Mackinnon wondered how he had missed this relationship involving his closest friend. Carter would be off some place, drinking in strange hotels, isolated by his grief, quarantined by the disinterest of those around him. It was a day when Carter wanted to be alone, redreaming the dreams he and his wife had shared before she and the dreams died in the Happy Moon café in 1975. It was so long ago and yet, today, it was as close as yesterday.

There was nothing Mackinnon or anyone else could do to help Carter, except let him have his outpouring of grief among strangers. He went down into the street and the heat and fumes. It would be cooler in the beer garden; he could hear the hum of voices and a sprinkler was splashing up against the trellis of vines and pot plants which shaded it, and he was tempted. He did not feel under pressure and he was confident he could handle it if he didn't stay too long, and then he thought, why risk it, and he went instead to a coffee shop and had iced coffee and a salad roll.

95

It was past the main lunch-hour rush. He got a newspaper from one of the booths and for the first time read the full official account of the Australia–United States Bilateral Defence Treaty, which now carried the acronym AUSTREAT. Dove had indeed covered all the main points and Mackinnon wondered who he was and what he was doing at that moment and whether he was still a free man.

Most of all, he wondered why Dove took the risk. Not knowing worried him, even though Dove had now established his credentials beyond challenge. His motives, whatever they were, had to be very strong, perhaps deeply personal. It was difficult to see how Dove could personally benefit from his disclosures, and that left the most powerful motive of all. Revenge. It was also dangerously emotional and Mackinnon remembered the tremor in Dove's voice and wondered how far Dove would take him before . . . what?

Dove, the bird of peace! Perhaps Greenway in his moment of contempt had been close to the truth, and Mackinnon wondered if, indeed, Greenway was an informer for ASIO, and on that suspicion he paid his bill and went back to work.

A copy boy was waiting for Mackinnon in the lobby. 'Two detectives from Special Branch are waiting for you,' he said.

'Thanks, son,' Mackinnon said. 'Who posted you?'

'Mr Greenway,' the boy said. 'He told me to make sure I didn't miss you.'

All in all, Mackinnon thought as he caught the lift, it's been a very interesting and confusing day.

The two detectives were waiting at Gerda's desk. She had made them coffee. Greenway was talking on the telephone and he hastily ended the conversation as Mackinnon walked over.

'I've got a Queen's Counsel standing by,' Greenway said.

'Thanks,' Mackinnon said. 'But I think this will be over before he gets here.'

The senior of the two was Detective Superintendent Herbert Tanner. He was young for his rank, in his early forties and, in a city where policemen were more renowned for their brawn than their brains, he was of reassuring middle-height and build; he was conservatively dressed in moderately expensive clothes, and Mackinnon tought he looked less like a policeman than anyone he had ever met. He smiled politely but there was coldness in his eyes, the caution of a man who is gauging a protagonist. His

96

assistant, Detective Sergeant Rodney Levy, was a good fifteen years younger and waited in respectful silence, carrying an attaché case. Neither Mackinnon nor the policemen offered to shake hands establishing immediately a polite but none the less combative reserve.

'Perhaps we could go some place a little more private,' Tanner said. He took care with his pronunciation: it wasn't affected, just precise. 'Do you have a spare office we could use?'

'We have,' Mackinnon said. 'But we won't. If you'll forgive me putting it so bluntly.'

'I see.' Tanner frowned. But he was not yet prepared to drop his urbanity.

'I would like to point out, Mr Mackinnon, that our enquiries concern a matter of national security and require more confidentiality than is possible here.'

'I'll make it easy, Superintendent,' Mackinnon said. 'I'll give you a statement.'

Greenway's eyebrows arched in surprise but he said nothing. Mackinnon stepped over to Gerda, who picked up a notebook and pen. Tanner looked at him uneasily. He did not like the direction events were taking.

'We'd welcome that, Mr Mackinnon. But there will still be a number of questions I will need to ask.'

Mackinnon dictated slowly and clearly: 'I, Paul Townley Mackinnon, hereby declare that I will give no information whatsoever in regard to the source or sources of any story I have written or intend to write. I will not answer questions on this subject. I reserve my right to call legal counsel on any matter arising from this statement.'

Gerda pulled up a typewriter: 'Triplicate?'

'Yes.'

'I'll witness it,' Greenway said.

Tanner paled. He looked from Mackinnon to Greenway, seeking a weakness. But both men held his stare impassively. They both knew exactly what they were about and he knew that he would not be able to bluff or bully them.

'That's not at all satisfactory,' Tanner said. 'We've tried to be pleasant . . .'

'Are you threatening to be unpleasant?' Greenway said softly, a threat.

Tanner's expression was as bleak as his eyes. He stared at

97

Greenway and knew there would be no retreat. He turned to Mackinnon.

'It's your choice. Either here or at headquarters. Now or later.'

Mackinnon shook his head. 'I don't think so, Superintendent. If you serve a warrant, I'll come with a lawyer and this statement and that's as far as you can take it outside a courtroom.'

Mackinnon signed the three statements and handed them to Greenway to initial. 'Nothing personal, Superintendent,' he said.

Tanner said stiffly in his best I'm-reading-you-your-rights voice: 'I will note that your attitude is hostile and uncooperative on a matter of grave national security.'

'Uncooperative but not hostile,' Mackinnon said and handed him the signed and witnessed statement. 'Note the objection while you're at it.'

Tanner did not read the statement. He folded it carefully and handed it to Levy, who put it in the attaché case. The click of the locks was sharp and final.

'We'll be seeing you,' Tanner said and walked out.

'Thank you,' Mackinnon said to Greenway with as much dignity as he could muster.

The News Editor nodded coldly, his eyes alive with dislike once again. 'I was protecting the newspaper,' he said. He took a copy of the statement and walked into the Editor's office.

'You've got to admire the way he stood up to the gendarmes,' Gerda said.

'He's the News Editor. It's his job,' Mackinnon said, unrelenting once again.

'Mackinnon,' Gerda sighed. 'Sometimes you're an ungrateful arsehole.'

'It's the company I keep,' Mackinnon said. 'Thanks for the typing.'

He went back to studying the photographs. Greenway walked past, inspected a blow-up and tossed it on to the desk, a dismissive gesture.

'Forget it,' he said. 'It's yesterday's story.'

Later, Mackinnon rang the School of Strategic Studies at Sydney University and made an appointment to have the blow-ups inspected the next morning. Their experts should be able to identify what was in the photographs. He was determined not to let go, remembering Lloyd's sneering dismissal of his suspicions.

And her eyes, which had been grey and cold and distant and . . . afraid?

By 5.00p.m., the radio news was carrying the story of the official investigation into the leak. Two radio journalists rang Mackinnon for comment. He said to both of them: 'Special Branch sent two detectives to see me. I told them the same thing I'm going to tell you. "No comment!".'

By 5.30p.m., the current affairs programmes on three television stations had invited him to appear. He refused all three.

'It's your big chance to become a household name,' Gerda said. 'On television, everyone's famous. Even the cleaning lady.'

'I can't stand the blow-wave brigade,' Mackinnon said. But it was an excuse and had nothing to do with the real reason for his refusals.

'Yeah,' Gerda eyed him derisively. 'But to me it just sounds like good, old-fashioned jealousy.'

She snatched up her handbag and glared defiantly around. 'If anyone wants me, you can tell them I'm down in the pub getting good, old-fucking-fashioned drunk.'

'Gerda,' Mackinnon said, concerned.

'Save it, Mackinnon,' she said and strode off.

Mackinnon gave it half an hour and then he went down and into the street. An enterprising television team was waiting outside and they started filming the moment he stepped out of the building. The reporter thrust his microphone in front of Mackinnon. He was young and confident.

'Can you tell us what happened with the men from Special Branch?' he asked.

'Fuck, fuck, fuck,' Mackinnon said into the camera, mouthing the words so that they could be clearly lip-read.

'Jesus, Mackinnon,' the reporter snapped. 'Give us a break. We're only trying to do our bloody job.'

'Fuck, fuck, fuck,' Mackinnon said and the cameraman swung down his video camera and glared at him.

'I oughta sock you in the fucking mouth,' he said.

'No hard feelings, fellows,' Mackinnon said and walked on.

'One day, Mackinnon!' the reporter called and jabbed a rude two-finger gesture after him.

Mackinnon was almost into the beer garden when he saw the second camera team, standing well back and out of the way, filming it all. They had been smart enough to get an identifying

99

shot of him before trying an on-camera assault. And that, he sighed, was the difference between a veteran and a hot-curler.

The heat was still in the day and the shaded beer garden was crowded with young people from the garment industry. They sat in drowsy sensuality, the young women drawing their frocks up high on their thighs in the hope that there would be a soft wind to caress where the gazes of the young men tried to penetrate; they wriggled contentedly in this cocoon of lazy ardour in the speckled shade of the potted palms and maiden-hair ferns.

The smell of cigarette smoke and sour beer hit him in the throat. He felt a rush of familiarity. All that wasted time and money and energy, he thought. For a while it had stopped him going crazy. Or this is what he had told himself in justification. Until he realised that it was about to destroy him. His wife had left him after he had stopped drinking and it had taken him a while to realise that when he was a drunk, she had loved to despise him; it had made her feel strong and it had also justified what he now knew to be her considerable infidelities. But when he got strong, she had hated him because it exposed her own hypocrisy. It seemed too primitive to be true, but it was. Even now, thirteen months later, she had not forgiven him his sobriety.

Gerda was inside in the gloom. The bar was crowded and yet she stood apart, alone and sullen, smoking and drinking with a ferocity which spoke beware.

'What's the drink?' Mackinnon asked and took her empty glass, denying argument.

Gerda shrugged. 'Scotch.'

Mackinnon went to the bar and waited his turn. Cynthia, the barmaid, caught his eye and grinned with pleasure.

'Mackinnon,' she called. 'It's been a long time.'

'Aren't you lucky,' Mackinnon grinned.

'Well, it's sure been a hell of a lot quieter,' Cynthia said and got him a Scotch and water and a sarsaparilla for himself.

'You're too thin,' Cynthia said as she gave him the change. 'Take it easy, huh.'

Mackinnon took the drinks and Gerda outside, to get away from the cigarette smoke, and they found a small table near the trellis and sat against the vines.

'Did you know her?' Gerda asked.

'No. I got to Saigon a month after she was killed.'

It was his second international assignment and, in those days, Carter was an almost legendary veteran who had been covering Vietnam for the Americans since 1965.

'He won't let go,' she said. 'She's been dead all this time and he won't let go.'

'How did you find out?' he asked, knowing Carter would not have told her.

'Oh, around. A bit here, a bit there. You hear things.'

She finished her drink on her second gulp and stared at the empty glass, shaking the ice mournfully.

'She was a French-Vietnamese Catholic girl from a convent,' Mackinnon said. 'He loved her and she loved him and she was going to give him a child.'

Gerda seemed to shrink into herself. She had her head down, staring into the glass, and when she lifted her head Mackinnon was surprised to see how big and dark her eyes were.

'He loves you, Mackinnon,' she said. 'He thinks the world of you.'

'We've been through a lot together,' Mackinnon said, embarrassed.

'Yes,' Gerda said. 'Men are lucky in what they get to share together. Real stuff. All we get is your bodies, in bed, farts and all.'

She stared at him and said sadly, as if it was the greatest injustice in the world: 'He loves you, Mackinnon, and he sleeps with me and I really don't think it's fair.'

Mackinnon sat quietly, not knowing what to say.

'I'm sorry, Mackinnon,' Gerda said. 'Carter's your friend and I shouldn't be talking to you about my problems with him.'

'It's OK. No one's forcing me to sit here.'

Gerda drank some of the water which had melted from the ice. She put down a five dollar bill.

'Would you get my round please? I'm going to phone a taxi.'

Mackinnon took the money and went inside and got another Scotch and went back to the table and sat waiting, sipping his sarsaparilla; it was sickly sweet now that the ice had melted and the chill was gone from it. He thought about Carter and Gerda and his wife and about the pain of loving.

Gerda came back and drank some of the Scotch.

'You're OK, Mackinnon,' she said. 'You're arrogant. You're an élitist. You're insolent. You're reckless. You act like you don't

101

give a damn. But you do, and when you want to, you're quite a cunning charmer.'

'This must be some other fellow,' Mackinnon said, trying to make light of it.

'But you're a loner, and for women, loners are terrifying, the ultimate defeat. Loners deny everything a woman wants to offer. They're always out on a limb, and that's the last place a woman wants to be.'

'It's Carter you're thinking about.'

She sighed: 'Yes, him too, damn his miserable, selfish, stubborn independence. Both of you.'

Gerda finished her drink. 'Try a little helplessness sometime. You'll be amazed at how attractive it is to women.'

She got her handbag. 'You're wearing scar tissue for armour, Mackinnon. It doesn't work. Just ask me.' She stood up. 'You won't say anything to Carter?'

'No.'

She put out her hand and smiled wanly. 'Thanks. For stopping me making a complete fool of myself. For being a nice person and listening.'

'Mate,' Mackinnon said. Her grip was firm and hard and he remembered what she had said after she had gone.

MACKINNON – *Night*

Mackinnon went out and down the back lane, through the snarl of evening traffic and into the lobby and hit the lift button for the fourth floor, moving automatically, his attention focused on Gerda and Carter, the things you don't know about people you think you know well. He went through the editorial room which was quieter now. The story in Washington had broken with plenty of time to wrap it up and pull in all the ramifications. He moved amid the paperstorm which now littered the desks and floor and kicked a wastepaper basket out of the way.

'Mister Mackinnon,' she said as he sat down at his desk. She was sitting at an adjacent desk, reading a newspaper and had obviously been waiting for him. Mackinnon was so surprised he at first did not recognise her. Her blonde hair was combed differently and she was dressed to go out; the utilitarian authority of her pilot's uniform had been replaced by a hint of sophistication. Only the grey eyes and her high cheek-boned gravity remained unchanged.

'Miss Wilson,' he said, standing again and immediately feeling clumsy. She also got to her feet and they stood there in an awkward silence, tongue-tied by the memory of their last parting. But the cool, professional detachment Virginia had displayed in Darwin had not been eroded on this unfamiliar territory.

'You're a long way from home,' he said.

'I'm ferrying up a new aircraft.'

She was wearing a sleeveless cocktail dress which revealed tanned and slender arms and neck. She carried a small satin evening bag. Her legs were bare and brown and nicely shaped. She was a well put-together woman who knew how to use what she had and was attractive enough to draw not only appreciative glances from the men in the office but to earn the hard, professional and critical examination of the women.

Virginia, however, gave no indication that she was aware of either. She came across to his desk and her high-heeled evening shoes gave her a swaying poise that was intensely feminine. He wondered why she had come to see him. Sensing the answer would disappoint him, he was reluctant to ask – and was immediately angry with himself. Why should he care what her answer would be?

There was about her the air of distaste of someone who has unpleasant business to get done, and the sooner the better. Her grey eyes were steady and in them Mackinnon sensed he saw the smouldering of anger.

'There's going to be a departmental inquiry into the forced landing at Tindal,' she said, deliberately pacing her words to control her temper. 'Your story this morning won't help.'

To hell with her, Mackinnon thought. He said with equal coolness: 'As far as I know, the story didn't mention you. And I ought to know. I wrote it.'

She ignored his words. 'If the inquiry were to have the faintest suspicion that I deliberately made the forced landing –'

'Hold on,' he interrupted.

'– I would lose my pilot's licence.' She glared at him.

'Where is this coming from?'

'Your damn story,' she flared. 'There is an indisputable insinuation of –'

'What?' Mackinnon snapped.

'– complicity!'

'Crap!'

She made no attempt to mask her hostility. 'My lawyers think there is. The airline thinks there is. I think there is.'

'I don't believe this,' Mackinnon said, incredulity overriding his anger. 'I didn't mention the airline.'

'Exactly! The story had all the other information. The plane. The reason for the forced landing. But you didn't name the airline. Or me.'

'I did it to give you a break,' Mackinnon said. 'I figured it wasn't your fault. And I was grateful you got us down in one piece.'

She was unrelenting. 'The fact that you were able to hide the film despite two thorough searches of the plane and everyone in it, the fact that you went out of your way to protect the airline and the pilot, all this suggests complicity. By me!'

104

Her anger flared across her face and it seemed to stretch her cheek bones, making them seem wider and higher, and the whole effect was to elongate her eyes. It was very effective. Mackinnon was aware that several of the staff had stopped working and were watching them with interest.

'When did Special Branch see you?' he said.

It was an accusation, not a question and it caught her off guard. She hesitated, troubled that he had guessed it.

'Today,' she said. 'At my lawyers.'

'They sent you here.'

'No, of course not. Don't be ridiculous.' But she was not so sure of herself now.

'But they suggested you should approach me.'

'Well, yes.'

'And find out where I hid the negatives? Just for the record?'

Virginia blushed. For the first time she could not hold his eyes. Mackinnon waited, but she did not answer.

'They do it all the time,' he said. But there was no forgiveness in his voice nor his scrutiny. Mackinnon was suddenly very tired of it all. He snapped: 'What do you want? An affidavit?'

'Yes,' she said, quieter now. 'And one from your photographer too.'

'Your lawyers got a name?'

Virginia reached into her purse and took out a card. Mackinnon took it without asking.

'They've got them,' he said, and walked away.

'Mackinnon,' she called, loud enough to draw the attention of most of the newsroom.

He turned, waiting.

'I thought your story was right out of a *Boy's Own* adventure,' she said, smiling to sweeten the venom. 'Strictly for the girl guides.'

Mackinnon stood there, watching as she walked out.

'She sure knows how to fight dirty,' someone said. Behind him, a woman laughed.

Virginia did not look back. As she reached the exit, Carter came through it, tie awry, jacket slung over his shoulder. He stood aside with an exaggerated flourish, holding the door open wide. Virginia strode through with a curt nod of thanks. Carter looked up, saw Mackinnon watching, and grinned as he ambled across.

'You OK?' Mackinnon had to be careful. If he was too soli-citous, it would only stir Carter's wrath.

'Sure.' Carter grinned. 'I'm on my feet, aren't I?'

'Kind of.'

'Floating like a butterfly.' Carter was drunk but not disas-trously so. 'The blonde Boadicea have anything to do with you?' he asked.

'Not any more,' Mackinnon scowled.

He took from his drawer the enlargements Brown had done earlier in the day. He went across to a filing cabinet and dug out an old soft plastic valise, aware that Carter was watching him.

'I saw the notice,' he said.

'Yeah,' Carter said and looked away, his face tightening, and for a while they stood in silence while Mackinnon checked and sorted the enlargements. Finally, Carter reached in his pockets and jiggled some coins.

'Coffee?'

'Thanks. Black, no sugar.'

Carter hesitated. He said: 'Macka, I just got fed up with being by myself. Feeling sorry for myself.'

'Sure.'

'It's OK with you?'

'Go get the coffee.'

Carter smiled, relieved. 'Coming up.'

He's lonely, Mackinnon thought, watching his friend step jauntily across to the dispensing machine. He's got Gerda but there is nothing she can do to end the loneliness that is so deeply inside him, and she knows it and that is why she's so sad. And it occurred to him that, in a way, Gerda was worse off than Carter, who had lost forever what he most wanted. For Gerda, it remained tantalisingly within reach, and yet beyond grasp.

Greenway came over as he was putting the Tindal photographs into the valise.

'I thought I told you to drop it,' he said.

Mackinnon was tired of arguments. He said wearily: 'There's a story in it.'

'I know,' Greenway said sarcastically. 'We had it on page one today.'

Carter came over with the coffee and put it on the desk. He picked up an enlargement of one of the trucks and inspected it.

106

'They're lying, covering up something big,' Mackinnon said.

Greenway shrugged: 'So?'

'Maybe the School of Strategic Studies at Sydney University can identify what's in the photographs.'

'It looks like a bloody great petrol tanker,' Carter said, waving the print.

Greenway said slowly and clearly: 'First thing tomorrow, I want 1,500 words on Russian and American sea and air power in the Pacific and Indian Oceans.'

Mackinnon nodded, saying nothing. He took the photograph from Carter and with great deliberation slipped it neatly into the valise.

'I want it by twelve noon. So drop that.' Greenway stabbed a finger at the valise and walked away.

Mackinnon zipped up the valise and picked up his coffee.

'Screw him,' Carter said.

Mackinnon drank his coffee, saying nothing, watching Greenway.

'You gonna drop it?'

'No,' Mackinnon said.

'Yeah.' Carter sighed. 'That's what I thought.'

Mackinnon picked up the valise. Already his spirits, wearied by the conflicts and pressures of a long exhausting day, were lifting.

'Chinatown?'

'Every time.'

On the way down in the elevator, Carter said: 'Forget about Greenway.' His face opened in a rascallian grin that revealed the true stamp of his personality, the irreverent, irrepressible piratical spirit that made him so attractive. He said: 'He's got cliché fatigue, that's all.'

Mackinnon, loving his courage and his toughness, laughed all the way to the lobby and into the night.

They walked to the office garage and, for a moment, Mackinnon thought he saw Virginia Wilson standing near a traffic light, waiting for a taxi. But it was someone else, another blonde also dressed to go out. Unwillingly, for it inexplicably disturbed him, he wondered where she was going. And with whom? It irritated him immensely that she had managed to penetrate the armour of cynicism, the sentinel scorn, that he had built, layer by layer, year by year, to guard him against wounding depressions and soaring egotisms. The chase of his profession had exposed

107

him to many treacheries, including some of his own. He had pursued and destroyed many illusions, including some about himself, and was wiser for it and wore his armour against disappointment and hurt and betrayal by the unexpected, the sudden lance of fear, or hope, or any damn thing that could cat-foot up on you out of the dark.

He was, he thought, contempt-proof. And yet it was her scorn which was burning him.

Mackinnon said: 'Sometimes I wonder why we bother. If it's worth it.'

'No, it isn't,' Carter said. 'But we still bother.'

'So we're crazy. Or maybe stupid.'

'Both. But it's also latent naïvety. Idealism suspended. Innocence with a delayed fuse. Waiting to explode in you.'

'Will it? Explode!'

'Yes,' Carter said, and he was no longer joking. 'If you're good. If you take it seriously. You'll explode. One day.' He walked a few more yards, hunkered down, and then he said to the night: 'It's the revenge of idealism, for all that we've had to do to it to survive.'

'Nice thought,' Mackinnon said dryly and Carter laughed, feeling a little self-conscious.

'Yeah,' he said. 'A little beauty.'

They got a lift with Shultz, a driver from Mackinnon's long-ago days on police rounds.

'Mackinnon, you big bastard.' Shultz was happy to see him. 'It's been a long time.'

'Too long,' Mackinnon said.

'Yeah,' Shultz said, remembering. 'You sure were a wild bastard.'

'I had good company,' Mackinnon said.

'Jailbait,' Shultz said and for the first time in a long while he drove with the fluent recklessness which had characterised so many of their dashes, compelled by the urgency which had been within Mackinnon, the young reporter's need to get there first and do it best. Oh yes, they had been a hard-living, hard-working team and they had had a lot of good times. Memorable times. And a lot of success. But it was a long time ago. He watched Mackinnon out of the corner of his eyes, surprised by his gauntness and believing, for the first time, the stories he had been hearing, and he thought, it all changes, it's never the same. Except the memories.

108

Shultz dropped them at Chinatown. He said: 'Macka, you look like you could do with a good feed.'

Mackinnon was a little chagrined. 'I've never been fitter,' he protested.

'That's not what I'm talking about,' Shultz said, and drove off.

Carter said: 'What he was too polite to say is, it's not a good feed you need. It's a good fuck.'

Mackinnon did not know how to respond. He stared at Carter, trying to fathom if he was serious.

'Don't be so bloody solemn.' Carter took his arm. 'Let's go eat.'

He was good company, and Mackinnon enjoyed the meal.

'I'm getting too old for this game,' Carter told him, but he said it with a laugh that denied it. He wanted Mackinnon to go on with him to an illegal casino, but Mackinnon demurred.

'I want to put down fifteen klicks in the morning,' he said. 'I need the sleep.'

'Listen, Macka, this running caper is OK, I guess. But do you have to flog yourself so hard.'

'Yep.'

Carter sighed: 'Yeah, I guess you do.'

'It keeps me sane,' Mackinnon said.

'Well, old son, there are times when I wish you still had some of the old madness.'

They got a taxi. Carter insisted on dropping Mackinnon.

'I might change my mind,' he said somewhat mysteriously. Mackinnon hoped he was going to visit Gerda, but he said nothing.

When he got out, Mackinnon realised he had left his valise inside the cab and he searched on the back seat next to Carter. It was not there.

'Lost something?' Carter asked.

'My valise.'

'I don't remember you carrying a valise,' Carter said.

'Try the floor beneath your feet.'

Carter groped and came up with it. He passed it across.

'It must have slipped off the seat,' he said. Carter began singing an Italian love song. He waved happily back at Mackinnon as the taxi did a U-turn and sped into the night.

I'll have some black tea, Mackinnon told himself as he walked up the path.

109

He saw the fist swinging out of the darkness in the split second before impact, huge and filling the space in front of his head and behind it a lunge of black; his eyes caught it and then his brain shook and sparked, stabbing with pain which came in electric jabs of light, blue and green and red. And white-hot pin points, Piercing!

He would have gone down but a powerful force seized him from behind and held him upright and through the lightning flares inside his head he saw the blacker black of a human figure against the dark of the shrubbery. A hand shoved brutally under his nose and he tried to scream as his head jerked upwards and it came out a gurgle because there was a tremendous wallop in his belly, so hard it lifted him off his feet; there was breath hot on his face, rank human breath and spittle. By some instinct he lunged his head forward and felt the crush of flesh. There was a cry; but maybe it was his own, because he was trying to scream, and a force he could not resist descended on him from behind. He went down flat on his face in the bushes, feeling suddenly free and so very light; even with his face in the dirt and dry twigs and with the impact of that terrible blow still thrashing through him, he felt the shedding of a great weight, because the brutal grasp had left him; they had cast him down and were gone.

He vomited.

He lay helpless, half on the path, half into the shrubs, and after a while he heard footsteps approach, stop – and hurry on. Oh Jesus! There were no Good Samaritans in this city. Not in this area at this time of night, anyway, and Mackinnon wept tears of pain and rage but mostly humiliation. He rolled over on to his back and the vomit-spit dribbled on to his neck. He scrabbled at the wood chips until he had pushed himself up against a shrub, half sitting, half lying, moaning, and he stayed there until his brain began to stop shuddering.

The valise was gone. His wallet pocket inside his jacket was torn out and his wallet was gone too.

'Shit-scum muggers,' he snarled into the night and then, with rage giving him the strength, he screamed it.

'Shit-scum scum!'

Nadezhda Semenov lay in the half-crescent of light cast by the bedside lamp. The pillows were gone, thrown aside during their

110

lovemaking. So were the blankets and sheets; the bed was a crumpled arena, torn by the urgency which had come on them in the end. She curled on herself, as if she was still pinioned inside, and stretched, pushing down her toes and feeling the muscle tremor run up her body. She felt somnolent and yet her body was still alive to the pleasures it had so recently known, and coiled and squeezed on itself for more. Sweat wriggled between her breasts and on to her belly.

Yakov lay on his back, just beyond the cone of light. For the first time, she noticed that the hair on his chest was greying; below, his belly sucked inwards with the hardness of a younger man; his arms were supple and strong and so were his legs, although they did not have the explosively bunched muscles of the dancers she had known. He lay with his head hanging at the edge of the bed, so that it arched his neck; his hands were folded on his chest, as if this was a burying, which, in a way, it was, the internment of many things and the beginning of many others. Nadezhda licked the sweat from around his nipple and then bit it and she rubbed her hand between her legs and felt the wetness and rubbed it into his chest, darkening the greying hairs, and then she leaned over and rubbed her mouth against it, giving him a tribute.

Nadezhda wriggled contentedly and wondered what it was he waited on, and what her role would be. And how she would be able to use it to her own advantage.

Friday

Brown was waiting by the window of the negative library, sipping coffee, when Mackinnon came in at 7.48a.m.. He gave Mackinnon a surly look.

'You woke the baby.'

'I'm sorry,' Mackinnon said.

But it was a perfunctory apology. Mackinnon was hurting too much to care about any discomfort Brown had endured by being summoned to work early. He felt irritable and already in need of another shower. He wanted very badly to find some place cool and quiet so that he could lie down and forget everything. But his unforgiving stubbornness would not permit it. He went to the cool-drink dispenser, inserted coins and pressed the button for a Seven-Up. Nothing happened. In growing frustration, he banged all the buttons. But the machine was empty. Mackinnon gave it a vicious kick and took his money over to the hot drink dispenser and punched out a black coffee. It tasted foul, as always, but at least it was wet. But it did not improve his disposition. Nor Brown's.

'You look all right to me,' Brown said, an accusation. The baby had cried most of the night and he felt the need to take it out on someone. If Mackinnon was stupid enough to get himself mugged, then he had a duty to look like he had been mugged.

Instead, Mackinnon was remarkably unmarked. His neck was stiff and ached and his forehead was too tender to touch. He had taken the first blow there, where the skull is thickest. It had stunned him but apart from two liverish welts and a tear of flesh where the knuckles had dug, he bore no other signs of the attack. A few centimetres lower and it would have broken his nose and blackened both his eyes and perhaps fractured his cheek bones. He was very lucky. His stomach hurt, but not enough to stop him standing upright. He had taken two Panadol earlier for a headache and now washed another two down with the sour coffee.

'Junkies?' Brown asked.

'Who else?'

'Well, you will live in the mugging belt,' Brown said, making it Mackinnon's fault.

The librarian came to the window with a ledger. 'I can find the entry all right. Tindal. But I'm sorry, the negatives are not in the files.'

'I booked them back in last night,' Mackinnon said. 'You sure they're not lying around in a tray somewhere, waiting for someone to re-file them?'

The librarian shook her head. 'No. I've already checked.'

Brown and Mackinnon looked at each other with growing unease. Mackinnon put his paper coffee cup down on the counter and peered at the ledger.

'Maybe someone's taken them without booking them out.'

The librarian bristled with indignation. 'No. It's not possible. Not in my library. Only my staff have access to the files. Nothing leaves here without them writing it down and the drawer signing for it. There are no exceptions.'

'She's right.'

Brown used the library several times a day and the librarian's insistence on forcing compliance with her procedures was, without exception, ruthless.

'Maybe they've been mis-filed,' he suggested. 'It's happened before.'

'It has,' the librarian admitted stiffly. 'Rarely. But my assistant clearly remembers filing them personally. And she doesn't make those kind of mistakes.'

She stared at Mackinnon and Brown, daring them to challenge her. 'Despite that, we've checked every entry under T. They are simply not there.'

Mackinnon's irritability was growing with his suspicion. 'They've got to be somewhere,' he snapped.

'They're just . . . gone,' the librarian said coldly, hating them because her organisation had been revealed to be less than perfect. 'I'm going to have to report this. It's never happened before.'

She snapped the ledger shut and stalked away. Mackinnon turned to Brown, who was staring at him anxiously, obviously beset by the same fears. Mackinnon started walking, his pace quickening until he was almost running when he went through the door into the clippings library.

'You think they've been stolen?' Brown asked.

'It wouldn't be hard.'

The partitions were so flimsy they rattled. The locks were cheap. A few seconds with a plastic ID card and the rawest amateur would be through the doors. It came down to a matter of knowledge and opportunity.

Greenway had both.

'You'd better have your bloody negatives,' Brown growled.

Mackinnon drew his closed personal file. The envelope with the negatives was still inside. He was greatly relieved.

Brown's mood, however, remained truculent when Mackinnon handed the negatives to him.

'You want prints, you can do them yourself,' he said.

'OK,' Mackinnon said. 'If you want to be a total arsehole about it.'

'Listen, pal, I'm paid to take photographs, not run a printing service for you. You lose 'em, you replace 'em.'

Brown tossed the negatives on to the desk. 'Fucking reporters,' he said and walked off.

'Aaaah!' Mackinnon was sore all over and the morning was quickly going to pieces. He dug into his pocket and slammed all his loose change on to the desk.

'Hey! How about a cup of coffee.'

Brown turned, still truculent.

'A healing brew,' Mackinnon said, and tried to grin even though it stretched his skin and hurt his forehead.

'You just want to fucking poison me,' Brown said, relenting.

'Your wife ever tell you you've got a nasty temper?' Mackinnon asked as they worked the dispensing machine.

'Sure.' Brown laughed, his temper gone, a mercurial Celt. 'But she loves the hot blood that goes with it.'

'I'll bet she does,' Mackinnon said and laughed with him and wished he hadn't because it gave him spasms in his bruised stomach and set his head throbbing again.

This time, they knew exactly what they wanted and it took only half an hour to produce the blow-ups. They did two copies of each print, one set for Mackinnon and another for Brown to hold. Mackinnon went back to his desk. He sat staring at the telephone, wanting to do it, and yet a little frightened. The newsroom was empty and he was glad of that. He picked up a telephone and rang his wife, wondering why he should feel so furtive about it.

'Hullo,' she said, and he realised it had been a month since he had spoken to her.

'Hi,' he said, suddenly tongue-tied, a stranger.

'You're supposed to be up north somewhere.' There was no gladness in her voice.

'I came back early.'

'Oh!'

'I thought the children might like to know.'

There was silence. It was her way of saying she didn't care where he was.

'How are they?'

'Fine. They've gone to school.'

There was another silence. Then she said, condemning him: 'You should have known that. I'll tell them you called.'

Mackinnon stood staring at the dead phone, a flush of humiliation on his cheeks. They had been together twelve years; you just couldn't wipe that out of your subconscious, and the hurt and loneliness of last night had deceived him into believing it was possible to have it once again; he had been betrayed by hope, and it had led him to this, where he stood in his office, holding a dead phone, still hearing her hostile parting words, and blushing with shame.

Mackinnon put the phone down; it was an act of finality.

He passed Gerda in the lobby. She was fanning herself with an envelope and smiled self-consciously. He wondered if Carter had gone to her last night.

'Thanks for yesterday,' she said.

'That's what mates are for, he said.

'What did you do?' Gerda indicated the bruise on his forehead. 'Head-butt a Mack truck.'

'I was mugged,' Mackinnon said, going for the glass doors. 'I'll be at Sydney University. Take my calls, will you.'

'Hey, Mackinnon,' she called, full of concern. But he was gone.

Five minutes later, Carter sauntered into the newsroom with an egg-and-bacon sandwich and a cup of coffee. He gave her a quiet smile and sat reading the morning papers. Gerda sat watching him, knowing it was better to leave him alone. When he was ready, he would come over. She was glad to see that he was all right.

Greenway came in. He seemed in better health despite the heat. His features were less wan. 'Mackinnon around?'

'He's at Sydney University,' Gerda said, and immediately wished she hadn't, because Greenway slammed a pile of papers on to the desk.

'I told him to drop it,' he snarled.

Carter looked up from his newspaper and said mildly: 'It looks like he didn't hear you.'

'He will.' Greenway was grim and angry again. 'He will!'

The receptionist put down the telephone behind a desk plaque which read: School of Strategic Weapons, and smiled sweetly at Mackinnon, an unmistakable sign that something was wrong.

'I'm sorry, but Professor Edwards is with the Vice-Chancellor.'

'But I made the appointment yesterday.'

Even as he protested, Mackinnon realised he was beaten. The receptionist's smile did not flicker; she held it as if she devoutly believed that it could miraculously repair all situations.

'I'll wait,' he growled.

'No,' she said. 'You'd only be wasting your time. Professor Edwards will be with the Vice-Chancellor most of the morning. He wants you to leave your material with me. He'll telephone you about it later.'

The smile did not fade. Mackinnon wondered whether she practised in front of a mirror. Reluctantly, he handed over the envelope.

'Will you please tell the Professor I want to see him personally.'

'Of course,' she said, her smile even wider now that she had won.

'Tell me, does it hurt when you stop smiling?' Mackinnon asked in his most confidential tone and had the fleeting satisfaction of seeing displeasure crinkle her mask. He shut the door quietly behind him.

The receptionist picked up the telephone and punched a button.

'He's gone.' She hung up and held the envelope, waiting.

The door to Professor Edwards' office opened. Professor Edwards stepped out and she noticed he did not look well. He tried a smile but it did not work. Behind him was the man who was the cause of his unease. He had arrived only a few minutes ahead of the reporter and had been admitted to Professor Edwards' office in great haste. Two bands of medical tape were stretched across his nose.

She stepped over with the envelope and the stranger held out his hand. She hesitated, looking from him to Edwards, who blushed and nodded. She handed it over.

'Thank you,' Peter Long said.

He did not smile because it would have hurt his broken nose.

Stevens watched Mackinnon leave the building. He sat in a car parked down the street, several cars behind the two men who were tailing the reporter. Duckmanton had him under twenty-four-hour surveillance. 'Don't let Duckmanton's dogs know you're there,' Maguire had ordered when he sent them to the university to intercept Mackinnon and the photographs; it had been a scramble, but they had made it.

Mackinnon carried himself gingerly and Stevens was surprised that he was up and about at all. He had been tougher than they expected, and Long's face bore witness to it. It was Long's own fault; he should have known better than to get in so close especially in the dark.

Stevens wondered what Mackinnon thought he was chasing, that it could drive him so hard. He had the tiger by the tail, and it was obvious that it was going to take more than a clawing to make him let go. Stevens felt this untuitively, with the instincts of a man who has been a hunter of men and who knows how quickly the hunter can become the hunted.

Duckmanton's men gave Mackinnon a half-block start before they drove slowly after him. Long got into the car with the envelope. Stevens eyed him critically. He touched his nose with his finger and indicated Mackinnon, who was hailing a taxi.

'He's in better shape than you,' Stevens said, and could not resist a smile.

DUCKMANTON

Duckmanton despised Sydney. It was too thrusting, too pagan, too egalitarian, too common. Its citizens paid deference to no one, not even wealth and certainly not education or breeding. They considered pretentious much that Duckmanton held precious, such as the innate superiority of the Great Public School graduate, and this deeply offended Duckmanton, that his background stood for nought. They reduced you. They understood only power but mocked those who wielded it. Duckmanton would not admit it, even to himself, but the bellowing raucousness, the thundering pulse of the city which lay below made him insecure.

He turned from the window as Maguire ushered in the man they both waited on, as they had so often in the past. Duckmanton believed that Americans were impressed by those who spoke in their own idiom, that they were so convinced of their national moral and materialistic superiority that they regarded imitation not as flattery but as good, old-fashioned common sense.

He said: 'Jonathon, it's good to have you aboard.'

'Thank you, Sinclair,' Jonathon Landricho drawled. He was not for a second fooled, knowing how bitterly Duckmanton resented the distrust with which the Americans had regarded ASIO since the revelation that Sir Roger Hollis, who had been sent out by the United Kingdom to supervise the founding of ASIO in 1949, had been a Soviet agent. Sir Roger was head of British Counter-Intelligence, MI5, from 1956 to 1963, and had been actively involved in selecting and training Australian agents – and, the CIA suspected, infiltrating more KGB moles. Duckmanton's resentment was not entirely without personal foundation because he had played a leading role in the exposure and expulsion of KGB spy Valeriy Ivanov in 1983, and it seemed

121

to him that the Americans were showing typical superpower arrogance in their attitude to the service he had come to head.

Landricho shared Maguire's dislike of Duckmanton, but he masked it with a smile. He was a tall, square-shouldered man with a Henry Fonda quality of agelessness; he had been a marine in Korea and had kept the lean hardness of his youth into his middle fifties. He spoke slowly and carefully and usually with unflappable courtesy, displaying all the manifestations of a State Department diplomat, which was in fact his cover. His real job was Station Chief for the Central Intelligence Agency.

The two sets of prints recovered by Stevens and Long sat on Maguire's desk. Lanricho inspected the photographs.

Landricho said: 'I'd say we've badly underestimated this fellow Mackinnon.'

Duckmanton bristled at the photographs. He said: 'We already had the negatives from their library and we had the university organised to hand over the prints. It was entirely unnecessary for your thugs to muscle in the way they did.'

'Not entirely,' Maguire said blandly. 'Now we know he's got a third set of negatives. I hope you've got that covered too, Sinclair.'

'We have,' Duckmanton snapped and, for a moment, Maguire thought he was going to take the matter further. Instead, he took a file from his attaché case and passed it over. Maguire opened it. Inside was a head and shoulders shot of Mackinnon, taken unawares. It was his security file.

Duckmanton pursed his lips, playing his favourite role. 'He's arrogant, has a strong sense of self-identity. He resents authority and has a natural tendency to challenge it. He's intelligent and is inclined to mock intellectuals.'

He turned to Maguire and smiled condescendingly: 'He's of Irish-Australian parentage. Of course.'

'Of course,' Maguire said, smiling back, his eyes hard.

You're a poisonous little scorpion, Landricho thought, watching Duckmanton.

Duckmanton said: 'His politics are left of centre, although he has no connections with any of the communist parties. He came in for a lot of flack from the Left over the stories he filed from Afghanistan. Conversely, his stories from Kampuchea favoured the Vietnamese. He was tough on the Israelis in Lebanon but who wasn't? I think he's more motivated by what he would see as idealism than by ideology, which makes him unpredictable. At one time, ASIS considered recruiting him, but the idea was dropped. On our recommendation.'

'Why?' Maguire's voice was as soft as tissue paper. 'Because of his Irish-Australian parentage?'

But his mockery had no effect on Duckmanton. His glasses flashed opaquely. He said with didactic clarity: 'We felt he could not be sufficiently controlled and was, ultimately, too hostile to the government of the day.'

'In other words, a maverick,' Landricho said.

'Yes, Jonathon. I think maverick is the ideal description.'

Landricho took another print and examined it. 'The sixty-four thousand dollar question: would he give these prints to the Russians? Because they sure as hell will be after them.'

Duckmanton said: 'Our advice is no.'

Landricho said: 'Who's giving this advice, Sinclair?'

'We have, um, influence within his newspaper organisation.'

He looked sharply across at Maguire. Once again, it seemed Duckmanton was going to say more. But he turned back to Landricho.

'It seems Mackinnon distrusts the Russian imperialists as much as the Yankee imperialists. Besides, why should he give them the photographs? He doesn't know what he's got.'

'Not yet,' Maguire said. 'But he's working on it.'

Landricho said with matter-of-fact hardness: 'That's right. And if you've got a man inside the newspaper, how come you don't know who it is who's leaking all this damaging material to Mackinnon?'

'We will. Soon,' Duckmanton said.

'I tell you, Sinclair, this leak in Canberra has got us almost as worried as Yakov.'

Landricho spoke slowly and with careful control. But Maguire, who knew him with the insight that can only come with the sharing of danger and trust, sensed the anger beneath the calm veneer. He admired the American's discipline.

'It doesn't do much to restore our confidence in your security,' Landricho said. 'If this leak in Canberra has access to the files on the AUSTREAT agreement, then it's also possible he's got access to the secret codicils on Tindal. And if that's the case, Sinclair, then he's a bigger threat than Yakov.'

Duckmanton sat as still as a department store mannequin. In

123

fact, Maguire thought, it'd be very easy to mistake him for a shop window dummy, such was his immobility. In all the time that he had known Duckmanton, Maguire could not recall seeing him with his tie loosened or his shirt sleeves rolled up. The only indication that he was, indeed, composed of flesh and blood existed in his hands and his head, and even here the skin was pallid and lifeless. From his shirt collar down to his shoes, Duckmanton belonged entirely to his tailor, and it seemed to Maguire that it was possible to believe that the rest belonged in a waxworks museum.

Landricho said: 'What if Mackinnon's leak is the same fellow who's talking to the Russians?'

Duckmanton said: 'But he doesn't know about Tindal, does he?'

'How can you be so sure?'

'If he knew about Tindal, then surely that is the story he would have leaked to Mackinnon. Would you sit on it?'

'No,' Landricho said truthfully.

'And if he was giving secrets to the Russians, why would he want to start a manhunt by talking to Mackinnon? Surely, that's the last thing he'd want to do. To put himself in jeopardy.'

Maguire said: 'You think we've got two leaks then?'

'Yes. One confirmed to Mackinnon, from somewhere high in the Government, most likely the Defence Department. Which is my problem. And one close to the highest echelons of command, most likely within the Monday Committee, and about to make contact with Yakov. Which is a problem for all of us but particularly you, Matthew, I'd say the latter is far more dangerous.'

Maguire and Landricho exchanged glances and Duckmanton suspected they had discussed this in his absence. He smiled thinly, to show them his suspicions.

Maguire said dryly: 'We've got everyone on the Monday Committee tied up so tightly they can't urinate without my men getting splashed. You're watching Yakov. Between us, we should be able to snatch him when he makes his move.'

Duckmanton took the Mackinnon file and returned it to his attaché case. He said: 'So far, Yakov's done absolutely nothing. It's my opinion, gentlemen, that we can't risk giving him much more leeway. I think that soon it will be time for what you Americans so aptly call a pre-emptive strike.'

Duckmanton stood up and the knife-sharp creases of his suit

124

fell straight and with precision; it was remarkable how he could sit without crumpling his clothes, as if his thin body weighed no more than a wafer, which it resembled.

'Yakov!'

Duckmanton let the name fall on them. He picked up his case and went to the door, where he paused. The light flashed off his glasses.

He said: 'How much longer do you think I'm prepared to hold off?'

The door made not a sound as Duckmanton closed it behind him.

Landricho said: 'He's going to jump you, Matthew. And soon.'

'Yes, I know. I'm surprised he gave me warning.'

'He's very confident you're going to fail. He will act to salvage what he can – and let's face it, if you don't find your man soon, he'll be acting with every justification.'

He leaned forward to emphasise the point. 'And he'll have our full support.'

The words were hard but Landricho's face was composed in that grave, absorbed manner which misled many into believing he was really a diplomat.

The Quiet American, Maguire thought.

He said, equally gravely: 'For three days now, Yakov's been holding on, waiting. The way he came in, his cover – it only makes sense if it was a hit-and-run mission; get in, make contact, do the job, get out. Something's gone wrong for them. Not just us getting the man they sent to Tindal. Something else. Something they can't control. The pressure's on. And Yakov's hanging in, a sitting duck, waiting. And you know what that can be like.'

The waiting was always a terrible strain. It was the most dangerous time, when events coalesced and you waited, knowing that success or failure was already ordained, usually by circumstances over which you had no control or, even worse, of which you were totally unaware; and you waited, wondering which it would be, life or death. It was truly a bad time and to do it unnecessarily was foolhardy. Yakov was not a foolhardy man. Maguire knew this, almost as well as he knew the jeopardy of waiting.

Maguire said: 'I just know the waiting's almost over. I feel it. Christ, would you hang in there if it wasn't so? Particularly now

125

that he's already lost one man and he knows we must know that something's on.'

'No. I'd go, fast and low. I'd get out and send in someone else when the time was right. I most definitely would not hang around. Unless I had to.'

'Exactly. Unless you had to. Unless the waiting was almost over.'

For a while, they were silent, thinking on this, the survival craft of their profession, seeing themselves in Yakov's situation; they had been there themselves, and survived, and they conjured up memories of men, some dead or broken, most of them alive and still working, all of them changed, altered forever in the metamorphosis of fear.

Landricho went to the window and looked down over the city and the Harbour. He said: 'I hope you're right, Matthew. In the meantime, I think you should do something about this fellow Mackinnon. Just in case.'

Maguire nodded: 'I'm surprised Duckmanton didn't suggest it.'

Landricho turned from the window and stared at him with surprise and then curiosity. 'Can you get him out of town for the duration?'

'Yes.'

Landricho turned back to the window, captivated by the view, not for the first time stunned by the audacity with which the Opera House rose up and lunged over the water, its massive tiled flares stabbing the sky and hanging there improbably and dramatically, full of stilled torsion, tidal waves of concrete caught forever at the moment of curling into a break; if they fell, you felt they would curl forward to complete the arc of movement the architect had begun. They hung there, Landricho thought, poised on the edge of catastrophe, a striking and unforgettable pose.

'It's a beautiful city, Matthew,' Landricho said. 'A wonderful country. My second home.'

'It is that, Jonathon.' Maguire went over and stood by him. 'And we're doing our best to keep it that way.'

MACKINNON

Mackinnon took the taxi to Centennial Park. He told the driver to take it around the road which circled inside the perimeter. He welcomed the shadows beneath the spreading fig trees. There were several runners about, even though the heat had now sucked the freshness out of the morning and was beginning to threaten once more. Mackinnon wished he was out there with them, running free, feeling strong, and he promised himself he would make up for it tomorrow, regardless of how sore he was.

He paid the taxi driver off below the playground and walked up the grassed slope. The playground was empty. There were no children, no mothers. And no Tom Collins. Not even the old black dog, howling at the sun and the magpies. Mackinnon was disappointed, realising now just how badly he had wanted to draw on the old Brigader's strength. His visits with the old man always left him refreshed with admiration and armed with new determination.

It was a little after 10.00a.m. He sat in the shade of a plane tree and waited, knowing that Tom Collins was usually there earlier than this and his absence probably meant he had other things to do. Pretty soon, the deadline would be pressing on the feature Greenway had ordered him to write. But he waited because he had something far more important than newspaper deadlines on his mind; he waited because the need for a drink was now so bad that for the first time in thirteen months he felt he no longer had the strength to win. He was afraid to leave the park until he had weathered the crisis.

It had been with him all night, keeping him awake with the knowledge that the bottles were within reach, offering his pain and his distress as justification. During the night, Mackinnon thought of a dozen excuses why he *should* have a drink but he had held out because he could also remember the one reason he could not obey the urging of his brain. He got out of bed and walked into the dining-room, switched on the light and stood staring at the sign he had blue-tacked on the wall, and he obeyed it, remembering B. J. Remorse. It had got him through the night and in the waking morning the urgency of what had to be done had carried him on.

Somewhere between the darkroom and the university, it had begun again, the glib, persuasive brain-talk that was impossible to ignore because it was telling what he knew to be the truth, *he did need a drink, desperately*; and so what if he got drunk, hadn't he done well, holding out all those thirteen months; after that, what was one good old-fashioned binge; hell, it was nothing; didn't his stubbornness deserve the reward it craved above all else; didn't he need it, a release, a *break-out . . .?*

The wildness, he thought. I need the wildness and the obliteration of responsibility and the warm, back-slapping, loose-smiling, big-mouthed, damn-them-all-to-hell irreverence and the who–gives–a–fuck recklessness that floated into your gut and your loins and got into your blood and into your brain and had the most marvellous power of all, the power to let you forget. It was a temptation to equal what Eve had offered Adam, beginning it all.

Oh, how he wanted to be reckless again and carefree. But most of all, he needed to forget, to chase away the nightmares and the reality which were becoming so confused that it was hard to tell which was the more real; he wanted to stop being torn awake by the Bengali's condemning smile, and the keening of the Palestinian women mourning the slaughtered innocents of Shatila, and the warm gush and sour smell of urine flooding his crotch as the black arse of a Mi24 squatted overhead, waiting to shit death on to him; there was a lot he wanted – he needed – to forget. But mostly, he wanted to forget about the loss of love, the most grievous wound of all.

Oh, but he could not. Salvation lay in knowing that in the forgetfulness lurked Black Jack Remorse, his seed sown with the first beautiful second of oblivion and bloating fast, gloating in the sureness that the more you forgot, the more terrible would be his revenge when forgetfulness was ended. Once you became aware of Black Jack Remorse, there was no escaping him. Ever! He had to be fought, forever. He would never relent and you

128

could never relent, because Black Jack Remorse was inside you, everywhere. He was you.

'You all right?' Tom Collins asked.

He was standing there, against the sun, as if he had come out of it, crooked from the pain in his hip. But he was there, the indestructible old Communist, the brave old Brigader, shrunken and scarred and bent but uncowed and uncrushed and unbroken, a fighter.

'I can handle it,' Mackinnon said.

Even at this moment, he found it impossible to ask for help, even though he needed it.

'I'm with you, comrade,' Tom Collins said, knowing his stubborn pride and not wanting to offend it, and sat down beside him.

Mackinnon was glad he had come. He looked at his wristwatch and was shocked to see it was 10.38.

'He's a sweet-talkin' mongrel,' Tom Collins said.

'He sure knows how to fight dirty.'

It was like a voice echoing from yesterday.

'You get beaten up?'

Mackinnon nodded.

'Is that it?'

'The last straw, that's all.'

Tom Collins sighed: 'Yeah. I know. There's no telling when or how. Sometimes it's an avalanche of troubles. Sometimes it's nothing, a leaf falling to the ground.'

'This is an avalanche.' Mackinnon laughed, but it was as hard as the rattle of a kettledrum. He was not used to discussing his problems and it was not easy, even though he knew he had to.

The old Brigader held up a fist which had smashed at fascists and capitalists and Trotskyites and revanchists in the name of idealism and revolution and humanity and mostly the Party, all of which had betrayed him; he clenched hard this broken-knuckled symbol of defiance and held it aloft; it had spoken for him all his life, and it would speak for him now.

'He's a gutless, back-stabbing turd,' Tom Collins said. 'You can beat him, anytime, no matter how bad it gets. You just gotta believe it, that's all, and then you can do it.'

'I know it,' Mackinnon said grimly.

They sat in silence. The sun beat down on them. It was hotter

129

even than the day before and still there was no breeze from the sea to bring relief to the suffering city. Some young women brought their children into the playground and they ran barefoot and naked, clothed only in suntans. Their mothers sat in the shade, sipping cold drinks and protecting their eyes with sunglasses and their bodies with oil.

The smoke of bushfires thickened the blue haze of the mountains in the distance. All around the city, grass burned in a cordon of flame. It was a day dominated by the sun; across the great continent, the sun was becoming a catastrophe and the crops withered and died and the sheep began eating the bark of trees and the cattle lay down around shallowing waterholes on earth made barren by their hooves and the eucalypts exploded into fireballs. People looked skywards and despaired. The land waited, with the patience of eternity, for it had known this scouring many times and knew also that it would end. Sometime . . .

'There's a southerly coming,' Tom Collins said. 'Sure as hell, there's one on the way.'

But at that moment, it seemed as if a vacuum lay over the breathless land.

'There was a phone call for you,' Tom Collins said. 'I got the shock of me life.'

'From Canberra?' Mackinnon was so surprised he almost said, from Dove.

'He didn't say where. Or who. But it was STD. There were a lot of funny tones when I picked it up.'

It could only be Dove. No one else knew about the phone in Tom Collins' room. But Dove had never before phoned Tom Collins' number without making a pre-arrangement with Mackinnon. He had obviously considered it was too risky to make the customary trigger phone call to Mackinnon's flat, pretending it was a wrong number. That could only mean that Dove feared – or, worse, knew – that either he or Mackinnon was under surveillance. Perhaps even both of them.

Soon, Dove had said. *The biggest one is yet to come.*

'He's ringing back at eleven-thirty, to give me a chance to get you.'

Mackinnon checked his watch. They had plenty of time. Dove would not call unless it was important, especially in the middle of a security blitz. Usually, he waited months for everything to die down, knowing that the agencies did not have the manpower and had too many other demands to maintain surveillance over a protracted period. He had always been very careful.

Tom Collins said: 'As soon as he hung up, I telephoned your newspaper. But you were out.'

'Who did you talk to?' Mackinnon's alarm increased.

'A woman, some editor's secretary.'

'The News Editor. Did she say she was the News Editor's secretary?'

'Yeah, that's it. The News Editor's secretary.'

Gerda! Thank God it had not been Greenway.

'Tom, you didn't mention the call from Canberra?'

'No way. I just told her I'd call back. She said she'd tell you.'

'Did you leave your name?'

'Yes. It means nothing to no one, and I figured if I didn't it would only stir curiosity. And I figured you wouldn't want that.'

He was right. Mackinnon nodded his approval. But Tom Collins' face was still grave with concern. He said: 'The only trouble is that when I went to call you back, my phone wasn't working.'

Mackinnon stared at him. Without Tom Collins' phone, it would all collapse. It was the lifeline between him and Dove, their only contact.

'It's not working?'

'Dead. I pick it up and there's nothing.'

'How long ago, Tom?'

'Thirty minutes, maybe forty. That's why I came pushin' down here, just on the off-chance you might be around.'

Was it a genuine malfunction? Or had they found out it was Dove's lifeline, and severed it?

'Did you report it out of order?'

Tom Collins hit his palm in exasperation. 'Damn. It didn't even occur to me.'

'Let's go,' Mackinnon said, filled with urgency.

'They're diggin' up the road,' Tom Collins said. 'I just know it ain't gonna be no good.'

He was right on both counts. They were digging up the road outside the block of flats and the phone was still out of order. The roadwork increased the probability of accidental damage. And, surely, if they knew about the line, they would leave it intact and tap it. Now that Mackinnon was calmer, this seemed a more rational likelihood.

131

Mackinnon went down to the Woollahra Hotel a block away and used the phone in the public bar to report the out-of-order phone.

'How long will it take?' he asked, knowing it was hopeless.

'We'll do our best, sir,' the woman said with well-practised evasion.

'It's urgent,' Mackinnon insisted. But he had the feeling he was talking to an eiderdown.

'Yes, sir,' the woman said, and cut him off.

Mackinnon went back to Tom Collins' room. Even the sense of urgency could not disturb the impeccable neatness which was only one of the marks of the extraordinary discipline the old Communist now forced on himself.

'There's not much chance,' he said. 'But will you wait by the phone, just in case?'

'Sure.' His readiness was unquestioning. The Party taught strong discipline.

Mackinnon said: 'If it's repaired, ring me and I'll come straight up. If he calls, tell him to call back in exactly half an hour. And get me.'

'Sure.'

Tom Collins nodded, his eyes narrowed with concentration, taking it in so there would be no doubts when it came to obeying it. And Mackinnon had a sudden flare of insight that this was how Tom Collins had been in his long-ago crusade, accepting his orders and carrying them out, without question and regardless of the circumstances, a soldier of commitment, a man to count on to the bitter end.

I owe this man, Mackinnon thought. Hear me, God, I owe him a lot.

He got a taxi back to the newspaper and was almost there before he realised that the terror of the night was banished. Even his soreness was largely gone, flushed away by the adrenalin.

If Dove had been discovered, he would be interrogated and would not be able to phone him.

Unless Dove had been broken and was being used as a decoy, to trap him.

In that case, Mackinnon thought wryly, they'll be down at Telecom right this minute, tearing out throats and threatening careers. And Tom Collins' telephone will be working again in record time.

132

There were so many possibilities, it was pointless deliberating on them. He had to wait and remain calm, so that he would be ready for whatever was going to happen.

The taxi was not air-conditioned and the flesh under his legs and along his back stung from the heat of the seat.

The driver sighed: 'It's days like this the whole city gets mean and vicious, and people do terrible things and don't know why they did it.'

It was the truth, and did not need an answer.

The air stank. When Mackinnon got out, the bitumen beneath his feet was soft. Mackinnon was glad to get inside, where the air-conditioning plunged the temperature. The sweat was running freely down his body, the way it did when he ran hard. His shirt stuck to his back and his belly and he pulled it out of his trousers and let it hang loose.

Greenway saw him coming across the newsroom and curtly beckoned Mackinnon to his desk. Gerda gave Mackinnon a fleeting glance of sympathy and then her face closed up and she sat staring into nothingness.

Greenway gesticulated to the wall clock. It was now 12.18. He held out his hand. 'Where is it?'

'You'll have it in an hour.'

Greenway made no attempt to keep the satisfaction from his voice. 'The deadline, Mackinnon, passed eighteen minutes ago.'

'I got tied up,' Mackinnon said. 'Besides, the earliest deadline for features is two-thirty.'

He expected Greenway to extract as much from the situation as he could. But the News Editor surprised him. He lit a cigarette and sat back in his chair, watching Mackinnon thoughtfully, chewing on the spent matchstick as he smoked.

'Not today,' Greenway said. 'Today, we've got a thirty-page supplement and the features deadline is twelve-thirty.' He spat out the match. 'Why else would I want it by then?' he asked, and his attitude so surprised Mackinnon by its reasonableness that he felt a little foolish, like a schoolboy caught out.

'I'll rush it,' he said.

'Do that,' Greenway said and turned back to his work and, once again, Mackinnon was caught off balance.

'Right,' he said, feeling disarmed and still standing there.

Greenway looked up again. He pointed to the livid welt on Mackinnon's forehead. 'You back on the piss?'

The triumphant maliciousness of it shocked Mackinnon. He was so taken aback he was unable to fashion a suitable retort. Greenway smiled. At last, he had exposed Mackinnon's raw wound and he had got his talons into it and ripped it open, and he felt good, because in the process he had also torn out some of the big bastard's insufferable arrogance.

Mackinnon flushed and walked away, and Greenway laughed quietly to himself, watching Mackinnon's retreating back.

'That big bastard's had it coming a long time,' he said. 'A long, long time.'

Gerda picked up her purse. 'I'm going to the washroom,' she said, and stalked away, her buttocks twitching with anger.

Mackinnon went to the library and got the cuts he wanted and extracted the information he needed. He rang a contact in the Department of Defence in Canberra, seeking to update the information.

'Are you crazy?' the contact said. 'Jesus, Mackinnon, they're after you. This call could cost me my job. Don't ring me again. Ever.'

Mackinnon wrote the feature from the cuts. It took him an hour and twenty minutes, which was quite remarkable, even for someone with his experience of working under pressure. Long ago, Mackinnon had learned how to apply his concentration on a narrow front, directing it so intensely that it could not be deflected or blocked. Even so, he was aware all the time of the anger boiling beneath his professionalism, and when he took the hard copy across to Greenway, he did so without a word.

He went back to his desk and dialled Tom Collins' number and got an out-of-order tone. All he could do was wait, but it was making him very nervous.

Carter came in and his cock-eyed grin suggested he had been to a liquid lunch. But his expression changed immediately to concern when he saw Mackinnon. He came over.

'You OK, old son?' he said, reaching out and gently touching Mackinnon's forehead. Gerda had told him what had happened.

'I'm OK,' Mackinnon said.

'Go home. Take a dive.' Carter waved his arms dramatically at the backbench. 'Tell 'em, "fuck 'em".'

Mackinnon laughed. 'It's too late.'

'Aaah!' Carter was a little tipsy. 'In that case, old son, fuck 'em. Tell them nothing.'

134

He went over and got two cups of black coffee and brought them back. He sat there, watching Mackinnon, his baby-blue eyes hooded with a frown.

'Matey,' he said quietly. 'I wish I'd been with you. To share the blows.'

Maguire got Stevens to drive him to the rendezvous. He could
have walked it in ten minutes, and would have, despite the
daunting heat. But Maguire needed to maintain contact with his
office and the car had a radio. As they drove beneath the shady
figs which fringed The Domain and past the Art Gallery, Maguire
was grateful for the air-conditioning and the reassurance that
the quiet and resourceful Stevens always seemed to bring with
him. He was a man for hard moments, proven and trusted, and
he had brought him down from Tindal because he had a feeling
he would need Stevens before this was over. He sat next to him
in the front seat.

'There's a southerly buster coming up the coast,' Stevens said.
'Tearing the guts out of everything in its path.'

It was always the way in this hard country of violent extremes,
and Maguire felt a strange sense of excitement and expectation.

'I don't care,' he said. 'Just as long as it gets here.'

'Oh, it'll get here all right,' Stevens said. 'Nothing can stop it
now.'

We're kindred spirits, Maguire thought, understanding his
excitement. Yakov and Stevens and me – and the thunderstorm
from the south. He remembered a time in Borneo when he and
Quigley had first worked with Stevens, a young SAS trooper
then, a time when death was new to all of them. They had come
back from their first killing, running through the jungle with the
monsoon whipping into them; the ambush had been a long way
out and sometime in the two days it took them to get back, they
had stopped in a clearing where, for the first time, they could see
the sky and the black-bellied clouds and the lightning forking
down and whip-cracking the thunder.

Maguire had stood there with the rain striking like fat pellets;
he threw his head back and shouted into the sky, exultant and

wild, and he kept on shouting until he was hoarse and dizzy, even though the thunder drowned out his words. And when he stopped and sank into the mud with his weary comrades, Maguire could not remember what he had been shouting; he could not remember the words, but in that maelstrom he had sensed the indestructible power of creation, *the life force*, and he understood that out there, in the rain and the thunder and the lightning, he had been praying, a thanksgiving for his life.

Stevens had sensed this and had saluted the shaking sky and said: 'Thanks, Huey.' And rolled across in the mud and stinging rain and put his arm around Maguire, to share his comfort.

Now he and Stevens drove, in an air-conditioned limousine, beneath calm trees, on a narrow ridge reaching out into a placid harbour, so far removed in time and distance and comfort. And yet, there was another maelstrom coming their way. He knew it.

I need to do it again, Maguire thought. I need to feel the purity of emptiness.

He felt a surge of affection and said: 'How's the family?'

Stevens smiled, pleased that Maguire had asked. 'Oh fine,' he said. 'Absolutely bloody terrific, in fact.'

Maguire smiled with him.

The D-G was sitting on a bench in the shade near Mrs Macquarie's Chair at the narrow point where the ridge ended its intrusion into the Harbour. He was a small man and he was wearing an off-white cotton suit of the kind you could no longer get, unless you had a tailor who had been in the business for generations and had the cloth and the expertise. There was about him an air of cultivated but casual elegance which made an art of going to the point where it almost, but not quite, denied neatness. Many of his men had tried to emulate the D-G and ended up looking sloppy or ridiculous or both. It had much to do with the excellence of his tailors but Maguire knew that a lot of it also lay in the man's natural trimness. The flesh on the body was as sparing as the hair on his balding head, which was nut brown and oiled and glistening.

'Hullo, sir,' Maguire said. 'I hope I'm not late.'

'Aaah, Matthew.'

The D-G smiled, a tight, trim, neat smile. He beckoned to Maguire to sit. When he walked it would be with tight, trim, neat steps, a little like a geisha. He had the sharpest, most intelligent eyes Maguire had ever seen in anyone, like pearl buttons.

'No. You're not late. The plane was early and I couldn't think of a more pleasant spot to spend the five minutes.'

Maguire sat. 'I come here quite often.'

'Yes,' the D-G said. 'I know.'

Maguire laughed. It was the D-G's way of showing his omnipresence; he knew everything about his men and they were proud of it. The D-G smiled again, flashing beautifully white teeth in a tanned and crumpled face. He was wearing the Melbourne Club tie. His father, grandfather, great-grandfather and great-great-grandfather had been members. The Quigleys had been members for only two generations; Duckmanton was the first of the line. But then the D-G represented six unbroken generations of native-born aristocracy. He was one of the few of the breed Maguire's aggressive Irish-Australian republicanism could accept and this was because the D-G was a man who knew how to lead men. A rare talent, Maguire thought, and one he put above all others.

The D-G said: 'This meeting, in fact this whole trip, is off-the-record. Totally confidential.'

The smile was gone and his eyes were as sharp as razors. He took out a pair of sun-glasses and wiped them with the silk handkerchief from his coat pocket and put them on.

Maguire was shocked. The sun-glasses had mirror lens of the type you expected Mafia gunmen to wear. Somehow, they reduced the D-G, making him seem more mortal. Maguire was disappointed and he took off his coat which he had kept on out of respect.

'We've finished our inquiries in Moscow,' the D-G said. 'I thought the results were important enough to inform you myself.'

Once more, Maguire waited, knowing when to remain silent.

The D-G said: 'You were right, of course. She had an affair with Koltsov – Yakov – in New York.'

'Was it Bonnie Wright?'

'I won't tell you who it was,' the D-G said. 'You don't need to know. She's finished, anyway. Oh, we'll look after her. That's what we promised and it's what we'd do anyway. She knows too much and we don't want her feeling resentful. Well, at least not any more resentful than we can manage.'

'She took some coaxing then?'

'She held out until we convinced her that the suspicion was

138

enough to finish her anyway. That by holding back, she was only compounding the damage. To herself. And us.'

'How long did it last with Yakov?'

'Six weeks. Until she found out for sure what he was. I think she suspected all along but just refused to accept it. Love, sexual attraction, are very strong inducements to self-deception.'

'Did she actually work for him?'

'No. She broke it off when he made the first move to recruit her. She says she was deeply involved emotionally by then. It must have taken a lot of courage, a lot of character. It's a pity we're going to have to lose her, really.'

'Why didn't she tell us at the time?'

The D-G sighed. 'The best reason of all.'

Maguire said: 'She was afraid we'd make her go along with it. Use her as a honeytrap. To feed disinformation. To work on Yakov. Ultimately, to turn or trap him.'

'She was right, wasn't she? It's exactly what we would have done.'

'She must have loved him,' Maguire said, and the words echoed his own failure. He remembered the American girl who had killed herself. 'What are you going to do?'

The D-G shook his head. 'It's not for you to know, Matthew. I came to tell you personally because I want you to leave it to us.'

A hydrofoil skimmed across the D-G's glasses, floating in bubbles of light. A few seconds later, the roar of its powerful engines reached them, heavy pulsed.

Maguire said carefully: 'I'm not sure I can do that, sir. You know my responsibilities.'

The two mirrors turned to stare at Maquire. In them he could see reflected the trees behind him and beyond that, the silhouette of a missile destroyer berthed at Garden Island. It was disconcerting, staring into those hard mirrors, and Maguire wondered if the D-G had put them on deliberately. And then he realised he was flattering himself.

'Let's walk,' the D-G said and took off the glasses, surprising Maguire once again.

Even the sea was almost still. The tide was on the turn and gutted oyster shells glistened menacingly above the waterline. Below, like clusters of pubic hair, mussels hung on the rocks, dark against the white sand. Sea grass moved in a slow and stealthy dance; the only movement in the water came from the wavelets pushed up by the ferries and harbour craft. A few men fished but most kept well back from the water's edge, in the shadow wells beneath the trees. The shadows looked like dark cloths cast against the ground; at this time of day, there was no fragility in the shadows; they lay black and heavy: real. They had substance, and even the seagulls, the ruffians of the waterfront, knew the solidity of shadow, and sought it.

The D-G and Maguire walked in the sun. Maguire was sweating freely but the D-G did not remove his coat. He did not appear to be suffering any discomfort.

He said: 'Did you know tht Duckmanton gave the PM the files on your court of inquiry in Vietnam?'

Despite the heat, Maguire felt cold pimples quivering on his flesh.

'No.' His voice was breathless.

'Including the report of the two psychologists we sent to work you over.'

Maguire's mouth was suddenly very dry. He badly wanted to moisten it. For a moment, he was close to panic.

The D-G said: 'He did everything he could to stop you getting the Monday Committee, Matthew. He'll stop at nothing to take it away from you now.'

There was a bubbler ahead. Maguire quickened his pace and stepped up to it and drank, not caring that at first the water was tepid. As it cooled, he played it over his face. When he looked up, he saw that the D-G was standing off, looking out over the Cove, and he was glad he had turned away.

The D-G stepped across. Maguire was pale and his breathing was uneven. The D-G said: 'You've read the psychologists' report, of course?'

'Yes.'

'If I remember, you made it a condition of agreeing to the examination.'

Maguire nodded, holding down on his breathing, trying to regulate it.

'Very sensible,' the D-G said and started walking again. 'What did you think of their . . . opinions, Matthew?'

'I don't know.' Maguire shook his head. 'I try not to think about it.'

'And have you succeeded? In not thinking about it?'

140

'Yes. Mostly. It was a long time ago. A very different place. A very different time.'

The D-G nodded. 'The report is extraordinary reading. They both believed you had strived so hard and *against all the odds* of the old-school-tie brigade for excellence and advancement that you had indoctrinated yourself, or had been inadvertently indoctrinated, into accepting without question that the ends justified the means. Am I right so far?'

'That's what they said.' Maguire's voice was hoarse.

'They both agreed that Vietnam had brought to you, and everyone else in the programme, too much exhaustion and danger and this was compounded by an even more debilitating frustration at the lack of results. With this came a sense of betrayal, and this was the most destabilising and dangerous of all.'

Maguire nodded, wishing he was finished.

'This resulted in a bitterness so deep-seated that you became temporarily unbalanced, unable to make any reasonable judgements about what was right or wrong, not just in relation to the methods you were employing but in regard to the ends themselves.'

'The inquiry cleared me,' Maguire said dully. 'It was a dirty war. Pheonix was just another filthy part of it. It just ... happened.'

The D-G stopped and turned to face Maguire, his face stern.

'It just happened! You executed six men and three boys. You blew their brains out with a .45 calibre Colt automatic. One by one. And you say it just happened!'

Maguire could feel the sweat in his eyes, sharp with salt, stinging. He wiped them.

'We found claymore mines in their hut. Six of them,' Maguire said, angry now. 'Have you ever seen what a claymore mine does at close range? Kids cut down, maimed for life. Pregnant women sliced open, the foetus hanging out. You ever seen that?'

'No,' the D-G said. 'I haven't seen that. Thank God.'

They had begged for their lives, saying they were from another village and had sought refuge in the house. Maguire had not believed them. One of the boys was so terrified he had defecated as Maguire put the big pistol against his head. It turned out they had been telling the truth.

'Why are you going over all this?' Maguire demanded. 'I've had to live with this. Why?'

'Because, Matthew, I want you to understand why the PM chose you to handle the Monday Committee.'

'The Americans insisted,' Maguire said. 'You know that.'

'Yes. The Americans did insist. But the Prime Minister agreed only because I convinced him that the Monday Committee had to be removed, totally isolated, from the mainstream of the Intelligence community and made directly responsible to the Prime Minister himself. It was the only way to cut down on the number of people who would need to know. And it's been a great success. Only eighteen of us know about it, Matthew. I pride myself on that.'

'You backed me?'

'The Monday Committee needed to be watched by someone who was ruthless, who was good at his job and who, at the same time, was a pariah among his fellows. And you, Matthew, were the only man I knew who had all three qualifications.'

A pariah! Maguire stared at him aghast.

'You're shocked?'

Maguire could not speak. A pariah!

The D-G said: 'Duckmanton didn't know it, but I had already given the Prime Minister the full report on you.'

'You gave him the report!' Maguire could not believe it.

The D-G said: 'When Duckmanton pitched in to stop you, it only emphasised to the PM the very points I had been making in your favour. Duckmanton still doesn't know it, but he helped you get the job.'

He was careful not to show satisfaction. But Maguire sensed it and for the first time he felt a repugnance at this trim, neat little man whom he had admired so greatly and for so long.

'But you sent me to Washington,' he protested. 'You saved my career.'

'Yes I did. But I didn't do it merely because I like you, Matthew. I did it because I could see that we would need men like you in the post-Vietnam mess. And I was right.'

'Pariah.' Maguire spat out the word with disgust, as if it was fouling his mouth.

The D-G was unperturbed. 'Don't be upset Matthew. The reason we're going over all this is so you'll understand just how isolated, how alone, you are. So you'll appreciate the need to prevent your over-developed sense of loyalty getting out of hand again.'

'All this, just to tell me to keep my hands off?'

Maguire made no attempt to conceal his disgust. The D-G held his angry stare without any sign of unease.

'You're all by yourself, Matthew. You tend to go too far. If you mess with this, you could ruin it completely. Keep out of it.'

The D-G turned and began to walk back. They had come almost all the way round the Cove and they made the return journey in silence. As he neared the white Ford Limousine where his bodyguard waited, the D-G stopped.

'I don't approve of you using Ng,' he said. 'We should have given him to the Americans.'

'He's sanctioned by ONA,' Maguire said. It was true. Ng was an adviser to the Office of National Assessment on South-East Asia and they had helped finance his airline charter company, which was used exclusively by the Intelligence services. 'I just use the resources they helped him get.'

The D-G said: 'Matthew, when Yakov leads you to your man, take him and be satisfied.'

Maguire gave a surly nod.

The D-G said: 'The psychologists disagreed on only one point, Matthew.'

Maguire shook his head, not wanting to hear it. But the D-G was relentless.

'One said it was a genuine breakdown, isolated by the place and the events.'

Maguire said bitterly: 'He was right.'

'But the other said it could happen again; that you had merely set yourself a new standard in conditioned reflexes. And anytime you felt a deep sense of frustration and betrayal, it could happen again.'

'He was wrong.'

'I think so too, Matthew.' The D-G reached down and took Maguire's limp hand and squeezed it reassuringly. 'But it's not a chance I want to take.'

He walked away in quick, neat steps. For the first time in his life, Maguire thought, he came very close to strutting.

The librarian looked at Mackinnon as if she wished he would go away.

'No,' she said icily. 'We've not found . . . located . . . them yet.'

He wanted to ask her more but she fled, stiff-legged with indignation and, watching her go, Mackinnon wished he had the energy to waste in such a ridiculous fashion. The adrenalin had worn off and he was tired and hurting and it didn't really matter about the librarian, anyway. Mackinnon knew now she would never find the negatives; they had been stolen and he believed he knew who had taken them. It would be simple to spring the lock on the door with a plastic card and even easier to follow the alphabetical system of filing. It was simply a matter of opportunity.

He went back to his desk and rang the School of Strategic Studies. The receptionist was as brutally brief as professional courtesy would permit. No, Professor Edwards was not available. Yes, she would get him to ring. Click. Mackinnon tried to imagine what she would look like with her circus-clown smile illuminated by malice.

Mackinnon dialled Tom Collins' number, but it was still out of order. Across the newsroom, Greenway was talking into one telephone and had another holding on. He telegraphed urgency; the page deadlines were closing down, one by one, and it was a time when critical decisions were made with instant judgement and under the remorseless tyranny of the electric wall clocks. It was a time when professionalism fought down panic and experience fortified doubt into commitment, a time of explosive energy and absolute dedication to the achievement of completeness, so that a newspaper would be born, a jigsaw of headlines and words and rules and pictures snugged together as the final deadline came down like a guillotine, amputating all that was undone. It was a time newspapermen held dear, for this was the furnace which tempered them, so that they felt themselves to be different.

A copy person fetched Greenway to the Editor's office. He went in a rush, not because of obsequiousness but because that was how his body was functioning, pressure-driven, and it came to Mackinnon that they shared much in common; more, perhaps, than that which separated them. They had both sacrificed at the same altar. 'Journalism is not a profession,' Carter once said. 'It's a disease.' And Mackinnon and Greenway, and Carter for that matter, were equally infected.

He rubbed his bruised forehead, believing now that his mugging had been organised to recover the photographs. If that was true, whoever was responsible for the theft of the negatives was most likely also responsible for setting up the dreadful beating he had received. He was surprised at his lack of anger. Instead, he felt a weary emotional numbness. It was shock that such a thing could happen.

The phone rang. He picked it up and Dove said: 'I've got to see you tonight.'

It was like an electric shock, jolting away his tiredness. Mackinnon sat up abruptly, searching around to see who was within earshot.

'What time?' he said.

'Late. The way we discussed it.'

Dove's voice was flat but there was no mistaking the urgency of his words.

'I remember.'

'Wait for me,' Dove said and hung up.

Mackinnon put down the telephone. He was astounded that Dove had risked direct communication. At the same time, he was hugely relieved that he had made contact. At least Dove was still a free man. Or was he? Was he acting on his own free will or under duress? What if he was on the run, being followed? Was the phone call an act of desperation? Or an act of entrapment?

Mackinnon stared at the phone, once again filled with apprehension. *Gut rot*, he thought, but he knew that all these fears were legitimate, just as he knew there was nothing he could do about any of them. Except walk away from Dove. The thought shocked him.

'Mr Mackinnon,' the copy person said for the second time, startling him.

'Yes.'

'The Editor wants you.'

'OK. Thanks.'

He got up and walked to the Editor's office with the thought ricocheting around inside his heal: *walk away, walk away, walk away*.

Callowood and Greenway were seated and talking to a third person whom Mackinnon had not seen brought in, such was his preoccupation. He, too, was seated, and he smiled at Mackinnon, a heavy-headed man and dark-browed. His likeness to Henry Kissinger was unmistakable.

Callowood said: 'I'd like you to meet Mr John Alsop from the Department of Defence. Paul Mackinnon.'

'Hullo, Mr Mackinnon,' Maguire said, giving a pleasant smile. 'I've heard a lot about you lately.'

'For a moment there, I thought you were the sheriff,' Mackinnon said.

Callowood smiled: 'No, Paul, Mr Alsop hasn't come to deliver a warrant.'

Even Greenway smiled. They were all smiling. Except Mackinnon.

'Oh no,' Maguire said and laughed. Mackinnon was taller and harder than his photographs showed and the bruise and welt on his forehead gave him a raffish look.

'I've come to invite you back to do the story you originally set out to do on the First Armoured Task Force.'

'You and Brown,' Callowood said, enjoying Mackinnon's surprise. He had accepted Maguire's credentials without question, relieved that a matter which could have caused continuous friction between his newspaper and the government was about to be settled amicably.

'That's one story we want you to write,' Maguire said. 'Especially now that AUSTREAT is signed and delivered. We want the Americans to see that we're serious about doing all we can to defend ourselves.'

'What about Tindal?' Mackinnon said. 'I'd like to take a look around while I'm up there.'

'Certainly,' Maguire said, once again taking Mackinnon by surprise.

146

'The whole base?'

'As long as you don't photograph any of our new radar installations.' He laughed to take the sting out of it.

'It's a snow job,' Mackinnon said abruptly.

Maguire stopped laughing and for the first time Mackinnon saw the toughness in him.

'There's only one way to find out, Mr Mackinnon,' Maguire said softly.

Greenway said: 'Go there!'

Callowood said: 'You and Brown are off first thing in the morning.'

'I can't go tomorrow,' Mackinnon said and immediately realised it was a mistake.

All three stared at him. Greenway flushed angrily: 'Why not?' he demanded. 'You got a better story that can't wait?'

Mackinnon stared back at him and the anger which had been held in check all day suddenly flared inside him, flushing his cheeks. He wanted to reach out and crush Greenway, the way he had been crushed, and to beat him down, the way he had been beaten down, into the dirt, vomiting. But he was also alive with a new awareness.

'No,' he said dully.

He could not tell them about Dove and it came as another shock for him to realise that until this moment, he had not been certain that he was going to keep the rendezvous. Once again, it was Greenway who unwittingly had pushed him into a reluctant commitment.

'I'm glad to hear it,' Maguire said, smiling his relief. 'Because we've got it all laid on.' He stood up, transmitting an immediate sense of physical strength.

'It'll be well worth your while,' Maguire said. Mackinnon was surprised at the brightness of his eyes. They were alive with excitement. 'I'm glad we've had this opportunity to meet,' Maguire said and meant it. He had been right in coming to see Mackinnon personally. Now he knew what had to be done.

Mackinnon left the Editor's office more confused than when he entered it. He had just begun to believe that his mugging was related directly to the photographs and his intention to have them examined by experts at the School of Strategic Studies. That, and the theft of the negatives from the library, indicated that the photographs contained information about Tindal which

147

someone was prepared to go to considerable lengths to suppress. And now they were offering him a guided tour of the base. It didn't make sense. It made sense only if he was wrong about the mugging, if the negatives had in fact been mislaid and not stolen. In which case, he was wrong about Tindal and was chasing a story which didn't exist. He needed more information, to tip the scale decisively one way or the other, to prove or disprove.

He rang the School of Strategic Studies once more. The receptionist said icily: 'Professor Edwards is not available.'

She hung up. Mackinnon swore into the phone.

'The big one, the biggest story, is yet to come,' Dove had promised him on Tom Collins' phone, with the cockatoo sitting imperiously on the next-door television antenna and staring in through the window with bold curiosity. So much had transpired since then it was difficult to believe that it had been on Tuesday morning, only three days ago.

Some time tonight, he would meet Dove and if Dove came through with the big one, he would have no hesitation in cancelling the arrangements to go north. Tindal could wait. Dove couldn't. He felt a growing sense of certainty that his relationship with Dove had reached the crucial point to which Dove had been so carefully steering it, nurturing Mackinnon with artfully-timed leaks, and he was both excited and a little fearful at the prospect of finally unravelling the enigma of Dove's identity. Tonight, the calm, slow voice on the other end of a phone would assume substance which he could touch and gaze on. A mystery would end, and there was excitement and satisfaction in that. He wondered if Dove would try to disguise his true identity under a false name; he would have to be very careful to guard against any deception.

Mackinnon wondered what the story was, that it could be bigger even than the last leak Dove had given him. And it was this which made him fearful. He looked down and saw that he had unconsciously written the names Tindal and Dove in huge block capitals on a notebook page and beside each he had placed a series of equally huge question marks.

He would have to wait for the answers.

He tore up the page and went seeking Carter. He was not in the office, nor the hotel. When Mackinnon got back to the editorial floor, Carter was reading an afternoon newspaper, as bright and shining as a new toy. He had just been to the barber for a haircut.

'How do I smell?' he asked, beaming with self-satisfaction.

'Revolting,' Mackinnon said. 'What is it? Sheep dip?'

'Mackinnon,' Carter growled. 'At this moment, you are living dangerously.'

He laughed, full of good humour and, once again, Mackinnon marvelled at, and envied, his resilience. Several hours ago Carter had come back from lunch the worse for wear. And now here he was, smelling of Bay Rum and bouncing with vigour. Mackinnon's head throbbed, his neck ached and his stomach was tender to touch, and Carter's high spirits didn't make him feel any better.

Mackinnon sat down next to Carter and said quietly: 'What would you say if I told you there's a spook on our staff?'

For a moment, Carter blinked hard, taken aback. Then he saw that Mackinnon was serious.

He said carefully: 'Well, it wouldn't surprise me that you believe it. At some stage, we all do. Paranoia's part of the trade. But it doesn't make it true.'

'Greenway,' Mackinnon said. 'I'm sure it's Greenway.'

Carter lifted his eyes and looked across to where Greenway worked at his desk, talking into a telephone, scribbling notes, harassed. For a full minute, Carter stared at Greenway, slunk low in his chair, his eyes heavy with an uncharacteristic slumbrous look which camouflaged his toughness and quickness. There was no guileless innocence in his eyes now; they were heavy-lidded with concentration.

'Why?' he asked, and Mackinnon told him his suspicions, and when he came to the mugging, Carter's expression darkened with brooding. He shook his head in anger and when he looked up at Mackinnon, his eyes were full of anxiety.

'I just can't believe they'd do it like that,' he said. 'I just . . .' He threw up his hands in what could have been disgust or despair.

Mackinnon said: 'If I'm wrong, then I'm a fool. But if I'm right . . .' He shrugged, not wanting to say it, fearful of being melodramatic.

Carter rocked in his seat, as if he was taking the blows. He said sombrely: 'If you're right, then you could be in a lot of strife.'

'Yes,' Mackinnon said. 'That's why I'm telling you about Greenway. Just in case.'

For a while, Carter continued his rocking motion, his head

149

down, deep in dark thought. Then, with one of his startling changes of mood and temperament, he looked up and tried a bright smile. It came out crooked and ragged at the edges, but it was still a Carter smile.

'Right,' he said. 'Listen, old son, if they give you any more trouble, just yell and I'll come running.'

Callowood was heading across the newsroom. Carter reached down and gave Mackinnon a gentle knock on the chin with his clenched fist, a gesture of affection.

'Just like the old days,' he said, smiling sadly.

The Editor said: 'I need a new editorial.'

Carter sighed: 'New-new or old-new.'

Callowood grimaced: 'I don't think you've written it before.'

'New-new,' Carter said. 'What a way to waste a haircut.'

He followed Callowood but after a few steps he stopped and called back to Mackinnon. 'Just like the old days.' When they had been younger and fierce and full of many things that would never come back, not for all the wanting and needing in the world.

'Just like the old days,' Mackinnon echoed, watching his friend step jauntily across the office. The phone rang and he picked it up.

'Mr Mackinnon.'

He did not know the voice. There was a strangeness about it which immediately put him on his guard.

'Yes.'

'Your friend needs you.'

Mackinnon felt a cold hand touch his heart. Shivers ran up his spine.

'What friend?' he said and his voice sounded hollow, as if it was resounding in the earpiece.

'The bird of peace will land at 7.00 p.m.'

Dove!

'I don't know what you're talking about.' The coldness was clutching at his throat. He recognised it as panic.

'At Pier One. The mooring barge.'

'Listen, what is this? A joke?'

But even to himself, Mackinnon did not sound convincing. The panic was in his voice, a vibrant tremor.

'It is absolutely vital you bring all your Tindal negatives and prints.'

The voice had all the flat anonymity of a recorded message

and another quality, a measured formality of syntax which you did not hear in everyday speech, as if the caller had deliberately shunned the shortcuts of normal fluency so that there would be no confusion about what he was saying.

'Who is this?'

'I repeat, it is absolutely vital you bring all your Tindal negatives and prints.'

'You think I'm crazy? Who are you?'

'Don't let him down. Don't betray the bird of peace.'

The phone went dead.

A tickle of cold sweat ran down Mackinnon's back. He shivered.

Who was it?

He held the phone, staring at it, as if it knew the answer.

It must be a trap.

He slammed the phone down, a movement generated not by anger but by fright.

They must have Dove. How else would they know his cover name?

Greenway knew about Dove! Greenway had told them.

If Dove was free, he would ring himself, as he had earlier. Why would Dove use a go-between? Especially when he knew the suspicion it would create. Why would he want to change the plans? Why would Dove want the Tindal negatives?

'We'll be seeing you,' Tanner, the Superintendent from Special Branch, had said as he left.

Mackinnon saw it all; it was all so clear. They had Dove. Now they wanted proof of Mackinnon's complicity. The negatives would provide all the incriminating evidence they needed. This came as a great relief; the deception was so transparent he had seen right through it, and all he had to do was stay away, and Mackinnon laughed as the panic went out of him with a great whoosh of energy which left him with a heavy feeling of lassitude; the relief was so good he was weak with it. After a few minutes, he began to feel a little silly at the panic he had felt. All he had to do to escape the trap was ignore it.

But what if it wasn't a trap? What if it would be Dove down there, at the mooring barge at Pier One at 7.00p.m.? Waiting for him. The caller had said: 'Don't betray the bird of peace.'

Mackinnon looked at his watch. It was 6.12p.m.

Over at the news desk. Greenway was watching him.

Bassilous, who was day Duty Officer that week, took the file to Long at 6.12p.m.

'Charles Terence Anderson,' he said, believing it was possible he had found their man.

Long took the file and looked at Bassilous blankly.

'He's just flown in from Canberra,' Bassilous said. He paused for effect. 'Yakov's in Sydney.'

But Long had already made the connection. He stiffened and Bassilous recognised the first signals of alarm.

'It's OK. Canberra warned us an hour ago,' Bassilous said. 'I've sent a team to the airport to stick with him.'

Long said: 'It's Friday night. Everyone's leaving Canberra, flying to Sydney.'

Bassilous shook his head, his eyes shining with excitement. 'Only Anderson,' he said. 'Anderson's the only one on the Monday Committee who's flying to Sydney tonight.'

Bassilous handed Long the Duty Officer's Operations Log which monitored the movements of those who watched and those being watched.

'Only four on the list actually live in Sydney. The Attorney-General and the three Service Chiefs. And they're all over-nighting in Canberra for a joint meeting tomorrow of the Committee of Cabinet and the National Security Committee.'

Long put the Log aside. He had still not opened Anderson's security file, and Bassilous understood his reluctance. Four days ago, Maguire had drawn all the security files on the Monday Committee and parcelled them out among the staff. They were looking for flaws in the earlier checks, noting suspicions which might now have a totally new reality. It had been fruitless. In all probability, no men in the nation's history had had their backgrounds and private and professional lives so relentlessly examined. They would have been shocked to learn just how deeply the files probed into the secret recesses of their lives; it would have been a bitter lesson for them all. But there was nothing to indicate that one of them was a traitor, or even capable of betrayal.

Long had said: 'What we've got here is a collection of good, old-fashioned patriotic perverts.' At the time, Bassilous had thought it quite amusing.

Long had checked the Anderson file. And tonight, only Anderson would be in Sydney, where Yakov waited.

Charles Terence Anderson, fifty-six, First Assistant Secretary, Defence Branch, Department of Prime Minister and Cabinet, the name at the very bottom of the Monday Committee list, the least important of them all. Someone who had been added, perhaps as an after-thought, a functionary who took no part in the decision-making process, a cipher who smoothed the path of those who trod with greatness. He was so insignificant they would not have bothered to ask his opinion or his advice, to find out whether he agreed or disagreed; they had brought him in to serve their purpose, believing that he would believe with them.

True, they had examined his loyalty and had not found it wanting. But they had not asked Anderson the terms on which he gave it; they did not know why and to what he gave it. And it occurred to Bassilous that they should have seen this from the outset, that the loyalty of all the men on the Monday Committee, with the exception of the Prime Minister, had been tested *before* they learned the secrets they were to administer and protect. They should have seen that Anderson was the least involved and the least implicated of those on the Monday Committee, the least committed and therefore the most likely to betray it.

Bassilous saw this now, and it had been enough to enable him to view Anderson in another perspective which vested him with significance, through eyes which gave him importance, and when you read his file with this new vision, letting the man grow on you, rather than starting at the end with the latest update, it was all down there, waiting. They had probably overlooked it because it was so obvious, his actions so routine, so abjectly mundane, that they had forgotten that this was exactly the sort of cover they themselves sought for covert operations.

153

'It's all in the file,' Bassilous said. He had drawn and checked it when the request for surveillance came through. 'It just depends how you read it.'

He stared at the top of Long's head, immensely satisfied that he did not look up or seem to answer him. After all, it was Long who had missed it.

'He flies up every Friday. He catches the 5.15p.m. flight from Canberra, books into the Acacia Motel at Concord, visits his son in the veterans' hospital Friday night, Saturday and Saturday night and Sunday morning and flies home on the 4.05p.m. TAA flight. And gets quietly and miserably drunk.'

Bassilous was not going to surrender one nail; he was going to hammer them all home, as hard and deeply as he could make them strike into Long's Great Public School veneer.

He said: 'He used to drive up with his wife. Until she was killed in a car accident. He still takes the same motel room. I guess it's full of memories. Nice memories. Sad memories.'

Bassilous' father was Greek and he had the thick black hair and creamy good looks and much of the sentimentality of his Ionian ancestors. He came from a close-knit family which had struggled in business to blossom with children and he could sense Anderson's loss; there were things in life you knew better if you had slept two in a bed, six in a room and yet had not known what it was to be unloved. Long's disease, the cancer of the unloved, was that he could not recognise something which he knew existed only by repute.

'Is that not a picture of a lonely, heart-broken and quite probably embittered man.' Bassilous made it a statement. 'Try page seven. The son's medical report. Then I think we should go see the boss.'

He stood patiently while Long read page seven and then page eight and nine. With great deliberation, Long closed the file and stared at the cover: Classification 1 – SF/MC/CL18. The last on the list.

Finally, Long picked up the file.

'Let's go see Maguire,' he said.

The career summary on the son's medical report read:

Mark Hugh Anderson, graduated Royal Military College, Duntroon, 1968, served as a first lieutenant and platoon leader with the Australian Task Force in Vietnam 1969–70. Promoted captain 1971, Major 1975, and resigned commission 1976.

Two photographs stared up at Maguire with that one-dimensional fixedness of life caught in a millisecond of time and preserved forever. One showed the face of a young soldier frozen in the full bloom of hope, brimming with confidence and the excitement of life; he had been strong-featured, strong-bodied, strong-willed. This splendid youthful purity became a terrible mirror for the second photograph which showed a face and body bloated and pulped and veined and coarsened; it caught the corruption of flesh, over-ripe, rotten and rotting. Maguire held the photographic record of the disintegration of a human being and the effect of seeing the photographs side-by-side was shocking.

Maguire said: 'They're hardly recognisable as the same human being.'

Long said: 'He's thirty-eight going on ninety-eight. He's been a mess ever since he came back from Vietnam. The diagnosis is extreme neurosis and cortical atrophy brought on by diffuse poisoning and destruction of brain cells severely affecting his nervous system and his motor abilities.'

'We've known this all along?' Maguire demanded. It was an appalling mess.

Long said: 'We were aware of his son's condition but, of course, it was not considered a demerit as far as Anderson senior's security fitness was concerned.'

'He's a human vegetable,' Bassilous said. 'He's slowly rotting to death. But what's important, what affects us, is the reason why.'

He indicated the medical fitness report. 'Page seven,' he said. 'Paragraph three.'

Slowly, Maguire turned the pages and found the relevant paragraph, read it and put down the report. He stared at his desk for a long moment, digesting it, wondering why, after all the years of bitter accusation and public controversy and government and medical inquiry, it should have taken them so long to discover what ailed Anderson's son. And then ignored it.

It went back to where all the rot began. How many maggots

155

had already slithered out of that mire to threaten them? And now, here was another.

'After all this time,' Maguire said, lost in his yesterdays. 'After all these years.'

Long said: 'It goes back to Vietnam. We sprayed him with a defoliant made of a fifty per cent mixture of two chemical solutions, 24–D and 2,4,5T.'

Bassilous said: 'It's better known as Agent Orange.'

MACKINNON – *Night*

Shultz drove Mackinnon to Pier One. He opened the window against the stifling heat and the breeze generated by the car blew hot against his eyes. He rode hunched against the door and immersed in himself, holding the envelope across his knees, looking out at the night but seeing none of it. He moved in his own pocket of existence through the clamour of the city, the lights and noise rushing past him, and then the twinkle of lights on water as they swept around the waterfront past the head-quarters of the Water Police and under the massive steel stanchions of the Harbour Bridge. For a second, they were awash with the thunder of an electric train passing overhead. Shultz pulled up outside the gaudily illuminated entrance to Pier One.

'You OK?' he asked, concern clouding his eyes.

'Sure.' Mackinnon tried a grin but his lips were so dry they merely cracked. He was touched by Shultz's concern.

'You want me to wait?' Shultz asked, watching Mackinnon with a mixture of affection and admiration.

Mackinnon hesitated. 'They'll be looking for you any minute now.'

'To hell with them. You want me to wait and I'll wait.'

Once again, Mackinnon felt the tug of concern and was grateful for it. It was a touch of warmth in an otherwise cheerless situation and it made him aware of how exposed he was at that moment. He had decided against telling the Editor about the rendezvous because he would have had to explain his fears about Greenway, and Callowood would have regarded them with incredulity. Carter had disappeared somewhere in the building. He was going in alone, unaware of who he was meeting, unsure of where it would lead him. His only certainty was that everything he was doing was wrong. Yet every time he tried to walk away from it, he remembered Dove's voice and the urgency in it and was

157

assaulted by guilt. In a way, he was more afraid of his own cowardice than he was of the uncertainty of what lay ahead.

'I can turn off the radio and claim I was off having a shit,' Shultz offered.

But Mackinnon shook his head. 'Thanks, Shultz,' he said. 'But I don't know how long I'll be. Be good, huh.'

Shultz grinned: 'Sure. But don't ask me to like it.'

Mackinnon got out and walked to the pier entrance which was on the second storey of a converted warehouse and flush with street level. On an impulse, he turned and walked along the side of the building to where a steep flight of stone steps cut down the cliff face to the waterfront. From here, he could see straight down on to the crowded pier and the mooring barge which rode beside it. A harbour pleasure-cruise boat was tied up and white-jacketed staff were taking on board platters of smoked ham and king prawns and lobsters. A small harbour water taxi rocked next to it, the driver lounging and reading a magazine. Three other privately-owned motor launches were moored and on all of them groups of merry-makers stood and sat around drinking and laughing.

Mackinnon went down the steps. At the bottom, a carousel whirled its wild-eyed wooden horses and its music blared brassily over the shrieks of the children. The wharf was crowded with lovers and family groups and tourists who thronged along its 200-metre concourse or sat under brightly coloured umbrellas drinking and eating. The aromas of many different foods and spices hung temptingly in the breezeless night, pushing aside the heavy salty tang which came up from the Harbour. It was a bustling, happy, noisy place despite the torpor of the night. Beyond the blaze of lights, a dark and oily stillness lay on the water.

Mackinnon walked to the rail and looked down on the mooring barge. The driver of the water taxi had taken on two customers and was easing his craft out into the Harbour. The staff of the harbour cruise boat had disappeared inside. The groups on the motor launches were having a good time. It all seemed perfectly natural and innocent. It was 7.03p.m. He looked around, wishing he knew what Dove looked like and that they had arranged some exchange of identification signals. But they had always intended to meet at Tom Collins' rooming house and the only pre-set exchanges they had settled on were verbal.

158

I either walk down or I walk away, Mackinnon told himself, staring out at the merry-makers, wondering who among them waited for him, and what he was walking in to.

He stepped on to the gangway that led down to the mooring barge and was half-way down it when he heard a commotion on the pier. The crowd was pressing out on itself. People stumbled in their haste to move back and there were several cries from women. But they were cries of surprise, rather than alarm, and as the crowd scattered he saw that a woman and a man were staggering out of the shadows at the end of the pier where the maintenance bays were located. The woman was dressed like a Cossack in loose pants and high boots and a sleeveless vest and she was struggling to keep the man on his feet. Someone laughed and yahooed as she sprawled him into a hastily-vacated chair. He slumped over the table, scattering its contents of take-away food cartons and plastic cups.

'Fucking drunks,' a man snarled but the crowd moved good-naturedly on, closing in on them, and Mackinnon went down on to the mooring barge where he hesitated, not quite sure what to do next. Surely, if they were going to make contact, it would be now, But none of the people on the pleasure craft paid him any attention and he moved hesitantly closer.

He heard the clip of heels and a hand touched his sleeve and he turned to see the bleached hair, pencilled eyebrows and blushed cheeks of the woman who had been with the drunk. She was waving a cigarette at him.

'Do you have a light please?'

Her voice was accented and deep and Mackinnon realised she was not a woman at all, but a man dressed as a woman. He was flushed and sweating and breathing heavily from the exertion of a few seconds earlier.

'I don't smoke,' Mackinnon said.

'Of course you don't, sweetheart,' the neuter said and took Mackinnon by the arm in a grasp that made him wince and toppled him off balance towards the water, laughing shrilly.

'Hey,' Mackinnon yelled, but a big man stepped off one of the pleasure cruisers and wrapped him in a bear hug.

'Willy,' he boomed and crushed him so hard Mackinnon had difficulty breathing. He was lifted into the air and dumped on to the boat. On the wharf, people were laughing at their antics.

'Willy, you old drunk,' the man shouted and laughed and

159

another man hugged the both of them, shouting 'Willy, Willy,' and they threw him down below. Mackinnon tumbled up against the saloon table and as he scrambled to get to his feet, the boat surged away from the wharf, throwing him off balance again. He lunged up, straight into the outstretched palm of the neuter who moved forward, thrusting his palm under Mackinnon's nose, forcing him back until he sprawled on to one of the bunk-seats. Mackinnon lay back on his elbows, gasping, wondering what his chances would be for a kick.

'Please, Mr Mackinnon,' the neuter said. 'No more violence.'

He, too, was breathing heavily and he stood, rocking with practised grace in the stance of a karate fighter, and Mackinnon realised that the palm butts on his nose had been the least hurtful of the blows that could have been inflicted on him.

'OK,' he said, rubbing his nose gingerly. 'But let me up. OK.'

'We have no intention of harming you,' the neuter said. He took off his wig and threw it across the cabin. He was older than Mackinnon, slender and hard muscled. He had neatly trimmed brown hair and without the wig, the heavy make-up made him look grotesque.

He said: 'We merely want to talk to you in private, without being interrupted.'

The big man stepped into the cabin carrying a bottle of champagne and several glasses. He waved them at Mackinnon and began pouring.

'You are not hurt, eh?' he said and passed the first glass to the neuter.

'It had to be done quickly, you see. But we did our best to be gentle.'

He laughed and passed Mackinnon a brimming glass. Both men spoke with the underlying heaviness of East Europeans but their English was Americanised and the result was accents that were both nasal and harsh. Whoever they were, Mackinnon was certain that Dove was not with them.

'No thanks,' Mackinnon said.

The man frowned. 'But it is French. Real champagne. And very cold.'

Mackinnon shook his head.

'You are angry?' the big man said.

'I don't drink,' Mackinnon said warily.

160

'You don't drink!' The big man stared at him in disbelief. He turned to the neuter. 'You hear that. He doesn't drink.'

'Ridiculous,' the neuter said and swallowed his champagne in one gulp.

'Ridiculous,' the big man boomed. 'It's worse than that. He is sick in the head, a menace to society.'

He laughed and drank the champagne and refilled the glasses.

'Well,' he said, eyeing Mackinnon sardonically. 'It is much better that you are angry and not frightened.' And he laughed loudly, because it was quite plain to see that Mackinnon was frightened.

The neuter smiled reassuringly. 'It's OK. I'd be frightened too.'

It made Mackinnon feel foolish, a boy among men. He blushed, feeling more angry now than scared.

'Please.' The neuter pointed and Mackinnon realised he was still grasping the big manila envelope.

'Sure,' he said and passed it across. 'Who are you?'

The big man took out a switchblade knife, sprung it open, and passed it to the neuter. Mackinnon involuntarily took a step back.

'Who do you think we are?' the neuter asked.

'The *Folies Bergère*!' Mackinnon retorted, angry that he had been afraid. The neuter looked at him in surprise and then burst out laughing.

'Tell me, Mr Mackinnon, what is that expression you have for men who wear women's clothing?'

'Drag queen.' Mackinnon was beginning to feel ridiculous. These men were playing with him.

'Drag queen!' The big man exploded into laughter once more, spilling his champagne. 'Drag queen! Oh yes.' He sat down on the poop steps, rocking with mirth.

'I have been called worse things,' the neuter said, smiling. 'I assure you I do not dress like this all the time.'

He slit open the top of the envelope and took out eight blank sheets of photographic printing paper. Slowly, one by one, he inspected them, and then he handed them to the big man, whose eyes went suddenly blank, all his good humour gone.

'You disappoint me, Mr Mackinnon,' the neuter said solemnly and Mackinnon realised that of the two, he was by far the more dangerous.

161

'Who are you?' he asked again, his voice hoarse now.

'We are friends of Dove,' the neuter said. 'That's all you need to know. And if you had brought the negatives as we requested, you would be on your way back to shore right now.'

How did they know about Dove? Only four people knew the name. Dove himself, Mackinnon, Callowood. And Greenway! They had to be from Special Branch. Or ASIO.

'Who's Dove?' Mackinnon asked, hoping it was convincing. 'I don't know any Dove.'

The neuter shrugged: Did you know you were being followed?'

The surprise on Mackinnon's face gave him his answer.

'No. I thought not,' he said and grimaced in dismay at Mackinnon's carelessness.

The big man stepped over, his face full of concern, and for the first time Mackinnon saw that the neuter moved gingerly, favouring his left side.

'Do you have something stronger than champagne?' the neuter asked and the big man brought him a bottle of brandy. He unscrewed the cap, filled a glass and drank it quickly.

'I'd better have a look at you,' the big man said and took the bottle and glass from the neuter and handed them to Mackinnon.

'Keep pouring,' he said and turned back to the neuter, totally indifferent now to Mackinnon's presence and this more than anything else reassured Mackinnon that he was not in immediate physical danger.

The neuter winced as the big man drew the sleeveless vest over his head and revealed a huge red welt which was already darkening with bruising. There were other bruises on his arms, ugly bluish weals which obviously hurt. He bit down on his lips and tried to grin at the same time and in his eyes Mackinnon saw a stab of pain which made him blink hard. The big man rubbed the bruises softly, massaging warmth into them, a man who knew what he was doing.

'You should have left him to me,' he scolded and Mackinnon began to realise that the man who had been staggering back in the wharf had not been drunk. Nor was it part of an elaborate cover story; the bruises were too shockingly real for that. He filled the glass and passed it to the neuter, who nodded his thanks. The big man cupped his palms and filled them with the alcohol and began rubbing it into the wounded flesh.

162

'He was tougher than I expected,' the neuter said and saw Mackinnon's alarm. 'Don't worry, Mr Mackinnon, he is a very sick man but I assure you he is not dead.'

'That's good,' the big man grunted as he massaged, obviously relieved. The neuter showed Mackinnon the bruises.

'If I had wanted to kill him, he would not have had a chance to do this to me. But I struck to disable him only.'

A streak of make-up remained beneath his eyes, making them appear huge and hollow and accentuating his high cheek bones so that his features looked gaunt and sallow. He swallowed the rest of the brandy and held out the glass. Mackinnon filled it. The big man finished his work and the neuter took a towel and began wiping the make-up from his face. He moved stiffly and now that the broken blood vessels had congealed Mackinnon saw that each welt was about the thickness of the heel of a human palm and he began to understand how they had been inflicted.

'Have you got any further with who we are?' the neuter asked. Mackinnon had the impression that he was trying to reassure him.

'I don't know,' Mackinnon said. 'But I think you're stooges from Special Branch or ASIO. *Emigrés* someone is using to set me up. *Agents provocateurs.*'

'That's not bad,' the neuter said. 'For a man who is frightened and confused, that is very quick thinking.'

He held out his glass and Mackinnon half filled it. The neuter tapped it against the bottle and Mackinnon filled it to the brim. The neuter held up his arms to display the bruises.

'In that case, who was it who did this?'

Mackinnon stared at him. He had a point.

'You tell me,' Mackinnon said. 'Then we'll all know.'

'It's not that simple, Mr Mackinnon,' the neuter said. He took a towel and wrapped it around his shoulders. He was pale and still shivering from the shock of the combat.

Was it possible that they were, indeed, friends of Dove? In that case, then it was the man on the wharf who was from the security services.

'Who we are is not important as what we know,' the neuter said. 'And when you learn what we know, you will have a better idea of who we are. But, I assure you, Mr Mackinnon, by then we will have ceased to be relevant. Only the truth of what we want you to know will be significant.'

He paused, watching Mackinnon carefully. 'More significant than you can imagine,' he said.

'I'm listening.'

'Dove will tell you,' the neuter said.

'There is no Dove,' Mackinnon said. 'Not that I know, anyway.'

The neuter shrugged, suddenly indifferent: 'OK, we'll play it your way.'

He stood up and began drawing off his boots. The big man brought him a clean shirt, an everyday suit and black shoes and socks. The neuter was goose-pimpled despite the heat, and Mackinnon wondered at the brutality of the fight which had left one man insensible and the other badly bruised and shocked. His eyes were exaggerated into big dark pools by a touch of make-up shadow still on his paling face and it gave him the haunting look of emaciated purity, the face of a starved and hungering choir boy.

'Take the boat in,' he ordered the big man, who went up on deck.

'Where are we going?' Mackinnon was chagrined that he could not, try as he did, keep the anxiety out of his voice.

The neuter looked up, as if he was amazed at Mackinnon's stupidity. He pulled on the shirt.

'To see Dove of course,' he said.

ANDERSON – Night

Charles Terence Anderson, the cipher at the bottom of the Monday Committee security checklist, sat by his son's hospital bed and stared at the exhausted face of a hollow-eyed old man sucked of energy and hope; you could see only weariness in the skin and in the lacklustre eyes. It was his own face, reflected in the window. But it did not interest him nor stir his concern. He was already beyond that, and what reserves of human sympathy that remained in him were being held for his son; there was not much, for even a grieving father's compassion was not limitless, and in these last few weeks of hard decision he had felt his capacity to love, the seed of grief, draining out of him and the emptiness expanding in him until even his head floated with it. At times, he felt that only air flowed in his veins and that his body had all the substance of a blow-up doll, vulnerable to a pin prick.

His son, Mark, lay on his back in his bed, his head turned to one side. He was now in a state of permanent semi-coma, floating in and out of consciousness without any pattern or regularity. The doctors had told him it was their opinion that Mark did not want to regain consciousness and was fighting to lapse permanently into coma, where there was no suffering and failure did not exist to accuse him. At first, this had almost broken his heart, for it ended the last of his hope. Yet this had saved him in the end; without hope, he had had to find an alternative, and he had found it had always been there if one had the courage, and he believed he had resolved that now.

Nurses walked soundlessly into the room to check on him and then walked soundlessly out again, checking to see that he had not fallen asleep. His devotion had opened the well-springs of sympathy which lay in them all. They quietly adored this old man who came so far every weekend to sit with a son who had not made an intelligent sound in months and who only ocasionally gave an indication that he was aware of his father's presence, sensing that his time with his son was an end to the loneliness which devoured him the whole week through.

He took Mark's hand and squeezed it, hoping there would be a response from fingers which had once been so strong and firm in their grip. But the hand was pudgy and dough-like; from head to toe, he was like that, soft blubber to be kneaded into eating and breathing and defecating and washed clean and clothed; repugnant. His fingernails were immaculately manicured; some nurse had lifted this lifeless lump of flesh into her lap and sat there carefully filing down the fingernails, the way a little girl would paint the eyes and rouge the cheeks of a doll. Yes, it was all so tender and devoted and yet so repugnant, and Dove wondered if they sat nattering to Mark too, the way little girls whisper secrets to their dolls?

'Mark.' He leaned forward with his mouth close to his son's ear, speaking softly even though there was no one else to hear.

'Mark. It will be all right. Do you hear me? Everything will be all right. I promise you.'

There was a flutter of movement close to his lips and it so surprised him he pulled back sharply, as if from a threat. His son's eyes were open and staring at him and in them he believed he saw comprehension. The miasma of vagueness which had lain over them like a slick of oil was not there and he was sure they were focused on him and aware; they were increasing in strength, the light in them intensifying, and with a wrench of his heart he saw his dead wife's eyes. Sweet Jesus, in that moment it was as if his wife and his son had merged and were looking out at him through the same eyes. The eyes were indeed alive, beseeching, pleading, and behind that, despair. His son as trying with all his strength to tell him something and was terrified he was not being heard.

'Yes,' he said, loudly this time, nodding vigorously. 'I understand. Yes. Yes.'

Perhaps his son could see and hear after all because he was sure he saw relief flood into Mark's eyes and then something which was to give back to Anderson the gift he had given his son; he was certain he saw love; they opened wider and for a flicker were full and glistening and then they closed.

He leaned forward and very gently kissed his son's eyes. He

did what had to be done and then he sat there for a long time, holding his hand.

A hand fell on his shoulder and broke his reverie. He looked up, recognising her, even though it had been dark the only time he had met her.

MACKINNON – Night

Yakov said from the back seat: 'He'll come alone.'

Kudryavtsev said: 'He'll be followed, of course.'

Yakov said: 'We can handle it.'

Sitting in the front seat with the big man, Mackinnon had a sense of unreality. It was quiet and they had been waiting several minutes and the calm talk of his captors – how else was he to think of them? – seemed at odds with the tension of the situation. Yet the warm night and the hum of the faraway traffic and the occasional hiss of a passing car seemed in perfect cadence with their quiet voices, a denial of threat. They had made no attempt to restrain him. Then again, it had not been necessary. He had gone with them with docility. For a moment, he wondered what they would do if he tried to get away but he did not dwell on it. He felt a lassitude, a fatefulness which pried deep into his subconscious and brought forth a fleeting sense, the odour of sweat and a taste of salt, all of it sharp with immediacy, of men on a raft of inflated ox-bladders on the Kunar River in Afghanistan, caught in the sudden shock of flare-light and kneeling in frozen postures, helpless as rabbits, as the tracers flicked out of the dark, floating on the night, lazy and languid with death. He was both afraid and unafraid; once again, he was waiting on fate to overwhelm him, knowing it was beyond his manipulation.

How did they know Dove was being followed?

There were so many uncertainties. Too many.

The car was parked at the corner of Castlereagh Street where it ran across the pedestrian mall of Martin Plaza. They were hard against the kerb. They were not visible from the top of the plaza but could see diagonally across it. Over them rose the polished façades of new office buildings and the heavy sandstone and granite blocks of banks built last century. The Post Office clock tower, which had once dominated this wide and impressive concourse, now cowered in the shadows of glass and steel monoliths. It began to chime for nine o'clock, a lonely, metallic sound. The plaza was deserted except for a few late workers going home. The newspaper seller's rotunda was closed and shuttered. Its forgotten posters said: Geneva Summit Showdown. This was the business centre of the city, and at night it rang with the hollowness of a tomb.

Mackinnon said: 'You realise abduction is a criminal matter.'

Kudryavtsev laughed: 'Ab-duck-shion. What a word, eh.'

'Just think of us as escorts,' Yakov said.

There was a trace of mockery in the words. Kudryavtsev was sweating and had taken off his tie. But Yakov was as trim and neat as a valet. The car rocked as he shifted his weight and Mackinnon wondered if the bruises were still distressing him. He did not care to turn and look.

Kudryavtsev said: 'I thought the word was kidnap. In the movies, it's always kid-nap. What is this ab-duck-shion?'

'Twenty years hard labour,' Mackinnon said, surprising himself. Yakov laughed softly, clucking his tongue to show his appreciation.

This is crazy, Mackinnon thought. Absolutely bloody crazy.

The Post Office clock ended its chimes. In the sudden silence, the plaza seemed even more desolate. A piece of paper flicked across the road in front of them and Mackinnon realised it was the beginning of a wind, the first for days. The southerly was coming in. A few people came out of the subway entrance to their right, where the plaza took on a gentle incline as it climbed uphill. But they were quickly gone, disappeared into the night, swallowed by the echoing canyons.

Mackinnon felt the first wash of coolness that came with the wind. Kudryavtsev opened his shirt to catch it.

'Psst,' Yakov said and Mackinnon turned and saw with a fright that he held a pistol. But Yakov was not interested in Mackinnon. He was staring out the right rear window.

A block up and diagonally across the plaza, a taxi had stopped. Mackinnon could see its roof light above the balustrade which marked the subway entrance. A man got out and began walking down the plaza. When he was clear of the subway entrance, Mackinnon saw he carried an attaché case in his left hand. He stopped and transferred it to his right hand.

It was Anderson.

169

'It's him,' Yakov said. 'Dove.'

Kudryavtsev started the car engine.

'Wait,' Yakov said.

Kudryavtsev took out a pistol and put it on his lap.

Now, Mackinnon thought. Now's the time to run.

But he stayed, watching the approaching man. Was it really Dove?

'Keep walking,' Yakov hissed, willing a command on Anderson.

But Anderson stopped and turned to look behind. Was he being followed? They could not see.

'Don't panic,' Yakov hissed, another unheard command.

They heard a car door slam.

Anderson hesitated, uncertain what to do.

'*Chert poberi,*' Yakov swore. 'Let's go.'

Kudryavtsev rolled the car forward. Anderson saw it and started walking, quickly now. As they came clear of the building alignment, Mackinnon saw why the plaza had been chosen for the rendezvous. The subway entrance dissected it like a surgeon's belly slash. Lampposts and flagpoles marched down both sides, a slalom course that would make it very difficult for a car to get through to them. Any followers would be forced to come on foot and would be helpless to pursue once they got Dove inside the car.

And that was exactly what was happening. Mackinnon saw the car parked a block up. A big man with a greying crewcut was walking quickly after Anderson. It was Stevens.

Yakov stepped out, using the car as a shield.

'Run,' he called. 'Run.'

Anderson started running, casting a frightened backwards glance. It was enough to put him off balance. The attaché case struck his knee and he went down.

Stevens yelled: 'It's a pick-up.' He drew his revolver.

With a grunt, Kudryavtsev threw open the car door and ran to Anderson, literally scooping him off the ground. He moved with surprising speed for such a big man.

Stevens dropped to one knee and swept up his .38 calibre revolver, aiming it two-handedly. But he still could not shoot because Anderson blocked his line of sight on the Russians.

Yakov fired, using the car roof to steady his aim. The bullets hit the stone pavement near Stevens, who rolled and came up on

170

his elbows, revolver aimed. But he still could not get a clear shot without risking hitting Anderson.

Yakov fired, missing again. Stevens rolled, and this time it took him under the cover of the underground entrance balustrade.

Kudryavtsev hurled Anderson into the rear seat. Mackinnon sought to escape out of the front seat. Yakov jammed the door on him as he came out. Mackinnon screamed in pain and fell back inside, cracking up against Kudryavtsev who was back behind the wheel. Yakov wrenched open the rear door and leaped in.

'Go,' he shouted.

Kudryavtsev accelerated and in that moment Stevens came out from the balustrade, revolver up and firing, aiming for the front door and hitting it dead centre, Bam, Bam, counting, one, two, seeing the holes the bullets punched in the door, Bam, Bam, three, four, body-shooting, knowing he had a casualty. Kudryavtsev grunted as the bullets took him in the right side, one in the ribs and the other in the lung. He tried hard to hold the car straight but it swung and hit the newspaper seller's rotunda and ricocheted into a lamppost.

Stevens, steady on his feet, aiming coolly, fired twice more, taking out the right front tyre. Then he flung himself back behind the balustrade to reload.

'Out,' Yakov screamed.

He dragged Anderson on to the pavement. Mackinnon came out next to him, rolling low, and when he came up on his knees, he saw that Yakov was dragging Kudryavtsev across the seat and on to the pavement. The big man was coughing and spitting blood.

Kudryavtsev grunted and dragged himself upright against the car, a tremendous effort. He leaned across the roof, using it for support, aiming his shot on to the car which Bassilous was charging down on them, determined to block their escape. There was just enough room for Bassilous to scrape past the underground entrance balustrade. Kudryavtsev's fire took out the windscreen, blinding Bassilous, and he threw himself sideways on the seat as the car swung, chopping into the rotunda and spinning against the Russians' vehicle.

Bassilous felt his left shoulder wrench out of joint but with his right hand he pushed down the door handle and he kicked

171

the door open, screaming in pain as he jack-knifed out and scrabbled against the rear wheel. There were two cars between him and the Russians and he lay there, revolver in his good hand, trying to figure out a shot.

Stevens came up over the balustrade, giving him covering fire.

'Keep down,' Stevens yelled and ducked back as Kudryavtsev and Yakov opened fire.

For a second, there was a lull. Anderson sat against the car, dazed, panting. Mackinnon knelt by the front wheel, instinctively seeking the best protection. His arm was throbbing and hanging by his side. The door had caught it on the elbow and it was temporarily useless.

Kudryavtsev was slumped against the car, trying to bang a fresh clip into the butt of his pistol. But his breath and his blood were pumping out of him and his hands were shaking too much. Yakov snatched the weapon from him and slapped in the magazine.

'We're going to have to run for it,' Yakov said and Kudryavtsev stared at him, understanding what was required of him. His eyes were huge with life's last effort. For a moment, Yakov stared at the big Georgian, remembering the tenderness Kudryavtsev had shown him on the boat. He lifted his pistol.

Mackinnon realised what was about to happen. He knelt by the front wheel, within arms reach, watching with fascination.

'No,' he croaked, his voice torn with shock.

Kudryavtsev shook his head. He could not run. He could not be left alive. He tried to take from Yakov the dreadful responsibility of killing him. Somehow, he found the strength to get his pistol up and over the car roof.

'I will cover you,' he said. The words hiccuped out, full of blood.

Yakov did not lower his pistol.

'You will need the time,' Kudryavtsev said. 'Go. Now.'

Still Yakov hesitated. The Georgian was not begging for life. But Yakov was not sure he would have the strength to do what had to be done.

Kudryavtsev said: 'I will not be taken alive.'

The last gift of his life would be his own death. He stood upright, a great effort, to show he still had the strength.

Yakov lowered his pistol. He said: 'I am truly sorry, comrade.'

'Go,' Kudryavtsev croaked.

A fusillade of shots cut through the car windows. Kudryavtsev was knocked backwards, still on his feet. He fired once and then he crumbled, holding his broken chest.

Stevens, kneeling by the balustrade, emptied his revolver and rolled back into cover as another car spun into the plaza, tyres squealing. It side-swiped a lamppost, clipped the balustrade and spun out of control into the wreckage.

Bassilous came up on one knee and saw with a shock that the driver was a woman.

'Lady, for Chrissake get outta here,' Bassilous yelled, waving his good hand, the one with the revolver in it.

Babushka brought up her revolver and shot him in the chest, just as she had been taught to do, aiming for the largest area. The bullet shoved Bassilous upright against the tyre.

'Lady . . .' he gasped, trying to get his revolver up.

Babushka shot him again.

Stevens, who saw it clearly, went down on his knee, aiming and firing, sure he was hitting the woman. He pulled the trigger twice before he realised the hammer was striking on empty chambers. He had not had time to re-load.

A woman, for God's sake. Stevens gaped incredulously at his empty gun.

Babushka reversed her car out of the wreckage. The tyres smoked and screeched as she spun into the street, using the wrecks as cover.

'Get in,' she screamed.

'Bassilous,' Stevens yelled. The bitch. The murdering bitch.

He was on his feet and running. He was going to kill that murdering fucking bitch with his own hands, and then Long skidded his car up on to the mall and it side-swiped Stevens, sending him sprawling. Long's car, already out of control, hit the wreckage head on.

'Move,' Babushka screamed.

She had the accelerator hard down and the tyres burned and smoked as they spun against the brakes. The snarl of the engine and the tyres made a frightful sound. The fumes poured a black and stinking smokescreen over them.

Anderson was deep in shock. He stared at Yakov and Babushka in confusion. His mouth sagged open and his jaw seemed to joggle, the way it does on a wired skeleton. Yakov thrust him into

173

the rear seat. He went without protest. Mackinnon knelt next to the car, shaking his head.

'Get in,' Yakov said and pointed his pistol and Mackinnon knew with certainty that he would use it. He ran round the front of Babushka's car and threw himself in next to Anderson. Yakov slammed the door and leaped into the front seat and Babushka released the brakes. The car spurted forward out of its foul cloud, swerving violently.

Stevens came up on his feet as Long staggered out of his wrecked car. He snatched the revolver from Long's hand and hurled himself into the acrid smoke and then he was firing, thumb and finger moving in smooth unison, using it double action to reduce the trigger pressure and improve the aim, thumbing back the hammer first and squeezing the trigger, counting, one, two, it was kicking higher than his gun, three, four, pumping the shots into the rear of the car, firing vengefully, wanting to kill, and then discipline took over and with his fifth shot he blew out the left rear tyre and then the revolver clicked empty. Long had been cautious and loaded only five of the chambers. He hurled the useless revolver at the empty street.

'You bitch,' he screamed after the car as it slithered around a corner. 'You murdering fucking bitch.'

Babushka felt the car lurch as the bullet shattered the tyre and then she was into Bligh Street, fighting to correct the drag. She saw a gap between the cars parked along the street and she braked and skidded the car into the kerb, stopping so suddenly Yakov was flung against the dashboard. Her seat humped forward as Anderson pitched into it from behind. She switched off the engine and in the sudden silence they became aware of the on-rushing howl of sirens.

'Out,' she ordered.

She thrust the .38 into her handbag. Yakov was out on to the footpath in an instant, hauling Mackinnon out of the rear. Anderson moved sluggishly, as if his limbs were weighed down. His face was deathly pale and his breath came in gasps and Babushka thought, My God, he's having a heart attack. She wrenched open the street side-door and reached in to help him and then Yakov was by her side, moving her out of the way and half-lifting Anderson out on to the street. He took Anderson's attaché case from the floor, where it had fallen.

'The hotel,' Babushka said.

They were almost opposite the busy rear entrance of the Wentworth Hotel, where most of its bars were located, and the footpath was busy with Friday night groups coming and going. Babushka and Yakov took Anderson between them and went across the street. Mackinnon went with them and within a few more steps they were in among the throng. A police car swung around into Bligh Street and accelerated past the hotel, followed seconds later by another, the derisive howl of the sirens trapped between the highrise, bouncing back and forth across the narrow street with ear-hurting intensity. The patrol cars skidded out of sight and Anderson leaned against the wall for support.

'You lead on,' Yakov told Babushka.

'I'm not coming,' Mackinnon said.

Yakov reached out and grasped him. But Mackinnon angrily knocked his hand away with his good arm. Passers-by stared at them and stepped clear to avoid involvement.

'You can't pull out now,' Yakov hissed.

'I'm not coming.'

Mackinnon stepped back, his good hand up. Yakov knew he would fight. He could not use his gun to threaten Mackinnon. Too many people were watching them. He did not know what to do. Anderson stepped up to Mackinnon, still gasping for breath.

'Please, Mackinnon,' Anderson implored. 'Don't desert me now.'

Mackinnon recognised the voice.

'Trust me,' Anderson begged.

He tried to take Mackinnon's hand but Mackinnon angrily knocked his hands aside. People stood off, watching them. They would remember this dishevelled foursome who stood arguing in the arcade.

'I can't do it,' Mackinnon said. 'Not now. Not after . . .' He waved his hands. He stared at Anderson's bloodless and drawn face. He indicated Yakov.

'Not with them,' he said.

'You'll wreck everything,' Yakov hissed, but Mackinnon was already walking away.

'Mackinnon,' Anderson called beseechingly.

But Mackinnon did not turn. He kept walking. The sound of sirens was overwhelming now.

'We have to go,' Babushka insisted and took Anderson by the arm and dragged him on to the escalator. She took them through

175

the shopping mall into the hotel's plush lobby, the crowd thickening as they advanced. By the time they turned and walked along the deep ruby carpet towards the main entrance, they were mixed in a gay concourse of dinner-suited men and gowned women attending a formal function. In less than two minutes, they had come through the hotel and across one city block, and Babushka stepped out under the awning of the Elizabeth Street main entrance. where taxis were busy disgorging people and taking on new fares under the fussy dictatorship of a uniformed commissionaire. Here, among the rich, they were safe.

'We have to split up,' Yakov said. 'I will take him to the safe house. But you must not jeopardise yourself further.'

Babushka nodded. She kept her head down. The billboard announced a dinner for the Australia–America Friendship Association and there were many among the guests thronging in who could recognise her.

Yakov took her hand. His eyes were alive with tension but she saw no fear.

'Babushka,' he said, making it a caress.

He turned and stepped with Anderson into a waiting taxi. As he slipped into the rear seat, Anderson turned and stared up at her, his eyes huge in his pallid, drawn face, and in them she thought she saw both admiration and abhorrence, and for the first time she remembered shooting the young agent. She shivered. She wanted to turn away but she could not and she stood there, pinioned by Anderson's eyes, seeing the accusation clearly now. Then Yakov tapped him on the shoulder and Anderson slid across the seat and out of sight. She breathed a sigh of relief. She was still shivering.

Babushka took a taxi. In the confines of the car, she became aware of the reek of cordite coming from her purse and she opened it and took out a perfume atomiser and sprayed the purse and the gun and herself liberally. She leaned against the side of the car, her face near the open window, feeling the breeze and shivering and trying not to think of the agent she had shot.

The taxi took her to the fashionable Harbour-side suburb of Double Bay, an enclave of privilege and wealth, and stopped outside a restaurant. She repaired her hair and make-up before she got out. When she stepped inside the restaurant, she was enveloped in a rush of warm air, the murmur of laughter and voices and the aroma of rich food. It was an ornate place, heavy

176

with brocade and gilt. The receptionist was on the telephone, taking a booking, and she nodded respectfully and put her hand over the receiver.

'They're waiting,' she said and smiled at Babushka with a touch of admiration and a barb of envy. 'The whole family.'

'Thank you,' Babushka said, wondering if she would find the strength to say more. She hoped to avoid the maître d' but he came rushing over and glided alongside her.

'The Senator insisted they would wait until you arrived,' he said.

She saw them across the room, and was overcome with a feeling of helplessness. Her husband, Senator Rodney Trollope, the Minister for Defence in the last government before its defeat two years ago, turned and smiled and came to his feet with courtly good manners, and so did her two sons, tall and handsome now, like their father, and as gallant. Her daughter and daughter-in-law smiled lovingly and proudly, and her granddaughter sat in a high chair and excitedly brandished her teddy bear.

'Grandmama,' the child called. 'Grandmama. Grandmama.'
Babushka! Babushka! Babushka!

Maguire walked slowly through the carnage. People had gathered to gawk, held back by the tow-trucks, the vultures of twentieth-century cities, which formed a laager around the three wrecks, waiting to fall on them. Red and yellow and blue siren lights spun in wild gyrations, whiplashing the night with their shivering illuminations. Their drivers stood around smoking, investing tragedy with insolence; even standing still, they swaggered with that uncaring pride of those who have seen so much mutilation and violence they are untouched and are boastful of their indifference. Police cars stood by, radios chattering discordantly and ceaselessly; the sound squawked out into the night. Two ambulances waited, doors open. One for the dead, one for the living. The medics had finished working on Long, who had suffered only a sprained left wrist and bruises.

They had moved the two corpses together under the protective lee of an ambulance and covered them with sheets.

'The murdering bitch!' Stevens said and Maguire knelt and pulled back a sheet and saw Bassilous in death. It had been Bassilous, Maguire remembered, who had put them on to Anderson and he wondered if fate had ordained it so, knowing

177

that it led Bassilous along the path to death. He recognised Kudryavtsev immediately. He had died fighting, his face contorted with effort, cast in an eternal snarl.

Anderson had led them to Yakov. And they had let them escape. Maguire dropped the sheet and stood, despair overwhelming his anger, leaving a sucking hollowness in his guts. Duckmanton and Landricho stepped through the police roadblock and walked quickly towards them.

'He didn't have a chance,' Stevens said quietly. 'Christ, he was trying to help her.'

So one of them was a woman, Maguire thought. Well, that's one we don't know about. Another score to settle.

Duckmanton's face seemed to have less life than the two corpses Maguire had just inspected. Landricho wore the expression he reserved for catastrophe, his marine-face, stoic against calamity.

'Was it Yakov?' Duckmanton asked.

'It can't have been,' Maguire said bitterly. 'Your men have got him under surveillance in the Opera House.'

Duckmanton's cheeks quivered and paled. 'We went in,' he said. 'He wasn't there.'

'Then it was Yakov.' Maguire said. He stood, rocking.

Tanner, the Special Branch superintendent, had been standing off and now he came over, his face grave with contempt.

'You lads sure know how to make a mess,' he said.

Duckmanton said: 'When you get them, you're to leave the interrogation to us.'

Tanner stared at him balefully.

'You got that straight, Tanner?' Duckmanton said softly. 'No one is to talk to them except me.'

'Fuck-wit spooks,' Tanner said, and walked away.

Duckmanton turned to Maguire. There was a strange brightness in his eyes and it was not the light of panic or alarm. It was, Maguire thought, the hot light of elation.

'You're finished, Matthew,' Duckmanton said. His composure was remarkable, considering the circumstances. 'I'm closing you down.'

'You can't do it,' Maguire said. There was no heat in his words. A strange calm had fallen over both of them, heavy with the weight of disaster.

'We'll see,' Duckmanton said and walked away, a gaunt figure against the wild flashes of light from the wreck trucks.

'If you're going to do anything, Matthew, it'd better be now.' Landricho spoke quietly but it was nonetheless an ultimatum.

Maguire watched the departing figure of Duckmanton, wondering about the light he had seen in his eyes and what lay behind it. The wind was stronger now. The sky rumbled. A bolt of lightning jagged across the slit of sky that lay between the skyscraper peaks. The long-awaited wind from the south was about to descend on them.

'Stick with me, Jonathon,' Maguire said. 'There's one last gate to shut.'

MACKINNON – *Night*

Mackinnon walked. His arm throbbed but strength was slowly returning to it. He walked with the urgency of a man who is trying to escape. The city echoed with the pulse of sirens, but the sound was diminishing; he was going away from it, although he was hardly aware of where he was going. He came out of the protection of the skyscrapers and felt the buffet of wind as it caught him full on the chest. He saw before him lights wriggling and bobbing on a black carpet. He had come to the waterfront at Circular Quay.

There was the taste of salt in the air and this reassured him. He walked on to the quay concourse and stood by a rail above the water and stared out into the Harbour night where the lights of ferries and cruise boats floated fantasy-like, contradicting the reality of the brutality he had just experienced. The violence had numbed his brain and his emotions. He felt a heavy sense of weariness and he recognised the first symptoms of the fatigue that comes to men after battle, when the adrenalin of fear and panic is exhausted. He was cold, another symptom of shock, and he tugged his coat tightly around him.

One of the men who had been killed in the plaza was almost certainly an Australian security agent. The implications of this overwhelmed him. It even overwhelmed the uncertain identity of his abductors, the killers, making it almost inconsequential. The fact of the killing and his involvement in it, even though it had been against his will, were enough to traumatise Mackinnon. He was frightened and confused and he clenched the steel rails and stared out at the Harbour with the concentration of a man in a trance, aware that his entire body was now quivering and unable to stop it. He dared not let go the rails lest he collapse.

Far out and high up he saw a curtain of thick, black clouds swirl quickly across the moon and Mackinnon heard an onrushing hiss. It was the drumming of rain on water, and then he saw it in the waterlights, the heavy droplets thrashing into the sea and coming at him so quickly he felt the need to duck, and then it was on him, cold and hard and stinging and with it came the whoomf of the wind; it socked in and staggered him backwards. Behind it came the sound that had driven it all the way from the Antarctic wastes, the wild cry of the south wind, shrill and desolate. The wind fell on the city and drove away the heat and the stench and the stillness; it tore asunder the vacuum which had tortured the city all these long days and cleansed it. Even so, people cowered before it, because the wind struck with a mighty and suicidal force; it rose to a shriek of angry despair, for this was its dying too.

Mackinnon ran for the shelter of a wharf, where others already huddled, watching the Southerly Buster with a mixture of awe and fascination. The gutters and streets ran in torrents. Cars came to a halt, their drivers unable to see through the sheets of water flung at them by the wind. By the time he got under cover, Mackinnon was drenched and the air was already heavy with the chill of the south and the citizens stood with chattering teeth and goose-bumps on their sunburns. A series of lightning forks sizzled across the blackness of the sky and were immediately followed by claps of thunder so immense and hard that Mackinnon felt a force had reached out of the night and shaken him.

A young couple waded across the gutter with the water rushing knee-high against them. They were already drenched and their light summer clothes clung to them like fresh wrinkled skin and as they made it out of the torrent, the young woman grasped her companion's hands and began to skip, leaning out and swinging in a circle, her head thrown back, her face turned up to the thunder and the rain and the lightning. She was singing but her voice was lost in the storm. The young man swung her faster; they danced in exultation, eyes shut against the lash of the rain, throats bared to the lightning.

Mackinnon stood there watching, feeling his mouth tighten into a smile he could not stop or control; his face split open in an idiot grin, and around him people were laughing and cheering the wonderful young couple and Mackinnon knew that he was on the edge of hysteria and unable to get off it. He stood there, giggling stupidly, a reedy, silly sound. He giggled for a long time; it ebbed and flowed, coming in hiccups; he sat on a wharf

181

bench and watched the rain stitch into the Harbour and giggled. It was ridiculous but it took the tension out of him and, in the end, it saved him.

He went to a public phone box and rang Carter's home number. There was no answer. Carter, no doubt, was with Gerda. He rang the newspaper and got the switchboard to put the call through to Gerda's apartment. There was no answer. He rang the hotel. Carter was not there.

When the rain eased, he waded across the flooded gutters, caught a taxi and went to see Tom Collins.

The old man made him take off his wet clothes and gave him a threadbare but clean towel to dry himself with and made him hot coffee. He dug out an electric radiator and spread out Mackinnon's clothes to dry. He shut the window and soon the room was warm from the heater and the steam and their bodies. Mackinnon drank some more coffee. It was very cosy sitting there in the old lounge chair with the towel around his waist, listening to the howl of the wind and watching it beat at the trees and rooftops. Here he felt safe. The threat lay outside, in the wind and the rain and the black night.

'You in trouble?' the old Brigader asked, his eyes alive with hope. To him, trouble was fuel, the basic energy of just about everything worth a damn. All his life he had been in trouble of some sort or another, and the prospect of more rekindled his spirits.

Mackinnon laughed. Tom Collins' pugnacity was a wonderful tonic.

'Yes,' he said.

Tom Collins nodded, satisfied. But he did not ask what sort of trouble Mackinnon was in. Comradeship did not entertain qualification.

'You'll be all right here,' he said, proud that he could offer sanctuary, he who had never sought it for himself, and Mackinnon felt a surge of warmth that had nothing to do with the heater or the coffee and knew that he was not alone. It made all the difference.

He said: 'Tom, I can't tell you about it because it's best you don't know. For your own sake.'

'That's OK.'

'Thank you, Tom.'

'You wanna think, you just sit there and take your time and forget about me. You wanna talk, that's all right too.'

182

Tom Collins took from his wardrobe an old plastic raincoat that had several tears where the pockets were supposed to be. He put it on.

'I'm going for a walk,' he said.

'What about the rain?'

'Oh, the rain don't worry me. I like the rain. It's a precious thing.'

He put on an old woollen beanie and looked both comical and sad. Somehow, it made him seem less of what he had been and more of what he was, an old man. And this was not good, for it was the embers of the past which fired the boilers of today, and without them Tom Collins would be cold and worse than dead. Spiritless.

'The phone's still not working,' Tom Collins said and Mackinnon was relieved, because it meant that Dave's lifeline to him was severed, and that was how he wanted it to be.

If ASIO knew about him and Tom Collins, then the telephone would soon be reconnected. They would want to tap it, just in case Dove tried to set up another rendezvous. In many ways, the telephone was a barometer of the danger he faced.

When the old Communist left, Mackinnon went to the window and watched the rain dashing against the glass. *It's a precious thing*. It made a waterfall in a corner where a leaf had become wedged in the sill and the water fell out of sight into the night below. The roof gutters were still overflowing. There was too much water, now. The city was flooded with it, a dangerous over-abundance, and it was all for free, and yet Tom Collins left the Spartan comfort of his room and went out into it to remind himself that it was a thing of value, this rain.

He was a stubborn and contrary spirit and it occurred to Mackinnon that if Tom Collins had grown up under the yoke of communism, he would have been as virulently anti-communist as he was anti-fascist. He laughed softly at the thought. It was not a subject he would care to broach with the old Brigader.

He put out the light and sat at the window in the glow of the radiator, looking out at the night and the storm, calm now that he was secure and warm. The chair was surprisingly comfortable and after a while he slept.

When he awoke, Tom Collins was sitting on his bed, reading the communist weekly newspaper, *Tribune*. He put it down and smiled: 'Feel better?'

'Yes. What time is it?'

'Almost midnight.'

Mackinnon was startled. He had slept almost two hours, a deep, dreamless sleep. He was still a little drowsy from the warmth but it was a comfortable, easy feeling. The events in Martin Plaza seemed far away, no longer threatening, and he realised that he had been through an emotional black-out triggered by a subconscious guillotine, a shut-down mechanism which operated whenever an overload of stress threatened. His brain, recognising the crisis, had simply blocked out messages of distress, refusing to transmit them into his nervous system, protecting itself against breakdown. He had experienced it before, in Bangladesh, Afghanistan and Beirut and when his marriage broke up, and he knew there was a price to be paid. In short-circuiting the conscious mind, the brain stored the distress signals in the subconscious, so that they would surface years later, when it was least expected, when other troubles threatened. Relief now meant the creation of another circuit of nightmares, but it was better than cracking up now.

Tom Collins made some more coffee. While they were drinking it, he said: 'I took a stroll past your place, just in case.' He held up Mackinnon's keys. 'I even went in and took a look.'

Mackinnon stared at him in surprise. He had not seen him take the keys.

'You old bugger,' he exclaimed.

'There was no one hanging around watching the place. Inside or out. Not that I could see, anyway. And I had a good look around.' He grinned, proud of himself.

'You bloody old burglar,' Mackinnon said, his admiration growing.

'I didn't come down in the last bloody shower,' Tom Collins said and laughed out aloud. Mackinnon laughed with him, proud of the old bugger, the bloody old Commo-Brigader, the bloody old revolutionary.

'This trouble, how big is it?' Tom Collins asked.

Mackinnon took his time about answering. He did not want to involve Tom Collins any more than he had already. Yet he could not deceive him either.

'Big,' he said. 'Big as it can get, I think.'

'That's what I figured,' Tom Collins said and turned on his transistor to catch the twelve o'clock news. The lead item was about a drug shoot-out in Martin Plaza which left a policeman and one of the drug-runners dead. Police were seeking a woman and two men.

Two men!

Tom Collins switched off the radio. Mackinnon's reaction had confirmed his suspicion. He said: 'The radio's been full of it, since just after you got here.'

If they were after only two men, then it was possible they did not know about Mackinnon. He had been down all the time, keeping out of the line of fire, so it made sense that he was also out of the line of sight. His heart jumped.

Tom Collins said: 'Comrade, if it's drugs, then I can't help you no more. I won't do anything against you, but I won't help you any further.'

'It's not drugs, Tom. It's just a cover story they've put out.'

'That's what I figured,' Tom Collins said again. But he was obviously relieved.

Once again, Mackinnon was struck by the old man's readiness to accept his word without question.

Tom Collins asked: 'That dead cop. Was he from ASIO?'

The old enemy. The old tormentor.

'I don't know. But I think so.'

Tom Collins nodded. But there was no satisfaction in it, even though he and his comrades had been hounded by the counter-intelligence service all their lives.

'And the other fellow. Who was he then?'

'I'm not sure.'

The old Communist's eyes glistened. 'Whoever he was, I'm with you. Against all those bastards.' He was so excited he could not sit still. He got up and paced the small room.

'Comrade, did you do the shooting?'

'No, Tom.'

Tom Collins stopped and stared at him and it shocked Mackinnon to realise that he was disappointed.

'Jesus Christ, Tom,' he said softly. 'This isn't Spain.'

The old Brigader stared at him a long time, lost in his memories. Finally he shook his head.

'No,' he said in a voice heavy with disappointment. 'It isn't Spain.'

He sat down and stared at the electric fire. After a while, he said: 'Comrade, in Spain we took one hell of a hammering.

185

They'd wipe us out and we'd re-group and go in and they'd wipe us out again, the whole battalion, cut down to thirty-eight men.'

He looked up and Mackinnon saw his eyes were moist.

'*Thirty-eight men!* And, Jesus, comrade, most of them were killed the next fight.' He wiped his eyes. His voice was husked with the emotion.

'They slaughtered us but they never defeated us. You know why, comrade. Because you can't defeat a fighter, no matter how often you beat him. No matter how hard you belt him down. That's what a fighter is, a man who keeps coming back, no matter what. A man who won't give up. And the men who went to Spain were fighters.'

Mackinnon reached out and held the old Brigader's hand, and Tom Collins nodded his gratitude.

'The worst thing you can do to a fighter is tell him to stop fighting,' he said, and Mackinnon understood his excitement and his tears. All his life, in all the bars and bare rooms and bottles and failed relationships, Tom Collins had been fighting and losing because the fight in Spain, the one fight that really mattered, had been taken away, *stolen*, from him. He had found a substitute in fighting and beating his alcoholism. And B. J. Remorse, the substitute fascist! But for a few minutes tonight, he had found the old enemy and his soul had been aflame with the passion of a young man and in his veins had pumped the blood of a young man and, for a few beautiful minutes, it had all been like Spain again. He had stood up to fight again, undefeated.

Tom Collins squeezed Mackinnon's hand and said: 'You're a fighter, too, comrade.'

Mackinnon stayed until dawn, knowing that it would be easier with the first daylight on the empty streets to see if his flat was being watched. He slept in the chair.

Tom Collins woke him. He said: 'Comrade, the phone's working again.'

186

Saturday

ANDERSON – Morning

The weather closetted the city, low and heavy with rain, more brow-beating than threatening now that the energy of the storm had spent itself. All during the night the wind had blown in rain and dawn crept in through a 10,000-foot-thick layer of clouds which filtered away the sunlight's brutal clarity and gave it the grey consistency of bathwater so that the city, usually so sharply and dramatically etched, seemed more worn and older. The air was sharp with salt and the necklace of beaches around the city bubbled with foam as the sea heaved in waves in great rolling avalanches.

From his window, Anderson could see the ferries burying their bows into the waves and pitching through. The waves flecked into sea horses and ran quickly and sharply beneath the lee of the headlands. Further out, at the Harbour entrance, the sea powered through unchecked in a deep-running surge which lifted the ferries dizzily and rolled them with top-heavy ungainliness; but they were tough boats and eventually they lurched into more protected waters. Below, where the sea crashed on to the rocks, seagulls wheeled and screamed, unrestrained in their excitement and welcoming the wind they had known was coming before anyone, or anything, else.

Anderson was appalled by the events of the last night. All his painstaking coaxing of Mackinnon had been undone in one brutal act. Had the Russians done it deliberately, to prevent him using Mackinnon? How had they known about his connection with Mackinnon in the first place? The question disturbed him.

Yet, in the end, it didn't matter, not even the deaths of two men, shocking and unnecessary as they were. By exposing him, the Russians had sought to force his hand, cutting off his line of retreat, committing him. They had not known that he was already committed before he left the hospital. Committed beyond recall.

Beyond redemption. Now, nothing really mattered except finishing this, and the deaths of two men he did not know were meaningless and inconsequential. It greatly surprised him that he could think like this, aloof from the confusions and restrictions of morality; but it pleased him also, because he knew now that he had the strength and the conviction to finish it.

The destruction of Mackinnon's trust was far more damaging. Yet even that could be overcome.

Anderson heard movement outside and walked to his door and opened it, surprised that it had not been locked. Babushka was in the kitchen, taking food out of a shopping-bag. She was immaculately clothed and groomed but Anderson sensed the tiredness which lay below the veneer of sophistication.

'Good morning,' he said, aware that he was unshaven and unkempt.

'Hullo,' she said and finished unpacking.

Yakov came whistling out of the bathroom. He stooped when he saw Anderson and gave a quick glance at Babushka. She shook her head.

Yakov said: 'We have something to tell you.'

Anderson watched them, waiting calmly. Too calmly, Yakov thought.

Babushka said: 'This morning I rang the hospital to enquire after your son. I knew that it would be dangerous for you to ring. And I thought you would like to be reassured about him.'

Anderson watched, waiting patiently. She could not hold his eyes and looked away. She cleared her throat.

'I am sorry, but your son is dead. He died during the night, in his sleep. Peacefully.'

Anderson sat unmoved. Babushka straightened, confused by his lack of reaction.

'Your son is dead,' she said, sharply this time.

'Yes, I know,' Anderson said.

Babushka and Yakov stared at him in amazement. How could he know? Yakov had taken the telephone into his bedroom.

'You killed him,' Babushka said, unable to keep the shock out of her voice.

'Yes.'

'My God!'

Yakov put down his coffee cup, gaping in disbelief.

190

'How?' For the first time, Babushka's mask slipped and beneath it Anderson saw the face of a horrified woman.

'Barbiturates.'

A massive overdose, to make sure.

'Your son! Your only son!' They were not the words of a secret agent but of a mother.

'I should have done it months ago.' For the first time emotion began to break in on Anderson's voice. 'But I didn't have the courage. Not until last night.'

He put down his teacup, surprised at how steady his hand was. He cleared his throat, not wanting to weaken now. This was a time of rejoicing, not of sorrow.

'My friend, you have courage to spare,' Yakov said.

Anderson said: 'I finally realised it wasn't courage I needed.'

'What was it then?' Babushka's voice was hoarse with emotion.

'Love,' Anderson said and walked out of the room, not wanting to tell them more.

MACKINNON – *Afternoon*

Far out over the grass which bordered the airstrip, kite hawks hovered, square-tipped wings fluting as they rode the thermals and hunted field mice and marsupial rodents and snakes. Occasionally, one folded its wings and fell to earth, opening it talons and wings in the same instant, clawing and braking, and there would be a helpless squeal of distress or a silent and violent wriggling and the hooked beak would strike, impaling. There were scores of them in the sky and, watching, Mackinnon wondered how any tiny creature managed to survive above ground, because the grass cover on the red earth was not thick enough to give good cover. Sometimes, if you sat downwind, you could hear the hawks calling each other and it had always struck Mackinnon with awe that these killing birds could give forth such a piteous cry, so full of pleading and helplessness. One day, he had watched a pair with nestlings fight two maurauding wedge-tailed eagles and, seeing the scales turned, he had come to admire these birds which hung in the air with such elegance and received death as ferociously as they gave it.

The swamp-heat of Darwin wrapped its stinking tendrils around him but he did not go inside to the air-conditioned comfort of the Pioneer Airlines' waiting-room. He was restless and the confinement of the waiting-room had made him uncomfortably aware of it. He preferred the heat and the humidity to the self-consciousness. In the long run, it was better anyway. When the others came out to go to the Cessna, they would once again have to endure the onslaught of the hot, damp air whereas he would already be acclimatised. The Cessna sat baking on the tarmac; the mechanics had wheeled it out a few minutes ago and given it their final checks. Mackinnon was sweating. He had slept on the five-hour flight from Sydney but, even so, he felt weary.

192

The door opened and for a brief moment he felt the outrush of the heavier, cold air on his back. Brown had brought two cans of Solo from the cool-drink dispenser.

'Wet your whistle,' he said.

'Thanks,' Mackinnon said.

The can was deliciously cold and he wiped the condensation from it and rubbed the moisture into his sweating chest. Then he rolled the can against his face, flinching at the sudden bite of the coldness on his hot skin.

'You're supposed to drink it — not make love to it,' Brown sighed and set an example, draining half of his can in a long swallow. Mackinnon did the same, opening his throat and letting the liquid flood down. This was not a country in which you sipped drinks; you got it down before it got hot in your hand. The sweat came so quickly Mackinnon could feel it bursting through his skin.

'What have we done to deserve this,' Brown said and nodded inside to where Lloyd sat reading the Saturday papers, making a great show of ignoring them. Lloyd was as clearly unhappy about his assignment as their escort as were Mackinnon and Brown. But they were all professionals and, knowing it was too late to do anything about it, they had accepted each other with grim resignation. It had also been a surprise to learn they would once again be flying Pioneer Airlines, which obviously had a contract with the Department of Defence to ferry around its officials and guests. They had not yet met the pilot and Mackinnon looked past Lloyd to the flight staff office, wondering who it would be.

'Maybe it'll be Angel,' Brown said, following his gaze.

Mackinnon shrugged to show it was a matter of indifference, and was immediately irritated that he had felt it necessary to make the gesture in the first palce.

'Just a hunch,' Brown said, and went inside.

The headline on the Sydney newspaper Lloyd was reading was: : TWO DEAD IN DRUGS SHOOT-OUT. Mackinnon could see it clearly through the plate-glass doors. There was a photograph over four columns showing the police at work and the shroud-covered corpses lying near the wrecks. A group of detectives stood in the shadows at the edge of the photograph, caught in the dying flare of the photographer's flash bulb. The radio had been running the story all morning and the number of men police were hunting had remained unchanged at two.

No one had been watching his flat when Mackinnon returned there. And the fact that he had been able to fly out of Sydney convinced him that he was not under surveillance. Surely, if they were playing him as bait for Dove, they would have reeled in the line the moment he sought to leave town. Yet the knowledge that Tom Collins' phone had suddenly started working again *on a Saturday morning* had enlivened his suspicions that it was tapped by ASIO. His last words to Tom Collins were: 'If the phone rings don't answer.'

In the end, beset by conflicts and uncertainty and fear, not knowing what to do, Mackinnon had decided to act as if nothing had happened. He did not know how long it would last, this vacuum in which he now felt suspended. Until they caught up with Dove, he guessed, and he wondered how long that would take, and where Dove was now.

He wondered what secrets Dove possessed, that they had caused the deaths of two men. When he thought of that, a fresh flood of sweat poured from him.

A van marked Toohey's Caterers pulled up beside the Cessna and a man in a white jacket and peaked cap stepped out with four cardboard hampers. He walked to the Cessna and opened the main cabin door and put two of the hampers inside. Then he opened the nose cone and put one inside the forward compartment. The fourth hamper he put into the rear luggage compartment. He went back to the van and drove away.

The door opened and Virginia Wilson came out, carrying her flight attaché case. Lloyd followed, stiff-faced. Virginia stopped abreast of Mackinnon, her face carefully composed in professional neutrality.

'Thank you for the affidavits,' she said curtly.

'That's OK,' Mackinnon said, keeping it as nonchalant as he could.

Brown came out and said smugly: 'I told you.'

They walked in silence to the Cessna. A mechanic dawdled across and loaded their bags into the luggage compartment.

'I don't suppose I'll be sitting up front this time,' Brown grinned, irreverent as always.

'No,' Virginia said. 'Not this trip.'

Lloyd said: 'You keep your cameras in the bag. Otherwise, we'll stow them with the luggage.'

Brown glared at him. 'My cameras stay with me.'

'It's OK, Lloyd,' Mackinnon said. 'We've already got more aerial shots of Tindal than we can handle.'

Brown laughed. 'Yes, sir. We've got some beautiful aerials of Tindal.'

Lloyd flushed. Virginia stared at them with hostility. It was going to be a difficult trip.

They sat silently as Virginia took the Cessna up to 8,000 feet, bumping along the thermals which spiralled upwards from the ground. The massive cloud bank named Hector threw its shadow over land and sea, growing bigger every minute as it sucked in the monsoon clouds, mighty in themselves but dwarflings against that dark sky-continent which rumbled with cloud-quakes and spat out lightning bolts; all around, the air crackled and quivered with electricity and thunder and wind.

At 2.00p.m., Mackinnon tried to get the news on his transistor but the electrical interference was too severe and the words came through a harsh crackling. The lead item was about the Geneva summit, where the President and Soviet Premier had parted cordially after their first exploratory meeting. They would meet again tomorrow.

'Do you really have to,' Lloyd said with exasperation. Mackinnon shrugged and put the radio away and sat watching Virginia. The back of her neck and her arms and her hands were deeply tanned, accentuating the bright clear lacquer of her finely-honed fingernails and the mixture of proficiency and femininity which was her essence. She corrected the trim, her movements unhurried but at the same time swift and sure and she looked over her shoulder and caught Mackinnon's stare. Surprise and then annoyance flared in her eyes. She turned away, dismissing him. Mackinnon shrugged. So what! Across the aisle Brown grinned and gave an exaggerated and eloquent grimace.

What are the odds? Mackinnon thought. The same charter airline. The same pilot. The same defence department official. The same two newspapermen. The same story. And why not? It all seemed so innocuous, so easily explainable. And yet he sensed it wasn't, and could not explain his unease.

He took the paper and stared at the photograph of the two dead men. Frozen in the photograph, caught in stark black and white, the whole scene seemed unreal, strange, totally alien, as if he had not been there. It lacked the panic and the desperation and the fluidity he had known in those few moments. The camera flash had reflected off the glasses of one of the men in the background and the reflection burned like a dull light in the darkness. It caught Mackinnon's attention and then he held his breath and peered closer, not at the man with the glasses, but the man standing next to him, his face illuminated on one side, the unmistakably aggressive profile of Henry Kissinger.

Oh Jesus, he thought, and saw the face that went with the profile and his parting handshake in Callowood's office, with Greenway there, *part of it*. Remembering.

'It's a snow job,' he had said, and the smile went from the face of the man from the Defence Department, who said: 'There's only one way to find out, Mr Mackinnon.'

Daring him.

And Greenway, the office informer, who was part of it all, said: 'Go there!'

The words rang in Mackinnon's head: *go there, go there, go there.*

Brown said: 'I'm starving.'

'What?'

Brown had opened one of the hampers and was inspecting its contents. He picked up the second hamper and, after a moment's consideration, tapped Lloyd on the shoulder and passed it across. Lloyd took it with surprise and curtly nodded his thanks. The hampers each contained two sandwiches, two mandarins, two cachets of cheese, two sticks of celery, two napkins and two cartons of chocolate-flavoured milk. Enough for four people.

Virginia smiled with pleasurable surprise as Lloyd passed her a sandwich.

'Thank you,' she said. 'Whose idea was this?'

'Not mine,' Lloyd said.

'Whoever it was, it just fits the bill,' Brown said through a mouthful of ham and lettuce and Mackinnon sat staring at him, a sandwich still unwrapped in his hand, feeling it all come together and not wanting to believe it.

'Neither of you ordered this?' he asked, remembering the catering van marked Toohey's Caterers and the man in the peaked cap and white jacket.

Lloyd shook his head. Virginia said: 'We don't cater on short flights. There's no need for it.'

Mackinnon said slowly, so they would not mistake his words: 'There's another hamper in the nose cone and one in the luggage compartment.'

196

Virginia paused in mid-bite and stared at him with suspicion, disbelieving him.

'Where?' she asked sharply.

'The nose cone. The luggage compartment.'

Mackinnon knew it sounded stupid. Even Brown was looking at him askance.

'That's ridiculous,' Virginia said. 'What's the point – we can't open either compartment until we land.'

Mackinnon stared at her, feeling the certainty grow in him, knowing now why he had been allowed to leave Sydney, why the man from the Defence Department had come to offer him the trip back to Tindal. Why they were all together again in the same plane, flying the same route. But even though he knew it, he could not believe it, and he sat there, feeling the blood drain out of his brain and his body going cold, not believing it, even though he knew it was true.

'It's also not possible,' Virginia said. 'I have the only set of keys.'

'He had a set of keys,' Mackinnon shouted, startling them. He dropped his sandwich and launched himself down the aisle to the plastic panel which separated the cabin from the rear assembly. It was held in place by screws for easy removal in maintance and Mackinnon scrabbled at the sections between the screws, trying to get his fingers in so he could tear it out.

Brown shouted. 'Jesus, Macka!'

Lloyd tried to get out of his seat but the seat belt pulled him back and he had to lower himself to unclip it. 'You crazy bastard,' he yelled.

The Cessna plunged and Virginia fought to get back the trim. 'Stop him,' she shouted. 'For God's sake, stop him.'

Mackinnon tore at the panel, his nails ripping out and blood spurting. He shouted at Brown. 'For Chrissake, help me.'

Brown stared at him, uncertain what to do. 'Are you mad?' he yelled.

'Don't you see it?' Mackinnon's voice was high-pitched with desperation. 'He had his own set of keys.'

His fingers found a section of panel which had been warped by heat and he thrust them in deeper, heedless of the pain, and tore it through one screw, opening it wide enough to get a second hand in, and then Brown was on him, dragging him back. Mackinnon stabbed behind with an elbow and felt it connect. He

197

heard Brown grunt and stumble back into a seat, blocking the aisle and Lloyd, who was now out of his seat and coming at him. The sudden redistribution of weight threw the Cessna into a sideslip and Lloyd tumbled on to Brown, throwing the plane further out of trim. Virginia wrenched at the controls.

'Stop him,' she screamed.

Mackinnon got both hands on to the torn section of panel and ripped it away. He burrowed through as Lloyd regained his balance and dived, grasping him from behind.

'You madman,' Lloyd yelled and tried to drag him out but Mackinnon drew up his right leg and mule-kicked Lloyd, knocking him backwards and over. Mackinnon scuttled through into the luggage compartment and threw aside the overnight bags. He could not see the hamper in the gloom so he groped blindly for it with his wounded hands, crawling forward and scything them in front of him like antennae, and then his left hand hit cardboard. He froze, not sure what to do, afraid to pick it up.

Oh God, he thought, I've got to do something.

He gingerly lifted the hamper with both hands, holding it as gently as he could, resting on his elbows. He edged backwards. He could hear Brown and Lloyd in the cabin yelling at each other. The plane lurched sideways again and then his feet were through into the cabin and he wriggled faster, coming up on his knees, holding the hamper against his chest. When he turned he saw Brown was grappling with Lloyd, holding him back.

'Goddamn you,' Lloyd shouted and kicked but his foot hit a seat arm and bounced past Mackinnon.

'Cut it out,' Brown snapped and hurled Lloyd backwards into a seat.

Still on his knees, Mackinnon carefully put the hamper on a seat and gently lifted the lid. It was stuffed with napkins. He looked up, nervously licking his lips. His hands shook as he reached into the hamper and began to remove the padding.

'What's he doing?' Virginia shouted in frustration, unable to see.

Lloyd scrambled back to his feet but he made no move to get Mackinnon, fascinated by the great delicacy with which he handled the hamper. Mackinnon looked up again, his face drained of colour, his eyes wide and bright. He lifted the hamper so that Lloyd and Brown could see. Nestling inside were two sticks of gelignite connected to a battery and then to a Quartz timing device which blinked silently in one second intervals.

'Oh God,' Lloyd said.

Brown's jaw joggled open in fright.

'It's set to detonate in three minutes twelve seconds,' Mackinnon said. His hands were steady now.

'Hold it,' he said and passed the hamper to Brown who flinched and almost dropped it. He could see the timing device ticking away: 3:10, 3:09, 3:08 . . .

'What are you doing?' Brown's voice was little more than a croak.

'Dismantling it.'

Mackinnon carefully took hold of the timing device in one hand and gripped one of the wires connecting it with the battery with the other.

'Don't be crazy,' Lloyd shrilled. 'You'll blow us up.'

'We've got to have the timer,' Mackinnon said and wrenched. Brown shut his eyes, expecting an explosion, and when he opened them again he saw Mackinnon was holding the timer: 3:03, 3:02, 3:01. 3:00 . . .

'Ditch it,' Mackinnon yelled.

He snatched the carton from Brown and thrust it at Lloyd, who slammed open the front passenger-side window.

'It's a bomb,' Lloyd shouted, showing Virginia the hamper.

'A bomb!'

Virginia gaped at the battery and the two sticks of gelignite and then Lloyd hurled the hamper out the window and slammed it shut. Mackinnon pushed him aside and leaned over next to Virginia, the timer in his hand. She could read it clearly: 2:57, 2:56 . . .

'The nose locker,' Mackinnon shouted. 'Can we get to the nose locker?'

For an instant, Virginia was paralysed with fright. The Cessna dipped to port and she made no move to correct it. Mackinnon grasped her shoulder and shook, his face only inches from hers, the words rasping out.

'There's another bomb in the nose cone. Can we get to it?'

'No,' she gasped.

Oh God! A bomb! In the nose locker.

Mackinnon held up the timing device, his face sombre, his voice tight with tension.

199

'You've got two minutes fifty-two seconds to get us down on the ground. Before it goes off.'

Virginia could see the timer clearly. 2:49, 2:48, 2:47. It broke the paralysis. She brutally pushed the control stick forward and put the Cessna into a dive and extended the landing flaps fully to increase the drag. Then she dropped down the undercarriage. The effect was immediate. The Cessna had been flying at 150 knots at 8,000 feet and Virginia was thrown forward against her seat belt as the flaps and the undercarriage grabbed the air and braked the Cessna. It was like flying suddenly into thick soup, and the speed dropped off to 110 knots.

'Two minutes forty-one seconds,' Mackinnon read out, his voice controlled, almost a toneless drone, as if he was calling the countdown on a practise lap, and not their lives.

The altimeter read 7,600 feet. They had come down only 400 feet. Too slow! Too slow! Virginia slammed the throttle back into idle and the engine sound fell to a hiss and the noise of the wind buffeting and whistling filled the cabin. She adjusted the pitch on the two propellors to the maximum 2,600 r.p.m. They immediately began free-wheeling, increasing the drag, pulling the Cessna down. Slowly, the altimeter gathered speed. Even so, the Cessna wasn't dropping fast enough.

Virginia pushed the control stick forward even further and despite the drag the airspeed indicator began to rise again: 120 knots, 130 knots.

'Two minutes thirty-one seconds,' Mackinnon called.

The maximum speed at which the undercarriage could remain lowered was 140 knots. Beyond that, they risked structural stress to the airframe. But whoever had written the flight manual had never had a bomb on board. Virginia pushed the control column even further forward. The airspeed indicator rose: 140 knots, 150, 160. Virginia began to feel the plane bucking out of control as it fought against the fearsome drag forces which were now being applied to the airframe.

'Two minutes ten seconds,' Mackinnon said.

'Five thousand eight hundred feet,' Lloyd read out. He leaned forward next to Virginia, his eyes fixed hypnotically on the altimeter.

In thirty seconds, they had dropped 1,800 feet. But still it wasn't fast enough. Virginia pushed forward on the stick and saw the horizon sweep across the windscreen and disappear

200

upwards and then the sky was gone altogether and all she could see was the red and brown of the desert with an occasional speckle of green and the blue and black and purple of the ridges and buffs where the rocks caught the heat of the day and reflected it. She held the stick forward until the Cessna was diving at an angle of 25 degrees and they were all straining forward against the safety harness straps.

The airspeed indicator read 170 knots, 180 knots, which was theoretically its safety limit. But theory mattered for nought now. It went up to 190 knots and then 200. The Cessna wanted to turn on itself and twist and dive even more steeply, as if a giant hand was pulling the nose down and around and Virginia knew she was in great danger of losing control and spinning out. Without the desperation which was committing her to such dangerous manoeuvres Virginia would not have had the strength to hold the plane steady.

'Two minutes.'

She caught a quick glimpse of Mackinnon, his eyes locked on the timing device. Brown was leaning forward, staring over her shoulder at the altimeter, counting it down silently.

'Five thousand two hundred feet,' Lloyd read out.

The snarl of the windmilling propellors filled the cabin now. Virginia dared not steepen the dive for fear of putting the plane into a spin. The desert filled the windscreen, stretching away in an unchanging plain dotted with spindly trees and covered with ant hills. It was pointless trying to find a favourable landing place. There were no roads in sight and the desert was the same everywhere. And she didn't have the time.

'One minute forty seconds.'

'Four thousand feet.'

Lloyd's eyes begged the question he did not have the courage to voice.

'Drop,' Brown prayed next to her ear. 'Oh baby, please drop!'

The three of them watched the altimeter needle spin. They did not lift their eyes to watch the desert which was now rushing up at them. The altimeter was all that mattered as it spun off the hundreds of feet of air space which lay between them and safety.

'One minute thirty seconds.'

'Three thousand three hundred feet.'

They had dropped 700 feet in the last ten seconds. Their rate of descent had increased to 4,200 feet in a minute.

'One minute twenty seconds,' Mackinnon shouted, his control breaking.

The altimeter read 2,600 feet. They watched it, hearts pumping.

'One minute ten seconds.' Mackinnon was making no attempt to restrain himself now.

The altimeter read 1,900 feet. They were still falling at seven hundred feet every ten seconds.

'C'mon, baby, please drop,' Brown implored.

'We're going to make it,' Virginia yelled. 'We're going to get down.'

The desert came up at them in a red blur. The airspeed was 170 knots, too fast for a landing, but Virginia made no attempt to slow the plane.

'Sixty seconds,' Mackinnon yelled. 'You've got sixty seconds.'

It amputated their hope like a guillotine. The altimeter read 1,200 feet and despite their rate of descent, it still seemed impossible that they could cut through that gulf of air that separated them from the ground and land the plane in less than sixty seconds. It sounded final, unremitting, like a death sentence.

One thousand feet. Nine hundred. Eight hundred. The needle spun quickly now.

'Fifty seconds,' Mackinnon counted, his voice high-pitched with tension. 'Forty-nine, forty-eight . . .'

Virginia held the airspeed and the descent until the altimeter hit 400 feet. Then she wrenched the plane level, throwing them all back in their seats. Immediately, the altimeter slowed and the airspeed dropped: 160 knots, 150, 140. It was still too fast for a landing. She could see the desert reaching away to the horizon which was broken by a long high ridge. They were heading straight for it and she kicked the rudder pedals and dipped the port wing and swung the Cessna around until it was almost parallel to the ridge. The manoeuvre cut back the speed to 100 knots and she simultaneously shut down the engines, switching off the fuel, the magnetos and all electrical power to lessen the chances of fire.

'Forty seconds.' Mackinnon's voice was hoarse. 'Thirty-nine, thirty-eight . . .'

The airspeed indicator read 80 knots and the altimeter was almost at zero. Virginia dropped the Cessna on to the ground, thumping the front wheels down with a bone-jarring impact which hurled them up against their straps. The Cessna bounced and leaped forward into the ground again, coming down on its starboard wheel first and teetering alarmingly until the port wheel dug in and straightened it and then an anthill tore three feet off the port wing and it began to spin. It hit a tussock and climbed up, nose high, threatening to fall over on its back; it hung in the air for a split second, expending its momentum, and then it belly-flopped back to earth, sheering away the port wheel and ske-wering. The port wing dug into the dirt and snapped and then the fuselage slammed head-on into an anthill, tore through it and came to rest in a slither of dust.

For several seconds, they sat in shock. The dust swirled out-side. But inside the air was clean and the only sounds were the grumble of fatigued metal stretching and wrenching and some-where the clank of something loose beating against the fuselage.

'Go,' Mackinnon screamed, beating at Lloyd. 'Go. Go. Go.'

Lloyd wrenched at his door but it was hopelessly bent out of shape and would not open. Virginia opened the emergency hatch by her shoulder and wriggled out on to the wing. Lloyd un-shackled his seat belt and with panic-inspired strength heaved himself up, one hand on the seat and the other on the instrument panel and he launched his two feet at the door and smashed it open. He kicked himself out, coming down on his back on the wing.

'Seventeen. Sixteen.' Mackinnon crouched next to Brown, holding the timing piece. 'For Chrissake go!'

Virginia jumped off the wing into the dirt.

'Run,' Lloyd yelled. She came up and ran to the nose of the Cessna, keys in hand.

'Fourteen. Thirteen.'

Brown was wasting time trying to get his camera bag out with him.

'Leave it,' Lloyd screamed but Brown thrust the bag out and Lloyd grasped him by the neck of his shirt and dragged him on to the wing.

'I'll get him,' Brown yelled and reached in and grabbed Mackinnon who was wriggling out feet first, timing device in his hand.

'Eleven. Ten.'

Mackinnon slithered off the wing with Brown and Lloyd and ran for the desert. He saw Virginia fumbling with keys at the lock of the nose cone, trying to open it to get at the bomb, and he veered in mid-stride and took her on the run, snatching her brutally after him.

'There's no time,' he yelled and after a few yards he realised she was running with him and in his head he tried to remember the count, picking it up at seven, six, five, four . . .'

'Down,' he yelled and Brown and Lloyd slithered into the dust and Mackinnon and Virginia took two more steps and dived down beside them, skidding on thighs and calves. Mackinnon threw his arm over Virginia's head, forcing her face into the red dust; they lay there, inches apart, panting, blowing little clouds of dust into each other's faces.

Suddenly, the only sounds in the desert were their panting and the whine of the desert wind and the rustle of the grass around their heads. Mackinnon looked at the timer. It read 00:00 and had, in fact, stopped several seconds earlier. They pressed into the dirt and awaited the explosion.

Oh God, Mackinnon thought. There isn't a second bomb. Virginia lifted her head, the same question in her eyes. They inched up, looking across at the Cessna.

The plane sat silent and still in the desert. The dust softly fell away from it, unveiling its wounds.

In the desert now, there was only the sound of the wind.

Virginia stared at the wrecked Cessna. Suddenly, all the tension and fear of the last two minutes balled up in her guts. It frothed up like lava.

'Look at it,' Virginia raged. 'Look at my plane.'

The Cessna lay broken-backed, it's undercarriage gone, one wing snapped off, the other shortened, its propellors shattered or bent, the engines sagging in the dirt.

'Look at it,' Virginia screamed and hit Mackinnon.

Then the desert erupted.

MACKINNON – *Afternoon*

The wind came over the red earth with a soft whine, calling the emptiness of the landscape. It ran across the clumps of dried grass in wave motions and it plucked at the thin acacias and stunted eucalypts and wilgas, their vegetation so sparse they cast shadows which were almost transparent. It was a hot, surly wind. It was not violent and it did not come in gusts; it blew steadily, endlessly, like the land, stirring puckers of dust but never whipping them into willy-willy frenzies.

It was a wind which was so insidious you didn't hear it at first, not until you had the sensation that the land was speaking to you, and then you caught it, the soft song of the desert. Sometimes it eased to a whisper and it played little tricks on your hearing and you leaned into it, listening for sounds you were certain had been there a second ago, the cry of an eagle, or a baby; the bark of a branch breaking, or a rifle shot; the murmur of acacia boughs rubbing together – or was it the mutter of human voices?

It wasn't the desert which played tricks on you; it was the loneliness and the human factor of it. Had the whine been louder or more strident, had there been anger or shrillness in it, this wind would have been merely uncomfortable, and you would be able to muster courage against it. But it had none of these qualities; it was soft and caressing and teasing, a haunting sound from far away which came across the great foreverness of the land and embraced you with its lostness. It was the sun which killed you, but it was the wind which unnerved you and drove you to frantic desperation so that the sun could begin its killing more easily.

Virginia heard the wind and shivered, despite the great heat. The smoke from the Cessna drifted skywards, thinner now that the fire had consumed the plane and left it a charred skeleton. She stood with Mackinnon on one side and Lloyd on the other while Brown mounted an anthill and took their photograph with the smouldering wreckage in the background. Dust caked their faces and already spittle had begun to dry into black flecks around their lips. She was thirsty and felt faint.

'I want proof we survived,' Mackinnon said. 'Whatever comes now, we can prove we weren't killed in a plane crash.'

'Two bombs!' Lloyd sounded dazed. 'I just can't believe it. Who Mackinnon? For Chrissake, who would do it? And why?'

Virginia sank to the ground.

'You all right?'

Mackinnon knelt next to her, lifting her chin, trying to look at her eyes. She irritably knocked his hand away as nausea swept over her. Her gorge heaved and her body jerked as a series of spasms wrenched at her insides. She vomited up the half sandwich she had eaten before the crisis broke and then her stomach quaked and knotted and with great effort brought up some bile. The tension and fear contracted her stomach muscles into golfball-tightness and there was only foul air to heave up in pained animal grunts; half a dozen dry retches wracked her body before the muscles let go and the nausea subsided. Tears squeezed from her ducts by the pain trickled down her cheeks and into her mouth, bringing with them the dry, salty-bitter taste of the land. She sat back, her head reeling, spittle dribbling down her chin.

'Oh God,' she gasped. 'Who would want to kill us?'

'It's a good question,' Brown said. He looked across at Mackinnon, waiting.

Mackinnon turned to the sky, looking south-eastwards for the speck which he knew would soon be there. The wind blew in his face and for a second, he thought he heard the sound he listened for. He stood stiff with alarm; but it was only his ears fooling him, mocking him . . .

'Mackinnon!' Lloyd's antagonism was gone now, overwhelmed by shock. 'You've got to tell us what you know.' He stood staring at Mackinnon with an air of absolute bewilderment.

Brown picked up Virginia's cap, dusted it and passed it to her.

'We haven't got much time,' Brown said. He, too, had figured out what was going to happen next.

'I don't know who,' Mackinnon said. 'One of the security forces. ASIO. Special Branch. The CIA.' He turned to Lloyd. 'Maybe your people too. Maybe the whole damn lot.'

'Why, for Chrissake? Why?'

'Then want to stop me writing a story,' Mackinnon said. It sounded puny, ludicrous against the reality of the bomb and the burned-out plane and the desert wind.

Lloyd stared at him, aghast. 'What story?'

'I don't know,' Mackinnon said. It was even more ridiculous than his earlier answer, but it was the truth. There wasn't time to tell them about Dove and the shoot-out.

Brown said: 'Macka, you can't hold out now.'

Mackinnon gave a gesture of helplessness. 'I'm not. They think I know what it is. But I don't.'

Virginia could not believe it. She waved a hand, encompassing Lloyd and Brown. 'But why *us*?'

Mackinnon said: 'To make it look like a genuine accident. Your airline hasn't got the greatest safety record.'

'But three of us. Just to kill you. They wouldn't do it?'

Mackinnon pointed to the smouldering wreckage. 'They almost did.'

Lloyd said: 'For Chrissake, I work for them.'

He stood there, his hands outstretched, pleading to be convinced he was right.

'We've got to move.' Brown pointed to the smoke spiral which drifted up perhaps a thousand feet before the wind dissipated it. 'They'll see it from miles away.'

'Move!'

Virginia stumbled to her feet, alarm giving her strength. The three men were already preparing to go.

'No. We've got to stay here. To wait for a rescue.'

'There'll be no rescue.' Mackinnon reached out to take her by the elbow but she knocked his hand away.

'Don't be stupid,' she snapped. 'Tindal must have seen us disappear from their radar screens. They'll send up a plane to back-track our course. They'll see the smoke. Of course there'll be a rescue.'

It was standard procedure. Anyone who had flown in the outback knew that you stayed with the plane and awaited rescue. A downed plane, even a burned-out wreck, offered more shelter than the acacias and it was a lot easier to spot from the air than a thirst-crazed human staggering across the desert.

'Listen.' There was urgency in Mackinnon's face and voice. 'Whoever planted those bombs will be along any minute now to check their handiwork. And they'll be expecting to find four charred corpses. I don't think we should wait around for them to finish the job.'

'Oh God.'

'Let's go,' Lloyd urged. He was fighting down a desire to run.

Virginia went stumbling after them. She caught up with Mackinnon and saw for the first time that he was carrying her flight map. In the scramble to get out of the Cessna she had not given any thought to their location. Yet Mackinnon had been cool enough to take the map, and this impressed her.

Mackinnon led them towards a low, barren ridge which hummocked up from the plain, the remnants of a volcano which had been eroded through countless millions of years to this rocky vein. It rose for about fifty metres from the plain and ran for several kilometres before it melted back into the desert. It was 200 metres from the wreckage.

'There's cover there,' Mackinnon said. 'Then you can work out where we're going.'

They were sweating freely and already feeling the impact of the sun by the time they topped the ridge and looked back on the smouldering wreckage. Virginia was surprised at how close it was. Mackinnon led them into the lee of the ridge, so that it lay between them and the wreckage, and went along its side, going almost directly north now, away from the wreckage. And Katherine!

Mackinnon stopped and turned his head sidelong into the wind, listening. He was sure he had heard the soft sound of rotors beating the air but it was gone now. Brown was already edging his way to the top of the ridge.

'Wait here,' Mackinnon told Lloyd and Virginia, and scrambled up to join Brown. They found cover beside an acacia to break their silhouettes and Brown screwed the 200mm tele-photo lens on to a 35mm camera body with motor drive. He took a bearing on the wreckage, adjusting his focus.

'Here it comes,' Brown said and Mackinnon caught the *thock-thock-thocker* of rotors on the wind, an insinuating sound which rose and fell and went away completely and then, suddenly, came at them louder and stronger, *thock-thock-thocker*, *thock-thock-thocker*. Mackinnon wanted to dig into the hard earth, to burrow to safety; before he even saw the helicopter, he turned and looked down the side of the hill, seeking a refuge, knowing instinctively what to look for from long practice in Afghanistan.

The sound of the rotors was constant and loud now. Down the hill Virginia and Lloyd heard it and began climbing up to them in panic and Mackinnon waved them back.

'Stay down,' he yelled. 'Stay down.'

He could see the helicopter now. It was an old Iroquois gunship, probably a veteran of Vietnam and the Sinai. It was coming straight for the wreckage, whipping up a dust storm as the downdraft of the rotors beat at the thin, light soil. A crewman in flight overalls and flying helmet ran through the dust, an astronaut on a moonscape, except no space adventurer had yet come on such a sinister mission. He circled the Cessna, seeking the best view inside the wreckage.

Brown hit the motordrive. *Clack! clack! clack!*

The crewman stepped in closer and then he moved swiftly to another vantage point. And then closer still, peering into the wreckage. He straightened and spun round, searching the desert, and then he walked away from the plane and began circling it, searching the ground until he came to where they had stood talking. He saw tracks leading off and he looked up directly into Brown's camera and the photographer hit the motordrive, shooting him full face on.

The crewman scanned the ridge and then he began following the tracks to make sure where they led. After twenty metres, he broke off, scanned the ridge one last time and then ran back into the dust storm.

Mackinnon and Brown went down the ridge in huge leaps, slithering in beside Virginia and Lloyd, who were on their feet, waiting.

'Let's go!' Mackinnon shouted. He grabbed Virginia and dragged her after him, plunging headlong and diagonally down the ridge, heedless of the rocks and the risk of injury, aware only of the need to get under cover, and as he went he could hear the *thock-thock-thocker* of the helicopter more clearly and he knew from Afghanistan what that meant: it was in the air and moving again – and coming straight for them.

Mackinnon dragged Virginia over the lip of a narrow gully which cut down across the ridge. It was a wet season water course, little more than two metres high and steep-banked. Here it was three metres across, too wide for Mackinnon's needs, so he clawed his way back uphill to an elbow in the gully, where the banks were steeper and closer together and the bed of the gully lay in deep shade. He released his hold on Virginia, aware only then how brutal it had been. She was panting and her face was drawn with alarm. Mackinnon picked up a sharp-edged rock and began furiously gouging at the bottom of the gully bank.

'Dig,' he yelled and Virginia seized a stone and began gouging with him. Brown and Lloyd slithered up beside them.

'Dig,' Mackinnon shouted again, his face lathered with sweat and dirt and his chest heaving.

Brown and Lloyd began clawing into the bank. The sound of the helicopter was growing stronger and Mackinnon knew that they had run out of time. He looked desperately up at the sky, expecting to see the helicopter's black belly hovering there; the black armour-plating of the Mi24s had made them invulnerable to ground fire so that they hung lazily in the air and hosed you down with gatlings and rockets, taking their time, making it look so easy, like a parade ground drill; the cones of fire chopped rocks to powder and men to mince meat. If they saw you . . . If they saw you . . .

Oh God, if they see us . . .

'Get under.'

Mackinnon was aware he was screaming but it mattered not; nothing mattered except the imperative of concealment and he grasped Virginia by both shoulders and hurled her on to her belly, face-first against the embankment.

'Don't move,' he ordered as he scooped the loose dirt over her. 'Whatever you do, don't look up. For Chrissake, don't look up.'

The Mi24s came in so low they could catch almost any movement, and terrified eyes staring upwards were like beacons, guiding them to the kill, and it would be no different today.

Brown and Lloyd burrowed belly down against the bank and were doing their best to scoop dirt over each other and Mackinnon scurried along to them and scraped more dirt on to their backs and sides, talking all the time, the words coming in breathless jerks.

'Don't move. Don't look up. Don't look up.'

The noise of the helicopter rotors was deafening now and it was close enough to hurl whirlwinds of dust across the top of the gully and Mackinnon prayed, come lower, come lower you bastards, because the lower they got, the more dust the downdraft would whip up as cover. He thrust himself against the bank and heaped dirt over himself. He drew his knees up and buried his chin between them and something clutched at his leg. It was Virginia's hand and he grasped it. He was only inches from her head, which was turned side on to the bank, and he could see her right eye, wild with fear, like a panicking colt.

Allah, make the shade deep enough, he prayed. Make it black and impervious to human sight. And he lapsed into the litany of Afghanistan, knowing that death lay as near this day as it had there.

Allah ho'akbar, he prayed. *Allah ho'akbar.*

God is Great. God is Great.

The downdraft was coming straight on to his head, blowing directly down, and he knew that the helicopter was above them and the temptation to look up was overpowering. The wind blew at his hair and flicked the dirt down the back of his shirt and blew away his cover, leaving him bare and with only the dark of the shade as protection and he wanted to get up and run, to escape from the terrible knowledge that death was directly above him and beyond stopping. The downdraft blew away the loose dirt which covered Virginia and Brown and Lloyd; it began to wash the dirt away, exposing them, flailing at their clothes with tremendous force.

Then a miracle happened as it had happened once before in Afghanistan when the forces of death cheated themselves; the downdraft trapped itself in the narrow gut of the gully and spun from wall to wall, beating back on itself, and it sucked up all the loose dirt into a willy-willy and lashed it around the gully, lacerating them with small stones. But, mercifully, it smothered them in a dust storm which hung in the air for several seconds after the downdraft was gone and the helicopter had passed overhead, continuing its slow crawl along the ridge.

'Don't look up. Don't look up.'

Mackinnon had been calling it out the whole time, unable to hear himself beneath the bellow of the helicopter. His mouth and his eyes were full of dirt and he tried to spit. But there was no moisture in his mouth and he spat out dry dust, coughing. Virginia's face came out of the dust, her eyes huge and white, like a brown and white minstrel, and his relief was so great that Mackinnon tried to laugh but it didn't work and, instead, he coughed on dust and almost choked himself, until tears ran out of his eyes, making mud on his cheeks.

211

The helicopter went slowly along the ridge, scouring it with its dust storm. It swung out over the plain below, patrolling along the bottom of the ridge. It turned and headed further out and made two more sweeps parallel with the ridge before turning and coming straight in on them. They cowered under the bank again, fearing it had found them, but it went straight overhead and disappeared beyond the crest, gathering height and speed, searching south-eastwards, towards Tindal.

'They'll be back.' Brown spat out dust. Lloyd rested his head against the bank and closed his eyes, grateful for the relative cool of the shade.

'Oh Jesus,' he prayed. 'Dear Jesus.'

They all sat in the shade of the gully bottom, exhausted by their fear and their exertions.

After a while, Mackinnon gave Virginia the flight map and she began calculating their flight time and heading and speed. It took her only five minutes to arrive at their approximate location.

'We're probably forty to fifty miles north-west of Tindal. Too far to walk in this heat without water.'

Virginia pointed to the west. 'Our nearest water is Kimberley cattle station, about fifteen to twenty miles over there.'

Mackinnon and Brown looked out over the plain in the direction she pointed. The mirages had drawn black bands on the horizon, gigantic billboards which ran for miles, and into them the ochre earth disappeared, red below them and turning dun in the distance. The vegetation was sparse and withered for this was the end of the long dry season and far out the heat hung shimmering veils which distorted perspective and warped shapes; they danced and wriggled deceptively. There was no moisture nor mercy out there, anywhere. The hot wind blew across it and whined, waiting . . .

Mackinnon licked his dry lips. 'What do you reckon?'

Brown picked up a clod of dirt and broke it and let the dust run out through his fingers.

'Do we have any choice?'

Mackinnon shook his head. 'No. We've got no choice!'

'We'll have to wait until the sun goes down.' Virginia said.

'We can't wait,' Mackinnon said. 'We've got to go now, to get a lead on them.'

Virginia stared at him aghast. 'If we walk out there now we'll perish. It's the hottest time of the day.'

212

'I know,' Mackinnon pointed to Brown's camera bag. 'You'd better bury it.'

He began to gouge a hole and Brown came to help him without argument and after a few seconds, Lloyd joined them. They dug grimly, in silence.

'I don't think you understand,' Virginia said, trying to keep her words calm. 'That's a killing ground out there. No one – not even the blacks – move across it at this time of day. Not at the end of the dry. We'll never make it.'

Brown hung the 35mm camera with the telescopic lens around his neck and took from his camera bag a manila envelope which contained the Tindal blow-ups.

'They're no weight,' he said.

'What about the negatives?' Mackinnon asked. Brown tapped his buttoned-down shirt pocket. They put the camera bag in the hole and began scraping dirt over it.

Virginia grasped Mackinnon by the shoulder and swung him around; he was on his knees, in an attitude of prayer.

'We'll perish out there,' she said.

Mackinnon came slowly to his feet, watching the sky.

'Out there we've got a chance,' he said solemnly. 'But if we stay here we may as well dig our graves now.'

Virginia said: 'But we're safe here. They've already looked here and missed us and now they'll search somewhere else. We can dig in and prepare some proper camouflage and wait for sundown.'

Brown said: 'That'd be fine if we had only the helicopters to worry about.'

'Black trackers!' Lloyd said, and Mackinnon and Brown looked at him in surprise.

'They've gone to get a black tracker,' Lloyd said. 'Why else would they head back to Tindal so soon, without searching for us further out?'

Black trackers! Virginia felt the full weight of despair crushing her. Now she understood why Mackinnon and Brown and Lloyd were willing to take their chances out in the desert. The tracking prowess of the desert people was without equal. Many a lost bushman in the agonising death throes of dehydration owed his life to their extraordinary ability to follow almost any living creature over the hardest terrain. And many a desperate fugitive, fleeing into the vastness of the desert, had found it no refuge once the police black trackers had picked up the trail.

213

'It's the only way they can be absolutely sure of finding us,' Mackinnon said.

Brown laughed harshly. 'Abso-fucking-lutely dead sure!'

Lloyd stood up and brushed the dust from his shirt and trousers.

'There's another reason. If they put up an air search, a lot of people are going to learn we survived the crash. With a tracker, they can hunt us down with a small team and finish us off quietly.'

Lloyd said it matter-of-factly, as if their fate was already settled and he was preparing himself to meet it.

'Our only hope is to keep ahead of them,' he said.

'But what about the tracker?' Virginia desperately needed to defy Lloyd's calm resignation, which promised only painful death. 'He'll know we survived.'

'They'll kill the tracker too.'

Virginia knew he was right. They'd kill the tracker too. It was as simple as that. If they were prepared to kill four innocent people, why not a fifth?

Who are you? The fact that she did not know who was trying to kill her, or why, overwhelmed her with its injustice.

'You're beginning to surprise me, Lloyd,' Mackinnon said.

'I'm beginning to surprise myself,' Lloyd said and Virginia realised that both men were hugely relieved and perhaps a little surprised that they could face what lay ahead with calmness and courage, mastering the panic which was latent within.

Lloyd walked around the bend and unzipped his fly, preparing to urinate. With the tension gone, his bladder was suddenly full and he thought: My God, a nervous piss, just like we used to take before big football games when we were in the dressing-rooms, waiting to go out, sprigs click-clacking on the concrete, the crackle of tension.

'I wouldn't do that,' Mackinnon said. 'Your body's going to need every drop of moisture it can retain.'

'Even piss!'

'Even piss.'

Lloyd accepted the advice and came back down the gully, wondering where and how Mackinnon had come to know this and glad that he did. Mackinnon led them down the gully, sticking to the hard ground where possible but making no great effort to hide their tracks, knowing that ultimately it would be futile and it would only slow their progress and diminish their

214

lead. There was no way they could conceal their passage from the eyes of a tracker during the hours of daylight. But if they could hold on until sundown, they had a chance of evading their pursuers. And of getting to Kimberley and water.

If the sun let them live that long.

Mackinnon went straight out into the desert, heading due west. He walked steadily, head down, taking his direction from the thin shadows of the acacias which lanced out towards him. Sweat slicked his skin and made it slippery and smooth. It ran salt into his eyes and on to his lips. He tore his handkerchief into strips and tied acacia boughs into a head cover. Brown and Lloyd did the same; Virginia was the only one who had a cap. They walked in silence, with only the crunch of their feet to break the monotonous sound of the desert wind. Occasionally, one of them would scan the sky behind, and when Virginia turned she was startled to find she could no longer see the ridge; it had blended back into the country, somewhere behind the heat haze. There was only a faint smudge of dark grey where the smoke from the wreckage hung thinly.

Mackinnon did not stop to rest for there was nowhere they could get out of the sun. After a while, they ceased looking behind, realising that beneath their feet and over their heads was a far more immediate and relentless enemy. They did not forget that death pursued them and that they were crossing the desert to flee it. Rather, they became aware that death lay beside them and ahead and all about; with each step they put death further behind and with each step they brought death closer. As they walked, they began to shrink into themselves, physically as well as mentally, withdrawing from the desert and harnessing all their will and strength to the simple and terrible need to push on into the furnace of earth and sky and wind. The sun cracked their lips and then it swelled them and after some more time their tongues began to thicken and feel clumsy in mouths that were acrid and sore with dryness.

Mackinnon looked at his watch and was surprised to see it was 5.10p.m. The shadows were longer; they had been walking for about an hour and a half and had survived the worst intensity of the sun but at a dangerous depletion of strength and body moisture, and the sun was still fierce enough to hurt them. Mackinnon shook his head, a little dazed; the single-mindedness of his commitment to survival had obliterated all other thoughts and, casting his mind back, he found only a vagueness; in all that time, nothing else had existed beyond the sun and the bitter soil which lay before his downcast eyes. The others came abreast and halted, their faces haggard and grey beneath the red dust; their eyes were dulled and slightly out of focus, a sign that they were beginning to feel the first light-headedness of heat exhaustion. But despite their weariness, they were still walking steadily, and it gave Mackinnon hope.

'Another two hours,' he said, slurring the words, finding it difficult to get his thickening tongue to manipulate the sounds; it took an effort and was painful to get them past his lips.

'If we can hang on for another two hours, we'll be all right.'

There was no response; they stared at him with unseeing blankness, not believing or disbelieving but too gone to argue, and they followed him when he walked on. Sometime later, Mackinnon looked at his watch and could not read the time; his vision was fuzzed and when he blinked and rubbed his eyes, it did not improve and he gave up the attempt. The time counted on his watch was meaningless; time only mattered as it was counted by the sun, which had already begun its killing.

Virginia was the first to go down, and then Lloyd, and Brown and Mackinnon went back and lifted them to their feet. Not long after that they were all down and when they got up, they were staggering and weaving, their steps short and irregular and they began to string out and drift apart. Mackinnon went along the line, resenting each step he took back, and this gave him a ferocious and dangerous anger and the strength to hold them together.

Lloyd began to shed his shirt, the beginning of the death-strip which left the sun's victims naked as they sought to cool their inflamed flesh; in its own way, it was merciful because it quickened dehydration and hastened the inevitable end. Lloyd was so confused and weary he could not co-ordinate his fingers and he wrenched weakly at the buttons, ripping off several before Virginia tore his hands away.

'No,' she said with great effort and Lloyd stared at her stupidly and clutched at his shirt and again she pulled down his hands, shaking her head in admonition, and Lloyd gave up the attempt, too weak to fight her.

Somewhere out there, before he saw the tree, Mackinnon realised he had stopped sweating, and he knew that soon they

216

would be finished. There was no more moisture for his body to give out; in its desperate attempt to cool itself, he was almost totally dehydrated and soon his body would start to consume its own juices, and then they were finished, beyond recovery. A dull pain began to grow in his head; it began as a headache, throbbing and pulsing, and his knees buckled and he went down again into the red dust, on his knees and then on to his hands and he waited there, gasping and then heaving in the paroxysm of a retchless retch, and he tried to cry out against the pain but there came only a pitiful grunt. His tongue was swollen to the size of a thick sausage and it filled his mouth, choking him, so that he breathed through his nose, snorting like a winded animal. He shut his eyes against the pain and the heat and was stabbed by green and purple darts which opened his forehead and brought the pain crashing like cymbals on to his eyeballs; tearlessly and soundlessly he hung down his head and wept. He knelt there in the dust, dry-weeping, and he could not remember how he got back to his feet and looked around and saw they were all down, and finished.

He saw the tree. It was only thirty metres away, to his right and they had almost walked past it. It was a big tree for the desert. Its trunk was perhaps the thickness of a man's thigh and it grew to about twenty-five feet. Its branches began to spout only four feet from the ground and they reached out several feet with a thick foliage of long, thin leaves which threw on the ground a shadow which was full of the delicate tracery of light penetration but was none the less substantial shade. The wind moved its branches gently, so that they seemed to be beckoning.

Mackinnon lurched back, finding it difficult to keep his balance, dragging his feet and sometimes staggering sideways, until he came to Brown who was lying on his side, an arm flung over his face to protect it from the sun. Mackinnon kicked him.

'Shade,' he grunted and kicked him again, almost falling. 'Get up. Shade.'

Brown hauled himself up on his knees and Mackinnon helped him to his feet. They clung together, swaying, and Mackinnon pointed to the tree.

'Shade,' Brown gasped and it gave him new strength. He went back with Mackinnon to where Lloyd and Virginia lay face down in the hot red dirt.

'Tree,' Brown grunted. 'Shade.'

They lifted Virginia first and tried to show her the tree but her eyes were glazed and not focusing. Lloyd got half-way up and fell again. It took the two of them to get him to his feet and by then Virginia was down again. This time, the three of them helped her up and then they dragged themselves to the tree, clinging together for support, knees wobbling and falling against each other in stumbling rushes which carried them beneath the blessed tree. They sank against each other in the shade, surrendering consciousness. Their breath rattled in their throats. Their skin tightened and pulled their mouths open and their blackened tongues began to protrude and the flies came from somewhere out of nowhere and investigated and went away, for there was no moisture here for them to suck on.

The hot wind blew, whining its death song.

The shadows were longer now. Soon, the sun would go down and the acacias and the paltry scrub groped their spindly shade-fingers at Maguire out of a land which was perceptibly darkening, the ochre turning to burnt orange, deep and soft and rippled with shadow-clefts. It was difficult at this time of approaching gentleness to see it as a killing land; the shadows were like make-up, smoothing away the ravaging cruelty, coaxing you into tranquillity, leaving a sense of mystery. The sky was washed out and exhausted. Darkness was half an hour away and it would come swiftly and, like everything else in this anvil land, totally.

The deepest and heaviest shadow was thrown by the ridge and out of it came two Land-Rovers, breaking into the sunlight with what seemed dramatic suddenness. Maguire had forbidden radio traffic which could be monitored at Tindal, so he was not expecting them. The shimmering distortion of the heat was gone and when he focused the glasses he saw that in both vehicles the occupants of the rear seats were handcuffed to the Browning machine-gun mounts.

'We've got them,' he said although there was no one close enough to hear.

They had not sent a black tracker. Instead, they had sent Stevens, who long ago had been taken into the desert by the Special Air Service Regiment to learn survival and tracking from the Aborigines. He had not acquired the in-born skill of the blacks, but they had taught him more than he needed to follow the tracks of four weak and thirsting white people.

Maguire focused the binoculars on Stevens' Land-Rover. The reporter, Mackinnon, and the girl were slumped against each other, heads sagging in exhaustion, jerking like rag dolls with the roll and bounce of the vehicle. Brown and Lloyd were in the following Land-Rover, rolling limply against each other.

Several of his men were still unloading jerry cans of petrol from one of the two great Iroquois helicopters which squatted nearby. They were carrying it to the burned-out wreckage of the Cessna and they stopped to watch the approaching vehicles. Ng was working on the second helicopter and he, too, turned to stare out at the dust clouds moving in from the desert. They stood in attitudes of stiffness; there was about them a sense of expectancy. They watched without speaking or exchanging glances, and Maguire remembered where he had last seen men stand like this.

In Vietnam.

Ng wiped his hands on an oil rag and walked across. His flying suit flapped loosely around him. All the zippers in the world could not bind it to his slight figure. His bone structure was as delicate as that of a woman and his eyes were as black as his hair. His face was thin and high-boned and he had the classical almond-shaped eyes of his people. It was an intelligent, expressionless face. It seemed to Maguire that all the years since Vietnam had not aged nor diminished Ng one whit. The Vietnamese stood next to him, watching the approaching Land-Rovers.

'It's the fuel filters,' Ng said. 'Can we fly in a mechanic?'

'There isn't time,' Maguire said, looking up at the sun.

'That bird isn't going to fly until it gets fixed. They're very temperamental that way.' Ng spoke fluent American.

'Can you fix it?' Maguire asked.

Ng shrugged. 'Maybe. But not before the sun goes down.'

'In that case, we'll have to do it with one helicopter.'

Ng said: 'That'll mean two lifts. Not good.'

'No, it's not good,' Maguire said grimly. 'But it's going to get done none the less.'

Ng smiled: 'Sure thing.'

Stevens stopped the Land-Rover twenty metres away. The dust cloud which had trailed behind enveloped the stationary vehicle. Stevens climbed down and peeled off his goggles and unwound the field scarf from around his face. He unshackled the girl from the machine-gun post and half-lifted her out of the Land-Rover. She was weak from exposure and her eyes were glazed. He uncapped a canteen and gave her some tepid water, snatching it back after the first few mouthfuls.

'Please,' she gasped. 'More.'

'It'll make you sick,' Stevens said.

He gave it to her anyway because, right now, it didn't really matter how sick she got. He had given them all water when he found them beneath the tree, entwined in a pitiful huddle, like abandoned puppies. Another hour, and they would have been dehydrated beyond recovery.

'Thank you,' Virginia said when she had drunk some more. She turned and tried to climb up on the Land-Rover to pass the canteen to Mackinnon, who was still handcuffed to the gunpost. But she did not have the strength and Stevens caught her as she slid back.

'Sit in the shade, Miss,' Stevens said gruffly and eased her down into the cooling dirt with her back against the Land-Rover wheel. She was too weak to resist and folded beneath his firm grip.

'What are you going to do with us?' she gasped. She was frightened and she was trying hard not to show it.

She's got guts, Stevens thought. But he did not answer. He unshackled Mackinnon and stood back as the reporter eased himself wearily over the side of the Land-Rover. He passed Mackinnon the canteen and let him drink it dry. Mackinnon's eyes were red and swollen and his lips were slashed by deep, black cuts. He slid into the dirt next to the girl.

'What are they going to do?' she asked.

'They're going to kill us,' Mackinnon said and stared up at Stevens. Stevens was not sure what he saw there, fear or defiance. Soon, one would consume the other; soon, Mackinnon would either be a brave man or an abject one, and there was no way of predicting what it would be.

'Don't be stupid,' Stevens said.

Mackinnon laughed, a dry, cracked, terrible sound. 'No,' he said. 'Let's not be stupid about this.'

'Damn you,' the girl swore, her head up. 'Damn you.'

Burrows and Grey brought over Brown and Lloyd and sat them down against the Land-Rover. Kent, who had been riding with Stevens, stood off, watching uneasily.

'Listen.' Lloyd said. 'I work for the Department of Defence. You can trust me, for Chrissake!' He lifted his manacled hands in an eloquent gesture of helplessness.

'I can prove it,' he stammered, tearing at his shirt pocket. 'My security pass. It's right here.'

221

Burrows bent down and with a magician's flourish flashed Lloyd's plastic security card; he had taken it while Lloyd was unconscious.

'That's it,' Lloyd said.

For a moment, triumph flared in his eyes. He turned excitedly to Brown, who was shaking his head, sorrowfully denying the great hope which surged in Lloyd. And then the full import of Burrows' gesture hit him.

'You know already,' Lloyd croaked and hung his head, his spirit broken. 'You know already.'

Burrows grinned down at him. He was enjoying himself.

Stevens said disgustedly: 'Watch them – but don't touch them.'

Burrows laughed: 'You're the boss.' He took out a cigarette and smirked down at Virginia. 'I can wait.'

'Sonofabitch!' Brown spat in the dust at Burrows' feet. It had taken a considerable effort to ball together enough saliva. 'Fucking mongrel sonofabitch!'

Burrows grinned. 'You'll keep,' he said.

Stevens went across to Maguire and gave him the negatives he had taken from the photographer.

'How are they?' Maguire took a strip of negatives from the envelope and held it against the sun.

'There's no fight in them, if that's what you mean.'

'That's exactly what I mean,' Maguire said. He inspected a second strip of negatives. 'Aaah!' he said. 'Get Mackinnon and Burrows over here.'

A gust of wind picked up the dust and blew it against the group huddled against the Land-Rover. But none of them withdrew their face from the sting of the sand. They stared fixedly at Stevens as he came across.

'Come with me,' Stevens said to Mackinnon. He hauled him to his feet and turned to Burrows. 'You too.'

'Hey, Macka,' Brown exclaimed and began to struggle to his feet. Burrows waited until he was on his knees and kicked him in the stomach. Brown folded over into the dirt, face down. Mackinnon started forward but Stevens checked him; it wasn't hard; there wasn't much fight in him. He stood there, head hung, unable to look at Brown, and Stevens thought, the fear is winning out.

'You gutless turd,' Brown gasped into the dirt and Burrows

222

coolly and without rancour kicked him again, enjoying himself.

'I can keep this up all day,' he said.

'You arse-sucking scumheap.'

'Have it your way,' Burrows said and went to kick again. Stevens stepped in and spun him off balance.

'Get going,' he said and shoved Mackinnon forward. Burrows turned on him, face tight with anger.

'Maguire wants you,' Stevens said.

Down in the dirt, Lloyd had drawn up his legs, ready to strike at Burrows in defence of Brown. It was ridiculous but nonetheless he was prepared to fight.

'Now,' Stevens snapped, suddenly furious. Burrows spat into the dust and walked away with an exaggerated nonchalance that was full of menace.

'You coward,' Virginia spat after him. 'You . . . gutless turd.'

Lloyd scrambled in close. 'If he tries it again, we'll take him together.'

Brown stared at him in amazement. Lloyd's face was set with determination and Brown believed him and laughed bitterly.

'Sure we will,' he said and held up his manacled hands to show how brave and hopeless Lloyd's suggestion was. 'Sure we will.' He stared after Mackinnon's departing figure.

'What did Macka do?' he asked, suddenly solemn.

Virginia and Lloyd exchanged glances. Mackinnon had done nothing to help his friend. They said nothing and turned their heads away, unable to hold his gaze.

'Uh-huh,' Brown said grimly, and hung his head.

Mackinnon recognised Maguire immediately. The sight of Maguire standing calmly near the wreckage of the Cessna brought to him with great clarity an understanding of the cold-blooded remorselessness of these men. Maguire gave the attempt to kill them a beginning; yesterday, in the newspaper office, bringing the invitation to go back to Tindal, the start of his murderous scheme. And this was the ending, here 4,000 kilometres away in the desert, and there could be no doubt what that ending would be.

Mackinnon saw the jerry cans of gasoline stacked by the wreckage and shuddered. He was so frightened he would have vomited had there been anything in his stomach to bring up.

'You!' he said hoarsely. His murderers stood silently, faces

223

closed against him. 'Why?' he croaked. 'For Chrissake, what is this?'

But no one answered him. They stood like stone, the wind stroking them with its eerie and haunting sound, taunting Mackinnon. This terrible, implacable silence, these hard, unmoving faces made Mackinnon tremble; he tried not too, but he could not help it. He hung his head, trying to hide his shame; at least he had enough respect left to despise his weakness.

'What did Yakov tell you?' Maguire's voice broke the tension, which was becoming unbearable, and Mackinnon's head jerked up in relief. In words, there was hope.

'Who?'

'Yakov. You were with him last night.'

Yakov! So that was his name.

'The KGB,' Maguire said. 'You were with the KGB.'

Mackinnon shook his head. 'I didn't know,' he said. 'I didn't know.'

'Who was the woman?'

'I don't know.'

Maguire stepped in close. 'You were there when she killed one of my men. And you tell me you don't know!'

Mackinnon said desperately: 'If I knew, I'd tell you.' He stared round at them, eyes imploring, begging to be believed. 'Please,' he said. 'You've got to believe me.'

Stevens felt a shiver of disgust run through him. He wanted to turn away, not wanting to see such abject fear. Not any more, he thought. I want no more of this.

Burrows slapped Mackinnon, fast and hard. He had not been told to do it but with the instinct of those who enjoy brutality, he had sensed it was what Maguire wanted. The impact jolted Mackinnon backwards and he would have fallen had not Stevens grabbed him. Burrows stepped in and back-handed him. He spun on his feet, like a boxer, and hooked a punch into Mackinnon's belly. He grasped his hair and wrenched his head upright. Stevens made no move to stop him, holding Mackinnon.

'What did Anderson tell you?' Maguire said.

'Who's Anderson?' Mackinnon's confusion was genuine.

'The man from Canberra.'

'Dove,' Mackinnon said. 'His name is Dove.'

'What did Dove tell you?'

Mackinnon could no longer see Maguire clearly. His head was

224

ringing from the impact of the blows; he could feel the sting burning his cheek but he could not remember feeling the blows. He shook his head to clear it and Burrows stepped in and slapped him again.

'Tell him,' Burrows snarled.

Mackinnon focused on Burrows' face and saw there the leering cruelty of a man who is excited by the smell of fear, *his* fear. He felt an intense loathing. His trembling stopped.

Stevens saw this first. Mackinnon's fear had gone the limit and he was on the way to finding his courage again. It was not the first time Stevens had seen a man who had been reduced to abject terror by the fear of torture and death suddenly find strength in the reality of pain. It gave him satisfaction to see Mackinnon rejuvenated by Burrows' brutishness.

'Nothing,' Mackinnon said, surprised that the croak was gone from his voice; and this too made him stronger.

'You're lying,' Maguire said.

Mackinnon shook his head.

Burrows stepped in and slapped him again. Mackinnon rocked on his feet but this time he did not stumble. He spat out blood and his mouth wrenched itself into a terrible grimace which Stevens recognised as an attempt at a grin; the fear was completely gone now, burned off by hate, and this time Maguire saw it and knew they were wasting their time.

'He told me nothing,' Mackinnon said quietly, making no effort to convince them, not caring if they believed him. 'I tell you, I don't know what it is.'

Burrows began to position his body for another blow and this time Mackinnon anticipated him and turned to him, waiting stoically, and Stevens could not recall when he had last seen such cold contempt in a man's eyes. Burrows saw it too and hesitated and Stevens hissed his satisfaction. Rage suffused Burrows' face and he closed his fist and began to move in.

'No.'

Maguire's voice cracked at him and for a moment Burrows considered delivering the blow anyway and then he saw that Stevens was no longer holding Mackinnon but was standing next to him, left shoulder forward and down and arms loose and knees sprung, ready to strike. Burrows lowered his fist, panting with frustration.

'He told you nothing!' There was disbelief in Maguire's voice, as if he was holding each word up for examination, fascinated by their revelation.

He clutched Mackinnon's arm. 'You don't know what's at Tindal?'

Mackinnon shook his head. Somewhere deep down, laughter – the cackle of hysteria – was fomenting. Maguire's reaction astounded him.

'I thought he was one of you,' he said. 'I thought you were setting me up.'

'One of us.' Maguire was stunned. 'You thought he was one of us.'

'Until the shooting,' Mackinnon said. 'And then, when I thought they could be KGB, I got away.' He lifted his manacled hands. 'That's why I came up here. To get away.'

'Yes,' Maguire said. 'I believe you.'

'We won't talk,' Mackinnon said. 'Let us go and I promise you we won't talk.'

Maguire watched him in heavy-browed concentration. He nodded and ordered Burrows: 'Take him back.'

'I promise you,' Mackinnon said, pleading now.

Burrows gave Mackinnon a brutal shove and thrust the barrel of the M-16 behind his ear, propelling him forward.

'I'm gonna fix you personally,' he snarled. Mackinnon walked in silence.

'You hear that pal? The last thing you're gonna know on this fucking earth is that I fixed you personally. You hear that?'

Mackinnon said nothing and in frustration Burrows kicked him.

Ng came over and pointed to the sun. 'We do it now.'

'What about the second helicopter?'

'Forget it.'

Ng looked up at Stevens, who towered over him. 'I'll need you.'

'No.' Stevens shook his head emphatically.

The refusal shocked Maguire. He had not for a moment considered that Stevens would not do it.

'What do you mean?' he exclaimed.

'I can't do it.' Stevens spoke with great weariness. 'I just don't have the guts for this kind of work anymore.'

'No. That can't be right,' Maguire said. 'It's nothing you've not done before.'

226

'I know,' Stevens said. 'Maybe that's the problem. I've – we've – done it too many times.'

'You've got to,' Maguire insisted. 'You can't let me down.'

Not now. After all these years. Not after all we've done together.

'Boss, I won't do it,' Stevens said. 'It's as simple as that.'

Ng said: 'You're a gutless old man.'

In another time, another place, Stevens would have killed him. But he ignored the Vietnamese.

He said: 'This is Australia. Not Vietnam.'

'It doesn't matter,' Maguire said. 'It's the same enemy.'

Ng said: 'You've got soft and yellow.'

Stevens indicated Ng. 'You've got this little worm here and you've got Burrows. You don't need me.'

Maguire was genuinely distressed that Stevens, loyal, dependable, courageous Stevens whom he trusted above all other men, should desert him now.

'You're betraying me,' he said. 'You walk away now and it's betrayal.'

'No, boss,' Stevens said. 'I won't betray you. I don't even care that you're doing it. It's just that I know that this time I can't do it for you.'

Ng said: 'I should put a bullet in your knee. Or, even better, your head.'

The sun was close down on the horizon now, a huge burnt orange ball. The shadows clutched at them. There was no more time. Maguire gave Stevens a searching look, hoping to find a sign that he would relent. But the big man held his eyes steadily and calmly. He was not afraid, of Maguire or Ng, and he was very sure of his decision. With a sense of anger, Maguire realised it was this quality which he most needed from Stevens, his calm, strong sureness.

'Send Burrows over,' Maguire said and walked away.

Ng said: 'You heard him, old woman.'

Stevens walked away.

Brown refused to meet Mackinnon's eyes and Mackinnon realised the problem immediately.

'You OK?' he asked but Brown ignored him. Mackinnon's lips stung and he licked them and got the sweet taste of blood.

Lloyd reached up and grasped him, full of urgency. 'What's happening? For God's sake, Mackinnon, what did they tell you? Who are they?'

Virginia waited anxiously for his reply. They had all seen the treatment Mackinnon had received yet there still lived in them the wild hope that redemption was at hand.

'I don't know,' Mackinnon said and leaned against the Land-Rover, resting his head on his elbows. What could he say?

'They're security, aren't they?' Lloyd's face was grey but his voice was firm. 'They're our own security people and, shit, they're going to kill us.'

He stared at Burrows as if he was some strange species. Burrows grinned down at him, relishing his terror.

'Now, I wonder what makes you think that,' he said and laughed cruelly.

'There must be something we can do?' Virginia said.

Burrows leaned down until his face was only inches away and leered grotesquely, so that there could be no misunderstanding.

'There sure is, sweetheart,' he sniggered. 'You lucky girl.'

Virginia recoiled and Burrows straightened, baying his laughter, and Mackinnon spun off the Land-Rover and clubbed him with his hands locked together. The blow caught Burrows flush on the side of his mouth, sprawling him into the dust. Mackinnon leaped forward and kicked for his head but he was off balance and his boot caught Burrows on the right shoulder. He poised to kick again and Kent struck him across the chest with the butt of his M-16. Mackinnon went down on his back and rolled over on to his hands and sprang up again and lunged for Burrows. Stevens caught his outstretched hands and swung him around and slammed him up against the Land-Rover. Mackinnon came at him but Stevens snatched up Burrows' M-16 and thrust it against his chest.

'Back up,' he barked.

Burrows staggered to his feet, shaking his head groggily and wiping blood from his mouth.

'You cunt,' Burrows snarled. 'You mother-fucking cunt.'

Mackinnon stared at him silently, chest heaving.

'You mother-fucker,' Burrows screamed. 'I'm gonna fix you.'

He reached for his M-16 but Stevens knocked his hand away. Burrows stepped forward, lifting his fists and then he saw the hatred in Mackinnon's eyes. He stopped, suddenly afraid, knowing that he was up against a man who had absolutely nothing to lose and who wanted very much to kill him and was prepared to die doing it. He stood there, trying to hide his fear, and then Brown laughed at him.

'C'mon, pansy,' Brown taunted. 'Finish it.'

Burrows swung round to Stevens. 'Give me the gun,' he raged.

Stevens regarded him with glacial disgust.

'Pansy,' Brown sneered. 'A fucking, squealing, gutless pansy.'

'Give me the fucking gun,' Burrows shouted.

'Maguire wants you,' Stevens said, so calmly it was an insult. 'Now.'

Burrows' face was ugly with hate. But Stevens was unrelenting. Burrows swung back to the Land-Rover. Mackinnon waited with a deadly stillness, his manacled hands up before his face, his eyes glittering slits. Burrows looked at Virginia and Lloyd and where there had been fear and confusion he now saw contempt. He wanted to smash at them, to kick it from their faces.

Brown laughed up at him. 'Get going, squealer, before you get hurt.'

'Shut up,' Stevens ordered and the mildness of his tone once again emphasised Burrows' humiliation.

'Sure,' Brown said. 'For you. Sure.'

Burrows spat into the dust and wiped blood from his mouth. He had difficulty controlling his breathing. He jabbed a finger at Mackinnon and then at Brown.

'You. And you. All of you. The last thing you'll see on this fucking earth will be me. And I'll be laughing.' He spat again. 'You bet. I'll be laughing.'

They were silent, believing him.

'And it's gonna be soon,' Burrows snarled. 'Real soon.' He turned and stalked off.

'Christ, I wish it'd been me who hit him,' Lloyd said.

'Thank you.' Virginia reached up and touched Mackinnon. He ignored her, staring after Burrows' retreating figure.

'It was for me,' Mackinnon said. 'I did it for me.'

'Macka the Magnificent,' Brown said and grabbed him with his manacled hands and shook him. 'Oh, mate, you were great.'

Maguire and Ng spoke to Burrows over at the wreckage. The second helicopter pilot, who was one of Ng's men, had joined them. Burrows listened and nodded emphatically and then he broke out of the circle and looked over at Stevens and laughed, a hard, nasty snarl of a sound that carried past them and fell out into the emptiness of the desert.

Maguire walked over and Lloyd thrust himself to his feet.

'I'm William Lloyd, Defence Department. I demand to know what you intend doing with us.'

'Certainly, Mr Lloyd.' Maguire spoke politely, smiling reassuringly. 'We're taking you back to Tindal.'

'Tindal!' Lloyd gaped at him.

'Yes, Tindal.'

A helicopter coughed and barked and then ran at a steady roar, its rotors sweeping with ever increasing speed.

'Right now, in fact,' Maguire said.

Lloyd looked from Maguire to the helicopter, which was now beating up the dust. He stared at Virginia and Brown and Mackinnon and saw on their faces the same disbelief he felt. He sagged against the Land-Rover, all defiance gone now, dissipated by the thrust of new hope.

'Tindal,' he shouted down at Virginia over the roar of the helicopter. 'It's OK. They're taking us to Tindal.'

Virginia scrambled to her feet and grasped Mackinnon's arm and shook him. 'Did you hear that? They're taking us to Tindal.'

Mackinnon stared dumbly at Maguire, bewildered. Had his last, grovelling plea moved the man? He found it hard to believe and yet the promise of life was so sweet he desperately wanted to believe it.

Brown was on his feet, shouting: 'We're gonna make it, Macka. We're gonna make it.'

The rotors were hurling dust and thunder at them.

'You first.' Maguire tapped Brown on the shoulder, shouting. 'You and Lloyd.'

'No,' Mackinnon shouted, grabbing Brown. 'We're a team. We go together.'

'That's right,' Brown shouted. 'Macka and me.'

Burrows stepped forward, pistol up, but Maguire restrained him.

'You go as I tell you,' Maguire ordered. 'I'm keeping you two separated until we've got you safely back at Tindal.'

Burrows reached in and hauled Brown forward and Kent checked Mackinnon with his M-16.

'It's OK,' Brown yelled. He leaned over and impulsively kissed Virginia on the cheek. 'I'll see you at Tindal, Angel.' He grasped Mackinnon's hands. 'Macka, I'll have two cold beers set up and waiting.'

Ng helped them on board and then he and Burrows strapped

them in on opposite sides of the helicopter so that they overlooked the landing skids. Brown looked out and through the dust he saw Mackinnon and Virginia standing together by the Land-Rover and he lifted his manacled hands and gave them a double thumbs-up sign and they lifted their hands in a similar gesture. The pilot took the Iroquois off the ground and Brown turned to Lloyd and grinned and gave him a thumbs up too. Lloyd grinned back.

'It beats walking,' he yelled and laughed.

Oh, it was so good to be alive.

The pilot took the helicopter straight up. It did not slip off the way helicopters normally do. Instead, the Iroquois lifted above the wreckage and Brown and Lloyd could see down inside the skeleton of the Cessna. It was totally gutted and, remembering that it had been intended that they be burned along with the plane, Brown felt a pang of alarm and looked around for Burrows. But he was directly behind and Brown could not see him. Ng saw his anxiety and smiled reassuringly.

'The dust,' he shouted in Brown's ear. 'We're getting above the dust.'

He waggled his finger in circles and Brown grinned in relief. Down below, through the thinning dust, he could see Mackinnon and Virginia getting smaller, standing together, looking up, and he leaned out on his safety belt, as he had done so often to get dramatic pictures from combat helicopters, and waved to them.

The helicopter rose up out of the dark of the land into the lightness of the sky and from below it was black-bellied and the side facing the sun was washed with a deep orange light which was soft and gorgeous and thick with particles of dust. The rotors caught this heavy, thick light and beat it into a golden halo and all of them watched, fascinated by this spectacle of almost fluorescent beauty rising out of starkness.

Mackinnon brought his eyes down for a moment and saw Maguire standing with his head back and his neck taut and his eyes narrowed to slits and his lips silently mouthing words and Mackinnon read on his lips the words his ears could not hear.

'Now. Now. Now,' Maguire was saying over and over.

No! Mackinnon tried to shout but the words would not come out. His lungs were an empty cavity in his chest, hurting, sucking down, desperate to fill with air; he gasped.

In the helicopter, Ng raised his pistol but Burrows, his right arm sore from Mackinnon's kick, was a fraction of a second behind, and Brown saw Ng knock Lloyd senseless and he whipped back, taking Burrows' blow on his shoulder and neck. He wrenched at his safety belt and swung free as Ng heaved Lloyd out and into the air. Burrows struck again and Brown fell backwards and out.

The group in the desert did not see Lloyd until he was below the helicopter. He fell through the air like a lump of putty; there was no flailing of arms or legs or jerking of his torso; he fell unconscious, back down and face up, eyes staring sightlessly at the black belly above him, and even those on the ground who had known what was going to happen were caught by the suddenness of it.

A gasp ran through the group in the desert, buffetting them with all the physical force of a windstorm.

Lloyd was twenty feet below the helicopter when Brown came hurtling out the door facing them and fell on to the starboard skid, grappling it with his two hands, swinging like a monkey as Lloyd plummetted down. On the ground, each of them unconsciously braced themselves for the shriek they all expected to hear. But it did not come; there was an eerie quality about the inertness and muteness of Lloyd's death plunge. But they all heard the thud as Lloyd hit the earth near the wreckage. He did not bounce, impaled by velocity.

'Aaah,' Maguire gasped.

Mackinnon clutched at his throat, where his scream was constricted, choking him. Virginia recoiled against the Land-Rover, moaning incoherently.

Stevens rocked on his feet, his face ashen as he watched Brown's frantic struggle in the sky.

Brown swung his legs up over the skid and then Burrows came out on the safety harness and began stamping on his fingers, breaking them, and Brown fell head down, hanging by his legs, and Burrows began stamping them too, snapping his left ankle so that Brown's foot unlocked from beneath his other leg and Brown fell, head first, fighting all the way down, fists striking the air. At first, it seemed he, too, was falling in silence but as he got closer they heard it, an enraged screech of defiance, a sound none would ever forget. Brown jack-knifed backwards and began to curl over, arching like a high-board diver and he violently wrenched himself around and over, face towards the onrushing earth, arms out-stretched, fighting, fighting . . .

Brown was conscious right until he hit the ground. He fell for twelve seconds, an eternity. A thin veil of dust powdered upwards over his body and floated away on the desolate wind. They stood in frozen poses, stupefied with shock, rivetted by the terrible reality of what they had just witnessed.

'No!'

Mackinnon's scream rent the silence, a wild, despairing, animal sound, shrill and tearing at the edges. Stevens had heard it before on the battlefield, the cry of hysteria, of men driven wild beyond terror and possessed in their desperation of extraordinary strength; such madmen took a lot of killing, and Stevens began to turn, his M-16 coming up.

He stopped. No, he thought, I'm out of it, out of it, out of it.

And then he saw Mackinnon going for Kent and he knew he could not be out of it, not if he wanted to live. He jumped and turned, but already it was too late.

Kent was even slower to react, weighed down by horror, and he fired a long burst which went astray as Mackinnon kicked him in the groin and wrenched the discharging M-16 from his hands. He shot him as he curled over, so close the blast of the muzzle discharge seared Kent's shirt and set it smouldering even before he hit the ground.

Stevens came out of his turning jump, body-aiming the M-16 and pulling hard on the trigger; Mackinnon was only ten metres away and he could not miss and yet Mackinnon was still turning, bringing up his M-16, and Stevens realised his own gun was silent. Oh Christ, it was not firing.

Cock it, his brain screamed.

He, Stevens, the super-professional, the man who did not make mistakes, had forgotten the most basic of all disciplines; he had taken up Burrows' weapon and not checked the breech to see if it was loaded.

Mackinnon was crouched and firing, holding the pistol grip two-handed, and Stevens' eye-reaction was now so fast he saw all this with great clarity and in slow motion and he wondered at this awkward grip and saw the stabbing muzzle flame; it seemed to come all the way across the desert and hit him, not the bullets but the flame, a spear-point of red hot light which hit harder than anything imaginable. In the space of a second, seven bullets struck him in the chest and stomach, so rapidly it was not possible to tell each hit apart; they became one stream of tremendous

233

force which straightened him up, punching his shoulders backwards and snapping back his head so that he saw the sun up against his eyes.

Then the fire overran him and the hammering was gone and Stevens was trying to stay on his feet, not wanting to submit. He saw Mackinnon had lost control of the weapon and it was climbing, kicked up by the non-stop muzzle discharge. Stevens pulled the trigger and heard his M-16 firing a burst, missing, and, suddenly, it wasn't important any more and he felt very lazy and warm and drowsy.

His strength was going fast and he blinked and his daughter was before him, waving and calling, 'Daddy, Daddy,' and his son was beside her, smiling shyly in the way of boys who are trying to be men, and his wife was holding them both, her face lit with pride and happiness. Stevens was so glad to see them it did not seem to him unusual that they should be out here in the desert and he wondered where he had seen them like this before. And then it came to him; it was a longing deep within him, the mental picture he had been carrying for days now of his home-coming, when they would be at the airport to welcome him. Instead, they had come out here into the desert and somehow it was not a home-coming at all but a farewell, and, seeing them, Stevens knew he was dying and he wanted to call to them that he loved them. But love and sadness and blood choked in his throat and he gurgled horribly and they went away. He began to feel the pain and he thought, so this is what it's like, feeling no fear or even anger, just sadness and a tremendous sense of loss, knowing that never had he more to live for.

The hammering struck him again and he wondered at the strange way Mackinnon held his M-16 and the hitting power of the weapon which was still licking him with its fiery tongue. Then he began to hear the blast of its discharge, his death tattoo, and he remembered Mackinnon was hand-cuffed and this is how Stevens died, standing on his feet with his finger locked on the trigger, the M-16 firing, trapped in Stevens' iron grip until it emptied its magazine.

It saved Mackinnon's life because the fire from Stevens' gun sent Maguire and his men diving behind Burrows' Land-Rover. When Stevens' weapon stopped firing, the desert was strangely quiet and Mackinnon stood panting, exposed and heedless of his own safety, waiting for a target.

234

Maguire and Grey came up together, at opposite ends of the Land-Rover to split the target, but Mackinnon was faster than both and he swung the M-16, raking the vehicle, forcing them back down.

'I'm gonna kill you,' he screeched and vaulted up on to Stevens' Land-Rover, conscious for the first time that Virginia was crouched behind it.

Maguire came up and shot at him with his pistol and ducked down as Mackinnon cut loose with another burst. He dropped the M-16 and tore away the canvas covering the breech of the Browning machine-gun. It had a box magazine and Mackinnon jerked back the cocking handle as Grey opened fire, hitting the side of the Land-Rover, and then Mackinnon had the big gun going, swinging wildly on it, chopping into the Land-Rover with the heavy .30 calibre bullets with a non-stop barrage, hosing it with fire so that it rocked and shuddered. When Mackinnon finished the first long burst, the two tyres facing him were shredded, the dashboard shattered, the petrol tank and radiator torn open and the engine useless.

'You murdering sonsofbitches, I'm gonna kill you,' Mackinnon screeched again and began firing blindly, trying to blast away the cover behind which Maguire and his men crouched. Then the Land-Rover lurched and Mackinnon fell off balance, sweeping his fire high, and as he scrambled up from his knees he saw Virginia was behind the wheel and had the Land-Rover moving, accelerating for the desert.

'No,' he screamed, and then Maguire and Grey were up and firing. Mackinnon swung the Browning on to them and beat them back down with another long burst, his fire wildly inaccurate as the Land-Rover gathered speed and bucketted across the desert.

'Go back,' he yelled. He was in a killing frenzy. 'Go back.'

But Virginia paid him no heed and crashed into third gear, letting go the steering wheel to grab the gear stick two-handedly. The Land-Rover leaped into the air and Mackinnon went down again. Out of the sky came the helicopter, black against the dying light of the sun, red darts stabbing out as Burrows and Ng leaned out on their safety harnesses and opened fire with M-16s.

It swept overhead with a great downrush of air and danced off in a fast, side-slipping turn and Mackinnon went down on his knees, so that the Browning was at the extremity of its elevation and he caught it silhouetted against the sun, a dark outline into which he poured fire. It was no more than thirty metres away and only 500 feet up. For at least five seconds, the Land-Rover held steady and his fire put forty-eight rounds into the helicopter.

His burst caught the pilot in the neck and decapitated him. The helicopter spun on its own axis. Ng lunged forward and grabbed the controls and tried to stop the spin. The pilot's body got in the way and the helicopter spun faster and faster and the centrifugal force threw Burrows out on his safety harness. He leaned out from the helicopter like a circus performer, clutching at his harness, trying to drag himself back in. The pilot's head, snarling a death grimace inside its helmet, bounced out and into his arms and rolled up against his face. The dead, twisted lips groped at him in a fish-kiss. Burrows screamed and gagged and threw up his hands to ward it off, letting go the harness and experiencing in that last second of his life as full a measure of terror as it is possible for a man to absorb without losing consciousness.

Mackinnon caught him in the back with a burst which catapulted Burrows into the helicopter and flung him against Ng and then the helicopter swooped down, its huge rotors slowing its descent.

Ng fell clear when the helicopter was only several feet off the ground. It travelled another thirty metres before it hit the earth and exploded into a fire ball.

'Go back,' Mackinnon screamed. 'You bitch, go back.'

The sun went below the horizon and night fell on the desert. It was no longer possible to see the other Land-Rover. The helicopter burned so fiercely it lit up the desert for a thirty metre radius but beyond that, the blackness was complete and impenetrable.

Mackinnon sank down wearily, his hysteria exhausted and in its going it left him empty and nauseous.

'Pull up,' he gasped and Virginia looked around and saw him sagging on his knees, swinging from the machine-gun mount, his frenzy ended. But still she did not trust him.

'No,' she shouted. 'You're crazy. We're not going back there.' No one would ever induce her to go back, not even at gunpoint.

Mackinnon was too spent to argue. For the first time, he became aware of the heat of the Browning, the stink of cordite

236

and burning oil and the ringing in his ears. He let go the machine-gun and sank against its mount, resting his cheek against the smooth, round steel, clutching it with his hands for balance, losing himself in the black desert night, staring out of it at the beacon which burned so brightly behind them.

There was an explosion and the helicopter burned more fiercely, licking its flames high into the sky.

'Oh Jesus,' he said. 'Oh sweet Jesus.'

VIRGINIA – Night

The flames were a distant flicker when Virginia stopped the
Land-Rover to get her bearings. As soon as the engine cut out, the
desert insinuated itself on them with its night sounds, more
desolate and discouraging than during the day. Now the wind
came unseen, a sound and a feeling; it came out of the darkness
and enveloped them, cold now. How quickly the heat went out
of the thin dirt and air; there were no clouds to blanket it down
and it rushed up into the stratosphere. Somewhere, the wind was
trapped in the contortions of a rock formation and it wailed
piteously to be released. Virginia shuddered, hearing again
Brown's death shriek. She desperately did not want to be alone.

She could not see Mackinnon clearly. He was less than a metre
away but lost in the dark of the desert. She suspected they were
in the lee of the ridge but there was still not enough starlight to
cast a silhouette. She sensed rather than saw him and yet she was
startled when he stepped out of the back into the seat next to
her.

'Look,' he said. Far out and beyond the burning helicopter
another light flared.

'It's the plane,' Mackinnon said and for a moment she feared
he was going to want to go back there, to finish his revenge. But
he made no move to take over the vehicle. He sat in silence,
watching the light.

Virginia said nothing. After the events they had just come
through, words, indeed anything within the gamut of normal
human emotion, seemed so completely inadequate. Her brain felt
rigid and unyielding, as if it was armouring itself against a full
awareness of what had happened.

'I don't understand it,' she said. 'I mean, why –' She broke
off, the words dissembling. It was too horrible to talk about, and
yet she felt a compulsion to try to understand it. She shuddered.

'Why do it that way?'

'To bust them up,' Mackinnon said in a dry and rasping voice. 'They did it to smash bones and pulp flesh. To break them up, so that it would look like they were killed in a plane crash.'

How horrible! Virginia shuddered again. What Mackinnon said made sense of what they had done; it was the only explanation that gave it rhyme and reason, other than sheer barbarity. They had been so calm about it, as if it was an everyday occurrence. That was the true horror of it, that they had been able to do it without qualm. If they had been raving or perverted or debased or possessed of the hysteria which overwhelmed Mackinnon, it would have been easier to grasp. But it had all been so carefully calculated, even down to the final deception.

She remembered the jerry cans stacked by the burned-out Cessna and she understood the nature of the light out in the desert.

'That means they're . . .' She gasped, unable to say it.

'Burning them,' Mackinnon said without emotion. 'They've put the bodies in the Cessna and doused them with petrol and now they're burning them. To make it look like they were burned in the crash.'

'Oh God!' Revulsion overcame Virginia.

'They'll do the same to us if they get us.' Mackinnon spoke in a toneless drone, as if he was in a trance, unmoved by it all. 'They need four bodies back there, otherwise their story won't stick.'

He came back to life and began groping around. Virginia, fearing he was after the keys, snatched them from the ignition and in her haste to get clear of him she fell out into the dirt. But Mackinnon was not concerned with her. He found Brown's camera bag where Stevens had put it on the floor and heaved it on the seat next to him, opening it by touch. A light appeared in his hand and Virginia realised he had found a torch. He flashed it on her face and she recoiled, hands up to ward off the glare; she was dirty and water-and tear- and spit-stained and her eyes were big and full of fright; even now the fear had not gone out of them, and her cheeks were sallow and hollow. She said nothing, hiding behind her hands. Mackinnon began searching in the rear.

'There's got to be a tool box,' he said and found it almost immediately. But it had only car repair tools and he swore in frustration and began methodically searching the Land-Rover. He

239

found what he was looking for in a spring bracket and then he took the gun canvas and a sand mat and draped them over the headlights so that they filtered a soft loom of light on to the sand.

'Come here,' he snapped and Virginia saw he had a set of wire cutters. She hesitated; they looked fearsomely dangerous.

'You can work on me first,' Mackinnon said.

She thrust out her hands, flinching as he worked the jaws across the lock and snapped them shut. The metal of the handcuffs did not cut through cleanly but bent and twisted, biting into her wrist. She cried out and Mackinnon worked harder and then the handcuffs snapped and fell open.

'Good girl,' he said.

The light from the headlights gave his face a macabre cast of shadow, as if he had daubed it with black war paint; he looked hideous.

Virginia cut off Mackinnon's handcuffs and he got her to search the Land-Rover for spare magazines while he unloaded the M-16 and counted the remaining bullets. There were only four – and there was no extra magazine. She found a canteen and they drank sparingly. Now that inertia was settling on them, they were both feeling the cold.

All their personal belongings were in the dash where Stevens had put them. Virginia found her flight map and began poring over it, tracing a route to Katherine. Mackinnon watched her, thinking it out.

'Katherine's out,' he said and Virginia looked up at him in surprise.

'The nearest police are in Katherine. We've got to get to them.'

Mackinnon shook his head and laughed, a weary, cynical, hard sound. 'They'll be there ahead of us, expecting us to turn up. They'll be waiting.'

'But what can they do? The police will protect us.'

'No,' he said. 'The police will turn us over to them, no questions asked. All they have to do is tell them it's a matter of national security and the local police will wash their hands of us and forget we ever existed. These fellows are the heavies. They can do whatever they like.'

He climbed wearily to his feet. 'If we go to Katherine, we'll be burning inside that Cessna before the night is out. Alongside Brown and Lloyd.' He stared back into the desert where the two fires could still be seen, low now. 'What's left of them.'

'My God, this is Australia,' Virginia said. 'It can't just happen like that.'

'It's Australia all right,' Mackinnon said drily. 'And it is happening.' He snapped his fingers. 'Like that!'

'We can't stay out here. They'll find us, anyway.'

'No, we can't stay out here.'

'Can't you say anything original?' Virginia said angrily.

'You're a pilot,' he said. 'We can steal a plane. We could sneak into Katherine and steal a plane.'

A plane! Virginia felt excitement come alive in her.

'We've got to get to Sydney,' Mackinnon said. 'Our only chance of staying alive is to get to Sydney and get the story printed.'

Virginia's heart sank. She said: 'Sydney is almost three thousand miles from here. There's nothing out here with the range.' But even as she spoke her memory unlocked and she scrambled up and clasped Mackinnon's arms.

'Early today, before you arrived, we serviced a Citation One twin-jet which flew up from Sydney with a group of Japanese businessmen. It was going to overnight at Kimberley Station on the way back, to give them a look at the great Outback.'

'What do you think?' In his excitement, Mackinnon shook her.

'It'll get us to Sydney,' she said. 'If it's still at Kimberley. Please God.'

Ng limped across to Maguire. He had hurt his leg when he fell from the helicopter but he was a tough little man and he gave the pain no thought. The plane burned fiercely and the flames flickered across Maguire's face, disfiguring him grotesquely. Out in the desert, the helicopter smouldered; it had become a funeral pyre for its pilot. Beyond that, it was dark and they were isolated in this island of wild, fluttering flame-light, the shadows dancing and flicking as the wind fanned the fire.

Grey sat in the useless Land-Rover, a sick and shaken man. He had gone to pieces when they loaded Burrows' corpse into the helicopter next to Stevens and Kent. He had refused to pour the petrol over the broken bodies they put in the Cessna. In the end, Maguire had doused them and lit the fire himself. Now, he read a map in its light.

Ng said: 'I've cleaned the filters. We can take off as soon I give them a test run.'

'How long?'

'Ten minutes.'

Maguire nodded, studying the map intently. Considering the disaster he had on his hands, he was remarkably calm, and Ng watched him carefully, looking for the tell-tale signs he had long ago learned to recognise in men whose nervous systems are about to collapse. But he saw no such signs in Maguire; his hands were steady, his voice was controlled and his eyes were hard and thoughtful. Ng remembered another night, when the flames had leapt and people had died, and he was sure Maguire would see this through. Killing didn't worry Maguire and Ng respected this, because it didn't bother him either. Quite the contrary; he liked it, the way some men like shooting pigs or pigeons or rabbits or grouse.

This was like the eye of a cyclone. The first part of the storm had passed and now they were in this vacuum, waiting for the next onslaught. Ng was sure it would come and he was patient, wanting to be ready for it. A professional.

Maguire tapped the map and said: 'She's a pilot. They'll go for the nearest airfield.'

Mackinnon drove with the headlights off. Once when he hit an anthill, he stopped and wrapped the gun canvas about Virginia's shoulders; her teeth were beginning to chatter and it provided good protection from the wind.

'Thank you,' she said. Mackinnon thought she had fallen asleep but then her hand came out of the dark and grasped his arm.

'Go back. I think we overshot it.'

Mackinnon turned round and drove slowly back and she pointed to the lighter coloured ribbon of whell-rutted track they had been aiming for. He had been focusing so hard for anthills he had not seen it.

'Which way?' he said gruffly.

Virginia pointed east. He turned along the track, going at forty k.p.h. now. After a while, he turned and saw she was staring straight ahead, the wind whipping at her hair and her features set deep in concentration.

'We'll make it,' he said and tried to smile. But it was a sad effort and her gravity did not go away.

'I hope so,' she said. 'I don't want to end up in the Cessna.'

There was no fear in her voice and yet Mackinnon knew that this was what had been preoccupying her all this time.

They saw the station lights from miles out. As they drew nearer, dogs howled first in warning and then in panic. Kmberley was a huge, sprawling conglomeration of houses and workers' quarters, workshops, machinery sheds, barns and stock pens which spread around the homestead, an oasis of lawns and trees grown at great effort. It was the size of a small township and was self-sufficient with its own supermarket, abattoir, garage and water supply and powerplants. Street lights were spaced every forty metres through the station and lights shone from some of the buildings but no one came out. It was 7.30p.m. on Saturday and most of the families were in Katherine. Those who had stayed home had no curiosity about those who were returning home early, probably with a bellyful of beer. The dogs leaped on their chains and several broke loose and sprinted alongside the Land-Rover, snapping at the tyres.

The airfield lay a kilometre the other side of the station and Mackinnon had no recourse but to drive through the settlement to reach it. He drove with the M-16 across his knees, fighting the desire to cringe each time the Land-Rover slipped through a pool of light. If someone was waiting in ambush, they were sitting ducks, and there was nothing they could do about it, except brazen it out. Virginia stared straight ahead, her face pale and her features set. It took guts to sit there like that, expecting a fusillade to come out of the night at any second. Mackinnon felt a surge of pride and confidence in her and was grateful for it. They were both going to have need of her courage before the night was over.

From now on, he thought, it's up to her.

The dogs gave up the chase 100 metres the other side of the station. The unpainted tin roof of the airfield hangar glinted dully in the starlight. There were two planes on the edge of the gravel runway. One threw the brutish silhouette of a crop-duster and the other was a single-engined passenger aircraft. There was no sign of the Citation twin-jet.

'It's not there,' Mackinnon groaned, feeling beaten and tired. 'Shit!'

243

'You don't leave expensive machines like Citations sitting out in the desert,' Virginia said. There was a new quality in her voice and Mackinnon recalled hearing it the first time they had met at the Pioneer Terminal; it was the quality of command.

The steel hangar doors slid open easily with a soft grumble of sound. The starlight slanted inside the hangar and on to the smooth, burnished nose and along the sleek outline which stretched back into the shadow. There could be no mistaking it; this was their Citation One, their ticket to freedom.

'Get the torch,' Virginia ordered and when Mackinnon came back she was standing on the starboard wing. He passed her the torch and she flashed it on to the escape hatch and twisted the emergency handle, built outside the aircraft so that rescue teams could force their way inside. The panel opened easily and fell inwards and she burrowed inside. Mackinnon could see the light flashing against the perspex and then Virginia's head appeared at the windscreen, reddened by the reflected torch light, the eyes hollow and skeletal, and she gave him a thumbs-up sign. She opened the window and stuck her head out.

'Hook the Land-Rover to the nose wheel,' she called. She disappeared back inside. A cabin light switched on.

Mackinnon drove the Land-Rover into the hangar and switched on the lights. The Citation looked beautifully streamlined and dramatic under the bright glare. He unwound the steel tow-rope from the Land-Rover's front-end winch and connected it to the nose wheel. He cut off the lights and backed up, dragging the Citation out into the starlight, following Virginia's hand signals until he had taken it on to the beginning of the taxi-way. He disconnected the tow-rope and backed the Land-Rover well clear of the plane.

He took the flight map and emptied the dash of all the personal effects which Stevens had taken from them and put them in Brown's camera bag. He climbed into the back and opened the breech of the Browning and hurled the firing block into the night; he didn't want any unwelcome fire while they were taking off. He rummaged in the tool box until he found a set of pliers and a screwdriver. He took the M-16 and the camera bag and ran to the plane and heaved himself up on to the starboard wing and wriggled through the escape hatch. He entered in front of the passenger seats and just behind the crew compartment. He slammed the hatch shut and locked it with the inside handle.

244

The Citation smelt of upholstery and air spray; after the desert, the scented air assailed his nose and he sneezed.

'Up here,' Virginia called and he scrambled forward and saw that she was already working down the checklist, flipping switches and turning handles and pulling levers. She thrust the checklist into his hands.

'Read this to me,' she said, businesslike, totally engrossed. She stabbed a filthy finger at the list. 'Start there.'

'Generator switches,' he read.

'On.'

'Warning test.'

'Checked and off.'

'Fuel quantity.'

'Checked.'

Mackinnon stared anxiously. 'Can we make it?'

'I think so.'

'You think so! Jesus. But you said –'

Virginia dismissed his protest with an angry gesture at the checklist.

'Next,' she ordered, glaring at him.

'Rotating beacon light,' he said. 'Listen –'

'Forget it,' she snapped. 'The beacons and the argument.'

She hit a button and the port engine began hissing as she eased it into idle.

'Start one,' Virginia called and hit another button.

'Start two!'

She grinned triumphantly at Mackinnon as she adjusted the throttles; the engines began to pulsate and then she refined them to an evenly-pitched high whine. She jabbed her finger at the checklist.

'Brakes anti-skid,' Mackinnon called obediently.

'Checked.'

'Flaps.'

'Cycled and set.'

'Take-off trim.'

And then Mackinnon saw that the moon was up and leaping out of it towards them was the unmistakable black silhouette of an Iroquois and then it was down below the horizon and he couldn't see it any longer.

'Get going,' he yelled but Virginia must have seen it too because she threw off the cabin light and thrust the throttles back and sent the Citation moving forward. It took an agonising time to pick up speed. Mackinnon twisted round, trying to see the helicopter, but it was down below the moon now and he could not hear its rotors because of the rising scream of the Citation.

Twenty knots. Thirty. It seemed to take ages for the airspeed indicator to get to forty knots and then it began to move more swiftly as the Citation increased acceleration and the needle was on fifty knots when Mackinnon heard a series of jack-hammer blows on the fuselage above, like hail striking with tremendous force.

'They're firing at us,' he yelled and then the helicopter came down alongside their starboard wing, twenty-five metres out. Mackinnon ducked as twin tongues of flame leaped out at the Citation. The bullets whacked into the metal and several punched through and dropped inside the cabin, their velocity spent.

Sixty knots! Seventy! Eighty! The Citation was beginning to lift up and really surge. Virginia hunched forward over the controls, steadily drawing back the throttles, and Mackinnon realised she had not flinched or taken her eyes off the control panel, not even when the bullets fell into the cockpit.

'Lift. Lift.' She gritted the words out through clenched teeth, willing the plane into the air.

In the helicopter, Ng yelled: 'Fire at the tyres.'

Maguire slammed in a new clip and leaned against his short-ened safety harness and opened fire as Grey emptied his M-16. But it was difficult to see the tyres in the dark and impossible to see if their fire was striking them. One of the bodies they had loaded on board at the wreckage rolled free and flung its arm against his leg and he cursed and kicked the arm away. For a moment, he looked down into the dead eyes of Stevens. Then he saw the Citation was starting to lift up and gain on them, pulling away. He clamped down on the trigger and sprayed fire at it until the bolt clicked empty.

'We can't pace it with them,' Ng yelled. 'We're carrying too much weight.'

'Throw them out,' Maguire shouted and grasped Stevens' arm and began to drag him to the door. But it was too late. The Citation was already off the ground, its wheels locking away, and then with the quickness of a fighter plane it swung over and darted away to the left. Maguire sank down beside Stevens' corpse.

'Forget it,' he said and sat there, holding Stevens' hand.

The suddenness of Virginia's evasive manoeuvre threw Mackinnon against the door and he realised neither of them had fastened their seatbelts. For several seconds, the dark ground rushed at them and then Virginia levelled off the Citation, hauled back on the controls and sent it climbing. Mackinnon twisted around, seeking the helicopter, but he could not see it. The throttles were full out now and the Citation leaped forward, 120 knots, 130, 140, and the altimeter spun rapidly, 400 feet, 500, 600. At 1,000 feet Virginia eased both the acceleration and the rate of climb and turned on to heading 152 degrees, south of south-east.

She pointed and Mackinnon saw to his surprise he was still grasping the checklist.

'Let's finish it,' Virginia said and he stared at her, dumbfounded by her coolness. She reached over impatiently and took the checklist, quickly scanned it and indicated his starting point with her grubby finger.

'It won't fly itself, you know,' she said, thrusting the list back into his hands. 'Well, not yet, anyway.'

Mackinnon's voice squeaked on his first attempt. He flushed with embarrassment and cleared his throat and tried again.

'Flaps.'

'Up and indicating.' Her voice was strong and squeak-less.

'Climb power.'

'Set.'

'Ignition.'

'Normal.'

Virginia droned through the checklist, her deft fingers darting across the instrument panel; there was not the slightest quiver in them. She had locked her concentration into the machine, finding comfort in the familiarity of working the controls and the discipline of flying. She gave no indication that she had just taken off through a barrage of automatic fire.

'You were terrific back there,' Mackinnon said, his voice husky with admiration. She broke her concentration and turned to him, surprise in her eyes.

'Thank you.' She smiled. 'You were pretty terrific yourself.'

Mackinnon blushed but he grinned back. 'You ever flown one of these before?'

'There's a first time for everything,' Virginia said. She was pleased to see the effect it had on Mackinnon.

247

By the time they finished the checklist, the Citation was at 6,000 feet and was climbing steadily with the airspeed indicator at 170 knots. Their true airspeed, however, was closer to 200 knots and it would increase as the Citation flew higher into thinner air. Mackinnon went aft and found a small galley with a water-heater and a microwave oven and a small refrigerator stocked with pre-packed airline meals. He made coffee, took it forward and then heated up two steaks with broccoli and potatoes.

Virginia set the Sperry 500 autopilot and went back and used the washroom. She washed her face and hands and brushed her hair; it was full of grit and she filled the basin and washed it with soap. She made a turban with a towel and went forward again, aware of Mackinnon's scrutiny. She remembered his mad fury at the wreckage and she shivered, knowing she had seen deep inside his darkness; it had welded them into a strange intimacy, and she wasn't quite sure where it was going to take her or how she wanted to handle it. She ate ravenously, covertly watching Mackinnon watch her.

'I'm starving,' she said through a mouthful and then her eyes clouded and her hand went to her lips and her face quivered. She swallowed hard.

'What's wrong?' Mackinnon asked.

'I just remembered.' Virginia bit her lips. 'The last time I had anything to eat was the sandwich in the Cessna before . . .' She swallowed hard again. 'It was less than five hours ago.'

Only five hours, and so much had happened. They sat, staring out at the night, remembering.

'Eat,' he said gently. 'You're hungry and you need the strength and we've still got a long way to go.'

'Yes,' she said somberly. 'I am hungry. I mean, it's ridiculous, isn't it? I can't even remember how many were killed today and I'm sitting here in a stolen plane, not sure where we're going to put it down, feeling ravenous and eating steak and broccoli and . . . ' She was quite miserable.

Six, Mackinnon thought. I killed four of them and I'm responsible for the deaths of the other two. And one of them was my friend.

My God, what is it at Tindal?

After a few minutes Virginia began eating again, slowly this time, and Mackinnon finished his food. He was hungry, too, and tired; he ached in many places and he wanted to tell Virginia how it was; the hunger and the hurting in your heart and in your soul and in your body was the price you paid for being alive; it was the gift of life; if you were hurting, be grateful because at least you knew you were alive.

How many times in how many hard situations had he or Brown said that, and laughed, truly grateful, and he remembered how Brown had fought for life, all the way to the ground and he knew that Brown would have endured any hurting rather than let death take him; he had fought so ferociously for life and lost and he wasn't here in the cabin with them to say it, about hurting and living, and Mackinnon felt very lonely, saying it to himself with no one to laugh with and not even wanting to laugh.

Loneliness weighed on his soul and he went aft to be by himself. After a while, he shook himself and made some more coffee and brought it forward with crackers and cheese.

'I may as well tell you now,' she said. 'But according to the flight log, they normally refuel at Mount Isa.'

'Uh-huh.'

'A Citation One isn't supposed to be capable of flying non-stop from Sydney to Katherine.'

'Or Katherine to Sydney?'

She nodded. 'There's a chance we can make it. According to the flight manual the maximum range is 1,335 nautical miles. But that's with six passengers – and there's only one of you.'

She waved the flight log. 'According to this, it's 1,570 nautical miles to Sydney – 235 beyond our range. But these planes carry reserve fuel for 45 minutes flying beyond maximum range, which should be just about enough to get us down.'

She hesitated: 'If we get a tailwind.'

'And if we don't?'

'There's still a chance.'

'But if it's a headwind?'

'We'll fly as far as we can and put down on the nearest airfield.'

She looked grim. 'But I promise you, there'll be no more desert crash landings.'

Virginia drank the last of her coffee. 'So pray for a tailwind. Otherwise, we're a pair of cooked geese.'

Yakov stood at the window, watching the Harbour which had

249

once seemed so far away and beckoning and which was now close at hand, sucking at the rocks below the apartment block; the sea, although much subdued, was still restless from the storm and he could hear it through the closed window; the sound came in surges, like waves, rising and falling. The wind had caught the spray and left salt on the window, distorting vision, taking pinpoints of light and stretching and fanning them.

The clouds had not yet emptied themselves or blown away and the moon came through only as a faint fluorescence; the stars were hidden from sight. On the water, the lights of the city moved and danced with the waves and ferry lights pushed a flood-path across the otherwise dark waterscape. Only those who had no choice ventured on Sydney Harbour tonight but even this denial of its normal vivacity and vitality did not in any way diminish the effect the Harbour had on Yakov; rather, he felt he was being given a rare chance to see something powerful and compelling in repose. It was like lying next to a beautiful ballerina after she is love-exhausted and watching her sleep. He smiled at the memory.

His body hurt from the wounding bruises of last night. He moved stiffly, trying not to stretch the sore muscles. He turned into the room and watched Anderson, who was sitting at the dining-room table, writing with a fountain pen on a foolscap pad. The prints they had made from the negatives were on the television set. Babushka had brought them printing paper and chemicals and hired an enlarger. They turned the bathroom into a darkroom. The negatives were a little under-exposed but were in perfect focus. Babushka had taken the negatives and one set of prints to a Yugoslav travel agent. By now, they were on their way to New Zealand, where they would be duped and dispatched to Moscow. Another set of prints was on its way to another travel agent in Japan, who would arrange their delivery to the Russian Embassy in Tokyo.

'What are you writing?'

'My testament,' Anderson said. 'I am writing a full account of what I have done and my reasons for doing it.'

A confession! It was the hallmark of the idealist, this need to explain, to justify. To cleanse. It was this compulsion which had betrayed Karl Fuchs. Professionals such as Yakov had been trained to be wary of this desire for martyrdom; they were taught to understand it and not to despise it, although they were

250

taught to fear it. Idealism was often the most manipulative of impulses; it was most certainly stronger than greed and sometimes overrode even love; it was, after all, self-love of the most sublime form; it was love in its most selfish and yet most sacrificial state.

Later, Babushka came back.

'Will he do it?' Anderson asked.

'Yes. He will tell Mackinnon.'

'When?'

'He doesn't know when he will see him again.'

'We can't wait forever,' Yakov said.

'I want it to be Mackinnon,' Anderson said stubbornly. 'I trust Mackinnon.'

Yakov did not argue. He took Babushka into the kitchen and showed her the photostat he had found in Anderson's attaché case, along with the negatives. It was from the *Canberra Times* newspaper library. The photostat was of a story which had been clipped from the *Women's Weekly* in June 1958. It bore the name of the file from which the clipping had come: Senator Anthony Trollope. Personal.

The headline read, 'A Cinderella Wedding'. Anthony Trollope, the young conservative politician and heir to a merchant banking fortune, had married Ilona Martos, a young Hungarian Freedom Fighter who had fled to the West after the collapse of the 1956 rebellion. She was very beautiful. He was not surprised they had chosen her to slip in among the refugees. He wondered if she had been ordered to target Trollope, or whether she had found him herself.

Yakov said: 'He must have recognised you.'

Babushka said: 'Canberra is a small town. We lived there when my husband was in the cabinet.'

'Ilona. It's a pretty name.'

Babushka said: 'You shouldn't have exposed me to him.'

'We had no one else we could use, Ilona.'

'Even so,' she said and held his gaze unflinchingly.

He did not argue. Babushka shrugged.

'The old man Mackinnon is using is a Stalinist,' she said. 'He fought in Spain.'

Yakov understood her dilemma. 'Can you do it?'

She nodded. 'I don't like it. But I can do it. I have no choice.'

Yakov took her hand. 'It's a hard business,' he said.

Virginia's watch alarm woke her when the Citation was at 38,000 feet. She felt heavy with the need for more sleep and for a moment she almost surrendered to it. Her eyelids were thick and puffy and her mouth tasted foul. She had slept for ninety minutes, having set the automatic pilot to use the cruise-climb technique to conserve fuel, allowing the plane gradually to gain altitude as its fuel load lightened.

Mackinnon was slumped down in his seat, head lolling. He looked very uncomfortable and she wondered why he hadn't taken advantage of the rear seats or stretched out on the floor with pillows and blankets. She blushed, realising why he hadn't done all these sensible and certainly more comfortable things; he had considered it his duty to be up in the cockpit with her. Some moral support, she thought wryly. But his consideration pleased her.

The Citation had picked up a ninety-five-knot tailwind and she wondered how long it had been with them. The airspeed indicator still read 170 knots, but at that altitude and with the push from behind, she estimated their ground speed at around 400 knots. An hour of tailwind would be sufficient to ensure they reached Sydney.

Virginia went aft and used the washroom and refreshed herself. She made two cups of coffee. Mackinnon came awake as she strapped herself back in and stared at her groggily. She handed him the coffee.

'Aaaah,' he sighed, swallowing the hot, sweet liquid.

'We've got our tailwind,' she said, feeling good about it, as if it had been all her own work.

'Good,' he said dully.

He looked at the control panel with disinterest, sunk in himself, holding the coffee two-handed and sipping it. His lack of reaction

252

surprised and then irritated Virginia. An hour and a half ago, the need for a tailwind had been of the greatest importance to him; now they had one, it seemed he couldn't care less. His lack of interest seemed to diminish her achievement and she resented it.

Mackinnon was silent and she assumed he had fallen back asleep. But when she turned to check, she saw he was sitting hunched down, staring into the empty coffee cup, eyes and face haggard, immersed in a deep lethargy which she recognised as an almost total disintegration of the spirit. The come-down from his peak of berserk violence must have been more severe than she had imagined. And then she realised he was remembering his friend and the way he had died and her resentment evaporated in a rush of sympathy.

'Was he married?' she asked.

'He was going to have a birthday party for his kid next Saturday,' Mackinnon said. 'A boy. His third birthday.'

He screwed up the paper cup. 'Ah well,' he said and pulled himself wearily out of his seat and went aft. Virginia heard the sound of running water and she saw him hunched over the galley and then he came back with two more coffees. He had washed his face and she could smell the sharp, fresh scent of the soap.

'How long?' he asked.

'Another two and a half hours.'

'We can't put down on any regular airfield,' he said. 'They'll have them all staked out. What about a farm airstrip somewhere? There's plenty the other side of the mountains.'

'I thought of that,' Virginia said. 'I don't like the idea of putting down on an unlit strip.'

'We haven't got any choice.'

'Unless you want to commit suicide, we need lights to land by.'

'Where then?' he said irritably. 'If you want lights, radio Mascot and tell them we're on the way.'

'Not Mascot, you clod,' she snapped. 'The F-4.'

Mackinnon jerked upright in his seat, spilling his coffee.

'The F-4!' He gaped at her.

'Yes, the F-4.'

'The F-4's a freeway through the middle of Sydney.'

'A four-lane, divided freeway. With orange lights easily distinguishable from the air. It's got several long, straight stretches and it's in flat country, which gives us a nice, easy approach.'

'The F-4!' Mackinnon echoed, stunned.

'And it's the last place they'll expect us to land. We'll be down and gone before they get a chance to react.'

'Jesus,' he said quietly. He was gauging her, his eyes hooded. All the surliness was gone and she was not quite sure what she saw replacing it. Interest. Admiration. No, she thought, it's trust, and she felt a flutter of pride.

'You really are something. But can you do it?'

'There's only one way to find out,' she grinned.

Mackinnon laughed and shook his head in amazement.

'The more I think on it, the better it sounds. Do you think you can put down near a roadhouse somewhere?'

'Anywhere you like,' she said. 'Why?'

'Well, if you can steal us a plane, I guess the least I can do is steal us a car.'

Virginia stared at him, shocked. Somehow, the idea of stealing a car, of committing a petty felony, seemed wrong.

'What if we're caught?' she said. Mackinnon burst out laughing and she suddenly realised how ridiculous it sounded and began to laugh with him.

She slumped in her seat, put her head back and let it go out of her; there was a wildness in her laughter and with it came relief. It took from her the horror and the fear and the tension which had been whelping inside and left her empty. It was a beautiful feeling, this emptiness, and then for some reason she could not explain tears were running down her cheeks and she was sobbing and laughing; and she wasn't empty at all because a great surge of hurt came up through her belly, into her lungs and into her heart. She was no longer laughing, just crying, shaking her head in helplessness and feeling the tears squirting from her eyes, great gushes of tears which wet her lips. Mackinnon put his hand softly on the back of her head and drew her against him, nestling her cheek against his neck and shoulder. He held her silently until the pain and the tears were gone and her chest stopped heaving and her sobs quietened.

He held her for some time after this, so that she could smell the salty tang of the dried desert sweat on his chest and feel the hardness of his body. It was some time before she drew away and said 'Thank you,' and went aft to the washroom, feeling weak in the knees and light-headed. She leaned against the door until her breathing was almost normal, then she splashed cold

254

water on her face and took a comb from the small cabinet and dragged it through her hair, thinking, Oh God, I glad that's over. I'm glad it's out.

When she went back Mackinnon said matter-of-factly, 'We've picked up another five knots,' as if the tearful interlude had not happened. She was grateful and pleased she did not feel any embarrassment or the need to apologise. Once again, she sensed between them a bond which made irrelevant all but the most vital instincts and which took them beyond shame; they were pariahs together, outcasts living beyond the normal human pale, with only each other to rely on for survival and for comfort.

Mackinnon was still a stranger but she now accepted that their fates were intertwined and inseparable and this was stronger than trust because trust was a matter of judgement and was thus fallible, while this was immutable, beyond contradiction. The completeness of it was overwhelming. She felt afraid but she did not feel alone.

Never before had she been reduced – or was it elevated? – to such a level of primitive need. Realising this, she found strength in their banishment and in Mackinnon. She knew now that whatever happened in their relationship was beyond their control and this, too, was reassuring, because it meant she no longer had to worry about it. What would be would be! She felt calm and in command of herself, if not her destiny.

For a while, Mackinnon made things to do to keep himself occupied. He took the M-16 apart and tried to fit it into Brown's camera bag, but it protruded. It was the only weapon they had and he was unwilling to part with it so he wrapped the parts in a light airline half-blanket. He made more coffee. They sat together in the darkened cockpit watching the night sky and the dark land below; for a long time, they had not seen any lights which meant they were still crossing the great and empty centre. Their silence was an easy one; it seemed the natural thing to do, and sleep gradually overcame Mackinnon. Virginia checked the instruments and the trim and slept for an hour, until the alarm on her wristwatch buzzed.

Below, she could see the lights of several towns. Ahead the loom of the city reached up for thousands of feet, reflecting off the clouds. So there it was. Sydney. She eased the control stick forward and adjusted the flaps to put the Citation into a shallow dive.

Virginia shook Mackinnon. This time, he came awake quickly; completely.

'There it is,' Virginia said and handed him the checklist.

They found the F-4 easily, an orange ribbon which ran in an almost straight line from the mountains to the city's geographic centre. Car lights crept along it and Virginia noted with relief that traffic was not heavy. She brought the Citation around until it was flying almost due east and increased the flaps to steepen the rate of descent; already, they were at the edge of the freeway and she needed to get down quickly now.

Virginia stabbed a finger at the checklist. 'You're on.'

'Landing gear.'

'Down and indicating.'

'Anti-skid.'

'On.'

'Flaps.'

'Down.'

'Engine synch.'

'Off.'

'Autopilot yaw damper.'

'Off – and hang on.'

The orange ribbon of light was flashing beneath them now. They could clearly see the highway, divided in the middle by a median strip, and the lights and backyards of houses. Cars and trucks disappeared beneath as the Citation came down to 150 feet. The highway rushed up on them at a speed which seemed to gulp them up; it was like a frantic production line in reverse, the cars and trucks going out backwards, swallowed by the onrush of the Citation.

Their speed dropped steadily: 140 knots, 135, 130, but still Virginia held the plane in the air. Then Mackinnon saw what she was waiting on. The rear of a huge truck was rushing up at them as the Citation overhauled it. Ahead of it lay a long stretch of empty highway. Virginia aimed the Citation at the truck as if she was going to strafe it and when it disappeared below Mackinnon felt he could have reached down and touched it.

'Now!'

Virginia dropped the Citation towards the freeway and Mackinnon sucked in his breath, wondering how far the truck was behind them, and then he saw an overpass coming up at them at 120 knots. He saw it clearly for it was well-lit and cars were speeding across it and it seemed ridiculously low, too low for them to get under; it crouched down over the freeway with its shadow beneath, a narrow slip of darkness.

'Look out,' he shouted and threw up his arm to ward off the onrushing impact.

The Citation was flying level with the overpass and Virginia thrust open the throttles and hauled back on the control column and in the split second this took she knew the Citation wasn't going to make it over the overpass. She violently thrust the column forward and slammed shut the throttles and saw the overpass filling the windscreen; that was all there seemed to be in front of them, the concrete span and its lights. It was so close she could see drivers staring out at her in horror and swerving their cars. She threw her arm up over her face and cringed back in her seat and then it was gone and she felt a jolt as the Citation touched down fifteen metres from the overpass, its nose wheel running along the highway centre line, and then a buffet of wind as the plane passed under the bridge. She lowered her arm, not believing it was possible they had missed the overpass. The windscreen was blazing with the lights of the freeway and onrushing cars.

Mackinnon gulped in air, his face so pale it glimmered eerily. Virginia's heart was pounding fiercely and her breath seemed to be trapped somewhere deep in her chest but she had no time for shock to settle in. The Citation was drifting to the left and was streaming along the highway at 100 knots, bearing down on the rear lights of the traffic ahead. She used the brakes sparingly, not wanting to throw it off balance. She did not want to slow it too quickly, fearing the great monster snorting down the highway behind them. The speed dropped to ninety knots and eighty and by then she had narrowed the gap between the Citation and the traffic ahead to about fifty metres, close enough.

There was a great roar from the engines as she threw them into full reverse thrust. The effect was immediate. The speed dropped to sixty knots and then fifty and the Citation came to within twenty metres of the nearest car before its speed fell off sufficiently to permit the car to draw away from it. The plane glided to a halt within the next forty metres. Virginia stabbed a finger at the checklist, showing Mackinnon where to start.

'Parking brake.'

'Set.'

'Have we got to do this?'

Mackinnon was already out of his seat belt and opening his door as he read.

'It got us here. I want to leave it ship-shape.'

'You're the boss. Throttles.'

'Cut off.'

'Battery.'

'Off.'

'Control lock.'

'OK. Let's go.'

Mackinnon clambered out, taking the camera case and blanket-wrapped rifle with him. The truck was bellowing down on them, wheezing and barking as the driver braked it down through the gears. Virginia came out on to the wing as the driver hit his klaxon horn. The howl tore at the night, a wild, urgent sound, full of anger and indignation. He let it go again as Mackinnon and Virginia slid to the road and began running towards an exit road thirty metres ahead. The truck shuddered to a halt fifteen metres from the Citation, which sat across the road, blocking it with its wing span.

'Hey,' the driver yelled.

But Mackinnon and Virginia were scrambling up the exit road. Already, traffic was piling up behind the truck, horns hooting. The truckie advanced hesitantly towards the Citation, moving warily, as if he expected it to explode. Finally he climbed on the wing, gingerly opened the door and peered in and saw the cabin was empty.

'Hey,' he yelled.

But Mackinnon and Virginia were gone. They followed the exit road for a block and then took the first turn to the left. They were in a quiet, tree-lined suburban street. Dogs barked. Mackinnon went to a parked car, took the screwdriver from the camera bag and jammed it into the door-lock keyhole. He wrenched out the lock barrel with the pliers, opened the door and did the same with the ignition lock. He crossed the wires. The engine kicked over and he spun the car in a U-turn and exited on to the street they had entered from. They could hear the screech of approaching sirens in the distance and the furious honking of hundreds of horns coming from the freeway behind them.

Mackinnon found a public telephone box several blocks later. He dialled Carter's home phone number. The telephone rang out.

Mackinnon looked at his watch. Twelve fifteen. Perhaps Carter was still out on the town. Or perhaps he was spending the night at Gerda's place. He thought of ringing the newspaper switchboard and getting her number from them. But to do that, he would have to identify himself, and it was likely the switchboard was being monitored. He dialled Carter's number again, praying that he had mis-dialled the first time. But, once again, it rang out.

He thought of ringing Tom Collins. And then he remembered his parting warning to the old Brigader not to answer the phone.

'We can't spend all night driving around in a stolen car,' he said. Virginia watched him silently.

Mackinnon shrugged. 'We'll have to get out of sight somewhere.'

'I've got a credit card,' Virginia said. 'It's in the camera bag somewhere.'

Mackinnon nodded, grateful there had been no argument.

'It's OK, I can handle it,' he said.

Virginia smiled wearily. It seemed rather pointless arguing who was going to pay.

Mackinnon picked up the Great Western Highway which ran parallel to the F-4 and headed towards the city. Virginia slept while he drove into the city. Mackinnon went to the Gazebo at Kings Cross. Their dishevelled appearance would cause less comment in an international hotel which was accustomed to receiving weary travellers at all times of the day and night. The more expensive the hotel, the fewer the questions asked, particularly in a hotel located in the centre of Kings Cross, the city's nightclub and brothel strip.

The room was clean and spacious and the carpet was thick; there was a double bed and a single-bed divan. It looked and smelled exactly like a thousand other motel rooms Mackinnon had stayed in the world over. Impersonal. Functional. Comfortable. He checked the motel services folder while Virginia went straight to the bathroom and ran the hot water and poked her head out the door.

'Do you mind if I go first?'

'Of course not. Throw out your clothes and a towel for me. There's a laundry on this floor with washing-machines and dryers.'

Virginia ducked back in and a few minutes later a shirt and

259

slacks, socks, bra and panties landed on the floor. A bare arm came round the door and passed him a towel.

Mackinnon went to the laundry, stripped off his clothes and wrapped the towel around his waist. He fed in some coins, set the machine on a fifteen-minute wash, threw in the clothes and turned it on. When he got back to the room, Virginia was still in the bathroom. He put on the electric kettle and turned on the radio, expecting to hear a news bulletin about the Citation on the F-4. It was 1.05a.m. and the hourly bulletin was finished. He dialled Carter's number but there was still no answer. He sat on the bed scratching his crotch, suddenly aware that he stank. He felt very tired. The kettle whistled. He made coffee and had just started to drink it when Virginia came out of the bathroom, a towel wrapped around her body and another around her head as a turban.

They were suddenly very aware of each other. They stood there, half-naked, eyes meeting and faltering and falling away, unaccountably shy.

'Coffee's made,' Mackinnon said gruffly and put down his cup and stepped past her. He could smell her freshness; all her tiredness seemed to have been washed away; her skin was smooth and creamy tan and he wanted to stroke it, to taste its texture; she looked clean and scrubbed and very beautiful and innocent. He stopped at the bathroom door.

'You take the bed. I'll take the divan.'

'Thank you,' she said, her eyes downcast. He dared not say more.

She had left him half of the courtesy pack of shampoo. Mackinnon turned up the shower to full strength and ran the water as hot as he could bear it, jetting it on to his sore shoulder and back muscles and thighs. He washed his hair twice, watching the fine dust redden the water, rejoicing in the feel of the water as it thrashed into his face. He lost all track of time and he had scrubbed himself clean several times when he finally, reluctantly, stepped out and dried himself. He wrapped the wet towel around his waist and stepped into the bedroom and stopped, shocked.

It was empty. Virginia was gone. He ran to the door and jerked it open, losing his towel. He snatched it back and stared down the empty hall and then Virginia came out of the laundry and ran lightly towards him, looking over her shoulder to see if she was observed. She didn't see Mackinnon until she was at the door.

260

'Oh,' she exclaimed. Mackinnon stepped back, feeling foolish, clutching the towel to his waist. She stepped through the door, blushing.

'I've put our things in the dryer. I think it's safe to leave them until morning.'

His hair was still wet-dark and he looked awkward and ill-at-ease, quite boyish and appealing, as if the shower had scoured away his outer skin of tough cynicism. She had seen him arrogant; she had seen him afraid, she had seen him with berserk madness on him; and now she sensed in him a hesitancy which was not so much shyness as a lack of sureness and she liked it. He was strong-bodied and there was a powerful grace about the way he moved, flat-footed, beneath the towel, and she liked that too.

He said: 'We'd better get some sleep.'

'Yes,' she said, watching him. She saw a bluish bruising around his left ribs and wondered about it and then he pulled back the covers on the divan and stood by it.

'Put your light out,' he said.

'Yes,' she said once more and turned it off.

Mackinnon stood by the divan light for a second longer, one had on the switch, the other clutching the towel, looking at her, full of indecision. He shrugged and flicked the switch and the room plunged into darkness so total it seemed to impact against Virginia's eyes. She heard a rustle as Mackinnon slid into bed.

'Good night,' he said.

'Good night.'

Virginia waited, feeling a strange expectancy. She shook it away, dropped her towels, and climbed in between the crisp and cool sheets and lay on her back in the absolute blackness. Her tiredness was forgotten and she was beset by an itching restlessness; she knew Mackinnon's uncertainty, because she felt it too.

She could not hear Mackinnon breathing. Perhaps he was a light sleeper. Or perhaps he was lying there, holding his breath, as she was.

'Mackinnon,' she whispered, feeling her voice rustle in her throat, for it was thick with hoarseness.

'Yes.'

'I'm frightened,' she said. It was the truth and it was only part of what she meant and she lay there, terrified he would not

261

understand. The darkness was so complete it weighed on her eyes.

She did not hear him come across the room. Rather, she sensed he was there, standing by the bed.

'So am I,' he said and she almost cried out in her relief, for he understood, and she reached up and found him and brought him down to her, all hesitancy gone now, and it was between them as if it had always been.

Sunday

MACKINNON – *Morning*

'Mackinnon.'

He heard his name through a curtain of deep sleep and for a moment he thought it was Brown calling him.

'Mackinnon. Wake up.'

A hand shook his shoulder gently. It came to him that it could not be Brown because Brown was out in the desert, a charred corpse in a burned-out plane, and there came hard against his closed eyes the flare of flames in the black desert night; his brain uncoiled and projected this memory and stabbed him awake with fright.

'No,' he shouted.

Virginia stepped back to avoid his flailing arms. He stared at her with eyes wide with shock and then recognition came into them and he slumped back on to the bed and dragged a pillow over his face.

'Mackinnon,' she said softly. She had made love with him and yet she could not remember his Christian name and somehow it did not matter.

He reached out from beneath the pillow a sinewed and naked arm and she went down against him and smelt the after-tang of love-making and something of herself and felt the hardness of his body, which had pleased her so much. He did not withdraw from the pillow but drew her down to share its secrecy and in this there was a deep intimacy. He made no move to caress her but held her tight and she nuzzled her face against his neck and felt the rise and fall of his chest and the fastness of his clasp in which they both found security. They lay in silence, giving each other comfort and then she felt the tremor of a sigh and he drew away the pillow.

'It was true after all,' he said, stroking her hair.

'Yes.'

'So much happened it still has a sense of unreality. Even . . .' He held her finger to his mouth and kissed it. 'Even with us.'

'Yes,' she said. 'Even that too.'

'I thought you were a dream.'

'No. It wasn't a dream. We were real.'

'I'm glad.'

'So am I.'

Mackinnon looked at her, not knowing what to say. Her hair was still damp from the shower and in the muted light of the room her skin had the quality of creamy tanned satin. She wore no make-up and her lips seemed fuller, swollen by their love-making, and her eyes seemed bigger and softer. There was none of the tension which had lain between them from the first moment of their meeting. She was very beautiful with her hair falling over her face with curls of dampness and he felt the onrush of blood and wanted to make love to her again. But he knew that this was not the right time. They had given so much to each other there was need of a respite, for them to gather their reserves and reassert their individual identities. And the reality of the day had already intruded. She squeezed his hand, understanding this.

Virginia sat back and passed him his clothes, freshly ironed. She rubbed her hand over the stubble on his cheek.

'I've told them to send up a razor with the breakfast.'

He rose naked and she saw his excitement and fondled him gently and pushed him into the bathroom and slammed the door behind him, laughing. The scent of her body still lingered on him and gave his flesh a silken smoothness and it was with reluctance that he turned on the shower and washed it away. He remembered what they had done and said and how natural it had been between them in that utterly black room. The denial of sight had magnified senses already traumatised, of touch and taste and sound and smell, and in that black void they had existed by sensation alone and plunged deep into it and each other. He wanted to linger with the memory.

There was a knock on the door as room service brought their breakfast tray and Virginia passed him in the razor.

'I thought we were in a hurry,' she said and he sighed and finished shaving and dressing. Virginia had ordered scrambled eggs, toast and tea and they both ate hungrily and without conversation, caught in mutual solace.

The lead story on the 7.00a.m. news was the search for drug runners who had flown a twin-jet plane in from the Northern Territory and landed on the F-4 and escaped with its cargo of heroin. It topped even the imminent arrival back in Canberra of the Prime Minister, who was due to land at 8.30a.m.

At 7.10a.m. he rang Carter. Virginia sat silently, watching him. Already, the tension of yesterday was returning. She could feel it in her stomach and see it in the stiff way in which he held the telephone, waiting as it rang out.

'Hullo.'

Carter's voice was hoarse and crabby with a hang-over and he did not sound at all happy. But, at least, it was Carter.

'Mike. Thank Christ I've got you.'

'Macka. Hey, is that you, Macka?'

'Mike, I'm in trouble. Big trouble. I need help.'

'Macka!'

'Listen, Mike, I haven't got time to explain on the telephone. But I'm on my way in.'

'Whoa. Slow down. Where are you?'

'I'm in Sydney, Mike, and I'm in trouble and I need your help.'

'Trouble. What sort of trouble?'

'I'm on my way in. Stay there. Don't move.'

'Macka, for Chrissake. What sort of trouble?'

'They threw Brown out of a helicopter. They took him up and they threw him and another fellow called Lloyd out of a helicopter and . . .' His voice ran down. He looked across at Virginia. His words stabbed her. She flinched at each name. Her tan went grey.

'What! Macka, what are you saying?'

There was panic in Carter's voice. Mackinnon knew it was hopeless trying to explain it on a telephone.

'I'm coming on in, Mike,' he said and hung up.

He stepped across to Virginia and put out his hand. She came out of her chair and rested her head against his chest and they stood there, holding each other, remembering the desert and all that had happened there and this time it was not passion which was transmitted between them but sorrow and hurt. And fear.

'We haven't got much time,' Mackinnon said softly.

On the way in, Mackinnon turned on the car radio and got a 7.30a.m. news bulletin. The news announcer said: 'The President

267

told a Press Conference that the Bilateral Defence Treaty with Australia will guarantee the security of the island continent against all aggressors. It is the strongest commitment any US President has made to the defence of Australia and represents a stunning coup for the Australian Prime Minister.'

The voice of the President came on: 'Australia has stood side by side with the United States in the defence of democracy and freedom and in the pursuit of peace and international goodwill. It is a true friend, a tested and proven ally. We will not be found wanting if Australia should at any time in the future be threatened. The Australia–United States Bilateral Defence Treaty commits the United States to the defence of Australia against all aggressors. It is a treaty which will be honoured should the need arise. But the very strength of the Treaty is that it will deter any potential aggressor. In unity there is strength. And in strength, there is peace.'

What was it out there in the desert that was worth killing for?

Mackinnon stopped the car.

'What's wrong?' Virginia turned to him in alarm.

'I've got to know,' Mackinnon said.

She slumped against the seat and shook her head, full of dread.

'I've got to know why they're trying to kill us.'

Virginia said: 'This is what I've been afraid of, all the way in. I could feel it in you, all morning.'

'Running won't save us. Not any more.'

'It's got us this far. We're alive.'

'We'll never be safe, not until we destroy them. The way they want to destroy us.'

Virginia held his hands: 'I don't want to die, Mackinnon.'

Mackinnon said: 'Do you want to walk away?'

Her eyes were afraid. But she shook her head. 'I'm with you, Mackinnon.'

Her hands were clenched tightly on his, as if her life depended on the clasp. He lifted them to his lips and kissed them.

'We'll make it,' Mackinnon said. 'I don't know how. But somehow.'

He knew now that he needed to find Dove, and the Russian called Yakov.

He drove and after a while Virginia said: 'Mackinnon.'

'Yes.'

'You know what frightens me most of all?'

Mackinnon stared at her.

Virginia said: 'You're no longer afraid to die.'

He drove in silence.

'I'm right, aren't I, Mackinnon?'

He said, 'I'm not afraid. Not like I was in the desert. Not any more.'

'What are you going to do?' Her voice was unemotional, resigned. She was not challenging or defying him. She just wanted to know.

Mackinnon did not look at her. He said quietly: 'If I get the chance, I'm going to kill them.'

Tom Collins was fully dressed. He said: 'I've been waiting all night, ever since I heard about the plane. Somehow, I just knew it would be you.'

'This is the pilot,' Mackinnon said.

Tom Collins gave Virginia a frank and unabashedly admiring examination. He said: 'Miss, that was really something, putting that plane down on a freeway.'

He made them tea. Mackinnon said: 'Tom, I've already put your life in jeopardy so I feel you have the right to know what it's all about. But, in the long run, it might be safer if you don't know. It's up to you.'

Tom Collins watched him with his clear, hard stare. He said: 'I've known the risk ever since yesterday. A woman came to see me. A nice style of a woman, she was too. She said: "Tell Mackinnon they'll kill him. Tell him his only hope is with Dove." I've been looking out for you ever since.' He held up a horny, broken fist. 'I'm with you, comrade. All the way.'

Impulsively, Virginia leaned over and kissed him on the cheek. He looked at her in surprise and then beamed with pleasure.

'Miss,' he said. 'It's been a long time.'

Mackinnon told him everything. It was the first Virginia had heard about Dove and the KGB and the shoot-out in Martin Plaza. Mackinnon told it simply and the only time his discipline faltered was when he described the events in the desert. A croak caught at the back of his throat, husking his voice, slurring it with emotion.

Tom Collins said: 'That was a lousy way to kill someone.'

The brutal simplicity of his judgement shocked Virginia. His

269

face was stern, set against emotion, and then she realised it was the judgement of a man who had done a lot of killing of his own. She was glad he was on their side.

Tom Collins said: 'They're waiting for you, comrade. They gave me instructions on how you're to get to them.'

He asked: 'The woman who brought the message. Do you think she was the woman with the gun?'

'It could only be her.'

'Jesus,' Tom Collins said with awe.

He wanted to come with them. He said: 'This is my last chance to fight the bastards.'

But Mackinnon would not let him. He said: 'Tom, if it all goes wrong, you're our only lifeline. We need to know you're safe, here.'

'It's not my way,' Tom Collins said. 'Hanging back while you're out in the firing line.'

'Tom, the firing line could be right here, in this room. I want you to be careful.' He gave him the M-16. It was too big to carry around. He said: 'It's only got four bullets left.'

Tom Collins said: 'Well, at least I can do for four of the bastards.'

When they went to go, the old Brigader said: 'Comrade, she told me she was sent by the Party. Was it the truth, do you think?'

'Yes, Tom. She was sent by the Party.'

The old Communist's face lit up in a beautiful smile. 'I knew one day they'd need me again,' he said.

The sun was out and the Harbour was calm once again. A mild south-easterly blew across Bennelong Point and gathered speed as it fluted around the immense sails of the Opera House. The heat had not yet come into the day and the wind carried the scent of the sea into the city, gladdening it.

It was 9.17a.m. and Mackinnon was sure he was not being followed. Already, tourists were out and about. Men and boys and a few women fished from the embankment. Ferries glided past to berth at the wharves of Circular Quay across the small bay. The air pulsated with the heavy throb of a hydrofoil. Its bow waves rushed over and swamped the smaller ones pushed up by the ferries and then slapped in against the stonework, a satisfying sound. The seagulls stalked disdainfully among the

270

pigeons and their querulous squawks rose piercingly over the murmur of a waterfront at peace.

'Are you sure about the Russians?' Virginia asked.

'No. But I don't think we've got any choice.'

Mackinnon held her hand and looked out under the Harbour Bridge at a scuttle of sailboats racing past, spinnakers blooming; he stood there, transfixed by this feeling of peacefulness and beauty, wondering which was real, this world which lazed before their eyes? Or the world of violence and fear and uncertainty into which they had been plunged?

Virginia leaned against the rails and looked at him gravely. Her eyes were grey and clear against the tan of her face and the honey blonde of her hair. Men stared at him with envy as they went past. She held Mackinnon's hands in both of hers and he thought, how wonderful it would be if this was all there was to it, two lovers by the quayside with a beautiful day to while away.

She said: 'Going to the KGB is against everything I was taught to believe in.'

Mackinnon said: 'We can believe in nothing now. Except ourselves. Except surviving.'

Strangely, it did not sound melodramatic. It sounded true, and it was true. They had only themselves and Tom Collins. And Carter. And perhaps the KGB.

Soon, they would find out.

Mackinnon led her across to one of the tables at the promenade restaurant. It was not yet open. Still, it was what Tom Collins had told them to do. Virginia sat upright, unnaturally stiff, unwilling to look around and, noticing this, Mackinnon realised that that is how he was sitting too. He smiled tightly and she smiled back.

'How long will we have to wait?'

'I don't know.'

A ferry went past, already crowded with families going to Taronga Park Zoo. The excited voices of children floated across the water. A seagull stalked beneath the table and snapped up a crumb and ran off with the alacrity of a thief.

A young couple came over. Mackinnon and Virginia sat as rigidly as cigar-store Indians.

'Do you know what time the restaurant opens?' the man asked.

'I'm sorry, I don't,' Mackinnon said, wondering is this it?

271

The man smiled. 'On a fine day like this, what's the rush?'

He strolled on, arm in arm with his wife.

'I couldn't take too many false alarms like that,' Virginia said. She reached across and took Mackinnon's hand.

A shadow fell over the table. They looked up.

'Good morning, Mr Mackinnon,' the Russian said.

They sat in the small pavilion in the Botanic Gardens and watched as Yakov and the man Mackinnon knew as Dove walked up the rise towards them. Over the hill and beyond, the bells of St Mary's Cathedral were calling the faithful. A few strollers were about, feeding the ducks and the water hens and beneath the discordancy of the bells it was possible to hear the sou'easter rustling the dry fronds of the palms; they crackled and clacked but there was no urgency in their call; it was relaxed, a wind-beat of lazy confusion.

In the desert, Maguire had said his name was Anderson. He had asked: 'What did Anderson tell you?'

Soon Mackinnon would know. He felt a surprising lack of excitement. It was all very anti-climactic. Anderson's telephone conversations had left Mackinnon with a mental picture of a lonely man and, now, watching them approach, Mackinnon felt that the impression had been right.

Yakov walked with the lithe poise of an athlete, in balance and ready to go. Anderson walked erect. He was a head taller than Yakov. As they got closer, Mackinnon saw a face which had been ravaged by suffering but which was now stern with decision and set in hardness. He was right. This was a man who knew loneliness.

'Excuse me,' said Udaltstov, the Russian who had brought them here. He went to meet Yakov.

'I don't like this,' Udaltstov said in Russian.

'Neither do I,' Yakov said in Russian. 'But it must be done.'

Yakov turned to Anderson. 'Are you ready?'

'I would prefer to meet him alone. Without the girl. Without you.'

Anderson's gaze was direct and without hostility, but Yakov knew that on this point he would remain adamant.

'Wait here,' Yakov said and walked across to the rotunda where Mackinnon and Virginia sat. He thought they looked very drawn and haggard.

272

The bells stopped tolling. The tranquillity of the morning returned, undisturbed.

'Good morning, Mr Mackinnon.' Yakov nodded politely to Virginia.

Mackinnon said stiffly: 'I've brought the photographs. Do you want to see them?'

'No. Show them to him.' Yakov nodded towards Anderson. 'He is waiting for you.'

Mackinnon stood up and picked up the camera bag.

Yakov smiled and turned to Virginia. 'It would be better if the young lady came with me while you talk.'

Mackinnon hesitated. Yakov nodded towards Anderson. 'It's the way he wants it.'

'It's all right,' Virginia said. She stood on tiptoe and kissed Mackinnon on the lips.

'Mackinnon,' she said softly. 'I'm with you, Mackinnon.'

She walked away with Yakov. After a few yards, she turned and waved, a tiny, almost shy gesture. She walked on before Mackinnon could respond. He went down to where Anderson stood by a park bench. For a moment, Anderson seemed undecided what to do. Then he put out his hand.

'Paul,' he said. 'I feel I know you. May I call you Paul?'

Mackinnon recognised his voice immediately. There was no doubt. This was Dove. His body assayed frailty but there was strength in his thin fingers. He was smiling but there was great weariness in his face, deep lines that could only have been carved there by considerable trauma.

He's had a hard time coming this far, Mackinnon thought. Him too!

He said: 'Do you want me to call you Dove? That's how I think of you.'

'No,' Anderson said. He took out his security identification pass. 'My real name is Charles Anderson.'

'Hullo, Charles. Somehow, now that I've met you, the voice goes with the face. But I still think of you as Dove.'

Anderson smiled wanly: 'Dove. I mean, that was what it was all about, really. But it seems a little ridiculous after what happened the other night. The shooting . . .' He shook his head in distress.

'Who was she?' Mackinnon asked. 'The woman in the car. With the gun.'

273

'I don't know,' Anderson said.

Mackinnon was not sure he was telling the truth. He was not sure how deeply Anderson was involved with the KGB. He was no longer sure how far he could trust him. But he also knew he had no choice.

Anderson said: 'You have the photographs?'

Mackinnon took them from the camera bag. The envelope was red with the dust of the desert. Anderson saw it and looked up at him in surprise. But he said nothing. Mackinnon opened the envelope. There was a lot more dust inside and it cast a film over the prints. He took a handkerchief and wiped them carefully as he handed them to Anderson.

'Thank you,' Anderson said.

Mackinnon said: 'The man who took these photographs is dead. So are a lot more.' He was surprised at the sourness of his words. They pulled his lips down at the corners, etching his face with bitterness.

'I'm sorry,' Anderson said. He lifted his eyes from the photographs. 'If I had known all that was going to happen, I wouldn't have started out on this journey.'

Mackinnon bit down hard on his emotion. It was too late for all of them. Especially the men dead in the desert.

'What is it?' he asked, indicating the blow-up.

'It's a new generation ground-launch cruise missile.'

Yes, Mackinnon thought. Now it makes sense.

Anderson passed him back the blow-up. 'It is still packed in its transport coffin. It is absolutely remarkable that these photographs were taken just at the very moment they were unloading the missiles.'

Anderson handed him the blow-up of the tanker-like vehicle. 'A mobile ground launcher. It can fire two missiles simultaneously.'

The other vehicle. 'A mobile command post.'

The buildings which looked like an up-turned egg carton. 'A nuclear magazine.'

Mackinnon sat holding the photographs, looking out over the gardens to the Harbour. Virginia, Yakov and Udaltstov sat on a bench by the pond eating ice-creams. Now he knew why Brown and Lloyd had died and why he and Virginia had to die. It seemed so simple and straightforward he marvelled that he had not known this before.

274

Anderson was struck by Mackinnon's inertness. He said: 'You don't seem at all surprised.'

Mackinnon turned to him eyes which were red and hollow and beyond shock. He said harshly: 'You should have been out in the desert yesterday.'

Anderson looked away. He did not ask what had happened in the desert yesterday. He carried too much guilt already. He took the photographs from Mackinnon's limp grasp.

'I will keep these,' Anderson said and Mackinnon nodded. Anderson took from his attaché case the photographic copies he had made of the secret codicils. He handed them to Mackinnon.

Anderson said: 'It is called Operation Taipan. They named it after the snake, the deadliest in the world.'

Anderson waited while Mackinnon read the documents. Down below, they had finished their ice-creams and it seemed to him that Yakov and the girl were chatting amicably. He sat in the sun, full of emptiness. He had expected relief, the lifting of a great burden. But he felt only bubbles of emptiness which floated in his blood and went into his brain and made him feel light-headed.

Finally, Mackinnon put down the documents and looked up. His face was reddened from the sun. His cheeks were drawn and they gave him an air of weathered toughness. Only in his eyes was it possible to see the fray of tiredness.

Yakov had turned and was watching them. Time was running out.

'Sixty missiles,' Anderson said. 'Each with a 200-kiloton warhead. They also intend keeping two B-52 bombers on permanent standby in the hangars, each armed with twenty air-launch cruise missiles and ready to go.'

'It's hard to believe,' Mackinnon said.

For a decade, under pressure from the Australian electorate, all the nation's political parties had shared common ground on their opposition to nuclear weapons being stationed on Australian territory. The country was a signatory of the Nuclear Non-Proliferation Treaty. The people accepted the American bases at Pine Gap, Nurrungar and North-West Cape only on the assurance that their main purpose was to prevent a nuclear war. Even so, the ground swell of opposition to the bases was strong, and growing stronger.

275

Anderson said: 'They've turned Australia into a frontline nuclear launching pad. And it's only the beginning. Eventually, the entire nuclear arsenal will be moved from the Philippines.'

Mackinnon said: 'This is political suicide. This will blow them into political orbit.'

'And the President,' Anderson said. 'The secret codicils haven't been before Congress. They're bound to impeach him.'

'Why did they do it?' Mackinnon's voice sounded hollow.

Anderson said: 'Because they're scared of the Russian naval build-up. These new cruise missiles give a tactical nuclear umbrella over most of the Pacific and Indian oceans and South-east Asia. They cost less than a million dollars, they're easy to conceal, quick to fire. They give the same radar profile as a seagull so they're almost impossible to detect. They're accurate to within thirty metres. Their range is still top secret but they can hit Cam Ranh Bay naval base from Tindal. And Hanoi. The B-52s extend the umbrella all the way to Vladivostok, the Russian back door. And, if necessary, Moscow.'

He smiled wearily. 'But by far the most important factor for the Americans is it means they can give the Soviets a nuclear karate chop in the back of the neck. Unlike their bases in Europe, this is totally secret. It has to be, otherwise no Australian government could go along with it.'

'Why did we – an Australian government – go along with it?'

Anderson said: 'They wanted a guarantee of American protection – and this was the price. The way they see it, a nuclear arsenal at Tindal is inevitable anyway, a natural escalation of the American bases at Pine Gap, Nurrungar and North-West Cape. All three are already first-strike nuclear targets. So what's the difference of adding a fourth, especially when it threatens only minimal civilian casualties.'

'They're crazy,' Mackinnon said.

Anderson laughed, a sour sound: 'They consider themselves patriots.'

'Then they really are crazy.'

Yakov had brought some bread rolls and he and Virginia were feeding the ducks. The marauding seagulls dive-bombed the pond, snatching away the crumbs.

Anderson said: 'The terms of the agreement are specific. Australia will have no say in *how* and *when* and against *whom* the missiles are used. Oh, there will be an Australian as token joint

276

commander, but he will not have the veto, even if he is informed in advance. The Americans have never surrendered control over their missiles to anyone in the past and they are not about to start now. Quite frankly, I don't blame them.'

For the first time, bitterness cut into Anderson's features, narrowing his eyes, hooding them. His voice lost its tiredness and became harsh, the vowels flattening.

'This is the greatest betrayal of public faith, the most cynical act of political opportunism in this country's history,' he said. 'It must be exposed.'

Anderson passed Mackinnon the last five sheets of documentation.

'My testament. It says all of what I have told you and more. It says why I have acted as I have. I would like it to be . . . treated with respect . . .'

He had been going to demand that Mackinnon publish it but at the last minute he had realised that any guarantees given under these circumstances would be worthless.

'I am not asking to be vindicated,' Anderson said. 'But I feel I should make some effort to be understood.'

Anderson stood up and Mackinnon was surprised that he no longer saw him as a frail and ageing man. Behind the tiredness there was strength and he saw it clearly now that he understood the full burden this man had carried.

'Thank you for the photographs,' Anderson said with grave formality. 'Thank you for coming and for listening. Thank you for sticking by me.'

He put down his security pass. 'I would feel happier if you photographed this, just in case they try to prove I did not exist.'

He smiled wryly and nodded towards the duck pond. 'My friends assure me they will surely try.'

'Why did you involve them?' Mackinnon asked. He took Brown's camera out of the bag.

Anderson shrugged: 'It wasn't an easy decision. But I needed photographs, to prove the installation at Tindal existed. Would you have believed me, without photographs?'

Mackinnon shook his head: 'No.'

Anderson said: 'The Russians would have found out anyway, in the end, when you published. So it made sense to use them.'

He was very tired, his strength going. That's how Mackinnon photographed him, standing stiffly and exhausted.

'Does it make any difference?' Anderson asked.

'They will call you a traitor,' Mackinnon said.

He snapped several shots of the security pass and passed it back to Anderson. They turned and saw Yakov was watching them, waiting.

Mackinnon said: 'If your friends in the KGB had kept out of it, if they'd left us alone, a lot of people would still be alive.'

Anderson said: 'You were being followed. I was being followed. We were walking into a trap. They had to stop that.'

Yes, but how did they know?

Mackinnon asked: 'Who told them about us? About our rendezvous? Was it you?'

Anderson shook his head.

'The Russians knew about us,' Mackinnon insisted. 'Someone told them.'

'They won't tell me,' Anderson said. 'I asked. But they won't say.'

Mackinnon put the camera back in the bag. He straightened. Yakov began walking over, leaving Virginia sitting on a park bench. She was watching them anxiously. Mackinnon waved and she smiled and waved back, quick, nervous gestures.

'Who is he, the short, stocky one who looks like Henry Kissinger?' Mackinnon asked. 'The Australian who orders the killings.'

'Maguire,' Anderson said. 'His name is Matthew Maguire. He is head of Taipan security.'

He did not ask about the killings.

'Thank you,' Mackinnon said. 'Where can I find you?'

'That, for the moment, is out of my hands.' Anderson stood up and held out his hand. 'Goodbye, Paul. You have until tomorrow morning to start publishing these documents. Then I am going to release them to everyone.'

He walked away. After a few yards, he turned.

'I'm sorry, Paul,' he said. He held up his hands in a gesture of helplessness. 'I'm sorry about your friend. I'm sorry for what happened in the desert.'

He was close to tears. He turned and walked away. Mackinnon felt he had never seen a man who looked so lonely.

Yakov came up. 'How did it go?'

Mackinnon said: 'I feel sorry for him. Even after all that's happened, I feel sorry for him.'

278

Yakov said: 'He's a remarkable man. It's a remarkable document.'

Mackinnon said: 'If I publish this, it will destroy the government and probably the American Alliance.'

Yakov watched him cautiously.

Mackinnon said: 'It will mean the end of all American bases in Australia. And it will totally discredit the President in Geneva. It'll sink him – and Star Wars along with him.'

He stared at Yakov: 'In the Kremlin, they will love me. They will probably make you a Marshal.'

'Ah, but you will publish it?'

Mackinnon looked past Yakov to where Virginia sat, watching them, back straight, hands clasped between her knees. Even at this distance, he could feel her anxiety. He wanted very much to be with her.

'I have to,' Mackinnon said. 'It's the only way we can stay alive.'

279

MAGUIRE – Morning

Carter lived in a small two-storey terrace in Surry Hills. It was narrow-fronted and carried a balcony with a wrought-iron balustrade. Carter had bought it many years ago in a moment of energy and hope which had not outlived the restoration of the balcony. The outside was now in need of a fresh coat of paint and the wire baskets which hung to shade the balcony were long since naked of foliage; it was years since Carter had ventured out there, to drink beer and gaze down on the street below and watch the neighbours prying and gossiping.

The block backed against a lane and it was here that Mackinnon and Virginia came to press the buzzer on the gate built into the high brick wall. They waited only a few seconds for the answering buzz which unlatched the lock and gave them entry to a small paved backyard in which more empty plant pots stood like long-forgotten guests. The leaves of last winter lay against the brick fences where they had been blown and washed by the storm. The walls enclosed the yard and diminished it but gave complete privacy, which was these days more appealing to Carter than orderliness or beauty. Mackinnon, despite his closeness to Carter, had been here only several times, and each arrival gave him a sudden feeling of unfamiliarity, as if he was seeing a new person each time.

They walked across the yard and knocked on the door. It opened to reveal Carter in jeans and loose-fitting shirt and sneakers. He was dishevelled and unshaven. His hands trembled.

'Macka,' Carter said hoarsely and turned away as they came through the door, head downcast. He would not meet Mackinnon's eyes. He stood there, as if he was undecided to admit them further, shoulders sagging on his chest, shrinking him so that he looked quite pitiful.

Mackinnon asked: 'You all right?'

'Come in,' Maguire said.

He stood at the entrance to the dining-room, Henry Kissinger with menace. Ng stood next to him, smiling, aiming a revolver with a silencer attached. Landricho was behind them.

'You,' Mackinnon hissed. A tremor of fright ran up his spine, prickling the hair at the back of his neck. He was so shocked he offered no resistance when Landricho came forward and took the camera bag from him.

'Oh God, no!' Virginia recoiled against the wall, trapped.

'Shut the door, Carter,' Maguire said.

Carter lifted his head and in his eyes Mackinnon saw the agony of his betrayal; it was there, indelible in his face, the guilt and shame of his treachery. All Mackinnon could feel was a deadening numbness, as if he had been struck a great and immobilising blow. Carter obediently shut the door.

'Macka,' Carter groaned. 'They were here when you phoned. They knew you'd come to me.' He could withstand Mackinnon's terrible gaze no longer and he bowed his head.

'I didn't know about Geoff. You've got to believe me. They didn't tell me about Geoff or what happened out there in the desert. Not until after you phoned.'

'But you're his friend,' Virginia cried.

'Macka,' Carter pleaded. 'They promised me no one would be hurt. All they want are the negatives. They promised me. I swear it.' His voice quavered. He turned to Maguire, a broken man.

'Tell him it's true,' he begged. 'Tell him.'

'Oh, it's true all right,' Maguire said and in his face and voice there was such withering contempt that Carter turned away from him and it was this, seeing his friend's abject degradation, which gave Mackinnon the truth.

'It's not Greenway,' he said dully. 'It's you.'

Carter held out his hands in entreaty. He tried to speak but his voice did not have the strength and he dropped his hands and sagged against the wall, nodding his head.

'Since Vietnam,' Maguire said. 'One of my first recruits from among the gentlemen of the press.'

'It was different then,' Carter said. 'There was a war. Then I believed.'

Ng laughed, a tingling, bell-like sound, full of music.

'Some of us still do,' he said, waggling the revolver in admonition. His injured leg was stiff and sore now and he limped noticeably.

281

'Matthew,' Landricho called and Maguire turned. The tall American was holding the documents he had taken from the camera bag.

'Anderson's given them everything, Matthew. Everything.'

He held out the documents but Maguire made no move to take them; he stood off, as if he did not want to contaminate himself. A nervous tic fluttered across his face, jerking the cheek muscles so forcefully everyone in the room saw it.

'Yakov's got the lot,' Landricho said. 'It'll be in Moscow by now.'

He put the documents on a table and stood staring down on them with a rigidity which affected all of them; in that moment, they were all poised on the edge of catastrophe, each of them contemplating a different disaster, frozen into inaction; it was the rigidity of overwhelming despair.

'Where is he?' Maguire hissed.

Maguire stepped forward. He did not raise a hand but his entire being trembled with menace. His eyes were slitted in a face in which the skin seemed to have been stretched drum tight, giving him the ghastly appearance of a Death's Head emblem; in that moment, he seemed more symbolic than real, and thus more fearsome, as if in him were contained forces beyond normal human expectancy.

'We know Anderson gave you those documents,' he said in a voice which held level only under extreme control, trembling on the verge of eruption. 'We know Anderson is with Yakov. Where are they?'

Mackinnon did not move or utter a sound. Immobility was the only armour he possessed.

'Miss Wilson,' Maguire said in a voice heavy with sibilants, the hiss of a man who is breathing unnaturally. 'I don't think you fully realise your situation. You are at the moment an accomplice in an act of treason. You are endangering the security of your country.'

He reached out and took her arm and squeezed it mercilessly. 'Where are they, Miss Wilson?'

'I don't know,' Virginia said. She grimaced against the pain but did not cry out.

'Give her to me,' Ng said, laughing his sweet, musical laugh. 'I have a way with women.'

'Perhaps I will,' Maguire said, dragging Virginia forward.

282

Mackinnon lunged forward, going for Maguire's throat. Maguire was amazingly fast for a man of his bulkiness. He spun Virginia into Mackinnon and kicked, catching him in the groin. Mackinnon grunted and doubled over. Maguire grabbed a handful of hair and jerked his head up. He began back- and fore-handing Mackinnon.

Virginia threw herself on him, punching and clawing, but Ng dragged her off. She broke loose and turned on Maguire again. This time Ng chopped her across the mouth, knocking her down. Blood spurted from her split lip.

'Tell me,' Maguire said.

He back-handed Mackinnon again. There was nothing enraged about his actions. They were deliberate, each blow measured for distance and force. He knew exactly what he was doing.

'Stop it,' Virginia screamed, kicking from the floor. Ng went to strike at her and Carter came across the room, punching. The blow took Ng on the side of the face and spilled him over the table.

'You mongrel,' Carter shouted and hit Maguire. Despite his bad leg, Ng came off the table with the speed of a cat and whipped the heavy pistol across Carter's face, crashing him to the floor. He went after him, pistol raised. But Landricho stepped in and grasped his hand.

'It's enough,' Landricho said. 'It's enough, Matthew.'

For a moment, Maguire held Mackinnon, his hand raised to slap. Then he nodded and let him go. Mackinnon sagged on to his knees. Virginia crawled to him.

'Mackinnon,' she cried. 'Mackinnon.'

Slowly, Mackinnon pushed himself upright. His knees wobbled and Virginia reached out to support him but he shook off her hand and made it alone, as if it was the most important thing in the world.

'I'm going to kill you,' he said, spitting blood, and started forward at Maguire, who waited calmly and, as Mackinnon's hands clawed at him, kicked his feet from under him. Mackinnon fell heavily. He got groggily to his knees.

'No,' Virginia said and knelt by him, holding him down. 'You haven't a chance.'

'I'm going to kill him,' Mackinnon gasped. 'For Brown. For Lloyd. For what he did in the desert.'

'Please,' Virginia said. 'It's useless.'

283

'You're a brave man, Mackinnon,' Maguire said. 'But I think you should listen to what she's telling you.'

Mackinnon tried to rise but he did not have the strength to resist Virginia.

Landricho said: 'It's time we took them somewhere where we can interrogate them properly. We haven't got much time.'

'You're right,' Maguire said. 'It'll give Ng a chance to go to work on them.'

Ng said: 'Give me the girl and he'll talk. They always do, these tough guys.'

Maguire pointed at Carter. 'Bring him too.'

Ng dragged Carter to his feet. Carter's nose was broken and was bleeding freely. He reached over and took Mackinnon's arm.

'Macka,' he said. 'Oh Jesus, Macka. They promised me no one would get hurt.'

'Sure,' Mackinnon said dully. 'Sure they did.'

Ng thrust Carter out the door and beckoned with his pistol for Mackinnon and Virginia to follow. They went silently behind the stumbling Carter, holding hands. In this moment they had no words, for their misery numbed their brains and their tongues. They went out into the still-fresh day; it was shady and cool and quiet in Carter's rear yard, where Long waited, his nose still taped. He went down and opened the gate. A big refrigerator truck had been backed up hard against the gate, blocking the laneway. Long climbed up on the foot bar and opened the back door. The sunlight slanted into the wagon and they saw what was inside.

Virginia recoiled and Mackinnon felt his gut suck in. Carter stood as still as granite, grey with shock.

Stevens stared at them with sightless eyes, his neck askew. He was hanging from a meat hook.

'Please God,' Virginia whispered and buried her face in Mackinnon's shoulder.

Behind Stevens hung the bodies of the men Mackinnon had killed in the desert.

'Oh Jesus,' Carter said and turned away.

The corpses swayed. They seemed to be beckoning.

Ng said: 'For this, you owe. It will be a pleasure to make you pay the debt.'

'Inside,' Long ordered.

Mackinnon stepped back, holding Virginia and feeling the cold breath of the refrigerator truck already reaching out for them.

284

A bullet hit the metal door, punching a hole in the aluminium insulation. Mackinnon saw the black hole before he heard the smack of impact, followed by a sibilant snaffu of a silencer, and he spun, knowing this was his last chance.

Yakov said: 'Don't move.'

Yakov and Udaltstov stood behind them. They had come over the neighbour's fence. Both of them held silenced pistols.

Udaltstov said: 'We will kill you if we have to.'

Long was the quickest. He swung up a revolver. Mackinnon heard the sucking sound of a bullet hitting flesh. Long spun off balance and crashed against the truck, dropping his revolver. He fell to his knees, holding his wounded arm.

'Get the gun,' Yakov said.

'No,' Ng snapped. 'Move and I will shoot the girl.'

He stood with his back to the Russians, his arm outstretched, the revolver only inches from Virginia's face. The hammer was thumbed back. His finger was hard against the trigger. His face was set with a fierce calmness.

The gentlest squeeze and Virginia would be dead. She stood stiffly, staring into the muzzle, afraid to move.

Ng said: 'You can shoot me in the back. But the girl goes with me.'

Yakov shifted his pistol to aim at the back of Ng's head. The Vietnamese's dark eyes glittered brightly. His hand was steady. There was no fear in him. Only intense excitement.

'This is Russian roulette,' Ng said. 'For real.'

'Don't,' Mackinnon gasped. 'Don't do anything.'

Yakov lowered his aim. He and Udaltstov exchanged quick glances. They were in a difficult situation.

'It's a stand-off,' Landricho said.

He stood with the stillness of a man on the edge of hard decision, gauging his chances and not liking them at all, caught between the need to act and the knowledge that if he did, he would almost certainly die. It was a measure of his courage that he even gave it consideration.

'Yakov,' Maguire said. 'Remember me, Yakov?'

Ng said: 'Drop your guns or I will shoot the girl.'

Yakov said: 'You were in Santiago.' He waggled his pistol at Landricho. 'Both of you.'

Udaltstov said: 'Shoot the Vietnamese.'

Ng said: 'I'm going to count to five. Then I kill the girl.'

Udaltstov said: 'Let me shoot him.'

Landricho said: 'They're no good to you dead, Yakov.'

'One.'

Virginia squeezed her eyes shut. Mackinnon wanted to reach out to her. But he did not dare.

Mackinnon warned: 'He'll do it.'

Maguire seemed oblivious of everyone except Yakov. He said: 'We tried to kill you. We almost did.'

Yakov nodded, watching Ng.

'Two.'

Mackinnon implored: 'Do as he says. Drop your guns.'

Maguire said: 'How did you know the honeytrap, the American girl, was a deathtrap?'

Yakov said: 'We had friends among the Chileans too.'

'Three.'

Virginia opened her eyes.

'Kill him,' she cried. 'Please. Shoot him.'

Mackinnon reached for her, shocked.

'Don't,' Ng snapped, his thumb on the hammer.

Mackinnon froze, as desperate as any trapped animal.

Maguire said: 'When did you tell them about Bonnie Wright?'

Yakov blinked hard.

Maguire said: 'Did they tell you we call you the Falcon?'

Ng said: 'Shut up.'

Virginia implored: 'Kill him. Please.'

Yakov said: 'The Falcon. I like that.'

Yes, Maguire had known he would like the Falcon.

Maguire stared at Yakov with fascination: 'Why did you play along? In Santiago.'

Landricho said: 'For Chrissake, Matthew.'

Ng was sweating now: 'Four.'

Virginia screamed: 'Kill him.'

Yakov said: 'I like American girls.'

Maguire laughed.

For a moment, everyone in the courtyard stared at him, bewildered by his behaviour.

Maguire bent over, laughing, baying at the morning, and then he came up, so fast Mackinnon almost did not see it, a gun in his hand and it caught everyone by total surprise, Ng included. The Vietnamese blinked and broke his concentration and Mackinnon

286

lunged and knocked Virginia sideways. Ng's bullet smacked into Stevens' corpse and set it rocking again.

Yakov shot Ng in the back of the head. Udaltstov shot for Maguire and missed. Maguire's shot killed the Russian. Landricho brought up his revolver but Carter struck him, using both his hands as a club, sending him down. Virginia fell against Long, crushing his wounded arm. He screamed.

Mackinnon kicked himself up at Maguire, grabbing his arm and swinging him off balance. It saved Maguire's life. Yakov's second shot missed, striking into Stevens' body. Maguire swung his revolver at Mackinnon and Carter lunged between them, striking for Maguire's face. The revolver exploded, crashing Carter backwards and over.

Mackinnon came back at Maguire, punching hard. Maguire caught him back-handed with his revolver. But Mackinnon's momentum carried him inside Maguire's arms and he grabbed him by the crotch and drove him backwards and over, piling him into the paving bricks.

Mackinnon clutched his throat and pinned him and smashed his right fist into the snarling face below, his knuckles striking hard against teeth and then bone, punching and chopping in silent fury, unaware that the figure beneath him had ceased to move, not seeing the bloodied face and the broken nose and then his fist was grasped as it rose to fall again and he was wrenched off balance and saw Yakov looking down on him, pale-faced.

'Stop it,' the Russian said.

'No,' Mackinnon gasped. 'He's got to die.'

He grabbed Maguire's revolver and pushed it into Maguire's neck. His breath was coming in gasps and his hands were so slippery with Maguire's blood he could not hold the revolver properly and he grasped it two-handedly. Yakov kicked him in the shoulder as he fired. The bullet passed within a fraction of an inch of Maguire's throat. The muzzle flash scorched his skin.

Yakov took the gun. Mackinnon looked around, sweat and wildness misting his eyes. He felt arms go round his neck and a wet face thrust against his and Virginia knelt holding him, rocking him as he gasped for breath, calling his name.

'Mackinnon, Mackinnon, Mackinnon.'

'Macka,' Carter gasped. 'Macka.'

It was an older, more familiar cry, a voice which had been with him in many places.

Mackinnon broke Virginia's hold and tried to stand. But he did not have the strength and once again his name bubbled from Carter's lips and Mackinnon crawled across to where his friend lay on his back, his belly and chest wet with the blood loss which had already doomed him.

'Mike,' he said. 'Don't say anything, Mike.'

Carter's eyes gathered the last of his strength and once again they were the clear and guileless blue that Mackinnon would always remember and he pulled Mackinnon down to him, the words frothing through the blood.

'Macka, I didn't know. You've got to believe me. I didn't know.'

'I believe you,' Mackinnon said.

'Macka, I wouldn't betray you.' Carter's eyes were darkening and they begged to be believed. 'I wouldn't . . .'

'You saved my life, Mike.' A dull ache throbbed in Mackinnon's throat and the words came up and over it, hurting. 'You saved my life.'

Gratitude flooded into Carter's eyes. He tried to smile but the effort cost him too much and the life ran out of him. Mackinnon knelt by him, holding his dead friend's hand until Yakov came and broke the grip and lifted Mackinnon to his feet.

'You've got to go,' he said, and Mackinnon saw that Maguire had regained consciousness and was sagging against the truck where Landricho was binding Long's wounded arm with torn shirt sleeves.

Stevens' body was still swaying from the bullets it had taken. But there was no blood. He was too cold and had been dead too long.

Maguire said: 'If I was you, I'd kill me. Because if you don't, I surely will kill you. One day.'

Yakov said: 'In Santiago, we had a name for you.'

Maguire spat blood, waiting his chance. There was no fear of death in him.

'We called you the Sphinx.' Yakov said, knowing they had named him well.

He took from Maguire the negatives which had brought about so much death and handed them to Mackinnon.

He stood staring at Maguire, and for a moment, Mackinnon thought he was going to kill him. He waited, wanting it.

But Yakov shook his head. 'I think it is more fitting that I leave you to the judgement of your friends,' Yakov said and, watching Maguire's eyes, for a moment he felt sorry for the man.

Epilogue

THE NEWSPAPER – *Sunday night*

The first editions came off the presses at 11.45p.m. Traditionally, the first delivery of papers was at Taylor Square in Darlinghurst and a small crowd of reporters from the opposition newspapers and radio and television stations were waiting. Greenway had leaked enough to ensure their attention. There were two posters. One said: 'Secret Nuclear Arsenal'. It carried a picture of the installation at Tindal. The second said: 'Our Man Murdered by Secret Agents'. It carried a photograph of Brown encased in a black border.

They ran everything: Brown's photographs taken in the desert of the survivors standing by the burned plane; Brown's photographs from Tindal; Mackinnon's photographs of Anderson and Anderson's security pass; a photograph of Carter, also black-bordered. They ran the names and photographs of all the members of the Monday Committee except Maguire. There was no photograph or any record of Maguire. They ran the full transcript of the secret codicils of Operation Taipan; they ran Anderson's testament verbatim, with tear-outs of his handwriting; they ran Mackinnon's account of all that had happened in the desert before and after. Mackinnon told everything, even about the men he killed. But he did not tell the full truth about Carter.

He wrote all he knew about Maguire, which was very little.

He wrote all he knew about Yakov, which was even less.

He did not know who Landricho was.

At the same time as the newspaper trucks unloaded the papers, a refrigerator truck pulled up at the traffic lights at the Taylor Square intersection. The refrigerator truck stalled and the driver, who was wearing white overalls and a peaked cap which hid his face, stepped out, went to the rear and opened the door. He left it ajar and walked away.

'Hey,' the driver of a car caught behind the truck shouted. But the truck driver ignored him. A car pulled up and he stepped inside and was driven off.

A reporter walked over to the truck. Water was dripping out the door. The refrigeration had been turned off. He pulled open the door and stepped back aghast.

Stevens' sightless eyes stared down at him. Corpses swung on meat hooks. Next to them, their hands tied to meat hooks, stood Landricho and Long.

And Maguire, in front, staring balefully out, his face bruised and horribly swollen.

'Christ,' the reporter yelled. 'Get over here.'

The reporters and photographers came running, cameras flashing.

This is how they came to identify Maguire and Landricho.

YAKOV – *Monday dawn*

Up against the wharf, the Harbour was oily and black; it still held for Yakov a sense of mystery. The first faint glimmer of dawn was high in the sky.

Yakov walked down the pier to the huge black silhouette of the East German grain ship which was his exit route. Lights shone on the water; the shadows still had a night-feel of unknowingness. The shadows were deepest against the dock buildings and Yakov kept instinctively to the wharf edge, looking down on the water as he walked.

The gangplank of the ship was only thirty metres away when he stopped. A group of men stepped out of a customs office and began walking towards him. Yakov looked behind. Another group of men were coming along the wharf, blocking his escape. They walked slowly, purposefully, the way the KGB police walked in Russia, and he knew who they were.

He put his hand in the pocket of his seaman's jacket and cocked his pistol.

Duckmanton said: 'Good morning, Colonel.'

'Good morning,' Yakov said and drew his pistol. But they were too fast for him and took him alive.

This is how the world learned about Yakov.

Babushka was fully dressed and waiting when Anderson came out of his bedroom. He, too, was ready. Her face was drawn with tiredness and set grimly. She was no longer beautiful.

'So it is to be you?' he said.

He had been expecting they would send someone else.

'Yes.'

'I'm sorry,' he said.

She could not meet his eyes. She walked to the window and looked down on the Harbour.

He watched her reflection in the window. He said, feeling strong, 'It is easier for me this way. I would not have the courage to go it alone.'

In his hand, he held the photographs of his wife and son. It made him feel secure. He no longer felt lonely.

MAGUIRE – Monday morning

The D-G said: 'There's not much we can do to help you, Matthew.'

The second editions of all the morning newspapers had run the picture of Maguire in the refrigerator truck on page one. Mackinnon identified him as the man from the desert, the chief of security on Operation Taipan. The picture and Mackinnon's story were picked up by every newsagency, radio station, and television station and daily newspaper in Australia. Mackinnon had been on television and radio since 6.00a.m. telling his story, repeating his denunciation of Maguire.

Philip Quigley said: 'Mackinnon's not going to let up. It's become a personal vendetta.'

Maguire stood at the window of his office, looking down over the Harbour. The sun was beginning to break through the rain clouds and, below, the city sparkled, washed clean, refreshed. He loved this city and its violent, pagan moods. He saw his reflection in the window. His face was horribly bruised. Both his eyes were puffed and black. Mackinnon had broken his nose and it was taped. His lips were badly split. His neck was bandaged where the muzzle blast had scorched it and he wore his shirt open at the collar. It was the worst beating he had taken in his life.

'Where's Duckmanton?' he asked.

'He'll be here soon,' Quigley said.

The D-G said: 'We wanted a few minutes with you first. By yourself.'

Quigley said: 'Oh, I think we can trade our way out of a murder charge. But that's all.'

The D-G said: 'Personally, I think it's best if we got you right out of the way altogether. Israel perhaps. Even South Africa.'

Quigley said: 'They understand these things.'

Maguire looked round his office. Already, it seemed a foreign place. The D-G's men had put sticker seals across every drawer and filing cabinet. Soon they would be taken away. His staff had been told not to come to work. Every scrap of paper had been collected in green garbage bags which were piled against the door, awaiting pick-up. In another hour, the office would be stripped clean.

Operation Taipan was finished. The Monday Committee was dead. The Prime Minister was expected to resign. The President was under siege. The Soviet leader had walked out of the Geneva summit.

The D-G said: 'The Israelis especially. They've always got work for men with your talents, Matthew.'

It'll be all right, Maguire thought. They want to make a deal.

He laughed, a harsh, cynical sound and turned back to the window and watched the ferries come and go. They were ungainly boats, yet beautiful. It would be nice to take a ride on one, to sit in the sun and feel the wind and the sea spray splash over him and to watch the Harbour work-boats. It was a long time since he had done this. He was very tired and was hurting. The interrogation had gone on most of the night.

Where was Duckmanton?

The D-G's face remained a solemn mask. He said: 'It was Bonnie Wright, Matthew. You were right all the time.'

Maguire nodded, wondering why they had told him now.

Quigley passed Maguire several sheets of typing paper.

'It's the transcript of a telephone call between Mackinnon and Anderson on Friday afternoon. Setting up a rendezvous. Have you seen it before?'

Maguire read it carefully. Anger jolted his heart, a physical blow. It took all his remaining reserves of discipline to hold down on his emotions. 'No,' he said bleakly. 'Who ordered the tap?' But he knew the answer.

'Duckmanton.'

'When?'

'Tuesday.'

'The day Yakov arrived.'

Quigley said: 'An *hour after* Yakov arrived.'

'How did you get it?'

Quigley said: 'We all use the same tappers, Matthew. Some of us just pay them better.'

'*When* did you get it?'

The D-G said: 'Easy, Matthew.'

'Easy be damned.' Maguire swung on them, crouched, fingers jabbing, as if he was striking for their throats. The mask of the Sphinx was broken. Rage suffused his heavy features, making him uglier than his wounds.

'If I'd got this Friday, if I'd got this in time, we would have picked up Anderson in Canberra. And Yakov. *And none of it would have happened.*'

The shoot-out in Martin Plaza. The bomb in the plane. The killings in the desert. Yakov's triumph at Carter's house. The humiliation in the meat wagon.

'None of it,' he shouted, slamming his fist on to the desk.

The D-G said calmly: 'We got it too late. You were already in the desert. The tappers were frightened of Duckmanton. They took some persuading.'

'Too late!' Maguire snarled. 'Everything's been too fucking late. Right from the moment Yakov arrived.'

'No,' Quigley said. 'It's still not too late.'

And then Maguire understood. For a moment, he could not believe he was right. The D-G and Quigley were watching him intently, the way you'd watch an angry taipan, with fascination and wariness.

The D-G gravely nodded, confirming it. Maguire felt a great release. He felt lightheaded with this new sureness that was in him, now that he knew what they wanted.

Oh yes, he thought. Oh yes.

Quigley smiled. The D-G was right. Maguire would do it for them. One last service.

The D-G said: 'Duckmanton's the rising star. The hero of the moment. And we're totally discredited. Who would believe us?'

Quigley said: 'Not the politicians, Matthew. They're going to make Duckmanton head of ONA.'

No. Not the politicians, who'd betrayed them once before. In Vietnam.

Maguire unconsciously bristled. The D-G saw his reaction and was satisfied. Maguire was still fighting yesterday's war. He was the best of yesterday's men, and he did not know how to embrace defeat.

The lad from the coal pits. The outcast. The pariah.

The D-G said: 'At 9.08 this morning, a very attractive young Russian woman asked for political asylum. Her name was Nadezhda Semenov, the Bolshoi prima ballerina.'

Maguire remembered her from the airport, python supple and arrogant, a beautiful, pagan creature. She would be happy in this city.

The D-G said: 'She claims she was Yakov's lover.'

Maguire felt a pang of jealousy. He asked sourly: 'She defected to be with Yakov?'

The D-G smiled. He was genuinely amused. 'Oh, I don't think so. In fact, I think she saw him as a ticket to freedom. She was most anxious to tell us all she knew about him.'

She sold him out, Maguire thought with disgust. Yakov sold out, by a strumpet. A piece of cheating arse. The Falcon brought down by a canary!

Given the chance, he would kill Yakov. But he would not *betray* him.

The D-G said: 'It wasn't much. Except for one little slip of the tongue. Yakov told her he'd be back in Moscow in three months.'

'Three months?'

The D-G nodded. 'The Russians picked up three of my men in Moscow this morning. Hostages for Yakov.'

Three months was the time it usually took to arrange an exchange of prisoners.

Quigley said: 'They were grabbed within two hours of us taking Yakov.'

The D-G said: 'Pretty fast work, even for the KGB.'

Quigley said: 'It's almost as if they were expecting us to pick up Yakov.'

The D-G said: 'When? Where? How?' He stood up and put an attaché case on the desk. 'And by whom?'

When Maguire opened the attaché case and saw what was inside, he understood.

He said: 'Let's talk about Israel.'

When Duckmanton came in, he surveyed the office with disdain. His thin ascetic face wrinkled in a grimace of distaste, as if he had been offended by a foul odour.

Despite his sore face, Maguire laughed. It was vintage Duckmanton. Vintage bitch schoolmaster.

Duckmanton said impatiently: 'Where's the D-G and Quigley?'

'They're on the way,' Maguire said.

Duckmanton frowned. 'I haven't got time to waste.'

'Oh, you won't be wasting your time,' Maguire said.

Duckmanton walked past him, avoiding any contact with the furniture, as if it would contaminate him. He went to the window and looked out. But he was too annoyed to enjoy the view. He turned back to Maguire, and behind his glasses were dead-fish eyes.

'You must have been absolutely mad,' he said. 'Why haven't they got you locked up?'

'They need me,' Maguire said, smiling.

'Of course they do,' Duckmanton sneered.

'For one last job. A finale.'

Duckmanton laughed contemptuously, a thin, baying, nasty sound. 'Then they must be absolutely mad too.'

Maguire laughed with him. His face hurt, but it was worth it. 'I'm glad you think it's funny, Sinclair,' he said. 'Because so do I.'

He sat upright and neatly arranged the material in front of him, patting it into order with his hands.

'How's Yakov?' he asked.

Duckmanton's face closed up. He said: 'It's my understanding we're here to discuss your future. Not Yakov's.'

Maguire crumpled a piece of paper in his hand. 'Squeezing him, are you, Sinclair?' He dropped the crushed paper on the floor.

Duckmanton snapped: 'Where are they? The D-G and Quigley. Your benefactors.'

Maguire said: 'Your good friend, Comrade Yakov. The man who told you about Bonnie Wright.'

Duckmanton was suddenly watchful. He stood very still, seeing the menace in Maguire's heavy face.

Maguire said: 'Your pal Yakov. The man who told you Anderson was dealing with the KGB.'

Duckmanton did not move. The watery eyes behind his glasses were hard. His thin face was pinched with concentration. Maguire slid the telephone transcripts across the desk to where Duckmanton could see them.

Maguire said: 'You were very clever, Sinclair. Making a great show of wanting to grab Yakov at the airport. Knowing I would insist we use him as bait. To find us our traitor. And you knew it was Anderson all the time.'

301

Duckmanton said: 'You're being utterly ridiculous.'

Maguire said: 'You made fools of us all. You were brilliant, Sinclair. The Olivier of espionage.'

Duckmanton said: 'You are obviously suffering acute paranoia. What is this, Maguire? An attempt to plead insanity?'

Maguire said: 'That's why they sent Yakov. So you could turn him in and come up trumps.'

Duckmanton stood there, eyes rivetted on Maguire. His Melbourne Club tie was perfectly knotted. His shirt was two-tone, white collar on blue, the latest fashion among senior public servants. The pin-striped suit was immaculately pressed; it had never gone out of fashion. He was thin and passionless.

Maguire said: 'Yakov was your bait to win over the Americans. To make you chairman of ONA, the key to the inner sanctum. Direct access to the CIA. The DIA*. Even the President's National Security Board. Not to mention the British and the West Germans. A smorgasbord of the West's most secret intelligence. A feast. A spy's banquet.'

Maguire shook his head in wonder: '*You* were the real prize. The rest – the exposure of the missiles, the collapse of the government and the American Alliance, humiliating the President at Geneva – was just a bonus. Oh, they were devastating enough. But temporary. The pendulum swings.'

Duckmanton sneered: 'I'd be flattered. If they weren't the ravings of a lunatic.'

Maguire said: 'But getting you on the inside of the West's most important intelligence club. Sitting there, year after year, taking it all in, quietly passing it on. My God, Sinclair. Think of it. The damage you could have done.'

Maguire was on his feet now, his battered face alive with excitement, as if the plot was of his own conception.

'Imagine it, Sinclair. *You*, the KGB's most important agent. And all these years I've thought of you as just another grovelling, self-serving public servant.'

Duckmanton said: 'You're not only being ridiculous. You're being insulting.'

Maguire said: 'Sinclair, believe me, I'm full of admiration. It's so tremendously, bravely audacious. And to think it fell down because Bonnie Wright took a day off work with the flu.'

* Defence Intelligence Agency of the United States.

Duckmanton said wearily: 'Who's Bonnie Wright?'

He's very sure of himself, Maguire thought. All these years I've underestimated him. And now I'm seeing the true measure of the man.

Maguire said: 'You know, Sinclair, I believe that if there was an inquiry, they'd believe you. That's why there's not going to be an inquiry.'

Duckmanton laughed. He sat back and crossed his legs, like a spider. His expression was a mixture of scorn and contempt and amusement.

'When did you go across?' Maguire asked quietly. 'Or were you one of Hollis's lads, right from the beginning?'

Duckmanton drawled: 'This is absolutely fascinating.'

Absolutely. Everything was absolutely-fucking-absolutely. Civil servants' talk. Duckmanton was a creature of the despicable species, regardless of what he had almost achieved. Maguire wanted to spit in disgust.

'A sleeper. A mole. All these years while we were out there, in the frontline, fighting this country's battles in the dark and dirty places, you were a worm inside our guts, betraying us.'

Maguire's voice was no longer calm. It trembled with emotion. His eyes were big and glazed behind the swelling. Duckmanton saw this, and for the first time became anxious.

'You're crazy,' he said, looking around for an escape route.

'Welcome to the frontline, Sinclair,' Maguire said and took the 9mm pistol out of the attaché case and shot him in the temple.

He sat down, holding the smoking pistol, and impassively watched Duckmanton's death throes. He felt no emotion whatsoever. When Duckmanton's feet had stopped drumming, Maguire cleaned his fingerprints from the pistol and put it in Duckmanton's right hand.

The fingers, as he clasped them around the butt and trigger, were long and thin and moist and warm. It was the only time he had ever touched Duckmanton's flesh. He felt a twinge of surprise rather than repugnance. The dead did not bother Maguire.

Greenway set up a suite in the Wentworth Hotel for Mackinnon and Virginia. Mackinnon worked from there, to keep away from the media as much as the men from Special Branch, who were anxious to interview them. Sometime during the writing – he could not remember when – Greenway came in, his face solemn with concern.

'They've recovered the remains from the plane,' he said.

Mackinnon went to the bathroom and sat down on the toilet bowl and wept, for Brown and for Lloyd, for Carter and for Gerda, for Virginia and Brown's wife and child and himself and for everything that had been choked inside him for all those callousing years. He wept with the agony and violence of a man who does not cry easily and who has not shed tears in a long, long time, in great body-wracking sobs which carried through to where Virginia and Greenway sat staring at nothing, listening to the pain of a man. They were respectful and made no move to help him, knowing he would empty himself.

Mackinnon went to see Brown's wife and child. Her family were there. She was grateful he had come but he felt an intruder, and soon left. The boy had Brown's black curling hair and lively eyes; Mackinnon felt he would never forget them.

He went to the office to see Gerda. Her eyes were puffed from weeping, but she did it all in the solace of her apartment; she wept no tears in the office. Greenway tried to stop her coming to work. But she insisted.

'What would I do at home?' she told Mackinnon, and he understood the emptiness of her existence and why Carter had been so important to her. He understood because he could not bear going back to his own apartment, which was a monument to his own barren existence.

He rang his wife. It was a cursory, cold conversation.

'Are you drinking again?' she said, full of hope that he was, a final bitter retort.

The children laughed and shouted and were proud of him and very excited. He loved them and was very glad he was alive and he knew it no longer mattered about his wife.

He had not wanted a drink, the need had not been on him since . . . He could not remember when. When he went home, he would tear up the note which said: REMEMBER B. J. REMORSE. He wanted to tell Tom Collins this.

He felt that in the desert, in the cauldron of fear and madness, everything had changed. Forever.

'What are you going to do?' he asked Virginia.

'I don't know,' she said. She knew him so deeply, in lance-thrusts of knowing, and yet she hardly knew him at all. It was very frightening.

She regarded him with grey-eyed frankness. 'What do you want me to do?'

He said gravely: 'I don't want you to go away.'

Why couldn't he say it? What he wanted to say. *I want you to stay with me.* But he could not. It would take time.

'Then I'll stay,' she said and smiled, full of sadness, sensing the fear that was in each of them. 'For a while.'

Mackinnon reached out and held her hand. He was nervous, almost shy. He was very afraid of what she was coming to mean to him, because he knew he could not survive the loss of love a second time.

The door to Tom Collins' room was unlocked. When they went in, the old man was sitting in the worn lounge chair, looking out the window. The M-16 was between his knees. He was standing guard, waiting for the fascists to come. He did not move. He was as still as death.

'Tom,' Mackinnon called, his heart thumping.

'Eh?'

The old Brigader stirred and the M-16 fell against the wall. He had been asleep. Mackinnon heaved a sigh of relief. He began breathing again.

'Oh aye, comrade,' Tom Collins said and came to his feet, feeling as foolish as any sentry caught asleep. He rubbed his face with a horny hand, smiling ruefully.

'I was just dozing, that's all.'

'It's the heat,' Mackinnon said and picked up the M-16 and examined it. It was cocked, with the safety on.

'Jesus, Tom,' he said. He took out the magazine and slipped off the safety and worked the cocking handle, ejecting the shell in the breech.

'Comrade, I know you won't want to talk about it.'

'No, Tom, I don't.'

'I'm goin' down to the park, if you want to come along,' Tom Collins said.

When they went down into the street, the sun was strong again and the shadows were getting deeper, taking on their summer substance. It was a short walk to the park where they sat on Tom Collins' bench, watching the magpies dive-bomb the joggers. It seemed ages since Mackinnon had run in the park.

Mackinnon said: 'Tom, I want to tell you that out there, in the desert, Black Jack Remorse died too. I thought you'd like to know.'

'Comrade, you couldn't tell me gladder news. I hope the bastard died it hard, if you'll excuse me, miss.'

Mackinnon said: 'Tom, you ever stayed in a five-star hotel? With your own bathroom and room service and everything.'

Tom Collins looked at him in surprise. 'A five-star hotel? Are you kidding? Nah!'

'Well, Tom, I've booked you the room next to ours. At the Wentworth. A real five-star hotel.'

'It's not for me, comrade. It's not my style.'

'Crud, Tom. You're taking a holiday and the newspaper's footing the bill. They owe you, Tom. I owe you. We all owe you.'

Virginia said: 'Do it, Tom. It means a lot to him.'

Tom Collins thought on it. 'You say the fascists will be paying?'

'Damn right, Tom. The fascists will be paying.'

'Who'da believe?' Tom Collins laughed. 'Oh, comrade, who'da believe?'

They went back to the residential so Tom Collins could pack some clothes. A woman neighbour said: 'A woman was around a few minutes ago, knocking on your door.'

She stared at him, flushed with disapproval.

'You're not supposed to have women in your room.' she said, and slammed her door shut.

Tom Collins said: 'The woman from the Party.'

The woman who had killed the agent in Martin Plaza. The woman who had brought the message from Anderson.

'Why'd she want to see me now?'

'Do you know her, Tom?'

Tom Collins shook his head. 'But if it's Party business, I gotta wait. In case she comes back.'

The old discipline would never die.

Mackinnon said: 'You could be waiting forever, Tom. Leave a note.'

Tom Collins' face clouded with uncertainty. 'I dunno,' he said. 'Party business is Party business.'

He wanted very badly for it to be Party business. He had been lonely a long time.

Virginia said: 'If it was urgent, she would have waited. Or left a note.'

'Yeah,' he said, disappointed.

Superintendent Tanner and two of his men from Special Branch were waiting for them in the lobby when they went back to the Wentworth Hotel.

'Hullo, Tom,' Tanner said. 'I didn't know you're involved.'

Tom Collins said: 'You've come a long way. For a keyhole peeper.'

It was a voice Mackinnon had not heard before, hard, full of contempt.

'You going to arrest us?' Mackinnon asked.

'No,' Tanner said. 'We're not sure yet what we're going to do with you. Until then, I've assigned two of my men to you as bodyguards.'

'You mean watchdogs,' Virginia snapped. She had come to distrust all policemen.

Tanner regarded her with icy distaste. One of his men passed him a photograph. Tanner looked at it and then he passed it to Mackinnon.

'You'll recognise him,' he said.

It was a photograph of a man slumped in the front seat of a car, his body hunched over the steering wheel. The lips were tightly clenched but there was no sign of violence. In his hand he held two colour portraits.

'That lonely old man,' Virginia gasped. 'That brave, frail old man in the park.'

307

Anderson. Dove. Who began it all.

'Oh Jesus,' Mackinnon said.

There had been too much dying. When would it end?

'It's made to look like suicide,' Tanner said. 'But it isn't.'

Mackinnon and Virginia and Tom Collins stared at him, not understanding.

Tanner said: 'He took cyanide. Where would a civil servant like Anderson get cyanide?'

Mackinnon knew where. He remembered the last time he had seen her, standing pale-faced and full of urgency. Just after the shooting in Martin Plaza.

Tanner said: 'We've accounted for them all. Except the woman who shot Bassilous in Martin Plaza.'

The woman from the Party! Tom Collins stiffened.

Tanner said: 'Who is she, Mackinnon?'

'I don't know. If I did, I'd tell you.'

Tom Collins stared at him, appalled.

Tanner said: 'She killed Anderson because he knew who she was. Because she knew we'd take the poor bastard to pieces, and he'd tell us.'

Mackinnon believed him.

'She's KGB, Mackinnon. She killed one of our men. We want her.'

Tom Collins snorted in indignation. 'For Chrissake, if you believe you worms, everyone's KGB. There was a time you reckoned I was KGB. Remember. Arsehole.' There was hate in his voice. His face was flushed with it. This was the enemy.

Tanner said: 'Would you know her if you saw her again?'

'Yes. I'd know her. If I saw her,' Mackinnon said, feeling cold. Wishing it wasn't true. But he would never forget her face.

'Then you're next,' Tanner said.

Mackinnon stared at him, knowing he spoke the truth. Virginia gasped. She clutched his arm.

Tanner said: 'The moment you finish writing all your stuff, they're going to kill you. Both of you. You too, Tom, if you're involved.'

Tom Collins was silent, remembering the note he had left pinned to his door. For the woman from the Party. Now he knew why she wanted him. He did not want to believe it. But he did, and it was a shock, a hard blow, and he did not want Tanner to see it.

Tanner said: 'Everyone will believe it's us, taking out all the witnesses, because that is what you hyenas have conditioned them to believe. You'd think we were the enemy. Not the KGB.'

Mackinnon stared at him, believing him.

Tanner said: 'If I had my way, I'd let them do it.' He laughed sourly. His face wrinkled with distaste. He indicated his two men, who stood politely by, waiting. 'But it's our unfortunate duty to keep you alive. For a while, anyway.'

Then he smiled, as if it was a pleasant after-thought. He said: 'The KGB'll be after you for a long time. Long after we've forgotten about you.'

He waved his men over. Tanner said: 'If we don't get her, they'll be after you the rest of your lives.'

He walked away. Mackinnon watched him go.

How long was the rest of their lives?

Mackinnon said: 'We've got to get her first. Before she gets us.'

It hadn't ended. It had begun all over again. They stood there, transfixed by the knowledge of what they had to do. To survive. The desert would be with them. Forever.

Tom Collins said hoarsely: 'The note.'

Virginia said urgently: 'We've got to get it.'

Mackinnon said: 'Let's go.'

It had started already.

A